영혼의 정원

지금은 영적 감성이 필요한 때다

영혼의 정원
지금은 영적 감성이 필요한 때다

—

인쇄 2021년 12월 10일 1판 1쇄　**발행** 2021년 12월 15일 1판 1쇄

지은이 송태갑　**펴낸이** 강찬석　**펴낸곳** 도서출판 미세움
주소 (07315) 서울시 영등포구 도신로51길 4
전화 02-703-7507　**팩스** 02-703-7508　**등록** 제313-2007-000133호
홈페이지 www.misewoom.com

정가 19,800원

—

ISBN 979-11-88602-44-5　03810

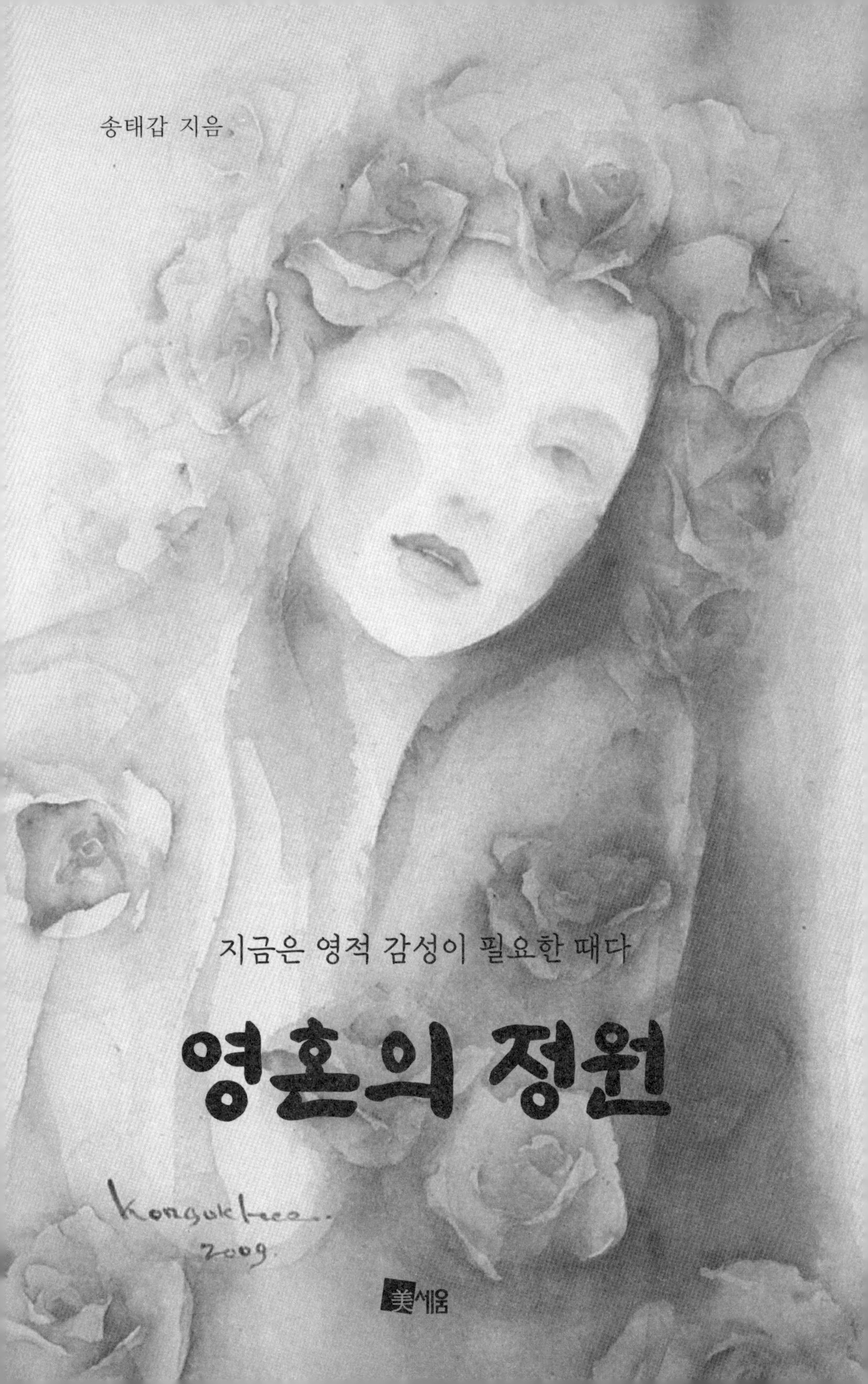

송태갑 지음

지금은 영적 감성이 필요한 때다

영혼의 정원

美세움

당신의 영혼은 안녕하십니까?
정원에 비와 바람과 햇빛이 필요한 것처럼
사람에게는 믿음과 소망과 사랑이 필요합니다.

영혼을 위해 돈을 쓸 것인지
돈을 위해 영혼을 팔 것인지 분별하라.

나에게 보내는 가을편지

나는 나에게 편지를 쓰듯 이 글을 쓴다. 말하자면 나 자신에게
꼭 해주고 싶은 말을 써서 두고두고 마음에 새기고 싶다는 표현이
옳을 것 같다. 나는 매일 성경을 단 한 줄이라도 읽으려고 한다.
그리고 하루에 단 1분이라도 기도하려고 한다. 그러나 성경 말씀
대로 순종하며 살고 있는지, 내 삶이나 세상이 기도대로 이루어지
고 있는지는 자신 있게 대답을 못하겠다. 믿음이 부족해서인지 모
른다. 하지만 모든 것이 내 뜻대로 이루어지는 것이 믿음의 응답
이라고는 생각하지 않는다. 내 뜻과 하나님의 뜻이 일치되면 더할
나위 없겠지만, 그럴 수 없다는 것을 스스로가 너무 잘 안다. 그렇
다면 세상이 내 뜻대로 이루어지지 않는 것에 대해 불만을 가질 것
인가, 아니면 하나님의 뜻을 더욱 더 헤아리려고 노력할 것인가.
나는 단연코 후자가 바람직하다고 생각한다.

세상은 여러모로 어지럽다. 환경문제, 사회문제, 저출산문제,
청소년문제, 노인문제, 정치문제, 질병문제 등을 두루 살펴보면
금방 알 수 있다. 개인이나 사회를 막론하고 고난이나 어려운 처지
에 서면 일반적으로 본질이나 정체성이 드러나는 경우가 많다.무

탈하거나 평탄할 때는 좀처럼 알 수 없었던 본성을 드러내게 되는 경우가 허다하다. 최근 코로나(Covid-19) 사태는 공교롭게도 많은 것들을 되돌아보고 평가할 수 있는 시금석(試金石) 역할을 하고 있다. 우리 정부와 국민의 성숙한 코로나 대응은 세계로부터 주목을 받고 있다. 단번에 선진국의 기준이 무엇이냐는 얘기까지 거론하게 하는 계기를 만들기도 했다. 고난에 직면할 때는 모든 것이 끝날 것처럼 두렵고 절망감을 떨쳐 버리기 쉽지 않지만, '시작되는 것은 반드시 끝이 있다는 것'을 우리는 잘 알고 있다. 중요한 것은 어떻게 이런 과정을 슬기롭게 극복하고 어떻게 미래를 준비할 것인가다.

성서에 보면 시편기자는 고난이 유익이라고 했다.

"고난 당한 것이 내게 유익이라. 이로 말미암아 내가 주의 율례를 배웠나이다. 주의 법이 내게는 천천 금은보다 좋으니이다."(시편 119:71~72)

뿐만 아니라 사도 바울도 우리가 평화를 누릴 때뿐 아니라 고난을 당할 때에도 우리가 희망을 품고 자랑할 수 있어야 한다고 말한다.

"우리가 믿음으로 의롭다 하심을 받았으니 우리 주 예수 그리스도로 말미암아 하나님과 화평을 누리자. 또한 그로 말미암아 우리가 믿음으로 서 있는 이 은혜에 들어감을 얻었으며 하나님의 영광을 바라보고 즐거워하느니라. 다만 이뿐 아니라 우리가 환난 중에도 즐거워하나니 이는 환난은 인내를, 인내는 연단을, 연단은 소

망을 이루는 줄 앎이로다."(로마서 5:1~4)

여기에서 아무것도 배우지 못하고 깨우치지 못한다면 한낱 무익한 고통을 경험한 것에 불과한 것이 되어 버린다. 누구나 잘못을 저지를 수 있고 누구든 잘못을 뉘우칠 기회도 동시에 주어진다. 그러나 그것을 깨닫지 못하거나 외면할 경우에는 더 큰 화에 직면할 수 있음을 우리는 잘 안다. 반성하거나 고치지 않으면 역사는 반복될 수밖에 없다. 그런 의미에서《미네르바 성냥갑》에서의 움베르토 에코의 이야기에 귀 기울여 볼 필요가 있을 것 같다.

"역사는 언제나 동일한 방식으로 반복되지는 않는다. 그렇다고 한 번은 비극의 형태로, 다음에는 우스꽝스러운 희극의 형태로 나타나는 것도 아니다. 때로는 상이한 형태의 비극들로 반복되기도 한다. 하지만 거기에는 몇몇의 법칙, 작용과 반작용의 원리들이 있으며, 그것에 비추어 볼 때 역사학은 수사학적 의미가 아닌 지극히 과학적인 의미에서 여전히 삶의 스승이다."*

요즘 '문제'라는 단어와는 도대체 어울릴 것 같지 않은 곳이 문제의 대상으로 떠오르고 있는 곳이 있다. 바로 '교회'다. 바꿔 말하면 '교인'이라고 할 수도 있다. 왜냐하면 하나님을 믿는 한 사람 한 사람은 교회이기 때문이다.

오죽하면 '교회가 사회 걱정을 하는 것이 아니라 사회가 교회 걱정을 하게 한다'는 말까지 나오고 있다. 지금 물질적 측면에서

* 움베르토 에코, 미네르바 성냥갑, 열린책들, 2004.

8

보면 우리는 역사상 유례없는 최고의 풍요를 누리고 있고, 과학기술 발전 측면에서 보아도 최상의 편리함 속에 살고 있다. 그런데 사회는 가면 갈수록 불평등과 불공정 등에 대해 좀처럼 해결의 실마리를 찾지 못하고 있다. 갈등과 분쟁은 늘어만 가고 정신적인 질병 또한 마찬가지다. 그렇다고 뾰족한 수도 없어 보인다. 그렇다면 당연히 어느 곳인가 찾아가고 싶거나 혹은 누군가를 의지하고 싶은 생각이 들 수밖에 없을 것이다. 그곳이 교회이거나 교인이었으면 좋겠다는 바람이 있다. 왜냐하면 교회와 교인은 사회의 빛과 소금의 역할을 해야 하기 때문이다. 그런데 무엇이 문제인가? 교회나 교인에 근본적인 질문부터 다시 시작해 보는 것은 어떨지 모르겠다.

첫 번째, 흔히 우리가 일컫는 교회는 헬라어로 '에클레시아'라고 하는 신앙공동체를 일컫는다. 사교적 모임과는 달리 그리스도를 중심으로 하나 되어 공동체의 모범이 되어야 한다.

"이는 남편이 아내의 머리됨이 그리스도께서 교회의 머리됨과 같음이니 그가 바로 몸의 구주시니라."(에베소서 5:23)

두 번째는 성도 한 사람 한 사람이 교회이자 교회의 지체라는 점이고, 그 머리는 예수 그리스도라는 점이다.

"몸은 하나인데 많은 지체가 있고 몸의 지체가 많으나 한몸임과 같이 그리스도도 그러하니라. 우리가 유대인이나 헬라인이나 종이나 자유인이나 다 한 성령으로 세례를 받아 한몸이 되었고, 또 다 한 성령을 마시게 하셨느니라."(고린도전서 12:12~13)

사실 교회의 시작은 하나님께서 시몬 베드로에게 하신 약속에서 비롯되었다.

　예수님께서 제자들에게 "너희는 나를 누구라 하느냐?"라고 질문하셨을 때 시몬 베드로는 "주는 그리스도요 살아계신 하나님의 아들이시니이다"라고 대답했다. 그러자 주님께서는 시몬 베드로에게 "내가 이 반석 위에 내 교회를 세우겠다"라고 말씀하셨다. 이 반석은 베드로의 믿음, 요컨대 신앙고백이라고 할 수 있다. 그런 믿음의 토대 위에 교회가 세워진 것이다.

　또한 사도 바울은 고린도교회 성도들을 일컬어 고린도에 있는 하나님의 교회, 곧 그리스도 예수 안에서 거룩하여지고 성도라 부르심을 입은 자들이라고 하면서 고린도교회와 고린도교회 성도를 동일시하고 있음을 알 수 있다.

　"하나님의 뜻을 따라 그리스도 예수의 사도로 부르심을 받은 바울과 형제 소스데네는 고린도에 있는 하나님의 교회 곧 그리스도 예수 안에서 거룩하여지고 성도라 부르심을 받은 자들과 또 각처에서 우리의 주 곧 그들과 우리의 주 되신 예수 그리스도의 이름을 부르는 모든 자에게 하나님 우리 아버지와 주 예수 그리스도로부터 은혜와 평강이 있기를 원하노라."(고린도전서 1:1~3)

　하나님께서는 교회와 믿음의 사람들에게 세상의 빛과 소금이 되라고 하셨다. 그러나 하나님께서 지금의 교회와 교인들은 그런 역할을 충실히 하고 있지 못하고 있는 것으로 생각하신 것 같다. 그래서 교회의 민낯을 보게 하시므로 잠시 세상의 조롱거리가 되는 것을 허락하신 것이라고 생각한다. 마치 에덴동산에서의 아담과 하와의 모습이 떠오르는 이유는 무엇일까?

"여자가 그 나무를 본즉 먹음직도 하고 보암직도 하고 지혜롭게 할 만큼 탐스럽기도 한 나무인지라 여자가 그 열매를 따먹고 자기와 함께 있는 남편에게도 주매 그도 먹은지라. 이에 그들이 눈이 밝아져 자기들이 벗은 줄을 알고 무화과나무를 엮어 치마로 삼았더라."(창세기 3:6~7)

중요한 것은 우리가 이런 사실을 직시하며 부끄러워할 줄 아는 양심을 갖고 있느냐는 것이다. 결코 하나님께서는 교인과 교회를 버리시는 것이 아니라 회개하고 진리 가운데로 돌아오기를 바라신다는 것을 깨달아야 할 것 같다.

아담과 하와를 에덴동산에서 추방할 때 하나님은 그들을 매정하게 쫓아버리지 않으셨다. 가죽옷을 입히셨고 또 보호해주실 것도 약속했다. 그분의 긍휼하심이 어떠한지 알 수 있는 대목이다.

"여호와 하나님이 아담과 그의 아내를 위하여 가죽옷을 지어 입히시니라."(창세기 3:6~7)

이제 교회가 오직 예수 그리스도의 십자가 보혈을 떠올리며 사회의 짐이 되는 것이 아니라 오히려 사회문제에 더욱 관심을 갖고 빛과 소금의 역할을 다하며 선한 이웃이 되어 줌으로써 하나님께 영광 돌리는 길을 걸어가야 할 것이다. 그런 삶을 위해 우리는 하나님의 자녀에 걸맞은 전신갑주를 입어야 할 것이다. 정원에 비와

바람과 햇빛이 필요한 것처럼 사람에게는 믿음과 소망과 사랑이
필요하다. 여러분의 영혼은 안녕하십니까?

　솔직히 이 글을 선보이는 것은 마치 내 자신의 일기장을 남에게
공개하는 것처럼 조심스럽고 떨리는 마음이다. 왜냐하면 내 자신
부터 달라져야 함을 잘 알기 때문이다.

2021년 11월
송태갑

차례

가을, 산책하다 그리고 감사하다

가을은 묵상하기에 더없이 좋은 계절입니다.
무엇보다 먼 하늘을 볼 수 있고
가까운 곳도 아주 선명하게 볼 수 있어서 좋습니다.
마치 내 영혼마저도 들여다볼 수 있을 것 같은 느낌이 들게 합니다.

가을이 되면 늘 기다려지는 한 가지 즐거움이 있다. 형형색색 단풍을 보면서 바스락바스락 낙엽 위를 걷는 일이다. 내가 사는 아파트 주변에도 20년이 훌쩍 넘은 넓은 완충녹지대가 있고 그 안에 산책로가 조성되어 있어 가벼운 마음으로 걷기에는 그만이다. 이런 길을 걸을 때면 시인이나 화가의 시선으로 풍경을 관찰해 보게 된다. 그렇다고 시를 짓거나 그림을 그리려는 목적은 아니다. 그렇게 최대한 감성을 자극하여 뭔가 나만의 느낌을 표현해 보고 싶은 생각이 든다. 왠지 그러는 것이 이 아름다운 가을에 대한 예의일 것만 같다.

　소지한 휴대폰으로 줌을 당기고 밀면서 연신 셔터를 눌러대곤 한다. 낙엽 하나하나를 보는 것도, 숲 전체를 파노라마로 보는 것도 모두 즐거운 일이다. 그런데 예상치 못한 장면이 눈에 들어왔다. 저쪽에서 누군가 낙엽을 긁어모아 길 바깥쪽으로 쓸어내고 있었다. 또 한참을 가다 보니 상점 앞의 아주머니도 자신의 집 앞의 낙엽들을 쓸고 있었다. 보기에도 좋고 걷기에도 운치 있는 알록달록 예쁘게 단풍든 낙엽들이 좀 더 그 자리에 있어 주었으면 하는 바람은 그저 걷는 자의 일방적이고 무책임한 시각일까?

시인과 화가에서 잠시 철학자의 시선으로 돌아가 생각해 보게 되었다. 거창한 논리를 제시하거나 어떤 해답을 찾자는 것은 아니다. 다만, 아무리 아름다운 것도 좀 더 즐기고 싶은 사람이 있는 반면, 그것을 제때 치워야만 하는 사람들이 있다는 점이다.

단풍철 낙엽이 떨어진 거리를 걷는 일, 낙엽을 긁어모아 쓸어내는 일 가운데 어느 쪽이 더 아름다운가? 다양한 관점에서 생각해 볼 수 있지만, 그저 역지사지(易地思之)의 입장에서 생각해 보게 되었다. 단풍든 낙엽이 있는 가을을 즐기려는 여유로운 마음도 개개인에게는 소중하고 아름다운 일이다. 또 집 앞이나 거리를 청소하는 것은 공익적 입장에서 당연히 소임을 다하고 있다는 점에서 아름다운 일이다.

결론적으로 모두 아름다운 모습으로 다가왔다. 코로나로 인해 어수선한 사회 분위기가 이어지고 있다. 이런 멋진 계절에 작은 호사를 누리는 사람들도, 맡겨진 일을 묵묵히 수행하는 사람들도 모두 아름다워 보인다.

가끔 산책하다가 지인을 만나거나 지인으로부터 전화가 걸려와 지금 뭘 하고 있냐는 질문을 받을 때가 있다. 사실대로 그냥 산책하고 있다고 하면 될 것을 소위 아재개그를 섞어 "네, 저는 지금 '산 척(산책)'하고 있습니다"라고 대답하기도 한다. 처음엔 무슨 소리인지 알아듣지 못하다가 자초지종을 설명해주면 상대방은 껄껄 웃으며 "나는 그럼 죽은 척하고 있네"라고 응수해준다. 그런 날은 발걸음이 훨씬 가벼워진다.

계절의 고마움을 절실하게 느낀 적이 있나요? 바로 요즘같이 온통 단풍잎으로 물든 숲길에서 나뭇가지들 틈새로 새어나오는 따스한 햇살을 받으며 걸을 때면 한동안 잊고 지냈던 계절의 참맛을 느끼곤 한다. 산책길에서 주운 단풍잎을 책장 사이에 넣어두고 무거운 책으로 그 위에 올려놓았다. 옛 추억이 생각났기 때문이다. 언젠가 오래된 책장을 정리하다가 아끼던 책 한 권에서 언제 넣어두었는지도 모를 네 잎 클로버가 고스란히 남아 있는 것을 보았다. 어찌나 반가웠던지 이런 작은 행동이 훗날 유쾌한 추억을 떠올리게 한다는 사실을 알고 난 후 나는 종종 나뭇잎을 책장 사이사이에 끼워두곤 한다. 나는 솔직히 가을을 좀 타는 편이다. 가을을 탄다는 것이 사람마다 다를 수 있겠지만, 나의 경우는 다른 계절과는 달리 괜스레 감성이 깊어져서 하찮게 여길 만한 일이나 소소한 풍경에 감동받는 순간들이 많아진다. 그리고 훨씬 자주 감사하는 편인 것 같다. 풍요로운 들녘을 보면서 누군가 지난봄부터 땀을 흘리지 않았다면 저런 황금색 풍경이 어떻게 펼쳐질 수 있겠는가. 농부들의 노고가 없었다면 전원풍경은 그냥 무성한 잡초로 뒤덮여 버릴 수도 있었을 것이다. 그래서 그분들에게 감사하게 된다. 이럴 때면 내가 좋아하는 밀레의 그림 '만종'이나 '이삭 줍는 여인들'을 떠올리며 노동의 신성함에 경의를 표하게도 된다. 가을은 시를 떠올리게 한다. 간혹 내 자신을 시인으로 착각하게 만들기도 한다. 그래서 가을이 되면 주절주절 아무렇게나 생각 난 대로 낙서를 남기기도 한다.

〈가을 묵상〉

가을은
묵상하기에 더없이 좋은 계절입니다.
무엇보다 먼 하늘을 볼 수 있고

가까운 곳도 아주 선명하게 볼 수 있어서 좋습니다.
마치 내 영혼마저도 들여다볼 수 있을 것 같은 느낌이 들게 합니다.

지난겨울, 봄, 그리고 여름
난, 무수한 말들을 남겼습니다.
그 숱한 날들에 뿌려진 말의 씨앗들을
열매로 가꾸어내지 못했음을 알았을 때
그 분량만큼 아픔으로 다가옵니다.

지금은 가을이 하고자 하는 말을 듣고 싶습니다.
가을은 다변(多辯)이거나 달변(達辯)은 아닙니다.
그렇지만, 결코 반드시 해야 할 말을 빠뜨리는 법은 없습니다.

가을은 언성을 높여 말하지 않습니다.
가을이 전하는 메시지를 듣기 위해서는 침묵하지 않으면 안 됩니다.
가을은 같은 말을 되풀이하지 않습니다.
한 순간이라도 귀 기울이지 않으면 놓치기 일쑤입니다.
가을의 언어는 난해하지 않아 누구라도 이해할 수 있습니다.

가을은
어머니 같기도 하고 때론 애인 같기도 합니다.
슬픈 표정으로 있노라면
어느새 세상의 온갖 풍상을 이겨낸 어머니의 얼굴로 감싸옵니다.
고독에 지쳐 버거워할 때
그땐 화사한 애인이 되어 불그레한 볼을 한 채 설렘으로 다가

옵니다.

가을은
우리가 느끼고자 하면 무엇이든 느낄 수 있게 합니다.
그것의 한계는 자신이 정할 따름입니다.
가을의 깊이는 그저 얘기되어질 수 있는 만큼 얕은 것이 아닙
니다.

가을은 부지런한 자의 것입니다.
가을은 생각하는 자의 것입니다.
가을은 느끼는 자의 것입니다.

가을은 완성된 작품이 아니라
늘 미완성인 채로 있습니다.

가을은
순박함과 설렘으로 다가서면
소박함과 정겨움으로 응수합니다.

가을은
우리가 원하는 색깔을 다 지니고 있습니다.
다른 계절에서는 느낄 수 없는
기품이 있습니다.

가을은
무작정 걷고 싶게 합니다.
가을에는 도심의 혼잡이 큰 불편으로 느껴지지 않습니다.
가을의 발자국소리는 그 자체가 서정적인 선율입니다.

가을은
감동 그 자체입니다.
가을 앞에서는 입을 크게 벌리거나 아예 다물어 버리든지 해
야 합니다.

가을은
사색을 하게 합니다.
가을은 한동안 멀리 했던 커피를 가까이하게 만들어 버립니다.

가을은
고독과 친숙합니다.
고독의 터널을 빠져 나오면
작은 성숙이라는 선물을 손에 쥐어줍니다.

가을은
추억을 생각나게 합니다.
가을에 생각하는 추억은 모두 아름답게 느껴집니다.

가을은
이성보다는 감성을
현실보다는 이상을 허용합니다.

가을은
시작과 끝을 헤아리는 여유를 가질 만큼 그리 길지 않습니다.
지금 이렇게 가을에 대해 말이 많아지고 있는 것을 보면
정작 가을에 대해 정확히 알지 못하고 있다는 증거일 것입니다.

아무래도 내가 하고자 하는 말은 접어두고

가을이 전하고자 하는 얘기를 듣는 것이 좋을 듯싶습니다.

또 가을이 되면 자연스럽게 떠오르는 시 하나가 있다. 바로 김현승의 '가을의 기도*'를 빼놓을 수는 없을 것 같다.

가을에는 기도하게 하소서……
낙엽들이 지는 때를 기다려 내게 주신
겸허한 모국어로 나를 채우소서.

가을에는
사랑하게 하소서……

오직 한 사람을 택하게 하소서.
가장 아름다운 열매를 위하여 이 비옥한
시간을 가꾸게 하소서.

가을에는 호올로 있게 하소서……
나의 영혼
굽이치는 바다와
백합의 골짜기를 지나,
마른 나뭇가지 위에 다다른 까마귀 같이.

가을은 이내 닥칠 시린 겨울을 잘 견디라고 주는 위로의 선물인지도 모르겠다. 그래서 그럴까 단풍잎도 노랑, 주황, 빨강 등 온통 따뜻한 색으로 물들어 있다. 간간히 미처 물들지 못한 초록 잎들

* 김현승, 가을의 기도, p.13, 시인생각, 2015.

도 보이고 벌써 뭐가 그리 급한지 일찌감치 모든 잎들을 털어내고 앙상한 가지만 드러내고 있는 나무도 더러 보인다. 이런 색을 모두 섞으면 갈색으로 보인다. 갈색은 곧 가을색이다. 가을색은 사람의 피부, 나무, 토양, 홍차, 석양의 노을, 커피, 초콜릿 등 사람과 자연, 음식 등 우리와 친근한 것들을 많이 담아낸다. 그래서 그런지 가을은 왠지 너그러운 계절처럼 느껴진다.

가을이 좋다고 가을만 있었으면 좋겠다.

봄이 좋다고 봄만 있었으면 좋겠다.

나는 단연코 사계절이 있는 우리나라가 좋다.

나뭇가지에 새순이 돋아나고 이윽고 온 세상은 파스텔 톤의 초록도 좋다.

겨울은 소망의 계절이다.

하얀 눈을 즐기면서도 추위와 싸워야 하는 어려움은 있지만 그래도 새봄을 향한 기다림이 있어 좋다.

늘 새로움에 대한 기대가 있어 좋다.

단풍의 천 가지 색은 천 가지 생각을 낳게 한다.

한 그루에 매달려 있는 잎이라 할지라도 같은 색은 하나도 없다.

우리가 같은 색으로 인식하고 있는 것은 실제로는 유사색이다.

내가 사는 아파트 주변에는 숲과 영산강 수변길 등이 있어 계절을 느끼기에는 더없이 좋다. 게다가 도시에서 조금만 벗어나면 병풍산, 추월산, 무등산, 축령산, 내장산 등 어렵지 않게 수려한 자연을 만날 수 있다. 역시 인위적인 것은 자연을 이길 수 없다. 식물의 다양성 면에서도 그렇고 자연스러움에서도 마찬가지다.

가을이 되면 생각나는 것들이 꽤 많다. 독서의 계절, 낭만의 계절, 사색의 계절, 수확의 계절 등이다. 이와 가장 잘 어울리는 단어는 무엇일까? 나는 감사하는 마음이 아닌가 생각된다. 아름다움에 대한 감사, 자연에 대한 감사, 평화에 대한 감사, 이 모든 만물을 주관하신 하나님에 대한 감사를 빼놓을 수 없다.

사도 바울은 '감사'라는 단어를 늘 달고 산 제자들 가운데 한 사람이다. 그는 3차 전도여행을 끝내고 예루살렘을 방문했다가 체포된 일이 있었다. 이때 옥중에 있던 바울이 골로새에 있는 성도들에게 편지를 보냈는데 시작부터 감사로 시작한다. 우리가 평강을 유지하기 위해서도 늘 감사해야 한다고 전하고 있다.

"우리가 너희를 위하여 기도할 때마다 하나님 곧 우리 주 예수 그리스도의 아버지께 감사하노라. 이는 그리스도 예수 안에 너희의 믿음과 모든 성도에 대한 사랑을 들었음이요. 너희를 위하여 하늘에 쌓아 둔 소망으로 말미암음이니 곧 너희가 전에 복음 진리의 말씀을 들은 것이라."(골로새서 1:3~5)

"그리스도의 평강이 너희 마음을 주장하게 하라. 너희는 평강을 위하여 한 몸으로 부르심을 받았나니 너희는 또한 감사하는 자가 되라. 그리스도의 말씀이 너희 속에 풍성히 거하여 모든 지혜로 피차 가르치며 권면하고 시와 찬송과 신령한 노래를 부르며 감사하는 마음으로 하나님을 찬양하고 또 무엇을 하든지 말에나 일에나 다 주예수의 이름으로 하고 그를 힘입어 하나님 아버지께 감사하라."(골로새서 3:15~17)

우리가 살다 보면 항상 좋은 일만 있을 수는 없다. 때로는 지치고 좌절하고 마음이 편치 않을 때가 적지 않다. 그럴 때일수록 성서는 '감사하고 찬양하라'고 권면한다. 그런 가운데 하나님이 임하시어 우리를 어두운 곳에서 밝은 곳으로 이끌어 내주시고 치유의 손길을 뻗치시며 평안과 기쁨을 누리게 해주신다고 말씀하신다. 시편기자는 바로 그런 믿음을 우리가 갖기를 바라며 하나님께 감사하며 찬양하고 있다.

"온 땅이여 여호와께 즐거운 찬송을 부를 지어다. 기쁨으로 여호와를 섬기며 노래하면서 그의 앞에 나아갈지어다. 여호와가 우리 하나님이신 줄 너희는 알지어다. 그는 우리를 지으신 이요 우리는 그의 것이니 그의 백성이요 그의 기르시는 양이로다. 감사함으로 그의 문에 들어가며 찬송함으로 그의 궁정에 들어가서 그에게 감사하며 그의 이름을 송축할 지어다."(시편 100:1~4)

엘리자베스 퀴블러 로스 · 데이비드 케슬러의 저서 《인생수업》*에서는 상실과 이별 속에서도 배워야 한다고 했다.

"당신이 아름다운 정원에 앉아 있다면 당신은 아무것도 배우지 못한다. 그러나 만일 당신이 고통 속에 있다면, 만일 당신이 상실을 경험한다면, 그리고 만일 당신이 머리를 모래에 묻는 것이 아니라 그 고통을 특별한 목적으로 당신에게 주려는 선물로 여긴다

---

* 엘리자베스 퀴블러 로스와 그녀의 제자 데이비드 케슬러는 호스피스 운동의 선구자이며 그들이 들려주는 교훈은 삶에 대한 진실이다. 두 사람은 죽음 직전의 사람들 수백 명을 인터뷰해서 그들이 말하는 '인생에서 꼭 배워야 할 것들'을 받아 적어 살아 있는 우리에게 강의 형식으로 전하고 있다.

면 당신은 성장할 것이다."*

　가을은 고독이나 슬픔에도 민감하지만 성숙이라는 선물도 주
어진다.
　그래서 가을 산책은 언제나 의미가 있다.

* 　엘리자베스 퀴블러 로스 · 데이비드 케슬러 저/류시화 역, 인생수업, p.81, 이레.

나 자신을 먼저 전도하자

내가 착한 사람이 되어야 하는 이유는

이 세상을 사는 동안

결코 혼자서 서고 걷고 뛸 수 없기 때문이다.

오래 전 일이다. 일본 유학 중에 종교적으로 소위 종파가 다르거나 율법을 중시한 사람들과 논쟁한 일이 더러 있었다. 서로 자신의 지식이나 교리를 가지고 상대를 설득하려고 핏대를 세우며 제법 진지하게 임했던 기억이 있다. 누가 옳고 누가 그르냐를 떠나서 그 끝은 늘 개운하지 않았다. 사실 나 자신도 하나님의 은혜와 뜻을 딱 잘라서 명쾌하게 이해한 것도 아니었으면서 내 믿음을 타인에게 반 강요로 주입시키려 했던 것이다. 그것이 열정 있는 전도라고 생각했던 측면이 있었던 것 같다.

　한번은 친하게 지내던 인도네시아에서 유학 온 일명 '방방'이라고 불렀던 친구와 대화를 나눈 적이 있었다. 그의 전체 이름은 너무 길어서 그렇게 불렀다. 그는 어김없이 정해진 시간에 담요를 깔고 일정방향을 향하여 기도를 올리는 독실한 이슬람교 신자였다. 그런데 조심스럽게 코란과 성경 얘기를 꺼내면서 성경을 읽어 본 적이 있냐고 물어보았다. 그러자 평소 그의 태도와는 달리 상기된 표정으로 단호하게 쏘아붙였다. "Your God is Your God, My God is My God(너의 신은 너의 신, 나의 신은 나의 신)"이라는 짧막한 말 한마디를 남기고 유유히 사라졌다. 나는 한동안 머리가 하얘진 상태에서 당황해 할 수밖에 없었다. 한참 후 생각해 보았다. 내가 너무 경솔한 것은 아닌지, 또 친한 친구 한 명을 잃게 되는 것은 아닌지 여러모로 심기가 불편해졌다. 그런 일이 있은 후 그에게 마음 불편하게 한 점을 사과했고 그도 흔쾌히 사과를 받아들여 다시 친하게 지낼 수 있었다.

그리고 나는 바람직한 전도가 뭔지에 대해 생각할 기회를 갖게 되었다. 자신이 알고 있는 단편적인 성경 지식에 의존하여 순종이라는 이름하에 자신의 생각을 막무가내로 전달하는 것이 과연 옳은 일인지, 누가 뭐라고 하든 상관없이 노상에서 '예수천국 불신지옥'을 외치는 전도가 괜찮은 방법인지 곰곰이 생각해 보게 되었다.

물론 "믿음은 들음에서 나며 들음은 그리스도의 말씀으로 말미암았느니라."(로마서 10:17)라는 말씀에 순종하며 전도하는 열정을 누가 뭐라 할 수 있겠는가? 다만 더 바람직한 전도방법은 없을까? 진지하게 고민해 볼 필요는 있을 것 같다. 나는 성서에서 그 답을 찾았다. 바울은 바람직한 전도방법을 잘 제시해주고 있다.

"형제들아 내가 너희에게 나아가 하나님의 증거를 전할 때에 말과 지혜의 아름다운 것으로 아니하였나니 내가 너희 중에서 예수 그리스도와 그가 십자가에 못 박히신 것 외에는 아무 것도 알지 아니하기로 작정하였음이라. 내가 너희 가운데 거할 때에 약하고 두려워하고 심히 떨었더라. 내 말과 전도함이 설득력 있는 지혜의 말로 하지 아니하고 다만 성령의 나타나심과 능력으로 하여 너희 믿음이 사람의 지혜에 있지 아니하고 다만 하나님의 능력에 있게 하려 하였노라."(고린도전서 2:1~5)

우리가 전도하는 것은 하나님에 관한 비밀을 말하는 것으로서 세상의 정보나 지식이나 지혜로 하는 것이 아님을 분명히 하고 있다. 그러나 단 한 가지 유일한 방법이 있는데 그것이 하나님의 지혜에 의지하는 것이다. 요컨대 예수님께서 부활하시기 전 우리를 외롭게 두지 않을 것을 말씀하시면서 성령을 보내주시겠다고 약속하셨듯이 이제 하나님의 영을 받은 사람, 말하자면 성령의 도움으로 영적인 일을 분별할 수 있게 되었다는 점이다.

"육에 속한 사람은 하나님의 성령의 일들을 받지 아니하나니 이는 그것들이 그에게는 어리석게 보임이요, 또 그는 그것들을 알 수도 없나니 그러한 일은 영적으로 분별되기 때문이라."(고린도전서 2:14)

"오직 은밀한 가운데 있는 하나님의 지혜를 말하는 것으로서 곧 감추었던 것인데 하나님이 우리의 영광을 위하여 만세 전에 미리 정하신 것이라."(고린도전서 2:7)

"누가 주의 마음을 알아서 주를 가르치겠느냐 그러나 우리가 그리스도의 마음을 가졌느니라."(고린도전서 2:16)

바울은 말과 지혜의 아름다운 것이 아니라 성령의 나타나심과 능력으로 전도해야 함을 명확히 하고 있다. 하지만 바울이 사람들 앞에 설 때에 자신의 약함을 인식하고 두려워하고 심히 떨었다며 진솔하게 고백하는 대목도 감명을 주고 있다. 우리가 늘 성령의 충만함으로 살 수 없는 연약한 자임을 알기에 이 말씀은 우리에게 용기를 준다. 하나님을 믿는 사람은 누구나 잘 알다시피 십자가에서 우리 죄를 대속하신 예수님께서 "다 이루었다"고 말씀하셨다.

"예수께서 신 포도주를 받으신 후에 이르시되 다 이루었다 하시고 머리를 숙이시고 영혼이 떠나가시니라."(요한복음 19:30)

그래서 아무런 공로 없이 주의 자녀가 되었고 주의 보호를 받으며 성령과 교통하며 살고 있음에 감사하고 말씀에 순종하며 이웃들에게 몸으로 사랑과 섬김을 실천하며 사는 것이 성도의 올바른 자세라는 생각이 든다. '다 이루었다'는 말씀은 요한복음 이외에 창세기와 요한계시록에도 나온다. 창세기에서 하나님은 세상을 창조하시고 '다 이루었다'고 하셨다. 게다가 하나님 보시기에 심히 좋았더라고 말씀하셨다.

"하나님이 지으신 그 모든 것을 보시니 보시기에 심히 좋았더라. 저녁이 되고 아침이 되니 이는 여섯째 날이니라. 천지와 만물이 다 이루어지니라."(창세기 1:31~2:1)

요한복음에서는 사망에서 생명으로 전환하는 일을 행하신 후 '다 이루었다'고 하셨다. 또 요한계시록에서는 처음이고 나중이며 알파와 오메가라고 하시며 하나님께서 계획하신 모든 일에 대하여 '이루었다'고 말씀하셨다.

"보좌에 앉으신 이가 이르시되 보라 내가 만물을 새롭게 하노라 하시고 또 이르시되 이 말은 신실하고 참되니 기록하라 하시고 또 내게 말씀하시되 이루었도다. 나는 알파와 오메가요 처음과 마

지막이라 내가 생명수 샘물을 목마른 자에게 값없이 주리니."(요한계시록 21:5~6)

우리는 진정 그리스도의 마음을 가졌는가? 그 마음으로 하나님의 비밀을 공유하고자 전도하고 있는가? 아니면 자신의 지식이나 생각이 가미된 내용을 설파하고 있지는 않은지 성찰해 볼 필요가 있다.

바울이 "십자가에 못 박히신 것 외에는 아무것도 알지 아니하기로 작정하였다"(고린도전서 2:2)고 한 것처럼 내 자신의 지식이나 지혜가 아닌 성령을 통해 주어지는 그리스도의 마음을 지닐 수 있도록 기도하는 것이 중요할 것 같다.

하나님의 은혜 안에서 살기를 원하는지 아니면 율법 안에서 살기를 원하는지 나는 내 자신에게 종종 질문한다. 나는 당연히 전자에 해당한다고 생각하며 살고 있다. 하지만 마음먹은 대로 항상 하나님의 은혜에 감사하며 살지 못할 때가 많다. 때로는 관념적인 믿음, 의례적인 기도, 이웃에 대한 배려가 부족한 나 자신을 여전히 발견하곤 한다. 이럴 때면 나는 가장 먼저 나 자신부터 전도해야겠다는 결심을 하곤 한다. 그리고 그러기 위해서는 스스로 착한 사람이 되어야 한다고 마음을 다잡아 본다.

〈착한 사람이 되어야 하는 이유〉

내가 착한 사람이 되어야 하는 이유는
이 세상을 사는 동안
결코 혼자서 서고 걷고 뛸 수 없기 때문이다.

내가 겸손한 사람이 되어야 하는 이유는
교만한 사람은 늘 주목을 받게 되고
주목받는 사람은 언젠가 적지 않은 상처를 받게 되기 때문이다.

내가 남을 배려해야 하는 이유는
나도 배려가 필요한 상황이 올 수 있기 때문이다.
적어도 배려는 그것이 필요한 누군가에게 큰 힘이 되기 때문
이다.

내가 화를 내고 싶어도 참아야 하는 이유는
나도 남이 화낼 만한 일들을 수없이 해왔고
앞으로도 그럴 수 있기 때문이다.

내가 남을 용서해야 하는 이유는
나도 이미 기억될 만한 큰 용서를 받았고
또 살아가는 동안 수없이 용서받을 일들이 기다리고 있기 때
문이다.

내가 사랑하면서 살아가야 하는 이유는
사랑하지 않으면 알 수 없고 얻을 수 없고 느낄 수 없기 때문
이다.
무엇보다 사랑하지 않으면 사는 것 자체가 공허하기 때문이다.

지금은 영적 감성이
필요한 때다

지금은 지식을 상업화하고
지성은 침묵하며
영성이 결핍된 사회라고
감히 단언할 수 있을 것 같다.

지금 우리가 살고 있는 시대를 어떤 시대라고 규정할 수 있을까? 물론 분야별로 여러 가지 이야기를 할 수 있을 것이다. 세계화, 인공지능, 융복합, 다원화, 탈산업화, 도시화, 공동체 붕괴 등 다양한 차원에서 시대를 정의할 수 있을 것이다. 이것들이 함의하고 있는 내용들은 과연 어떤 것들일까? 물론 사람들의 입장이나 견해에 따라 달라질 수 있지만, 시대적 현상 자체에 답이 있을 수도 있고 아닐 수도 있다. 청동기시대나 철기시대, 농경시대 등 시대적 특성 자체가 무슨 문제가 될 수 있겠는가? 또 산업혁명이 무슨 문제가 될 수 있겠는가?

　　인간은 발전이라는 목표 안에서 피와 땀을 흘리며 전력을 다해 달려왔고 또 그렇게 달려갈 것이기 때문이다. 다만 철로 농기구 대신 무기를 만들고 농업이 자연에 의존하는 것이 아니라 물길을 바꾸고 과도한 간척과 개간으로 생산성을 높였다. 산업화시대는 오로지 기계화를 통한 효율을 높여서 이윤을 높이고 식물공장, 동물 공장화를 통해 일 년 내내 가동함으로써 자연의 순환 시스템을 무색하게 만들어 버렸다. 사람들은 자신의 고향을 버리고 직장과 돈이 몰려 있는 도시로 향해 이동하였다. 그로 인해 도시는 건물 반,

사람 반으로 콩나물시루처럼 밀도 높은 관계 속에서 살아가고 있다. 삶의 질보다는 서울에 사는 것(in Seoul)으로 위안을 삼거나 보상받으려 한다. 왜곡된 사회의 비뚤어진 삶의 전형이다.

서울을 포함한 수도권은 대한민국 인구의 절반가량이 살고 있다. 그럼에도 불편을 감수하고서라도 그곳을 떠나려 하지 않는다. 이유를 모르겠다. 마치 집단 최면에 걸린 것처럼 느껴질 때가 적지 않다. 서울은 누구를 위한 곳인가? 아마도 대기업을 운영하는 사람들이나 돈깨나 만지며 기득권을 권력 삼아 더욱 더 부를 축적하려는 사람들은 서울로 사람들이 몰려드는 현상을 반길 수밖에 없을 것이다. 그들에게는 서울이 천국처럼 느껴질 수도 있을 것 같다. 많은 사람들이 그들처럼 성공하는 꿈을 꾸고 있을지 모르겠지만, 왜 다른 꿈을 꾸려는 생각을 하지 않는지 이해가 가지 않을 때가 더러 있다.

어쨌든 이런 모든 것들이 선택의 문제일 수도 있고, 결단의 문제일 수도 있다. 세상은 끊임없이 신지식을 창안해내는 사람들에 의해 변화하고 있다. 날만 새면 새로운 지식이 등장하고 사람들은 이를 반기면서도 동시에 두려움도 느끼는 것 같다. 언뜻 보기에는 엄청난 인류의 진보라고 얘기할 수 있을지 모르지만, 인간의 행복이나 삶의 질, 미래에 대한 지속 가능성 등을 고려해 볼 때 그렇게 긍정적으로만 평가할 수 없는 현상들이다.

그도 그럴 것이 지식은 이제 상업화를 위해 존재하는 산업정보에 불과하거나 남에게 과시하는 훈장쯤으로 전락하고 말았다. 게다가 날이 갈수록 새로운 무기를 만들며 다른 국가를 겁박하는 도구로 사용되기도 한다. 지식이 누군가를 대적하고 우월감을 과시하기 위해 존재하는 것은 무척 위험한 일이다. 지식의 올바른 사용은 사람들의 성숙 정도를 나타내는 개인지성 혹은 집단지성에 의해 통제되고 선택적 활용이 요구되지만 지성인으로서 사회의 미래를 이끌어가야 할 사람들마저 상업적 지성인으로 전락하고 있는 형국이다. 지성인을 자처하는 사람들은 자신의 지식과 정보로 장사하고 있는 경우도 허다하다. 자신의 유명세를 이용하여 무책임하게 치고 빠지는 말과 글로 연명하고 있다는 느낌마저 든다.

분명, 베이컨이 말했던 것처럼 아는 것이 힘이다(Knowledge is power). 왜냐하면 어떤 사람이나 사물에 대해 많은 것을 알고 있으면 다른 사람들에게 즐거움을 줄 수도 있고 통제력을 더 많이 발휘할 수 있기 때문이다. 하지만 지식인이나 지성인에게 많은 사람들이 거는 기대와는 달리 진영논리나 자기유익의 한계를 넘지 못하고 편파적으로 악용하는 것은 우리 미래를 더욱 어둡게 만들고 있다.

물론 찾아보면 사사로운 유익, 혹은 국가나 민족을 뛰어넘어 진정으로 인류 미래를 걱정하는 사람들도 적지 않을 것이다. 그러나 그런 소수의 이야기는 책 속에서나 위력을 발휘할 뿐 사회적 공감대를 형성하게 할 만큼 크게 위력을 발휘하지는 못하고 있는 실정이다. 종교도 다원화하면서 자신들의 울타리 안에 갇혀버린 지 꽤 오래되었다. 21세기의 비극은 존경할 만한 위인도 제대로 된 성직자도 시민들의 공감을 이끌어내는 사회지도자, 정치지도자들이 두드러지게 눈에 띄지 않는다는 점이다.

요즘 세상을 바라는 보는 느낌은 을씨년스럽게 기분 나쁜 날씨를 창밖으로 바라보거나 혹은 캄캄한 밤을 뜬 눈으로 천장만 빤히 바라보고 있는 그런 느낌이다. 대중은 시대의 흐름이나 유행에 휩쓸려 어쩔 수 없이 따라가는 경향이 있다. 그것은 여러 가지 이유가 있겠지만 세상 사람들이 자신보다 훨씬 지식이 뛰어나다고 생각하는 것 같고, 또 자신의 소신을 펼치기에는 계란으로 바위치기에 해당할 만큼 어리석은 일로 간주해 버리며 자신의 견해를 피력하지 않는 측면도 없지 않은 것 같다.

무엇보다 개인 한 사람 한 사람을 존중할 만큼 사회 시스템이 다양하거나 개인 친화적인 사회가 아니라는 점이다. 표준화, 모델화를 통해 우리 사회는 대중을 상대로 시스템화하였기 때문에 자신의 몸에 맞지 않은 옷인 줄 알면서도 그것을 회피하지 못하는 것이다. 지금은 지식을 상업화하고 지성은 침묵하며 영성이 결핍된 사회라고 감히 단언할 수 있을 것 같다.

오래전 유럽행 비행기 안에서 감명 깊은 영화 한 편을 본 적이 있다. 그 영화는 바로 피터 위어 감독, 로빈 윌리엄스 주연의 〈죽은 시인의 사회(Dead Poets Society)〉(1989)라는 작품이었다. 앞좌석 등받이에 걸린 작은 모니터로 무척 드물 정도로 몰입하면서 보았다. 그 영화를 보고 나서 여운이 쉬 가시지 않았고 그 후에 책을 사서 다시 읽은 적이 있다.

이 영화 내용은 전통, 명예, 규율, 최고라는 4대원칙을 기치로 내걸고 세워진 웰튼 아카데미라는 보수적인 남학교를 배경으로 펼쳐진다. 그저 학교가 정한 규정에 의한 주입식 교육에 지친 학생들에게 갑자기 부임해 온 국어과목 담당인 키팅 선생님이 등장하면서 이야기가 전개된다.

키팅 선생님은 이 학교를 졸업한 선배였는데 자신을 '오 캡틴! 마이 캡틴'이라고 부르게 한다. 키팅 선생님은 학교의 규칙이나 관습을 벗어난 파격적인 수업을 진행하였다. 교실을 벗어나 가르치기도 하고 기존 방식에서 벗어난 독특한 형식의 수업을 진행하였다. 세상을 더 넓게 보고 다양한 사고를 하도록 가르쳤다. 학생들에게는 신선하게 받아들여졌지만, 학교 측이나 학부모들에게는 달가울 리가 없었다. 왜냐하면 그들은 전인교육보다는 명문대를 진학시키는 것이 목표였기 때문이다.

여기서 유명한 대사가 탄생했는데 다름 아닌 라틴어 카르페 디엠(Carpe, carpe diem)이다. 바로 '현재를 즐겨라' '너의 인생을 특별하게 만들어라'라는 의미다. 〈죽은 시인의 사회〉는 키팅 선생님이 학창시절에 활동했던 클럽이었는데 우연히 한 학생이 알게 되었고 그들도 선생님처럼 동아리를 만들어 활동하자고 제안하게 된다. 그들은 그 모임을 통해 자신의 취향, 자신의 재능 등 숨겨진 자아를 발견해 나간다. 그중에 닐이라는 학생은 셰익스피어의 〈한 여름 밤의 꿈〉이라는 작품의 주연을 맡으면서 자신의 연극에 대한 자질을 발견하게 된다. 하지만 아버지 생각은 달랐다. 명문대 의사가 되라고 강하게 질책한 것이다. 그는 이를 극복하지 못하고 아버지의 총으로 자살하게 되는 슬픈 종말을 맞이하게 된다.

이 일이 있은 후 키팅 선생님은 그의 죽음에 책임이 있다는 식으로 학교에서 몰고 가 희생양으로 삼는다. 그는 결국 학교를 떠나고 만다. 학생들은 키팅 선생님이 학교를 떠나는 마지막 장면에서 누구라고도 할 것 없이 자신의 책상에 올라서서 존경과 감사를 표하게 된다.

우리를 슬프게 하는 것은 이것이 단순히 영화 속의 이야기로 끝나지 않고 현실이 되어 우리가 직면하고 있다는 사실이다. 누구의 책임일까. 무엇을 해야 할까. 어쩌면 여러 마디 말보다 그저 한 줄의 시(詩)가 필요한지도 모르겠다. 지금이야말로 영적 감성이 절실히 필요한 때임에 틀림이 없다.

〈그분을 만나면 길이 보입니다〉

바람이 몹시 불던 어느 날
사공이 노를 젓고 있었습니다.
갑자기 웬 배가 와서 부딪쳤습니다.

사공은 화가 나서
"어느 놈이 노를 이따위로 젓는 거야!"
무슨 일을 낼 것처럼 화를 내며
그 배를 노려보았습니다.

그런데
그 배는 빈 배였습니다.

성난 파도물결에 목적지도 없이
그저 이리저리 방황하고 있었던 것입니다.

사공은 머쓱해져 혼자서 피식 웃고 말았습니다.

세상에는 화나게 하는 일이 참 많습니다.
도저히 이해 안 되는 일이 너무 자주 일어납니다.

생각해 보면
그것은 주인을 잃은 빈 배의 소행일 때가 많습니다.
파도를 탓해야 되나요?
바람을 탓해야 되나요?

빈 배가 저지른 짓
괘씸하지만

결국 용서할 수밖에 도리가 없는 듯합니다.

우리가 해야 할 일이 있다면
빈 배를 주인에게 돌려주는 일이 아닐까요.

세상에는 진정 만나야 할 분을
아직 만나지 못한 사람들이 참 많습니다.

그들을 대할 때면
바로 빈 배를 만난 사공의 심정이 되어
가벼운 미소와 여유 있는 표정을 지을 수 있어야 하지 않을까요.

누가
내
믿음을 옮겼을까

자신에게 닥친 변화를 부정적으로 생각하지 말고
긍정적으로 받아들이며 이를 적극적인 기회로 삼으라.
변화에 이끌려 다니는 삶보다는
보다 적극적으로 변화를 주도하는 입장이 되어
변화를 즐길 때 우리의 삶이 훨씬 기분 좋고 아름답다

'누가 내 믿음을 옮겼을까?'는 스펜서 존슨의 《누가 내 치즈를 옮겼을까?》를 패러디 한 것이다. 그 책의 줄거리는 다음과 같다. 어느 고교동창회 모임에서 자신들의 학창시절 꿈과는 다르게 서로의 변화된 모습을 보면서 겪는 변화에 대처하는 이야기를 나눈다. 특히 마이클이라는 친구는 일상생활에서 느끼는 권태와 변화에 대한 두려움이 있었는데, 어느 날 접한 우화를 통해서 도움을 얻었다고 소개하며 그 이야기를 들려주는 형식으로 책은 시작된다.

등장인물은 두 생쥐 스니프(킁킁거리며 냄새를 맡는다는 의성어), 스커리(종종거리며 급히 달린다는 의미의 의태어), 두 꼬마인간 헴(헛기침한다는 의미의 의성어)과 허(점잔을 뺀다는 의미의 단어)다.

이들은 각자의 방법대로 미로 찾기를 통해 치즈가 가득한 C창고를 찾아낸다. 그리고 일상이 시작된다. 마치 인간들이 각자의 방식대로 직장을 찾고 거기에 익숙한 삶을 살아가듯이 치즈창고가 그들의 삶의 중심이 된다.

꼬마인간은 창고에 가득한 치즈를 보며 행복해 했고 오만해지기 시작했고 열심히 치즈를 찾을 때와는 달리 매너리즘에 빠지기 시작했다. 그러나 두 생쥐는 매일 하던 일을 게을리 하지 않았다. 아침 일찍 도착해서 혹시 어제와 다른 변화가 생겼는지 킁킁거리며 냄새를 맡아보고 긁어보기도 하면서 조금씩 치즈를 갉아 먹었다.

어느 날 그들이 C창고에 도착했을 때 창고엔 치즈가 하나도 없었다. 그러나 생쥐들은 당황하지 않았다. 그들은 재고량이 매일 조금씩 줄어들고 있다는 것을 이미 알고 있었기 때문이다. 그리고 다시 새로운 창고를 찾아 나서기로 결정한 것이다. 이처럼 생쥐에게는 문제와 해결책이 모두 명료했다. C창고의 상황이 바뀌었기 때문에 그들 자신도 변하기로 결정한 것이다.

뒤늦게 나타난 헴과 허는 치즈가 없어지는 것을 보고 몹시 당황하여 분노를 쏟아냈다. '누가 내 치즈를 옮겼을까? 어떻게 내게 이런 일이 일어날 수 있지!' 그들은 새로운 사태를 받아들일 준비가 되어 있지 않았다. 그들이 아무런 대책도 세우지 못하고 불평만 털어놓고 있는 사이에 스니프와 스커리 두 생쥐는 다시 미로를 찾아 헤맨 끝에 마침내 온갖 치즈로 가득한 N치즈창고를 찾아냈다.

허는 이제 새로운 치즈를 찾아 나설 것을 헴에게 권유했다. 그러나 헴은 누가 다시 제자리에 치즈를 돌려놓을지 모르기 때문에 기다리자고 한다. 허도 새로운 미로를 찾아 나서기 두렵기만하다. 그러나 두려움은 현실에 안주하려는 안일한 생각을 생산적인 방향으로 흐르게 하는 촉매역할을 한다는 사실을 잊고 있었다.

결국 치즈 한 조각 없는 C창고에 남아 있는 것보다 치즈를 찾아 떠나는 것이 낫다는 생각을 하게 된다. 허는 포기하고 싶을 때마다 새 치즈에 대한 기대를 통해 자신을 독려했다. 그러나 오랜 시간을 헤매도 치즈를 찾지 못하게 되자 두려움이 밀려오기 시작했다. 허는 잔뜩 몸을 웅크리고 서있는 자신의 모습이 우스꽝스럽게 느껴졌다. 일어나지도 않는 일에 대해 고민하고 있는 자신이 초라해 보였다. 허는 자신도 모르는 사이에 두려움을 극복하고 있었고 기분이 유쾌해지기 시작했다. 새로운 방향으로 움직이는 것이 그를 두려움에서 풀어주고 있었다. 허는 산더미처럼 쌓인 치즈를 상상하면서 거기에 자신이 있는 그림을 그렸다. 그러자 코끝에 상큼한 치즈 향이 느껴졌다. 그리고 희망이 솟구쳤다. 그는 경쾌하게 미로 속을 달렸다. 점점 자신이 하고 있는 일에 흥미를 느끼기 시작했다. 새 치즈를 향해 나아가는 과정 자체가 즐거웠기 때문이다. 허는 아직 치즈창고를 발견하지 못했지만 미로 속을 달리며 배운 것을 정리해보았다. 새로운 사고방식으로 새로운 행동을 취하는 길이 살아남을 수 있는 유일한 방법임을 깨달은 것이다.

마침내 허는 N창고의 치즈를 발견했다. 창고에 들어서자마자 눈앞의 현실이 꿈처럼 느껴졌다. 그토록 마음으로 상상하던 그림이 바로 눈앞에 펼쳐져 있었던 것이다. 허가 깨달았든 그렇지 않았든 간에 가장 중요한 사실은 새 치즈가 어딘가에 항상 있다는 사실이다. 약간의 두려움은 우리가 더 큰 위험에 빠지지 않도록 해주기 때문에 필요하다고 했지만 허가 지금까지 느꼈던 대부분의 두려움은 근거 없는 두려움이었고 그가 변하지 못하도록 방해했다. 허는 처음에는 변화를 거부했지만 그 변화는 축복으로 바뀌어 허를 치즈가 있는 곳으로 인도했다. 더불어 자신이 훌륭한 사람이 된 것도 발견하게 된다. 그는 예전과 달리 매일 아침 N창고를 둘러보고 치즈의 상태를 점검했다. 그는 다시 예상치 못한 변화에 습격을 당하지 않기로 마음먹었다.

정도의 차이는 있지만 누구나 변화를 두려워하는 마음이 있다.

그것은 우리 속에 안정과 편안함에 안주하려는 속성이 내재되어 있기 때문인지도 모르겠다. 아니면 우리 스스로가 새로운 상황에 직면했을 때 자신의 위기관리능력이나 모험정신을 과소평가한 때문인지도 모른다.

현대는 과학과 기술의 발달로 인해 세계화가 급속도로 진행되고 있고 국가 간, 지역 간, 개인 간 무한경쟁시대에 돌입하고 있으며, 그 변화의 속도는 정신을 차릴 수 없을 정도다. 이런 상황에서 전통을 중시하고 옛 교육을 받아 온 세대는 신교육을 받고 비교적 전통으로부터 자유로운 신세대들에 비해 변화에 대해 두려움을 갖고 있음을 부인할 수 없을 것이다.

또 가정이건, 직장이건, 사회이건, 혹은 국가이건 간에 안정되고 만족할 만한 여건 속에서 사는 사람들일수록 그 상황에서 안주하고 싶고 변화를 꺼려하는 심리가 있을 것이다. 그리고 평소 아주 작은 생활반경의 울타리를 벗어나지 못하고 주어진 현실의 언저리에서만 자신의 행복을 추구하고 자신의 꿈을 실현하려는 사람들은 아무리 아름답고 멋진 세상이 어딘가에 존재한다고 할지라도 모험을 꺼려할 것이다.

신앙인도 그런 점에서는 마찬가지가 아닐까. 예배와 기도와 말씀 읽기 등이 몸에 익은 관습이 되어버리고 놀라운 하나님의 은총과 아름다운 하나님 나라를 상상하는 일을 멈춘다면 그저 부적을 몸에 지니고 다니면서 형통하기를 바라는 것과 무엇이 다를까 생각해보게 된다.

이런 모든 상황을 헤아리다 보면 변화를 싫어하는 부류 속 어딘가에 내가 속해 있음을 발견할 수 있을 것이다. 분명한 것은 세상을 살다보면 크고 작은 변화를 직면하지 않을 수 없다는 점이다. 이런 변화를 예상하고 그것이 나에게 어떤 의미가 있고 어떤 결과를 가져올 것인가를 염두에 두지 않고 무작정 생각 없이 살아간다면 뜻하지 않은 변화가 내게 찾아왔을 때 당황하지 않을 사람은 아마 없을 것이다.

이 책은 자신에 닥친 변화를 부정적으로 생각하지 말고 긍정적으로 받아들이며 이를 적극적인 기회로 삼으라는 메시지를 전하고 있다. 그리고 어떤 목적에 도달하는 과정을 어쩔 수 없이 보내는 시간이 아니라 그 과정을 즐기라고 첨언한다.

더 나아가 변화에 이끌려 다니는 삶보다는 보다 적극적으로 변화를 주도하는 입장이 되어 변화를 즐길 때 우리의 삶이 훨씬 기분 좋고 아름답다는 것을 깨닫는다고 이야기하고 있다.

자신이 어떤 삶을 살 것인지 방향과 목적을 설정하려면 자신을 들여다보는 데서 시작되어야 한다. 아울러 나 자신을 존재하게 하신 분을 떠올리지 않으면 안 된다. 그런 생각이 흐트러지고 주변의 것에 시선을 빼앗기고 있다고 생각되면 얼른 자신을 돌아보아야 할 것이다.

요컨대 누가 혹은 무엇이 내 믿음을 옮겼을까 따져볼 일이다.

생명이 있는
모든 것은
아픔을 겪으며
자란다

고난 당한 것이 내게 유익이라.
이로 말미암아
내가 주의 율례들을 배우게 되었나이다.
(시편 119:71)

인간적으로 성숙해진다는 것이 얼마나 어려운지 우리는 너무나 잘 알고 있다. 오죽하면 우리 속담에 "세 살적 버릇 여든까지 간다"고 하였을까? 특히 타인에게 칭찬 받고 존경 받기 위해서는 각별한 노력을 기울이지 않으면 안 된다. 더구나 일반 사람보다 한 단계 더 성숙할 것이라고 믿는 신앙인의 성숙은 더더욱 어려운 일이 아닐 수 없다. 무엇이 우리의 성숙을 가로막는가? 그것을 알아야 적절히 대처하고 성숙의 길을 당당히 걸어갈 수 있을 것이다.

스코틀랜드 출신의 개혁주의 신학자이자 목회자인 싱클레어 퍼거슨(Sinclair B. Ferguson)은 그의 저서 《성숙의 길(Maturity)》*에서 그리스도 안에서 온전히 자라가기 위해서는 영적인 일을 방해하는 것들을 먼저 알아야 한다고 했다. 그것으로 죄, 시험, 사탄, 고난 등을 들고 있다. 첫 번째, 죄에 대해서는 시편 119편을 묵상할 것을 권한다.

---

* 싱클레어 퍼거슨, 성숙의 길, 두란노, 2019.

"청년이 무엇으로 그 행실을 깨끗하게 하리이까 주의 말씀만 지킬 따름이니이다."(시편 119:9)

말하자면 죄는 영적 성장을 방해하는 내부의 적이라는 점을 강조한다. 이를 극복하기 위해서는 하나님 말씀에 착념하고 기도의 특권을 사용할 것이며 복음 전도를 위해 연민의 마음을 가지고 세상을 섬기는 행위가 중요하다고 말한다.

두 번째, 시험에 대해서는 하나님의 전신갑주를 입으라고 권면한다. 성서의 말씀을 보자.

"마귀의 간계를 능히 대적하기 위하여 하나님의 전신갑주를 입으라. 우리의 씨름은 혈과 육을 상대하는 것이 아니요 통치자들과 권세들과 이 어둠의 세상 주관자들과 하늘에 있는 영들을 상대함이라."(에베소서 6:11~12)

위의 말씀은 우리가 세상에 사는 동안 끊임없는 시험이 있을 것이라는 예고의 메시지다. 성서에는 사탄으로부터 시험받는 장면을 여러 곳에서 접할 수 있다. 에덴동산에서의 아담과 하와의 시험을 필두로 하나님으로부터 온전한 자로 칭찬받은 욥에 대한 시험, 심지어 예수님 자신도 사탄으로부터 시험을 받으셨다. 예수님은 성령에 이끌리시어 사십일 동안 광야에서 아무 것도 먹지 않고 마귀에게 시험을 당하셨다. 첫 번째 시험은 돌들을 떡으로 만들라는 것이었다(누가복음 4:3). 이것은 인간의 가장 기본적인 욕구에 대한 시험으로 인간이 여기에 자유롭지 못하다는 것을 알고 약점을 파고든 것이다. 예수님은 이 마귀의 간교함을 성령의 지혜로 이겨

내며 즉시 대답을 내놓으셨다.

"예수께서 대답하시되 기록된 바 사람이 떡으로만 살 것이 아니라하였느니라"(누가복음 4:4).

두 번째 시험은 천하만국을 얻으려면 나에게 절하라는 것이었다. 그러나 이 역시 예수님은 성령에 의지하여 말씀으로 일갈하셨다.

"예수께서 대답하여 이르시되 기록된 바 주 너의 하나님께 경배하고 다만 그를 섬기라 하였느니라."(누가복음 4:8)

세 번째 시험은 성전 꼭대기에서 뛰어내려 하나님의 아들이심을 입증하라는 것이었다. 이 시험에도 예수님은 단호하게 말씀으로 극복하신 것을 알 수 있다.

"예수께서 대답하여 이르시되 주 너의 하나님을 시험하지 말라 하였느니라."(누가복음 4:12)

우리도 살면서 크고 작은 시험이나 유혹을 만날 수 있다. 이런 상황에서 승리하기 위해서는 예수님이 보여주신 것과 같이 성령의 도우심을 통해 하나님 말씀으로 극복해야 할 것이다. 뿐만 아니라 사탄에 대한 경계심을 늦추지 말아야 할 것이다. 우리가 항상 접하는 '주기도문' 내용에도 포함될 만큼 중요한 말씀이 있다.

"우리를 시험에 들게 하지 마옵시고 다만 악에서 구하시옵소서."(마태복음 6:13)

사탄의 목적은 우리를 멸망시키는 것이다. 그래서 수단과 방법을 가리지 않는다. 특히 인간의 교만함을 파고들기도 하고 낙심과 절망을 품게 하며 때로는 타인과 비교하여 인간의 존엄성을 말살하려는 시도를 지속한다. 하지만 사탄을 두려워할 필요는 없다. 왜냐하면 우리는 전능하신 하나님의 자녀이고 사탄은 한낱 피조물에 불과하기 때문이다.

"자녀들아 너희는 하나님께 속하였고 또 그들을 이기었나니 이는 너희 안에 계신 이(예수 그리스도)가 세상에 있는 자(사탄)보다 크심이라"(요한일서 4:4).

또 예수님이 이 땅에 오신 목적은 우리를 사탄의 손에서 구원하기 위한 것이기 때문이다.

"죄를 짓는 자는 마귀에게 속하나니 마귀는 처음부터 범죄함이라. 하나님의 아들이 나타나신 것은 마귀의 일을 멸하려 하심이라"(요한일서 3:8).

하나님은 성령을 통해 우리를 지키시고 말씀과 기도로 이기는 법을 이미 알려주셨다.

"제자들이 조용히 묻자오되 우리는 어찌하여 능히 귀신을 쫓아내지 못하였나이까. 이르시되 기도 외에 다른 것으로는 이런 종류가 나갈 수 없느니라 하시니라"(마가복음 9:28~29).

예수님의 이름으로 물리치는 법도 가르쳐주셨다.

"바울이 심히 괴로워하여 돌이켜 그 귀신에게 이르되 예수 그리스도의 이름으로 내가 명하노니 그에게서 나오라 귀신이 즉시 나오니라."(사도행전 16:18)

우리가 흔히 오해하고 있는 것 중에 하나는 하나님을 믿기만 하면 시련이나 고난 없이 마치 만사형통할 것이라는 착각을 하고 있다는 점이다. 하나님의 자녀로서 믿음으로 살려고 하는 우리에게도 얼마든지 고난에 맞닥뜨릴 수 있다는 것이다. 고난을 슬기롭게 이겨내기 위해서는 예수님을 의지하는 길 외엔 다른 방법이 없다. 그리고 고난이 반드시 부정적인 징조로만 여길 것이 아니라 때로는 그 안에서 하나님의 크고 깊은 사랑의 메시지를 발견할 수 있는 믿음이 요구되기도 한다. 성서에는 그런 사실을 뒷받침할 만한 말씀이 참 많다.

"고난 당하기 전에는 내가 그릇 행하였더니 이제는 주의 말씀을 지키나이다."(시편 119:67)

"고난 당한 것이 내게 유익이라. 이로 말미암아 내가 주의 율례들을 배우게 되었나이다."(시편 119:71)

"여호와여 내가 알거니와 주의 심판은 의로우시고 주께서 나를

괴롭게 하심은 성실하심 때문이니이다."(시편 119:75)

"도가니는 은을 풀무는 금을 연단하거니와 여호와는 마음을 연단하시느니라."(잠언 17:3)

"내 형제들아 너희가 여러 가지 시험을 당하거든 온전히 기쁘게 여기라. 이는 너희 믿음의 시련이 인내를 만들어내는 줄 너희가 앎이라. 인내를 온전히 이루라 이는 너희로 온전하고 구비하여 조금도 부족함이 없게 하려 함이라."(야고보서 1:2~4)

바울은 빌립보서 교인들에게 당부하면서 성도들은 그리스도를 믿는 특권만이 아니라 그리스도를 위해 고난 당할 특권도 받았다고 했다.

"그리스도를 위하여 너희에게 은혜를 주신 것은 다만 그를 위하여 고난도 받게 하려하심이라."(빌립보서 1:29)

하나님은 우리가 꾸준히 성장해주길 바라신다. 하지만 그리스도 안에서 성장의 개념이나 목표는 세상의 것과는 많이 다르다. 그런 의미에서 우리는 세상의 정보나 지식에 의존하기 쉽다. 그리고 헛된 속임수나 그럴듯한 철학에 넘어가기도 한다. 요즘처럼 가짜 정보가 홍수처럼 쏟아져 나오고 있는 시대일수록 하나님께서 주신 지혜가 모든 지식의 근본이라는 점을 깨달아야 한다.

"여호와를 경외하는 것이 지혜의 근본이요 거룩하신 자를 아는 것이 명철이니라."(잠언 9:10)

우리가 흔히 "눈물 젖은 빵을 먹어보지 않는 자와는 인생을 논하지 말라"는 말을 하곤 한다. 말하자면 인생의 아픔을 겪어보지 않은 사람은 인생의 깊이를 제대로 알 수 없다는 뜻이다. 우리가 살면서 만나는 고난이나 시련은 우리의 영적 성장을 크게 도울 것이다.

　생명이 있는 모든 것은 아픔을 겪으며 자란다.

누구나 사람은
개별적인 존재이고
삶도 각자의 몫이다

신이 와서 "나는 존재한다"고 말할 때까지
기다려서는 안 된다.
그의 힘을 스스로 밝히는
그런 신은 의미가 없다.

우선 이 제목으로 글을 쓰고 있는 것은 적정심리학 전문가 정혜신의 저서 《당신이 옳다》라는 책을 읽고 느낀 바가 있어서다. 앞의 제목 문장도 이 책의 소제목 가운데 하나인 '우리는 모두 개별적인 존재'*에서 따왔다. 저자는 책에서 사람은 국가처럼 모두 고유하고 개별적인 존재라고 전제하면서 개인마다 타인과 전혀 다른 자신의 역사를 가진다고 설파하고 있다. 말투나 심성, 취향이나 취미, 식성이 다를 수 있는 것처럼 각 사람의 존재감이 다르다는 점을 강조했다.

　　따라서 상대방의 주권을 인정하지 않는 행위는 다른 나라의 국경을 침범하듯 경계를 침범하는 행위라고 말한다. 이 책의 또 다른 장(chapter)**에서는 집단적인 사고가 개별성을 지울 수 있음도 지적하고 있다. 고기를 진짜 좋아하는 사람이라면 비계를 잘 먹어야 한다거나 회를 제대로 먹는 사람은 절대 초고추장에 찍어 먹지 않는다는 등의 주장을 예로 들고 있다. 거기에 덧붙이자면 타인의 의견을 묻지도 않고 자장면으로 통일하자는 일도 일상에서

---

*　정혜신, 당신이 옳다, p.179, 해냄출판사, 2020.
**　전게서, p.246.

종종 겪는 일이다.

사실 사회적으로도 지위가 높거나 나이가 많거나 성공한 사람들의 입김이 훨씬 세게 작용하는 것이 사실이다. 다행히 상대방의 의견이 나와 다르지 않다면 별 상관이 없겠지만, 그렇지 않는 경우에는 알게 모르게 자존감에 상처를 받을 수 있다는 것이다.

요즘 같은 다원화 사회에서 자신과 공감대를 형성하는 누군가를 만나기란 그리 쉬운 일이 아니다. 그래서 동아리에 들어가고, 산악회나 스포츠클럽 등을 통해 자존감을 회복하려고 노력하는 사람들도 적지 않다. 요즘 공황장애나 심리적 스트레스로 인한 질환으로 고생한 사람들이 의외로 많다는 것을 나는 어지럼증으로 병원을 찾게 된 후에 알게 되었다. 어쩌면 사람들은 자존감에 대한 고민 혹은 자기소멸에 대한 두려움이 늘 자신을 괴롭히고 있는지 모른다. 그것이 몸이나 정신이 지탱하기 힘들 정도의 과부하에 걸리면 질환으로 나타나는 것이다.

대부분의 현대인들은 자신의 정체성을 제대로 찾지 못한 채 사회적 책임을 다하기 위해서 다람쥐 쳇바퀴 도는 것처럼 반복되는 일상을 살아가고 있다. 자신이 속한 누군가의 리드에 의해 결정된 일을 따르거나 자신이 속한 집단적 사고가 마치 내 자신의 생각인 것처럼 아무런 비판할 겨를도 없이 수긍하며 살아가야 하는 경우가 허다하다.

누구든 자신이 썩 괜찮은 사람이고 꽤 능력 있는 사람이라는 것을 은근히 알아주기를 바란다. 그러나 사람 속마음까지 헤아려줄 만큼 세상은 한가하지도 않고 세심한 배려도 기대하기 힘들다. 그 사람 자체를 들여다보기보다는 그 사람이 가지고 있는 스펙이나 권력, 재력, 외모 등에 주목한다. 그런 의미에서 보면 많은 현대인들은 자존감 결핍증에 시달리고 있고 그것에 대한 허기를 호소하고 있는지도 모르겠다.

그렇다면 자존감은 타인의 인정에 의해서만 찾을 수 있는 것일까? 그럴 리 없다. 나는 내 존재의 근원을 찾고 해답을 찾으려 한다. 다름 아닌 하나님의 말씀 가운데 해답이 있다는 걸 알기 때문이다.

"수고하고 무거운 짐 진 자들아 다 내게로 오라 내가 너희를 쉬게 하리라. 나는 마음이 온유하고 겸손하니 나의 멍에를 메고 내게 배우라 그리하면 너희 마음이 쉼을 얻으리라"(마태복음 11:28~29).

세상의 어떤 문제도 피하거나 도망치거나 숨는다고 해결되는 경우는 많지 않다. 삶이 전쟁이라고 생각하면 물러서지 말고 싸워야 하겠고, 삶이 여행이라고 생각한다면 즐기면 그만이다. 그러나 그 과정에는 늘 어려움이 없을 수 없다. 그래서 우리는 진정한 쉼을 얻는 길을 선택해야만 할 때가 있다. 그럴 때 내게 와서 쉬라고 하시는 하나님의 말씀에 귀를 기울일 필요가 있다. 하나님의 지혜는 세상의 버거움으로부터 우리에게 위로를 주시고 사탄의 함정으로부터 피할 길을 주시기 때문이다. 우리는 한 치 앞을 내다볼 수 없을 뿐더러 스스로 해답을 찾지 못하는 것들이 대부분이다. 하나님의 지혜는 때로는 내가 납득할 수도 없고 헤아릴 수 없는 경우가 적지 않지만 그분을 의뢰하는 길 외에는 다른 방법이 없다.

"깊도다. 하나님의 지혜와 지식의 풍성함이여, 그의 판단은 헤아리지 못할 것이며 그의 길은 찾지 못할 것이로다."(로마서 11:33)

나의 근원과 자존감, 그리고 삶의 이유를 찾기 위해서라도 하나님 말씀에 의지할 수밖에 없다. 하나님을 아는 것이 바로 나를 아는 지름길이기 때문이다.

"여호와가 우리 하나님이신 줄 너희는 알지어다. 그는 우리를 지으신 이요 우리는 그의 것이니 그의 백성이요 그의 기르시는 양이로다."(시편 100:3)

"오직 우리 주 곧 구주 예수 그리스도의 은혜와 그를 아는 지식에서 자라가라 영광이 이제와 영원한 날까지 그에게 있을지어다."(베드로후서 3:18)

무엇보다 중요한 것은 세상에서는 어느 누구도 나를 대신할 수 없다는 점이다. 나의 구원과 참 평안은 나의 몫이기 때문이다. 부모나 친구의 믿음으로도 안 되고 교회 목사님의 믿음으로도 안 된다. 오직 예수 그리스도만이 유일한 구세주이시고 참 평안을 주실 분이라는 점을 믿고 직접 교통하며 믿음을 굳건히 다져가야 할 것이다.

찰스 스윈돌의 저서 《지혜(Wisdom)》에서 읽었던 글이 떠오른다. "성도는 대량생산되지 않는다."* 너무나 명언이 아닐 수 없다.

"여호와의 말씀이니라. 너희를 향한 나의 생각을 내가 아나니 평안이요 재앙이 아니니라. 너희에게 미래와 희망을 주는 것이니라."(예레미야 29:11)

---

*　찰스 스윈돌, 지혜, p.101, 요단.

시인 릴케(Rainer Maria Rillke, 1875-1926)는 〈신이 와서 나는 존재한다고 말할 때까지〉라는 시를 통해 다음과 같이 노래하고 있다.

신이 와서 '나는 존재한다'고 말할 때까지
기다려서는 안 된다.
그의 힘을 스스로 밝히는
그런 신은 의미가 없다.

처음부터 너의 내부에서
신이 바람처럼 불고 있음을 알아야 한다.
너의 마음이 달아오르고, 그것을 입 밖에 내지 않을 때
신은 너의 마음속에서 창조를 한다.*

요즘 우리가 살고 있는 시대는 정보나 지식의 범람으로 머리가 지근지근 아플 정도다. 과연 무엇이 진짜이고 무엇이 가짜인지 구별하기 쉽지 않을 뿐 아니라 무엇인가에 빠지면 그것에 중독되어 즐기게 된다. 그렇게 되면 우리 마음속에 하나님이 계실 만한 자리가 없어진다. 자칫 그릇된 지식이나 정보의 노예가 되어 파국의 길로 갈 수도 있다. 두렵고 섬뜩한 이야기가 아닐 수 없다. 왜 우리가 그토록 하나님을 의지하며 살아야 하는지 하나님의 계획을 알고 나면 우리는 안심하고 평안을 누릴 수 있을 것이다.

* R. M. 릴케 저/송영택 옮김, 릴케시집, p.109, 신이 와서 '나는 존재한다'고 말할 때까지, 문예출판사, 2020.

사람들은
보고 싶은 것만 보고
듣고 싶은 것만 듣는다

인간은 삶이라는 거대한 정원에서
매일 자신의 육체와 영혼을
아름답게 가꾸어가야 할 정원사라고 할 수 있다.
훌륭한 정원사는 꽃과 나무의 열매만 보는 것이 아니라
토양과 바람과 햇빛을 느끼며 정원의 구석구석을 두루 살핀다.

사람들은 보고 싶은 것만 보고 듣고 싶은 것만 듣는다.
이 말은 사람은 오감을 가지고 있어 선택적으로 자신에게 유익하
다고 생각하는 자유의지를 지니고 있음을 상징적으로 말해주고
있다. 인간은 보고, 듣고, 맛보고, 냄새 맡고, 만져서 사물을 인지
하고 상황을 판단하는 감각체계를 가지고 있다. 그래서 사람들은
그것을 통해서 느끼는 것을 위주로 행복을 이야기하는 것이 일반
적이다. 그래서 상대방의 '육체적 건강'을 기원하고 '부자 되세요'
라는 덕담도 덧붙인다.

　　이처럼 육체적 건강이 행복의 원천으로 얘기되고 있고 거기
에 물질적 풍요나 환경이 얼마나 오감을 만족시키느냐를 행복의
척도로 생각하는 경향이 있음을 알 수 있다. 그렇게 생각하고 있
는 사람은 당연히 삶의 목표나 생활방식이 거기에 맞춰질 수밖
에 없다.

　　최근 의료기술의 발달로 비교적 건강한 생활이 가능하고 수명
이 늘어난 장수시대에 살고 있다. 또 경제적인 부분도 빈부의 격차
가 있다고는 하지만 전반적으로 풍요로워진 것만은 사실이다. 그
런데 사람들의 불평불만은 하늘을 찌르고 행복지수는 갈수록 낮

아지고 있는 것이 현실이다. 그렇다면 우리가 생각하는 행복의 실체에 대해 좀 더 근본적으로 생각할 부분이 있지 않을까. 인간의 본질이 과연 무엇인지, 또 인생은 어떤 의미가 있는지 한 번쯤 진지하게 성찰해 볼 필요가 있다.

인간의 심오한 가치의 원천이 우리가 생각하고 있는 것 이상의 것이 있지 않을까. 우리의 오감(五感)만으로는 알아낼 수 없는 보이지 않고 만질 수 없는 영역이 있을 것이란 생각을 해 볼 필요가 있다. 물론 우리가 먹고 마시고 노래하고 춤추고 예쁜 옷을 입고 좋은 집에 사는 것으로 충분이 순간순간은 행복해질 수 있다. 박사, 의사, 검사가 되고 사회적으로 출세하고 돈을 많이 벌어 부자가 되는 것으로도 사람들은 꽤 성취욕을 느끼고 기쁨을 얻을 수 있다.

하지만 누구에게나 한 번쯤 닥치는 공허함, 우울증, 불안감 등은 어디서 오는 것인지, 불확실한 미래에 아무런 의심 없이 무심히 생을 마감하기에는 너무 억울한 측면이 없지 않을 것이다. 우리에게는 충분히 그 이상의 것을 인지할 수 있는 정신, 영혼이 주어져 있다는 사실을 잊어서는 안 될 것 같다.

단순히 감각으로 치면 동물들을 당해낼 재간이 없다. 프랑수아 무투의 저서 《동물의 감각》*에는 다양한 동물들의 오감능력을 소개하고 있다. 얼룩말은 머리를 좌우로 움직이지 않고도 전후와 양옆을 볼 수 있는데 머리 바로 뒤를 제외하고 거의 사방을 인지하는 시각적 능력을 보유하고 있다고 한다. 덕분에 멀리 있는 맹수 등으로부터 피하는 데 요긴하게 사용된다.

또 곤충들은 인간과 대부분의 새들이 보지 못하는 자외선을 볼

* 프랑수아 무투 저/최정수 역, 동물의 감각, 사계절.

수 있는 능력을 지니고 있다. 그래서 곤충들의 눈에는 꽃 꿀과 수술, 암술이 있는 꽃의 중심부가 꽃의 주변부보다 더 진하게 보이는 것이다. 일반적으로 꽃 중심부는 자외선 반사가 강하고 주변부는 자외선 반사가 약하기 때문이다. 인간의 눈에는 똑같이 보이지만 곤충들은 구별이 가능해서 수술의 꽃가루를 묻힌 채 날아가 다른 꽃의 암술에 묻히게 된다. 그래서 꽃의 종족번식이 이루어지게 되는 것이다.

반면 박쥐들은 시각이 발달되어 있지 않은 데 비해 후각이 매우 발달하여 낮이 아니라 주로 밤에 활동을 하는데 박쥐들이 꽃가루를 옮겨주는 경우도 있다. 아프리카의 바오밥나무가 대표적인데 이 나무가 밤에 꽃을 피우기 때문에 박쥐가 냄새를 맡고 찾아오는 것이다. 척추동물 중에서 시력이 가장 좋은 동물은 맹금류인데 그 중에서도 매는 저 높은 창공을 날다가 지상의 먹잇감을 정확히 찾아내고 낚아챈다. 시속 200㎞로 쏜살 같이 날아간다고 하는데 그것이 모두 좋은 시력 덕분에 가능하다는 것이다.

인간의 후각은 뛰어난 동물에 비하면 그리 내세울 정도는 못된다. 곤충을 비롯하여 개, 개미, 사향고양이 등은 자신의 후각 능력으로 먹이사슬로부터 보호하거나 영역을 표시하는 데에 적절히 활용된다. 개미는 뛰어난 후각을 가지고 먹이를 찾거나 이동을 하는데 이 과정에서 화학적 흔적을 남긴다. 덕분에 뒤따르는 개미는 앞선 개미들의 흔적을 따라 같은 장소를 찾아간다고 한다. 냄새를 통해 적의 공격을 방어하는 동물도 있는데 바로 스컹크다.

다음으로 미각에 관한 얘기를 해보고자 한다. 숲에는 사람이나 동물에게 이로운 식물들도 많지만 반대로 독이 있는 식물들도 적지 않다. 그렇다면 동물들은 이것을 어떻게 구별할까? 일부 동물들은 미각이 발달하여 먹이의 상태를 구분할 수 있고 또 입 속에 미뢰(taste bud)*가 있어서 먹을 수 없는 먹이를 다시 뱉을 수 있다.

우리가 동물원에 가서 원숭이에게 먹이를 줄 때 알 수 있는 사실이지만 주는 대로 다 받아먹는 것은 아니다. 자신이 좋아하는 맛이 있다는 얘기다. 원숭이는 애써 맛있는 음식을 찾아 골라먹는 식도락가로 알려져 있다. 음식을 맛본다는 것은 분자 또는 분자들의 혼합물을 화학적 분석을 통해 식별한다고 한다.

특히 뱀류는 혀로 분자를 잡아내 입속에 있는 야콥슨이라는 기관에서 분석하는데 척추동물의 대부분은 이 기관이 발달되어 있지만 조류나 영장류는 그렇지 못한 것으로 알려져 있다. 하지만 경험을 통한 기억을 통해서 이를 구분하는 능력을 키우는 예는 더러 있다. 예컨대 소믈리에가 와인을 한 모금 맛보고 입안에 머금고 요리조리 혀를 움직이며 기가 막히게 맛을 가려내는 경우가 바로 그런 경우다.

동물들은 청각을 통해서도 의사소통을 한다고 한다. 인간의 귀는 세상에 존재하는 소리의 일부만 들을 수 있지만 박쥐, 돌고래, 몇몇 곤충들은 매우 높은 소리인 초음파 소리를 들을 수 있고, 코끼리는 아주 낮은 초저주파를 들을 수 있다고 한다. 인간이 자외선이나 적외선을 상상하기 쉽지 않은 것처럼 초음파와 초저주파를 상상하는 것 역시 어렵다는 얘기다. 특히 새들은 음악적인 면에서 보면 인간의 음악과는 사뭇 다르다. 왜냐하면 새들의 소리는 주파수, 강도, 음색, 지속시간, 리듬과 멜로디의 복잡한 융합의 산

* 미뢰(또는 맛봉오리)는 혀에서 맛을 느끼는 미세포(Taste cell)가 모여 있는 미세구조로써, 맛을 내는 화학물질이 미세포를 자극하여 막전위(Membrane potential)의 탈분극(Depolarization)이 유도되고 신경전달물질(Neurotransmitter)이 방출되면, 미각신경(Gustatory axon)을 통해 뇌로 신호가 전달되어 맛을 느끼게 된다.(분자 · 세포생물학백과)

물이기 때문이다. 새들은 순식간에 수십 개의 노래를 하고 한 번에 여러 개의 음을 만들어내는 능력을 지니고 있기 때문이라고 한다. 그러나 인간이 듣지 못하는 소리로 동물들은 제각각의 소리로 서로 소통한다는 사실이 신기할 따름이다.

그리고 촉각은 몸 전체에서 느낄 수 있는 감각을 말하는데 사람의 경우 얼굴, 입술, 손 등이 다른 부위보다 더 민감하게 촉각을 느낄 수 있다. 인간들에게는 촉각은 다른 사람들과의 접촉수단이다. 접촉의 정도에 따라 친밀도가 달라지는데, 악수, 포옹, 입맞춤 등이 대표적이다.

고양이의 경우 시각 못지않게 촉각도 뛰어난데 그들의 털, 요컨대 감각모를 통해 어둠 속에서도 작은 공간들을 이리저리 잘 다닐 수 있다고 한다. 대부분의 애완동물들을 보아도 알 수 있듯이 촉감에 민감한 것을 알 수 있는데 어떻게 만지느냐, 어디를 만지느냐에 따라 자신에 대한 친밀감 여부를 알 수 있다는 얘기다. 말미잘, 해파리, 달팽이 등은 더듬이나 촉수, 수염 등의 촉각기관이 발달하여 먹이를 섭취하거나 생존을 위해 활용하고 있다.

우리는 찬란한 햇빛, 짙푸른 가을 하늘, 팔레트의 물감보다 더 다양한 꽃과 단풍잎의 색깔, 가족들과 친구, 지인들의 안색(顔色)을 통해 우리의 시각은 요동친다. 동물들은 어느 정도 시각적인 인지능력을 가지고 있을까? 하지만 사람의 시각은 단순히 보고 느끼는 것에 그치지 않는다. 다른 감정들과 연결되어 희로애락으로 표현된다.

겨울잠 자는 동물들은 어떻게 아무것도 먹지 않고 겨울을 버틸까?

수중동물들은 어떻게 물속에서 호흡하며 살까?

철새들은 길도 이정표도 없는 하늘 길을 왔다 갔다 할까?

개미들은 어떻게 비가 내릴지를 미리 알고 준비를 하는 걸까?

그래서 사람들 중에 특출한 감각을 지닌 사람들을 일컬어 '동물적 감각'을 지닌 사람이라고 극찬한다.

우리는 우리가 가진 사고의 능력, 나아가 영적 능력에 대해 생각해 볼 필요가 있을 것 같다. 그러기 위해서는 우리의 창조과정과 인생의 삶과 죽음 등에 대한 생각을 간과해서는 안 될 것이다. 누구나 태어나고 자라면서 인격이라는 것을 형성하게 된다. 그러나 그것은 단순히 지식이나 정보만으로 형성되는 것이 아니다. 만일 그렇다면 로봇의 기능을 사람이 따라갈 수 없을 것이다. 동물도 로봇도 도저히 가지고 있지 않고 오직 인간에게 허락된 영혼이라는 것이 그것을 분별하게 하고 조절하게 만든다. 게리 주커브는 《영혼의 자리》라는 저서에서 영혼에 대해 다음과 같이 설명하고 있다.

"영혼은 영원히 죽지 않는 우리 자신의 일부이다. 모든 사람들이 영혼을 가지고 있다. 하지만 인격은 영혼을 깨닫지 못하고 오감을 통해서 인식하는데 그치고 만다. 그렇기 때문에 영혼의 영향을 감지할 수 없는 것이다."

"영혼이란 가슴 한곳을 채워주고 있는 그것, 이론적인 것이 아니라 당신이라는 존재의 한가운데 있는 긍정적이고 목적이 있는 힘이다. 그것은 당신의 일부분으로서 영혼의 원동력(dynamics)을 이해하고, 무한한 사랑을 주며, 심판하지 않고 수용할 수 있게 한다."

"영혼은 분명히 존재한다. 그것은 시작도 없고 끝도 없지만 완전한 모습을 이루기 위해 흘러간다. 인격의 에너지는 영혼으로부터 나온 본질적인 힘이 구체화된 것이다. 인격이란 영혼이 현실 속에서 제 기능을 발휘할 수 있도록 적용시킨 에너지 도구다. 그래서 각각의 인격은 독특하다. 각각의 인격을 형성하고 있는 영혼 에너지의 형태가 독특하기 때문이다."

사실 영혼에 대한 관심은 곧 생명에 대한 관심으로 이어지기 때문에 이런 얘기를 할 때는 종종 경건한 마음가짐을 갖게 된다. 경건한 마음으로 생명을 이야기한다는 것은 어떤 의미가 있을까. 게리 주커브는 다음과 같이 설파하고 있다.

"경건한 사람이 되려는 결심은 본질적으로 영적인 사람이 되려는 결심과 같다. 하지만 지금 과학, 정치, 산업 혹은 학계 등에는 영적인 것이 깃들 만한 공간이 없다. 경건함이 결여된 오감의 인격에게 경건한 사업가는 불리한 상황에서 경쟁하는 것처럼 보인다. 그만큼 활동의 범주가 제한되어 있기 때문이다. 오직 외적인 힘만이 인정받는 세상에서 경건한 정치인은 지도자가 될 만한 자격이 없는 것처럼 보이기도 한다."

인간은 삶이라는 거대한 정원에서 매일 자신의 육체와 영혼을 아름답게 가꾸어가야 할 정원사라고 할 수 있다. 훌륭한 정원사는 꽃과 나무의 열매만 보는 것이 아니라 토양과 바람과 햇빛을 느끼며 정원의 구석구석을 두루 살핀다.

누구를 위한, 무엇을 위한 축제인가

우리는 믿어야 한다.
그리고 사랑해야 한다.
무엇을 위해?
우리의 유의미한 축제를 위하여!

밀란 쿤데라의 장편소설《무의미의 축제》는 여인의 배
꼽 이야기로부터 시작된다.

"6월 어느 날, 아침 해가 구름에서 나오고 있었고, 알랭은 파리
의 거리를 천천히 지나는 중이었다. 아가씨들을 자세히 보니 아주
짧은 티셔츠 차림에 바지는 모두 아슬아슬하게 골반에 걸쳐져서
배꼽이 훤하게 드러나 있었다. 그는 거기에 완전히 홀려버린 데다
혼란스럽기까지 해서, 아가씨들이 남자를 유혹하는 힘이 이제는
허벅지도 엉덩이도 가슴도 아닌, 몸 한가운데의 둥글고 작은 구멍
에 집중돼 있단 말인가 싶었다."*

인생을 살다보면 의미부여라는 것이 얼마나 중요한지 부인할
수 없다. 사람이 태어나서 죽을 때까지 자신의 삶에 혹은 죽음에
의미를 찾지 못한다면 참으로 공허한 삶이 될 수밖에 없을 것이다.
여기서 저자는 여성의 배꼽에 주목하면서 남자가(또는 한 시대가) 에

---

* 밀란 쿤데라 저/방미경 역, 무의미의 축제, p.9, 민음사.

로티즘의 관점에서 어떻게 정의할 것인가라고 질문을 던진다.

저자는 의미부여라는 것은 건강한 삶에 영향을 주지만 지나치게 모든 일에 의미부여를 하다 보면 본질을 덮어버리거나 망각하게 될 소지도 있음을 주지시키고 있다. 배꼽의 의미는 여성의 아름다움으로 꼽는 허벅지나 가슴, 엉덩이 등과는 다른 인간의 탄생을 비유적으로 말하고자 한 것으로 보인다. 하지만 사람들은 신분이나 계층 혹은 사건이나 사상, 인종이나 가문, 심지어 생김새까지도 너무 많은 의미를 부여하며 살아간다. 만약 이런 수식어를 모두 떼어버리면 인간에게 남겨진 의미는 과연 무엇일까에 대한 대답을 찾아보도록 권하는 듯하다. 만약 이런 것들에 의미부여를 하게 되면 신분상승을 해야 할 것이고, 돈을 많이 벌어야 할 것이고, 권력을 지향해야 할 것이며, 성형수술을 해야 하는 일이 발생할 수도 있다. 이런 과도한 의미부여는 마치 그 의미를 우상화하게 되어 자칫 허상을 좇는 구실이 될 수 있음을 지적한다.

우리는 많은 것들을 소유하고 누리고 살면서도 그것이 인간의 본질을 명확히 하는 것인가에 대해서는 곰곰이 생각할 기회를 갖지 못한 채 살아가고 있다. 오히려 인간의 본질을 무시한 채 그 의미들을 숭배하는 꼴이 되어버렸다고도 할 수 있다. 따지고 보면, 그것이 돈이든, 권력이든, 명예든 인간이라는 고유의 이름에 덧붙여 수없이 많은 수식어로 자신을 치장하려는 욕망이 우리 안에 내재되어 있는 것은 아닌지 모르겠다.

쿤데라의 《무의미의 축제》는 얼핏 허무주의에서 출발하고 있는 것처럼 느껴지기도 하지만 그렇다고 인생을 대충 살라는 것은 분명 아니다. 저자는 인간은 무의미한 존재, 단지 세상에 던져진 존재라는 것에서부터 인간의 아름다운 가치에 대한 근본적인 질문을 던진 것이다. 그는 한 번뿐인 인생을 소중히 생각하고 매순 간을 즐기라는 것이다. 인생을 즐기라는 의미는 사랑하라는 의미 라고 강조하고 있다.

"신앙이 없는 내 사전에 단 하나 성스런 단어가 있으니 그것은 우정이다. 여러분이 알게 된 알랭, 라몽, 샤를, 칼리방, 이 네 친 구를 나는 사랑한다. 내가 어느 날 샤를에게 흐루쇼프의 책을 가 져다주고 모두 재미있게 즐기라고 한 것도 그들을 좋아하기 때문 이다."*

저자는 일상에서의 소소한 배려나 우정이 어떤 커다란 명분이 나 의미보다 중요할 수 있음을 말하고 있다. 또 다른 장면을 보자. 거리에서 주변을 살피지 않고 각자 자신의 길을 가다가 부딪쳤을 때 사과를 해야 옳은지 아닌지의 문제로 샤를과 알랭이 대화를 나 누는 장면이다.

"나라면 분명 사과하겠지. 아이고, 이 친구야, 너도 사과쟁이 부 대에 속하는 거네. 사과로 다른 사람의 환심을 살 수 있다고 생각 한다고. 그래, 그렇지. 그런데 착각이야. 사과를 하는 건 자기 잘 못을 밝히는 거라고. 그리고 자기 잘못이라고 밝히는 건 상대방이 너한테 계속 욕을 퍼붓고 네가 죽을 때까지 고발하라고 부추기는 거야. 이게 먼저 사과하는 것이 치명적인 결과야. 맞아 사과하지 말아야 해. 하지만 그래도 나는 모든 사람들이 모두 빠짐없이, 쓸

* 전게서, p.32.

74

데없이, 지나치게, 괜히, 서로 사과하는 세상, 사과로 서로를 뒤덮어버리는 세상이 더 좋을 것 같아."*

저자의 경우 이 문제는 죄책감을 느끼느냐 안 느끼느냐의 문제라고 했다. 때로는 옳고 그름을 판단할 수 없을 때는 더 양심적인 사람이 지는 것이 세상에 훨씬 유익할 것이고 자신에게도 평화가 올 수 있음을 말하고 있는 것이다.

다음은 샤를과 알랭이 천사에 대해 대화를 나누는 장면이다.

"너한테는 천사가 뭐야? 신학은 잘 몰라. 우선 누가 잘해주면 감사하다는 말로 당신은 천사예요. 하잖아, 이 문장을 따라서 천사를 상상해. 우리 어머니가 그런 말을 많이 들어. 바로 그래서, 네가 노새와 천사들이 어머니 곁에 있는 모습을 상상했다고 말했을 때 내가 놀란 거야. 어머니는 그렇지. 나도 신학은 몰라. 그저 하늘에서 내쳐진 천사들이 있다는 것이 떠오르네.(중략) 천사에게 배꼽이 있을까? 왜? 천사에게 성이 없다면 여자 배에서 태어나지 않은 거잖아. 그럼, 그렇지. 그러니까 배꼽이 없어. 그래 배꼽이 없지, 그렇지……. 알랭은 휴가지 빌라의 수영장 옆에서 열 살짜리 아들의 배꼽을 검지로 만졌던 젊은 여인을 생각했고, 샤를에게 이렇게 말했다. 이상해, 나도 얼마 전부터 내 어머니를 머릿속에 그려보게 돼……온갖 가능한 상황, 불가능한 상황 속에서……. 어이, 그만 하자! 그 빌어먹을 칵테일파티인지 뭔지 준비해야 해."**

* 전게서, pp.57–58.
** 전게서, pp.61–62.

어쩌면 이들에게는 칵테일파티가 더 의미 있는 일일 수 있을 것이다. 아니면 복잡하고 생각을 요하는 문제보다 현실적인 삶에서 의미를 찾는 것이 현명해 보일지도 모른다. 그럼에도 불구하고 성서는 먼저 할 일과 나중에 할 일을 명확히 제시하고 있다.

"그런즉 너희는 먼저 그의 나라와 그의 의를 구하라. 그리하면 이 모든 것을 너희에게 더하시리라."(마태복음 6:33)

그러나 대부분의 사람들은 순서를 바꾸어 우리가 원하는 모든 것을 먼저 구하고 있는 것은 아닌지 곰곰이 생각해 볼 일이다.

"홍수 전에 노아가 방주에 들어가던 날까지 사람들이 먹고 마시고 장가들고 시집가고 있으면서 홍수가 나서 그들을 멸하기까지 깨닫지 못하였으니 인자의 임함도 이와 같으리라."(마태복음 24:38~39)

다음은 알랭에게 들려주는 어머니의 배꼽에 관한 이야기다.

"네가 해준 이야기, 네가 지어낸 이야기가 나는 다 좋고, 더 덧붙일게 없구나. 다만, 배꼽에 대해서만은 어쩌면…. 배꼽이 없는 여자의 전형이 너에게는 천사지. 나한테는 하와, 최초의 여자란다. 하와는 배에서 태어난 게 아니라 한 순간의 기분, 창조자의 기분에서 태어났어. 최초의 탯줄은 그녀의 음부, 배꼽 없는 여자의 음부에서 나온 거야. 성서에 나온 말대로라면 거기서 다른 줄들도 나왔어. 줄 끄트머리에서 작은 남자나 여자를 매달고서, 남자들은 몸의 연속성을 지니지 못한 채, 전혀 소용이 없었는데, 여자들의 성기에서는 저마다 끄트머리에 다른 여자나 남자가 달린 다른 줄이 나왔고, 이 모든 게 수백 번, 수천 번 반복돼서 거대한 나무, 무한히 많은 몸들로 이루어진 나무, 가지가 하늘에 닿는 나무로 변했단다.

그런데 이 어마어마하게 거대한 나무가 자그마한 여자 하나, 최초의 여자, 배꼽 없는 저 가여운 하와의 음부 속에 뿌리를 두고 있다는 생각을 해보렴.(중략) 나는 최초의 여자의 배꼽 없는 작은 배에 뿌리 내린 그 나무의 전적인 소멸을 원한 거야. 자기가 뭘 하고 있는 건지, 그 참담한 성교가 우리에게 어떤 끔찍한 대가를 치르게 할지 몰랐던 그 어리석은 여자, 쾌락을 가져다주지 못했을 게 틀림없는 그 성교가…."[*]

성서에 등장하는 하와와 선악과 이야기가 떠오른다. 하와는 아담의 갈비뼈로 만들어졌고 인류의 어머니가 되었다.

"여호와 하나님이 아담을 깊이 잠들게 하시니 잠들매 그가 그 갈빗대 하나를 취하여 살로 대신 채우시고 여호와 하나님이 아담에게서 취하신 그 갈빗대로 여자를 만드시고 그를 아담에게 이끌어 오시니 아담이 이르되 이는 내 뼈 중의 뼈요 살 중의 살이라. 이것을 남자에게서 취하였은 즉 여자라 부르리라."(창세기 2:22~23)

그리고 하나님은 그들을 하나님의 선물로 채워진 최고의 낙원

*   전게서, pp.103-104.

으로 초대하였다.

"여호와 하나님이 동방의 에덴에 동산을 창설하시고 그 지으신 사람을 거기 두시니라. 여호와 하나님이 그 땅에서 보기에 아름답고 먹기에 좋은 나무가 나게 하시니 동산 가운데에는 생명나무와 선악을 알게 하는 나무도 있더라."(창세기 2:8~9)

하와가 만들어지기 바로 직전에 하나님은 아담과 언약을 맺었다.

"여호와 하나님이 그 사람에게 명하여 이르시되 동산 각종 나무의 열매는 네가 임의로 먹되 선악을 알게 하는 나무의 열매는 먹지 말라. 네가 먹는 날에는 반드시 죽으리라 하시니라."(창세기 2:16~17)

하와는 하나님과 아담과 맺었던 언약을 지키지 못하고 온 인류에 죄악이 들어오는 통로가 되고 말았다. 동산에는 간교한 뱀도 함께 있었는데 뱀은 하나님을 배반한 천사, 요컨대 사탄을 상징한다. 뱀은 하나님과 직접 언약을 맺은 아담이 아닌 하와를 집요하게 공략한다. 그리고 하와는 거기에 걸려들었고 그 후 아담과 하와는 낙원에서 추방당하였다. 인류 역사는 죄의 역사가 시작되고 말았다. 그래서 배꼽 없었던 인류 최초의 여자를 통해 배꼽이 만들어지면서 죄는 그 줄기를 타고 계속 이어져오고 있는 것이다.

"그런데 뱀은 여호와 하나님이 지으신 들짐승 중에 가장 간교하니라. 뱀이 여자에게 물어 이르되 하나님이 참으로 너희에게 동산 모든 나무의 열매를 먹지 말라 하시더냐. 여자가 뱀에게 말하되 동산 나무의 열매는 우리가 먹을 수 있으나 동산 중앙에 있는 나무의 열매는 하나님의 말씀에 너희는 먹지도 말고 만지지도 말라. 너희가 죽을까 하노라 하셨느니라. 뱀이 여자에게 이르되 너희가 결코 죽지 아니하리라. 너희가 그것을 먹는 날에는 너희 눈이 밝아져 하나님과 같이 되어 선악을 알 줄 하나님이 아심이니라. 여자가 그 나무를 본즉 먹음직도 하고 보암직도 하고 지혜롭게 할 만큼 탐스럽기도 한 나무인지라 여자가 그 열매를 따먹고 자기와 함께 있는 남편에게도 주매 그도 먹은지라."(창세기 3:1~6)

우리는 막연한 정보나 지식으로 본질을 이해하려 해서는 안 된다. 하나님이 명령한 문구와 하와의 대답은 전혀 달랐다. 하와는 선악을 알게 하는 나무를 먹으면 '반드시 죽으리라'고 한 말씀을 '죽을까 하노라'로 바꿔버렸다. 다시 한 번 위의 말씀(창세기 3:1~6)을 천천히 음미해볼 필요가 있을 것이다.

그런데 밀란 쿤데라가 어머니의 입을 통해 진정으로 하고 싶었던 말은 무엇이었을까? 라몽과 다르델로의 이야기 속에 어느 정도 그 힌트가 있지 않을까.

"다르델로, 오래 전부터 말해 주고 싶은 게 하나 있어요. 하찮고 의미 없다는 것의 가치에 대해서죠. (중략) 하찮고 의미 없다는 것은 말입니다. 존재의 본질이에요. 언제 어디서나 우리와 함께 있어요. 심지어 아무도 그걸 보려하지 않는 곳에도, 그러니까 공포 속에도, 참혹한 전투 속에도, 최악의 불행 속에도 말이에요. 그렇게 극적인 상황에서 그걸 인정하려면, 그리고 그걸 무의미라는 이름대로 부르려면 대체로 용기가 필요하죠. 하지만 단지 그것을 인정하는 것만이 문제가 아니고, 사랑해야 해요. 사랑하는 법을 배워야 해요. 여기 이 공원에, 우리 앞에, 무의미는 절대적으로 명백하게, 절대적으로 무구하게, 절대적으로 아름답게 존재하고 있어요."*

어쩌면 에덴동산의 선악과 사건 이후 우리는 진정한 의미의 낙원을 잃어버렸다고 할 수 있다. 그래서 우리는 본질적으로 하찮고 의미 없는 삶의 연속일 수밖에 없다. 그나마 의미를 찾는다면 그것은 사랑이라는 것이다. 그래서 사랑하는 법을 배워야 한다는 것이다. 하지만 사람들은 무의미한 인생을 인정하려 들지 않는다. 그래서 무의미하다고 고백하려면 용기가 필요하다고 말하고 있다.
지혜의 사람 솔로몬도 말년에 이같이 고백했다.

"전도자가 이르되 헛되고 헛되며 헛되고 헛되니 모든 것이 헛되도다. 해 아래서 수고하는 모든 수고가 사람에게 무엇이 유익한가 한 세대는 가고 한 세대는 오되 땅은 영원히 있도다. 해는 뜨고 해는 지되 그 떴던 곳으로 빨리 돌아가고 바람은 남으로 불다가 북으로 돌아가며 이리 돌며 저리 돌아 바람은 그 불던 곳으로 돌아가고 모든 강물은 다 바다로 흐르되 바다를 채우지 못하며 강물은 어느 곳으로 흐르든지 그리로 연하여 흐르느니라. 모든 만물이 피곤하다는 것을 사람이 말로 다 할 수 없나니 눈은 보아도 족함이 없고 귀는 들어도 가득 차지 아니 하도다."(전도서 1:2)

* 전게서, pp.146–147.

쿤데라가 말하고 있는 것처럼 갑론을박을 피하는 유일한 방법은 사랑하는 것, 그래서 사랑을 배우는 것에서 의미를 찾아야 할 것이다.

"사랑하는 자들아 우리가 서로 사랑하자 사랑은 하나님께 속한 것이니 사랑하는 자마다 하나님으로부터 나서 하나님을 알고 사랑하지 아니하는 자는 하나님을 알지 못하나니 이는 하나님은 사랑이심이라."(요한일서 4:7~8)

예수님은 그 사랑의 결정체이시다. 하와를 유혹했던 사탄은 똑같이 예수님을 유혹했다. 하지만 그 유혹을 '하나님 말씀'으로 그리고 '절대적인 믿음'으로 능히 극복하셨다. 그리고 어떻게 유혹을 이겨야 하는지 몸소 보여주셨다.

"그때에 예수께서 성령에게 이끌리어 마귀에게 시험을 받으러 광야로 가사 사십일 밤낮으로 금식하신 후에 주리신지라. 시험하는 자가 예수께 나아와서 이르되 네가 만일 하나님의 아들이어든 명하여 이 돌들로 떡덩이가 되게 하라. 예수께서 대답하여 이르시되 기록되었으되 사람이 떡으로만 살 것이 아니요 하나님의 입으로 나오는 모든 말씀으로 살 것이라 하였느니라 하시니 이에 마귀가 예수를 거룩한 성으로 데려다가 성전 꼭대기에 세우고 이르되 네가 만일 하나님의 아들이어든 뛰어내리라 기록되었으되 그가 너를 위하여 그의 사자들을 명하시리니 그들이 손으로 너를 받들어 발이 돌에 부딪치지 않게 하리로다 하였느니라. 예수께서 이르시되 또 기록되었으되 주 너의 하나님을 시험하지 말라 하였느니라 하시니 마귀가 또 그를 데리고 지극히 높은 산으로 가서 천하 만국과 그 영광을 보여 이르되 만일 내게 엎드려 경배하면 이 모든 것을 네게 주리라. 이에 예수께서 말씀하시되 사탄아 물러가라 기록되었으되 주 너의 하나님께 경배하고 다만 그를 섬기라 하였느니라. 이에 마귀는 예수를 떠나고 천사들이 나아와서 수종드니라."(마태복음 4:1~11)

예수님은 하나님께 순종하고 사람들에게는 무한 사랑으로 자신을 희생하고 사랑으로 인류의 죄를 구원하셨다. 마침내 십자가로 모든 것을 완성하신 것이다.

"예수께서 신 포도주를 받으신 후에 이르시되 다 이루었도다. 하시고 머리를 숙이니 영혼이 떠나가시니라."(요한복음 19:30)

다윗도 이 같은 믿음을 바탕으로 시를 읊었다.

"내가 지존하신 하나님께 부르짖음이여 곧 나를 위하여 모든 것을 이루시는 하나님께로다."(시편 57:2)

동서고금을 막론하고 사랑의 저변에는 신뢰가 바탕이 되어야 함을 말하고 있다. 에덴동산에서 추방당한 것은 아담과 하와가 하나님으로부터 신뢰를 잃어버렸다는 데서 기인한다.

도연명의 도화원기에 나오는 무릉도원이야기도 마찬가지다. 영어의 유토피아(Utopia)에 해당하는 무릉도원(武陵桃源)은 현실세계에는 존재하지 않은 이상향이다. 무릉도원의 줄거리는 이렇다.

옛날에 한 선비가 있었는데 너무 가난하여 고기잡이로 생계를 이어갔다. 하루는 시내를 따라 너무 멀리 들어가다가 그만 길을 잃고 말았다. 그러다가 복숭아 꽃잎이 흩날리고 향기롭고 아름다운 풍경을 발견하게 되었는데 복숭아 숲이었다. 너무 흥미로웠다. 숲이 끝날 즈음에 조그마한 동굴이 나타났는데 호기심에 그 동굴 속으로 들어가 보게 되었다. 동굴 안의 풍경은 너무나 뜻밖이었다. 땅은 넓고 평평했으며, 집들도 잘 정돈되어 있었다. 기름진 땅과 예쁜 연못, 뽕나무와 대나무 등이 자라고 있었다. 농경지에는 수많은 사잇길이 나 있었고 닭 우는 소리, 개 짖는 소리 등이 들렸다.

농사짓는 풍경과 사람들이 입고 있는 의복도 자기가 보아왔던 사람들과 다르지 않았다. 어린아이와 노인들은 더불어 웃고 즐거워했다. 그들이 처음 본 듯한 어부를 보고 놀라며 어디서 왔느냐고 물었다. 어부가 자세히 여정을 설명하자, 집으로 초청받고 온 마을사람들로부터 융숭한 대접을 받았다. 어부는 마을사람들에게 자세히 물었다. 그러자 그들은 선조들이 진(秦, 기원전 900년경~206)나라 때 난을 피하여 식솔과 마을 사람들을 데리고 세상과 단절된 이곳으로 이사를 왔다고 했다.

그들은 역으로 어부에게 물었다. 지금은 어느 시대입니까? 그들은 한(漢, 220~280)나라가 있었던 것조차 몰랐고 지금 위진(魏晉, 220~420)시대라는 것도 당연히 몰랐다. 어부가 일일이 바깥세상 소식을 일러주자 그들은 매우 놀라워했다. 어부는 시간이 흘러 이제 돌아가야 한다고 생각했다. 작별인사를 하면서 그들은 바깥세상 사람들에게 이곳에 대한 이야기를 하지 말라고 부탁한다. 어부는 돌아오는 길에 다시 찾기 쉽도록 곳곳에 표시를 해두었다. 어부는 이러한 내용을 태수에게 상세히 이야기하고 말았다. 태수는 어부가 표시해둔 것을 따라 그곳을 찾았으나 끝내 길을 잃고 찾지 못했다. 그 이후로도 그곳을 찾아낸 이는 한 사람도 없었다.

이 이야기는 무엇을 말해주는가? 여기에 등장하는 어부 역시 아담과 하와와 마찬가지로 서로 간의 약속을 저버리고 신의를 지키지 못한 것이다. 그래서 낙원에 대한 꿈은 일장춘몽이 되고 말았다. 믿음은 사람과 사람, 하나님과 사람 사이에 소통할 수 있는 가장 기본적인 원칙이라고 할 수 있다.

"믿음이 없이는 하나님을 기쁘시게 하지 못하나니 하나님과 함께 나아가는 자는 반드시 그가 계신 것과 또한 그가 자기를 찾는 자들에게 상주시는 이심을 믿어야 할지니라."(히브리서 11:6)

"그들이 나온바 본향을 생각하였더라면 돌아갈 기회가 있으려니와 그들이 이제는 더 나은 본향을 사모하니 곧 하늘에 있는 것이라. 이러므로 하나님이 그들의 하나님이라 일컬음을 받으심을 부끄러워하지 아니하시고 그들을 위하여 한 성을 예비하셨느니라."(히브리서 11:15~16)

사랑이 믿음에 근거하고 있음은 두말할 필요가 없다. 사랑의 본질에 대해 가장 소상하게 설명하고 있는 구절이 있다.

"사랑은 오래 참고 사랑은 온유하며 시기하지 아니하며 사랑은 자랑하지 아니하며 교만하지 아니하며 무례히 행치 아니하며 자기의 유익을 구하지 아니하며 악한 것을 생각하지 아니하며 불의를 기뻐하지 아니하며 진리와 함께 기뻐하고 모든 것을 참으로 모

든 것을 믿으며 모든 것을 바라며 모든 것을 견디느니라."(고린도전서 13:4~7)

　우리는 믿어야 한다. 그리고 사랑해야 한다. 무엇을 위해?
　우리의 유의미한 축제를 위하여!

사회적 거리, 신앙적 거리

사람을 대할 때는 불을 대하듯 하라.
다가갈 때는 타지 않을 정도로
멀어질 때는 얼지 않을 만큼만.

코로나로 인하여 '사회적 거리두기'라는 말이 보통명사
처럼 사용되고 있다. 거의 모든 사람들이 그 의미를 알아들을 정
도가 되었다. 왜 거리를 두어야 할까? 직접적인 배경은 코로나다.
하지만 알게 모르게 우리는 이미 사회적 거리두기를 실천(?)해왔
는지도 모른다.

　　이런 현상을 바라보는 시각은 각 분야별로 조금씩 다르다. 의료
계에서는 코로나라는 질병이 문제이므로 백신의 개발 여부가 미
래사회를 달라지게 할 수 있다고 한다. 환경 분야에서는 인간의 무
분별한 환경훼손을 지적하며 환경문제에 대한 새로운 인식여부가
미래사회를 좌우할 것이라고 예단한다.

　　인문사회학에서는 개인주의, 소가족주의, 저출산 등이 더욱 가
속화할 것이라고 예측하면서 심각한 공동체 붕괴를 우려하기도
한다. 종교계에서는 배타적 교회문화를 우려하면서 신앙공동체와
사회공동체 사이에 벽이 생기고 있다고 진단하고 있다. 사람들이
모여서 하나님께 영광 돌리는 일을 하기보다는 그렇지 못한 일을
훨씬 더 많이 하는 것에 대한 일종의 경고 메시지라고 해석하며 회
개를 강조하기도 한다.

오래전부터 우리는 사람 인(人)자를 예로 들면서 사람은 서로 의지하고 도우면서 살아야 한다고 얘기하여 왔다. 하지만 인간(人間)이라는 단어에는 인(人)에 간(間)을 붙여 사람 사이의 간격이 중요함을 말해주기도 한다. 또한 불가근불가원(不可近不可遠)이라는 말이 있다. 사람관계란 너무 가까이해서도 안 되고 너무 멀리해서도 안 된다며 일정한 거리를 유지할 것을 권유하는 말이다. 불가근불가원의 어원이 참새들의 모습에서 비롯되었다고 하니 참으로 흥미롭다. 생각해보면 참새들이 떼를 지어 날거나 전깃줄에 앉아 있을 때 적당한 간격을 유지하며 나란히 앉아 있는 풍경을 어렵지 않게 볼 수 있다. 그도 그럴 것이 참새는 날지 못하면 자신의 전부를 잃은 거나 마찬가지이므로 간격을 유지하는 것은 서로의 날개를 보호하기 위한 자연스런 행동이라는 것이다.

고슴도치 딜레마(Hedgehog's dilemma)라는 얘기가 있다. 딜레마(dilemma)의 어원은 그리스어 di(두 번)와 lemma(제안, 명제)의 합성어다. 말하자면 두 개의 제안이라는 뜻으로 진퇴양난(進退兩難)의 의미다. 선택지 두 개 중 어느 쪽을 선택하더라도 곤란한 상황, 이러지도 저러지도 못하는 난처한 처지를 일컫는다. 요컨대 이는 스스로의 자립과 상대와의 일체감이라는 두 가지의 욕망이 상충될 때 발생하는 현상을 말한다. 날씨가 추워지면 고슴도치들이 서로 모여 서로를 따뜻하게 하고 싶어 하지만 서로의 가시 때문에 접근할 수 없는 고충을 얘기하는 쇼펜하우어의 우화에 기원을 두고 있다.

쇼펜하우어와 프로이트는 이러한 상황을 사회에서 각각의 인간이 서로에게 어떠한 느낌을 갖는지 설명하기 위해 사용하였다. 고슴도치의 딜레마에서는 상호가 서로의 이기심을 견제하기 위해

서로에게 절제를 권장한다. 쇼펜하우어는 나름 방법론을 제시했는데 바로 '예의'다. 예의를 통해 서로 온기를 느끼고 가시에 찔릴 일도 없게 된다.

그리스의 철학자 디오게네스(Diogenes)는 "사람을 대할 때는 불을 대하듯 하라. 다가갈 때는 타지 않을 정도로 멀어질 때는 얼지 않을 만큼만"이라고 했다.

사람의 경우도 때로는 각자의 언행이 가시가 될 수 있다. 서로 없으면 못살 것 같은 연인이나 부부들도 성격차이로 헤어지는 일이 종종 있고, 가족이나 절친 사이에서도 적당한 거리를 유지하는 것만 못한 결과를 낳는 경우도 허다하다.

소노 아야코는 자신의 에세이에서 "자녀는 철저하게 타인이다. 타인 중에 특별히 친한 타인이다. 예를 찾아본다면 교도소를 출소한 그날, 아무것도 묻지 않고 집으로 데려와 목욕을 시키고 좋아하는 음식을 만들어주는 사이다. 자녀가 아닌 다른 누구를 위해 이처럼 정성들여 대접하는 타인이 또 있을까."*

선한 마음으로 모인 단체나 조직도 처음의 취지나 목적대로 유지되기가 쉽지 않음을 우리는 잘 알고 있다. 그런 점에서 종교단체도 예외가 아니다. 회장을 바꾸거나 목사를 바꾼다고 해결되는 문제가 아닌 경우도 적지 않다. 우리들 각자를 돌아보면서 혹시 알게 모르게 자신의 마음속에 자라고 있는 가시는 없는지, 있다고 생각되면 하나둘씩 제거해나가는 노력들이 필요할 것 같다.

사도 바울은 자기 몸에 가시를 지니고 있었는데 그것을 제거해

---

* 소노 아야코(曽野綾子) 저/김욱 역, 약간의 거리를 둔다, p.122, 책 읽는 고양이, 2018.

90

주시기를 세 번씩이나 하나님께 간구했는데 하나님의 뜻을 알고 난 후 오히려 그것을 자랑한다고 했다. 그것은 자신의 약함으로 인해 그리스도의 능력이 머물 수 있다는 것이다.

"여러 계시를 받은 것이 지극히 크므로 너무 자만하지 않게 하시려고 내 육체에 가시 곧 사탄의 사자를 주셨으니 이는 나를 쳐서 너무 자만하지 않게 하심이라. 이것이 내게서 떠나기 전에 내가 세 번째 주께 간구하였더니 나에게 이르시기를 내 은혜가 네게 족하도다. 이는 내 능력이 약한데서 온전하여짐이라 하신지라 그러므로 도리어 크게 기뻐함으로 나의 여러 약한 것들에 대하여 자랑하리니 그리스도의 능력이 내게 머물게 하려함이라."(고린도후서 12:7~9)

바울이 그 같이 고백할 수 있었던 것은 오로지 하나님의 기쁜 소식을 땅 끝까지 전하고자 하는 믿음의 열정과 성령 충만한 사명감으로 가득 차 있었기 때문이다.

"하나님의 종이요 예수 그리스도의 사도인 바울이 사도된 것은 하나님의 택하신 자들의 믿음과 경건함에 속한 진리의 지식과 영생의 소망을 위함이라 이 영생은 거짓이 없으신 하나님이 영원 전부터 약속한 것인데 자기 때에 자기의 말씀을 전도로 나타내셨으니 이 전도는 우리 구주 하나님이 명하신 대로 내게 맡기신 것이라."(디도서 1:1~3)

요즘 같이 사람과 사람 사이의 거리 두기를 요구 받는 사회에서는 도덕, 절제, 예의 등이 더욱 중요해질 수밖에 없다. 적어도 코로나 정국에서 만큼은 서구사회의 자유분방함보다 한국사회의 예의와 절제의 미덕이 돋보인 것만은 사실이다.

하지만 반드시 코로나 사태가 아니었더라도 우리들 사이에는 이미 많은 벽과 선들이 존재했었다. 그로 인해 또 다른 의미의 거리두기를 실천하고 있었던 것은 아닐까 생각된다. 거리를 두어야만 하는 이유는 상대가 가시를 가지고 있기 때문만은 아니다. 우리가 만나면 동질감을 느끼기보다는 이질감을 느끼는 데에도 기인한다고 할 수 있다. 이데올로기, 빈부격차, 기득권, 유전무죄 무전유죄, 세대차이, 공동체 붕괴, 지역차별 등 수많은 사회의 부정적인 용어들이 잘 대변해주고 있다고 할 수 있다.

무엇으로 치유할 수 있을까? 코로나는 백신이나 치료제 개발을 통해 어느 정도 치료할 수 있겠지만 사람의 영적인 문제는 무엇으로 치유할 것인가? 나와 하나님과의 거리가 너무 먼 것은 아닌지 생각해 볼 일이다.

바울은 다음과 같이 그리스도인의 겸손이라는 치유의 방법을 전하고 있다.

"마음을 같이하여 같은 사랑을 가지고 뜻을 합하여 한 마음을 품어 아무 일에든지 다툼이나 허영으로 하지 말고 오직 겸손한 마음으로 각각 자기보다 남을 낫게 여기고 각자 자기 일을 돌볼 뿐더러 다른 사람들의 일을 돌보아 나의 기쁨을 충만하게 하라. 너희 안에 이 마음을 품으라. 곧 그리스도의 마음이니."(빌립보서 2:2~5)

이 구절에서 스캇 솔즈(Scott Sauls)는 '허영'이라는 단어에 주목했다. 헬라어로 이 단어는 '헛된 영광' 혹은 '영광에 대한 굶주림'을 의미한다. 그는 "허영은 우리가 남들에게 인정과 칭찬, 존경에 대한 끝없는 욕구를 품는 것"이라고 정의했다.*

　창세기(1:27)에는 사람이 하나님의 형상대로 창조하셨다는데 하나님은 본질적으로 영광을 원하시는 분이다. 그런데 하나님의 영광을 가로채는 일은 없었는지, 세상의 안락에 도취되어 하나님과 일부러 거리두기를 하지 않았는지 생각해 볼 일이다.

　"그런즉 너희가 먹든지 마시든지 무엇을 하든지 다 하나님의 영광을 위하여 하여라."(고린도전서 10:31)

　그런 의미에서 이제라도 우리는 세상의 영광을 구하기 위해 하나님을 너무 멀리하고 사람들과 경쟁에서 이기기 위해 정신이 팔려서 자신의 겸손이나 이웃에 대한 사랑을 베풀 여유가 없었던 것은 아닌지 곰곰이 성찰해 볼이다. 우리가 날마다 새로워져야 하는 이유다.

* 스캇 솔즈, 선에 갇힌 인간, 선 밖의 예수, p.84, 두란노, 2020.

우리에게 일어난 고통,
결코 헛된 일이 아니다

고난을 모두 없앤다고 생각해보라.
그런 세상은 무시무시한 곳일 것이다.
자만과 교만에 빠지기 쉬운 인간 성향을 바로잡을 모든 것이
사라졌으니까 말이다.
인간은 지금도 충분히 나쁜데
고난을 겪지 않으면 도저히 못 참아 줄 정도로 나빠질 것이다.

사람이 살면서 가능하면 고통을 겪지 않고 살고 싶은 것은 누구에게나 공통된 소망이다. 가능하면 즐겁고 행복한 일들만 경험하면서 살 수 있기를 바라는 마음은 지극히 정상이다. 하지만 현실은 그렇게 녹녹치 않다. 하루 한 순간도 불행한 소식을 접하지 않고 넘어가는 날이 드물 정도로 세상은 그야말로 요지경이다. 누군가를 속이고 또 누군가에게 상처주고 심지어 누군가의 생명을 앗아가기까지 한다. 게다가 인간관계로 인한 상처, 질병으로 인한 고통, 우울증, 수면장애 등 우리가 살면서 겪는 고통은 이루 헤아릴 수 없이 많다. 그렇다면 관심사는 이런 고통에 대해 어떻게 이해하고 대처해야 하는가다. 이런 세태를 노래한 찬양 하나가 떠오른다.

세상은 평화 원하지만 전쟁의 소문 더 늘어간다.
이 모든 인간고통 두려움 뿐 그 지겨움 끝없네.
그러나 주 여기계시니
우리가 아들 믿을 때에 그의 영으로 하나 돼
우리가 아들 믿을 때에 그의 영으로 하나 돼

하날세. 하날세.

과연 이 모든 고통에 대해 하나님은 어디에 계시고 또 어떻게 관여하시는 것인가, 사실 인간이 겪고 있는 것을 방관만 하시고 계시거나 그 속에서 치유하시고 건져낼 생각이나 능력은 있으신 것인가, 이런 상황을 보고 사람들은 하나님을 믿을 수 있을 것인가 등의 질문을 할 수 있을 것이다.

도스토예프스키(Fyodor Mikhailovich Dostoevsky, 1821-81)가 쓴 소설 《카라마조프 가의 형제들(The brothers Karamazov)》에서 이반 카라마조프(Ivan Karamazov)가 동생 알료샤(Alyosha)에게 했던 질문이다. 작가는 형제의 대화를 통해 독자들을 대신하여 질문하고 직접 대답하려 노력하고 있다. 늘 그렇듯이 선택은 독자의 몫이다.

"알료샤, 다섯 살 난 조그만 계집아이가 아버지와 어머니, 그것도 존경할 만하고 관직도 괜찮은 사람들, 교육도 받고 교양도 있는 자들인 부모의 증오를 받게 되었어. 있잖니, 한 번 더 강력하게 단언하건대, 인류의 많은 이들에겐 특이한 성질이 있는데—바로 그 아이들, 오직 아이들만을 괴롭히는 것을 좋아한다는 거야. 이 고문자들은 다른 모든 인간 주체들에게는 교양 있고 인도적인 유럽인인 양 관용적이리만큼 온순한 태도를 취하지만, 그러면서도 아이들을 괴롭히는 것만을 좋아하니까. 이 가해자들을 유혹하는 것은 다름이 아니라 어린 창조물들의 무방비 상태, 즉 아이들이란 그 어디에도 몸을 숨길 수 없고 그 누구에게도 갈 수 없는 처지라서 흡사 천사처럼 사람을 쉽게 믿어버린다는 점인데—바로 이것이 고문자들의 더러운 피를 끓어오르게 하는 거야. 어떤 사람에게나 짐승이 숨어 있기는 한데, 그러니까 격노의 짐승, 고문 받는 희생의 비명을 들으며 음욕을 느낄 정도로 피가 끓어오르는 짐승, 쇠사슬에서 풀려나 멋대로 날뛰는 짐승, 끊임없는 방탕으로 인해 생긴 통풍(痛風)이나 간 질환 따위를 앓고 있는 짐승 등등 말이야. 이 가련한 다섯 살짜리 계집아이를 이 교양 있는 부모들이 온갖 방법으로 고문했던 거야. 무엇 때문에 그러는지 그들 자신도 모르면서 그저 때리고 매질하고 발길로 걷어차서 아이의 온몸을 멍투성이로 만들었지. 그러다 급기야는 고도로 섬세한 지점에까지 이르게 됐지. 즉, 춥다 못해 혹한의 날씨에 아이를 밤새도록 뒷간에 가두어 뒀는데, 그 이유인즉 밤에 뒷간에 가고 싶다는 말을 하지 않았기 때문이라는 것이고(마치 천사처럼 깊은 잠에 빠진 다섯 살 난 아이라면, 이런 나이라면 벌써 뒷간에 가고 싶다는 말 정도는 할 줄 알아야 된다는 양)—그 벌로 아이의 온 얼굴에 아이의 대변을 처바르고 아이에게 그 대변을 먹으라고 강요했어. 친어머니가, 친어머니가 그런 강요를 했다고! 그러고서도 이 어머니는 한밤중에 더러운 곳에 갇힌 가없은 아이의 신음 소리가 들리는데도 잠을 잘 수가 있다는 거야! 너는 이해가 되니, 아직 자기에게 무슨 일이 일어나고 있는지도 제대로 짐작할 수 없는 어린 존재가 어둡고 춥고 더러운 곳에서 조막만한 주먹으로 자신의 찢어진 가슴을 치면서 '하느님 아버지'를 향해 자기를 보호해달라며 아무도 원망하지 않는 온순한 피눈물을 흘린다면—이 말도 안 되는 이야기를 너는 이해하겠니? 너는 내 벗이자 내 동생이고 신을 따르는 수도승이자 겸허한 자가 아니냐. 도대체 무엇을 위해서 이 말도 안 되는 이야기가 이토록 필요하고 또 이렇게 만들어졌는지를 이해하겠느냐는 말이다! 이것이 없다면 인간은 잠시도 세상에 머물 수 없다고 하더군, 왜냐면 선악을 몰랐을 테니까. 하지만 도대체 무엇을 위해 이렇게 많은 희생을 치르면서까지 저 악마와 같은 선악을 인식해야 한단 말이야? 그렇다면 정말이지 인식의 세계를 통틀어 봐도 이 어린아이가 '하느님 아버지'를 향해 흘린 눈물만큼의 가치도 없다는 거 아니냐. 나는 어른들의 고통에 대해서는 아예 말도 하지 않겠어. 그들은 선악과를 먹었으니까 빌어먹을 악마가 그들을 죄다 잡아가든 말든 될 대로 되라지만, 하지만 아이들, 아이들은! 내가 너를 괴롭히고 있구나. 알료쉬카(알료샤), 넌 제정신이 아닌 것 같아. 네가 내키지 않으면 그만두마. 아니 괜찮아, 나도 고통 받고 싶어. 알료샤가 중얼거렸다."*

형 이반 카라마조프는 동생에게 계속해서 질문을 이어간다.

"대답해봐. 그러니까 만일 네가 결국에 가선 사람들을 행복하게 만들고 궁극적으론 그들에게 평화와 안정을 주기 위한 목적으로 직접 인류 운명의 건물을 지어 올리는데, 하지만 이 일을 위해서 어쩔 수 없이 겨우 단 하나의 조막만한 창조물을, 뭐, 예컨대 작은 주먹으로 자신의 가슴을 쳤던 그 어린애와 같은 창조물을 괴롭히지 않으면 안 되게 생겼고, 그 아이의 복수 받지 못한 눈물 위에 그 건물을 지을 수밖에 없는 상황이라면, 너라면 이런 조건에서 건축가가 되는 것에 동의할 수 있을까. 거짓 없이 솔직히 말해봐! 아니 동의하지 않을 거야. 알료샤가 조용히 말했다. 그러면 그 건물의 혜택을 입게 된 사람들이 직접, 고통 받은 어린아이의 보

* 표도르 도스토예프스키 저/김연경 역, 카라마조프 가의 형제들1, pp.507-509, 민음사.

상받지 못한 피를 대가로 해서 자기들의 행복을 받아들이겠다, 받아들이고서 영원토록 행복하겠다는 데 동의한다면, 너는 이런 생각을 용납할 수 있겠니?

아니, 용납할 수 없어. 그런데 형, 형은 지금 이 세계를 통틀어서 용서할 수 있는 권리를 가진 존재가 모든 것을, 모든 사람과 모든 것을 더욱이 모든 일에 대해서 용서할 수 있어. 왜냐하면 그 존재 자체가 모든 사람과 모든 것을 위해서 자신의 무고한 피를 바쳤기 때문이야. 형은 그 분을 잊었어. 바로 그분 위에 건물이 건설되는 것이고, 바로 그분을 향해 '주님, 주님은 옳았습니다. 이는 주님의 길이 열렸기 때문입니다'라고 외치는 거야. 아, 지금 유일하게 죄 없는 분과 그분의 피를 말하는 거로구나! 천만에 그분을 잊은 건 아니야. 오히려 네가 오랫동안 줄곧 그분 얘기를 꺼내지 않는 것이 의아스러웠어. 보통 너와 같은 부류의 사람들은 논쟁을 하면 우선적으로 그분을 내세우니까 말이야."*

여기서 형 이반 카라마조프가 동생 알료샤에게 묻고자 하는 것은 선한 하나님이 통치하는 세계라고 보기에는 세상에 너무나 어처구니없고 이해할 수 없는 가혹한 일들이 많이 발생한다는 것이다. 그래서 수도승인 동생에게 대답해줄 것을 하소연하고 있으며 하나님의 존재하심을 증명해보라는 의도가 숨어 있음을 알 수 있다. 그렇게 한참을 형 이반과 동생 알료샤는 많은 얘기를 주고받았다. 그리고는 밖으로 나왔다. 그리고 헤어지면서 나누는 장면이 나온다.

* 전게서, pp.517-518.

"'그러니까 말이야, 알료샤' 하고 이반이 확고한 목소리로 말했다. 내가 정말로 끈적이는 이파리들을 사랑할 가치가 있다면, 오직 너를 추억하면서만 그것들을 사랑하게 될 거야. 나한테는 네가 여기 어딘가에 있다는 것만으로도 충분하고, 삶에 싫증도 안 날 거야. 너한테는 이정도면 됐지? 원한다면 사랑고백쯤으로 받아들이렴. 자, 이제 너는 오른쪽으로, 나는 왼쪽으로 가는 거야.'"*

그렇다. 형의 질문도 이해 못할 바 아니고 동생의 믿음 또한 질타 받을 일은 아니다. 하지만 여전히 우리는 이 모든 의구심에 대해 속 시원히 답할 사람은 없다. 다만 믿음과 희망을 가질 것인지, 아니면 좌절하며 불평만 늘어놓을 것인지 어느 쪽이든 선택하며 살아야 한다. 동생은 오른쪽으로, 형은 왼쪽으로 간 것처럼….
여기서 십자가에 달리신 예수님의 양편의 두 사람이 자연스럽게 떠오른다.

"그들이 거기서 예수를 십자가에 못 박을 새 다른 두 사람도 그와 함께 좌우편에 못 박으니 예수는 가운데 있더라."(요한복음 19:18)

왜 이 극적인 장면에서 예수님의 양편에 행악자를 등장시켰을까. 자못 궁금하다. 그들이 무슨 말을 했는지 살펴볼 필요가 있다.

"달린 행악자 중 하나는 비방하여 이르되 네가 그리스도가 아니

* 전게서, p.556.

101

냐. 너와 우리를 구원하라 하되 하나는 그 사람을 꾸짖어 이르되 네가 동일한 정죄를 받고서도 하나님을 두려워하지 아니하느냐. 우리는 우리가 행한 일에 상당한 보응을 받은 것이니 이에 당연하거니와 이 사람이 행한 것은 옳지 않은 것이 없느니라. 하고 이르되 예수여 당신의 나라에 임하실 때에 나를 기억하소서. 하니 예수께서 이르시되 내가 진실로 내게 이르노니 오늘 네가 나와 함께 낙원에 있으리라 하시니라."(누가복음 23:39~43)

순간의 선택이 이들의 운명을 갈라놓았다. 물론 선택은 순간이지만 한 사람은 믿음의 씨앗이 있었고 나머지 한 사람은 믿음이 없었다고 보아야 할 것이다. 죽음의 마지막 순간까지도 주님은 한 사람의 생명이라도 귀하게 여기시는 분이시다. 부디 각자의 위치에서 맞이하는 고통과 슬픔과 억울함에서 벗어나기 위해서는 하나님의 사랑이 얼마나 크고 위대한지를 깨닫고 기다리는 지혜가 필요할 것이다. 바울이 전하는 메시지에서 위로를 받았으면 좋겠다.

"생각하건대 현재의 고난은 장차 우리에게 나타날 영광과 비교할 수 없도다. 피조물이 고대하는 바는 하나님의 아들들이 나타나는 것이니 피조물이 허무한 데 굴복하는 것은 자기 뜻이 아니요 오직 굴복하게 하시는 이로 말미암음이라. 그 바라는 것은 피조물도 썩어짐의 종노릇한 데서 해방되어 하나님의 자녀들의 영광에 이르는 것이니라. 피조물이 다 이제까지 함께 탄식하며 고통을 겪고 있는 것을 우리가 아느니라."(로마서 8:18~22)

러시아 사상가 니콜라이 베르자예프가 "도스토예프스키를 낳았다는 것만으로도 러시아 민족의 존재는 정당화될 수 있다"고 말할 정도로 도스토예프스키는 러시아가 낳은 위대한 인물이다. 표도르 도스토예프스키는 《카라마조프가의 형제들》을 비롯하여 《죄와 벌》, 《가난한 사람들》, 《노름꾼》 등을 통해 인간의 존재 자체와 내면의 세계를 깊이 들여다보았다. 이런 소설 속의 내용들은 어쩌면 자신의 고백록이라고 할 수 있을 정도로 스스로 질문하고 답하는 형식을 취하고 있다. 그래서 그의 작품들은 마치 현대에 사는 우리 문제를 간파하기라도 한 것처럼 우리가 안고 있는 질문들에 대한 많은 실마리를 제공해주고 있다. 그리고 자유의지에 따라 오른쪽이든 왼쪽이든 잘 판단하여 선택의 여지를 남겨둔다.

한편, 《전능자의 그늘》, 《영광의 문》 등의 저자이자 선교사였던 엘리자베스 엘리엇(Elisabeth Eliot, 1926-2015)은 고통에 대해 정의를 내렸는데 "고난은 원치 않는 것을 갖거나 원하는 것을 갖지 못하는 것"*이라고 했다. 이 정의는 거의 모든 사람에게 해당되지 않을까 생각하는데 원치 않는 것을 갖고 있지 않은 사람은 거의 없을 것이며, 또 원하는 것을 모두 가지고 있는 사람도 거의 없을 것이기 때문이다. 따뜻한 가족, 충분한 재산, 완벽한 건강, 수려한 외모, 부족함 없이 다 가진 행복한 사람이라면 그를 초인(超人) 혹은 신(神)이라고 불러야 할 것이다.

나를 비롯해 많은 사람들은 크고 작은 고통을 통해 하나님을 찾게 되고 겸손하게 되는 경우가 많다. 왜냐하면 고통을 통해 능력의 한계성을 알게 되고 자신을 스스로 완벽하게 지킬 수 없으며 그로

---

* 엘리자베스 엘리엇, 고통은 헛되지 않아요. p.37, 두란노, 2019.

인해 누군가의 도움이 필요하다는 것을 깨닫게 되기 때문이다. 그
러나 어딘가에 고난도 불안도 죽음도 없는 완전한 세상이 있다고
상상하는 것은 기분 좋은 일이 아닐 수 없다.

비틀즈 멤버였던 존 레논(John Lennon)의 노래 '이매진(Imagine)'
가사는 우리에게 많은 것을 상상하게 한다. 종교적 분파주의, 국
가 간의 무한 경쟁, 전통이나 관습에 얽매이는 삶, 자본주의에 의
한 물질만능주의, 그리고 끊임없는 전쟁과 사회적 갈등에 대한 평
화 메시지를 담고 있는 철학적인 노래다.

Imagine there's no-heaven

it's easy if you try

No hell below us

Above us only sky

Imagine all the people living for today

Imagine there's no countries

it isn't hard to do

Nothing to kill or die for

And no religion too

Imagine all the people living life in peace, you

You may say I'm a dreamer

But I'm not the only one

I hope someday you'll join us

And the world will be as one

Imagine no possessions
I wonder if you can.
No need for greed or hunger
A brotherhood of man

Imagine all the people sharing all the world, you
You may say I'm a dreamer
But I'm not the only one
I hope someday you'll join us
And the world will be as one

상상해 봐요, 천국이 없다고
당신이 상상해보는 것은 쉬울 거예요.
우리 아래에는 지옥도 없고
우리 위에는 오직 하늘만 있다고

모든 사람들이 오늘을 위해 산다고 상상해 봐요.
어떤 국가도 없다고 상상해 봐요.
그건 어렵지 않아요.
아무도 죽이거나 누굴 위해 죽지 않고
그리고 종교도 없다고

모든 사람들이 평화 속에서 사는 것을 상상해 봐요.
당신은 나를 몽상가라고 말하겠죠.
하지만 그런 사람이 나 혼자만은 아니에요.
당신이 언젠가는 우리와 함께 하길 소망해요.

그러면 세상은 하나가 될 거예요.

상상은 소유할 수 없잖아요.
나는 당신이 그럴 수 있는지 궁금해요.
굶주림이나 탐욕을 추구할 필요 없어요.
인류애가 있잖아요.

모든 사람들이 나누면서 살아가는 세상을 상상해 봐요.
당신은 나를 몽상가라고 말하겠죠.
하지만 그런 사람이 나 혼자만은 아니에요.
당신이 언젠가는 우리와 함께하길 소망해요.
그러면 세상은 하나가 될 거예요.

반전운동가 등으로 활동한 존 레논이 어떤 계기로 무슨 의도로
이 곡을 썼는지는 별개로 치더라도 그 노랫말이 주는 의미는 우
리가 어떤 삶을 지향해야 하는지 많이 생각하게 한다. 그리고 신
앙인을 비롯한 많은 기득권자들을 반성하게 하는 노래임에는 틀
림이 없다.

성서는 천국에 대한 복음을 전하고 있다. 지금 우리가 살고 있
는 세상은 불완전하여 완전한 세상을 상상하는 것 자체가 불가능
하지만 성서의 말씀을 통해 소망을 가질 수 있다는 점만으로도 어
찌 즐거운 마음이 들지 않을 수 있겠는가.

"여호와는 나의 목자시니 내게 부족함이 없으리로다. 그가 나
를 푸른 풀밭에 누이시며 쉴 만한 물가로 인도하시는도다. 내 영
혼을 소생시키고 자기 이름을 위하여 의의 길로 인도하시는도

다."(시편 23:1~3)

이 같은 성서의 내용으로 볼 때 하나님은 지금 우리가 불가피하게 크고 작은 고난을 만날 수 있음을 모두 알고 계신다는 것을 알수 있고 하나님의 인도하심을 받으면 고통의 세계에서 완전히 벗어나 그분이 예비하신 곳으로 들어갈 수 있음을 제시하시고 있다.

"예수께서 무리를 보시고 산에 올라가 앉으시니 제자들이 나아온지라. 입을 열어 가르쳐 이르시되 심령이 가난한 자는 복이 있나니 천국이 그들의 것임이요. 애통하는 자는 복이 있나니 그들이 위로를 받을 것이요. 온유한 자는 복이 있나니 그들이 위로를 받을 것임이요. 의에 주리고 목마른 자는 복이 있나니 그들이 배부를 것임이요. 긍휼히 여기는 자는 복이 있나니 그들이 긍휼히 여김을 받을 것임이요. 마음이 청결한 자는 복이 있나니 그들이 하나님을 볼 것임이요. 화평케 하는 자는 복이 있나니 그들이 하나님의 아들이라 일컬음을 받을 것임이요. 의를 위하여 박해를 받는 자는 복이 있나니 천국이 그들의 것임이라."(마태복음 5:1~10)

아무런 죄도 없으신 예수님은 십자가상에서 극도의 고통을 겪고 죽으셨으며 사흘 만에 부활하시어 하나님 우편으로 가시면서 우리를 위해 거처를 마련하신다는 것과 세상 끝날 때까지 우리와 함께하실 것을 약속하셨다. 그런 예수님이 겪으신 고통에 비하면 우리가 겪고 있는 고통은 비할 바가 아니다. 그렇다고 기근, 질병, 가난, 차별, 재해 등 이루 말할 수 없는 현실적 고통을 동일시하거나 감히 가벼이 여기는 것은 아니다.

입에 담을 수 없을 정도로 비극적이고 충격적인 사건들을 미디어를 통해 접할 때면 나라면 저런 고통을 견딜 수 있을까 할 정도로 경악을 금할 수 없다. 다만 진리를 추구하는 사람이라면 낙담이나 좌절만하면서 신세한탄만을 할 것이 아니라 고통 없는 새로운 세상에 대해 상상해보며 소망을 가져볼 것을 권하고 싶다.

그리고 성서의 다른 말씀을 보면 모든 사람에게 그 사람이 능히 감당할 만큼만 고통을 허락하시고 그것은 더 큰 시련을 예방하기 위한 것이며 하나님을 찾기 바라시는 큰 뜻이 있고 하나님 외의 다른 어떤 우상을 섬기거나 마음을 빼앗기는 것을 경계하라고 말씀하신 것이다.

"사람이 감당할 시험 밖에는 너희가 당한 것이 없나니 오직 하나님은 미쁘사 너희가 감당하지 못할 시험 당할 즈음에 또한 피할 길을 내사 너희로 능히 감당하게 하시느니라."(고린도전서 10:13)

우리 속담에 "비온 뒤에 땅이 더 굳어진다"는 말이 있다. 고난이 불편하거나 좌절감을 느끼게 하는 것만은 사실이다. 그러나 그것 때문에 고난 속에 담긴 뜻을 놓친다면 그것은 그저 아픈 경험만 하고 마는 것이다. 하지만 성서에는 고난의 유익함에 대해 말하고 있다. 고난이 지나고 나면 느끼는 것이지만 때로 고난은 귀한 선물을 싼 포장지 정도에 불과하게 느껴질 때가 있다.

"고난 당하기 전에는 내가 그릇 행하였더니 이제는 주의 말씀을 지키나이다. 주로 선(善)하사 선을 행하시오니 주의 율례들로 나를 가르치소서. 교만한 자들이 거짓을 지어 나를 치려하였사오나

나는 전심으로 주의 법도들을 지키리이다. 그들의 마음은 살져서 기름덩이 같으나 나는 주의 법을 즐거워하나이다. 고난 당한 것이 내게 유익이라. 이로 말미암아 내가 주의 율례를 배우게 되었나이다. 주의 법이 내게는 천천금은보다 좋으니이다."(시편 119:67~71)

영국의 저명한 언론인이자 《마더 테레사의 하나님께 아름다운 일》의 저자 맬컴 머거리지(Malcolm Mugguridge)는 이런 말을 했다.

"고난을 모두 없앤다고 생각해보라. 그런 세상은 무시무시한 곳일 것이다. 자만과 교만에 빠지기 쉬운 인간 성향을 바로잡을 모든 것이 사라졌으니까 말이다. 인간은 지금도 충분히 나쁜데 고난을 겪지 않으면 도저히 못 참아 줄 정도로 나빠질 것이다."*

고난이 결코 무익하지 않음은 누구나 느껴본 적이 있을 것이고 내 인생에서도 크고 작은 교훈을 대개 고난을 통해서 얻었던 것 같다. 이제 서서히 근본적인 질문에 대한 대답을 정리해야 할 것 같다. 하나님이 인간의 고통에 대해 관심을 가지고 계시는 걸까? 그렇다면 왜 행동으로 옮기시지 않는 것일까?

아니다. 하나님은 한순간도 우리의 고통에서 눈을 떼지 않으셨다. 그리고 행동하셨다. 대표적인 일이 바로 십자가다. 역사상 가장 위대한 사건이다. 십자가로 인류에게 구원의 손길을 내밀었기 때문이다. 온 인류의 고통뿐 아니라 세상을 구원하시기 위해 기꺼이 자신의 고통을 마다하지 않으신 것이다. 그것은 바로 인류를 향

---

* 엘리자베스 엘리엇, 고통은 헛되지 않아요, p.37, 두란노, 2019.

한 하나님 사랑의 완결판이다.

라틴어로 핵심(crux)은 십자가(cross)라는 뜻이다. 고통의 의미와 하나님의 사랑을 아는 데 있어서 핵심은 십자가다. 희생의 십자가는 고난의 상징이다. 그리고 기독교 신앙의 핵심이다. 세상의 어느 종교에서도 십자가의 모습과 같은 일은 찾아볼 수 없다. 또 부활의 십자가는 고난으로 인한 죄의 형벌로부터 승리의 상징이다. 그러므로 크고 작은 고난이 네게 닥쳐올 때 십자가를 바라봐야 한다.

"믿음의 주요 또 온전하게 하시는 이인 예수를 바라보자. 그는 그 앞에 있는 기쁨을 위하여 십자가를 참으사 부끄러움을 개의치 아니하시더니 하나님 보좌 우편에 앉으셨느니라."(히브리서 12:2)

사도 바울은 자신의 육체에 고통을 주는 가시를 달고 있다고 고백했다. 그 가시는 '사탄의 사자'라고 했다. 그리고 그 가시를 없애달라고 세 번이나 기도했다. 하나님은 과연 그 기도에 응답하셨을까? 하나님은 "내 은혜가 네게 족하도다"라고 대답하셨다. 왜 하나님은 사탄의 사자를 허락하셨을까? 이해가 잘 안 될 수도 있다. 하지만 하나님은 더 크게 쓰시기 위해 더욱 강하게 만드는 경우가 더러 있다.

"여러 계시를 받은 것이 지극히 크므로 너무 자만하지 않게 하시려고 내 육체에 가시 곧 사탄의 사자를 주셨으니 이는 나를 쳐서 너무 자만하지 않게 하려 하심이라. 이것이 내게서 떠나가게 하기 위하여 내가 세 번 주께 간구하였더니 나에게 이르시기를 내 은혜가 네게 족하도다. 이는 내 능력이 약한 데서 온전하여 짐이라 하신니라. 그러므로 도리어 크게 기뻐함으로 나의 여러 약한 것들에 대하여 자랑하리니 이는 그리스도의 능력이 내게 머물게 하려 함이라. 그러므로 내가 그리스도를 위하여 약한 것들과 능욕과 궁핍과 박해와 곤고를 기뻐하노니 이는 내가 약한 그때에 강함이라."(고린도후서 12:7~10)

성서에는 이같이 모순처럼 느껴지는 사례가 간혹 있다. 요셉이 형들에게 자신을 애굽으로 보낸 것은 형들이 아니라 하나님이라고 말했다. 그렇다. 시간이 흐르고 나서 보니 하나님께서 계획하신 일의 일환이었다는 사실을 알 수 있었다. 중요한 것은 바울도, 요셉도 이를 믿음으로 바라보았고 긴 터널과 같은 고통의 시간을 기쁨으로 수용했다는 사실이다.

그렇다고 우리는 가시를 달고 사는 것을 숙명처럼 여기라는 말은 아니다. 분명히 가시를 뽑아달라고 기도해야 한다. 문제를 해결하기 위해 질병을 치유하기 위해 빚을 청산하기 위해 갈등을 해소하기 위해 기도해야 함은 두말할 필요가 없다. 그러나 때로는 하나님의 뜻에 따라 우리 기도대로 응답을 받지 못할 수도 있다는 점을 인식할 필요가 있다. 응답받지 못했다고 실망하기보다는 더 좋은 선물을 예비하고 계심을 알아야 한다. 우리는 눈에 보이는 것에 익숙해져 있어 차원이 다른 하나님 나라의 일을 측량할 수 없음을 인정해야 한다.

예수님도 겟세마네에서 이렇게 기도했다.

"이르시되 아버지여 만일 아버지의 뜻이거든 이 잔을 내게서 옮기소서. 그러나 내 원대로 마시옵고 아버지의 원대로 되기를 원

하나이다. 하시니 천사가 하늘로부터 예수께 나타나 힘을 더하더라."(누가복음 22:42~43)

주님의 잔에는 어떤 것이 들어 있을까? 십자가의 고통과 희생과 부활, 더불어 우리를 향한 하나님의 원대한 구원계획이 들어 있었다. 예수님의 이런 기도가 얼마나 감사해야 할 일인지 우리는 가벼이 넘겨서는 안 된다. 예수님의 기도처럼 우리도 어려움을 만났을 때 이렇게 기도할 수 있다면 얼마나 좋을까. 예수님 덕분에 우리는 그의 나라로 향하고 있고 그 나라에 속하게 되었다.

"내게 주신 모든 은혜를 내가 여호와께 무엇으로 보답할까. 내가 구원의 잔을 들고 여호와의 이름을 부르며 여호와의 백성 앞에서 나는 나의 서원을 여호와께 갚으리로다."(시편 116:12~14)

우리는 하나님이 마련해 놓으신 선물을 받는 과정에서 때로는 고통을 경험해야 하는 경우가 있다. 하나님은 언제나 우리를 지키시고 피할 길도 주시고 유익한 것을 예비하고 계신다는 것을 믿기 때문에 주님이 각자에게 주신 잔을 감사하는 마음으로 기꺼이 받아들여야 하는 것이 아닐까.

성춘향이 변학도로부터 받은 온갖 고초도 암행어사가 되어 돌아온 이도령을 보는 순간 그동안의 고통과 슬픔이 눈 녹듯 사라질 수 있었던 것처럼 우리도 주님을 만나는 순간 그와 같을 것이다. 아니 그보다 더할 것이다. 현실에 충실하면서 천국을 소망하는 이유가 바로 거기에 있지 않겠는가.

올바른 세계관 형성을 위한 본질적 질문

그대 나날의 삶이 곧 사원이며 그대의 종교다.
그곳으로 들어갈 때마다 그대의 전부를 데리고 가라.
그리고 그대와 함께 모든 사람들을 데리고 들어가라.

세계의 탄생을 이야기할 때 크게는 진화론과 창조론으로 구분한다. 진화론은 과학에 의존하는 편이고 창조론은 신앙과 더불어 역사적 사실을 입증하는 데 무게를 두고 있다. 무신론자들은 대개 진화론을 지지하는 편이고 또 일부 종교에 따라서는 진화론이든 창조론이든 대수롭지 않게 생각하는 경우도 있는 것 같다. 여기에는 범신론도 해당된다. 하지만 기독교, 유대교, 이슬람교는 창조론을 지지하는 입장에 서 있다. 창조론을 지지하면서도 동일한 종 내에서의 진화는 인정하는 편이다.

　이런 논쟁은 오래전부터 이어져 왔고 지금도 진행 중이다. 무엇이 옳고 그르냐의 문제도 중요하지만, 어떤 질문을 하느냐에 따라 대답도 달라질 수 있음도 알아야 한다. 그런 차원에서 올바른 세계관을 형성하기 위한 좀 더 구체적인 질문이 필요할 것 같다. 이를테면 존재하는 것들은 어디서 왔으며 그들의 본질은 무엇인가? 그들은 우연히 생긴 생성물인가 아니면 신에 의해 창조된 피조물인가, 또 만약 신이 계신다면 우주와 사람은 신과 같이 영원히 함께 할 수 있을 것인가 등을 들 수 있을 것이다.

　우주의 기원, 창조주 하나님, 인간, 자연, 우주 등에 대한 올바른 지식, 요컨대 진리라는 것은 존재하는지, 그것이 상대적 진리인지 절대적 진리인지, 또 어떻게 그것을 알 수 있는지에 대해 당연히 궁금해 할 것이다.

김헌은 《천년의 수업》*에서 지식과 문화 등이 얼마나 사람들의 세계관에 영향을 미치는지 그리스 로마 신화의 예를 들어 설명하고 있다. 서양에서는 그리스 로마 신화가 약 2800년 전부터 문자화되어 지금까지도 열심히 읽히고 있다면서 기독교로 인해 퇴색된 측면이 있고, 과학기술이 신화를 믿지 않게 되는 요인이 되었다고 진단했다.

하지만 여전히 그리스 로마 신화가 가지고 있는 상징성이나 교훈은 쉽게 사라지지 않을 것이라고 예단하기도 했다. 그도 그럴 것이 동서양을 막론하고 여전히 우리의 삶 속에서 위력을 발휘하고 있음을 알 수 있다. 예를 들면 비밀의 상자 판도라, 그리스 로마 신화에 나오는 최초의 여인으로 인간을 벌하기 위해 제우스가 만들어 세상에 보낸 불행의 씨앗이다. 자기 자신을 사랑하는 에고티즘(egotism)을 정신분석학적 용어로 나르시시즘(narcissism)을 사용하는데, 이 또한 그리스 로마 신화에서 자기 자신과 사랑에 빠져 죽음에 이르는 나르키소스(narkissos)에서 유래되었다.

그 밖에도 요즘 많이 사용하는 패닉(panic)이라는 말도 목축과 수렵의 신 판(pan)에서 유래되었고, 피로회복제 박카스는 술과 추수의 신 바쿠스(bacchus), 밀크 탄산음료 암바사는 올림푸스 신들의 음식 암브로시아(ambrosia)에서 유래된 것이다.

저자는 신화는 진실 같은 거짓말, 요컨대 사실은 아니지만 진실

* 김헌, 천년의 수업, 다산초당, 2020.

을 담은 허구가 바로 문학이고 신화라고 정의했다. 그래서 그리스 로마 신화라는 허구 속에서 진리에 대한 방향성을 찾는 데 도움이 되지 않을까 생각해본다.

레바논계 미국인 철학가이자 예술가, 문학가이기도 한 칼릴 지브란(Khalil Gibran)은 자신의 저서 《예언자(The Prophet)》(1923)에서 종교에 대하여 일목요연하게 자신의 생각을 정리한 글이 있다. 이 또한 세계관 형성에 크게 도움이 되는 내용이라 생각된다.

"한 늙은 성직자가 말했다. 우리에게 종교에 대해 말씀해주십시오. 그가 대답했다. 내가 오늘 그것 말고 다른 무엇을 말했던가? 모든 행위. 모든 명상이 곧 종교가 아닌가? 또한 행위도 명상도 아니지만, 심지어 두 손이 돌을 쪼고 베틀을 손질하는 동안에도 영혼 속에서 언제나 솟아나는 경이로움과 놀라움, 그것 또한 종교가 아닌가? 자신의 행위로부터 자신의 신앙을, 또한 자신이 하는 일로부터 자신의 믿음을 분리시킬 수 있는 자는 누구인가? 자신의 시간을 앞에 펼쳐놓고 '이것은 신을 위한 시간이고, 이것은 나 자신을 위한 시간이다. 이것은 영혼을 위한 시간이고, 이것은 내 육체를 위한 시간이다'라고 말할 수 있는 자는 누구인가? 그대의 모든 시간은 자아에서 자아로, 허공을 퍼덕이며 날아가는 날개이다. 도덕을 마치 가장 좋은 옷처럼 입고 다니는 자는 차라리 벌거벗는 게 낫다. 바람과 태양이 그의 피부에 구멍을 내지는 않으리라. 자신의 행위를 윤리의 울타리에 가두고 있는 자, 그는 자신의 노래하는 새를 새장 안에 가두고 있는 것이다. (중략) 그대 나날의 삶이 곧 사원이며 그대의 종교이다. 그곳으로 들어갈 때마다 그대의 전부를 데리고 가라. (중략) 그리고 그대와 함께 모든 사람들을 데리고 들어가라. 왜냐하면 아무리 찬송을 해도 그대는 그들의 희망보다 더 높이 날 수 없고, 그들의 절망보다 그대 자신을 더 낮출 수는 없기에. 또 만일 신을 알고자 한다면, 수수께끼 푸는 자가 되려고 하지 말라. 그보다는 그대 주위를 돌아보라. 그러면 신이 그대의 아이들과 놀고 있는 것을 보게 되리라. 또 허공을 바라보라. 그러면 신이 구름 속을 걷고, 번개 속에 그 팔을 뻗고, 비와 함께 내려오는 것을 보게 되리라. 꽃 속에서 미소 짓고 있는 그를 보리라. 또한 나무들 사이에서 손을 흔들고 있는 그를."*

칼릴 지브란은 무엇보다 인간의 한계성을 인정하는 것을 전제로 어느 곳에서든지 마음먹기에 따라 우리가 신을 발견할 수 있음을 강조하고 있다. 또 자기 자신과 더불어 주변을 돌아보는 것이 가능하지도 않은 신의 근원을 파헤치려는 자세보다 낫다고 한 것이다. 이것은 우리가 관념적 종교에서 벗어나 실제 신이 주관하는 자연과 사람과 어우러져 조화로운 삶을 사는 것이 종교의 본질이라고 생각하고 있는 것으로 보인다.

---

* 칼릴 지브란, 예언자, pp.111-113, 무소의 뿔, 2018.

사람은
무엇으로 사는가

매일 매일을 자신의 마지막 날로 생각하며
동요되지 않고 무감각하지 않고
위선을 부리지 않고 살아가는 것,
그것은 완전한 인격에 어울리는 것이다.

인류 역사상 가장 많은 관심사 중에 하나가 다름 아닌 '구원(救援)의 문제'가 아닌가 싶다. 동서고금을 막론하고 영적인 구원을 소망하는 일은 물론이고 하다못해 육체적 생명이라도 연장해보려는 많은 노력들이 시도되어 왔다. 간혹 그럴싸한 종교지도자가 나타나 자신이 구세주라고 외치며 그를 추종하는 사람들과 더불어 마치 자신들만이 알고 있는 구원의 길로 인도할 것처럼 유혹의 손길을 뻗치는 경우도 종종 있어왔다. 그들의 역사는 오래가지 못했는데 대부분 돈이나 성적인 문제, 그리고 세습 등과 결부되어 저절로 파국을 초래했기 때문이다.

우리는 인생의 구원 문제에 대해서 오랫동안 철학적인 접근이나 과학적 지식의 탐구를 통해 끊임없이 노력해왔고 여전히 그 희망의 끈을 놓지 않고 있다. 하지만 인간 스스로의 지혜로 이 문제를 해결하는 데에는 이미 한계를 경험했고 미래의 전망도 썩 밝아 보이지 않는다. 오히려 과학기술이 발전할수록 세상은 더욱 불확실해지고 있고 철학적 논쟁도 고대부터 줄곧 이어져 왔지만 해결의 실마리는 찾지 못하고 있다.

그렇다면 누가 혹은 무엇이 우리를 구원할 것인가? 눈으로 금방 확인할 수 있거나 머리로 이해할 수 없는 구원의 문제 같은 경우는 우리보다 훨씬 뛰어난 누군가 혹은 무엇인가가 존재할 것이라는 것에 대해 궁금해 하지 않으면 안 될 것 같다.

특히 사람의 육체와 영혼을 구원하는 문제는 기술로 치면 최고의 기술이고 가치로 따지면 이 세상 전부를 준다고 하여도 바꿀 수 없을 만큼 소중한 가치를 지니고 있다. 바로 생명이 달려 있는 문제이기 때문이다.

누구나 어릴 적부터 이 문제에 대해 관심이 없는 사람은 거의 없을 것이다. 물론 누구나 자신의 의지와 상관없이 이 세상에 왔다가 누구나 한 번은 죽어 사라지는 것에 대해 대수롭지 않게 여기는 사람도 전혀 없지는 않을 것이다. 그런 자세가 오히려 더 자연스러운 것 아닌가라고 담담하게 주장할지도 모른다. 그러나 관심은 있는데 도저히 그 길을 찾지 못하고 있다면 그것처럼 답답한 일이 또 있을까. 인생을 살면서 누구를 만나고 어떤 정보와 지식을 얻느냐는 매우 중요하다. 그런데 훨씬 더 중요한 것은 만나왔던 사람이나 정보와 지식들이 과연 나의 삶에 어떻게 영향을 미치고 있는가다.

내 어릴 적 경험과 고뇌했던 젊은 시절의 얘기를 잠시 하고자 한다. 내가 하나님을 처음 알게 된 때는 초등학교 3, 4학년쯤이었던 것으로 기억된다. 교회 전도사이자 태권도 사범을 겸하고 있던 동네 형님으로부터 태권도를 배우기 시작한 것이 계기가 되었다. 태권도를 배우는 동안 사범님은 한 달에 한 번도 빠지지 않았을 경우 학용품을 선물로 주셨다. 그렇게 몇 달이 지나자 사범님은 교회를 한 번도 빠지지 않으면 운동화나 축구공 등을 사주시겠다고 공약을 했었다. 당시를 떠올리면 축구공하고 운동화를 선물로 주시겠다는 말은 아주 솔깃한 제안이었다. 그동안 기껏해야 딱지치기나 구슬놀이, 자치기 등이 당시 또래들 놀이문화의 전부였는데 갑자기 놀이문화를 업그레이드시킬 수 있는 절호의 기회가 찾아온 것이다.

그래서 교회를 빠지지 않으려고 부단히도 애를 썼던 기억이 있다. 그때 우주를 창조하시고 주관하시는 어떤 분이 계시다는 설교 말씀을 지금도 잊을 수가 없다. 사범님의 전도전략은 지금 생각해도 기발했고 인내가 필요한 훌륭한 방법이었다. 열심히 믿고 기도하면 운동화나 축구공뿐 아니라 더한 것도 하나님께서 선물로 주신다는 것이다. 상상만 해도 얼마나 행복한 일인가?

그런 후 나는 미국 선교사들이 세운 기독교재단의 중학교에 입학하게 되었고, 정식수업으로 성서를 공부하게 되었다. 성서를 가르쳤던 선생님은 너무 선하시고 겸손한 분이셨다. 성경말씀을 마치 옛날이야기를 들려주듯 재미있게 가르쳐주셨다. 딱딱한 수학이나 영어시간보다는 학생들이 좋아할 수밖에 없었고 나 역시 집중해서 들을 수 있었다.

생각해 보면 나는 누군가에 의한 억지 전도가 아니고 자연스런 과정을 통해서 하나님을 만났고 그것이 알게 모르게 나에게 적잖이 영향을 미쳤음을 고백한다. 사실 당시만 해도 하나님에 대한 나의 생각은 그런 좋은 분이 계시고 또 기도만 하면 나의 편이 되어주실 거라는 기대감에 그저 든든하다는 생각을 할 수 있었던 것 같다.

그 후 본격적으로 성경을 읽기 시작한 것은 대학 진학 후부터다. 그것도 스스로 읽어야겠다고 결심해서 읽은 것이 아니다. 당시 어떤 직업을 구하고 어떤 삶을 살아야 하는지 등 이런 저런 생각으로 인해 적잖이 고뇌하고 있을 때였다. 다행이 다른 방황이 아니고 철학서적이나 문학작품 등을 즐겨 읽게 되었는데, 그 가운데 나를 성서(聖書)로 인도한 책들이 있었다.

예를 들면 아우렐리우스의 《명상록》, 도스토예프스키의 《죄와 벌》, 니체의 《차라투스트라는 이렇게 말했다》, 톨스토이의 《사람은 무엇으로 사는가》, 에리히 프롬의 《소유냐 존재냐》, 레오버스카글리아의 《인간이기 때문에》 등이다. 이 책들이 직간접적으로 새로운 지식에 대한 욕구를 느끼게 했고, 또 성경을 패러디하거나 하나님 혹은 신(神)이라는 단어들이 언급되어 있었다. 그래서 그런 책들을 통해 자연스럽게 성서를 소개받은 셈이고 본격적으로 성서를 읽게 되었다.

사람마다 감성이나 취향이 달라서 어떨지는 모르겠지만 나에게 있어 '인생의 책'이라고 할 수 이런 소중한 책들을 다른 사람들과 더불어 공유하고 싶은 마음이 든다.

제일 먼저 소개하고 싶은 책은 아우렐리우스의 《명상록》*이다. 당시 내가 읽었던 책은 아우렐리우스의 생애와 사상과 스토아철학 제12권으로 이루어졌다. 인상 깊었던 것은 자신의 배움은 증조부, 조부, 아버지, 어머니, 스승, 친구 등 자신의 주변 사람들로부터 각각 스토아 철학(Sticism)**과 예의범절, 남자다움, 검소한 생활 태도, 인내심과 자제력, 배움에 돈을 아끼지 말 것, 경건함과 관대함 등을 배웠다고 했다.

또 악한 생각과 악한 행동을 멀리하고, 남을 비방하지 말며 하

---

* 아우렐리우스저/박병덕 역, 명상록, 육문사, 1987.
** 스토아 철학이라는 이름은 이 학파의 창시자 카티온의 제논이 주로 강연했던 장소가 스토아 포이킬레(채색주랑)에 근거를 두고 있는데, 도덕가치, 의무, 정의, 정신 등과 같은 덕목을 중심으로 보편적인 사랑과 신처럼 넓은 자비를 강조함으로써 로마에서 중세에 이르는 동안 그리스도교, 유대교, 이슬람교 등에 많은 영향을 미친 것으로 알려져 있다.

찮은 일에 탐닉하지 말며 마법사들과 주술로 기적을 행하는 사람들의 말을 믿어서는 안 되며 닭싸움과 같은 오락은 피해야 하며 그것들로부터 흥분해서는 안 된다는 것도 배웠다고 했다. 게다가 친척들을 사랑하고 진리를 사랑하고 정의를 사랑해야 한다는 것, 철학을 존중할 것, 선행하는 일에 열중할 것, 친구의 우정에 대한 믿음도 배웠다고 했다.

뿐만 아니라 자제력과 확고한 목적의식, 질병에 걸렸다거나 혹은 그 외의 어떠한 불운 속에서도 쾌활해야 한다는 것을 배웠다고 했다. 그밖에도 그가 배웠다고 말한 내용을 여기에 다 열거할 수가 없다. 그는 훌륭한 조부모님과 부모님, 누님, 스승님들, 모든 가족과 친척들, 친구들, 그리고 거의 모든 것들에 대해 신들에게 감사한다고 술회하고 있다. 여기에 당시 나를 설레게 했던 심금을 울리는 주옥같은 명언을 몇 줄 적어본다.

"만일 신들이 나에 대해, 그리고 내게 일어난 일에 대해 함께 협의를 하여 나를 위해 계획을 세워놓았다면 그것은 분명 좋은 계획일 것이다. 왜냐하면 신들이 나쁜 계획을 협의하리라고는 생각조차 할 수 없기 때문이다. 신들이 나를 해칠 계획을 세울 이유가 어디 있겠는가? 나를 해친다고 해서 신들에게 혹은 신들이 가장 관심을 가지고 있는 우주에게 무슨 이익이 있겠는가? 신들이 특별히 나를 위해 계획을 세워 놓지 않았다 하더라도 적어도 그들은 우주를 위해서는 훌륭한 계획을 세워놓았을 것이다. 그러므로 나는 그 계획의 결과로서 내게 일어나는 모든 일들을 기꺼이 받아들이고 사랑해야 한다."(제6권 44의 글 중에서)

"매일 매일을 자신의 마지막 날로 생각하며 동요되지 않고 무감 각하지 않고 위선을 부리지 않고 살아가는 것, 그것은 완전한 인격에 어울리는 것이다."(제7권 66)

"신은 물질적 용기(容器)와 껍질과 불순물들이 제거된 상태의 인간의 지배적 이성들을 관찰한다. 왜냐하면 신은 오직 예지를 통해서만 작용하며, 오직 자기 자신에게서 흘러나와 인간들 속으로 흘러들어간 것과만 접촉할 수 있기 때문이다. 만일 당신도 그런 습관을 붙인다면 당신은 당신을 둘러싸고 있는 걱정거리들로부터 풀려날 것이다. 왜냐하면 자신을 둘러싸고 있는 육체를 바라보지 않는 사람은 옷이나 집, 명성, 그 밖의 기만적인 것이나 허식적인 것들에 몰두하지 않기 때문이다."(제12권 2)

그가 말한 내용들이 진리 자체라고 단정 지을 수는 없을지라도 철학적 사고를 갖는 것이 인생의 본질을 이해하는데 있어서 얼마나 중요한 역할을 하는지를 가르쳐준 책이었기에 내게는 '인생의 책' 가운데 하나라고 당당히 말할 수 있다.

두 번째로 내게 감명을 주었던 책은 니체의 《차라투스트라는 이렇게 말했다》*다. 철학의 전공 여부를 떠나 세상에서 가장 많이 읽힌 책 중의 하나가 되었지만, 책을 세상에 내놓을 당시(1883년)만 해도 자비를 들여 출판해야 했고 책도 거의 팔리지 않은 것으로 알려져 있다. 니체는 '신은 죽었다'라는 파격적인 선언을 함으로써 기독교인의 미움을 산 것으로도 유명하다. 《차라투스트라는

---

* 프리드리히 니체 저/최승자 역, 차라투스트라는 이렇게 말했다, 청하, 1984.

이렇게 말했다》는 제4부로 나뉘어져 있고 80여 개 소제목에 대하여 마치 잠언처럼 설파하고 있다.

특히 영원회귀사상을 바탕으로 신의 죽음과 이후에 도래할 새로운 인간(초인)을 이야기 하고 있다. 영원회귀사상은 모든 것은 끊임없이 반복되는 것으로 우리의 삶도 시작과 끝이 있는 것이 아니라 과거에 경험했던 삶이 현재에도 반복되고 있으며, 미래에도 여전히 반복될 것이라는 이야기다. 니체는 차라투스트라의 입을 빌려 우리에게 하고 싶었던 말은 아마도 옛 기준이나 구습에 얽매이지 말고 각자 자신의 기준과 법칙을 찾아 삶의 주인으로서 살아가라고 한 것이 아닌가 생각된다. 게다가 광대, 마술사, 웃는 사자, 낙타, 독수리, 뱀, 태양, 높은 산, 사막, 해뜨기 전, 오전, 오후 등 사람, 동물, 자연, 시간 등 셀 수 없이 많은 비유와 상징물들이 등장한 것으로도 유명하다.

뿐만 아니라 특이하게도 니체는 예수와 성경말씀을 패러디하는 부분도 등장한다. 차라투스트라가 고향을 떠나 명상 길을 가는 것은 예수가 고향을 떠나 구도자의 길을 가는 것과 유사하고 차라투스트라가 산으로 올라가 10년을 고독 속에 지낸 것도 예수가 광야에서 40일을 지낸 내용을 패러디한 것으로 보인다. 거기에 그치지 않고 바리새인이나 최후의 만찬이나 감람산도 등장하고 "귀 있는 자는 들을 지어다", "재앙 있을 진저" 등의 성경에 나오는 구절을 차용하고 있다. 그리고 그는 예수님의 말씀에 자기 나름대로의 의견을 제시하기도 한다.

"오 나의 형제들이여 일찍이 선한 자들과 의로운 자들의 가슴 속을 들여다보았던 한 사람(예수님을 지칭)은 '그들은 바리새인들이다'라고 말했었다. 그러나 사람들은 알아듣지 못했다. 그들의 정신은 그들의 양심 속에 갇혀 있었던 것이다. 선한 자들의 어리석음은 바닥을 알 수 없을 정도로 영리하다. 그러나 사실은 이렇다. 그들에겐 선택권이 없다. 선한 자는 바리새인일 수밖에 없는 것이다. 선한 자들은 자기 고유의 덕을 만들어낸 자를 십자가에 못 박지 않을 수 없는 것이다. 사실이 그러하다.”

니체는 성경에 대한 지식이 있었다. 다만 신은 죽었다고 한 말의 의도로 보아 믿음이 있었는지는 정확히 알 수는 없지만 삶에 대한 진지한 고민을 한 것만큼은 분명해 보인다. 당시 그 책이 그가 죽었다고 한 신(神)을 더 알고 싶어 하게 만들었던 것이 사실이다. 그래서 고마운 책이다.

세 번째로 소개할 책은 톨스토이의 《사람은 무엇으로 사는가》*다. 누구나 누군가로부터 혹은 스스로에게 왜 사는가에 대해 질문을 받은 적이 한 번쯤은 있을 것이다. 이 작품은 많은 것을 생각하게 하는데, 삶을 비관적으로 바라보는 가난한 구두수선공이 교회 밖에서 헐벗은 미하일이라는 사람을 만나면서 시작된다. 구두수선공 부부는 빈궁한 처지임에도 미하일을 집으로 초대하여 그래도 밥은 먹여야지 하면서 따뜻한 밥을 대접한다. 미하일은 부인을 보면서 미소를 짓는다.

어느 날 도시에서 구두공의 소문을 듣고 한 귀족이 비싼 가죽을 맡기며 1년을 신어도 멀쩡한 부츠를 만들어 달라고 말한다. 구두공은 미하일의 실력이 좋아진 것을 알고 그에게 이를 맡긴다. 미

---

* L. N. 톨스토이 저/권윤정 역, 사람은 무엇으로 사는가, 꿈꾸는 아이들, 2003.

하일은 그 귀족을 보고 미소를 짓는다.

또 1년이 지나고 어느 날 구두공의 가게에 한 여인이 쌍둥이 여자아이를 데리고 왔다. 세상사에 전혀 관심이 없던 미하일은 그 아이를 뚫어져라 쳐다보았다. 그리고 그는 미소를 지었다. 이것이 미하일이 지은 세 번째 미소다.

영문을 몰라 어리둥절해 하는 구두수선공에게 미하일은 자신이 천사였음을 고백한다. 구두수선공은 그에게 세 번 미소 지은 이유에 대해 물었다. 미하엘은 하나님의 뜻을 깨달아서 웃었다고 말했다.

톨스토이가 이 소설을 통해 말하고자 했던 것은 첫 번째, 인간의 내부에는 무엇이 있는가에 대해서다. 가난한 구두수선공 부부는 자신들도 충분치 않지만 남에게 내어줄 사랑을 지니고 있다는 것을 알고 미하엘이 미소를 지었던 것이다. 두 번째는 인간에게 허락되지 않은 것은 무엇인가에 대해서다. 미하일은 자신에게 진짜 필요한 것을 모르는 귀족을 보고 인간은 자기가 필요한 것을 아는 것이 허용되지 않았다는 것을 깨닫고 미소를 지었다. 세 번째, 사람은 무엇으로 사는가에 대해서다. 사람은 더불어 사랑을 통해 살아간다는 사실을 쌍둥이를 입양한 부인을 보고 깨달았다. 그래서 세 번째 미소를 지었던 것이다.

또 하나, 톨스토이의 작품 〈사람은 무엇으로 사는가〉와 더불어 실린 8편의 단편소설 가운데서 〈사랑이 있는 곳에 신이 있다〉라는 작품이 있다. 아주 짧은 분량이지만 우리에게 주는 감동은 그 분량과는 상관없다. 이 소설의 줄거리는 이렇다.

마르틴 마브제이치라는 구두수선공에 관한 이야기다. 그가 거처하는 곳이 창문이 하나밖에 없는 지하실이었고, 그곳에서 볼 수 있는 풍경은 사람들의 발뿐이었다. 그가 창으로 보는 신발 가운데는 자신이 수선한 구두들도 눈에 띄곤 했다. 그는 그럭저럭 일감도 많았고 순박한 사람이었지만, 나이가 들어가면서 더욱 자신의 영적 생활에 정성을 쏟으며 신에게 가까이 가고 있었다.

어느 날 고향에서 한 노인이 마르틴을 찾아왔다. 이 노인은 8년째 성지 순례를 하는 중이었다. 마르틴은 이 노인과 이런저런 이야기를 주고받다가 신세한탄을 하면서 "영감님, 나 이제 더 이상 기력을 잃었어요. 그저 죽고 싶은 마음뿐이에요. 난 이제 아무 소망이 없기 때문에 하루라도 빨리 데려가 달라고 하나님께 빌고 있어요." 그러자 노인이 말했다. "마르틴, 그건 잘못된 생각이야. 우리는 하나님께서 하시는 일을 가지고 이러쿵저러쿵 말할 수가 없네. 무슨 일이건 우리의 지혜가 아니라 하나님의 재량으로 결정되는 것이니까. 자네 아들은 죽었지만, 자네는 살아야 하는 것이 하나님의 뜻이라네. 그것 때문에 하나님을 원망하거나 삶을 포기하는 것은 자네가 자신의 즐거움만을 생각하기 때문이야." "그럼 무엇 때문에 살아야 하나요?" "하나님을 위해 살아야 하네. 마르틴, 하나님께서 하락해주신 생명이니까 하나님을 위해 사는 것이 도리가 아니겠나. 하나님을 위해 살면 아무 걱정이 없고 모든 일이 편안해진다네."

마르틴은 잠자코 있다가 한참 후에 입을 열었다. "하나님을 위해 사는 것이란 도대체 어떻게 사는 것을 말하나요?" "어떻게 하면 하나님처럼 살 수 있느냐 하는 것은 예수께서 모두 가르쳐주었네. 자네 글 읽을 줄 알지? 성서를 읽어보게나. 그러면 하나님을 위해 산다는 것이 무엇인지 알게 될 거야. 거기에 무엇이든 다 쓰여 있으니까." 이 말이 마르틴을 사로잡았고 그날 당장 커다란 활자로 된 성서를 구입하여 읽기 시작했다. 영감님의 말대로 평소 궁금했던 내용들이 성서를 통해 하나하나 해결되었다. 그리고 기도로 하루를 마무리하곤 했다. "하나님 아버지 감사합니다. 감사합니다! 모든 일을 당신의 뜻에 온전히 맡기니 주님 뜻대로 하옵소서!" 그의 삶은 완전히 바뀌었고 하나님의 뜻에 따라 가난한 사람에게 베풀고 이웃을 사랑하게 되었다.

우리가 하나님께 기도한다는 것은 예수님처럼 살게 해달라는 것이기도 하다. 그분은 가난한 사람, 병든 사람, 귀신들린 사람, 배고픈 사람들에게 은혜를 베푸셨다. 예수님께는 잘 보이고 싶어 하고 이웃에게는 그저 그렇게 대한다면 진정한 신자라고 할 수 없을 것이다.

"형제 사랑하기를 계속하고 손님 대접하기를 잊지 말라. 이로써 부지중에 천사들을 대접한 자들이 있었느니라."(히브리서 13:1~2)

이들 작품 속에서 사람이 살아가는 것에는 분명히 자기합리화 여부와 상관없이 진리가 있고 우리 스스로는 그것을 해결할 능력이 주어지지 않았음을 이야기하고 있다. 하지만 선과 악, 죄와 벌에 대한 진지한 고민이 요구되고 있고 사람이 무엇으로 살아가야 하는지를 작가 나름대로의 시선에서 구원의 길을 제시하고 있다.

나는 진정한 진리를 찾기 위해 성서를 읽기 시작했고 그 후로는 어떤 철학서나 문학서보다도 명확한 해답을 얻은 것은 성서였고, 물론 예수님의 존재에 대해서도 더욱 확신할 수 있었다. 그것은 경외함이고 엄청난 구원의 소식이요 축복이라는 사실을 알게 되었다. 왜 예수님만이 유일한 구원의 길인지, 왜 하나님께 영광과 찬미를 올려야 하는지 분명히 알게 되었다.

"이와 같이 그리스도도 많은 사람의 죄를 담당하시려고 단번에 드리신바 되셨고 구원에 이르게 하기 위하여 죄와 상관없이 자기를 바라는 자들에게 두 번째 나타나시리라."(히브리서 9:28)

그렇다고 내 삶이 전적으로 예수님만 의지하면서 살 수 있었다거나 크고 작은 고난이 없었다는 것을 얘기하고 싶은 것이 아니다. 성서를 읽기 시작하면서 느꼈던 당시의 감회를 함께 나누었으면 좋겠다는 뜻이다. 그 후부터 감사와 기쁨과 소망이 있는 삶을 살 수 있다는 것만으로도 행복하다.

"나의 영혼이 잠잠히 하나님만 바람이여 나의 구원이 그에게서 나는도다."(시편 62:1)

톨스토이의 작품 《사람은 무엇으로 사는가》에서 천사 미하일이 지었던 세 번의 미소처럼 매일 매일 미소를 머금고 살 수 있다면 얼마나 좋을까.

믿음은
바라는 것들의
실상이다

무언가를 기대했었다.
결과는 뜻대로 잘 되지 않았다.
너 그 일을 두고 기도했니?

사실 믿음이란 단어 신(信)은 사람(人)과 말(言)이 합쳐져 만들어진 글자다. 사람이 하는 말의 진실함을 의미한다. 신이라는 문자에 상응하는 영어에는 Faith, belief, trust 등이 있다. Faith의 형용사인 Faithful은 '충성스러운'이라는 뜻을 지니고 있다. 말하자면 충성의 동기를 제공하는 것이 믿음이라는 것을 알 수 있다. belief의 형용사형인 believable 혹은 unbelievable의 사용 예를 보면 인간의 상식으로 이해할 수 있거나 도저히 이해할 수 없는 경우에 사용한다.

　그렇다면 믿음은 궁극적으로 우리 지각으로 이해할 수 없는 범위에 있는 것마저도 인정한다는 의미를 내포하고 있다. 그런데 사람들은 믿음을 인간 지각의 범위 내에서 찾으려고 하는 데서 오류가 시작되는 것은 아닐까.

　프랑스 실존주의 철학자인 사르트르는 '실존(Existence)은 본질(Essential)에 앞선다'*라는 유명한 명제를 제시하였다. 실존과 본질이 다를 수밖에 없다는 개념은 신학자들에게는 커다란 도전이었

---

*　프랑스 철학자 장폴 사르트르가 자신의 강연 '실존주의는 인문주의일까'(1945)에서 최초로 이 개념을 제시한 것으로 알려져 있는데, 이 개념은 실존주의 기초적인 토대가 되고 있다.

고 고민이기도 했다. 말하자면 전능하신 신이 창조하고 주관하는 이 세상이 왜 이렇게 신의 뜻과는 달리 어지럽고 불완전한 것인지에 대한 문제 제기이기도 했다.

중세 이후 신학자들이 생각하는 본질은 영원하고 전지전능한 절대적인 존재에 의해 만들어지는 이상적인 질서와 세계를 이야기했다. 반면에 실존은 현실에 나타난 각종 모순과 불완전성, 어지러운 현상 등을 얘기하고 있다. 하지만 이 주제는 니체나 키에르케고르 등에 의해 '내면세계' 혹은 '정신세계'에 초점이 맞추어지면서 신학의 범주에서 벗어날 수 있게 되었다.

실존과 본질은 신이 불완전한 것이 아니고 인간의 자아가 개입되면서 다양한 불완전한 현상을 만들어낸다고 볼 수 있다. 흔히 사람들은 자기 인식의 틀에서 사고하고 행동하는 경향이 있다. 그것은 뛰어난 철학자들도 마찬가지다. 세상을 살아가는 지혜를 얻는 데 매우 도움이 되는 것은 사실이지만 그들의 관점에서 정리되는 이론들은 불완전할 수밖에 없는 것이 사실이다. 그렇게 본다면 본질이 문제가 아니라 어떤 사실이나 사물에 대한 개개인의 인식, 자아 등이 본질을 왜곡할 수 있고, 그것을 가지고 본질과 실존의 괴리로 결론짓는 것이다.

그런 의미에서 믿음은 이데올로기나, 철학적 교훈, 사회적 트렌드, 자아 등을 뛰어넘은 본질에 대한 절대적 지지에 근거를 두어야 할 것이다. 하지만 주의해야 할 것은 본질을 해석하는 데 있어서 아전인수(我田引水)로 특정 목적을 위해 왜곡하는 것에 분별력이 요구된다.

당시 유대인들은 기존의 율법적 종교생활을 하는 것과 율법을 완성하신 예수 그리스도의 말씀에 순종하여 믿음을 기반으로 하는 신앙생활에 있어서 딜레마 상태에 놓여 있었다. 하지만 둘 중의 어느 쪽이냐고 굳이 말하자면 오랫동안 생각하고 몸소 행해왔던 율법적인 생활에서 크게 벗어나지 못하였다. 이에 바울은 어느 쪽을 바라느냐에 따라 결과도 달라질 수 있음을 선언하고 있다.

"믿음은 바라는 것들의 실상이요 보이지 않는 것들의 증거니 선진들이 이로써 증거를 얻었느니라. 믿음으로 모든 세계가 하나님의 말씀으로 지어진 줄을 우리가 아나니 보이는 것은 나타난 것으로 말미암아 된 것이 아니니라."(히브리서 11:1~3)

그런 의미에서 결국 어떤 믿음을 갖느냐는 매우 중요한데, 그 사람이 바라는 바대로 열매를 맺기 때문이다. 예수님께서는 기존의 제사로는 죄를 깨끗이 할 수 없다고 단언하셨다. 그래서 그 율법을 완성하신 예수 그리스도에 대한 믿음을 통해 구원에 이를 수 있음을 분명히 하고 있다.

"위에 말씀하시기를 주께서는 제사와 예물과 번제와 속죄제는 원하지도 아니하고 기뻐하지도 아니하신다 하셨고(이는 다 율법을 따라 드리는 것이라) 그 후에 말씀하시기를 보시옵소서 내가 하나님의 뜻을 행하러 왔나이다. 하셨으니 그 첫째 것을 폐하심은 둘째 것을 세우려 하심이라. 이 뜻을 따라 예수 그리스도의 몸을 단번에 드리심으로 말미암아 우리가 거룩함을 얻었노라. 제사장마다 매일 서서 섬기며 자주 같은 제사를 드리되 이 제사는 언제나 죄를 없게 하지 못하거니와 오직 그리스도는 죄를 위하여 한 영원한 제사를 드리시고 하나님 우편에 앉으사 그 후에 자기 원수들을 자기 발등상이 되게 하실 때까지 기다리시나니 그가 거룩하게 된 자들을 한 번의 제사로 영원히 온전하게 하셨느니라."(히브리서 10:8~14)

믿음은 바라는 것이 실제로 이루어지게 하는 근거가 된다. 말하자면 좋은 열매를 얻기 위해서는 좋은 씨앗이 필요하듯이 우리가 소망하는 것을 이루기 위해서는 좋은 믿음을 갖는 것은 매우 중요하다. 부자가 될 수 있다거나 혹은 출세를 할 수 있다거나 건강한 삶을 살 수 있다는 믿음을 가지고 거기에 부합한 노력을 한다면 나름대로 각자의 결실을 맺을 수 있을 것이다. 하지만 하늘에 소망을 두고 그리스도인이 되겠다고 한다면 전적으로 그분의 뜻과 말씀에 순종하는 것이 좋을 것이다. 따라서 어떤 믿음을 갖느냐 못지않게 중요한 것은 무엇을 바라느냐다. 우리가 바라는 것이 세상적이고 육적인 것이라면 믿음의 궁극적인 목표인 구원, 요컨대 하나님의 백성이 되는 것과는 괴리가 있다는 점이다. 왜냐하면 육적인 사고와 영적인 믿음은 각각 다른 결과를 가져오기 때문이다.

"육신을 좇는 자는 육신의 일을, 영을 좇는 자는 영의 일을 생각하나니 육신의 생각은 사망이요 영의 생각은 생명과 평안이니라. 육신의 생각은 하나님과 원수가 되나니 이는 하나님의 법에 굴복치 아니할 뿐 아니라 할 수도 없음이라. 육신에 있는 자들은 하나님을 기쁘시게 할 수 없느니라."(로마서 8:5~8)

"새 포도주는 새 부대에 담으라"(마태복음 9:17)는 말씀이 있다. 인류역사는 예수 그리스도의 전과 후로 구분된다. 그분이 오셔서

137

모든 것을 바꾸어놓았다. 우리의 낡은 생각이나 그릇된 가치관은 새로운 것으로 바꾸어야 한다.

"만물보다 거짓되고 심히 부패한 것은 마음이라 누가 능히 이를 알리요마는 나 여호와는 심장을 살피며 폐부를 시험하고 각각 그 행위와 그 행실대로 보응하나니 불의로 치부하는 자는 자고새가 낳지 아니한 알을 품음 같아서 그 중년에 그것이 떠나겠고 필경은 어리석은 자가 되리라."(예레미야 17:9~11)

〈기대와 기도〉

무언가를 기대했었다.
결과는 뜻대로 잘 되지 않았다.
너 그 일을 두고 기도했니?

어떤 일이 꼭 이루어지기를 기대하고 있다.
그 일이 기대만큼 잘 될지 자신이 서지 않는다.
너 그 일을 두고 기도하니?

무언가를 위해 기도했었다.
결과는 뜻대로 잘 되지 않았다.
너 무얼 위해 기도했니?

어떤 일이 잘 되기를 기대하고 있다.
그 일이 순조롭게 잘 될지 자신이 서지 않는다.
너 누굴 위해 기도했니?

사람은 사랑 없이도
살 수 있나요

사랑하는 자들아 우리가 서로 사랑하자
사랑은 하나님께 속한 것이니
사랑하는 자마다 하나님으로부터 나서 하나님을 알고
사랑하지 아니한 자는 하나님을 알지 못하나니
이는 하나님은 사랑이심이라.
(요한일서 4:7~8)

에밀 아자르(Emile Ajar)가 저술한 《자기 앞의 생》*은 우리의 삶에 대해 순간순간 곱씹을 만한 내용으로 채워져 있다. 줄거리는 단순하다. 창녀(일명 엉덩이로 밥벌어먹는 여자)의 아들로 태어난 모하메드가 본명인 '모모'라는 10살(실제 나이는 14살)짜리의 시각으로 본 인생의 의미를 진솔하게 그려내고 있다. 그의 주변에는 가난하거나 늙었거나 병으로 고생하는 사람들, 동성애자 등 평범한 이웃들이 살고 있다. 그는 다른 창녀의 자식들과 더불어 마음씨 좋은 '로자 아줌마' 집에 맡겨져 길러졌다. 이 소설의 몇 대목 몇 구절은 너무 강렬하여 쉽게 잊히지 않는다.

　　첫 번째는 그가 예닐곱에 겪었던 생애 최초의 슬픔에 관한 이야기다.

---

*　《자기 앞의 생》이라는 장편소설은 에밀 아자르라는 작가의 작품이다. 그는 이름이 두 개인데 또 하나는 로맹 가리다. 그는 1914년 모스크바 출생으로 유태계에서 태어나 프랑스인으로 살았다. 로맹 가리라는 이름으로 저술한 《하늘의 뿌리》로 프랑스에서 가장 권위 있는 콩쿠르 상을 수상했고 1975년에는 에밀 아자르라는 이름으로 저술한 《자기 앞의 생》이라는 작품으로 또 한 번 같은 상을 수상하게 되었다. 이 상은 동일한 인물에게 두 번 주어지지 않는 상인데 이름을 달리하여 출간한 관계로 가능했었다. 에밀 아자르와 로맹 가리가 동일 인물이었다는 것은 1980년 12월 21일 그가 자살한 뒤 유서를 통해서 공식적으로 밝혀지게 되었다.

"처음에 나는 로자 아줌마가 매월 말 받는 우편환* 때문에 나를 돌보고 있다는 사실을 몰랐었다. 여섯 살인가 일곱 살 때쯤에 그 사실을 처음 알았다. 누군가가 돈을 지불하고 있다는 사실에 나는 적잖이 충격을 받았다. 나는 로자 아줌마가 그저 나를 사랑하기 때문에 돌봐주는 줄로만 알았고, 또 우리가 서로에게 꼭 필요한 존재라고 생각했던 것이다. 나는 밤이 새도록 울고 또 울었다."**

이웃 가운데 특히 하밀 할아버지는 그에게 좋은 가르침을 주고 말 상대가 되어주는 좋은 친구였다. 그는 외롭거나 바람을 쐬고 싶을 때 그를 찾았다. 그는 늘 친절하게 말 상대가 되어 주었다. 이날도 문을 박차고 나가 하밀 할아버지를 찾았다. 그리고 그에게 말을 건넸다.

"하밀 할아버지 할아버지는 왜 매일 웃고 계세요? 나에게 좋은 기억력을 주신 하느님께 매일 감사하느라 그러지 모모야. 육십 년 전쯤 시절에 말이야, 한 처녀를 만났다. 우리는 사랑했지. 그런데 그녀가 갑자기 이사를 가버리는 바람에 여덟 달 만에 끝장이 났어. 그런데 육십 년이 지난 지금도 그 일이 생생하게 기억나거든 그때 그 처녀에게 평생 잊지 않겠다고 약속을 했어. 그래서 오랜 세월이 지났지만 아직도 잊지 않고 있단다. 사실 가끔 걱정이 됐지. 살아가야 할 날이 너무 많았고, 더구나 기억을 지워버리는 지우개는 하나님이 가지고 계시니, 보잘 것 없는 인간인 내가 어떻게 장담

---

* 금융기관 계좌 없이 우편을 이용해 현금을 보내는 방법으로 온라인 계좌이체가 도입되기 전에 사용했는데 주로 축의금, 부의금 등을 전달하기 위한 현금 배달 서비스다.
** 에밀 아자르 저, 자기 앞의 생, p.10, 문학동네.

할 수 있겠니? 그런데 이젠 안심이구나. 나는 죽을 때까지 잊지 않을 수 있을 거야. 죽을 날이 얼마 남지 않았으니까."*

모모는 로자 아줌마 생각이 나서 잠시 망설이다가 할아버지에게 질문을 했다.

"하밀 할아버지, 사람은 사랑 없이도 살 수 있나요? 할아버지는 그 말에 대답 대신 몸에 좋다는 박하차만 한 모금 마실 뿐이었다."**

그렇다. 이 두 문장은 이 소설에서 작가가 던지고 싶은 질문이자 대답이 아닐까. 문장 곳곳에 숨겨놓았을 수도 있지만 그들의 관계 속에서 독자 스스로가 답을 찾도록 하고 있다. 그는 하밀 할아버지의 말을 경청했는데 때때로 그 말을 상기시키며 되뇌기도 하였다.

가끔 나이지리아 출신 은다 아메데라는 친구가 와서 로자 아줌마에게 고향에 편지를 써달라고 부탁했다. 아줌마는 편지를 읽어줄 때마다 그는 행복해 하며 믿음으로 가득 찬 눈빛을 보였다. 로자 아줌마는 아프리카 흑인들 중에는 그런 눈빛을 가진 사람들이 많다고 했다. 그는 생각했다.

"진정한 신자란 하밀 할아버지처럼 신을 믿는 사람이다. 하밀 할아버지는 나에게 항상 신에 대해 이야기 해주었고 그런 것들이

* 전게서, p.11.
** 전게서, p.12.

어릴 때 배워야 할 것이라고 설명해주면서 사람은 무엇이든 배울 능력이 있다고 말했다."*

이 소설에는 어린 모모의 말이라고는 생각하기 어려운 명언들이 등장한다.

"내가 경험한 바로는, 사람이란 자기가 한 말을 스스로 믿게 되고, 또 살아가는 데는 그런 것이 필요한 것 같다. 철학자 흉내를 내느라고 이렇게 말하는 것이 아니다. 정말로 그렇게 생각하기 때문에 하는 말이다."**

"행복이란 놈은 요물이며 고약한 것이기 때문에 그놈에게 살아가는 법을 가르쳐주어야 한다. 어차피 녀석은 내 편이 아니니까 난 신경도 안 쓴다. 나는 아직 정치를 잘 모르지만, 그것은 언제나 누군가에게 득이 되는 것이라고 들었다. 하지만 행복에 관해서는 그놈이 천치 짓을 하지 못하게 막을 법이 필요하긴 할 것 같다. 그냥 생각나는 대로 주절거리는 것뿐이다. 어쩌면 내가 잘못 생각하는 건지도 모르고, 하지만 나는 행복해지자고 주사를 맞는 것 따위는 안 할 거다. … 내겐 로자 아줌마만으로도 벅찼다. 나는 나쁜 상황을 헤쳐 나가기 위해 모든 것을 다 해 본 다음에나 그 행복이란 놈을 만나볼 생각이다."***

"할아버지는 인정이란, 인생이라는 커다란 책 속의 쉼표에 불과

* 전게서, p.55.
** 전게서, p.63.
*** 전게서, p.104.

143

하다고 말하는데, 나는 노인네가 하는 그런 바보 같은 소리에 뭐라 덧붙일 말이 없다. 로자 아줌마가 유태인의 눈을 한 채 나를 바라볼 때면 인정은 쉼표에 불과한 것이 아니다. 그것은 쉼표가 아니라, 차라리 인생 전체를 담은 커다란 책 같았고, 나는 그 책을 보고 싶지 않았다. 나는 로자 아줌마를 위해 기도하려고 회교사원에 두 번 간 적이 있었는데, 회교사원의 힘이 유태인들에게는 별 효험이 없는지 아무것도 달라지지 않았다."*

주인공 모모는 이 소설의 말미에 하밀 할아버지에게 재차 비슷한 질문을 한다.

"하밀 할아버지, 사람은 사랑할 사람 없이도 살 수 있나요?"

그러자 하밀 할아버지는 대답 대신 다른 말을 했다.

"나는 쿠스쿠스를 무척 좋아한단다. 하지만 매일 먹는 건 싫구나."
"하밀 할아버지 제 말을 못 들으셨나 봐요. 제가 어릴 때 사람은 사랑 없이 살 수 없다고."
"그래, 그래, 정말이란다. 나도 젊었을 때는 누군가 사랑했었지. 그래, 네 말이 맞다. 우리 …"**

* 전게서, p.118.
** 전게서, p.303.

"하밀 할아버지가 노망들기 전에 한 말이 맞는 것 같다. 사람은 사랑할 사람 없이는 살 수 없다. 그러나 여러분에게 아무것도 약속할 수 없다. 더 두고봐야 할 것이다. 나는 로자 아줌마를 사랑했고, 계속 그녀가 그리울 것이다."

그리고 이 소설은 "사랑해야 한다"로 끝을 맺는다. 이 소설의 메시지는 분명하면서도 많은 말을 하고 싶게 만드는 묘한 매력이 있는 작품이다. 모모와 로자 아줌마는 현실적으로 사랑할 처지나 여유가 없는 사람들처럼 느껴진다. 하지만 그들의 삶 속에 내재된 특별할 것도 없는 그저 평범한 인정, 혹은 어떤 책임감에 사로잡힌 사명감 등으로 표현할 수 있을지 모르겠지만, 그것은 분명 사랑이었다. 왜냐하면 모모는 결코 현실세계에서는 주목받지 못한 환경에서 자라고 있어 사람들의 관심을 끌기 위해 이것저것 다 해보기도 하고 쓸데없는 공상도 하는 아이다.

로자 아줌마는 또 어떤가. 그녀는 성매매 여성들로부터 일정한 돈을 받고 그들의 아이들을 맡아 키워주는 사람이다. 그녀 자신도 한때는 그런 일을 실제로 했었다. 이제 나이 들어 계단도 제대로 오르내리지 못할 만큼 뚱뚱이가 되고 늙고 병이 들었고 히스테리로 고함을 지르거나 발작을 하는 처지다. 그럼에도 불구하고 우리는 사랑해야 한다. 서로가 멋지고 훌륭해서가 아니라 그 사람 존재 자체를 인정하고 서로 위로하며 살아야 하기 때문이다. 내가 필요할 때만 사랑하는 것이 아니라 상대방이 필요할 때에 함께하는 것이라는 교훈을 주고 있다. 모모의 시선으로 전개되는 내용치고는 제법 철학적이고 어른스러운 내용이긴 하지만, 그런 것은 상관없다. 문제는 이런 사랑을 소설의 내용에나 있을 법한 일쯤으로 치부해버리는 것이다. 사랑이 꼭 대단한 희생이나 헌신을 상상하지 않아도 되는 경우도 있다. 아무튼 사랑해야 한다. 자기에게 주어진 삶을 사랑하고, 할 수만 있다면 모든 이들과 더불어 사랑해야 한다.

"사랑하는 자들아 우리가 서로 사랑하자 사랑은 하나님께 속한 것이니 사랑하는 자마다 하나님으로부터 나서 하나님을 알고 사랑하지 아니한 자는 하나님을 알지 못하나니 이는 하나님은 사랑이심이라."(요한일서 4:7~8)

〈사랑한다는 것〉

사랑한다는 것
참으로 어려운 일이라는 것을 알았습니다.

누군가를 진심으로 사랑한다는 것
그 어떤 일보다 힘든 일이라는 것을 알았습니다.

진실한 사랑을 위해
다 내려놓는다고
셀 수 없이 다짐해보지만
생각만큼 그리 쉽지 않습니다.

오로지 주님만 바라보겠다며
선한 마음으로 다시 시작해보지만
매번 넘어지고 맙니다.

아침에 내려놓았던 욕심은
저녁이 채 오기도 전에
마음 한가득 채워져 있음을 발견합니다.

저 만큼 숨겨진 줄 알았던
자존심과 이기심도
쉴 새 없이 삐져나오려고만 합니다.

세상일로 흐트러진 마음을 다잡아가며
이웃을 향해 눈길을 돌려보지만
상대방의 비위 거슬린 말 한마디에
애써 찾은 평정심은 한순간 와르르 무너져버리고 맙니다.

사랑은
참 많은 훈련이 필요한 것 같습니다.
마치 목숨 내걸고 치러야 할 전쟁과도 같습니다.

그래서
사랑하기 위해서는
믿음이 전제되어야 할 것 같습니다.

사랑을 하지 않으면 안 된다고 생각하는 절대적인 믿음
사랑만이 세상을 평화롭게 할 수 있는 유일한 대안이라는 믿음
사랑은 나의 힘으로만 할 수 없고 하나님이 함께 하셔야 가능
하다는 믿음

사랑하기 위해서는
하나님에 대한 믿음과 말씀으로 전신갑주를 입어야 할 것 같

습니다.

절대 지쳐서도 안 되고

적당히 해서도 안 되는 일이기 때문입니다.

내 부족한 인격과 연약한 믿음으로

온전한 사랑을 꿈꾸는 일은

어림도 없다는 사실을 고백합니다.

왜, 하나님께서는

직접 자신을 죽음에까지 내몰면서

그토록 처절하게 사랑을 표현하셔야만 했을까?

생각해보면

그것이 참 사랑이었습니다.

영혼을 구하고자 하는 마음이 절정에 다다를 때

생명의 가치가 무엇보다 소중하다는 것이 뼈저리게 느껴질 때

비로소 진정한 사랑이 나올 수 있음을 깨달았습니다.

예수님께서는 그런 참사랑을 보여주셨습니다.

철학자, 과학자들은
종교를
어떻게 생각할까

종교 없는 과학은 온전히 걸을 수 없고,
과학 없는 종교는 온전히 볼 수 없다

만일 신이 존재하지 않는다면,
신을 믿어도 전혀 잃을 것이 없다.
그러나 만일 신이 존재한다면,
신을 믿지 않음으로써 모든 것을 잃게 된다.

신앙에 논쟁이 많은 이유는 과학으로 증명될 수 없다고 생각하거나 철학으로 규정지을 수 없다고 생각하기 때문은 아닐까. 그만큼 오감이나 이성에 지배 받고 있는 인간은 명확히 인식되거나 증명되지 않은 것에 대한 불신이 내재되어 있는 것은 아닌지 생각해볼 수 있다.

　일부 모험을 좋아하거나 호기심이 많은 사람들의 불확실성에 대한 도전이 종종 이루어지긴 하지만 대부분의 사람들은 확실한 것에 대한 진실이나 그에 상응할 만한 충분한 명분을 좋아한다. 그 이유는 정말 진실을 좋아해서일 수도 있고 살아가는 데 있어서 자신에게 혹은 타인에게 대답할 핑계나 변명을 미리 장착하고 싶은 욕구 때문일 수도 있다.

　최근 과학기술의 발전과 사회의 급속한 변화를 지켜보면서 사람들은 유례없는 혼란을 겪고 있고 뭔가 하지 않으면 안 될 것 같은 불안감에 휩싸여 있는 것으로 보인다. 이것은 신자나 무신론자들을 막론하고 정도의 차이는 있겠지만 누구나 겪고 있는 시대적 딜레마 현상이라고 볼 수 있다.

　일반사람들은 인공지능(AI)과 스마트 시대의 도래로 인해 일자리 감소, 공동체 붕괴 등 사회·경제적 불안감을 안고 살고 있다. 신자들도 그들 나름대로 긍정적인 생각으로 산다고 하지만 자신이 속한 교회의 사회적 위상이 갈수록 위협받고 있는 가운데 홍수처럼 범람하는 많은 지식과 정보들이 혼재되면서 진리에 대한 분별력을 갖는 것에 어려움을 겪고 있는 듯하다.

C. S. 루이스는 자신의 저서 《신자의 자리로(How to be a Christian)》에서 "지식이 진정으로 발전한 곳마다 대체 불가한 지식이 존재한다. 실제로 발전이 가능하려면 거기에는 불변의 요소가 있어야 한다. 새 포도주를 새 부대에 넣는 일이야 얼마든지 좋지만 미각과 식도와 위장까지 바뀌지는 않는다. 그렇지 않으면 아예 포도주로 느껴지지 않는다"*고 했다.

나무만 보고 숲을 보지 못하는 우를 범해서는 안 되는 이유가 여기에 있다. 시작과 끝을 동시에 생각해야 하는 이유 또한 마찬가지다. 과학기술의 발달이 무의미하다거나 그 자체가 해악이라는 것이 아니다. 인간의 존재이유를 벗어난 사물이나 사람에 대한 과도한 신뢰는 하나님의 뜻과는 다름을 알아야 한다. 그러기 위해서는 그분과 우리는 어떤 관계인가에 대해 확실히 해둘 필요가 있다.

요한계시록에는 하나님께서 "나는 알파와 오메가라. 이제도 있고 전에도 있었고 장차 올 자요 전능한 자"(1:8)라고 말씀하셨다. 그리고 사람의 창조 목적을 알 수 있는 말씀도 곳곳에서 찾아볼 수 있다.

"내 이름으로 불려지는 모든 자 곧 내가 내 영광을 위하여 창조

---

* C. S. 루이스 저/윤종석 역, 신자의 자리로, p.129, 두란노.

한 자를 오게 하라. 그를 내가 지었고 그를 내가 만들었느니라."(이사야 43:7)

"여호와 우리 주여 주의 이름이 온 땅에 어찌 그리 아름다운지요. 주의 영광이 하늘을 덮었나이다."(시편 8:1)

"사람이 무엇이기에 주께서 그를 생각하시며 인자가 무엇이기에 주께서 그를 돌보시나이까. 그를 하나님보다 조금 못하게 하시고 영광과 존귀로 관을 씌우셨나이다. 주의 손으로 만드신 것을 다스리게 하시고 만물을 그의 발아래 두셨으니"(시편 8:4~6)

장폴 사르트르는 "실존주의는 휴머니즘이다(L'existentialisme est un humanism)"*라고 했다. 그는 1945년 10월 29일 월요일 파리에서 행한 이 강연 내용을 거의 재손질하지 않은 텍스트로 강연 제목 그대로 발간하였다. 그는 이 책의 출간을 후회한 것으로 전해진다. 그의 저서 《존재와 무》의 훌륭한 입문서처럼 고려되는 이 강연내용을 많은 사람들이 읽었다. 그러나 이것은 '존재와 무'의 입문서가 아니었다. 그가 가지고 있던 모순을 여전히 해결하지 못하고 있었다. 그는 당시 사회의 근원적인 변화가 엿보인 공산당의 편에 서서 집합적인 삶에 참여하기를 원했지만 이것은 철학적 근거가 갖춰지지 않은 상황으로 미흡한 점이 있었다. 그로 인해 많은 사람들로부터 비난을 받게 된다. 특히 마르크스주의자들은 사르트르를 제대로 읽지도 않은 채 적대적인 비판을 가했다.

* 장 폴 사르트르 저/박정태 역, 실존주의는 휴머니즘이다, 이학사.

사르트르는 이에 대한 자신의 견해를 밝힌다. 사람들은 우선 실존주의가 우리를 절망으로부터 오는 정적주의(靜寂主義)*에 빠져들게 한다고 비난한다. 실존주의에서는 모든 해결책이 닫혀 있고, 따라서 실존주의에서는 이 세계 속에서의 행위가 완전히 불가능한 것으로 고려될 수밖에 없다는 것이 그들이 내세우는 비난이라고 했다. 또 사람들은 궁극적으로 명상철학에 도달하게 된다고 비난한다. 이때 명상이라는 것은 그 자체가 곧 사치에 불과하다는 점에서 실존주의는 우리를 결국 부르주아 철학으로 몰고 간다는 것이다.

공산주의자들이 지적하는 것은 순수 주체성으로부터, 요컨대 데카르트가 말한 "나는 생각한다(je pence)"로부터 우리가 출발하기 때문에 부르주아 명상철학으로 발전할 것이라는 것이다. 다시 말하자면 인간이 자기 고독 속에서 도달하는 바로 그 순간으로부터 출발하기 때문에 결과적으로 우리는 바깥에 존재하는 인간, 스스로 자아의 지적작용(cogito) 속에서 도달할 수 없는 인간과의 연대의식을 향해서 결코 되돌아갈 수 없게 될 것이라고 비난하는 것이다.

한편 기독교 측 사람들은 우리가 인간적인 계획의 실재성과 신중함을 부인한다고 비난하였다. 그들의 비난 이유는 우리가 신의 계율을 제거하고 나면, 우리가 영원성 속에서 새겨진 가치를 제거하고 나면 오로지 엄격한 의미의 무상(無償)만이 남게 된다는 것이다. 요컨대 모든 것이 무상해져버리기 때문에 인간 각자는 이제 자기가 원하는 대로 무엇이나 할 수 있게 될 것이며, 또 이로 인해

---

* 그리스도교 영성에 대한 교리로서 일반적으로 영혼의 수동적 상태(정적), 요컨대 인간의 노력을 억제하여 신의 활동이 온전히 임할 수 있는 상태에서 온전함에 이를 수 있다는 주장이다.

자기의 관점에서 다른 이들의 관점과 행위를 강요하는 일이 불가능하게 될 것이라고 비난하는 것이다.*

이에 대해 사르트르는 자기 나름대로의 생각으로 답변을 한다. 우리에게 있어서 실존주의라는 말은 인간의 삶을 가능케 하는 신조 혹은 주의(Doctrine)를 의미한다. 더 나아가 실존주의라는 말은 모든 진리와 행위가 어떤 환경과 인간적인 주체성을 함축하고 있다고 선언하는 것이다. 그는 이해를 돕기 위해 일화를 소개하기도 하였다.

어떤 부인이 흥분하여 상스러운 말을 내뱉었다가 후회하며 다음과 같은 말을 했다고 한다. "제가 실존주의자가 된 모양이에요." 이 결과만 놓고 볼 때 사람들은 실존주의를 이렇게 현실적인 추악한 것들과 동일시하고 있는 것이 아닌가라고 했다. 요컨대 자연주의는 고상하고 실존주의는 천박한 것쯤으로 오해하고 있는 것이 아닌가라는 생각이 든다는 것이다.

사르트르는 인간이 계속해서 저속해지기 때문에 인간다움을 유지하려면 견고한 단체가 필요하다는 것, 만약 그렇지 않으면 무정부상태(Anarchy)가 되고 말 것이라는 것을 보여준다고 했다. 그는 두 종류의 실존주의가 존재한다고 했다. 그것은 기독교적 실존주의와 무신론적 실존주의를 말한다. 전자에는 가톨릭파인 야스퍼스(Jaspers)와 가브리엘 마르셀(Gabriel Marcel), 그리고 키에르 케고르(S. Kierkegaard) 등이 있고, 후자에는 하이데거와 프랑스 실존주의자들 그리고 사르트르 자신을 포함시키고 있다. 그러나 이들 모두가 '실존이 본질에 앞선다'고 했다는 것이다. 또 이들 모두 인간

* 전게서, pp.23-25.

의 주체성에서 출발한다는 것이 공통점이라고도 했다. 그는 실존이 본질에 앞선다는 의미를 예를 들어 설명했다.

책이나 종이 자르는 칼 같은 대상을 고려해보자. 이 대상은 어떤 한 개념을 통해서 영감을 받은 장인(匠人)에 의해 제작된 것이다. 왜냐하면 장인은 종이 자르는 칼이라는 개념을 참고하여, 또 그 자체가 개념의 일부분을 이루며 그 자체가 제작법에 해당하는, 대상에 선행하는 생산기술을 참고하여 종이 자르는 칼을 제작하였기 때문이라고 설명하고 있다. 종이 자르는 칼은 이처럼 일정한 방법으로 생산된 대상이면서 또한 한정된 용도를 갖는 대상이라는 것이다. 결국, 우리는 대상이 무엇을 위해서 쓰일지 알지 못한 채 종이 자르는 칼을 생산하는 사람을 가정할 수 없다고 했다.*

실존주의는 인간 실존의 특수성을 주장하는 철학 사조를 말한다. 사르트르의 입장은 무신론적 실존주의가 기독교적 실존주의보다 더 일관된다고 주장한다. 왜냐하면 신의 창조론을 거부한다는 점에서, 따라서 먼저 존재하는 모든 인간 본성을 거부한다는 점에서 무신론적 실존주의는 실존주의 기본 명제인 인간에게 있어서는 '실존이 본질보다 앞선다'는 것이 뒷받침된다고 했다.

사르트르에게 있어서 인간이란 그 어떤 본질 속에서도 결코 응고되지 않는 존재, 언제나 스스로 만들어가는 존재, 자신 말고는 입법자가 없는 존재다.**

그만큼 인간의 존엄성에 가치를 부여했다는 점에서 의의를 찾을 수 있을 것이다.

* 전게서, pp.29-30.
** 전게서, p.123.

사르트르의 열정적인 설명에도 불구하고 기독교적 입장에서 살펴보면, 그는 가장 중요한 신의 존재를 배제하고 인간의 이성에 초점을 맞춤으로서 신에 대한 고민이 부족한 것은 아닌지 생각할 수 있다. 유한한 피조물인 인간이 무에서 유를 창조한 창조주의 초월성을 간과하고 무엇을 이야기할 수 있을까.

"태초에 하나님이 천지를 창조하시니라. 땅이 혼돈하고 공허하며 흑암이 깊음 위에 있고 하나님의 영은 수면 위에 운행하시니라. 하나님이 이르되 빛이 있으라 하시니 빛이 있었고 빛이 하나님께 보시기에 좋았더라."(창세기 1:1~4)

무신론자로 유명한 러셀은 믿음에는 과학적 증거가 필요하다고 했다. 그래서 그가 한 발언들도 대체로 과학으로 증명되지 않은 종교를 문제 삼고 있다. 그는 하나님과 영생이라는 기독교의 중심적 교리들은 과학에서는 아무 근거도 발견할 수 없다. 하나님이 제1원인이라면 그 하나님은 누가 만들었을까? 모든 원인 개념은 특수한 것을 관찰하는 데서 도출되는 것이다. 총체가 원인을 가진다고 가정할 근거는 없다. 모든 인간에게는 어머니가 있지만 인류에게는 어머니가 없다. 마찬가지로 우주의 존재에는 원인이 없다. 위와 같이 러셀은 종교를 믿기에는 과학적 증거가 결여되었다고 주장했다.

물론 그가 언급한 내용들이 지극히 상식적인 질문이라고 생각할 수 있다. 하지만 그렇게 증명할 수 없다고 해서 신이 없다고 주장하는 것은 너무 성급한 결론이 아닐까. 《만들어진 신(The God Delusion)》의 저자 도킨스도 기본적으로 위와 같은 러셀의 견해와 크게 다르지 않다. 신을 믿을 만한 과학적이고 합리적인 증거가 없는 것을 무조건 믿는 것. 이는 망상이나 광신(狂信)이 아닌가라고 생각할 수도 있을 것이다.

하지만 고대 기독교인들도 중심교리를 과학적 사실에 두지 않았다. 지동설과 진화론은 우주와 생물에 대한 인간의 관심을 끌게 하는 데 어느 정도 성공한 것은 사실이다. 게다가 예수가 살던 시대의 사두개인들마저도 부활을 믿지 않았다. 제자들도 역시 예수님의 부활에 깜짝 놀랐으며 끝까지 의심했던 도마는 예수님의 못 자국을 만져보고서야 믿을 수 있었다. 사실 과학적으로 증명되는 것은 굳이 믿고 말고 할 사안도 아니다. 그건 지식이고 상식이다. 기독교적 믿음은 과학으로 입증된 것을 믿는 것이 아니라 과학적으로 불가능한 초자연적인 일도 하나님은 하실 수 있다고 보는 것이다.

"도마에게 이르시되 네 손가락을 이리 내밀어 내 손을 보고 네 손을 내밀어 내 옆구리에 넣어보라. 그리하여 믿음 없는 자가 되지 말고 믿는 자가 되라. 도마가 대답하여 이르되 나의 주님이시오 나의 하나님이시다. 예수께서 이르시되 너는 나를 본 고로 믿느냐 보지 못하고 믿는 자들은 복 되도다 하시니라."(요한복음 20:27~29)

"믿음은 바라는 것들의 실상이요 보이지 않는 것들의 증거니 선진들이 이로써 증거를 얻었느니라. 믿음으로 모든 세계가 하나님의 말씀으로 지어진 줄을 우리가 아나니 보이는 것은 나타난 것으로 말미암아 된 것이 아니니라."(히브리서 11:1~3)

"우리가 소망으로 구원을 얻었으매 보이는 소망이 소망이 아니니 보는 것을 누가 바라리오. 만일 우리가 보지 못하는 것을 바라면 참음으로 기다릴지니라."(로마서 8:24~25)

위에서 언급한 러셀을 압도했던 비트겐슈타인의 철학과 삶을 잠시 살펴보고자 한다. 비트겐슈타인은 명실공히 20세기의 가장 탁월한 철학자 가운데 한 사람으로 평가받는다. 원래 그는 철학 자체에 관심을 가졌다기보다는 단지 한 인간으로서 어떻게 올바르고 진실하고 고결한 삶을 살 것인가가 주된 관심사였던 것으로 알려져 있다. 지금은 논리 철학자 혹은 언어 철학자로 알려져 있다. 그는 철학에서 혼란이 발생하는 것은 언어의 잘못된 선택에 있다고 보았다. 그는 논리적인 수학과 과학의 언어가 '사실'의 영역을 넘어 '의미와 가치'의 영역에까지 언급하려는 충동에 문제를 제기했다. 그래서 그는 그의 대표적인 저서인 《논리철학논고》의 마지막 부분에서 "말할 수 없는 것에 침묵해야 한다"고 강조했고, 또 "언어의 의미는 그것이 사용되는 맥락에서만 봐야 한다"고 주장한 것이다.*

비트겐슈타인은 수학과 과학으로 형이상학의 영역까지 논한다는 것에 대한 거부감이 있었고 그에 대한 문제점을 지적하고 있다. 형이상학은 사물의 본질, 존재의 근본원리를 이야기하거나 인간의 본성에 대하여 논하는 것이다. 칸트는 형이상학이 학문으로서의 지위를 갖는다는 것 자체를 의심했었다. 하지만 많은 사람들은 이성의 영역을 넘어서는 것까지 말하고 싶어 한다.

요컨대 신, 영혼, 존재 등과 같은 개념들이 실제로 존재하는 어

---

* 오지훈, 희생되는 진리, p.49, 홍성사, 2017.

떤 것들을 나타낸다고 근거에 의존하지 않고 가정해버리는 것이다. 비트겐슈타인은 이것이 오류라고 보았다. 하지만 이런 것들이 무의미한 것은 아니라고 했다. 칸트는 다만 그것에 이성이 인식할 수 있다고 보는 자체에 대해 오류라고 보았다. 요컨대 상자 안에 갇혀 있는 사람이 상자 밖의 세상에 대해 이성으로 사유하는 것이 근본적으로 불완전하다는 것이다. 이에 대한 좋은 예는 앙투안 드 생텍쥐페리(Antone Marie Roger De Saint Exupery)의 《어린 왕자》에서 찾아볼 수 있다.

"그 책에는 이렇게 쓰여 있었다. 보아뱀은 먹이를 씹지도 않은 채 통째로 삼키고, 그것을 소화하기 위해 무려 여섯 달 동안 꼼짝없이 잠을 잔다. 나는 그 책을 읽으며 밀림 속의 신비로운 모험에 빠져들어 한참을 생각했다. 그리고 색연필로 내 생애 첫 그림을 그리기 시작했다. 나는 내가 그린 멋진 작품을 어른들에게 보여주며 그림이 무섭지 않으냐고 물었다. 어른들은 되물었다. 모자가 뭐가 무섭다는 거니? 나는 모자를 그린 것이 아니었다. 그것은 코끼리를 통째로 삼키고 나서 소화하는 보아뱀의 모습이었습니다. 나는 어른들이 알아볼 수 있도록 보아뱀의 배 속을 그려야 했다. 어른들에게는 언제나 자세히 설명해주어야 한다. 어른들은 나에게 속이 보이거나 보이지 않는 보아뱀의 그림 따위는 집어치우고 지리나 역사, 산수와 문법을 공부하는 게 나을 거라고 충고했다. 나는 여섯 살에 멋진 화가가 되겠다는 꿈을 포기하고 말았다. 내 그림이 성공하지 못한 것에 크게 실망했기 때문이다. 어른들은 혼자서 아무것도 이해하지 못한다. 언제나 모든 것을 설명해주어야 하니 나에게는 여간 벅찬 일이 아니다. 결국 나는 다른 직업을 선택하여 비행기 조종사가 되었다.(중략) 어쩌다 똑똑한 사람을 만나면 나는 늘 지니고 다니던 그림 제1호를 보여주며 시험했다. 그 사람이 정말로 아는 사람인지 알고 싶어서였다. 그러나 듣는 대답은 다르지 않았다. 모자군요. 나는 보아뱀이나 원시림 그리고 별들에 대해 말하지 않았다. 그 사람이 이해할 수 있는 카드게임이나 골프, 정치와 넥타이에 대해 이야기했다. 그러면 그들은 오늘 유쾌한 사람을 만났다고 매우 좋아했다."

여섯 살짜리 어린아이가 순수하게 그린 그림을 어른들은 알아보지 못했다. 그저 시각적으로 드러난 모습만 보고 아주 쉽게 판단해버렸기 때문이다. 여기서 우리는 이런 생각을 해볼 수 있다. 어린 왕자에 등장하는 어린아이는 하나님이라고 생각하고 어른들은 우리 인간들이라고 역할을 바꾸어 생각해보자.

하나님께서 순수하게 인간을 위해서 우주를 그리고 인간을 디자인하여 세상에 선보였다. 그런데 인간들이 그 선한 뜻을 알아차리지 못하고 그저 자신의 자유의지대로 생각하고 행동해 버린다면 하나님은 얼마나 서운하고 답답할 것인지에 대해 성찰해볼 필요가 있다.

그래서 어린아이가 어른들의 이해를 돕기 위해 보아뱀의 속까지 훤히 보이는 그림을 다시 그렸던 것처럼 하나님은 우리의 육신과 닮은 예수님을 다시 보내주신 것이다. 어린아이가 '어른들은 혼자서 아무것도 이해하지 못한다. 언제나 모든 것을 설명해주어야 하니 나에게는 여간 벅찬 일이 아니다'라고 말한 것처럼 인간은 하나님에게 여간 손이 가는 대상이 아닐까 생각해본다.

진화론의 찰스 다윈은 과연 종교에 대해 어떻게 생각했을까? 그는 신앙적으로 불가지론자였다. 요컨대 신의 존재를 믿지도 않지만 그렇다고 해서 반드시 안 믿는 것도 아닌 결국 신의 존재에 대한 확신이 없는 사람이었다. 다윈은 과학자이기 때문에 신을 믿지 못한 것일까? 그렇지는 않은 것 같다. 그는 세상에 존재하는 고통과 죄악 때문에 신의 존재를 의심했고, 불신자는 지옥에 간다는 교리에 분노했다고 한다.[*] 그는 그의 자서전에 이렇게 썼다고 한다.

"판단이 극도로 흔들릴 때도 나는 결코 무신론자인 적은 없었습니다. 항상 그렇다고 할 수는 없지만 대체로(그리고 늙어감에 따라 점점 더) 불가지론자가 나의 마음 상태를 가장 올바로 표현해주는 말이라는 생각이 듭니다."[**]

한편, 우주적 종교를 사랑한 아인슈타인은 개인을 초월한 신(Super Personal God)을 믿었다. 그러나 개인 인격의 신(Personal God)을 믿지 않았다. 여기서 개인 인격의 신은 개인화한 혹은 의인화한 신을 말한다. 요컨대 신의 사유화나 신의 의인화는 신의 진정한 의미가 될 수 없다고 생각했다. 같은 의미에서 아인슈타인은 신인동형화(anthromorphism)라는 용어를 사용했다. 그가 남긴 말에서 그 뜻을 유추할 수 있을 것 같다.

"과학은 신에 대한 신인동형화의 불순한 종교적 충동을 깨끗하게 만들어줄 뿐 아니라, 사랑에 대한 우리의 이해를 종교적으로 영

[*] 김용규, 서양문명을 읽는 코드 신, p.437, 휴머니스트, 2010, 재인용.
[**] 전게서, p.437, 재인용.

성화(spiritualization)하는 데 공헌한다."*

여기서 영성화란 그의 신과 종교에 대한 생각을 이해하는 데 중요한 열쇠가 될 수 있다. 아인슈타인이 믿는 신은 우주적 영(cosmic spirit)으로 표기될 수 있기 때문이다. 그는 신을 우주와 동일시하지 않았다. 만약 신과 우주를 동일하게 본다면 과학과 종교가 동일하게 되어버리기 때문이라고 했다. 아인슈타인은 자신의 종교에 대한 입장을 다음과 같이 비유를 들어 설명했다.

"우리 인간은 수많은 언어로 쓰인 책들로 가득한 거대한 도서관에 들어선 어린아이라고 할 수 있습니다. 이 아이는 누군가 이 책들을 쓴 사실을 압니다. 어떻게 썼는지 몰라요. 거기 쓰인 글도 무슨 뜻인지 몰라요. 그게 뭔지는 몰라도 이 책들이 신비한 순서로 배열되어 있다는 것을 아이는 어렴풋이 짐작합니다. 나는 아무리 지적인 인간이라도 신에 대해서는 이런 어린아이와 같은 태도를 지녀야 한다고 봅니다."**

그는 또 다음과 같은 말도 남겼다.

"신은 교묘하시지만 악의를 가지고 있지는 않다(Raffiniert ist Herr Gott, aber boshaft ist Er nisht)."

* 현우식, 과학자들은 종교를 어떻게 생각할까, pp.18-19, 동연, 2015.
** 전게서, p.20.

아인슈타인에 따르면 우리는 이 우주가 놀랍게도 일정한 법칙에 따른다는 것을 알고 있다. 하지만 따지고 보면 어렴풋이 이해할 따름이다. 우리의 유한한 생각으로는 무한한 우주의 질서와 하나님의 섭리를 이해하는 것은 애초부터 무리라는 점이다.

성경에도 이를 뒷받침할 만한 구절이 있다. 하지만 계속해서 주 안에서 지혜가 자라나가는 것이 하나님의 뜻이다.

"형제들아 지혜에는 아이가 되지 말고 악에는 어린아이가 되라. 지혜에는 장성한 사람이 되라."(고린도전서 14:20)

"예수께서 한 어린아이를 불러 그들 가운데 세우시고 이르시되 진실로 너희에게 이르노니 너희가 돌이켜 어린아이들과 같이 되지 아니하면 결단코 천국에 들어가지 못하리라."(마태복음 18:2~3)

궁극적으로 아인슈타인은 신앙고백이라고 할 수 있는 말을 남겼는데 그것은 종교와 과학의 상호관계에 대해 견해를 밝히고 있다.

"종교 없는 과학은 온전히 걸을 수 없고, 과학 없는 종교는 온전히 볼 수 없다(Science without religion is lame, religion without science is Blind)."*

양자 물리학자이면서 과학신학자인 존 폴킹혼(John Polking-horne)은 "우주는 통합된 세계이고 우주의 이해 가능성(intelligibil-

---

* 전게서, p.21.

ity)과 모순성은 신의 말씀이 나타난 것이다"*라고 했다. 폴킹혼은 독특한 이력을 가지고 있다. 케임브리지 대학의 수리물리학 교수로 한참 잘나가던 그는 50세를 앞두고 성직자가 되기 위해 25년간의 교수생활을 청산하고 1979년에 다시 케임브리지에 있는 웨스트 코스트 하우스 성공회 신학교에 입학하게 되었다. 신학교를 졸업하고 1982년 성직 안수를 받고 목회활동을 시작하였다.**

그가 교수직을 떠나면서 남긴 말이 있는데 다음과 같다.

"오, 주님, 주님의 창조, 그 놀라운 풍요와 질서를 찬양합니다. 과학을 통해 우리의 역사와 방식을 발견하게 하심을 찬양합니다. 그리고 창조주로서 일하신 주님의 손을 볼 수 있는 통찰을 주심을 감사합니다."***

폴킹혼은 인간이 죽음 이후의 삶을 믿는 것은 영원한 존재인 신과의 관계에 근거한다고 해석한다. 그는 일정한 정보 또는 일정한 패턴의 모델로 설명한다. 정보와 패턴은 모두 추상적인 실재다. 죽음 이후에 인간이 패턴으로 존재한다면 물질과 시간과 공간의 제약으로부터 자유로운 단일체(Unit), 그렇다면 에너지 보존법칙****이

---

*   전게서, p.86.
**   전게서, p.89.
*** 전게서, p.88.
**** 에너지 보존법칙은 에너지가 전환할 때 에너지의 총량은 변하지 않는다는 이론이다. 예를 들면 나무 장작을 태우면 열과 빛을 내면서 불이 꺼지면 재만 남는다. 이때 나무가 가지고 있던 에너지는 빛에너지와 열에너지로 변화되었을 뿐 사라지는 것은 아니다. 요컨대 현재 우주에 존재하는 에너지의 총량은 우주가 만들어진 태초 때의 에너지 총량과 같다.

나 엔트로피*의 법칙에서 자유로울 수 있다.** 그에 따르면 종교와 과학은 대립되는 입장이 아니라 동행하는 벗이며 이해를 위하여 공동의 접근방식을 공유하고 있다고 했다.

다음으로 세계 최고의 악명을 떨친 무신론 철학자인 엔터니 플루(Antony Flew)에 대해서 알아보려고 한다. 그는 2004년 돌연 신의 존재를 받아들인다고 선언하여 사람들을 깜짝 놀라게 한 것으로 전해진다. 사실 그는 1923년 런던에서 감리교 목사의 아들로 태어났고 옥스퍼드 대학시절 매주 열렸던 C. S. 루이스의 소크라테스 클럽 모임에 참여하기도 했지만 도덕을 근거로 신의 존재를 논증한 루이스의 주장을 받아들이기 힘들었을 뿐 아니라 종교에 그다지 흥미를 갖지 못했다.

그는 그 이후 무신론을 견지하며 다양한 저술 활동을 하였는데 1950년 〈신학과 위증성〉이 대표적인 논문이다. 그는 1966년에 발간한 《신과 철학》에서 무신론을 지지하는 체계적인 논증을 제시했다. 처음부터 그는 신개념 자체의 일관성과 적용 가능성, 타당성의 문제가 출발점이 되어야 한다고 주장했다. 그리고 자연신학의 논증에 신적 계시의 주장을 모두 살펴보면서 설명, 질서, 목적의 개념을 분석했다. 그는 데이비드 흄과 그 밖의 비슷한 생각을 가진 사상가들에 의존하여 신의 존재를 지지하는 설계논증(argument from design), 우주론적 논증, 도덕적 논증은 설득력이 없다고 주장했다.

그는 신의 개념에 대하여 첫째, 신의 개념을 어떻게 식별할 것

---

* 엔트로피(entropy)는 물질이 변화되는 경향성을 설명하는 개념인 '무질서의 척도', 요컨대 '무질서한 정도'를 일컫는다. 주로 '물리적 혹은 화학적 변화의 정도'를 설명할 때 사용한다.
** 전게서, p.96.

인가? 둘째, 비물질적(incorporeal) 등과 같은 부정적인 용어 말고 신에 적용할 수 있는 긍정적인 용어가 있는가? 셋째, 정의된 신의 속성과 부정할 수 없는 사실 사이의 모순을 어떻게 설명할 것인가?(예를 들면 우주에 있는 불행과 전능한 신의 존재가 어떻게 조화를 이룰 수 있는가?*) 등의 의문에 대한 해답을 요구하고 있었던 것이다.

그는 오랜 여정 끝에 무신론자에서 유신론자로 돌아오게 된다. 그는 그의 저서 《존재하는 신》에서 자신이 전능한 존재에 대해 어떻게 마음의 문을 열었는지 서술하고 있다.

"과학으로서 과학은 신의 존재를 지지하는 논증을 제공할 수 없다. 그러나 세 가지 증거, 즉 자연법칙, 목적론적 구조를 가진 생명, 그리고 우주의 존재는 그 자체의 존재뿐 아니라 세계의 존재까지 설명하는 초월적 지성의 빛 아래서만 설명될 수 있다. 신에 대한 이러한 발견은 실험과 방정식을 통해서가 아니라 실험과 방정식이 보여주는 구조를 이해함으로써 찾아온다.

이 모든 이야기가 추상적이고 비인간적으로 들릴 수 있다. 궁극적 실재가 무소부재하고 전지한 영이라는 발견에 한 인간으로서 어떻게 반응하느냐고 물어볼 수도 있을 것이다. 여기서 신을 발견하기까지 내 여행은 줄곧 이성의 순례였던 것이다. 나는 논증이 이끄는 곳으로 따라왔다. 논증을 따라오다 보니 지존하고 불변하고 비물질적이고 무소부재하고 전지전능한 존재의 실존을 받아들이게 되었다."**

---

* 앤터니 플루 저/홍종락 역, 존재하는 신, 신의 부재는 입증되지 않는다. pp.66-67, 청림출판.
** 전게서, p.161.

그의 책 표지에는 프랑스의 수학자, 물리학자, 종교사상가인 파스칼(Blaiss Pascal, 1623-22)의 시적인 문장이 적혀 있다. 아마도 그가 영향을 받았을 것으로 추정할 수 있을 것 같다.

"만일 신이 존재하지 않는다면, 신을 믿어도 전혀 잃을 것이 없다. 그러나 만일 신이 존재한다면, 신을 믿지 않음으로써 모든 것을 잃게 된다."

과학혁명을 이끌었던 신앙인 코페르니쿠스(Nikolaus kopernikus)는 과학뿐 아니라 신학의 오류를 바로잡았다. 괴테(Johann Wolfgang von Goethe)는 그를 가리켜 다음과 같이 말했다.

"모든 발견과 주장에서 인간의 정신에 코페르니쿠스의 이론보다 더 큰 영향력을 행사한 것은 없을 것이다."*

사실 중세신학은 아리스토텔레스와 프톨레마이오스의 주장을 수용하여 신학적 자연관을 정립했다. 이에 따르면 신은 최초의 동력자로서 지구를 중심으로 우주를 운행하는 것이다. 그리고 지구는 우주의 움직이지 않는 중심이라고 해석했다. 이때 교회와 신학자들이 인용한 성경구절은 다음과 같다.

"여호와께서 다스리시니 스스로 권위를 입으셨도다. 여호와께서 능력의 옷을 입으시며 띠를 띠셨으므로 세계도 견고히 서서 흔

* 현우식, 과학자들은 종교를 어떻게 생각할까, p.98, 동연, 2015.

들리지 않는 도다."(시편 93:1)

"한 세대는 가고 한 세대는 오되 땅은 영원히 있도다."(전도서 1:4)

"여호와께서 아모리 사람을 이스라엘 자손에게 넘겨주시던 날에 여호수아가 여호와께 아뢰어 이스라엘의 목전에서 이르되 태양아 너는 기브온 위에 머무르라. 달아 너도 아얄론 골짜기에서 그리할지라 하매 태양이 머물고 달이 멈추기를 백성이 그 대적에게 원수를 갚기까지 하였느니라. 야살의 책에 태양이 중천에 머물러서 거의 종일토록 속히 내려가지 아니하였다고 기록되지 아니하였느냐."(여호수아 10:12~13)

그러나 프톨레마이오스의 우주론과 교회가 사용하는 달력이 일치하지 않는 것이 문제였다. 1514년 교황 레오10세는 율리우스 달력에 근거한 교회력을 개정하기 위해 코페르니쿠스에게 조언을 구했다. 이미 교황은 '코페루니쿠스의 배열을 통해 본 천구의 운행에 관한 주석'이 과학자들에 의해 찬사를 받고 있다는 사실을 잘 알고 있었기 때문이다. 코페르니쿠스는 '주석'에서 지구가 우주의 중심이 아니라는 원칙과 우주의 중심은 태양의 중심 부근에 있다는 원칙을 제시하였다.*

코페르니쿠스 이전 사람들은 대부분 지구가 우주의 중심이라고 주장했다. 그리고 지구의 인간이 우주의 중심에 있다고 생각했다. 코페르니쿠스에 의해 인간은 더 이상 우주의 중심에 있는 특

* 전게서, p.107.

168

별한 존재라고 생각할 수 없다는 것이다. 현대과학은 태양도 우주의 중심이 아님을 깨닫게 해준다. 겸손했던 코페르니쿠스는 기존의 사고에 머물러 있지 않고 새로운 발상의 전환을 두려워하지 않았다. 그의 과학혁명은 인간을 더욱 겸손하게 만드는 데 한몫했다고 할 수 있다.

빅터 플랭클은 세계적인 신경학자이자 정신의학자로서 로고 세라피(logo-therapy)라는 새로운 심리요법을 개척한 사람이다. 여기서 로고스(logos)는 '의미'라는 뜻 외에 '영혼'이라는 의미가 내포되어 있다. 하지만 여기서 말하는 영혼은 종교적인 의미에서의 영혼을 말하지는 않는다. 인간으로 존재한다는 의미와 더불어 인간 존재의 인간다움을 뜻한다.*

그는 인간이 좇는 행복과 쾌락은 인간이 기울이는 노력의 결과이지 수단이어서는 안 된다고 주장하고 있다. 행복과 쾌락은 모든 성취의 대체물일 뿐이다. 그리고 이 때문에 쾌락의 원리가 권력 추구와 마찬가지로 인간 본연의 욕구가 신경적으로 왜곡되어 나타난 것이라고 설명하고 있다. 쾌락을 추구하는 과잉 의도의 요인은 이보다 더 근본적인 요인이라고 할 수 있는 관심의 좌절에서 찾아야 한다고 했다. 이에 대한 이해를 돕기 위해 다음과 같은 예를 들어 설명하고 있다.

어떤 사람이 자기 집안의 주치의를 만났다.
존슨 씨 요즘 어떠세요? 하고 의사가 물었다.
뭐라구요? 남자가 물었다.

---

* 빅터 플랭클 저/이시형 역, 삶의 의미를 찾아서, p.37, 청아출판사, 2017.

어떠시냐구요? 의사가 다시 말했다.

보시다시피 청력이 나빠졌어요. 남자가 대답했다.

이제 의사가 말할 차례다.

술을 너무 많이 마셔서 그런 것이 분명해요.

술을 끊으십시오. 그러면 잘 들을 수 있을 겁니다.

몇 달 후 두 사람이 다시 만났다.

요즘 어떠세요? 존슨 씨.

의사 선생님. 그렇게 큰 소리로 말씀하실 필요 없습니다.

저는 아주 잘 들리거든요.

술을 끊으신 게 분명하군요.

맞습니다.

그로부터 몇 달 후 세 번째로 만났다.

하지만 의사는 남자의 말을 듣기 위해서 목청을 높여야 했다.

술을 다시 마시기 시작한 게 분명하군요.

그가 환자에게 물었다. 그러자 환자가 이렇게 대답했다.

들어보세요. 의사 선생님. 처음에 저는 술을 마셨고 그래서 귀가 어두워졌습니다. 그래서 술을 끊었더니 다시 귀가 좋아지더군요. 하지만 제 귀에 들려오는 소리가 위스키만큼 좋지 않으니 어떻게 합니까?*

이 남자는 자기 귀에 들려오는 소리가 만족스럽지 못했고 차라리 술을 마시는 편이 좋다고 생각한 것이다. 물론 그것도 상대적으로 행복을 가져다주는 방법일지 모른다. 알코올이 주는 일시적

---

* 전게서, pp.62-63.

인 쾌락이 그렇게 느끼게 하기 때문이다. 프랭클은 자아실현은 인간의 궁극적 목적이 아니라고 단언한다. 그 이유로는 인간존재의 자기 초월적인 특성과 모순되기 때문이라고 했다. 이 세상에서 스스로 의미를 성취했을 때에만 인간은 자신을 성취한다. 만약 의미를 성취하기보다는 자신을 실현시키기 위해 일을 착수한다면 자아실현은 그 정당성을 잃게 된다는 것이다. 위대한 철학자 칼 야스퍼스(Karl Jaspers, 1883-1969)는 이 문제를 아주 간결한 문장으로 정리하여 설명하고 있다.

"인간은 그가 자신의 것으로 만들어놓은 바로 그 원인으로 인해 그와 같은 사람이 된다.(Was der Mensch ist, das ist er durch Sache, die er zur seinen macht)"*

인간이 자아실현에 연연해 하게 되면 목표에 도달하지 못할 뿐 아니라 자기라는 작은 세상에 갇혀 지내거나 이성적 사고의 틀에서 벗어나지 못한다는 의미일 것이다. 성서에는 이런 상황에 대해 이해할 만한 구절이 있다. 예수께서 자신을 따르려는 무리에게 말씀하시는 장면이다.

"또 무리에게 이르되 아무든지 나를 따라오려거든 자기를 부인하고 날마다 제 십자가를 지고 따를 것이니라. 누구든지 제 목숨을 구원하고자 하면 잃을 것이요. 누구든지 나를 위하여 제 목숨을 잃으면 구원하리라. 사람이 만일 온 천하를 얻고도 자기를 잃든지 빼

---

* 전게서, p.65.

앗기든지 하면 무엇이 유익하리요."(누가복음 9:23~25)

같은 목적으로 예수님을 찾았지만 그 마음속에 서로 다른 원인을 품고 있는 두 사람의 비교를 통해 이해해보자.

"어떤 사람이 주께 와서 이르되 선생님이여 내가 무슨 선한 일을 하여야 영생을 얻으리이까. 예수께서 이르시되 어찌하여 선한 일을 내게 묻느냐 선한 이는 오직 한 분이시니라. 네가 생명에 들어가려면 계명들을 지키라. 이르되 어느 계명이오니이까. 예수께서 이르시되 살인하지 말라, 간음하지 말라, 도둑질하지 말라, 거짓증언하지 말라, 네 부모를 공경하라, 네 이웃을 네 자신과 같이 사랑하라 하신 것이니라. 그 청년이 이 모든 것을 내가 지키었사온데 아직도 무엇이 부족하니이까. 예수께서 이르시되 네가 온전하고자 할진대 네 소유를 팔아 가난한 자들에게 주라. 그리하면 하늘에서 보화가 네게 있으리라. 그리고 와서 나를 따르라 하시니. 그 청년이 재물이 많으므로 이 말씀을 듣고 근심하여 가니라.(마태복음 19:16~22)

"예수께서 여리고로 들어가 지나가더라. 삭개오라 이름하는 자가 있으니 세리장이요 또한 부자라. 그가 예수께서 어떠한 사람인가 하여 보고자 하되 키가 작고 사람이 많아 할 수 없어 앞으로 달려가서 보기 위하여 돌무화과 나무에 올라가니 이는 예수께서 그리로 지나가시게 됨이러라. 예수께서 그곳에 이르시되 삭개오야 속히 내려오라. 내가 오늘 네 집에 유하여야 하겠다 하시니 급히 내려와 즐거워 영접하거늘 뭇 사람이 보고 수근거려 이르되 저가 죄인의 집에 유하러 들어갔더라 하더라. 삭개오가 서서 주께 여짜오되 주여 보시옵소서 내 소유의 절반을 가난한 자들에게 주겠사오며 만일 누구의 것을 속여 빼앗은 일이 있으면 네 갑절이나 갚겠나이다. 예수께서 이르시되 오늘 구원이 이 집에 이르렀으니 이 사람도 아브라함의 자손임이라."(누가복음 19:1~9)

위의 두 사람은 예수님을 찾은 동기는 같았지만 궁극적으로 정반대의 결과를 낳게 되었다. 세상을 살면서 사람들이 원하는 것은 대동소이하다. 행복, 쾌락, 자아실현, 건강, 지식함양 등이 있을 것이다. 이런 욕구를 물리치는 것은 쉬운 일이 아니다. 역설적인 이야기가 될지 모르겠지만 얻기 위해서는 버려야 하는 것들이 있는 것 같다. 특히 이타적인 소망을 가질 때 훨씬 더 행복하고 즐거운 결과를 가져다 줄 수 있다. 솔로몬의 이야기는 좋은 예일 것이다.

"여호와 앞 곧 회막 앞에 있는 놋 제단에 솔로몬이 이르러 그 위에 천 마리 희생으로 번제를 드렸더라. 그날 밤에 하나님이 솔로몬에게 나타나 그에게 이르시되 내가 네게 무엇을 주랴 너는 구하라 하시니 솔로몬이 하나님께 말하되 주께서 전에 큰 은혜를 내 아버지 다윗에게 베푸시고 내가 그를 대신하여 왕이 되게 하셨사오니 여호와 하나님이여 원하건대 주는 내 아버지 다윗에게 허락하신 것을 이제 굳게 하옵소서. 주께서 나를 땅의 티끌 같이 많은 백성의 왕으로 삼으셨사오니, 주는 이제 내게 지혜와 지식을 주사 이 백성 앞에서 출입하게 하옵소서. 이렇게 많은 주의 백성을 누가 감히 재판하리이까 하니 하나님이 솔로몬에게 이르시되 이런

마음이 네게 있어서 부나 재물이나 영광이나 생명 멸하기를 구하
지 아니하며 장수도 구하지 아니하고 오직 내가 네게 다스리게 한
내 백성을 재판하기 위하여 지혜와 지식을 구하였으니 그러므로
내가 지혜와 지식을 주고 부와 재물과 영광도 주리니 네 전의 왕
들도 이런 일이 없었거니와 네 후에도 이런 일이 없으리라 하시니
라."(역대하 1:6~12)

　이렇게 솔로몬은 자기의 유익을 앞세우지 않은 결과 예상 외의
많은 선물을 덤으로 받게 되었다. 인간은 얼마든지 자유로운 선택
을 할 수 있다. 하지만 그 책임도 자신이 짊어져야 한다. 인간은
유한한 자유와 능력의 한계를 지닌 존재다. 그러므로 전지전능한
하나님을 의존해야 함을 말하고 있다.
　아인슈타인은 종교인에 대해 정의를 내렸는데 '인생의 의미가
무엇인가에 대한 답변을 발견한 사람'이라고 주장하였다. 또 프랭
클은 신앙의 핵심인 믿음, 소망, 사랑, 지향 등이 명령에 따라 움
직일 수 있다고 생각하는 사람들의 접근을 우려하고 있다. 이들을
억지로 성취시키려는 시도는 궁극적으로 인간적 현상들의 부단한
대상화, 사물화에 기초를 두고 있다고 진단한다.
　어떤 사람이 지향적 행위 자체를 대상으로 만들어버리는 정도
에 따라 그는 그 행위의 대상을 잃어버리게 된다고 했다. 말하자
면 어떤 사람에게 웃어보라고 명령할 수 없는데 그 사람을 웃기기
위해서는 그가 웃을 수 있도록 유머를 구사해야 한다는 것이다.*
그래서 믿음, 사랑, 소망 등은 명령에 의해서 이루어지는 것이 아

---

* 　빅터 플랭클 저/정태현 역, 무의식의 신, pp.16-17, 한남성서연구소, 2016.

니라 그 대상이 믿을 만하고 사랑할 만하고 소망을 가질 만한 분이 되어야 한다는 의미다.

따라서 사람들로 하여금 신에 대한 신앙을 가지게 하려고 한다면 특정한 교회의 노선에 따라 설교하는 것만으로는 부족하다. 설교자나 신앙인들도 하나님 신앙에 걸맞은 처신을 해야 한다고 역설하고 있다.

다음으로 과학과 종교를 모두 살려낸 갈릴레오 갈릴레이(Galileo Galilei, 1564-1642)에 대해서 이야기해보고자 한다. 그는 16~17세기 이탈리아 르네상스 말의 과학자다. 특히 중력과 운동에 관한 연구에 실험과 수리해석을 함께 사용하여 일반적으로 근대물리학과 실험물리학의 창시자로 알려져 있다. 그는 종교재판으로 널리 알려진 인물인데, 유죄판결에 대하여 이단 포기선서와 최후 진술을 기록하고 서명한 사건은 1633년 로마의 산타마리아 소프라 미네르바 수도원 재판과정에서 벌어졌다. 이 재판에서는 이단 시민관과 한 과학자 사이에 다음과 같은 심문과 답변이 오갔다.

문: 이 책(두 개의 주요한 세계체제에 대한 대화)은 프톨레마이오스와 코페르니쿠스는 지구가 움직이고 태양은 정지해 있다는 코페르니쿠스의 주장이 옳다는 생각을 주장하는 논리를 담고 있다. 책의 내용을 보면 피고는 코페르니쿠스의 관점을 고수하거나, 적어도 책을 쓰던 당시에는 고수했다는 것을 알 수 있다. 따라서 피고가 솔선해서 진실을 말하기로 결정하지 않는다면 법의 도움을 얻어 적절한 단계를 밟을 것이다.

답: 나는 법원의 명령을 받은 뒤로는 코페르니쿠스의 관점을 고수하고 있지 않습니다. 그 나머지는 여기 이단 심판관님의 처분에

맡깁니다. 뜻대로 하십시오.

　문: 피고는 진실만을 말해야 한다. 그렇지 않으면 고문을 받게 될 것이다.

　답: 나는 소환에 응하여 이곳에 왔습니다. 그러나 말씀드린 대로 한 번 결심한 뒤로는 그 관점을 고수하고 있지 않습니다.

　이때 그의 나이는 일흔 살이었다. 그는 이단 심판 과정에서 만신창이가 되었다고 한다. 이제 자신의 결백과 진심을 왜곡하고 무시하는 종교지도자들을 향하여 목숨을 걸어야 하는 결단의 시점이 도래한 것이다.

　훗날 종교와 과학은 둘 다 진리이며 서로 동반자라는 갈릴레오의 견해에 동의한다고 밝혔던 교황 바오로 2세는 1979년 갈릴레오 재판에 재조사를 명령했다. 교황 바오로 2세는 로마 가톨릭교회가 내렸던 선고는 절대적인 것이 아니며 수정 가능한 것임을 공개적으로 밝히며 로마교회의 실수였다고 1992년에 시인했다.

　과학과 종교에 대한 갈릴레오의 생각은 명백하고 분명했다. 그에 따르면 과학과 종교는 양립 가능하고 성서와 자연이라는 위대한 책은 모두 하나님이 쓰신 텍스트였다. 갈릴레오에 따르면 두 책에는 분명히 차이점이 있다고 했다. 성서는 일반인들이 이해할 수 있도록 쉽게 조정된 언어로 표현되었지만 자연은 조정 과정을 거치지 않은 표현이라는 것이다. 그러므로 자연이 보여주는 움직임을 성서의 표현을 가지고 반박할 필요가 없다는 것이 갈릴레오의 논리였다. 갈릴레오는 "성서의 목적은 하늘나라에 어떻게 가는가를 말해주고 하늘이 어떻게 움직이는가를 말해주는 것이 아니다"

라고 했다.* 갈릴레오는 성서는 은유적으로 이해하고 자연은 수학적으로 이해해야 한다고 여겼던 것이다.

또, 신의 존재를 수학적으로 증명하려했던 괴델(Krut Gödel, 1906-78)은 루터교회에서 세례를 받았고 루터교 계열의 학교를 다녔다. 괴델의 아버지는 가톨릭교회 신자였고 모친은 루터교 신자였다. 괴델은 평소 신앙서적을 많이 접했던 것으로 알려져 있으며 교회의 역사에 대한 내용을 정리하기도 했다. 괴델은 자신의 신학을 합리론적 신학(rational theology)이라고 표명하였는데, 이는 철학적 형이상학을 말하는 것은 아니다. 괴델은 라이프니츠 신학의 영향을 받았는데 모든 사물이 전체의 집합으로서 신(God)과 자연을 하나의 실체(substance)로 보았던 스피노자의 범신론적 주장에 동의하지 않은 것으로 알려져 있다. 괴델의 종교적 견해는 그가 가장 신뢰하고 소중하게 생각했던 어머니 마리안네(Marianne)와의 편지에 표현되어 있다.

"오늘날 신학적 세계관을 과학적으로 정당화하기는 어렵지요. 그러나 저는 신학적 세계관이 모든 알려진 사실들과 완전하게 양립할 수 있다는 것을 합리적인 방식만으로 충분히 이해할 수 있다고 이미 생각하고 있습니다."**

괴델은 신학적 세계관을 과학적으로 정립하기 어렵지만, 신학적 세계관이 과학적으로 알려진 사실들과 모순이 없음을 합리적으로 이해할 수 있다고 생각한 것으로 보인다. 수학적으로 말하면

* 현우식, 과학자들은 종교를 어떻게 생각할까, pp.119-120, 동연, 2015.
** 전게서, p.200.

괴델의 증명은 극대 긍정성의 구상을 통해 신의 존재를 증명하고 자 한 것이다. 괴델 자신은 신의 존재에 대한 수학적 증명을 흡족 하게 여겼다. 그는 인간의 불완전한 지식으로 신을 완전하게 이해 할 수 없다고 생각했기 때문이다. 그래서 신은 신만이 아신다.*

괴델은 성서에 나와 있는 '하나님은 스스로 있는 자(I AM THAT I AM)'라는 사실을 인정한 것이다.

"모세가 하나님께 아뢰되 내가 이스라엘 자손에게 가서 이르기 를 너희 조상의 하나님이 나를 너희에게 보내셨다 하면 그들이 내 게 묻기를 그의 이름이 무엇이냐 하리니 내가 무엇이라고 그들에 게 말하리이까. 하나님이 모세에게 이르시되 나는 스스로 있는 자 이니라. 또 이르시되 나는 스스로 있는 자이니라. 또 이르시되 너 는 이스라엘 자손에게 이같이 이르기를 스스로 있는 자가 나를 너 희에게 보내셨다 하라."(출애굽기 3:13~14)

사실 하나님은 인간에게 풍요롭고 아름다운 세상을 주어 그 안 에 살게 하셨다. 지능과 양식과 이성과 자유를 주어 세상을 다루 고 관리하고 행복하게 사는 법을 가르쳐주셨다. 뿐만 아니라 먹고 마시고 쉬고 자고 운동하면서 즐거움을 느낄 수 있도록 설계해주 셨다. 그러나 인간은 그분 안에서의 행복에 반기를 들고 삐딱하게 굴면서 그분의 모든 계획을 망가뜨려놓았다. 인간의 행복을 위해 주신 모든 것들을 다툼과 욕심, 시기와 질투, 부정과 부패, 교만 등 으로 하나님의 선한 의도를 외면했다. 그럼에도 불구하고 하나님

* 전게서, p.204.

은 끊임없이 당신의 말씀에 귀를 기울이기를 바라신다.

"들을 귀 있는 자들은 들으라. 또 이르시되 너희가 무엇을 듣는
가 스스로 삼가라. 너희의 헤아리는 그 헤아림으로 너희가 헤아림
을 받을 것이며 더 받으리니 있는 자는 받을 것이요 없는 자는 있
는 것까지도 빼앗기리라."(마가복음 4:23~24)

여기에 답이 있다고 몇 번이고 강조하신다. 우리는 더 이상 내
생각이나 세상의 떠도는 지식이나 정보에 눈이 멀어 하나님의 말
씀을 경홀히 여겨서는 안 될 것이다.

가장 강력하고 오래된 미디어, 소문

이르시되 미혹을 받지 않도록 주의하라.
많은 사람이 내 이름으로 와서 이르되
내가 그라 하며 때가 가까이 왔다 하겠으나
그들을 따르지 말라.
난리와 소요의 소문을 들을 때에 두려워하지 말라
이 일이 먼저 있어야 하되 끝은 곧 되지 아니하리라.

(누가복음 21:8~9)

프랑스의 사회학자 장 노엘 캐퍼러(Jean-Noel Kepferer)는 소문은 '가장 오래된 미디어'라 불렀다.* 신문이나 텔레비전, 인터넷, 휴대폰과 같은 매체가 아무리 발달하여도 여전히 소문에 의존하는 사람이 많은 것을 보면 소문은 미디어계의 대부라 불러야 할지 모르겠다. 사실 소문(所聞)은 어디서 시작되었는지 그 실체가 불명확하여 사실 여부를 분명히 따져봐야 한다. 요즘 뉴스를 보면 팩트 체크(Fact Check)라는 코너를 통해 사실 규명을 위해 노력하는 것을 보면 우리는 매일 매일 진실게임을 하고 있는 느낌이 든다.

　'소문은 어디까지나 소문일 뿐'이라는 말처럼 단정 지을 수 없는 쪽에 무게를 두는 말이 있는가 하면, '아니 땐 굴뚝에 연기 날 리 없다'는 속담처럼 소문의 진실 쪽에 무게를 두는 말도 있다. 이런 상반된 견해는 사람들에게 궁금증을 더 갖게 만들고 또 소문을 한층 증폭시키는 역할을 하기도 한다.

　'발 없는 말이 천리 간다(無足之言 飛于千里)'는 속담이 있다. 말이란 순식간에 퍼지므로 함부로 말하는 것을 삼가야 함을 비유적

---

* 　마츠다 미사 저/이수형 역, 소문의 시대, p.6, 추수밭.

으로 이르는 속담이다. 세상이 어수선하면 소문이 더 위력을 발휘하고 소문에 솔깃하면 사회는 점점 위태로워진다. 이것이 소문의 힘이다.

일본 속담에도 '소문도 길어야 75일(人の噂も75日)'이라는 말이 있다.* 소문은 언젠가는 그 진위가 머지않아 밝혀진다는 의미이겠지만, 소문은 생각처럼 그 시작점을 찾기가 쉽지 않다. 그래서 '아니면 말고' 식으로 악의적인 소문을 퍼뜨리는 사람들이나 집단들이 있다.

요즘 극단적으로 대립하고 있는 정치계나, 늘 화제의 선상에 있는 연예계, 무한 경쟁시대에서 한 발이라도 앞서가기 위해 사활을 거는 기업계 등에서 다분히 상대방의 흠집을 잡아 끌어내리려는 의도가 보이는 소문이 극성을 부리고 있다. 그뿐만이 아니다. 직장이나 학교 등에서도 소문을 통해 집단 따돌림을 한다거나 종교계에서는 특정 지도자나 교리에 의존하여 지나치게 맹종하는 것도 소문의 폐해 가운데 하나라고 말할 수 있다. 증권가에서도 투자자들이 혹할 만한 일명 '찌라시'라고 부르는 소문을 퍼뜨려 일명 개미투자자들을 끌어 모았다가 치고 빠지는 수법으로 적지 않은 사람들에게 피해를 주는 일들이 종종 있다. 좀 더 많은 수익에 관심을 보이는 사람들의 약점을 악용한 사례라고 할 수 있다.

일본 역사상 최악의 재해로 일컬어지는 1923년 9월 1일에 도쿄를 중심으로 발생했던 관동대지진과 화재로 인해 당시 일본은 대혼란에 빠졌었다. 이때 '조선인들이 폭동을 일으키고 방화를 했다'는 유언비어를 누군가 악의적으로 퍼뜨렸고 일본 정부도 계엄령

* 전게서, p.7.

을 선포하여 군대와 경찰을 동원하고, 주민 자경단을 조직하였다. 관동지역에서 처참하게 조선인 사냥이 자행되었고 공포심에 사로잡힌 일본 민중과 일부 관헌에 의해 조선인 수천 명과 중국인 300여 명이 살해당했다. 이 끔찍한 결과가 바로 나쁜 소문, 요컨대 유언비어의 결과였다는 점에서 안타까움을 금할 수 없다.

악명 높은 나치 선동주의자인 요제프 괴벨스(Joseph Goebbles, 1897-1945)도 독일의 움직임에 관해 다양한 거짓 소문을 많이 퍼트렸다. 그 소문들은 독일의 활동을 파악하기 어렵게 만들기 위한 연막장치 역할을 많이 했다. 매사추세츠 공공안전위원회에서 조사한 바에 따르면, 이 시기에 떠돌던 소문 중 대부분은 연합군을 분열시키려는 의도로 독일, 이탈리아, 일본의 라디오 방송이 내보낸 것들이었다.*

니콜라스 디폰조(Nicholas DiFonzo)는 자신의 저서 《루머사회》의 서문에서 자판기 효과와 소문에 대해 언급한 바 있다. 사람들이 살고 일하고 머물 만한 곳에 대체로 자판기가 놓여 있는 경우가 많은데, 이곳에서 소문이 시작되어 퍼져나가는 경향이 있다. 이것을 일명 자판기 효과(Watercooler Effect)**라고 부르고 있다. 이런 현상은 비단 자판기 앞뿐만 아니라 식당, 카페, 흡연실, 인터넷 방송 등 사람이 모인 곳이라면 어디에서라도 가능한 일이다.

생각해 보면 이런 장소는 오래전에도 있었다. 마을 정자나 빨래터, 모내기 등 농사일하는 논밭에서도 정보를 교환했는데, 이곳에서 때로는 부정확한 소문이 확산되어 대판 싸움으로 번지는 일까지도 종종 있었다.

*   니콜라스 디폰조 저/곽윤정 역, 루머사회, p.33, 흐름출판.
** 두 명 이상의 사람들이 자판기 앞에서 모여 비공시적인 대화를 나눔으로써 파생되는 효과.

따지고 보면 소문은 인간에 대한 친밀성과 신뢰성 등과 밀접한 관계가 있는 것으로 보인다. 신뢰가 있거나 우정을 나누는 사람 얘기를 할 때는 칭찬을 아끼지 않는다. 하지만 주는 것 없이 얄밉거나 나와 경쟁 관계에 있는 사람에 대해서는 칭찬에 인색할 수밖에 없고 오히려 깎아내리려는 심리가 작용하는 것이다. 어쨌든 소문은 사람들에게 상처를 줄 뿐만 아니라 사회를 피폐하게 하는 데 적지 않은 영향을 주고 있다.

　그리스 로마시대에는 각종 신화들로 유명한데 그 가운데 소문의 신도 있었다. 베르길리우스의 아이네이스에는 소문의 속성에 대해 너무나 잘 표현하고 있다. "가장 심술궂은 신들 가운데 하나인 소문의 여신 '파마'는 재빠르게 여기저기 움직였다. 파마는 처음에는 몸도 작고 힘도 약하지만 움직이면서 그 힘이 강해지고 앞으로 나아가면서 더 빨라진다. 게다가 한 번 움직이기 시작하면 잠도 자지 않고 밤마다 어둠을 뚫고 하늘과 땅 사이를 휘저으며 날아다닌다. 또한 낮에는 지붕 꼭대기나 높은 성탑 위에 앉아 사실뿐만 아니라 조작된 이야기와 거짓 이야기를 함께 퍼뜨려 모든 이를 놀라게 한다."*

　우리는 극한 소문의 시대에 살고 있다. 그 소문에는 상당수가 가짜가 많다는 것이 문제다. 그렇다면 이제 도대체 소문은 무엇이며 이를 어떻게 분별해야 하며 이에 어떻게 대응하며 살아가야 하는지에 대해 성찰하고 진지하게 고민할 필요가 있을 것 같다.

　"이르시되 미혹을 받지 않도록 주의하라. 많은 사람이 내 이름

---

* 　베르길리우스, 아이네이스, p.58, 살림, 2018.

으로 와서 이르되 내가 그라 하며 때가 가까이 왔다 하겠으나 그들을 따르지 말라. 난리와 소요의 소문을 들을 때에 두려워하지 말라 이 일이 먼저 있어야 하되 끝은 곧 되지 아니하리라."(누가복음 21:8~9)

성서는 우리에게 지혜를 준다. "명철한 자의 입술에는 지혜가 있고 지혜 없는 자는 등을 때릴 채찍만 있다."(잠언 10:13) 그러므로 우리는 서로 격려하며 서로 덕을 세울 수 있도록 해야 한다.(데살로니가전서 1:11) 나쁜 소문을 내는 행위를 중단할 수 있는 가장 좋은 해결책은 내 입을 하나님의 영광에 바치는 것이라고 했는데 자신의 입술을 험담하는 데 사용하는 것이 아니라 하나님을 송축하고 찬양하라고(시편 34:1) 가르치고 있다.

관점과 시선이
중요하다

오늘은 나의 것이다.
내일은 내 소관이 아니다.
내가 미래의 안개 속에 호기심 어린 눈으로 응시한다면
영적인 시야가 흐려져
오늘 내게 요구되는 것을 분명히 볼 수 없을 것이다.

분주한 일상생활에 너무 빠져 살다 보면 주변에 많은 산들이 있음에도 불구하고 그야말로 주마간산(走馬看山)식으로 산을 흘려보내다가 어쩌다 틈을 내어 산에 오를 때면 어김없이 느껴지는 것이 있다. 그것은 자신의 삶에 대해 성찰하게 된다는 점이다. 과거, 현재, 미래, 그리고 주변 사람들과 관계 등 이것저것 객관적으로 균형감각을 찾아가려는 생각을 해보게 된다는 점이다.

　　산이 주는 풍경의 아름다움과 공기의 신선함 등에도 감동을 받지만, 건강할 수 있어 이렇게 산에 오를 수 있다는 것에도 감사하게 된다. 이렇게 단지 산에 오르는 것만으로도 자신이 평소답지 않음을 느낄 수 있다. 그리고 내가 걸어온 동선을 돌아보고 또 옹기종기 모여 있는 우리의 삶터를 내려다보게 된다. 산에 높이 오르면 오를수록 우리의 생활공간에 있는 건물이나 시설물들은 매우 작아 보이고 사람들은 아예 작은 점으로조차도 보이지 않는다.

　　산에 오를 때마다 자신을 돌아볼 수 있어 좋고 건강에도 좋다는 것을 알기 때문에 자주 와야겠다는 결심을 한다. 그러나 그것은 산에 있을 때의 결심이고 일생생활로 돌아가면 산에 관심을 둘 겨를은 사라지고 만다. 누구나 도시보다 산이 높고 산보다 하늘이 높다는 것을 알고 있다. 그러나 산을 바라보거나 하늘을 올려다보는 일이 점점 줄어든다.

오히려 여가시간에 많은 시간을 TV나 스마트폰에 빼앗기는 경우가 적지 않다. 어떤 일을 하고 무엇을 보면서 사느냐는 매우 중요하다. 왜냐하면 거기에 길들여지면 사고의 관점도 굳어지기 때문이다. 그 관점은 사람의 행동에도 영향을 미칠 뿐 아니라 어떤 일의 결과도 달라지게 할 수 있다. 엘리자베스 엘리어트(Elizabeth Elliot)는 《마음을 고요히(Keep a Quiet Heart)》에서 다음과 같이 말했다.

"오늘은 나의 것이다. 내일은 내 소관이 아니다. 내가 미래의 안개 속에 호기심 어린 눈으로 응시한다면 영적인 시야가 흐려져 오늘 내게 요구되는 것을 분명히 볼 수 없을 것이다."

하나님은 사람이 마땅히 취해야 할 관점과 그 이유에 대해 분명히 제시하고 있다.

"이는 내 생각이 너희의 생각과 다르며 내 길은 너희의 길과 다름이니라. 여호와의 말씀이니라. 이는 하늘이 땅보다 높음같이 내 길은 너희의 생각보다 높음이니라."(이사야 55:8~9)

가을을 좋아하는 사람들이 참 많은데 가을에는 누구나 공감하는 아름다운 것이 있다. 바로 온 세상을 알록달록 물들이는 단풍이 아닌가 싶다. 단풍이 절정에 이를 때면 흔히 눈 둘 곳이 없을 정도로 아름답다는 표현을 한다. 바로 시선강탈을 의미한다. 아름다운 것에 눈길이 가는 것은 매우 자연스러운 일이다. 가을에 산책을 하다 보면 흔히 발생하는 일이 있는데 예쁜 단풍낙엽을 줍느라 정신이 팔릴 때가 있다. 줍다 보면 손에 든 단풍잎보다 땅에 있는 잎이 더 예쁜 것 같아 계속 줍다 보면 금방 한 손으로 감당할 수 없을 만큼 수북해진다. 그래서 고심 끝에 마지막 선택은 그중 마음에 든 몇 잎만 남기고 나머지 잎들은 다시 자연으로 돌려보내버린다. 시선이 가는 대로 잔뜩 욕심을 부려보았지만 부질없다는 것을 알 수 있다.

"위의 것을 생각하고 땅의 것을 생각하지 말라. 이는 너희가 죽었고 너희 생명이 그리스도와 함께 하나님 안에 감추어졌음이라."(골로새서 3:2~3)

생명이 유한한 것들에 집착하는 것은 그 결말이 너무나 공허하다는 것을 가르쳐주시는 말씀이다.

"전도자가 이르되 헛되고 헛되며 헛되니 모든 것이 헛되도다. 해 아래에서 수고하는 모든 수고가 삶에게 무엇이 유익한가. 한 세대는 가고 한 세대는 오되 땅은 영원히 있도다. 해가 뜨고 지되 그 떴던 곳으로 빨리 돌아가고 모든 강물은 다 바다로 흐르되 바다를 채우지 못하며 강물은 어느 곳으로 흐르든지 그리로 연하여 흐르느니라. 모든 만물이 피곤하다는 것을 사람이 말로 다 말할 수는 없나니 눈으로 보아도 족함이 없고 귀는 들어도 가득차지 아니하도다."(전도서 1:2~8)

인간의 시선은 늘 오류투성이다. 하나님의 관점과 시선에서 바라보고 묵상하며 사는 길만이 헛되지 않는 삶을 살 수 있다는 것을 말씀하고 있다. 바로 이것이 인생이 아닌가 싶다.

〈미묘한 차이〉

누군가를 배려하여 편하게 해주는 것과
그냥 아무런 신경도 쓰지 않고 내버려두는 것은 다릅니다.

꾸미지 않아 수수한 것과
게을러서 가꾸지 않는 것은 다릅니다.

주로 남의 말을 경청하며 침묵하는 것과
마땅히 해야 할 말을 하지 않고 침묵으로 일관하는 것은 다릅니다.

살기 위해 먹는 것과
먹기 위해 사는 것은 다릅니다.

어떤 기다림에 있어
애타게 갈구하며 목을 빼고 기다리는 것과
그냥 시간이 흘러가는 것을 물끄러미 쳐다보며 방관하는 것은 다릅니다.

전적으로 하나님을 의지하는 것과
내 필요에 따라 하나님을 찾는 것은 엄연히 다릅니다.

경계를 넘나들다

우리는 눈에 보이는 것과 눈에 보이지 않는 것,
자기와 타인,
이성과 영성,
육체와 영혼,
현실과 내세,
율법과 은혜 등
경계를 넘나드는 새로운 사고가 요구되고 있다.

대체로 사람들은 자기중심적인 사고로 살아간다. 그것
은 어쩌면 당연한 일처럼 여겨지기도 하지만, 그런 삶이 세상 평
화에는 종종 걸림돌이 되기도 한다. 세상이 평화롭지 못하면 궁극
적으로 나도 진정한 평안을 누리지 못한다는 것은 주지의 사실이
다. 남과 나의 구분, 요컨대 피아(彼我)의 구별은 어느 선까지 허용
되어야 하는 것인지 생각해 볼 필요는 있을 것 같다.

　　역사는 지경(地境)을 넓히기 위한 싸움의 연속이었다고 해도 과
언이 아니다. 힘이 센 나라는 여지없이 약한 나라를 집어 삼키며
식민지화하거나 자신의 나라로 귀속시켜버리는 일들이 진행되어
왔다. 대한민국도 그 피해 당사국 가운데 하나다. 강대국의 패권
다툼과 이데올로기 등에 의해 휴전선(38선)이라는 경계가 생겨났
고, 여전히 동족상잔(同族相殘)이라는 뼈아픈 역사를 해결하지 못
한 채 살아가고 있다.

　　그런 면에서는 동물도 마찬가지다. 자신의 영역을 지키거나 확
장하는 데 온 힘을 쏟는다. 경계는 자기보호본능에서 출발한다고
할 수 있겠지만, 그것이 자기과시, 자기우월감, 이기주의 등과 만
나면 엄청난 잔인성이 발휘된다는 사실이다.

예를 들면 아전인수(我田引水)다. '자기 논에 물을 댄다'는 뜻으로 자기의 이익만을 추구한 나머지 남을 배려하지 않는 행동을 이르는 말이다. 위쪽에 위치한 논 주인이 저수지에서 들어오는 물을 적당히 사용하고 아래쪽에 논을 가진 사람들에게도 골고루 물을 나누어 쓸 수 있도록 배려해야 한다. 하지만 남이야 어찌되건 말건 자신의 입장만을 최우선한다는 것을 꼬집는 말이다.

이것은 비단 농사에만 국한하여 사용되는 말은 아니다. 물질을 많이 소유한 사람, 배움이 많은 사람, 권력을 가진 사람 등을 흔히 기득권이라고 하는데, 이 사람들이 적당히 경계를 치고 자신들의 유리한 쪽으로 사회를 이끌어가고 사회적 약자들을 배려하지 않을 때에도 사용한다. 그럴 경우 법이나 제도에 대한 무용론이 나오는 것은 전혀 어색하지 않다. 유전무죄 무전유죄(有錢無罪 無錢有罪), 내로남불(내가 하면 로맨스 남이 하면 불륜) 등의 신조어까지 등장할 정도다. 사회의 불공정을 적나라하게 드러내는 말들이다.

이반 일리치(Ivan Iillich) 외 4인 공동저자인 《전문가들의 사회》*의 머리말에서 이 책의 발행인인 매리언 보이어스(Marion Boyars)가 한 말이 매우 인상적이다.

"전문가들, 즉 자신의 지식을 사회문제나 타인을 돕는 데 쓰는 숙련되고 학식 있는 전문인들은 전통적으로 큰 존경을 받아왔다. 세대를 거듭하는 종교, 법률, 의료, 심지어 군사 분야의 전문가들과 이제는 교육, 복지, 건축, 산업관리 등 새로운 분야의 전문가들까지 이들은 모두 사회적 약자나 배우지 못한 사람들의 이익에 사

---

* 이반 일리치 외 저/신수열 역, 전문가들의 사회, 사월의 책, 2015.

심 없이 봉사하는 사람들로 인정받아왔다.(중략) 하지만 이제는 전문가들이 과연 자신들의 서비스를 이타적인 의도로 제공하고 있는지, 그들 덕분에 우리의 생활이 실제로 향상되고 있는지, 오히려 전문가들의 활동에 예속되어 오기만 한 것은 아닌지 질문할 필요가 있다."

이 책에서 이반 일리치는 지배계급으로 변해버린 전문직의 본질에 대해 생각해 볼 것을 조언한다.

"우리가 먼저 직시해야 할 점은, 오늘날 사람들의 필요를 만들어내고 판정하고 충족하는 일을 도맡고 있는 전문가 집단이 실은 새로운 카르텔*이라는 사실이다. 그들은 미로처럼 뒤얽힌 관료제보다 더 깊이 뻗어 있고, 세계 종교보다 더 국제적이며, 어떤 노동조합보다 더 결속력이 강하고, 어떤 주술사보다 폭넓은 문제해결 능력이 부여되어 있는데다가, 이른바 그들의 고객들에 대해 어떤 마피아 집단보다 더 견고한 장악력을 가지고 있다."**

이반 일리치는 또 국교(國敎)화된 전문직이 가져온 결과에 대해서도 신랄하게 비판하고 있다.

"자유 전문직이 지배적으로 탈바꿈한 과정은 법률에 의거해 국교회가 수립된 과정과 유사하다. 죄를 단죄하는 검사와 판사, 생

---

* 카르텔(Kartell)은 동종의 기업들이 자유경쟁을 피하기 위해 협정을 맺어 이윤의 극대화를 노리고 시장을 독점하기 위한 연합형태의 강력한 이익집단을 말한다.
** 전게서, pp.18-19.

명 전문가로서 변신한 의사, 지식전문가로 변신한 교사, 죽음전문 가로 변신한 장의사들은 동업자조합이라기보다는 국가의 지원을 받는 성직자 집단에 훨씬 가깝다. 전문가가 교사로서 현재 인정 되고 있는 과학적 정설을 가르치는 경우, 그는 신학자 역할을 하 는 셈이다. 전문가가 도덕적 기업가이자 자신이 제공하는 서비스 에 대한 필요의 창조자로서 나서는 경우, 그는 사제의 역할을 맡 고 있는 셈이다."[*]

민주주의는 시민들에게 주권이 있고 시민의 자유는 보장받아 야 마땅하고 국가나 지방정부의 정책에 참여하고 일정 부분 의사 결정을 담당할 권한이 있다고 우리는 배운다. 그럼에도 불구하고 전문가집단은 시민들의 필요를 자기들만의 방식대로 창조하고 그 들만의 원칙과 규정을 정해놓고 거기에 따를 것을 강요한다. 그런 반 강제적 제도권의 규정에 따르지 않는 사람들은 이단자나 범법 자 취급을 받을 수 있다. 그것을 알아차린 시민들은 그에 대항하 여 싸워보려 하지만 계란으로 바위 치기에 비유할 수 있을 정도로 제대로 힘을 발휘할 수 없다. 자신들의 권력을 지켜내기 위해 워낙 튼튼하게 짜진 조직의 힘이 있기 때문이다. 그리고 오랫동안 기득 권을 누려오고 지켜온 노하우가 있기 때문에 어떤 저항도 막아낼 수 있다고 그들은 생각한다. 그도 그럴 것이 그곳에는 모든 엘리 트들이 모인다는 점도 간과해서는 안 될 것이다.

서구의 산업사회는 분업화를 불러왔고 그로 인해 훨씬 더 다양 한 분야의 전문가가 양산되어 왔다. 건설업자들은 우리에게 자신

[*] 전게서, p.25.

들이 만들어낸 규격화한 아파트를 지어 공급하고 시민들에게 선택의 여지를 주지 않는다. 그들은 초고층으로 지어 마치 하늘과 풍경이 자신들의 것이었던 것처럼 조망권까지 팔아먹으며 이익을 챙긴다. 전자제품을 생산하는 대기업들은 자신들이 디자인한 제품들을 정기적으로 출시하여 소비를 부축이고 있다. 자동차를 생산하는 대기업들은 연신 신차를 출시한다. 자동차만 구입하면 될 것이라고 생각했던 사람들은 그 유지비용을 미처 생각하지 못했다고 하소연하며 난감해 한다.

따지고 보면 크게 기능이 달라진 것도 없는 것들이다. 그저 시민들은 그들의 마케팅전략에 놀아나는 소비자에 불과하다. 우리가 선택할 수 있는 선택의 폭은 그리 크지 않다. 시민들은 전문가와 기득권이 만들어놓은 제도나 체제의 노예가 되어가고 있는 셈이다.

더 놀라워해야 할 일은 기득권이나 전문가들은 인간의 평등이나 사회의 발전, 환경보전, 세계평화 등에 그다지 관심이 크지 않다는 점이다. 그들이 만든 도시는 아름다운 이웃문화를 소멸시켜버렸고, 그들이 만든 휴대폰, 컴퓨터는 사람들 간의 대화를 단절시키며 가족 관계마저 붕괴시키고 있다. 그들이 만든 자동차는 사람을 경시하고 사람을 죽이는 도구로 전락하고 있고 우리의 발은 점점 쓸모를 잃어가고 있다. 그들이 만든 법과 각종 제도들은 시민을 위한 것이 아니라 그들의 권위와 품위를 지키는 데 악용되고 있다.

대한민국 사람들은 '우리'라는 단어를 참 많이 사용해왔다. 그것은 그동안 나라의 위기 때마다 어려움을 극복하고 대동단결하는 데 있어서 커다란 저력이 되었다. 3·1운동, 4·19혁명, 5·18민주화운동, 6·10항쟁, 촛불혁명 등 국난을 극복하는 데 온 국민

혹은 시민이 하나가 되는 데 결정적 도움이 되었다. 그뿐 아니라 1997년 IMF금융위기 때 금 모으기 운동, 88올림픽이나 2002월드컵 대회 등에서도 한국 응원단의 대동단결하는 모습은 한국의 위상을 높이는 데 크게 한몫을 하였다.

하지만 '우리'라는 연대의식이 늘 긍정적으로만 작용했던 것은 아니다. 혈연이나 학연, 지연 등으로 경계가 나누어지는 경우 자기에게 속하지 않은 쪽에 대한 배타성이 적잖은 문제를 낳았던 것도 사실이다. 말하자면 출신성분이 계급화하고 편을 가르는 잣대로 작용한 것이다. 그것이 극대화한 경우는 선거철에 더 기승을 부렸는데, '우리가 남이가?'라는 말이 공공연하게 등장했을 정도다.

요즘 코로나로 인해 전 세계가 커다란 어려움을 겪고 있다. 그런데 쉽사리 끝날 것 같지 않은 것이 더욱 많은 사람들을 안타깝게 한다. 이것은 무엇을 의미하는 걸까? 이제 남의 나라의 불행이 곧 우리나라의 불행으로 이어질 수 있다는 점이고 남의 불행이 곧 나의 불행이 될 수 있다는 점을 말해주고 있다. 우리가 의식적이든 무의식적이든 경계로 삼고 살아왔던 것들에 대해 깊이 성찰해 볼 필요가 있을 것 같다. 요컨대 정치, 경제, 사회, 문화, 종교, 교육 등을 막론하고 이제 새로운 '우리 문화'를 찾아나가야 할 때다.

성서에 나오는 강도 만난 사람을 도운 선한 사마리아 사람 이야기는 '우리'라는 삶의 가치와 문화의 방향성에 대해 생각하게 한다.

"예수께서 대답하여 이르시되 어떤 사람이 예루살렘에서 여리고로 내려가다가 강도를 만나매 강도들이 그 옷을 벗기고 때려 거의 죽은 것을 버리고 갔더라. 마침 한 제사장이 그 길로 내려가다가 그를 보고 피하여 지나가고 또 이와 같이 한 레위인도 그곳에 이르러 그를 보고 피하여 지나가되 어떤 사마리아 사람은 여행하는 중 거기 이르러 그를 보고 불쌍히 여겨 가까이 가서 기름과 포도주를 그 상처에 붓고 자기 짐승에 태워 주막으로 데리고 가서 돌보아 주니라. 그 이튿날 그가 주막 주인에게 데나리온 둘을 내어주며 이르되 이 사람을 돌보아 주라 비용이 더 들면 내가 돌아올 때에 갚으리라 하였으니 네 생각에는 이 세 사람 중에 누가 강도 만난 자의 이웃이 되겠느냐 이르되 자비를 베푼 자니이다. 예수께서 이르시되 가서 너도 이와 같이 하라 하시니라."(누가복음 10:30~37)

여기 등장하는 제사장은 당시 종교지도자로서 최고 권위의 위치에 있는 사람으로서 그들 조직 안에서는 절대적으로 존경받은 인물이다. 두 번째로 등장하는 사람은 레위 사람이다. 이스라엘 민족에는 야곱의 후손 가운데 12지파가 생겨났는데 레위지파의 경우 거기에 속하지 않고 특별히 하나님을 섬기는 일을 하도록 하기 위해 따로 구별된 집단으로 여겨져 왔다. 가나안 정복 후 각 지파들은 땅을 분배받았는데 레위지파는 그러지 못했다. 그래서 각 지파에게 1/10씩을 거두어 레위지파에게 주었고, 그들은 또 교회에 1/10을 바치게 되었는데 이것이 십일조의 유래라고 할 수 있다.

그리고 등장인물 중에 사마리아 사람이 나오는데 구약에서는 북이스라엘 왕국에 거주하던 사람들을 사마리아 사람들로 지칭했지만, 신약에서는 사마리아 지역에 사는 사람들을 사마리아인으로 지칭했다. 그들은 팔레스타인의 사마리아 지방에 살았던 민족으로 그들은 이스라엘 자손임을 주장하며 모세의 가르침만을 성서로 채택하고 그들의 거룩한 산인 그리심 산*에 성전을 두고 예배를 드리는 등의 이유로 인해 유대인으로부터 괄시를 받았다.

그런데 제사장이나 레위인은 강도를 만나 죽어가는 사람을 못 본 체하며 피해갔고 사마리아 사람만이 강도 만난 이를 도와주고 살려냈던 것이다. 그리고 그를 우리의 선한 이웃이라고 예수님은 말씀하고 계신 것이다.

이것은 무엇을 의미할까? 생명에 대해 마땅히 취해야 할 우리의 자세, 또 어려운 이웃을 만났을 때 우리가 선택해야 할 행동에 대해 명확히 제시해 주신 것이다. 제사장과 레위인은 자신들이 정한 종교적 프레임에서 벗어나지 못한 나머지 생명을 경시하고 이웃에 자비를 베풀지 않았다는 점이다.

성서에 사마리아 사람 이야기는 또 있다. 예수님이 제자들과 사마리아 수가라는 동네를 지나가게 되었는데 목이 말라 우물을 찾아갔는데 마침 사마리아 여인이 물을 긷고 있었다. 여기서 의미 있는 대화가 오갔는데, 그 당시에는 유대인이 사마리아 사람에게 말을 건네는 것 자체가 있을 수 없는 일이었다. 그래서 유대인인 예수님이 자신에게 말은 건네는 것도 의아하게 생각했을 뿐 아니라 자신의 사정을 명확히 알고 계신 예수님을 보고 예사로운 분이 아니라는 것을 알게 되었다. 그래서 예수님께 평소 궁금했던 예배에 관한 질문을 하였다.

"우리 조상들은 이 산(그리심 산)에서 예배하였는데 당신들의 말

은 예배할 곳이 예루살렘에 있다 하더이다. 예수께서 이르시되 여자여 내 말을 믿으라. 이 산에서도 말고 예루살렘에서도 말고 너희가 아버지께 예배할 때가 이르리라. 너희는 알지 못하는 것을 예배하고 우리는 아는 것을 예배하노니 이는 구원이 유대인에게서 남이라. 아버지께 참되게 예배하는 자들은 영과 진리로 예배할 때가 오나니 곧 이 때라 아버지께서는 자기에게 이렇게 예배하는 자들을 찾으시니라. 하나님은 영이시니 예배하는 자가 영과 진리로 예배할지라."(요한복음 4:20~24)

예배를 드리는 대상이 중요하고 예배를 드리는 본질이 중요한 것이지 예배장소가 문제가 되는 건 아니라는 대답에 그녀는 흡족해 했고 예수님의 말씀을 믿게 되었다. 그리고 그 즉시 그녀가 취한 행동은 다음과 같다.

"여자가 물동이를 버려두고 동네로 들어가서 사람들에게 이르되 내가 행한 모든 일을 내게 말한 사람을 와서 보라 이는 그리스도가 아니냐 하니 그들이 동네에서 나와 예수께로 오더라."(요한복음 4:28~30)

예배의 본질은 하나님 말씀에 대한 순종이다. 장소나 형식이 아니다. 그리고 습관적으로 드리는 규례도 아니다. 온전한 마음을 드리는 것이다. 사울 왕은 아말렉을 쳐서 모든 소유를 남기지 말고 진멸하되 남녀와 소아와 젖 먹는 아이와 우양과 낙타와 나귀를 죽이라하셨다.(사무엘상 15:3) 하지만 사울 왕과 그 백성은 여호와의 명을 어기고 아말렉 왕 아각과 그의 양과 소의 가장 좋은 것 또는 기름진 것과 어린 양과 모든 것을 남기고 진멸하기를 즐겨 아니하고 가치 없고 하찮은 것은 진멸하였다.(사무엘상 15:9) 그런 후 사울 왕은 마땅히 멸할 것 중에서 가장 좋은 것으로 길갈에서 당신의 하나님 여호와께 제사하려고 양과 소를 끌고 왔다고 변명하였다. 이로 인해 여호와는 선지자 사무엘의 입을 통해 다음과 같이 명확하게 말씀하셨다.

"사무엘이 이르되 여호와께서 번제와 다른 제사를 그의 목소리를 청종하는 것을 좋아하심 같이 좋아하시겠나이까. 순종이 제사보다 낫고 듣는 것이 숫양의 기름보다 나으니 이는 거역하는 것은 점치는 죄와 같고 완고한 것은 사신 우상에게 절하는 죄와 같음이라. 왕이 여호와의 말씀을 버렸으므로 여호와께서도 왕을 버려 왕이 되지 못하게 하셨나이다."(사무엘상 15:22~23)

세상은 온통 거짓과 핑계, 자기유익을 위해 하나님 말씀을 왜곡하거나 가벼이 여기는 경향이 있다. 그래서 신뢰가 무너지고 소통에 장애가 생기며 진정한 관계형성이 어려워진 것이다. 하나님을 믿는 사람이라면 무엇을 먼저하고 나중에 할 일이 무엇인지를 분별할 수 있어야 한다.

"그러므로 염려하여 이르기를 무엇을 먹을까 무엇을 마실까 무엇을 입을까 하지 말라. 이는 다 이방인들이 구하는 것이라. 너희 하늘 아버지께서 이 모든 것이 너희에게 있어야 할 줄을 아시느니라. 그런즉 너희는 먼저 그의 나라와 그의 의를 구하라. 그리하면 이 모든 것을 너희에게 더하시리라."(마태복음 6:31~33)

그리고 말씀에 대한 믿음을 어느 정도로 신뢰할 것이냐에 대한 문제인데 그것 또한 성서에 그 답이 있다.

"하늘이여 들으라. 땅이여 귀를 기울이라. 여호와께서 말씀하시기를 내가 자식을 양육하였거늘 그들이 나를 거역하였도다. 소는 임자를 알고 나귀는 그 주인의 구유를 알건마는 이스라엘은 알지 못하고 나의 백성을 깨닫지 못하는도다 하셨도다."(이사야 1:8~11)

"풀은 마르고 꽃은 시드나 우리 하나님의 말씀은 영원히 서리라 하라. 아름다운 소식을 시온에 전하는 너는 높은 산에 오르라. 아름다운 소식을 예루살렘에 전하는 자여 너는 힘써 소리를 높이라 두려워하지 말고 소리를 높여 유다의 성읍들에게 이르기를 너희의 하나님을 보라하라. 보라 주 여호와께서 장차 강한 자로 임하실 것이요 친히 그의 팔로 다스리실 것이라 보라 상급이 그에게 있고 보응이 그의 앞에 있으며 그는 목자같이 양떼를 먹이시며 어린 양을 그 팔로 모아 품에 안으시며 어린 양을 그 팔로 모아 품에 안으시며 젖먹이는 암컷들을 온순히 인도하시리로다."(이사야 40:8~11)

우리는 단연코 모든 경계를 허물어야 한다. 그렇게 될 때 비로소 진정한 소통이 이루어지고 평화가 찾아올 수 있다. 이스라엘 사람들이 이방인을 괄시했을 때 거기에는 사랑이 없었다. 미국과 중국이 상호 보호무역의 장벽을 치게 되자 거기에는 존중과 배려가 없었다. 그로 인해 세상은 막대한 악영향을 받고 있다. 인류 평화의 장애물인 이기주의, 물질만능주의, 오만함, 이데올로기, 인종차별, 성차별 등의 높은 장벽을 허물어야 한다. 사람들이 바벨탑을 쌓아올리자 언어의 장벽이 생겼다. 그것은 교만함의 결과였다.

"온 땅의 언어가 하나요 말이 하나였더라. 이에 그들이 동방으로 옮기다가 시날 평지를 만나 거기 거류하며 서로 말하되 자, 벽돌을 만들어 견고히 굽자하고 이에 벽돌로 돌을 대신하며 역청으로 진흙을 대신하고 또 말하되 자, 성읍과 탑을 건설하여 그 탑 꼭대기를 하늘에 닿게 하여 우리 이름을 내고 온 지면에 흩어짐을 면하자 하였더니 여호와께서 사람들이 건설하는 그 성읍과 탑을 보려고 내려오셨더라. 여호와께서 이르시되 이 무리가 한 족속이요 언어도 하나이므로 이같이 시작하였으니 이후로는 그 하고자 하는 일을 막을 수 없으리로다. 자, 우리가 내려가서 거기서 그들의 언어를 혼잡하게 하여 거기서 그들이 서로 알아듣지 못하게 하자 하시고 여호와께서 거기서 그들을 온 지면에 흩으셨으므로 그들이 그 도시를 건설하기를 그쳤더라. 그러므로 이름을 바벨이라 하니 이는 여호와께서 거기서 온 땅의 언어를 혼잡하게 하셨음이니라 여호와께서 거기서 그들을 온 지면에 흩으셨더라."(창세기 11:1~9)

예수님께는 수많은 제자들이 있었지만 그들 중 이 장벽을 허무는 데 앞장섰던 사람이 있었다. 바로 사도 바울이다. 당시만 해도 주로 유대인을 상대로 복음을 전했는데, 바울은 복음의 본질을 가장 잘 이해하고 이방인들에게 눈길을 돌렸다. 복음 전파를 위한 영역의 한계를 허물고 땅 끝, 요컨대 전 세계로 지경을 넓히고자 했던 것이다. 물론 그 사명을 하나님의 바울을 향한 뜻이기도 했다.

"베드로에게 역사하사 그를 할례자의 사도로 삼으신 이가 또한 내게 역사하사 사도로 삼으신 이가 나를 이방인의 사도로 삼으셨느니라."(갈라디아서 2:8)

바울사도의 복음 전파 이후 유대인이건 헬라인이건 또 다른 이방인이건 차별 없는 은혜의 복음시대가 시작되었다.

복음신앙의 핵심은 하나님이 우리를 너무너무 사랑하셔서 독생자 예수 그리스도를 통해서 우리의 죄를 속죄하여 주시고 우리를 당신의 자녀로 삼아주시겠다는 좋은 소식을 믿는 것이다. 그래서 우리 안에 그분을 받아들이고 우리는 그분 안에서 영원한 은혜를 누리고 사는 것이다.

"예수께서 그리스도이심을 믿는 자마다 하나님께로부터 난 자니 또한 낳으신 이를 사랑하느니라. 우리가 하나님을 사랑하고 그의 계명들을 지킬 때에 이로써 우리가 하나님의 자녀를 사랑하는 줄 아느니라. 하나님을 사랑하는 것은 이것이니 우리가 그의 계명들을 지키는 것이 아니로다. 무릇 하나님께로부터 난 자마다 세상을 이기느니라. 세상을 이기는 것이 우리의 믿음이니라."(요한일서 5:1~5)

우리는 눈에 보이는 것과 눈에 보이지 않는 것, 자기와 타인, 이성과 영성, 육체와 영혼, 현실과 내세, 율법과 은혜 등의 경계를 넘나드는 새로운 사고가 요구되고 있다.

진리는
편을 가르지 않는다

이 세상에 홀로인 것은 없고
만물은 신성한 법에 따라
서로 합치기 마련인데
내가 왜 그대와 합치지 못하랴.

최근 스캇 솔즈(Scott Sauls)의 《선에 갇힌 인간》을 읽고 많은 것을 생각하게 되었다. 그는 오늘날 기독교가 세상에서 환대 받지 못한 이유가 크리스천들이 지나치게 교회(우리)와 교회 밖(그들 혹은 이방사람들) 사이에 선을 긋고 편을 가르려 하기 때문이 아닌지 자문해봐야 한다고 언급했다. 진보/보수, 낙태 찬성/낙태 반대, 나홀로 신앙/공동체 신앙, 남자/여자 등 이런 출구 없는 흑백논리는 비단 근자의 일이 아니었다는 점도 제시하고 있다.

　그는 초대교회 예를 들면서 당시에도 헬라인은 유대인을 경멸했고, 유대인은 이방인을 하찮게 여겼으며, 자유인들은 노예들을 하류인간 취급했다. 또 남자들은 여자들을 무시하고 여자들은 남자들에게 적의를 가졌다는 점도 상기시켰다.

　이에 대한 해법은 진정 없는 것일까? 아니면 알면서도 모른 척하는 것일까? 질문이 있으면 답이 있는 법, 전자의 질문도 후자의 질문도 모두 답이 있을 것이다. 그는 이 책에서 명료하게 정답을 먼저 밝힌다. 그의 대답은 다음과 같다. "예수님이 우리의 편인지를 묻지 말라. 우리가 예수님 편인가를 자문해보라." 사실은 오래전 미국 남북전쟁이 한창 벌어지고 있을 때의 일화다.

미국 북부는 공화당의 16대 대통령 링컨이었다. 1861년 4월 12일 그가 대통령으로 당선된 지 한 달쯤 지난 시점에 전쟁이 시작되었다. 반면 남부는 7개주 연방으로 연합한 남부군의 로버트 리(Rovert Edward Lee) 장군이 이끌고 있었다. 전쟁은 남과 북의 이해관계가 달랐기 때문인데 북부는 상공업 중심으로 제조업이 발달했고, 남부는 목화재배로 거대한 농장들이 생겨났다. 이런 상황에서 남부는 일손이 부족하여 일을 시킬 다수의 노예가 필요했던 것이다. 하지만 북부의 링컨 대통령은 노예제도를 아예 반대하였으니 이해가 상충되게 되어 전쟁으로 이어지게 되었다. 링컨 대통령은 전쟁 중에도 매일 기도하는 것을 게을리하지 않은 것으로 유명하다. 당시 남부의 로버트 리 장군도 하나님께 기도하지 않았을리 만무하다. 모르긴 몰라도 양쪽 진영의 군인, 시민들도 모두 기도했을 것이다. 양쪽의 기도 가운데 하나님은 어느 쪽의 손을 들어주실까요? 그 정답은 링컨의 말 속에 있다. "하나님이 우리 편이 되어 달라고 기도하지 말고 우리 모두가 하나님 편이 될 수 있도록 기도합시다."

지금 우리 사회가 정치는 말할 것도 없고 남녀, 세대, 이데올로기, 빈부, 종교, 경제와 생태 등에서 관점의 차이가 현저하다. 이는 마치 브레이크 고장 난 열차가 서로 마주보며 위험한 질주를 하고 있는 형국으로 좀처럼 해결의 실마리를 찾기 어려워 보인다. 흔히 다름을 인정하여야 한다고 하지만, 말처럼 그것을 납득하고 실행하기가 그리 쉽지 않은 것 같다.

하지만 성서에 보면 하나님께서는 우리 몸을 비유하여 다르다는 이유로 서로를 인정하지 않음을 꾸짖고 계신다. 하나님의 피조물들은 하나님의 필요에 의해 만들어졌고 각자의 역할이 있음을 말씀하셨다. 따라서 모든 다툼을 멈추고 서로를 인정하고 사랑으로 돌아볼 것을 강조하셨다.

"몸은 한 지체뿐만 아니요 여럿이니 만일 발이 이르되 나는 손이 아니니 몸에 붙지 아니하였다 할지라도 이로써 몸에 붙지 아니한 것이 아니요. 또 귀가 이르되 나는 눈이 아니니 몸에 붙지 아니한 것이 아니니 만일 온몸이 듣는 곳이면 냄새 맡은 곳은 어디냐. 그러나 하나님이 그 원하신 대로 지체를 각각 몸에 두셨으니 만일 한 지체뿐이면 몸은 어디냐 이제 지체는 많으나 몸은 하나라."(고린도전서 12:14~20)

예수님은 포도나무 비유를 통해 예수님과 신자들의 하나 됨을 강조하셨다.

"나는 참 포도나무요 내 아버지는 농부라 무릇 내게 붙어 있어 열매를 맺지 아니하는 가지는 아버지께서 그것을 제거해 버리시고 무릇 열매를 맺는 가지는 더 열매를 맺게 하여 그것을 깨끗하게 하시니라. 너희는 내가 일러준 말로 이미 깨끗하여졌으니 내 안에 거하라. 나도 너희 안에 거하리라. 가지가 포도나무에 붙어 있지 아니하면 스스로 열매를 맺을 수 없음같이 너희도 내 안에 있지 아니하면 그러하리라."(요한복음 15:2~4)

바울은 에베소 교인들에게 이같이 그리스도의 말씀을 교리로 이해하는 데 그치는 것이 아니라 몸소 실천할 것을 강권하였다.

"그러므로 주 안에서 갇힌 내가 너희를 권하노니 너희 부르심을 받은 일에 합당하게 행하여 모든 겸손과 온유로 하고 오래 참음으로 사랑 가운데서 서로 용납하고 평안의 매는 줄로 성령이 하나 되게 하신 것을 힘써 지키라."(에베소서 4:1~3)

비쉬 셸리(Percy Bysshe Shelley, 1792-1822)는 영국의 저명한 문학 이론가인데 밀턴, 블레이크 등과 더불어 비교적 급진적인 성향의 작가로 알려져 있다. 옥스퍼드 대학 재학 시절에 무신론의 필요성 (The Necessity df Atheism)이라는 글을 발표하여 퇴학당할 정도였다. 그러나 그의 후기 작품들은 사회의 모든 악들은 사회제도 때문이 아니라 인간의 도덕적 실패에 기인한 것임을 깨닫고 급진적인 사회개혁론 대신 인간의 상상력의 회복을 통해 사회변화의 가능성을 믿게 되었음을 보여준다. 특히 그가 사망한 후 로마의 신교도 묘역에 묻혔던 점을 감안하면 많은 변화를 겪은 것으로 보인다.

다음의 시는 고대 그리스의 서정시인 아나크레온이 술을 찬양하며 쓴 시를 셸리가 그 주제를 사랑으로 바꿔 쓴 것이다. 이 시에서 시인 화자는 상대방에게 구애하며 그 근거로 우주 삼라만상을 끌어들인다. 시냇물, 강물, 바다, 바람, 산, 햇빛, 달빛 등 모든 자연요소들이 신성한 법칙에 따라 서로 섞이고 합력하여 사랑을 나누고 있음을 제시하면서 "내가 왜 그대와 합치지 못하랴"라고 노래한다. 이 시는 자연과 인간의 관계성을 예로 들면서 자연스럽게 인간과 만물에 대한 창조주 사랑을 떠올리게 한다.

〈사랑의 철학〉

시냇물은 강물과
강물은 바다와 합치고,
하늘에서 부는 바람들은 항상
감미로운 마음으로 섞인다.

이 세상에 홀로인 것은 없고
만물은 신성한 법에 따라
서로 합치기 마련인데
내가 왜 그대와 합치지 못하랴.

산들이 높은 하늘과 입 맞추고
파도가 서로 껴안는 것을 보라.
어떤 누이 꽃도 용서받지 못하리라.
오빠 꽃을 경멸하면.

햇빛은 대지를 껴안고
달빛은 바다와 입맞춤하는데
이 모든 입맞춤이 무슨 소용 있으랴.
그대 내게 입 맞추지 않으면.*

진리는 편을 가르지 않는다. 모든 사람이 하나가 되고 또 그들
이 하나님의 편이 되어주기를 바랄 뿐이다.

* 윤정묵 저, 해설이 있는 영시, pp.270–271, '사랑의 철학', 전남대학교출판문화원, 2017.

천지창조다

최고의 선물은

오 대지여 오 대지여 돌아오라!
이슬 머금은 풀잎으로부터 깨어나라
밤이 이울고,
이제 아침이
잠에 취한 무리로부터 솟아난다.

"태초에 하나님은 말씀으로 천지를 창조하시고 보시기에 심히 좋았더라"(창세기 1:31)고 말씀하셨다.

  "하나님이 이르시되 빛이 있으라 하시니 빛이 있었고 빛이 하나님이 보시기에 좋았더라 하나님이 빛과 어둠을 나누사 하나님이 빛을 낮이라 부르시고 어둠을 밤이라 부르시니라 저녁이 되고 아침이 되니 이는 첫째 날이니라."(창세기 1:3~5)

  문제는 이 사실을 믿느냐, 믿지 않느냐. 믿는 사람은 그리스도인이고, 그렇지 않은 사람은 그리스도인이 아니다. 성서에 의하면 하나님은 창조자이시고 사람을 포함한 만물은 피조물이다. 믿음은 이렇게 간결함으로 시작된다. 그렇다면 하나님의 창조 사역이 한 번으로 끝난 것이냐 아니면 지금도 계속되고 있느냐라는 질문은 피조물의 입장에서는 매우 중요한 문제다.
  만약 창조가 끝났다고 생각한다면 여기서 인간이 가장 큰 문제가 된다. 불완전한 인간은 완전한 창조물에 들어갈 수 없기 때문이다. 따라서 인간만은 하나님께서 완전한 존재가 되도록 자유의 가능성을 주신 것이다. 이 자유의 가능성으로 하나님의 창조에 동참하든가 거부하든가 하게 된다. 그리고 인간이 창조에 동참하지 못하고 회피할 때, 우리는 그것을 '타락'이라고 부른다.[*]

창조는 순순히 하나님의 말씀으로만 이루어진다. 다만 하나님은 세상만물을 창조하시고 마지막으로 인간을 창조하셨는데, 다른 피조물과는 달리 인간에게는 특별한 임무를 주면서 창조의 조력자로 초대하신 것을 알 수 있다.

"여호와 하나님이 그 사람을 이끌어 에덴동산에 두어 그것을 경작하며 지키게 하시고 여호와 하나님이 그 사람에게 명하여 이르되 동산 각종 나무의 열매는 네가 임의로 먹되 선악을 알게 하는 나무의 열매는 먹지 말라. 네가 먹는 날에는 반드시 죽으리라 하시니라. 여호와 하나님이 이르시니 사람이 혼자 사는 것이 좋지 아니하니 내가 그를 위하여 배필을 지으리라 하시니라. 여호와 하나님이 흙으로 각종 들짐승과 공중의 새를 지으시고 아담이 무엇이라고 부르나 보시려고 그것들을 그에게로 이끌어 가시니 아담이 각 생물을 부르는 것이 곧 그 이름이 되었더라."(창세기 2:15~19)

에덴동산에는 각종 아름답고 먹기 좋은 나무가 있고 동산 가운데는 생명나무와 선악을 알게 하는 나무가 있었는데(창세기 2:9) 이것들을 지키고 경작하는 일을 맡기셨음을 알 수 있다. 그리고 각종 들짐승과 식물의 이름을 짓는 일을 부여하셨음도 알 수 있다. 그것이 전부일까? 하나님이 이 창조에 초대하시며 인간에게 진정

---

[*]   Paul Tillich, Systematic Theory II (Chicago:The University of Chicago Press, 1957), 재인용.

으로 요구하신 것은 과연 무엇일까? 그리고 창조의 완성은 무엇일까? 창세기에 기록된 것처럼 창조의 목표는 하나님의 형상이다.

"하나님이 자기형상 곧 하나님의 형상대로 사람을 창조하시되 남자와 여자를 창조하시고 하나님이 그들에게 복을 주시며 하나님이 그들에게 이르시되 생육하고 번성하여 땅에 충만하라. 땅을 정복하라. 바다의 물고기와 하늘의 새와 땅에 움직이는 모든 생물을 다스리라 하시니라."(창세기 1:27~28)

하나님의 형상이라는 의미의 크기나 비전이 얼마나 대단한 것인지 인간은 알 수 있을까? 그저 눈에 보이는 모습이 하나님을 닮았다는 정도의 수준일까? 하나님은 눈에 보이지 않는 분이고 우리가 하나님을 닮았다면 눈에 보이지 않는 영역에서 하나님의 형상을 찾아야 하지 않을까? 그런 의미에서 하나님은 말씀으로 창조하셨기 때문에 그 말씀에 주목할 필요가 있을 것이다. 인간이 만약 하나님의 말씀에 귀 기울이지 않는다면 하나님의 창조 조력자가 될 수 없음은 물론이고 그 은혜 안으로 들어가지도 못하고 말 것이다. 그런 점에서 하나님의 말씀을 잘 듣는 것이 인간 최대의 과제라 하겠다.*

"그러므로 믿음은 들음에서 나며 들음은 그리스도의 말씀으로 말미암았느니라."(로마서 10:17)

---

* 이창우, 키에르케고르의 선물에 대한 단상, 창조의 선물, pp.10-11, 대장간.

이 들음은 친구와 대화하면서 경청하는 수준의 의미를 넘는 그 무엇이 있지 않겠는가. 먼저 야고보서의 말씀을 생각해보자.

"내 사랑하는 형제들아 너희가 알지니 사람마다 듣기는 속히 하고 말하기는 더디 하며 성내기도 더디 하라. 사람이 성내는 것이 하나님의 의를 이루지 못함이라. 그러므로 모든 더러운 것과 넘치는 악을 버리고 너희 영혼을 능히 구원할 바 마음에 심어진 말씀을 온유함으로 받으라."(야고보서 1:19)

'듣는다'는 것은 하나님의 말씀을 내 마음에 받아들이는 것의 시작이고 그것은 결국 믿음의 씨앗이 되어 구원의 열매를 맺는 데 결정적인 역할을 하게 될 것이다. 말씀은 인간의 상식에서 이해되는 소통의 도구로서의 의미를 훨씬 넘어 생명과 에너지를 담고 있음을 의미한다.

"하나님의 말씀은 살아 있고 활력이 있어 좌우에 날선 어떤 검보다도 예리하여 혼과 영 및 관절과 골수를 찔러 쪼개기까지 하며 또 마음의 생각과 뜻을 판단하나니 지으신 것이 하나도 그 앞에 나타나지 않음이 없고 우리의 결산을 받으실 이의 눈앞에 만물이 벌거벗은 것 같이 드러나느니라."(히브리서 4:12~13)

하나님의 말씀은 우리 생명 그 자체다. 그 말씀이 마치 벌거벗은 사람처럼 우리 안과 밖을 에워싸고 있다. 믿음이 좋은 사람의 입장에서는 얼마나 큰 은혜인가? 하지만 믿음이 없는 사람은 아무런 느낌도 없는 바람과 같은 존재로 여겨질지도 모르겠다. 그래서 믿음이 있는 사람은 그 말씀의 씨앗이 그대로 있는 것이 아니라 자라서 열매까지 맺는다. 하지만 그렇지 않은 사람은 그 씨앗의 새싹도 피우지 못한 채 썩어지게 하거나 바람에 날려버리고 말 것이다.

"예수께서 비유로 여러 가지를 그들에게 말씀하여 이르시되 씨를 뿌리는 자가 뿌리러 나가서 뿌릴 새 더러는 길 가에 떨어지매 새들이 와서 먹어버렸고 더러는 흙이 얕은 돌밭에 떨어지매 흙이 깊지 아니하므로 곧 싹이 나오나 해가 돋은 후에 타서 뿌리가 없으므로 말랐고 더러는 가시떨기 위에 떨어지매 가시가 자라서 기운을 막았고 더러는 좋은 땅에 떨어지매 어떤 것은 백배, 어떤 것은 육십 배, 어떤 것은 삼십 배의 결실을 하였느니라. 귀 있는 자는 들으라 하시니라."(마태복음 13:3~9)

요한은 태초에 말씀이 계셨고, 이 말씀이 하나님과 함께 계셨다고 하였으며 이 말씀은 곧 하나님이라(요한복음 1:1)고 기록하고 있다. 이 말씀은 여전히 생명력이 있는데 우리에게 귀를 열어 듣기를 바라고 계신다. 하나님의 말씀을 듣지 않는 한, 새로운 창조는 불가능하다. 하나님께서는 사람이 하나님의 형상을 회복하기까지 그의 창조를 이끌어 갈 것이다. 하나님의 창조는 단순한 창조가 아니다. 이 창조를 위하여 하나님은 결단하셨다. 하나님이 독생자를 버리기로 결단하신 그것은 다름 아닌, 우리 자신이 하나님의 형상을 회복하기까지 '진리의 그릇'으로 창조하겠다는 결단이다.*
이 창조에는 말로 표현할 수 없는 고통과 사랑이 깊이 배어 있

* 전게서, p.13.

다. 하나님 자신이 사람의 형상으로 직접 오셔서 인간의 영원한 생명 구원을 완성하기 위해 이 땅에 오신 것이다. 예수님의 말씀을 통해서 그 사랑의 깊이가 어떠했는지 헤아려볼 따름이다.

"이르시되 아버지여 만일 아버지의 뜻이거든 내 잔을 내게서 옮기시옵소서. 그러나 내 원대로 마시옵고 아버지의 원대로 되기를 원하나이다. 하시니 천사가 하늘로부터 예수께 나타나 힘을 더하더라. 예수께서 힘쓰고 애써 더욱 간절히 기도하시니 땀이 땅에 떨어지는 핏방울 같이 되어라."(누가복음 22:42~44)

여인이 한 아이를 잉태하고 출산하는 고통도 적지 않음을 우리는 잘 알고 있다. 하물며 전 인류의 생명을 구하는 일을 감당하시는 예수님의 고통이야말로 이루 다 말로 표현할 수 없을 것이다. 하지만 예수님은 능히 아버지 하나님의 뜻을 이해하셨고 몸소 실천하셨으며 십자가의 죽음과 부활을 통해 하나님의 뜻을 완수하셨다.

"예수께서 신 포도주를 받으신 후에 이르시되 다 이루었다 하시고 머리를 숙이니 영혼이 떠나가시니라."(요한복음 19:30)

예수님의 이 사역은 과거와 현재, 미래라는 시제를 초월한 창조, 새 창조라고 할 수 있다. 이사야서에는 다음과 같이 새 창조의 결과를 전하고 있다.

"보라 내가 새 하늘과 새 땅을 창조하나니 이전 것은 기억되거나 마음에 생각나지 아니할 것이라. 너희는 내가 창조하는 것으로 말미암아 영원히 기뻐하며 즐거워할지니라."(이사야 65:17~18)

요한계시록은 예수 그리스도의 계시로 하나님이 천사들을 보내어 요한에게 알린 내용들이다. 요한은 그가 본 것을 여기에 묘사하고 있다.

"또 내가 새 하늘과 새 땅을 보니 처음 하늘과 처음 땅이 없어졌고 바다도 다시 있지 않더라. 또 내가 보매 거룩한 성 새 예루살렘이 하나님께로부터 하늘에서 내려오니 그 준비한 것이 신부가 남편을 위하여 단장한 것 같더라. 내가 들으니 보좌에서 큰 음성이 나서 이르되 보라 하나님의 장막이 사람들과 함께 있으매 하나님이 그들과 함께 계시리니 그들은 하나님의 백성이 되고 하나님은 친히 그들과 함께 계셔서 모든 눈물을 그 눈에서 닦아주시니 다시는 사망이 없고 애통하는 것이나 곡하는 것이나 아픈 것이 다시 있지 아니하리니 처음 것들이 다 지나갔음이러라."(요한계시록 21:2~4)

제자들은 예수 십자가의 죽음 앞에서 누구라고 할 것도 없이 모두 숨었고 심지어 의심 많은 도마는 못 자국을 만진 후에야 믿을 수 있었다. 인간의 이성이라는 프레임 안에서의 생각으로는 죽은 사람이 살아나고 처녀가 임신하여 아이를 낳으며 홍해가 갈라지며 하늘에서 양식을 내려주는 일들이 쉽사리 믿어질 리가 없었을 것이다.

과학의 발전은 자연 질서를 물리적인 인간관계와 수학적인 법칙으로 설명할 수 있게 했다. 이것은 사실이다. 사람들이 신비하게 생각했던 수수께끼 같던 것들이 하나둘씩 풀리기 시작한 것이다. 하지만 동시에 다른 신비가 출현하게 된다. 자연은 왜 설명 가능한 것일까? 자연은 왜 질서정연한가? 어떻게 우리는 이 자연 질서를 이해하고 그것을 예측할 수 있는가? 과학은 자연 질서가 물리·화학적 인과관계와 질서정연한 수학의 법칙으로 설명 가능하다는 것을 알려주지만, 그것이 왜 존재하며 또 하필 왜 우리가 이해할 수 있도록 존재하는지에 대해서는 아무도 그 답을 주지 않는다.*

사실 과학이나 수학 등은 믿는 것이 아니라 아는 것으로, 지식이고 상식이 되는 것이다. 그래서 하나님을 이해하는 데 긍정적으로 도움을 줄 수 있다.

〈과학적인 미국인(Scientific American)〉 1963년 5월호에 실린 자신의 글 '자연에 대한 어느 물리학자의 관점의 진화'에서 폴 디락(Paul Dirac)은 다음과 같이 하나님에 대한 자신의 발전된 견해를 밝히고 있다.

"근본적인 물리적 법칙들이 그것을 이해하기 위해서는 높은 수준의 수학을 이해해야 하는 위대한 아름다움과 능력을 갖춘 어떤 수학적 이론의 관점에서 묘사된다는 것은 자연의 근본적인 특징 중 하나인 것처럼 보인다. 당신은 질문할 수 있다. 왜 자연이 이렇게 창조되었는가? … 우리는(수학적 방식으로 묘사되는) 법칙들을 받아들여야 할 뿐이다. 하나님은 매우 높은 차원의 수학자이며 그가

* 오지훈, 희생되는 진리, p.36, 홍성사, 2017.

우주를 창조할 때에 매우 진보된 수학을 사용했다고 말함으로써 이 상황을 묘사할 수도 있을 것이다. 수학에서 우리의 미미한 노력이 우리에게 우주의 한 조각 정도를 이해할 수 있게 하며, 우리가 더 높고 높은 수학을 발전시켜 나감에 따라 우리는 우주를 좀 더 이해할 수 있기를 희망한다."* 디락에게는 우주를 창조하신 하나님은 최고의 수학자라는 고백이라고 볼 수 있다.

한편, 철학자 임마누엘 칸트(Immanuel Kant, 1724-1804)는 〈순수이성비판〉, 〈실천이성비판〉, 〈판단력 비판〉 등으로 통해 이성에 대한 심도 있는 연구를 진행했다. 칸트가 언급한 비판은 어떤 사람이나 대상을 놓고 부정적으로 판단하거나 비판을 가하는 내용이 아니다. 그의 비판은 대상의 외부에서 그에 대한 평가나 판단하는 것이 아니라 그 대상의 내부에 특정한 선을 긋는 것, 요컨대 대상의 내부에서 이성으로 판단 가능한 것과 불가능한 것의 경계를 명확히 하는 것을 의미한다.**

말하자면 칸트는 인간의 주관적인 이성 능력의 한계를 보여주고자 했던 것으로 보인다. 그래서 그는 형이상학은 그 범위를 넘어선 월권행위로 보았던 것이다. 그는 〈순수이성비판〉 서문에서 "인간의 이성은 자신이 이해할 수 없는 문제를 이해하려고 하기 때문에 고통을 느낀다"고 술회하고 있다.

르네 지라르(Rene Girard)는 인류의 문화적 기원을 제시했는데 최초의 원동력이 모방(mimesis)이라고 했다. 그는 아리스토텔레스가 '시학'에서 인간은 모방 경향이 크다는 점에서 동물과 구분된

*　Paul Dirac, "The Evolution of the Physicist's Picture of Nature," Scientific American(May 1963), 재인용.
**　김홍중, 마음의 사회학, p.451, 문학동네, 2009.

다는 주장을 더 깊이 논의했다. 문화의 출현 가능성은 소유 모방에서 나오는 폭력을 통제할 수 있는 메커니즘의 발견을 전제로 한다고 했다. 지라르에 의하면 모방 메커니즘은 원죄와도 관련이 있다. 그는 원죄가 모방을 잘못 사용한 결과라고 말한다.*

말하자면 에덴동산에서 뱀(사탄)은 자신의 신분을 망각하고 하나님을 모방하고자 하여 타락의 길로 빠졌으며 그와 같은 방식으로 아담과 하와도 죄를 범하게 하였으며 결국 에덴으로부터 추방당하게 된다. 실제로 아담과 하와를 유혹하는 장면에서 뱀이 사용한 전략을 보면 어느 정도 이해할 수 있을 것 같다.

"너희가 그것을 먹는 날에는 너희 눈이 밝아져 하나님과 같이 되어 선악을 알 줄 하나님이 아심이라."(창세기 3:5)

창조세계에 대한 과학적, 철학적 논의가 다양하게 진행되어 왔고, 각 종교적인 입장도 여러 가지 형태로 존재하는 것이 사실이다. 에덴(Eden)이라는 낙원에 대한 종교적 의미부여나 명상의 내용이 다를 뿐 인간이 갈망하는 원초적 목표 같은 것으로 인식되어 온 것이 사실이다.

기독교적 명상은 자연과학의 탄생을 가져왔지만 무(無)에 대한 세계 포기적인 붓다의 불교적 명상은 자연과학에 크게 기여하지 못했다고 할 수 있다. 기독교의 세계 내적 금욕주의와 수도원 전통에는 하나님이 주신 두 권의 책(성경과 자연)에 대한 대상적 명상과 연구가 이루어졌다.

---

* 정일권, 우주와 문화의 기원, 르네 지라르와 자연과학, p.95, CLC.

예를 들면 멘델은 수도원 정원에서 완두의 교배실험을 하던 중 1865년에 유전의 모든 법칙을 명확하게 밝혔다. 1856년에 멘델은 완두의 유전을 집중적으로 연구하기 시작했고, 그 후 7년에 걸쳐, 힘들지만 정확한 실험을 통해 유전이 어떻게 이루어지는지를 발견하게 되었다. 그는 수도원에서 밭과 온실을 가꾸고 있었고 시간이 날 때마다 실험에 매달렸다. 이 기간에 그는 2만 8000그루의 식물을 연구했다고 한다.

한편 단순미와 절제미로 이루어진 일본의 선불교 정원도 결국은 우주의 공성(空性)을 깨닫기 위한 수행과정과 관련이 있다. 선승들의 정신세계를 대변하는 사찰정원은 단순히 아름다움만을 추구하기 위한 공간이 아니라 깨달음을 위한 수행 공간이었다. 이 정원은 극도의 작위성과 세심한 노력이 들어간다. 관조(觀照)를 계속하다 보면 어느 순간에 깨달음이 온다는 것이다. 선불교 정원은 바로 세계 포기적(world-renouncing) 분위기로 깊게 물들여져 있다. 하지만 불교사찰의 정원에서는 자연과학적 명상은 이루어지지 못했다.

기독교 수도원 전통에는 미학적 전통이 매우 강하다. 하지만 기독교 미학은 불교미학과는 달리 창조세계를 부정하는 것이 아니라, 연구하고 명상하며 기뻐하고 즐기는 미학이다.

선불교 정원은 창조세계에 대한 긍정이나 자연으로의 회귀가 아니다. 선불교 학자인 포르(B. Faure)의 분석처럼 그동안의 선불교 정원, 다도, 분재 등은 선불교의 자연과 조화 혹은 자연으로의 회귀를 의미하는 것으로 이해되었다. 하지만 일본의 축소된 정원, 곧 분경(盆景, miniature garden)의 악화된 풍경(exacerbrated landscape)은 자연의 조화를 표현하기보다는 오히려 자연을 통제하고 길들이기 위한 시도를 반영한 것이다. 조화는 항상 불안전하게 남아 있으며 자연적 혹은 사회적 힘들의 분출에 의해 위협받는다. 선불교 정원이 발전된 시기는 바로 일본 정치의 혼란기였다. 그렇기 때문에 선불교 예술은 길들여지고 이차적인 예술을 반영하고 있을 뿐이다.*

따라서 일본의 선불교 정원은 자연을 연구했다기보다는 자신의 명상을 위한 도구였으며 자연을 통제하는 결과를 낳았다고 할 수 있다. 분재(盆栽) 형식의 정원은 시간과 공간을 통제하는 형식으로 오래된 나무 혹은 거대한 자연을 인위적으로 가꾼 정원으로 일종의 예술작품이라고도 할 수 있다. 그래서 선불교와 일본인의 미의식은 불균형과 불완전의 미학이라고 일컬어진다. 균형이 맞지 않는 작품, 완성이 되지 않은 것을 선호하는 경향이 있다는 것이다. 이것은 완성도 높은 자연 그대로의 기하학적 아름다움보다는 통제되고 뒤틀린 곳에서 아름다움을 찾는 경향을 말한다.

반면 유대-기독교 전통은 자연을 긍정했기에 자연과학을 탄생시켰다. 구약의 창세기에는 하나하나 창조행위 후에 '여호와께서 보시기에 좋았다'라고 말씀하셨다. 마지막 날에 최고의 창조물인 인간을 만드시고는 '보시기에 심히 좋았다'라고 하셨다. 창조세계의 선함과 아름다움과 질서에 대한 강한 신뢰 없이는 우주의 물리적 메커니즘(mechanism)과 수학적 코드를 해독하려는 시도는 거의 불가능할 것이다.

우리가 이해되는 이성 영역은 무한한 명상거리라고 생각할 수도 있지만 오히려 이성 밖의 영역이야말로 무한하다고 할 수 있다. 그런 의미에서 태초의 천지창조는 한낱 신화로 취급하기에는

* Bernard Faure, The Rhetoric of Immediacy, A Cultural of Chan/Zen Buddhism(Princeton University Press, Princeton 1991), 재인용.

너무나 아름답고 황홀한 세계일 뿐 아니라 결코 포기할 수 없는 창조의 세계다.

태초에 아담과 하와는 창조주의 목소리를 들었다. 천지창조의 위대한 작가의 말씀을 들은 것이다. 이 얼마나 숭고한 장면인가.

"그들이 그 날 바람이 불 때 동산에 거니시는 여호와 하나님의 소리를 듣고 아담과 그의 아내가 여호와 하나님의 낯을 피하여 동산 나무 사이에 숨은지라."(창세기 3:8)

시인 블레이크(William Blake)는 이 말씀에서 영감을 얻어 시로 남겼다.

〈서시〉

시인의 목소리를 들어라!
현재와 과거와 미래를 보는 그
그의 귀는 들었다.
오래된 숲 속을 걷던
신성한 말씀을

타락한 영혼을 부르며
저녁 이슬 속에서 눈물지은 말씀을.
별이 빛나는 북극도
지배할 수 있었던 영혼.
타락했지만 타락한 빛 되살아난다!

오 대지여 오 대지여 돌아오라!
이슬 머금은 풀잎으로부터 깨어나라
밤이 이울고,
이제 아침이
잠에 취한 무리로부터 솟아난다.*

우리가 전지전능한 창조주의 지혜로 그분의 형상을 닮게 창조
되고 장차 그분과 함께 살 수 있도록 창조되었다는 것이야말로 지
상 최고의 선물이 아니고 무엇이겠는가.

---

* 윌리엄 블레이크 저/서강목 역, 블레이크시선, p.57, 서시, 지식을 만드는 지식.

아주 오래된 정원의

비밀

세상에는 수십 억의 인구가 함께 살고 있다.
그런데 한 사람이 온 우주를 소유하고 싶어 하고,
우주는 한 사람 한 사람을 다 필요로 한다.

사람은 누구나 살면서 자기만의 울타리를 치면서 살기
도 하고 마음에 맞는 사람끼리 삼삼오오 공동체를 형성하며 지내
기도 한다. 이런 것들이 갖는 장점도 있겠지만 자칫 울타리 밖의
사람들에게 배타적으로 비춰질 우려도 있다. 절대 다수의 사람들
은 갈등이나 분쟁이 없는 평화로운 세상을 원한다. 요즘 세태를 보
면 많은 사람들이 내 입장이나 관점에서 갖고 있는 지식이나 생각
을 관철하려고만 하지 남을 배려하거나 양보할 여지가 아예 없어
보이는 경우가 비일비재하다.

　사람들은 에덴동산처럼 평화로운 낙원을 꿈꾸지만, 그 낙원을
지키고 가꾸어갈 생각은 별로 하지 않는 것 같다. 우리는 이 땅을
낙원으로 만들어 자손만대에 물려줄 생각은 과연 하기나 한 것일
까? 그저 낙원에 대한 꿈은 그저 일장춘몽으로 끝나버릴 것인가?
성서를 토대로 그 꿈의 실현(Dreams come true) 가능성에 대해 이야
기해보고 싶다.

　성서에는 에덴동산에 대해 비교적 상세하게 묘사한 장면이 나
온다. 인상적인 부분은 창조하신 하나님도 만족하실 만큼 아름다
운 곳이었다. 그리고 인류 최초의 사람 아담*을 그곳에 살게 하

셨다.

"여호와 하나님이 동방의 에덴에 동산을 창설하시고 그 지으신
사람을 거기에 두시니라. 여호와 하나님이 그 땅에서 보기에 아름
답고 먹기에 좋은 나무가 나게 하시니 동산 가운데에는 생명나무
와 선악을 알게 하는 나무도 있더라."(창세기 2:8~9)

그리고 아담이 자는 동안 그의 갈비뼈를 취해 돕는 배필로 배우
자를 선물로 주셨다. 그는 하나님의 선물에 크게 만족했고 더 이
상 바랄 것이 없을 정도로 행복한 시간을 보냈다.

"아담이 이르되 이는 내 뼈 중의 뼈요 살 중의 살이라 이것을 남
자에게서 취하였은즉 여자라 부르리라."(창세기 2:23)

위의 말씀에서 알 수 있듯이 아담은 하와(이브)**라는 배우자의
이름뿐 아니라 땅에 있는 모든 것들에게 이름을 지어주는 일을 맡
았다. 게다가 더불어 맡겨진 일이 또 있었는데 바로 생육하고 번
성하는 일과 모든 땅과 생물을 다스리라는 일, 그리고 경작하며
지키는 일이었다.

"하나님이 그들에게 복을 주시며 하나님이 그들에게 이르시되

---

* 아담(Adam)은 헤브라이어로 '땅'을 의미하는 'adamah'에서 유래한 것으로 전해지는데, 남성형
　으로 사용되고 있다. 이 단어는 동시에 '사람'이라는 의미도 지니고 있어서 개인의 이름인 고
　유명사인 동시에 사람을 대표하는 보통명사로 사용한 것을 알 수 있다.
** 하와(Eve)는 아담이 붙여준 이름으로 처음에는 '여자'(창세기 2:23)라 하였고 다음엔 '하와'라
　불렀는데 그는 모든 산자의 어머니(창세기 3:20)라는 뜻을 담고 있다.

생육하고 번성하여 땅에 충만하라. 바다의 물고기와 하늘의 새와 땅에 움직이는 모든 생물을 다스리라 하시니라."(창세기 1:28)

"여호와 하나님이 그 사람을 이끌어 에덴동산에 두어 그것을 경작하며 지키게 하시며."(창세기 2:15)

성서 전체를 통해 가장 뼈아픈 사건이라고 할 수 있는 선악과에 대한 이야기다. 하나님께서 아담에게 엄중하게 명한 사명을 아담은 안타깝게도 지키지 못하고 말았다.

"여호와 하나님이 그 사람에게 명하여 이르시되 동산 각종 나무의 열매는 네가 임으로 먹되 선악을 알게 하는 나무의 열매는 먹지 말라 네가 먹는 날에는 정령 죽으리라 하시니라."(창세기 2:16~17)

말하자면 누릴 수 있는 권리와 더불어 수행해야 할 의무도 함께 부여받은 것이었다. 하지만 그들의 행복은 위에 제시된 의무를 다 하지 못함으로써 돌이킬 수 없는 길로 빠져들고 말았다. 그들은 하나님께서 은혜로 주신 선물과 언약의 중요성을 너무 가볍게 여긴 것이다. 또 하나 실수를 들자면 아담과 이브의 소통, 그리고 그들과 하나님 간의 소통이 제대로 이루어지지 못한 결과라는 것을 알 수 있다. 그러다 보니 사탄의 유혹에 쉽게 넘어가 낙원에서의 삶은 그야말로 일장춘몽으로 끝나고 말았다.

"뱀이 여자에게 물어 이르되 하나님이 참으로 너희에게 동산 모든 나무의 열매를 먹지 말라 하시더냐 여자가 뱀에게 말하되 동산나무의 열매를 우리가 먹을 수 있으나 동산 중앙에 있는 나무의 열매는 하나님의 말씀에 먹지도 말고 만지지도 말라 너희가 죽을까 하노라"(창세기 2:1~3).

뱀의 질문에 과연 하와는 하나님께서 말씀하신 그대로 대답했을까? 정답은 '아니다'이다. 실제 하나님은 어떻게 말씀하셨을까?

하나님의 말씀과 하와의 대답은 무엇이 다를까? 문제는 하와의 대답의 말미에 있다. 그 여자는 "너희가 죽을까 하노라"라고 대답했으나 하나님은 그렇게 말씀하시지 않았다. "정령 죽으리라 하시니라"라고 분명히 말씀하셨다. 이 몇 마디의 잘못된 대답이 온 인류에게 불행의 역사로 몰아가고 말았던 것이다. 너무나도 아쉬운 장면이다. 사실 하나님께서 위의 말씀을 명한 시기는 하와가 창조되기 전 아담과 한 약속이었다. 그렇다면 아담의 책임을 묻지 않을 수 없는데 아담이 하와에게 확실하게 하나님의 명령을 주지시켰는지 의문이 들기 때문이다. 한 마디로 제대로 된 소통이 이루지지 못했을 수 있다는 점을 짚어볼 수 있다. 선악과를 따먹은 후 하나님께서 아담을 부르셨을 때도 하나님께 죄를 고백하고 용서를 구하지도 않았으며 그저 아담은 몸을 나무 뒤로 숨기기에 바빴다.

"여호와 하나님이 아담을 부르시며 그에게 이르시되 네가 어디 있느냐 이르되 내가 동산에서 하나님의 소리를 듣고 내가 벗었으므로 두려워하여 숨었나이다."(창세기 3:9~10)

아담과 하와의 불신앙은 여기에서 끝나지 않는다. 그들의 탐심과 거짓이 그대로 드러나는 장면이 또 있다.

"이르시되 누가 너의 벗었음을 네게 알렸느냐 내가 먹지 말라 명한 그 나무열매를 네가 먹었느냐 아담이 이르되 하나님이 주셔서 나와 함께 있게 하신 여자 그가 그 나무 열매를 내게 주므로 내가 먹었나이다. 여호와 하나님이 여자에게 이르시되 네가 어찌하여 이렇게 하였느냐 여자가 이르되 뱀이 나를 꾀므로 내가 먹었나이다."(창세기 3:11~13)

하나님께 진정으로 회개하고 용서를 빌어도 시원치 않을 판에 아담은 하와에게 하와는 뱀에게 잘못을 떠넘기며 핑계를 대는 데 여념이 없다. 참으로 하나님 입장에서 억장이 무너지는 장면이 아닐까 하는 생각이 든다. 하나님은 아담과 하와를 에덴의 낙원에서 쫓아내는 결단을 내리신다. 그러나 그 과정에서도 하나님은 한없는 긍휼을 베풀고 계심에 우리를 감동시킨다. 그들을 쫓아내신 이유는 먼저 동산 중앙에 있는 생명나무 열매마저 따먹을까봐 걱정이 되었기 때문임을 알 수 있다. 만약 죄를 범한 몸으로 생명나무 열매를 먹으면 어떻게 되겠는가? 지옥에서 영생을 이어가야 하는 것이다.

"여호와 하나님이 이르시되, 보라 이 사람이 선악을 아는 일에 우리 중 하나같이 되었으니 그가 그의 손을 들어 생명나무 열매도 따먹고 영생할까 하노라 하시고 여호와 하나님이 에덴동산에서 그를 내보내어 그의 근원이 되는 땅을 갈게 하시니라."(창세기 3:22~23)

아담과 하와를 에덴동산에서 내보내면서 그의 살 곳을 마련해 주시며 경작하며 살게 하신 것을 알 수 있다. 아담과 하와에 하나님의 대한 연민이 더욱 눈물겹게 느껴지는 부분이 있는데 바로 다음 장면이다.

"여호와 하나님이 아담과 그의 아내를 위하여 가죽옷을 지어 입히시니라."(창세기3:21)

에덴동산에서의 한 장면 한 장면들이 마치 영화를 보는 것처럼 순식간에 지나가고 말았지만 창세기 2장, 3장을 보면 성경이 전하고자 하는 본질적인 이야기가 집약되어 있다.

한편의 영화를 보고 느낀 소감처럼 말해보자면 사실 아담과 하와의 소통, 그리고 그들이 하나님과 보다 진솔한 소통이 이루어졌었더라면 하는 아쉬움이 있다. 하지만 마냥 그들만의 탓으로 돌리고 있을 처지는 아니다. 나 역시 지금 하나님과 제대로 소통하고 있는지, 믿음의 사람들과 잘 소통하고 있는지 되돌아보게 된다. 이웃들과 더불어 교류하고 있는지를 생각해본다면 나 역시 두렵고 부끄러워 나무 뒤로 숨어야 할 것 같다.

인류는 시대를 막론하고 끊임없이 잃어버린 낙원을 동경하며 살아왔다. 영국의 시인 존 밀턴(John Milton, 1608-74)은 대서사시 《실낙원(失樂園)》과 《복낙원(復樂園)》을 썼다. 성경의 내용을 토대로 아담과 하와의 범죄로 인해 추방된 낙원과 그리스도의 십자가 부활로 그를 믿음으로써 다시 낙원을 회복할 수 있다는 행복한 마음을 노래한 대서사시다. 청교도적 토대에서 다져진 굳건한 신앙의 소유자 밀턴은 복낙원의 서두에서 예수 그리스도가 잃어버린 낙원을 찾아 줄 거라며 이렇게 말한다.

"하나님의 아들에게 승리와 기쁨이 있을지라. … 모든 지옥의 술책은 수포로 돌아가고 모든 악마의 음모는 허무해지리라".

우리 체내의 유전자는 여전히 에덴동산을 기억하고 있고 그것은 지금까지 면면히 이어지고 있다. 낙원에 대한 동경은 동서고금을 막론하고 실제 역사 속에서 많은 상상과 시도들이 있었다. 그것은 철학, 문학, 예술, 종교 등 거의 모든 영역에 영향을 미치고 있다. 토마스 모어(Thomas More)의 《유토피아(Utopia)》나 도연명이 쓴 《도화원기(桃花源記)》에 나오는 무릉도원, 대승불교의 경전 가운데 하나인 유마경(維摩經)에서 엿볼 수 있는 정토사상(淨土思想), 신선사상(神仙思想)에 입각한 이상향 동천(洞天), 그 외에도 파라다이스(Paradise), 별천지(別天地) 등 다양한 낙원사상이 존재해 왔다.

이런 많은 낙원사상 가운데 가장 현실적이고 구체적으로 생활 속에서 낙원을 만들어가려고 하는 노력들이 있었는데 다름 아닌 정원(庭園)이다. 영어로 정원은 Garden인데 그 어원이 바로 'Eden'에서 비롯되었다는 사실이다. 히브리어 'Gan'과 'Eden'이 합쳐져서 'Garden'이라는 단어가 탄생한 것이다. 그런데 'Gan'은 울타리라는 뜻이고 'Eden'은 낙원이라는 뜻이어서 Garden을 정의하면 '울타리로 둘러쳐진 낙원'이라고 할 수 있다. 정원은 시대와 장소를 가리지 않고 많은 사람들이 애용하고 즐겨왔다. 수도원정원, 사찰정원, 궁궐정원, 원림(園林), 별서정원(別墅庭園), 주택정원, 학교정원 등 이루 헤아릴 수 없다. 그밖에도 치유정원, 숲정원, 공동체정원, 옥상정원, 수직정원, 농업정원 등 더욱더 관심이 높아지고 있다.

우리가 생활 속에서 얼마나 낙원을 그리워하며 살고 또 그 일환으로 정원을 가까이 하려고 하는 흔적들은 여러 곳에서 찾아볼 수 있다. 먼저 가장 기초공동체인 가정(家庭)을 보면 집(家)과 정원(庭)이 얼마나 필수적인 요소인가를 말해주고 있다. 그리고 학교도 예전에는 교정(校庭)이라는 단어를 사용하였다. 여기에도 정원이 필수적으로 들어가 있다. 낭만적인 캠퍼스가 연상되지 않은가. 게다가 법정도 지금은 '法廷'으로 사용하고 있지만 한때는 '法庭'으로도 사용했다. 그도 그럴 것이 법정은 영어로 'a court' 혹은 'a court of justice'다. 잘 아는 바와 같이 court는 '마당'을 의미한다. 마당은 우리나라 정원 양식이다. 유목문화인 서양과는 달리 농경문화인 우리나라는 마당에 식물을 잔뜩 채우는 것이 아니라 결혼식, 장례식, 수확물 작업 및 건조장, 어린이 놀이공간 등 다용도로 사용하였기 때문에 식물 사용에 제한적이었지만 실용공간으로서 정원의 기능은 충분히 발휘했다고 할 수 있다.

하지만 이제 가정은 마당이 없는 아파트로 상징되는 규격화한 공동건축물로 인해 사라져 가고 있고, 교정은 건물 안에서 실내수업에만 집중하고 있어 학교라는 단어가 더 어울리고 있다. 게다가 법정도 그저 범죄를 다루는 무서운 재판소로 인식되고 있을 뿐이다. 우리 주변에서 정원이 사라지고 있다는 얘기다. 더 중요한 것은 본질적인 낙원에 대한 고민이 사라지고 있다는 이야기가 아닐까 생각된다. 그렇다면 진정한 낙원은 무엇이고 그것을 회복할 방법은 무엇일까? 마음을 다하여 고민하고 기도해야 할 것 같다.

우리가 낙원을 회복하려는 노력은 눈에 보이는 노력도 필요하고 영적인 분별력도 필요할 것이다. 낙원(Eden)을 추구하면서 사람들은 정원(Garden)을 만들기 시작했다. 그리고 그 정원도 언젠가부터 시들해지기 시작했다. 그보다 더 좋은 것이 있었는데 바로 '돈(Money)'이었다. 돈이 낙원보다 좋다고 착각하며 살아 왔기 때문이다. 그렇게 착각할 만도 한 것이 돈만 있으면 못할 것이 없을 것 같은 생각을 가지게 하는 시대 상황임에 틀림없다.

우리가 낙원의 본질에 대해 이해하려 하지 않는다면 그저 눈에 보이는 것, 몸에 쾌락을 가져다주는 것, 마음에 행복감을 느끼게 해주는 것에 주목하며 살 수밖에 없다. 정원을 만들고 가꾸는 일은 매우 중요하다. 그러나 Garden(울타리 쳐진 낙원)에서 Eden(울타리 없는 낙원)으로 생각을 바꾸어가야 한다. 단순히 담장을 허무는 일 뿐 아니라 마음의 벽을 허물고 공동체 정신을 회복해야 할 것이다.

성서에는 우리가 이미 낙원에 있음을 말하고 있다. 단 예수 그리스도를 믿고 의지하는 사람에게만 해당된다.

예수님께서 십자가에 못 박히실 때 또 다른 두 사람도 함께 거기에 있었음을 밝히고 있다.

"또 다른 두 행악자도 사형을 받게 되어 예수와 함께 끌려 가니라. 해골이라는 곳에 이르러 예수를 십자가에 못 박고 두 행악자도 그렇게 하니 하나는 우편에 하나는 좌편에 있더라."(누가복음 23:32~33)

문제는 두 사람이 예수님을 보면서 행한 태도가 극과 극이었다. 예수님에 대한 믿음이 있는 자와 없는 자는 서로 다른 길을 가게 되었다.

"달린 행악자 중 하나는 비방하여 이르되 네가 그리스도냐 너와 우리를 구원하라 하되 하나는 그 사람을 꾸짖어 이르되 네가 동일한 정죄를 받고서도 하나님을 두려워하지 아니하느냐. 우리는 우리가 행한 일에 상당한 보응을 받는 것이니 이에 당연하거니와 이 사람이 행한 것은 옳지 않은 것이 없느니라 하고 이르되 예수여 당신의 나라에 임하실 때에 나를 기억하소서 하니 예수께서 이르시되 내가 진실로 네게 이르니 오늘 네가 나와 함께 낙원에 있으리라 하시니라."(누가복음 23:39~43)

낙원을 차지하는 일은 예수님의 좌편이냐 우편이냐 혹은 가까이 있느냐 멀리 있느냐의 문제가 아니라 그분의 존재에 대해 인정하고 은혜 가운데 믿음으로 낙원을 소망하느냐의 여부에 달려 있다고 할 수 있다. 그 작은 차이가 한 사람은 낙원에 이르게 되었고 또 다른 한 사람은 그렇지 못했다.

세상에는 수십억의 인구가 함께 살고 있다. 그런데 한 사람이 온 우주를 소유하고 싶어 하고, 우주는 한 사람 한 사람을 다 필요로 한다. 이런 상식적인 내용이 지켜지지 않기 때문에 서로 이해충돌이 생기고 힘이 센 자가 혹은 군사력이나 경제력이 강한 나라가 더 많은 것을 가지려 하기 때문에 이 지구상에는 하루도 편할 날이 없는 것이다.

"사람이 만일 온 천하를 얻고도 제 목숨을 잃으면 무엇이 유익하리요 사람이 무엇을 주고 제 목숨과 바꾸겠느냐."(마태복음 16:26)

유토피아(Utopia)가 되느냐 디스토피아(Dystopia)가 되느냐는 순전히 지금을 사는 우리 모두에게 달려 있다. 특히 하나님께서 아브라함에게 소돔과 고모라의 멸망을 막으려면 의인 열 명을 데려오라고 말씀하셨듯이 먼저 하나님의 자녀가 된 사람들이 성령 충만으로 믿음과 사랑이 넘쳐야 할 것이다. 이제 하나님께도 이웃에게도 진정한 마음의 장벽을 거두고 연합할 때다.

"보라 형제가 연합하여 동거함이 어찌 그리 선하고 아름다운고. 머리에 있는 보배로운 기름이 수염 곧 아론의 수염에 흘러서 그의 것까지 내림 같고 헐몬의 이슬이 시온의 산들에 내림 같도다. 거기서 여호와께서 복을 명령하셨으니 곧 영생이로다."(시편 133:1~3)

"우리가 알거니와 하나님을 사랑하는 자 곧 그의 뜻대로 부르심을 입은 자들에게는 모든 것이 합력하여 선을 이루느니라."(로마서 8:28)

우리가 협력하고 연합할 때 하나님께서는 모든 것을 동원해서 우리에게 선한 길로 인도하신다는 것을 알 수 있다.

〈사랑의 정원〉

나는 사랑의 정원에 갔었네.
여태껏 보지 못한 것을 보았네.
한가운데에 교회가 세워졌네.
내가 풀밭 위에서 뛰놀던 곳에.

이 교회의 정문은 닫혀 있었고,

문 위에 출입금지라고 쓰여 있었네.
그래서 아름다운 꽃들이 피어 있던
사랑의 정원으로 고개를 돌렸네.

그리고 무덤으로 뒤덮인 것을 보았네.
꽃들이 있던 곳에 묘비들이 즐비했네.
검은 옷의 사제들이 순시를 돌았고,
가시덤불로 내 즐거움과 욕망을 묶었네.*

* 윌리엄 블레이크(William Blake) 저/서강목 역, 블레이크시선, p.80, 지식을 만드는 지식.

인생은
즐거운 자유여행

그러나 저녁은 깊어만 간다.
모두가 지금 고아 같아서 대개는 서로를 모른다.
낯선 나라에서와 같이
즐비한 집을 따라 천천히 걸으며
정원 하나하나에 귀를 기울인다.
어떤 미지의 삶에서
눈에 보이지 않는 두 손이
자신의 노래를
가만히 치켜들기를
정원은 기다리고 있지만
그것을 까맣게 잊고 있다.

흔히 인생을 나그네 신세에 비유한다. 나그네의 사전적 의미는 '자기 고장을 떠나 다른 곳에 임시로 머물고 있거나 여행 중에 있는 사람'이다. 이는 우리 인생이 지금 살고 있는 곳이 종착역이 아니라는 점을 전제로 하는 말이다. 우리 인생이 여행이라면 너무 많은 짐들을 챙기는 데 급급할 것이 아니라, 오히려 여행의 즐거움에 초점을 맞춰야 하지 않을까.

인생은 공수래공수거(空手來空手去)라는 말이 있다. 누구나 빈손으로 왔다 빈손으로 돌아간다는 뜻이다. 누군가의 삶에 대해 이래야 한다느니 혹은 저래서는 안 된다느니 등의 거창한 얘기를 하자는 것은 아니다. 인생을 여행하는 것처럼 즐겁게 사는 법이랄지 정처 없이 살다가 언젠가는 돌아가야 할 목적지에 대해 생각해보는 것은 의미 있는 일이 아닐까.

따지고 보면 우리는 태어나서 사는 동안 오로지 채우는 일에만 열중해 온 것은 아닌지 되돌아보게 된다. 사람이 낳고 자라면서 몸에는 음식을 채우고 머리에는 지식을 채우고, 집을 사서 세간붙이를 채우고 돈을 모으고, 하고 싶은 일을 하거나 친구를 만들어 즐거운 시간들로 채우기도 한다. 인생을 사는 동안 자신도 모르게 채우는 것의 연속이었음을 실감하게 된다. 물론 채우는 기쁨이 크다는 것을 잘 알지만, 과연 비워야 할 것은 없는 것일까? 이 또한 생각해 볼 일이다.

나는 가끔 서양화와 한국화를 예를 들어 비유적으로 말할 때가 있다. 사실 요즘 어느 집에서도 동양화를 구경하기는 쉽지 않다. 여러 가지 이유가 있을 것이다. 단조로운 수묵화의 채색이 현대식 아파트 구조나 재료, 인테리어 소품 등과 그다지 어울리지 못한 점 때문일 수 있다.

반면 서양화는 화려한 채색이나 다양한 회화기법으로 인해 선택의 폭이 훨씬 넓은 것은 사실이다. 그래서 서양화는 빛의 예술로써 진수를 느끼게 할 뿐 아니라 그림의 사실성에 바탕을 두고 있어 감상자의 폭도 광범위한 것 같다. 또 동양화는 여백의 미를 중시한 점 때문인지 그냥 그림을 감상하기보다는 뭔가 그림을 해석하고 의미부여를 해야만 할 것 같다.

그렇다고 모든 서양화가 사실주의 입각한 것은 아니다. 피카소나 몬드리안, 칸딘스키 등은 대표적인 추상화가로서 사실적 표현과는 거리가 멀다. 또 한국화의 경우도 마찬가지다. 김홍도의 풍속화나 윤두서의 자화상 등은 사실화의 끝판 왕이라고 할 수 있다. 다만 서양화가 대체로 사실주의(寫實主義)에 입각한 그림의 완성도에 의미를 두고 있다면 한국화는 자연과 인간의 삶에 대한 사의적(寫意的)인 표현을 중시하여 감상자로 하여금 상상의 여지를 남겨두었다는 점에 의의를 둘 수 있다.

인생을 살면서 채우는 일과 비우는 일은 어쩌면 불가피한 일인지도 모른다. 얼마나 균형을 유지하느냐가 중요할 수 있다. 그런 의미에서 자기 자신과 타협해 보면 어떨까 하는 생각도 해보았다.

인생의 전반부는 채우는 일에 급급했다면 이제 후반부는 조금씩 비우며 여백의 미를 즐기는 삶을 선택하는 것도 나쁘지 않을 것 같다. 인간에게 주어진 재능은 각각 달라서 남들과 비교할 필요도 없이 자신이 잘 하고 즐거워할 수 있는 일을 하면서 여유 있는 삶을 산다면, 나머지 여백 부분은 자신의 정신을 풍요롭게 하는 데 사용하거나 주변 사람들이나 소외된 사람들도 돌아볼 수 있지 않을까.

성서에 의하면 "온 천하를 손에 넣는다고 해도 인간은 만족하지 못할 것"이라고 했다. 그리고 온 천하를 가진들 무슨 의미가 있겠는가? 자신의 생명이 보존되지 못한다면 우주와 나의 상관성은 일순 사라지고 마는 것이다.

"사람이 만일 온 천하를 얻고도 제 목숨을 잃으면 무엇이 유익하리요 사람이 무엇을 주고 제 목숨과 바꾸겠느냐."(마태복음 16:26)

사람의 생명은 그 무엇과도 바꿀 수 없을 만큼 소중하다. 다소의 버거운 짐들은 조금씩 내려놓으면 된다. 예수님께서 인생의 모든 무거운 짐을 자신에게 떠넘기라고까지 말씀하셨다.

"수고하고 무거운 짐 진 자들아 다 내게로 오라 내가 너희를 쉬게 하리라. 나는 마음이 온유하고 겸손하니 나의 멍에를 메고 내게 배우라. 그리하면 너희 마음이 쉼을 얻으리니 이는 내 멍에는 쉽고 내 짐은 가벼움이라."(마태복음 16:26)

우리는 한 치 앞을 내다보지 못하고 인생을 살 때가 많은 데 하나님께서는 우리 인생을 통째로 당신께 맡기고 하나님의 은혜 가운데 유익한 인생을 살기 바라신다. 하나님께서는 전도서 기자(솔로몬)를 통해 다음과 같이 말씀하셨다.

"너는 청년의 때에 너의 창조주를 기억하라. 곧 곤고한 날이 이르기 전에 나는 아무 낙이 없다고 할 해들이 가깝기 전에 해와 빛과 달과 별들이 어둡기 전에 비 뒤에 구름이 다시 일어나기 전에 그리하라."(전도서 12:1~2)

다윗의 아들 솔로몬은 부(富), 권력, 명예, 지혜 등 하나님의 은혜로 세상에서 누릴 수 있는 것은 거의 다 누렸던 사람이다. 그래서 그의 인생 후반의 고백은 훨씬 더 마음에 와 닿는다.

"전도자가 이르되 헛되고 헛되며 헛되고 헛되니 모든 것이 헛되도다. 해 아래에서 수고하는 모든 수고가 사람에게 유익한가. 한 세대는 가고 한 세대는 오되 땅은 영원히 있도다. 해는 뜨고 해는 지되 그 떴던 곳으로 빨리 돌아가고 바람은 남으로 불다가 북으로 돌아가며 이리 돌며 저리 돌아 바람은 그 불던 곳으로 돌아가고 모든 강물은 바다로 흐르되 바다를 채우지 못하며 강물은 어느 곳으로 흐르든지 그리로 연하여 흐르느니라. 모든 만물이 피곤하다는 것을 사람이 말로 다 말할 수는 없나니 눈은 보아도 족함이 없고 귀는 들어도 가득차지 아니하도다."(전도서 1:1~8)

나그네 하면 일명 청록파 시인 가운데 한 사람인 박목월(1916-76)의 아름다운 서정시 한 편이 떠오른다.

강나루 건너서 밀밭 길을
구름에 달 가듯이
가는 나그네

길은 외줄기
남도 삼백리

술 익은 마을마다
타는 저녁놀

구름에 달 가듯이
가는 나그네.

아주 짧고 간결한 시이지만 나그네 이미지를 이 시(詩) 이상 묘사할 수 있을까 하는 생각이 들 정도로 아주 멋지고 강력한 메시지를 전하고 있다. 특히 시라는 언어를 시각적으로 묘사함으로써 마치 오래된 한 편의 무성영화를 감상하는 느낌이 들게 한다. 강나루, 밀밭 길, 남도, 술 익는 마을 등 향토색 짙고 정감 있는 풍경을 떠오르게 하고, 구름에 달, 길은 외줄기, 남도 삼백리 등의 시어(詩語)를 통해 인생의 외로움, 고단함 등을 이야기하고 있는 듯하다.

어떤 여행이든 떠날 생각을 하면 늘 설렘이 한발 앞선다. 하지만 막상 짐을 꾸리기 시작하고 그것을 짊어지고 집을 나서는 순간 마냥 신나는 일만 있는 것은 아니다. 시행착오도 겪고 생각지 못한 난관에 부딪치는 등 '고생'이라는 친구도 함께 동행하고 있다는 사실을 알게 된다. 특히 필요해서 잔뜩 채운 가방은 여기저기 옮겨 다니는 데 오히려 성가신 짐이 될 때가 많다. 인생도 마찬가지가 아닐까. 가진 사람이 좋은 점도 많지만 무조건 행복할 거라는 생각은 들지 않는다.

우리가 가진 것이 오히려 버거운 짐이 되고 장애요인이 될 때도 적지 않다. 가진 것이 많은 사람일수록 그것을 지키는 데 소비할 시간과 공력이 많이 필요할 것이다. 그렇다면 우리에게 필요한 자유를 주는 대신 자신을 구속하는 족쇄가 될 것이 분명하다. 자유는 인간이 살아가는 데 있어서 매우 중요한 덕목이다. 오늘날 한국사회는 그 어느 때보다도 자유를 누리고 있다. 특히 말의 자유는 오히려 절제가 요구될 정도로 자신의 생각을 마구 쏟아내고 있다. 그렇다면 내가 하고 싶은 것, 내가 하고 싶은 말을 하는 것이 우리가 추구하는 자유일까? 의구심이 들 때가 많다. 민주주의에서 자신의 생각과 믿음에 대해 존중받아야 함은 기본이다. 하지만 나의 언행으로 다른 사람이 상처를 입거나 불이익을 당한다면 그것은 재고해볼 가치가 있다. 바꿔 말하면 권리와 의무는 동전의 양면처럼 늘 같이 붙어있어야 하는 것 같다.

지금 우리 사회가 자유롭다고 해서 질서 있고 교양이 충분히 내재된 사회는 아닌 것 같다. 나와 생각이 다르다고 해서 독설이 난무하고, 이기심과 독선이 이데올로기의 어떤 장르처럼 보편화하고 있다. 인간은 불완전하고 유한한 존재다. 자신의 생각이 절대적으로 옳다고 함부로 말해서는 안 되는 이유다. 인터넷문화가 발전하면서 한국 사회는 미래의 가능성과 우려를 동시에 갖게 한다.

자유에 대해서는 존 스튜어트 밀(John Stuart Mill, 1806-73)만큼 진정성 있게 고민한 사상가도 드물 것이다. 그는 그의 저서 《자유론》을 통해 "자유는 수단이 아니라 목적 그 자체라고 했으며 각자가 자기 취향과 목표에 따라, 그리고 자신의 성격에 맞게 자기 삶을 설계하고 꾸려나가는 것이 중요하다. 남에게 해를 주지 않는 다면 자유란 곧 각자가 원하는 바를 자기방식대로 추구하는 것 그 자체이다"*고 했다.

그는 자유가 왜 소중한가에 대해서도 언급했는데 "그것은 행복한 삶을 위한 근본 요소이기 때문이다. 자유, 즉 개별성의 발현이 전제되지 않은 행복이란 생각할 수도 없다"고 설파했다. 그리고 관습이 빚어내는 가공할 만한 부작용에 대해서도 피력했는데, "관습은 사람들이 만들고 지켜온 행동규칙의 타당성을 전혀 의심하지 못하게 만드는데, 관습은 이성적인 토의의 대상이 아니라는 일반적인 인식 때문에 이런 속성이 더욱 강화되고 있다"**고 했다.

사람들은 오래전부터 이것은 이성보다는 감정의 문제이며 따라서 이성은 필요치 않다고 믿어왔다. 그리고 "철학자 행세를 하고 싶어 하는 사람들이 그와 같은 믿음을 부추겼다"***고 했다. 우리가 관습이나 전통의 무비판적인 추종이 때로는 우리의 자유를 구속할 수 있음을 주장하고 있다. 그도 그럴 것이 관습은 사회의 주도세력이나 기득권들이 좋아하는 패러다임으로 그 상태로 지속되기를 바라는 사람들이 적지 않음을 지적하고 있는 것으로 보인다. 그는 종교와 관련해서도 언급했는데 종교의 자유를 신장하는 데 크게 기여한 위대한 저술가들은 특히 양심의 자유가 결코 침해되어서는 안 될 권리라는 점을 분명히 밝혔다. 그리고 각 개인이 자신의 종교적 믿음에 대해 절대적 자유를 누려야만 한다는 사실도 강조했다. 그러나 인간은 자신이 소중히 여기는 것과 대립

---

* 존 스튜어트 밀, 자유론, pp.259-260, 책세상, 2020.
** 전게서, p.260.
*** 전게서, p.29.

되는 것에는 쉽사리 관용을 베풀지 못하는 천성을 타고났다고 지적하기도 했다.

삶에 있어서 철학이나 가치관은 매우 중요하다. 왜냐하면 그것이 삶의 방향이나 질(質)에 적잖이 영향을 미치기 때문이다. 오래전부터 많은 철학자나 지성인들이 삶의 자유에 대해 얘기해왔다. 그리고 사회적 발전에 일정부분 기여해 온 것도 사실이다. 그러나 그것만으로는 충분치 않다. 제아무리 좋은 이론이라 할지라도 어디까지나 현실사회의 문제에 국한되기 때문이다. 정작 중요한 죽음으로부터의 자유를 어쩌지 못하기 때문이다.

다시 성경으로 돌아가 보자. 예수님은 삶과 죽음의 문제에 대해 명쾌하게 말씀하셨다.

"그러므로 예수께서 자기를 믿은 유대인들에게 이르시되 너희가 내 말에 거하면 참으로 내 제자가 되고 진리를 알지니 진리가 너희를 자유롭게 하리라."(요한복음 8:31~32)

뿐만 아니라 우리 현실적인 삶의 걱정까지도 하나님의 섭리 안에 있음을 자상하게 말씀하고 계신다.

"공중의 새를 보라 심지도 않고 거두지도 않고 창고에 모아들이지도 아니하되 너희 하늘 아버지께서 기르시나니 너희는 이것들보다 귀하지 아니하냐. 너희 중에 염려함으로 키를 한 자라도 더할 수 있겠느냐. 또 너희가 어찌 의복을 위하여 염려하느냐. 들의 백합화가 어떻게 자라는가 생각하여 보라 수고도 아니 하고 길쌈도 아니 하느니라. 그러나 너희에게 이르노니 솔로몬의 영광으로도

입은 것이 이 꽃 하나만 같지 못하였느니라.”(마태복음 6:26~29)

정작 하나님의 주된 관심사는 우리 영혼의 자유라는 것을 알 수 있다. “그리스도께서 우리를 자유롭게 하려고 자유를 주셨으니 그러므로 굳건하게 서서 다시는 종의 멍에를 메지 말라”(갈라디아서 5:1)고 말씀하셨다. 또 바울을 통해 전한 귀한 말씀은 구체적으로 자유를 어떻게 사용할지에 대한 것이다.

“형제들아 너희가 자유를 위하여 부르심을 얻었으나 그러나 그 자유로 육체의 기회를 삼지 말고 오직 사랑으로 서로 종노릇하라”(갈라디아서 5:1)고 말씀하셨을 뿐 아니라 온전한 자유자가 되기 위해서는 자신의 의지로는 안 되고 성령의 도움을 받아야 함을 말씀하고 계신다.

“육체의 소욕은 성령을 거스르나니 이 둘이 서로 대적함으로 너희가 원하는 것을 하지 못하게 하려함이니라.”(갈라디아서 5:17)

우리는 끊임없이 육체의 탐욕과 이기심의 유혹 속에 살고 있다. 그럴 때마다 각자 부르심을 받은 대로 “모든 겸손과 온유와 오래 참음으로 사랑 가운데서 서로 용납하고 평안의 매는 줄로 성령이 하나 되게 하신 것을 힘써 지키라”(에베소서 4:2)고 말씀하셨다. 그러면서 우리가 새롭게 변화되어 영적 자유의 은혜를 누리기를 바라신다.

“진리가 예수 안에 있는 것 같이 너희가 참으로 그에게서 듣고 또한 그 안에서 가르침을 받았을진대 너희는 유혹의 욕심을 따라 썩어져 가는 구습을 따르는 옛 사람을 벗어버리고 오직 성령이 새롭게 되어 하나님을 따라 의와 진리의 거룩함으로 지으심을 받은 새 사람을 입으라.”(에베소서 4:21~24)

워싱턴 D.C.(Washington, District of Columbia)에 있는 백악관에서 그리 멀지 않은 곳에 한국전쟁 참전 희생자를 기리는 추모공원이 있다. 그리 넓은 면적은 아니었지만 상징성이 강한 디자인이 상당히 인상적인 곳이다. 그러나 더욱 눈길을 끄는 것은 따로 있다. 그곳에 새겨진 아주 짧은 문장 하나다. “Freedom is not free(자유는 공짜가아니다)” 지금 우리가 평화와 자유를 누릴 수 있는 것은 누군가 희생의 대가를 치렀다는 점을 강조하는 말이다.

우리의 현실적 자유뿐 아니라 우리 영혼의 자유를 위해 특별히 하나님 독생자이자 하나님 자신이신 예수 그리스도의 희생이 있었기 때문에 우리는 믿음과 사랑과 소망을 가지고 살 수 있는 것이다. 그래서 무엇보다 그분의 사람에 대한 긍휼과 자비의 상징이라고 할 수 있는 예수님의 십자가 보혈 의미를 반드시 깨달아야 한다. 십자가는 모든 인류를 구원하기 위하여 못 박히신 예수님이 속죄제(贖罪祭)가 되었다는 증거이기 때문이다.

현재, 어느 곳에서나 교회나 성당위에 우뚝 솟은 십자가를 볼 수 있다. 심지어 많은 사람들이 부적처럼 십자가 목걸이를 걸고 다니는 것도 어렵지 않게 볼 수 있다. 이런 십자가를 우리는 어떤 의미로 받아들여야 할까?

성서의 역사에는 에덴동산의 범죄를 시작으로 노아의 방주와 홍수, 바벨탑 사건, 소돔과 고모라의 멸망 등 크고 작은 인류 범죄에 대한 하나님 심판이 있었다. 아담과 하와는 먹어서는 안 되는 선악과를 따 먹음으로 인해 에덴동산에서 추방당하였다. 노아 때는 홍수로 인하여 노아의 가족, 그리고 정결한 짐승과 부정한 짐승과 새와 땅에 기는 모든 것 암수 둘씩은 하나님의 은혜로 방주에 들어가 죽음을 면했다(창세기 7:7~8). 바벨탑 사건은 온 지면에 흩어짐을 면하고자 성읍과 탑을 쌓아올려 하늘까지 닿게 하자는 교만에 대해 여호와께서 심판하여 온 땅의 언어를 혼잡하게 하셨고 그들을 온 지면으로 흩으셨다(창세기 11:1~9). 그리고 소돔과 고모라의 멸망 이야기는 성적인 타락이 최고조로 달한 이 도시를 하나님은 멸하고자 계획하시고 두 천사를 보내 전하셨다. 아브라함의 간곡한 기도로 롯과 그의 식솔들에게 탈출의 기회를 주시고 도시 전체를 멸하였던 사건이다. 하지만 딸들과 정혼한 사위들은 농담으로 여겼고, 의심이 많은 롯의 아내는 뒤를 돌아보지 말라는 명을 어김으로 인해 소금 기둥으로 변해버렸다. 결국 롯과 두 딸만이 탈출하는 데 성공했다(창세기 11:1~29).

인간의 끊임없는 타락과 교만에 참고 참으시는 하나님께서 작금의 세상을 보시면서 무슨 생각을 하실까? 그때와 크게 다르지 않은 심정이 아닐까.

하나님은 인간을 긍휼히 여기셔서 궁극의 결단을 내리신다. 그것은 하나님의 독생자인 예수 그리스도를 성육신(육체를 입으신 하나님)으로 이 땅에 보내셔서 철저하게 인간의 삶을 살게 하셨다. 그리고 하나님 말씀을 철저하게 지키시는 것을 몸소 실천하시면서 하나님 복음을 전하셨다. 무엇보다 중요한 것은 자신을 십자가의 제물로 바침으로써 전 인류를 구원하시는 대 사역을 완성하셨다는 점이다.

하나님께서는 인류의 구원에 대해 다 계획을 가지고 계셨던 것이다. 구약 선지자 이사야는 예수님의 십자가에 대해 이렇게 예언한 바 있다.

"우리가 전한 것은 누가 믿었느냐 여호와의 팔이 누구에게 나타났느냐. 그는 주 앞에서 자라나기를 연한 순 같고 마른 땅에서 나온 뿌리 같아서 모양도 없고 풍채도 없은즉, 우리가 보기에 흠모할 만한 아름다운 것이 없도다. 그는 멸시를 받아 사람들에게 버림받았으며 간고를 많이 겪었으며 질고를 아는 자라. 마치 사람들이 그에게서 얼굴을 가리는 것 같이 멸시를 당하였고 우리도 그를 귀히 여기지 아니하였도다. 그는 실로 우리의 질고를 지고 우리의 슬픔을 당하였거늘 우리는 생각하기를 그는 징벌을 받아 하나님께 맞으며 고난을 당한다 하였노라. 그가 찔림은 우리의 허물 때문이요. 그가 상함은 우리의 죄악 때문이라. 그가 징계를 받으므로 우리는 평화를 누리고 그가 채찍에 맞으므로 우리는 나음을 받았도다. 우리는 다 양 같아서 그릇 행하여 각기 제 길로 갔거늘 여호와께서는 우리 모두의 죄악을 그에게 담당시키셨도다."(이사야 53:1~6)

히브리서 기자도 염소나 송아지로 제사를 드렸던 구약시대의 제사장이나 하나님의 말씀을 대신 전했던 선지자들이 했던 것과는 차원이 다른 예수님께서 자신의 피로 단번에 영원한 속죄를 이루셨다고 증언하고 있다.

"그리스도께서는 장래 좋은 일의 대제사장으로 오사 손으로 짓지 아니한 것 곧 창조에 속하지 아니한 더 크고 온전한 장막으

255

로 말미암아 염소와 송아지의 피로 아니 하고 오직 자기의 피로 영원한 속죄를 이루사 단번에 성소에 들어가셨느니라."(히브리서 9:11~12)

하나님은 당초에 가지고 계셨던 당신의 계획 전모(全貌)를 분명히 밝히셨는데 사도 바울을 통해 이렇게 전하고 있다.

"때가 차매 하나님이 그 아들을 보내사 여자에게 나게 하시고 율법 아래에 나게 하신 것은 율법 아래에 있는 자들을 속량하시고 우리로 아들의 명분을 얻게 하려 하심이라. 너희가 아들이므로 하나님이 그 아들의 영을 우리 마음 가운데 보내사 아바 아버지라 부르게 하셨느니라."(갈라디아서 4:4~5)

히브리서 기자는 이제 우리가 구약시대의 제사방식과는 달리 어떻게 제사를 드려야 하는지에 대해서도 전하고 있다.

"그러므로 우리가 흔들리지 않는 나라를 받았은즉 은혜를 받자 이로 말미암아 경건함과 두려움으로 하나님을 섬길지니"(히브리서 12:28)라고 하셨고. 아울러 형제 사랑하기를 계속하고 손님 대접하기를 잊지 말라. 이로써 부지중에 천사를 대접한 이들이 있었느니라. 너희도 함께 갇힌 것 같이 갇힌 자를 생각하고 너희도 몸을 가졌은즉 학대 받는 자를 생각하라. 모든 사람은 결혼을 귀히 여기고 침소를 더럽히지 않게 하라. 음행하는 자들과 간음하는 자들을 하나님이 심판하시리라. 돈을 사랑하지 말고 있는 바를 족한 줄로 알라. 그가 친히 말씀하시기를 내가 결코 너희를 버리지 아니하고

떠나지 아니하리라 하셨느니라."(히브리서 13:1~5)

예수님께서는 인류를 위한 모든 사역을 끝내시고 당신을 이 땅에 보내신 아버지께로 가시는 일에 대해 물어보는 제자가 없었기 때문에 예수님께서는 친절하게 그 이후에 일어날 일에 대해서도 말씀해 주셨다.

"내가 너희에게 실상을 말하노니 내가 떠나는 것이 너희에게 유익이라. 내가 떠나지 아니하면 보혜사(성령)가 너희에게 오시지 아니할 것이요. 가면 내가 그를 너희에게 보내리니 그가 와서 죄에 대하여, 의에 대하여, 심판에 대하여 세상을 책망하시리라. 죄에 대하여는 그들이 나를 믿지 아니함이요. 의에 대하여라함은 내가 아버지께로 가니 너희가 다시 나를 보지 못함이요. 심판에 대하여라함은 이 세상 임금이 심판을 받았음이라. 내가 아직도 너희에게 이를 것이 많으나 너희가 감당하지 못하리라. 그러나 진리의 성령이 오시면 그가 너희를 모든 진리 가운데로 인도하시리니 그가 스스로 말하지 않고 오직 들은 것을 말하며 장래 일을 너희에게 알리시리라."(요한복음 16:7~13)

유사 이래 많은 철학자들이나 지성인들은 인생의 삶에 대해서 나름대로 많은 혜안을 제시하고 유익한 정보들을 제공해왔다. 하지만 삶과 죽음의 문제에 이토록 명확하게 제시한 이는 예수님밖에 없다. 예수님께서는 우리를 구원해주시는 것뿐 아니라 영원히 함께 해주시겠다고 약속하셨다. 얼마나 위대한 제안인가? 여행에 있어서 동반자가 중요하듯이 우리 인생도 기쁨과 희망의 여정이 될 수 있는 것이다.

"그러므로 너희는 가서 모든 민족을 제자로 삼아 아버지와 아들과 성령의 이름으로 세례를 베풀고 내가 너희에게 분부한 모든 것을 가르쳐 지키게 하라. 볼지어다. 내가 세상 끝날 때까지 너희와 항상 함께 있으리라 하시니라."(마태복음 28:19~20)

신앙은 즐거운 여행이라고 하면 너무 가벼운 느낌을 줄 수 있어 동의하지 않을 수도 있을 것이다. 그럼에도 불구하고 여행에 비유하고 싶은 이유는 우리는 언젠가 본향으로 돌아가야 하기 때문이다. 흔히 '인생 뭐 별것 있느냐'고 말하는 사람들도 더러 있는데 이 경우는 인생을 거의 다 살아본 사람들이이나 그것을 숙지한 사람들이 세월의 덧없음을 한탄한 것일 수 있다.

여행이란 것이 마냥 즐겁기만 하겠는가? 하지만 여행 중에 간혹 역경과 시련에 부딪치더라도 마지막 희열이 우리를 기다리고 있다고 생각하면 충분히 견뎌낼 수 있을 것이다. 우리가 느끼고 생각하고 감동하고 감사하는 이 모든 일들이 우리에게 주어진 최고의 선물이라고 생각하면 좋을 것 같다. 유한한 땅의 것들에 집착하지 말고 영원한 것을 사모한다면 마치 여행하는 사람처럼 즐거운 인생이 될 수 있을 것이다.

"너희가 그리스도와 함께 다시 살리심을 받았으면 위의 것을 찾으라. 거기는 그리스도께서 하나님 우편에 앉아 계시니라. 위의 것을 생각하고 땅의 것을 생각하지 말라. 이는 너희가 죽었고 너희 생명이 그리스도와 함께 하나님 안에 감추어졌음이라. 우리 생명

이신 그리스도께서 나타나실 그때에 너희도 그와 함께 영광중에 나타나리라."(골로새서 3:1~4)

우리는 무엇이 그리 바쁜지 정작 찾아야 할 것은 미루어둔 채 공허한 것들만을 찾아 헤매고 있는 것은 아닌지 생각해볼 일이다. 릴케는 〈그러나 저녁은 깊어만 간다〉라는 시를 통해 마치 에덴동산의 그리움과 낙원에서 기다리는 이의 마음을 헤아리지 못하는 안타까움을 전하고 있다.

그러나 저녁은 깊어만 간다.
모두가 지금 고아 같아서 대개는 서로를 모른다.
낯선 나라에서와 같이
즐비한 집을 따라 천천히 걸으며
정원 하나하나에 귀를 기울인다.
어떤 미지의 삶에서
눈에 보이지 않는 두 손이
자신의 노래를
가만히 치켜들기를
정원은 기다리고 있지만
그것을 까맣게 잊고 있다.*

* 릴케 저/송영택 역, 릴케시집, p.101, 그러나 저녁은 깊어만 간다, 문예출판사, 2020.

행복의 발견

진정한 행복은 먼 훗날 달성해야 할 목표가 아니라,
지금 이 순간 존재하는 것입니다.
인간의 마음은 행복을 찾아 늘 과거나 미래로 달려가지요.
그렇기 때문에 현재의 자신을 불행하게 여기는 것이지요.
행복은 미래의 목표가 아니라,
오히려 현재의 선택이라고 할 수 있지요.

누구나 행복한 삶을 원한다. 그래서 그 실체를 찾기 위해 사람들은 많은 시간과 공을 들인다. 혹자는 세계 이곳저곳을 다니며 타인들의 삶 속에서 혹은 색다른 풍경에서 행복의 그림자라도 만나고 싶어 한다. 또 어떤 사람들은 행복에 관한 정보를 얻기 위해 수많은 책을 읽거나 자신들이 존경하는 사람들로부터 배우려 한다.

프랑수아 를로르의 《꾸뻬씨의 행복여행》*을 통해 행복의 본질은 음미해보는 것도 의미 있을 것 같다. 이 책은 자기 스스로에게 만족하지 못하는 정신과의사의 이야기다. 꾸뻬가 행복하지 않은 이유는 자신이 사람들을 진정한 행복에 이르게 할 수 없다는 것을 깨닫고 있었기 때문이다.

어느 날 상담진료환자 중 한 명인 이리나 부인이 꾸뻬에게 건강을 위해 여행해볼 것을 권유한다. 그래서 꾸뻬는 세계 여러 나라를 여행할 것이고 여행지에서 무엇이 사람들을 행복하게 하고 무엇이 불행하게 하는가를 발견하고자 계획을 세운다. 그리고 행

---

* 프랑수아 를로르 저/오유란 역, 꾸뻬씨의 행복여행, 오래된 미래, 2019.

복의 비밀이 있다면 반드시 그것을 찾아내고 말겠다는 굳은 다짐을 하게 된다.

꾸뻬는 먼저 중국을 여행하기로 결심했다. 그는 중국을 한 번도 가본 적이 없었지만 왠지 그곳에 가면 행복의 비밀들을 발견할 수 있을 것만 같은 생각이 들었다. 꾸뻬 여행의 시작은 기분 좋게 시작되었다. 뜻밖에 항공사 직원으로부터 이코노미 클래스 티켓 탑승객이 너무 많아 비즈니스 클래스로 자리를 마련해 주겠다는 것이다. 넓고 안락한 의자와 상냥한 승무원의 샴페인 제공 등으로 인해 그는 순간 행복하다는 생각을 했다. 비행기 옆 자리의 비비앵이라는 사업가와 대화를 나누는 중, 그는 별로 행복해하지 않은 것을 느꼈다. 그는 퍼스트 클래스와 비교하면서 투덜거렸다. 이곳은 완전히 의자가 뒤로 눕혀지지 않네요. 꾸뻬는 생각했다. 나도 다음에 다시 이코노미를 타야할 텐데 비스니스 클래스가 생각나겠구나. 갑자기 걱정이 되기 시작했다. 이것이 꾸뻬가 여행에서 발견한 첫 번째 배움이었다. 그리고 그는 수첩을 꺼내어 이렇게 썼다.

배움1 : 행복의 첫 번째 비밀은 자신을 다른 사람과 비교하지 않는 것이다.
배움2 : 행복은 때때로 뜻밖에 찾아온다.*

꾸뻬가 중국에서 처음 만난 사람은 뱅쌍이라는 고등학교 동창이다. 그는 기업합병을 통해 돈을 많이 버는 친구인데 그것을 과시라도 하듯 고급 레스토랑과 예쁜 여자들이 있는 화려한 주점으

---

* 전게서. p.32.

263

로 데려가 주었고 많은 대화를 나누었다. 그는 꾸뻬보다 일곱 배 더 많은 돈을 벌고 있었지만 두 배 더 많은 시간을 일하고 있었다. 뱅쌍은 자기가 목표로 한 돈을 벌면 더 이상 일하지 않겠다고 했다. 자기 주변 사람들도 모두 그런 생각을 한다고 했다. 꾸뻬는 작은 수첩을 꺼내들어 다음과 같이 적었다.

배움3 : 많은 사람들은 자신의 행복이 오직 미래에만 있다고 생각한다.

배움4 : 많은 사람들은 더 큰 부자가 되고 더 중요한 사람이 되는 것이 행복이라고 생각한다.*

꾸뻬의 첫 중국 여행지는 아름다운 산이었다. 그는 무작정 산을 걷기 시작했다. 그리고 홀로 산을 걷고 있다는 것을 깨달았다. 숨이 차긴 했지만 기분이 훨씬 좋아지는 것을 느낄 수 있었다. 꾸뻬는 메모를 하기 위해 잠시 멈춰 서서 작은 수첩을 꺼내 이렇게 적었다.

배움5 : 행복은 산 속을 걷는 것이다.**

산 속을 걷다가 그는 한 사원을 발견하고 안으로 들어갔다. 거기서 노승의 친절로 사무실 안으로 안내받았다. 여기서 꾸뻬는 노승에게 혹시 행복에 관해 지혜로운 말을 해줄 수 있냐고 물었다. 노승은 이렇게 대답했다.

* 전게서, p.40.
** 전게서, p.50.

"첫 번째 원인은 사람들이 행복을 목표라고 믿는 데 있소!"*

"당신이 행복에 대한 배움을 얻기 위해 여행을 나선 것은 매우 좋은 생각이오. 여행을 마치거든 나를 만나러 다시 이곳으로 오시오."**

배움6 : 행복을 목표로 여기는 것은 잘못된 생각이다.***

그밖에도 그는 여행을 하면서 사람을 만나 대화하면서 느낀 배움이 될 만한 내용을 계속 적어두었다.

배움7 : 행복은 좋아하는 사람과 함께 있는 것이다.

배움8 : 불행은 사랑하는 사람과 헤어지는 것이다.

배움9 : 행복은 자기 가족에게 아무것도 부족한 것이 없음을 아는 것이다.

배움10 : 행복은 자신이 좋아하는 일을 하는 것이다.

배움11 : 행복은 집과 채소밭을 갖는 것이다.

배움12 : 좋지 않는 사람에 의해 통치되는 나라에서는 행복한 삶을 살기가 어렵다.

배움13 : 행복은 자신이 다른 사람에게 쓸모가 있다고 느끼는 것이다.

배움14 : 행복이란 있는 그대로의 모습으로 사랑받는 것이다.

배움15 : 행복은 살아 있음을 느끼는 것이다.

* 전게서, p.52.
** 전게서, p.55.
*** 전게서, p.64.

배움16 : 행복은 살아 있음을 축하하는 파티를 여는 것이다.

배움17 : 행복은 자기가 사랑하는 사람의 행복을 생각하는 것이다.

배움18 : 태양과 바다, 이것은 모든 사람에게 행복을 가져다준다.*

여행을 마칠 즈음 꾸뻬는 노승을 다시 찾아갔다. 그리고 그가 기록한 수첩을 보여주었다. 노승은 미소 지으며 "당신은 정말로 마음공부를 훌륭히 해냈어요. 너무 훌륭해요 덧붙일게 아무 것도 없군요"라고 말했다. 노승은 날씨가 좋으니 산책이나 하자고 권했다. 이윽고 노승이 말했다.

"진정한 지혜는 이 풍경 속에서 한순간에 발견될 수도 있고, 아니면 언제까지나 감추어져 있을 수도 있습니다."**

꾸뻬는 문득 깊이 감추어져 있는 그것을 자신이 지금 이 순간 보고 있다는 것을 깨달았다. 꾸뻬는 지금까지 어떤 배움보다 새로운 것이었다고 느꼈다.

꾸뻬는 내친김에 질문을 이어갔다.

"맨 처음 우리가 만났을 때, 스님께서 말씀하셨습니다. 행복을 목표라고 여기는 것은 잘못된 생각이라고. 무슨 뜻인가요?"

* 전게서, p.157.
** 전게서, p.188.

266

노승은 한 바탕 웃음을 웃고 나서 말을 이었다.

"진정한 행복은 먼 훗날 달성해야 할 목표가 아니라, 지금 이 순간 존재하는 것입니다. 인간의 마음은 행복을 찾아 늘 과거나 미래로 달려가지요. 그렇기 때문에 현재의 자신을 불행하게 여기는 것이지요. 행복은 미래의 목표가 아니라, 오히려 현재의 선택이라고 할 수 있지요. 지금 이 순간 당신이 행복하기로 선택한다면 당신은 얼마든지 행복할 수 있습니다. 그런데 안타까운 것은 대부분의 사람들이 행복을 목표로 삼으면서 지금 이 순간 행복해야 한다는 사실을 잊는다는 겁니다."*

여행을 마치고 돌아온 꾸뻬는 자신을 찾아오는, 불행하지도 않으면서 불행하다고 생각하는 사람들에게 다음의 글귀가 적힌 카드를 선물하기를 좋아했다.

춤추라, 아무도 바라보지 않은 것처럼.
사랑하라, 한 번도 상처받지 않은 것처럼.
노래하라, 아무도 듣고 있지 않은 것처럼.
살라, 오늘이 마지막 날인 것처럼.**

행복한 인생을 위한 잠언이라고 할 수 있는 쇼펜하우어의 인생론의 첫 페이지에는 다음과 같은 명언이 적혀 있다.

---

* 전게서, p.190.
** 전게서, p.212.

행복은 쉽게 얻을 수 있는 것이 아니다.
행복을 자신 속에서 발견하기란 매우 어려운 일이며
다른 곳에서 발견해내기란 불가능한 일이다.
– 샹포르(1741-94, 프랑스의 저술가)

쇼펜하우어(Arther Schopenhauer)는 "나는 이렇게 살아왔고, 이러한 신념을 얻었다. 가능하면 모든 사람들에게 권하고 싶은 나의 신념이다"*라고 한 마디 덧붙이기도 했다. 나는 그리스 철학자 에픽테토스(Epiktetos)**가 한 말에 주목하고 싶다.

"인간을 불안하게 만드는 것은 사물이 아니라 사물에 대한 의견이다."

사람들은 전반적으로 건강에 기반을 두고 다른 것들을 성취해가면서 행복감을 느낀다. 건강하기만 하면 모든 것이 쾌락의 원천이 될 수 있는데, 건강이 허락하지 않으면 정신이나 기질 등도 위축될 뿐만 아니라 외부적인 사물이나 재산도 즐김의 대상이 되지 못한다.

에픽테토스는 "어리석은 행동 중의 으뜸은 무엇을 위해서든 자신의 건강을 희생하는 것이다. 눈앞의 이득, 출세, 학문, 명예, 나아가 음탕하고 찰나적인 향락 중 그 어느 것을 위한 것이든 건강

---

* 쇼펜하우어 저/박현식 역, 쇼펜하우어 인생론, 나래북.
** 에픽테토스는 인간의 진정한 행복, 영혼의 자유, 마음의 평정에 이르는 길을 걸었던 스토아철학의 대가다. 명상록의 저자로 유명한 마르쿠스 아우렐리우스 황제의 스승이 되어 많은 사람들로부터 추앙받기에 이르렀다. 그러나 그는 권력, 명성, 부(富) 등을 멀리하고 조그만 오두막에서 소박하게 지내며 오직 자신의 사상을 펼치고 실천하는 데에만 집중한 것으로 알려지고 있다.

을 희생하는 일이다."*

　요컨대 모든 것에 우선해서 건강을 해치는 일은 삼가야 한다는 뜻이다. 그러나 건강문제는 그리 간단한 문제는 아니다. 육체와 정신이 상호작용을 하며 건강에 영향을 미치기 때문이다. 외상이나 질병 외에도 우울증, 수면장애, 스트레스 등을 일으키는 수많은 유해환경이 우리 주변에 도사리고 있기 때문이다.

　어쩌면 현대사회는 병 주고 약 주는 사회처럼 느껴질 때가 많다. 열심히 일하지 않으면 도태되는 것을 뻔히 알면서 워라벨(Work & Life Balance)을 즐기라고 한다. 빈부격차, 지역 불균형, 직업차별, 성차별 등 수 많은 불공정한 문제들 앞에서 우리는 태연해지기 쉽지 않다. 그렇다고 사회 탓, 남 탓만 하면서 지낼 순 없다. 어쩌면 우리는 태어나면서부터 죽을 때까지 누구를 막론하고 반드시 풀어야 할 숙제가 바로 행복한 삶에 대한 것이 아닌가 생각된다.

　그렇다면 인간이 생각하는 행복은 무엇인가? 실제로 자신들이 추구하고 있는 행복의 실체에 대해서 어떻게 인식하고 있느냐가 중요한 핵심이 될 것이다.

　게리 주커브(Gray Zukav)는 그의 저서 《영혼의 자리》에서 행복에 관한 의견을 제시하였다.

　"우리의 생각과 감정, 행동이 우리의 가장 숭고한 부분과 하나가 되었을 때 우리는 열정과 목적과 의미로 충만해진다. 인생은 풍요로워지고 걱정이나 두려움 없이 즐겁고 행복하게 세상을 살아갈 수 있다. 이것이야말로 진정한 힘을 경험하는 일이다. 진정한

* 　전게서, p.43.

힘은 우리 존재의 가장 깊은 근원에 뿌리를 두고 있다. 그것은 돈으로 살 수 없으며, 상속되거나 축적될 수 없다."*

그는 또한 현실이나 육체적 오감(五感)에 의존하는 인간들은 우주가 우리에게 직접적으로 영향을 미치지 않으며 우리는 각자의 독립된 존재로 살아가는 것으로 생각한다고 지적하고 있다. 그래서 그는 인간의 가장 중요한 가치에 대해서 이렇게 언급하고 있다.

"인간의 가장 심오한 가치의 원천은 바로 보이지 않는 그 영역에 있다, '보이지 않는 영역'의 시각에서 보면, 좀 더 높은 목적을 위해 자신의 삶을 의식적으로 희생하는 사람들의 동기에 수긍이 간다. 간디의 힘이 납득이 되고 예수의 자애로운 행동도 충분히 이해가 된다."**

게다가 그는 "오감을 지닌 사람들은 자신의 의지 자체로는 아무런 결과를 얻지 못하며, 행동으로 옮겨야만 구체적인 결과가 생긴다고 생각한다"고 말하며 다음과 같이 말했다.

"오감을 지닌 인간의 견지에서는 현실세계란 그냥 우리에게 주어진 환경일 뿐, 구체적으로 설명할 수 없는 세계였고, 그 속에서 우리는 정체를 알지 못한 채 살고 있다. 그저 살아남기 위해 그 세계를 지배하려고 안간힘을 써왔다. 하지만 다양한 감각을 지닌 인간의 견지에서 현실세계는, 그 세계를 공유하고 있는 영혼들에 의

* 게리 주커브 저/이화정 역, 영혼의 자리, p.28, 나라원.
** 전게서, p.30.

해 함께 창조된 학습환경이다. 모든 것들이 배울 만한 것들이다."*

그는 행복해질 수 있는 진정한 힘은 사람의 인격과 영혼의 완전한 조화에 있다고 이야기하고 있다. 그래서 영혼에 대한 깊은 이해를 위해 애써야 한다고 했다.

"만약 당신이 영혼에 대해 알고 싶다면 우선 당신에게 영혼이 있다는 것을 깨달아야 한다. 그다음 자신에게 이렇게 질문을 던져야 한다. 내게 영혼이 있다면 내 영혼은 어떤 존재인가? 내 영혼이 원하는 것은 무엇인가? 내 영혼과 나는 어떤 관계인가? 내 영혼은 내 인생에 어떤 영향을 미치는가?"**

그는 영혼의 특성에 대해서도 알기 쉽게 설명하고 있다.

"영혼은 죽지 않는 우리 자신들의 일부분이다. 모든 사람들이 영혼을 가지고 있다. 하지만 인격은 영혼을 깨닫지 못하고 오감을 통해서 인식하는 데 그치고 만다. 그렇기 때문에 영혼의 영향을 감지할 수 없는 것이다."***

우리 삶은 자신의 영혼을 살필 겨를도 없이 현실 속에 안주하거나 무언가에 정신을 빼앗기며 살아가고 있다. 과연 어떻게 해야 영적인 사람이 될 수 있을까? 그는 영적인 사람의 첫 걸음은 경건

* 전게서, pp.30-31.
** 전게서, pp.34-35.
*** 전게서, p.33.

한 사람이 되어야 한다고 설파하고 있다.

　"경건한 사람이 되려는 결심은 본질적으로 영적인 사람이 되려는 결심과 같다. 하지만 지금의 과학, 정치, 산업, 혹은 학계 등에는 영적인 것이 깃들 만한 공간이 없다."*

　그렇다. 우리의 현실세상을 보면 경건한 사업가는 뭔가 불리한 조건에서 경쟁하는 것처럼 비춰진다. 또 경건한 정치가는 무능하고 자격이 없어 보이게 만든다. 아울러 경건이 없다면 생명체에 대한 경외심도 가질 수 없어 환경이나 지구에 대한 배려도 없을 뿐 아니라, 주변 사람들에 대한 자비나 연민 등도 기대하기 어려울 것이다. 육체와 영혼의 관계는 악기와 연주자의 관계에 비유할 수 있지 않을까 생각해본다. 좋은 연주를 위해서는 좋은 연주자가 좋은 악기를 만나야만 한다. 서로 조화를 이룰 때 시너지 효과를 낼 수 있을 것이다.

　쇼펜하우어는 그의 저서 《오늘 행복하기로 결심했다》에서 행복은 물질보다 정신의 문제라고 주장하면서 "쾌락이나 물질 이외의 세계에 대해서는 관심조차 없는 사람들은 물론이고 행복을 결정하는 것은 물질적인 소유물이 아니라 정신적인 자기만족이라는 사실을 알고 있는 사람들까지도 언제나 순간적이고 쾌락적이며, 시간적으로는 영속성이 없는 향락을 통해 행복을 누리려고 한다"**고 지적했다.

*　전게서, p.63.
**　쇼펜하우어 저/임유란 엮음, 오늘 행복하기로 결심했다, p.135, 문이당.

또 "우리가 말하는 행운이나 불행은 그 자체가 보여주는 객관적인 의미보다는 그것을 어떻게 받아들이는가에 달려 있다"고 했다. 그래서 "나를 벗어나 자신의 외부에서 행복을 발견하려고 하는 것은 어리석은 짓이다. 나 이외의 것에서 행복을 얻으려고 한다면 행복은커녕 오히려 불행만 초래할 뿐이다"라고 했다. 이어서 "마음이 평온하지 않으면 행복은 절대로 우리 마음속으로 들어올 수 없다. 평온한 마음은 현재의 나를 행복하게 만든다. 미래에 닥쳐올 불행을 근심하느라 현재의 평온한 마음을 포기한다는 것은 행복을 스스로 포기하는 것과 같다"*고 덧붙였다.

특히 그의 책 내용 중에 눈길을 끄는 대목이 있는데 다음과 같다.

"낙천주의에 눈이 멀어 진리를 잘못 보는 것은 모든 불행의 근원이다. 괴로움이 없는 동안은 정체되지 못한 욕심이 있지도 않은 행복의 환영을 마치 있는 것처럼 우리를 유혹하여 그것을 좇게 한다. 그래서 우리는 부인할 여지없이 현실의 고통을 초래하게 된다. 그리고 경솔하게 잃어버린 낙원처럼 이제는 과거의 것이 되어버린 고통이 없는 상태의 상실을 슬퍼하고, 그것을 되찾았으면 하지만 어쩔 수 없는 헛된 일이 되고 만다"**

소크라테스가 살았던 기원전 5세기의 아테네는 입으로는 진리를 표방하며 공리공론을 일삼는 소피스트들로 인해 매우 어지러

* 전게서, pp.109–110.
** 전게서, p.148.

운 시기였던 것으로 알려지고 있다. 그런 가운데서도 소크라테스는 시민들과 허심탄회하게 철학적 대화를 나누며 올바른 방향을 제시하려 애썼다고 한다. 인간의 행복, 선(善), 용기 등에 관한 얘기를 나누었는데 그의 문답은 늘 아직 모른다고 결론 내렸다고 한다. 상대방으로 하여금 더욱 진지하게 스스로 찾아보도록 유도하기 위한 것이었지 않았나 생각된다.

소크라테스는 당시의 시민과 청년들에게 많은 가르침을 주었지만 소피스트들과 보수주의자들에 의해 신을 모독했다는 죄목으로 고소당하고 재판결과에 따라 독배를 마심으로써 생을 마감하였다. 그래서 소크라테스 자신은 어떤 저술도 남기지 않았는데 제자들과 지인들에 의해 정리되어 우리에게 전해지고 있는 것이다. 특히 플라톤이 남긴 《대화편》의 4대 대화 가운데 하나인 〈파이돈〉은 우리에게 영혼, 육체, 내세, 행복 등에 대해 많은 것을 생각하게 한다.

지인들과 자살에 관한 얘기를 나누면서 죽음이 삶보다 더 나을지라도 자살을 해서는 안 된다며 말을 이었다.

"우리 인간들은 본래 죄수인 까닭에 감방 문을 열고 도망칠 권리가 없다고 하네. 이것은 얼마나 심오한 가르침인지 모르네. 그러나 나는 신이 우리의 보호자이며 우리 인간은 신의 소유물이라는 것만은 확실하네. 그러면서 예를 들어 말을 이어갔다. 만일 자네의 소유 중 하나, 가령 소나 당나귀가 자네의 동의 없이 마음대로 자살한다면 자네는 그 짐승에 대하여 노여워하고 또 그렇지 않으면 벌이라도 주려고 하지 않겠나? 그런 견지에서 본다면 신이 지금 나를 부르듯이 자기를 부를 때까지 마음대로 자살해서는 안 된다는 데엔 불합리성이 없을 것이네."*

소크라테스는 영혼에 대해서도 조곤조곤 말을 이어갔다.

"확실히 영혼은 쾌락, 고통, 시각, 청각 같은 모든 혼란에서 자유로울 때 즉 육체를 무시하고 최대한 독립하였을 때, 그리고 가능한 한 모든 육체적 감각이나 욕망에 사로잡히지 않고 진실을 추구할 때 최상의 사유(思惟)를 할 수 있다는 말일세."**

영혼이 실재한다고 믿는다면 어떻게 살아야 하는지에 대해서도 조목조목 들려주고 있다.

"벗들이여, 만일 영혼이 실제로 불사라면 우리는 덧없는 이 세상의 시간을 위해서만이 아니라 영원한 저 세상을 위해서는 영혼을 보살펴야 하지 않겠는가? 이와 같은 견지에서 볼 때, 영혼을 소홀히 여긴다는 것은 그야말로 위험천만한 일이라고 하지 않을 수 없을 걸세. 만일 죽음으로 인생이 종말을 고한다면 악인들은 죽음으로 말미암아 큰 덕을 본다고 할 수도 있지 않겠나? 왜냐하면 그들은 죽음과 동시에 그 육체와 함께 영혼이며 그의 모든 죄까지도 모조리 버리고 떠날 수 있을 테니까 말일세. 그렇지만 우리가 보아온 것처럼 영혼은 불사한 것인즉, 죄과에서 벗어나 구원을 얻으려면 가장 선량하고 가장 지혜롭게 살아야 하는 것이네."***

* 플라톤 저/최현 역, 파이돈, pp.20-21, 범우사.
** 전게서, pp.27-28.
*** 전게서, p.121.

주옥같은 말들이 아닐 수 없다. 그리고 진리에 대해서도 문답을 나누었는데 소크라테스는 이렇게 말했다.

"우리는 진리를 찾고 있네. 무릇 육체란 먹고 살아야 하네. 이것은 우리에게 얼마나 큰 두통거리가 되어 있는가. 그리고 질병들은 참된 존재에 대한 우리의 탐구욕을 방해하네. 그 외에도 육체는 우리로 하여금 연정과 욕망, 공포, 그리고 온갖 공상과 끝없는 어리석음에 사로잡히게 하고, 그 결과 도대체 무엇인가에 대해 사고(思考)할 기회를 빼앗아 가고 있네. 전쟁, 혁명, 분쟁들은 모두 전적으로 육체와 육체의 욕망에 기인하는 것이 아니겠는가? 모든 전쟁은 행복의 추구라는 이름하에 기도되며, 그 행복을 추구하는 이유는 바로 육체에 있네. 왜냐하면 우리는 그것의 노예이기 때문이지.(중략) 무엇이든 순수한 인식을 하려면 육체를 벗어나 영혼 그 자체로써만 응시하고 숙고해야 한다는 것을 우리는 분명히 알아야 할 것이네. 이렇게 될 때 비로소 우리는 우리가 추구하는 지혜에 도달 할 수 있을 걸세."*

성경은 행복에 대해 무어라 말하는가.

심령이 가난한 자는 복이 있나니 천국이 그들의 것임이요.
애통하는 자는 복이 있나니 그들이 위로를 받을 것임이요.
온유한 자는 복이 있나니 그들이 땅을 기업으로 받을 것임이요.
의에 주리고 목마른 자는 복이 있나니 그들이 배부를 것임이요.

* 전게서, pp.29-30.

긍휼히 여기는 자는 복이 있나니 그들이 긍휼히 여김을 받을 것임이요.

마음이 청결한 자는 복이 있나니 그들이 하나님을 볼 것임이요.

화평하게 하는 자는 복이 있나니 그들이 하나님의 아들이라 일컬음을 받을 것임이요.

의를 위하여 박해를 받는 자는 복이 있나니 천국이 그들의 것임이라.

나로 말미암아 너희를 욕하고 박해하고 거짓으로 너희를 거슬러 모든 악한 말을 할 때에는 너희에게 복이 있나니 기뻐하고 즐거워하라. 하늘에서 너희의 상이 큼이라 너희 전에 있던 선지자들도 이같이 박해하였느니라.(마태복음5:3~12)

누구나 행복한 사람이 되고 싶은 것은 이상할 게 없는 인간의 기본 욕구다.

〈행복한 사람〉

사람이
행복해지고 싶은 것은
하나도 이상할 게 없는 당연한 바람입니다.

누구든
세상에 태어난 이상
행복한 삶을 기대하는 것은
지극히 정상적인 생각입니다.

행복이란 놈의 실체를 밝히기 위해
우리는 많은 비용을 들이기도 합니다.

예쁜 옷을 입어보기도 합니다.
대궐 같은 집에서 살아보기도 합니다.
힘을 가진 자리에 앉아보기도 합니다.

때론
맛있는 음식을 골라가며 먹어보기도 합니다.
멋진 곳을 찾아다니며 풍광을 즐기기도 합니다.

절친한 친구를 만들어 어울려보기도 하고
다정한 애인을 사귀어 꿀맛 같은 시간을 함께 보내기도 합니다.

세상에는
이런저런 일로
온 누리가 다 알 수 있을 만큼
유명한 사람들이 있습니다.

어떤 사람은
이웃에게마저도
자신의 정체를 드러내지 않고
묵묵히 살아가는 사람들도 있습니다.

세상에는
누구나 부러워할 만큼
많은 것들을 소유하면서도
늘 불평으로 살아가는 사람들이 있습니다.

세상에는
길섶에 핀 보잘 것 없는 들꽃 하나를 보고도
마치 대단한 것을 발견한 것처럼
감탄하며 마냥 즐거워하는 사람들이 있습니다.

세상에는
자신이 가진 것을 지키는 일에
너무나 많은 시간을 허비하는 사람들이 있습니다.

세상에는
아무도 알아차리지 못한 사이에
한 줌의 배를 채우지 못하고
이슬처럼 사라져 가는 사람들도 있습니다.

세상에는
풍부한 지식을 소유하면서도
어떤 편견에 사로잡혀
그 지식을 제대로 활용하지 못하는 사람들도 있습니다.

세상에는
자신이 소유한 것 이상으로
많은 사람에게 유익을 주며 보람 있게 사는 사람들도 있습니다.

세상에는
어떤 엄청난 일을 할 수 있기 때문이 아니라
그저 다소곳이 존재하는 그 자체만으로도
누군가에게 큰 위안이 되는 난향(蘭香) 같은 사람들도 있습니다.

행복해진다는 것은
배가 채워지고
머리가 날로 새로운 지식으로 넘치며
창고가 온갖 재물로 가득해짐에서 연유한 것이 아니라

그저 세상에 존재하는 사소한 것들을
아무런 편견 없이 받아들이고
조건 없이 관심을 기울여주는 것에서 비롯되는 것이 아닌가 싶습니다.

오늘 이 순간
내가 존재한다는 그 이유 하나만으로
누군가에게 작은 위안이 될 수 있다면
나는 그로 인해 행복한 사람이고 싶습니다.

누구나 자연에서, 사람에게서, 성서에서 행복의 비결을 발견할 수 있다. 그것을 찾아내는 것은 각자의 몫이다.

하나님의 존재와
삶의 의미

모래 알갱이에서 세상을 보고
야생화에서 천국을 보라.

삶의 의미는 한 마디로 정의할 수 있거나 수학공식처럼 명료하게 제시할 수 없는 매우 난해한 문제임에 틀림이 없다. 그래서 삶에 대한 의미를 부여하거나 철학적인 대답을 모색하고자 할 때 궁극적으로는 종교적 관점에서 질문하지 않을 수 없다. 그로 인해 더러는 첫 문장부터 거부감을 가지거나 반발을 초래할 수 있다.

　　왜냐하면 삶은 존재에 관한 문제이고 그 존재에 관한 진실은 누구나 납득할 수 있도록 속 시원히 해결할 수 있는 것이 아니어서 여전히 그것에 관한 논쟁도 지속되고 있기 때문이다. 햄릿에 나오는 대사 중 우리에게 익히 알려진 유명한 대사인 "사느냐 죽느냐 그것이 문제로다"도 일각에서는 '사느냐 죽느냐'가 아니라 '존재하느냐 존재하지 않느냐'로 번역해야 한다는 주장도 적지 않다. 또 프랑스 철학자 데카르트가 말한 "생각한다. 고로 존재한다" 역시 우리가 이해하고 있는 존재의 의미가 아니라는 논쟁도 있는 것이 사실이다.

　　말하자면 우리말의 '존재(存在)'라는 단어는 영어로 Be나 Exist에 해당하는데 우리는 두 개 모두 통용이 되지만 영어권에서는 본질적으로 다른 의미를 지니고 있다는 것이다. 우리는 Exist로 이해하고 있지만 실제로는 Be로 이해해야 한다고 주장하기도 한다. 우리말로 직역하기 힘든 Be(Being)라는 단어가 더 적당하다고 말하는 학자들이 더러 있다. 그런데 문제는 Exist보다는 Be의 의미를 설명하기가 훨씬 힘들다는 얘기다.

신앙적으로 사는 사람들은 교리에서 대답을 찾으려 하지만, 무신론자들은 인간의 나약함이나 죽음에 대한 두려움 때문에 종교에 의지하는 것으로 간주하는 측면이 있다. 무신론자들 가운데는 철학이나 과학 혹은 인간의 이성에 의존하여 답을 찾으려는 시도를 해왔다. 하지만 지식이나 이성이 세계를 발전시켜온 것이 사실이지만 그것이 인간의 삶과 죽음, 행복의 문제까지 명쾌하게 해결한 것은 아니라는 사실도 분명하다. 철학은 이성이라는 한계를 넘어설 수 없고, 종교는 이성을 초월한 문제라는 점에서 접점이 없어 보이지만 서양철학은 종교와 밀접한 관계를 형성하면서 논쟁을 이어왔다.

그리스도교 교리는 아우구스티누스와 같은 교부(教父)*들의 지속적인 노력에 의해 확립되었다. 이들이 왕성하게 활동한 시대를 교부시대라고 하고 이런 철학을 교부철학이라고 하는데 이로 인해 철학과 종교가 만나 다양한 종교적 학설이 등장하게 되었다. 교부들은 그리스 철학, 특히 플라톤 사상을 일부 수용하면서 신앙의 교리를 체계화하려 했다. 이런 시도는 철학의 논리적 사고를 바탕으로 영적인 신앙문제를 보다 이해하기 쉽게 설명하려는 의도였고 철학은 신학을 이해하는 주요한 수단으로 생각한 측면

---

* 교부는 2세기 이후 그리스도교 신학의 기반을 놓은 교회 지도자들을 일컫는 말로 철학적 고뇌와 신앙적 논리를 융합시키려는 노력을 아끼지 않았다.

이 있었다.

토마스 아퀴나스의 "철학은 신학의 시녀"라는 말은 그런 사고를 대변해주고 있다. 토마스 아퀴나스는 모든 존재하는 것은 신의 계층적 질서 안에 있다고 설명하였다. 토마스 아퀴나스의 철학이 지지를 받았던 이유는 중세시대에 위기에 처한 그리스도교를 철학적 교리로 더욱 체계화했다는 점에 있다. 그가 경험론과 신학적 사변론을 적절히 융합시키면서 독자적인 교리를 가능하게 한 것은 철저하게 창조론의 입장에서 탄생시킨 존재에 대한 형이상학이었기 때문이라고 할 수 있다.

지난 세기 동안 과학기술이 눈부시게 발전한 것은 부인할 수 없는 사실이다. 그리고 인간 존재에 대해 과학적으로 설명하려는 시도도 그치지 않고 있다.

예를 들어 시간론에 관한 얘기를 해보자. 아우구스티누스의 '시간론'은 그의 저서 《고백록》 제11장에 근거한다. 그는 세계 존재의 모든 기원은 신에 의한 무로부터의 창조를 말한다. 무로부터의 창조는 신이 시간도 창조했다는 의미다. 창세기 1장 1절에 '태초'라는 말은 아우구스티누스가 말하는 절대적인 시간의 시작이다.

이와 반대로 그리스 사상은 무에서는 아무 것도 생기지 않는다는 생각이다. 이런 양자 간의 이율배반적인 명제에 대한 논의는 칸트가 순수이성비판에서 제기한 4개의 명제 중에서 제1명제에 속한 '시간'에 해당한다.

이 문제에 대해 칸트는 두 명제가 이율배반적인 명제들로서 모두 옳을 수 없다. 두 명제는 각각 장단점을 가지고 있기 때문에 어느 쪽이 다른 한쪽을 압도하지 못한다고 했다. 반면 스티븐 호킹(Stepen W. Hawking)은 《시간의 역사(A Brief Histiry of time)》에서 칸트의 제1명제를 비판하고 아우구스티누스의 '시간론'을 지지하며 재론한다.

호킹은 이 세계가 창조되기 전에는 시간은 없었고 빅뱅 이후 물리적 사건이 생겼을 때 비로소 시간개념이 생겼다고 말했다. 아우구스티누스의 시간관은 내적인 의식에서 파악된다. 그는 "과거, 현재, 미래라는 세 종류의 시간을 인간의 영혼(anima) 속에서 과거는 기억으로서 현재이고, 현재는 직관되고 있는 현재이며, 미래는 기대로서의 현재이다"*라고 설명했다. 요컨대 그의 시간에 대한 이해는 전적으로 현재의 의식에 집중되어 있다. 인간의 궁극적인 행복한 삶은 시간을 초월하신 하나님을 바라보며 신에 의해 기쁨을 갖는 것이다. 그리스도가 하나님과 인간을 이어주는 유일한 중개자이며, 영혼을 주관하신 분이기 때문이다.

한편 데카르트는 과학이 목적론을 추방하였다고 말했는데, 천체현상이든 아니면 지구상의 어떤 현상이든 모든 자연현상의 행동을 지배하는 수리물리학의 보편적 법칙에 궁극적 기초가 있다는 단일 유형의 설명을 생각했었다. 자연 깊은 곳에 있는 최종적 의도나 목적 추구는 그의 설명에 존재하지 않는다. 과학자의 임무는 모든 관찰 가능한 사건들을 관련된 수학법칙의 범주 안에 넣는 것이었으며, 이 결정적 법칙들과 관련하여 '왜?'라는 질문에 얻을 수 있는 해답은 아무것도 없었다. 그래야만 한다는 것이 하나님의 명령이라고 말할 수도 있다.

데카르트는 하나님의 명령이었다고 말했으며 또 곧이어 하나님 섭리의 근본이유는 인간 과학자들이 발견할 수 없는 것들이라고

---

* 김영진, 아우구스티누스의 두 지평, 이성과 의지의 조화, pp.280-281, 한들출판사.

덧붙였다. 하나님 섭리의 근본 이유는 가늠할 수 없는 하나님 지혜의 심연 속에 영원히 갇혀 있다고 했다.* 데카르트는 과학의 영역이 아무리 발전한다 해도 자연현상이나 자연계를 측량할 수는 있을지언정 인간 자체를 궁극적으로 다루는 문제는 어려운 일로 인식하였던 것이다. 이 철학은 계몽주의 철학자들에 의해 확립되었으며 줄곧 그런 사고가 유지되고 있다.

종교는 인간이 그들의 삶에 대한 의미와 목적으로 발견하는 한 가지 방법임이 분명하다. 그러나 종교가 유일한 방법인가에 질문을 할 수 있을 것이다. 알베르트 아인슈타인은 '인간의 삶의 의미가 무엇인가?'라는 질문에 대한 답을 안다는 것은 종교적이 된다는 것을 의미한다고 했다.

20세기의 또 다른 거장 프로이트는 "인생에 목적이 있다는 개념은 종교체계와 함께 일어서고, 또 함께 넘어진다"고 주장했다. 이러한 프로이트의 진단은 상당한 영향력이 있었으며 하나님은 인간의 불안감에 반응하여 생겨난 단순 투영에 불과하다는 현대 무신론자들의 생각을 알리는 것으로 생각될 수도 있다. 그러나 그와 똑같이 유신론자들도 우리가 참된 운명이 창조주와의 합일에 있는 까닭에, 우리가 창조주를 찾을 때까지는 당연히 불안하고 위태롭게 느낄 것이라고 주장할 수 있다.**

철학자 프로타고라스는 인간이 만물의 척도이며, 존재하는 것은 존재하고 존재하지 않는 것은 존재하지 않는다고 하였다. 소크라테스는 어렵지 않게 이런 오만의 표본을 반박하였다. "여호와

---

* 존 코팅햄(John Cottingham) 저/강혜원 역, 삶의 이미(On the meaning of lofe), pp.18-19, 문예신서, 2003.
** 전게서, pp.25-26.

가 우리 하나님이신 줄 너희는 알지어다. 그는 우리를 지으신 이요 우리는 그의 것이니 그의 백성이요 그의 기르시는 양이로다"(시편 100:3)라는 시편 저자의 외침에는 그 바탕의 신조가 무엇이든지, 적어도 우리가 전적으로 우연한 존재로서 우주에 존재하고 있으며, 우리가 창조하지 않은 실재에 의존하고 있다는 기본 진리를 인정하는 겸손함이 있다.*

우리가 자연계를 보는 방법은 존재에 대한 기본적인 인식에 좌우될 수밖에 없다. 유신론자에게는 세상의 모든 것이 하나님을 설명하고 있다고 생각하고 있다. 경이로운 자연, 아름다운 꽃과 식물, 비와 눈, 지진과 기후, 태양과 우주, 가족과 친구들, 사랑과 기적 등을 보면서 하나님을 보는 것이다. 그런데 무신론자인 쇼펜하우어와 같은 사람들은 같은 현상을 보고도 전혀 다른 그림을 본다.

"전체 현상의 투쟁이 무익하고 헛되다는 것을 쉽게 관찰할 수 있는 동물들의 단순한 삶에서 더 잘 파악할 수 있다.……(영구한 궁극의 목표)대신 우리는 순간의 만족, 욕구가 조건이 되는 덧없는 쾌락, 길고 많은 고통, 끝없는 고투, 전원반목(bellum omnium), 모두가 사냥꾼이며 모두가 사냥물, 쾌락, 욕구, 필요와 근심, 비명과 울부짖음만 보며, 이것은 이 행성의 지표면이 파괴될 때까지 이 끝없는 세상에서 지속된다."**

우리 많은 부분의 삶이 투쟁이고 또 번영을 핑계로 자연에 대

---

* 전게서, p.33.
** The World and Will and Representation(Die Welt als Wille und Vorstellung, 1818), Book II, ch.28:torns, E. F,J.Payne(Newyork:Dover,1966), ii ,354, Cf. B. Magee, Schopenhauer(Oxford:Clarendon, 1983, ch. 7. 재인용.

한 상처를 가하기도 한다. 그 과정에서 수백, 수천 종의 생물들이 멸종되어버리고 지구의 생명도, 인류의 미래도 밝지만은 않을 것이라는 생각을 할 수 있다. 게다가 염세주의자들은 더욱 과장되게 표현하고 무신론을 주장하는 근거로 사용하기도 한다. 이런 상황에서 피조물의 마지막 율법이 사랑이라고 말할 수 있을 것인가에 대해 의구심을 품을 수 있을 것이다. 또 이 같은 코로나 상황에서도 과연 신에게 자비라는 것이 있는 것일까에 대해서도 반문할 수 있을 것이다.

그러나 다윈주의적 투쟁이 하나님을 세상 창조자로 보는 생각에 대해 이의를 제기한다면 그것은 창조된 우주를 보는 관점에 대한 오해에서 비롯된 것이라고 할 수 있다. 기도교적 교리는 우주는 선하며 모든 피조물은 하나님의 흔적을 지니고 있다고 말하고 있다. 또 세상이 타락한 것이고 전체 피조물이 탄식하며 고통스러워한다는 것을 사도 바울의 입을 통해 설명해주고 있다,

"피조물이 고대하는 바는 하나님의 아들들이 나타나는 것이니 피조물이 허무한데 굴복하는 것은 자기 뜻이 아니요 오직 굴복하게 하시는 이로 말미암음이라. 그 바라는 것은 피조물도 썩어짐의 종노릇 한데서 해방되어 하나님 자녀들의 영광의 자유에 이르는 것이니라. 피조물이 다 이제까지 함께 탄식하며 함께 고통을 겪고 있는 것을 우리가 아느니라."(로마서 8:19~22)

"우리가 소망으로 구원을 얻었으매 보이는 소망이 소망이 아니니, 보는 것을 누가 바라리요. 만일 우리가 보지 못한 것을 바라면 참음으로 기다릴지라. 이와 같이 성령도 우리의 연약함을 도우

시나니 우리는 마땅히 기도할 바를 알지 못하나 오직 성령이 말할 수 없는 탄식으로 우리를 위하여 친히 간구하시느니라. 마음을 살피시는 이가 성령의 생각을 아시나니 이는 성령이 하나님의 뜻대로 성도를 위하여 간구하심이니라. 우리가 알거니와 하나님을 사랑하는 자 곧 그의 뜻대로 부르심을 입은 자들에게는 모든 것이 협력하여 선을 이루느니라."(로마서 8:24~28)

인간에 대한 성서의 관점은 현재는 불완전한 상태이지만 완전한 상태로 나아가기 위한 나그네이며 순례자인 것이다. 현재는 그 나라에 닿을 수도 없고 볼 수도 없고 희미하게 이해될 뿐이지만 장차 그의 나라에 입성하게 되면 밝게 보고 완전히 이해할 수 있게 될 것이다. 그때는 지금의 고통이나 무지 등에서 벗어나 하나님의 영광 안에 들어가 함께 그것을 누리는 입장이 되는 것이다. 따라서 불완전하고 유한한 세상에 집착할 것이 아니라 완전하고 영원한 그의 나라를 소망하며 범사에 감사하고 항상 기뻐하며 쉬지 말고 기도하며 용서와 사랑, 인내와 절제를 실천하며 살아야 한다고 성경은 말하고 있다.

"우리가 지금은 거울로 보는 것 같이 희미하나 그때에는 얼굴과 얼굴을 대하여 볼 것이요 지금은 내가 부분적으로 아나 그때에는 주께서 나를 아신 것 같이 내가 온전히 알리라."(고린도전서 13:12)

프랑스 성직자 베르나르(bernard, 1090-1153)는 "교육은 인간을 유식하게 만들고, 감정은 인간을 지혜롭게 만든다"고 했다. 수많은 유명한 철학자들은 종교와 삶의 의미에 대한 모든 문제들이 서재나 세미나실에서 대답할 수 있는 문제인 것처럼 행동할 수도 있다. 그러나 영성의 실천에서 오는 계시는 합리적 논의만으로는 접근할 수 없는 영역이다.

봄의 풀잎, 가을의 단풍을 보고도 하나님의 계시나 영적 가치를 깨달을 수 있다. 영국의 시인이자 화가인 윌리엄 브레이크(William Blake, 1757-1827)는 "모래 알갱이에서 세상을 보고 야생화에서 천국을 보라"고 했다.* 물론 철학자들 중에는 그런 그를 신비주의자라고 폄하한 사람들도 있었다. 아우구스티누스의 말처럼 신의 의지에 대해 절대 의존성을 갖는 이유는 "인간이 신에 의해서만 존재 의미를 발견하고, 신에 의해서만 신에게로 나아갈 수 있으며, 신에 의해서만 인간의 최고선이라고 할 수 있는 평화와 행복이 가능하다"**고 보기 때문이다.

성서에는 믿음과 소망과 사랑으로 살 것을 권면하고 있다. 그런 말씀을 근거로 영성을 배양하는 것은 삶의 의미를 찾는데 있어서 매우 중요하다. 그렇다고 당장 삶에서 모든 것을 보장받는 것은 아니다. 다만, 우리가 걷는 길이 바른 길이고 선한 길이라면 우리가 잃을 것은 아무것도 없다. 그리고 성서의 말씀이 참이라면 그때 우리는 모든 것을 얻는다. 삶이 도박은 아니지만 어느 쪽에 삶의 의미를 부여할 것인지는 각각 자신들의 몫이다. 우리가 삶의 의미를 부여하며 살 때 자신도 모르게 거기서 기쁨을 느끼고 보람을 찾을 때가 있다. 또 그렇게 행동으로 옮길 때 문득 삶의 의미를 발견할 때가 있다.

---

* Wiliam Blake, Auguries of Innocence, from the Pickering manuscript(c.1803) 재인용.
** 김영진, 아우구스티누스의 두 지평, 이성과 의지의 조화, p.284, 한들출판사.

인자는 세상 어디에도
머리 둘 만한
곳이 없다

하늘 높이 골짜기와 산 위를 떠도는
구름처럼 외로이 헤매다
문득 나는 보았네.
수없이 많은 금빛 수선화가
호숫가 나무 아래
미풍에 흔들리며 춤추는 것을.

우리는 일상생활을 하면서 지나치다 싶을 정도로 인터넷에 의존하는 무한 정보시대에 살고 있다. 아침에 눈을 뜨면서부터 잠자리에 들기 전까지 신주단지처럼 꼭 쥐고 사는 것이 있다. 바로 휴대폰이다. 그것은 이미 우리 삶을 지배하고 있다고 해도 과언이 아니다. 이제 더 이상 선지자나 지혜자가 필요치 않아 보인다.

　과학과 기술의 진화는 종교의 설자리를 점점 없애고 있는 것처럼 보인다. 문명의 진보는 거침없이 진행되고 있고, 사람들이 꿈꾸고 생각하는 모든 것들이 현실화하는 것처럼 느껴질 정도이다.

　또한. 세상의 특이한 일들은 리얼리티 방송을 통해 섬세하게 해부되고 그 진상이 낱낱이 파헤쳐지고 있다. 미스터리라고 여겨졌던 수많은 일들과 일종의 풍습으로까지 자리 잡았던 미신들도 그 설자리를 점차 잃어가고 있다. 심지어 이적이나 계시도 더 이상 신의 영역으로 생각하지 않는다. 다만 시간문제이지 언젠가 그 영역에 도달할 것을 전혀 의심하지 않고 있다.

　하나님께서 모세에게 이스라엘 자손을 애굽의 속박으로부터 해방시키는 사명을 확증하기 위하여 이적들을 허용하셨지만 오히려 그것은 바로의 마음을 더욱 강퍅하게 할 뿐이었다. 바로는 "이적을 보이라"고 말했다(출7장9절). 그러나 그는 이적을 보고도 전혀 만족하지 않았다(13절).

하나님이 이적을 베푸신 이유는 단순히 자신의 존재를 알리려고 하신 것은 아닌 것 같다. 하나님께서 엘리야의 젖은 제단을 태우고 바알 선지자에게 수치를 안겨주기 위해 불을 보내셨을 때도 모든 백성이 "여호와 그는 하나님이시로라. 여호와 그는 하나님이시로라"라고 말했지만,(왕상18장39절) 그 사건으로 인해 하나님을 확신한 사람은 없었다. 오히려 예수님과 대화했던 우물가의 여인은 깊은 감동을 받았을 뿐 아니라 온 동네를 다니며 사람들을 불러 모아 예수님께로 인도하였다.

예수님은 표적을 구하는 무리를 책망하셨고 죽어서 음부에 들어간 어느 부자의 비유를 통해서도 말씀하셨다.(눅16장19~31) 부자는 친지들에게 돌아가서 증언하게 해줄 것을 아브라함에게 요청하지만 아브라함은 성서를 믿지 못한 자는 이적을 목격해도 마음을 바꾸지 않을 거라고 말한다(31절). 그리고 예수님도 나중에 보지 않고 믿는 것이 더 복되다고 말씀하셨다.(요20장29절)

신약성서에서 볼 수 있는 이적들은 하나님의 존재를 입증하기 위해서라기보다는 예수님이 하나님이심을 입증하기 위한 것으로 이해할 수 있다. 이적은 또 다른 언어요 표현수단이라고 할 수 있는데, 다름 아닌 하나님의 신성을 보여주신 것이라고 할 수 있다.

사실 가만히 생각해보면 웃기는 사실이 하나 있다. 사람들은 하나님이 세우신 거처에 살면서 자신들이 주인 행세한다는 것이다. 엄연히 주인이 계시다는 것을 수없이 얘기해줘도 도대체 믿으려 하지 않는다.

어찌 보면 지금 세상은 르네상스 시대보다 더 인본주의적이고 훨씬 다양한 인간의 창조능력에 도취되어 교만의 극치에 이르러 있음을 알 수 있다. 동서고금을 막론하고 우상이 없었던 시대는 없었던 것 같다. 그러나 그 어떤 시대의 그것보다 강력한 우상이 나타났다. 바로 돈이다. 게다가 하나님보다 가족보다 친구보다 자기를 사랑하는 정도가 이루 말로 형언할 수 없을 정도다.

또 하나 우리가 알아야 할 사실은 해 아래 새로운 것은 없다는 것이다. 이것이 하나님께서 말씀하시는 진리다. 우리가 창조했다고 생각하는 것들이 이미 하나님의 작품이라는 사실이다. 만약 자신이 한 일이 있다면 영감을 받아 아이디어를 내는 수준인데 마치 전적으로 자신의 창작품인양 자신의 이름을 내걸고 표절하는 꼴에 불과하다는 것이다. 사람들은 하나님 없이도 과학과 기술의 힘으로 끊임없이 새로운 것을 창조하고 있고 또 계속 진화할 수 있다고 믿고 있다. 스스로 기적 같은 일을 창조해가고 있기 때문에 더 이상 기적은 믿지 않으려 한다.

그러나 하나님 나라는 태초에 임했었고 현재 임하고 있으며 또 장차도 임할 것이다. 우리 노력으로 이 실재를 더할 수 없듯이 우리 불신으로 이것을 훼방할 수도 없을 것이다. 영적인 분별력이 없는 자에게는 이적이 아무런 의미가 없을지도 모르겠다.

중력은 발견되기 전부터 이미 자연법칙 가운데 하나로 존재했고, 밭의 보화는 발견되기 전까지 사람들에 의해 무수히 밟힌 채 묻혀 있었다(마 13:44). 하나님의 계획 가운데 하나는 자연주의적 유토피아와 영지주의적 지복(至福)개념을 타파하는 것이라고 할 수 있다. 지금은 그리스도의 복음과 그의 나라가 선포됨으로써 하늘과 땅이 연결되어 있으며 따라서 그의 나라는 믿는 자에게 열려 있다.

이런 진리와 우리 실체를 제대로 파악하고 진단한다면 우리가 그리스도로 말미암아 생명을 얻는 것이야말로 기적이 아니라고 말할 수 없을 것이다.

에베소서(2장1~3절)를 보면 우리의 실체를 잘 알 수 있다. 세상과 육적인 소욕에 사로잡혀 불순종의 극치를 보여줌으로 말미암아 우리는 본질상 진노의 자녀이었다. 어쩌면 죽은 시체보다 더 처참한 우리를 살리신 극적인 처방, 그것이야말로 기적이라는 말 이외의 다른 표현을 찾을 수 없다. 그것이 바로 하나님 복음의 핵심이 아닐까 생각한다.

복음서들을 보면 예수께서 하나님이 복음을 전하러 오셨다고 기록하고 있다. 특히 마태복음, 마가복음에서는 그의 나라가 가까워져왔음을 알게 한다. 하나님의 주권, 임재의 선포가 바로 그것이다. 이것은 하나님께서 우리에게 은혜로 주신 약속의 성취이기도하다. 하나님 나라의 도래는 하나님의 뜻이 하늘에서처럼 땅에서도 이루어지는 것이다.

세상은 갈수록 죄악, 불평등, 무자비, 교만, 미움, 억울함, 분통, 증오 등이 극대화하는 방향으로 치닫고 있다. 그리고 그 끝에 사망이 기다리고 있음을 우리는 잘 알고 있다. 예수님은 세상의 구속으로부터 자유를 얻게 하셨고 그의 나라에 들어갈 수 있는 유일한 길임을 가르쳐주셨다. 그럼에도 불구하고 사람들은 하나님의 능력이나 지혜를 구하는 목적이 자신의 건강, 출세, 행복 등 철저히 자신들의 욕심을 채우는 데 있다.

십자가의 도, 그 안에 감춰진 비밀, 그리고 측량할 수 없는 긍휼과 은혜를 깨닫지 못한다면 하나님께 순종하거나 경외할 수 없을 것이고, 누군가를 전도하거나 진심으로 이웃을 사랑하는 일은 기대하기 어려울 것이다. "여우도 굴이 있고 공중의 새도 거처가 있으되 인자는 머리 둘 곳이 없다"(마8장20절)며 탄식하신 예수님의 말씀을 깊이 묵상하면서 지금 내가 해야 할 일과 하지 말아야 할 일들에 대해 차분히 생각하게 된다.

서정시의 대가로 알려진 영국시인 윌리엄 워즈워드(William Wordsworth, 1770-1850)는 영국에서 뛰어난 시인에게 주어진 계관시인(桂冠詩人)이란 칭호를 얻을 정도로 명성을 떨쳤다. 그가 쓴 시 가운데 우리나라 사람들에게 가장 친숙한 시는 흔히 〈수선화〉라는 제목으로 알려진 시일 것이다. 그러나 여기에서는 동일한 시이지만 다른 제목으로 붙여진 것을 소개하려 한다. 이 시는 수선화를 육안이 아닌 심안으로 볼 때 그 진정한 아름다움을 느낄 수 있으며, 그 마음의 눈은 홀로 고요함 속에 있을 때 열리게 된다는 의미로 여겨진다.

사물의 본질을 파악함에 있어 인간의 육체적인 감각은 오히려 장애가 될 수 있고 오직 마음의 눈이라고 할 수 있는 상상력만이 그것을 가능하게 해줄 것이라고 말하고 있는 듯하다. 아울러 누군가 표면적으로 그 대상을 이해하는 데 그칠 때, 그 본질을 이해하지 못하고 오히려 외롭게 할 수 있음을 시사하고 있다. 수선화는 연인을 혹은 신을 상징적으로 표현하고 있는데 춤을 추기 위해서는 마음이 하나가 되어야 하고 또 손을 맞잡아야 한다. 그래야 기쁨이 배가 되는 것이 아니겠는가.

〈나 구름처럼 외로이 헤맸네〉

하늘 높이 골짜기와 산 위를 떠도는
구름처럼 외로이 헤매다
문득 나는 보았네.
수없이 많은 금빛 수선화가
호숫가 나무 아래
미풍에 흔들리며 춤추는 것을.

빛나며 반짝이는 은하수의 별들처럼 끊임없이
그것들은 만(灣)의 가장자리 따라
한 없이 열 지어 뻗쳐 있었네.
나는 한 눈에 보았네.
수천 개가 머리를 흔들며 흥겨이 춤추는 것을.

그들 옆에 물결도 춤추었으나
그들의 기쁨은 반짝이는 물결보다 더 했네.
이렇듯 즐거운 친구와 있으니
시인이 기쁘지 않을 수 있었겠는가.
나는 보고 또 보았네.
그러나 이 광경이 내게
얼마나 많은 것을 가져왔는지 미처 생각 못했네.

이따금, 멍하니 혹은 생각에 잠겨
침대에 누워 있을 때면,
그것들은 고독의 축복인
심안에 반짝이네.

그러면 내 마음 기쁨에 넘쳐

수선화와 함께 춤을 추네.*

우리가 하나님의 뜻을 헤아리고 동행할 때 우리 삶은 외롭지 않을 것이다. 우리가 인자의 뜻을 헤아리기 위해서는 우리 안의 심안 혹은 영성이 발휘되지 않으면 불가능하다는 점을 말해준다.

---

* 윤정묵, 해설이 있는 영시, pp.333-334, '나 구름처럼 외로이 헤맸네', 전남대학교출판문화원, 2017.

목적이 있는 삶

자네는 목적을 모르기 때문에 길을 잃은 거라네!
목적이야말로 우리의 인생에 방향을 부여하는 궁극의 안내체계지.
목적은 열정에 불을 지펴주고,
그 열정은 우리에게 꿈을 좇을 수 있는 자신감과 활력을 불어넣어주지.
목적 없이 사는 것은,
바람에 날리는 먼지처럼 정처 없이 삶을 떠도는 것이라네.

삶의 열정이 식어버렸거나 목표를 잃어버린 사람에게 권하고 싶은 책이 있다. 바로 존 고든(Jon Gordon)의 《씨드(Seed)》* 라는 책이다. 누구보다도 열정적이었고 창의적인 아이디어와 에너지가 넘쳤던 주인공 조시의 2주간의 휴가여행을 통해 그 해답을 찾아가는 이야기를 담은 내용이다.

　이 책의 서문이라고 할 수 있는 저자의 '독자에게 드리는 편지'에서는 다음과 같이 시작한다.

　"어떤 농부가 당신에게 한 알의 씨앗을 주면서, 그것이 당신에게 인생의 목적을 보여줄 테니 가장 적당한 장소를 찾아 심으라고 한다면 어떻게 하시겠습니까? 당신이라면 이 도전에 응하시겠습니까? 자신의 목적을 찾는 여정을 시작하시겠습니까?"

　물론 이 책은 주인공 조시에게 하는 말이지만 이 세상을 사는 모든 사람에게 해당되는 질문이기도 하다. 직장 상사로부터 열정

───────────

* 　존 고든 저/정향 역, 씨드, ㈜영림카디널.

이 식었다는 지적을 받고 다시 한 번 새롭게 추스를 수 있는 2주간의 휴가를 얻게 된다. 조시는 휴가 첫날 넓은 옥수수 농장과 거기에 조성된 옥수수 밭 미로를 가게 되었다. 조시는 우연히 마주친 친구들과 누가 가장 빨리 미로를 탈출할 것인지 내기를 했다. 그런데 조시는 길을 잃고 말았다. 방향을 알려달라고 기도하기 위해 눈을 감았고, 눈을 떴을 때 늙은 농부가 눈앞에 있었다. 그 농부는 조시의 이름을 불렀다. 조시는 깜짝 놀라 제 이름을 어떻게 아느냐고 질문했다. 그러자 농부가 대답했다.

"나는 이 미로에 오는 모든 사람을 다 알고 있지. 나는 길 잃은 사람을 아주 많이 봐서 척 보면 알 수 있지. 자네 역시 길을 잃고 헤매고 있군. 하지만 걱정할 일은 아니야. 자네 같은 사람들이 수백만 명 있거든. 사람들은 뭔가를 찾아 이 미로에 오지. 직업과 배경, 연령은 천차만별일세. 꿈의 직업을 찾아오는 사람도 있지. 즐거움과 행복을 찾아오는 사람도 있고. 또 일에서 의미를 찾기 위해 오는 사람도 있네. 역경과 마주해서 의심과 불안에 시달리는 사람도 있지. 이들은 모두 답을 찾아 헤매면서, 누군가가 다음에 할 일을 말해주길 바라지. 그러다가 나를 만나고, 그러면 나는 그들이 원하는 인생을 만들어가는 데 필요한 교훈을 미로에서 얻을 수 있다고 말해준다네. 아까도 말했지만 나는 사람들이 길을 찾도록 도와주거든, 내 말을 들으면 미로를 빠져나가는 방법뿐 아니라 인생의 방향도 찾을 수 있을 걸세."

그리고 농부는 계속해서 말을 이어갔다.

"자네는 목적을 모르기 때문에 길을 잃은 거라네! 목적이야말로 우리의 인생에 방향을 부여하는 궁극의 안내체계지. 목적은 열정에 불을 지펴주고, 그 열정은 우리에게 꿈을 좇을 수 있는 자신감과 활력을 불어넣어주지. 목적 없이 사는 것은, 바람에 날리는 먼지처럼 정처 없이 삶을 떠도는 것이라네. 마치 죽은 자가 일어나서 산 자들 사이를 배회하는 것과 같지. 하지만 목적을 찾으면, 세상이 굴러가게 하는 힘을 찾을 수 있다네. 존재 이유를 찾는 거야. 자네가 가야하는 길을 찾게 되고, 그 길을 잘 따라가는 데 필요한 열정을 찾게 된다네."

잠시 후에 조시는 소형 비행기를 타고 창공에서 옥수수 밭의 미로를 보게 되었다. 고소공포증이 있어 처음에는 눈을 감고 있었는데 조종사의 권유로 용기를 내어 눈을 뜨자 지금까지 보았던 것 중 가장 아름다운 해넘이 장면을 볼 수 있었다. 그리고 옥수수 밭 미로가 보였다. 조금 전 길을 잃어버렸던 미로의 입구와 출구가 너무 선명하게 보였다. 그곳에서 길을 잃고 불안해했던 자신이 우스웠다. 조종사는 소리쳐 말했다.

"여기서 보면 모든 게 뚜렷해져요. 나는 조종사 일이 좋아요. 미로 위를 날 때마다 신께서 우리에게 바라시는 세상에 대한 관점을 생각하게 되니까요. 당신이 비행기에서 미로를 내려다보는 것처럼, 신께서는 당신의 시작과 중간, 끝을 보고 계세요. 길을 잃은 것 같지만, 신께서는 당신이 어디서 출발했는지, 지금 어디에 있는지, 어디로 가야하는지 알고 계시죠. 높은 관점에서 매사를 보면 큰 그림이 뚜렷이 보여요. 당신도 할 수 있어요. 그렇게만 하면,

당신을 목적지로 데려다 줄 길이 있다는 믿음을 갖고 앞으로 나갈 수 있죠. 목적지에 도달하도록 이끌어 달라고 기도만 하면 돼요."

조시의 아버지도 조시를 위해 조언을 아끼지 않았다.

"지구와 태양 사이의 거리가 약 1억 5000만 킬로미터인데, 조금만 더 가까웠어도 너무 뜨거워서 생명이 살지 못했을 거라고 하더구나. 조금만 더 멀었어도 너무 추워서 생명이 살지 못했을 거고, 아주 완벽한 거지. 우리는 우연히 생겨난 게 아니라 조건이 맞아떨어졌기 때문에 생겨난 거란다. 우리는 목적이 있어서 존재하는 거야. 내게도 목적이 있고, 모두에게 목적이 있지. 네가 목적을 찾아 나섰다니 나는 더 이상 기쁠 수가 없구나."

농부는 세상에 살면서 비관자들도 만나게 되고 또 자신이라는 비평가는 그 누구보다도 위험하고 자네의 꿈을 좌절시킬 수 있다고 조언했다.

"신의 생각은 자네의 생각보다 더 깊고, 신이 자네의 삶에 대해 세운 계획은 스스로의 계획보다 더 크다는 것을 기억하게. 자네의 생각을 믿기보다는 신의 계획을 더 믿는다면 자네가 생각했던 것보다 더 큰 성공을 이루게 될 걸세. 다른 사람하고 달라지려고 노력할 필요는 없다네. 단지 큰 바람을 가지고 노력한다면 신은 자네의 의혹을 극복하게 하고 축복해 줄 걸세. 자네는 그 축복을 가지고 다른 사람들을 도울 수 있게 될 거야."

조시는 흙을 담은 화분을 가져다 농부가 준 씨앗을 심었고 그것을 책상 위에 올려놓았다. 아버지는 언제나 그에게 겨자씨는 가장 작은 씨앗이지만 정원의 나무 중 가장 크게 자란다고 말했다. 그래서 그는 화분을 책상 위에 놓고 다른 사람을 위하는 것은 작은 일이지만, 작은 일은 곧 큰일이며 그 큰일은 다시 작은 일이 될 것이라고 혼자 생각했다. 그는 농부처럼 씨앗을 주는 사람이 되고 싶었다. 그는 자신의 목적을 찾는 사람들을 격려하고 그 사람들에게 씨앗을 건네고 싶었다. 이 책은 "결국 삶은 사람들이 스스로 풀어야만 하는 것이다"라고 끝맺고 있다.

그렇다. 우리가 스스로 풀면 하늘도 돕는다.

"내가 천국 열쇠를 네게 주리니 네가 땅에서 무엇이든지 매면 하늘에서도 매일 것이요 네가 땅에서 무엇이든지 풀면 하늘에서도 풀리라 하시고."(마태복음 16:19)

스테니스라우스 케네디는 자신의 저서 《영혼의 정원》*에서 다음과 같이 기술하고 있다

"부정적인 행동이 위력적인 것처럼 긍정적인 행동 역시 마찬가지입니다. 우리가 삶을 사랑하고 사람들을 사랑하기로 선택한다면 우리는 긍정적인 태도가 긍정적인 반응을 이끌어낸다는 것을 깨닫게 될 것입니다. 미소는 미소를 부릅니다. 존경은 존경을 낳

* 윌리엄 블레이크 저/서강목 역, 블레이크시선, p.222, 지식을 만드는 지식.

습니다. 감사는 감사를 만듭니다. 평온하고 침착한 태도는 삶의 긴
장과 스트레스를 완화시켜줍니다."

그리고 그는 영국의 시인 프랜시스 톰슨(Francis Thompson)의 시
한 수를 소개한다.

오, 보이지 않는 세상이여
우리는 너를 본다.
오, 만질 수 없는 세상이여
우리는 너를 만진다.
오, 알 수 없는 세상이여
우리는 너를 안다.

우리가 보는 것들이 모두 본질은 아니고 우리가 만지는 것들이
모두 실체는 아니며 우리가 알고 있는 것들이 모두 진리는 아니
다. 그럼에도 불구하고 우리는 습관처럼 그저 보고, 만지고, 알아
가고 있다.

무엇을 위하여 누구를 위하여 우리는 인생이라는 항해를 하는
가? 존 던(John Donne)의 시 〈누구를 위하여 종은 울리나〉는 우리
의 삶에 대해 보다 진지하게 생각하게 한다.

"인간은 누구의 섬이 아니며, 스스로 완전한 것도 아니다.
누구나 대륙의 한 조각이며, 본토의 한 부분이다.
흙덩이가 바닷물에 씻겨 내려가면, 유럽은 그만큼 작아진다.
어떤 모래톱이 잠겨도 마찬가지다.

그대의 친구들이나 그대 자신이 소유한 땅이 잠겨도 마찬가지다.

어떤 사람의 죽음도 결국 나를 감소시킨다.

왜냐하면 나 역시 인류에 포함되어 있기 때문이다.

그러므로 누구를 위해 종이 울리는지를 알기 위해 사람을 보내지 말라.

종은 그대를 위해 울린다…….”*

우리는 대륙의 한 조각이고 타인과도 무관하지 않는 존재라는 관점에 주목할 필요가 있다. 남의 불행이 나의 행복이 될 수 없고, 나의 행복이 남의 불행으로 이어져서는 안 되는 논리다.

“나는 참 포도나무요, 내 아버지는 농부라 무릇 내게 붙어 있어 열매를 맺지 아니하는 가지는 아버지께서 그것을 제거해 버리시고 무릇 열매를 맺는 가지는 더 열매를 맺게 하려하여 그것을 깨끗하게 하시니라. 너희는 내가 일러준 말로 이미 깨끗해졌으니 내 안에 거하라 나도 너희 안에 거하리라 가지가 포도나무에 붙어 있지 아니하면 스스로 열매를 맺을 수 없음 같이 너희도 내 안에 있지 아니하면 그러하리라.”(요한복음 15:1~4)

예수께서 강조하신 포도나무와 가지 비유에서 알 수 있듯이 모든 사람이 한 지체라는 말씀과도 일맥상통한 이야기다. 진리의 종은 항상 나를 위해 울리고 있다. 그러나 종소리의 의미를 해석하는 것은 각자에게 있다.

---

* 노진희 저, 지금은 여시를 읽어야 할 때, p.215, 누구를 위하여 종은 울리나(존 던), 알투스, 2015.

어느 늦가을 나들이에서 볼 수 있었던 시골마을 감나무 위에 남겨진 까치밥이 있는 풍경을 떠올리며 더불어 사는 지혜를 생각해 본다.

〈까치밥이 있는 풍경〉

사막 같은 도시풍경
단조로운 일상으로부터 벗어나
집을 나설 때면
작은 설렘이 한 발쯤 앞서가며
발걸음을 재촉합니다.

한적한 가을 들녘
옹기종기 내려앉은 농가
야트막한 산들이 만들어 낸 하늘 맞닿은 선

보여지는
장면마다
넉넉함이 있습니다.

까치도
날개 짓으로 한몫 거들며
길손을 반가이 맞아주는 듯합니다.

이미 수확이 끝난 듯한 감나무에는
인색하지 않을 만큼의 진한 주황빛 감들이
까치 몫으로 남겨져 있습니다.

그리 멀지 않은 곳으로부터 들려오는
까치들의 지저귐에는 정겨움이 배어 있고
감사와 희망이 묻어나며
그래도 세상은 살만하다고 노래하고 있는 것 같습니다.

전원의 풍경은
무엇으로도 견줄 수 없는 기품이 있습니다.
그것이 동양화에서나 볼 수 있는 절경을 담고 있기 때문은 아
닐 것입니다.

나지막한 울타리
열어 젖혀진 사립문
아담한 초가지붕 위에 탐스럽게 누워 있는 박
그저 이런 소담스런 풍경이 말해주듯

어쩌면
거기에 사는 사람들이
자연과 이웃과 더불어 사는 지혜와
까치밥을 남겨둘 정도의 여유가 있기 때문인지도 모르겠습니다.

까치밥이 있는 풍경은
함께 나누는 것이 무엇인지를
더불어 사는 것이 무엇인지를
말해주고 있는 듯합니다.

지금 우리 시대에는
소울메이트가 필요하다

인생은 영혼으로 사는 것이며
다른 아무 것도 없다.
사랑과 웃음이 늘 함께하지만,
고통과 번뇌 역시 마찬가지이다.

흔히 우리는 영혼의 단짝을 소울 메이트(Soul mate)라고 부른다. 사실 어느 정도 대화만 되고 취향이 비슷하면 좋은 친구임에 틀림이 없다. 하지만 마음을 넘어 영혼까지 소통이 가능하다면 얼마나 좋은 친구일까? 생각만 해도 가슴 뿌듯해진다. 이런 친구가 주변에 있나요? 아니 정작 나 자신은 있는가? 뜬금없이 주변의 한 사람 한 사람을 소환하여 떠올려 보게 된다. 서로 배려해주고 서로 기쁨과 슬픔을 함께 할 수 있는 친구만 가까이 있어도 얼마나 든든한지 모른다. 그러나 소울 메이트는 마음만 맞는 정도가 아니라 정신세계까지도 깊게 교분을 나눌 수 있어야 한다.

　사실 사이좋은 친구 간에도 종교가 다르거나 신앙관이 다르면 자칫 다툼의 원인이 되기도 한다. 그럴 경우 마음이 맞고 취향이 같아도 그 선을 넘기란 여간 어려운 일이 아니다. 그래서 소울 메이트 한 사람은 얼마나 귀한 보배인지 모른다. 그런 친구의 조건은 동성이건 이성이건 관계없다. 또 나이가 적건 많건 상관없다. 또 가족일 수도 있고 이웃일 수도 있다. 자신의 속내를 허심탄회하게 터놓고 이야기할 수 있어야 하고 그것을 후회하지 않을 수 있어야 한다.

"기쁨은 나누면 두 배가 되고 슬픔은 나누면 절반이 된다"는 명언이 있다. 하지만 현실은 늘 그런 것만은 아니다. 기쁨을 나누니 질투가 되어 돌아오고 슬픔을 나누니 약점이 되어버린다. 뿐만 아니라 친절을 베풀고 배려하는 삶을 살다보면 바보가 되는 세상이다. 이 얼마나 서글픈 세상인가? 왜 이런 일이 생기는 걸까? 적지 않은 사람들이 피상적인 세상을 좇고 그것에 행복이 있다고 눈길을 주며 그런 것들에 집착하기 때문은 아닐까.

아름다운 우정하면 제일 먼저 떠오르는 시가 있다. 바로 유안진 님의 〈지란지교를 꿈꾸며〉다.

"저녁을 먹고 나면 허물없이 찾아가 차 한 잔을 마시고 싶다고 말 할 수 있는 친구가 있었으면 좋겠다. 입은 옷을 갈아입지 않고 김치 냄새가 좀 나더라도 흉보지 않을 친구가 우리 집 가까이에 있었으면 좋겠다.

비 오는 오후나 눈 내리는 밤에 고무신을 끌고 찾아가도 좋을 친구, 밤늦도록 공허한 마음도 마음 놓고 열어 보일 수 있고, 악의 없이 남의 얘기를 주고받고 나서도 말이 날까 걱정되지 않는 친구가 …

사람이 자기 아내나 남편, 제 형제나 제 자식하고만 사랑을 나눈다면 어찌 행복해질 수 있으랴. 영원히 없을수록 영원을 꿈꾸도록 서로 돕는 진실한 친구가 필요하리라.

(중략)

우리는 흰 눈 속 참대 같은 기상을 지녔으나 들꽃처럼 나약할 수 있고, 아첨 같은 양보는 싫어하지만 이따금 밑지며 사는 아량도 갖기를 바란다.

우리는 명성과 권세, 재력을 중시하지도 부러워하지도 경멸하지도 않을 것이며, 그보다는 자기답게 사는 데 더 매력을 느끼려 애쓸 것이다.

우리가 항상 지혜롭진 못하더라도, 자기의 곤란을 벗어나기 위해, 비록 진실일지라도 타인을 팔진 않을 것이다.

(중략)

우리의 손이 비록 작고 여리나, 서로를 버티어 주는 기둥이 될 것이며, 우리의 눈에 핏발이 서더라도 총기가 사라진 것이 아니며, 눈빛이 흐리고 시력이 어두워질수록 서로를 살펴 주는 불빛이 되어 주리라.

그러다가 어느 날이 홀연히 오더라도, 축복처럼 웨딩드레스처럼 수의를 입게 되리라.

같은 날 또는 다른 날에라도.

세월이 흐르거든 묻힌 자리에서 더 고운 품종의 지란이 돋아 피어, 맑고 높은 향기로 다시 만나지리라."

성서에도 진한 소울 메이트를 자랑하는 이들이 있다. 그 가운데 바울과 바나바를 빼놓을 수 없다. 좋은 친구는 서로를 잘 세워주는 사람이 되어야 할 것이다. 현실 사회는 어떻게든 남을 쓰러뜨려야 내가 살 수 있다는 생각, 적어도 남을 앞서야 한다는 강박관념이 자리 잡고 있다. 말하자면 무한 경쟁사회의 구도 안에서 서로가 희생자가 되고 마는 것이다. 학교에서, 직장에서, 사회에서 소울 메이트를 만나기 힘든 이유가 그때문이다.

바울은 잘 알려진 바와 같이 복음에 대한 열정이 대단했다. 다메섹 도상에서 예수님을 만난 후로는 죽으나 사나 자신을 주님의 것으로 고백하며 주님을 위해 헌신하고 또 헌신했다. 바울이 이러한 삶을 살게 된 것은 첫째, 강권적인 주님의 사랑과 은혜를 느꼈기 때문이다. 둘째로는 사람을 믿어주고 세워준 바나바의 역할이 있었기 때문이다.

사람은 어떤 일을 도모할 때 혼자서는 할 수 없는 일이 많다. 바울도 바나바의 도움이 없었다면 위대한 사도가 될 수 있었을까 생각할 정도로 큰 도움이 있었다. 하나님이 맺어준 영혼의 단짝이었던 셈이다. 예수님을 극적으로 만나 변화된 바울을 처음에는 사람들이 곧이곧대로 믿어주지 않았다. 그가 믿기 전에 했던 일이 믿은 후와는 전혀 다른 사람으로 예수님과 그를 따르는 사람들을 박해했었기 때문이다.

이때 신실한 바나바가 나서서 예루살렘 교회 지도자들에게 바울의 신원을 보증해주었다. 결국 바나바의 보증으로 이내 사도들도 바울을 받아주게 되었고 엄청난 사역을 완수하게 되었다. 바나바는 안디옥교회에서 목회하던 초대교회 지도자 중 한 명이었다. 그런데 이후 바울을 앞세우는 겸손한 동역자로 활동하였다. 바울은 이제 자유스럽게 예루살렘을 드나들면서 맘껏 복음을 전할 수 있게 되었다. 교회들이 세워지고 구원받는 사람 수가 더욱 많아졌다. 바나바처럼 주 안에서 귀한 사람을 알아보고 존중하며 믿고 세워주는 것, 그것이 진정한 친구를 얻을 수 있는 비결이라고 할 수 있다.

"사울이 예루살렘에 가서 제자들을 사귀고자 하나 다 두려워하여 그가 제자 됨을 믿지 아니하니 바나바가 데리고 사도들에게 가서 그가 길에서 어떻게 주를 보았는 지와 주께서 그에게 말씀하신

일과 다메섹에서 그가 어떻게 예수의 이름으로 담대히 말하였는지를 전하니라."(사도행전 9:26~27)

또 하나 아름다운 우정이 깃든 이야기가 있다. 다윗과 요나단의 이야기다. 요나단을 친구로 둔 다윗은 참 행복한 사람이었다. 왜냐하면 요나단은 다윗을 자신의 생명처럼 사랑했기 때문이다. 요나단의 아버지인 사울 왕은 다윗을 죽이려고 결심했다. 그런데 요나단은 아버지 뜻과 달랐고 자신의 목숨을 걸고서라도 친구인 다윗을 지켜주겠노라고 맹세할 정도였다.

"다윗에 대한 요나단의 사랑이 그를 다시 맹세하게 하였으니 이는 자기 생명을 사랑함과 같이 그를 사랑하였음이라."(사무엘상 20:17)

요나단은 무사히 다윗을 죽음에서 피하도록 도움을 주었고 아쉽지만 헤어지게 되었다. 그 장면에서도 그들의 우정은 빛을 발하였다. 이런 사이야말로 영혼의 단짝이라고 할 수 있지 않을까.

"요나단이 다윗에게 이르되 평안히 가라. 우리 두 사람이 여호와의 이름으로 맹세하여 이르기를 여호와께서 영원히 나와 너 사이에 계시고 내 자손과 네 자손 사이에 계시리라 하였느니라 하니 다윗은 일어나 떠나고 요나단은 성읍으로 들어가니라."(사무엘상 20:42)

모든 인생에는 고통이 없을 수 없다. 다만, 고통 뒤의 더 좋은 일을 상상하면서 견뎌내는 것이 중요하지 아니겠는가. 큰 틀에서 내 영혼은 하나님 소관이고, 삶을 영위하면서 내 영혼을 기쁘게 하는 데에는 영혼을 나눌 수 있는 친구가 필수적이리라. 《세상에서 가장 아름다운 용기》의 저자 켄 윌버(Ken wilber)는 영혼에 대해 누구보다도 관심 있는 작가인데 그 만큼 주옥같은 명언들도 많이 남겼다. 그 가운데 하나를 소개한다.

"인생은 영혼으로 사는 것이며
다른 아무 것도 없다.
사랑과 웃음이 늘 함께 하지만,
고통과 번뇌 역시 마찬가지이다."*

영혼이 소통하면 물질이나 권력이나 명예는 보이지 않는다. 또 외모나 체면 등 피상적인 것들로부터 휘둘리지도 않는다. 나는 가끔 외로움을 느낄 때면 허물없이 마음을 나누는 사람들을 떠올려 본다. 영혼이 따뜻해짐을 느낀다.

* 스태니 슬라우스 케네디 저/이해인 외 역, 영혼의 정원, p.351, 도서출판 열림원, 2020.

우리는 매 순간
선악과를 마주한다

세상이 당신에게 권하는 것을 무조건 순응하기보다,
우리가 정말 원하는 것이 무엇인지를 아는 것이야말로
우리의 영혼을 살아 있게 한다.

에덴동산에서 아담과 하와가 마주했던 선악과는 한낱 역사 속 이야기의 한 장면에 불과한 것일까? 나는 종종 그런 생각을 해본다. 아담과 하와가 선악과를 따먹지 않았다면 얼마나 좋았을까. 그렇다면 지금 우리가 이런 어지럽고 유한한 세상이 아니고, 에덴동산에서 걱정 근심에서 벗어나 오직 희락을 맛보며 영원한 삶을 누리며 살고 있지 않겠는가.

또 생각해본다. 그리고 그들 대신 내가 에덴동산에 있었다면 그 열매를 따 먹지 않고 믿음을 지킬 수 있었을까. 나의 대답은 '아니다'이다. 그들과 똑같았을 것이라는 생각이다. 지금 나의 믿음으로는 어림도 없다. 평소의 자신을 떠올려보면 보암직하고 먹음직한 것을 물리치고 순순히 영혼의 지복(至福)에만 흡족해하며 살지 못했음을 솔직히 고백할 수밖에 없다.

결국 인간에게 전적으로 자유가 주어졌을 때 그 자유를 선한 곳에만 사용할 사람이 도대체 얼마나 있겠는가? 아담과 하와가 실패했었고, 예수님을 직접 대면했던 당시 수많은 제자들로 마찬가지로 똑같은 우를 범했었다.

그렇다면 그때 상황과 지금은 무엇이 다른가? '믿음'이라는 단어에 주목할 필요가 있다. 그 믿음의 대상은 누구이고, 또 무엇을 믿어야 할 것인가가 매우 중요하다.

그 전에 우리가 숙지해야 할 것이 있는데 우리는 하나님의 형상을 닮도록 창조되었다는 점이다. 그렇다고 하나님처럼 완벽한 것은 아니다. 왜냐하면 하나님과 똑같은 존재로 창조되었을 리 만무하기 때문이다. 하나님과 우리의 관계는 창조자와 피조물의 관계라는 사실을 잊어서는 안 될 것이다.

다만, 하나님은 선하신 분으로 우리의 행복을 바라신다는 점이다. 그 수준은 하나님이 정할 따름이고 우리는 더 높은 곳을 향하여 소망을 가질 뿐이다. 말하자면 하나님을 전적으로 의지하고 신뢰를 보여준다면 하나님의 전지전능한 그늘 아래서 가늠할 수 없을 만큼 크고 깊은 그분의 은총을 누릴 수 있을 것이다. 하지만 다른 방법으로 하나님처럼 높은 자가 되고 싶어 한다면 그것은 죄를 낳게 되고 말 것이다. 사탄은 이 점을 집중적으로 공략하고 유혹하여 성공을 거둔 셈이다.

"너희가 그것을 먹는 날에는 너희 눈이 밝아져 하나님과 같이 되어 선악을 알 줄 하나님이 아심이니라. 여자가 그 나무를 본즉 먹음직도 하고 보암직도 하고 지혜롭게 할 만큼 탐스럽기도 한 나무인지라 여자가 그 열매를 따먹고 자기와 함께 있는 남편에게도 주매 그도 먹은지라."(창세기 3:5~6)

그러나 예수님은 달랐다. 하나님 자신이 사람의 몸으로 오셔서 전적으로 인간과 똑같은 입장에서 삶을 사셨지만, 온갖 유혹이나 고통에도 굴하지 않고 믿음으로 승리하셨다는 점에 주목할 필요가 있고 또 우리 믿음의 자세가 어떠해야 하는지 적용해볼 필요가 있을 것이다.

"마귀가 또 예수를 이끌고 올라가서 순식간에 천하만국을 보이며 이르되 이 모든 권위와 그 영광을 내가 네게 주리라. 이것은 내게 넘겨준 것이므로 내가 원하는 자에게 주노라. 그러므로 네가 만일 네게 절하면 다 네 것이 되리라. 예수께서 대답하여 이르시되 기록된 바 주 너의 하나님께 경배하고 다만 그를 섬기라 하였느니라."(누가복음 4:5~8)

요즘 세상은 진실보다 더 진실 같은 거짓, 명품보다 더 명품 같은 짝퉁, 진리를 거스르는 가짜 뉴스들과 정보들이 범람하고 있다. 만약 사람들이 분별력을 갖지 못한다면 우리 영혼은 그 속임수에 다시 넘어갈 수밖에 없는 취약한 환경에 노출되어 있다. 어떻게 해야 특정 정보나 지식을 편식하지 않고 세뇌당하지 않으며 넘어지지 않고 살 수 있을 것인가.

신명기 기자는 모든 선이 하나님으로부터 온 것이 아님을 강조하며 하나님이 아닌 다른 것들에 마음을 빼앗기는 것을 극도로 경계하라고 권면하고 있다.

"너희는 스스로 삼가라 두렵건대 마음에 미혹하여 돌이켜 다른 신들을 섬기며 그것에 절하므로 여호와께서 진노하사 하늘을 닫아 비를 내리지 아니하여 땅이 소산을 내지 않게 하시므로 너희가 여호와께서 주신 아름다운 땅에서 속히 멸망할까 하노라."(신

사도 바울도 히브리서에서 다음과 같이 권고하고 있다.

"단단한 음식은 장성한 자의 것이니 그들은 지각을 사용함으로 연단을 받아 선악을 분별하는 자들이니라."(히브리서 5:14)

요한도 하나님께 속하는 것이 얼마나 중요한 지를 상기시키고 있다.

"하나님께 속한 자는 하나님의 말씀을 듣나니 너희가 듣지 아니 함은 하나님께 속하지 아니하였음이로다."(요한복음 8:47)

야고보도 사랑하는 형제들에게 세상을 이기기 위해 반드시 알 아야 할 것에 대해 당부하는 말을 잊지 않았다.

"내 사랑하는 형제들아 속지 말라. 온갖 좋은 은사와 온전한 선 물이 다 위로부터 빛들의 아버지께로부터 내려오나니 그는 변함 없으시고 회전하는 그림자도 없으시리라."(야고보서 1:16~17)

선과 악, 진리와 거짓은 우리 몸으로 느낄 수 있는 오감각으로 분별하기는 쉽지 않다. 그렇다면 우리의 분별력은 어디서 나오는 걸까. 바로 하나님 말씀에 의지할 수밖에 없다는 것이다.

"어떤 길은 사람이 보기에 바르나 필경은 사망의 길이니라."

(잠언 14:2)

"여호와를 경외하는 자에게는 견고한 의뢰가 있나니 그 자녀들
에게 피난처가 있으리라. 여호와를 경외하는 것은 생명의 샘이니
사망의 그물에서 벗어나게 하느니라."(잠언 14:26~27)

대개 사람들은 좋은 말은 귀에 거슬려하고 귀담아들으려 하지
않는다. 그리고 선악은 표면적으로 구별될 수 있는 것이 아닌 경우
가 허다하다. 솔로몬은 왕이 된 이후에도 자신의 분별력에 자신이
없어 항상 하나님을 의지하며 분별력을 달라고 기도했다.

"누가 주의 이 많은 백성을 재판할 수 있사오리까. 듣는 마음을
종에게 주사 주의 백성을 재판하여 선악을 분별하게 하소서."(열
왕기상 3:9)

유전무죄 무전유죄, 내로남불 등 우리는 서로가 서로를 믿지 못
하는 불신사회에 살고 있다. 그렇다고 세상 탓이나 신세 한탄이나
하고 있을 수만은 없다. 참 지혜 찾기를 멈추지 않아야 한다. 잠언
기자는 그 지혜의 중요성에 대해 전해주고 있다.

"지혜를 얻은 자와 명철을 얻은 자는 복이 있나니 이는 지혜를
얻는 것이 은을 얻는 것보다 낫고 그 이익이 정금보다 나음이니라.
지혜는 진주보다 귀하니 네가 사모하는 모든 것으로도 이에 비교
할 수 없도다."(잠언 3:13~15)

《보물섬》으로 유명한 영국 작가 로버트 루이스 스티븐슨(Robert Louis Stevenson)은 다음과 같은 말로 우리에게 교훈을 주고 있다.

"세상이 당신에게 권하는 것을 무조건 순응하기보다,
우리가 정말 원하는 것이 무엇인지를 아는 것이야말로
우리의 영혼을 살아 있게 한다."*

우리도 아담과 하와처럼 속을 수 있다. 어쩌면 우리는 매순간 선악과를 마주하고 있는지 모르겠다.

---

* 스태니 슬라우스 케네디 저/이해인 외 역, 영혼의 정원, p.318, 도서출판 열림원, 2020.

영혼의 정원

아침의 꿈과 저녁의 꿈, 빛과 밤, 달, 태양 그리고 별,
낮의 장밋빛 광선과 밤의 희미한 빛,
시와 분, 한 주와 한 해 전체.
얼마나 자주
나는 내 영혼의 은밀한 벗인 달을 올려다보았던가.
별들은 내 다정한 동료들,
창백하고 차가운 안개의 세상으로 황금의 태양빛이 비쳐들 때
나는 얼마나 크나큰 기쁨에 몸을 떨었던가.
자연은 나의 정원이며 내 열정, 내 사랑이었다.

누구나 마음 속 깊은 곳에는 아름다운 정원이 딸린 궁전 같은 저택에서 영원히 살고 싶은 욕구가 있을 것이다. 내 어릴 적 꿈도 넓은 초원이 펼쳐진 언덕 위에 하얀 집 짓고 사는 것이었다. 아마도 서양 드라마나 동화책에 등장하는 목가적인 풍경의 영향을 받은 듯하다. 그런 꿈이 의식적이든 무의식적이든 이상할 것이 하나도 없다. 실제로 동서고금을 막론하고 권력을 잡고 있는 사람이나 부자들의 상징은 고급저택이나 넓은 규모의 화려한 정원이었다.

프랑스 베르사유 궁전(Chateau de Versailles)은 건축물도 훌륭하지만 시원시원한 정원의 규모와 프랑스 평면기하학식의 멋진 정원 디자인에 눈길을 더 빼앗길 수밖에 없다. 이 수려한 정원도 한낱 질투심으로 인해 생겨난 것이라면 웃음이 절로 나올 것이다. 말하자면 당시 재무대신이었던 니콜라스 푸케에 의해 지어진 것이 보르비콩트(Vaux le vicomte) 정원이다. 이 정원은 당시 프랑스에서는 볼 수 없었던 혁신적인 디자인이 채택되었는데 이를 위해 조경가, 건축가, 실내장식가, 조각가 등이 총출동하여 만든 종합예술의 산물이었다.

어느 날 이 정원에 초대된 루이14세는 파티의 즐거움은 온 데 간 데 없고 부러움을 넘어 질투의 마음으로 가득 차게 되었다. 그곳에서 기분이 상해 돌아온 루이14세는 보르비콩트를 의식한 나머지 "유사 이래 가장 크고 화려한 궁정(宮庭)을 지어라"는 명령을 내린다. 당시 각 분야의 최고 전문가들을 불러 모았다. 궁전 건축 설계는 르보(Le Veau), 정원 디자인은 로 노트르(Le Notre), 궁전의 인테리어는 샤를르 르 브룅(Charle Le Brun)이 담당하였다. 베르사유 궁정은 1662년에 시작하여 1715년에 이르기까지 50여 년에 걸쳐 완성되었다. 말하자면 루이14세의 절대왕권을 과시하기 위한 결과물이었다.

산업화시대 이후 부자들이 급증하면서 돈의 위력을 과시하는 사람들이 늘기 시작했다. 권력이 돈으로 바뀌었을 뿐, 성취하고자 하는 행태는 크게 달라지지 않았다. 미국의 할리우드는 저택과 정원을 뽐내는 대표적인 지역이다. 단순히 저택과 정원에 그치지 않는다. 수영장을 비롯하여 골프장, 카지노, 워터파크, 와인동굴, 비행활주로, 놀이동산 등 온갖 위락시설을 두루 갖추고 있다. 또 두바이처럼 도시 자체를 인공정원으로 조성한 사례도 있다. 사막의 오아시스처럼 인간의 역량을 총동원하여 꿈의 낙원으로 조성한 곳이다.

우리나라 부자들은 화려한 정원을 과시하기보다는 부동산 가치를 의식해서인지 건물에 투자하는 경향이 서양의 그들과 조금 달라 보인다. 오히려 중산층이나 서민들이 아파트문화에 싫증을 느껴 도시 근교에 전원주택을 지어 실제로 자연과 정원을 즐기려는 사례가 늘어가고 있는 추세다. 어쨌든 마음속으로만 담아두고 있거나 실제 정원을 가꾸며 사느냐에 관계없이 대부분의 사람들에게 정원은 영원한 동경의 대상인 것만은 틀림없어 보인다.

독일어권의 한 세기를 대표한 스위스 국민작가인 로베르트 발저(Robert Walser)는 일생을 걷기와 쓰기에만 집중한 것으로 알려진 독특한 작가다. 공교롭게도 그는 결국 크리스마스 아침 산책을 나갔다가 홀로 눈밭에 쓰러져 주검으로 발견되었다고 한다. 그의 저서 《산책자》에는 '시인'이라는 제목하에 산책에 대한 소회를 노래한 내용이 매우 인상적이다.

"아침의 꿈과 저녁의 꿈, 빛과 밤, 달, 태양 그리고 별, 낮의 장밋빛 광선과 밤의 희미한 빛, 시와 분, 한 주와 한 해 전체. 얼마나 자주 나는 내 영혼의 은밀한 벗인 달을 올려다보았던가. 별들은 내 다정한 동료들, 창백하고 차가운 안개의 세상으로 황금의 태양빛이 비쳐들 때 나는 얼마나 크나큰 기쁨에 몸을 떨었던가. 자연은 나의 정원이며 내 열정, 내 사랑이었다."*

마치 우주를 조각조각 분해하여 해설한 것처럼 자연을 관조하며 매력적으로 풍경을 묘사했다. 어쩌면 그런 삶이 발저 자신만의 유토피아였을지도 모르겠다. 이 책의 역자인 배수아는 역자(譯者) 후기에서 그에 대해 덧붙였다.

"그가 애정을 기울여 관찰하고 주목한 자연과 인간본성의 천진난만함, 둔감한 이기주의에 대한 분노, 가난한 이들에 대한 깊은 연민은 정치적이라기보다는 유토피아를 몽상하는 세계관에 가깝

---

* 로베르트 발저 저/배수아 역, 산책자, p.7, 한겨레출판, 2018.

다. 아마도 그것은 그의 피 속에 흐르고 있는 어떤 요소 때문일 것이다. 그의 할아버지는 유토피아적 사회개혁가에 적극적인 행동가였고, 그로 인해 목사직위를 잃었다. 반동주의자 한 명의 총탄이 창으로 날아온 적도 있었다. 그 총탄을 기념으로 보관한 할아버지는 자신의 정치적 신념 일부를 손자에게 물려주었을 가능성이 있다."*

사실, 우리가 상상하는 세계를 현실화하는 문제는 생각처럼 쉽지 않음을 우리는 역사를 통해 익히 잘 알고 있다. 그도 다른 많은 천재작가나 유토피아 사상가들과 마찬가지로 많이 외로웠을 것이다. 그는 우울증을 앓게 되어 오랫동안 병원신세를 진 것으로 알려지고 있다.

오늘날처럼 다원화한 사회에서는 이런 논의조차도 쉽지 않은 것이 사실이다. 워낙 빠른 과학기술의 진전은 오로지 내일만을 보고 달리는 쾌속열차에 비유할 수 있을 것 같다. 여유니, 낭만이니, 풍류니 하는 말들은 한낱 사치에 불과한 것일까?

과연 우리는 이런 불확실성의 세계 속에서 안전하게 낙원에 도달할 수 있을까? 이제 성서 속의 낙원을 찾아 떠나보고자 한다. 우리가 꿈꾸는 낙원은 태초 천지창조에서도 핵심공간이었다. 창세기에 등장하는 '에덴동산'이 바로 그곳이다. 천지창조 바로 직후에는 땅에 비를 내리지 않으셨고 땅을 갈 사람도 없었고 초목도 없었으며 채소가 자라지 않았다. 말하자면 아직 사람이 살 만한 땅은 아니었다. 그래서 하나님께서는 에덴동산을 창설하시고 그 후 사

---

* 전게서. p.391.

람을 지어 거기에 살게 하신 것이다.

에덴동산은 인류 최초의 정원으로서 삶터이자 놀이터였던 것이다. 그 동산은 하나님 보시기에도 좋았고 비로소 먹기에 좋은 나무도 나게 하셨으며 동산을 적시는 강줄기도 만들어 주셨다(창세기 2:5~9). 중요한 것은 하나님께서는 그 동산을 '경작하며 지키는 임무'를 사람(아담)에게 주셨다는 점을 간과해서는 안 된다. 그리고 에덴동산에서 살기 위해서는 지켜야 할 '일정의 규칙'이 있었는데 그것은 먹을 것과 먹지 말아야 할 것을 구분해 주셨다는 점이다.

"여호와 하나님이 그 사람(아담)을 이끌어 에덴동산에 두어 그것을 경작하며 지키게 하시고 여호와 하나님이 그 사람에게 명하여 이르시되 동산 각종 나무의 열매를 네가 임의로 먹되 선악을 알게 하는 나무의 열매는 먹지 말라 네가 먹는 날에는 반드시 죽으리라 하시니라"(창세기 2:15~16)

사람의 대표인 아담은 그 약속을 훌륭히 지켰을까요? 불행히도 그 후에 예상치 못한 엄청난 일이 벌어진다. 하와는 쉴 새 없이 유혹한 뱀의 간교한 술책에 버티지 못하고 그만 선악과를 따먹게 되었고 아담에게도 주면서 먹게 하고 만다. 여기서 기억해야 할 중요한 사실이 하나 있다. 하나님께서 에덴동산의 규칙에 대해 알려준 유일한 사람은 아담이었다는 점이다. 당시 하와는 아담의 갈비뼈로부터 지음받기 이전이었기 때문이다. 그래서 먼저 뱀의 유혹에 넘어간 사람은 하와였다는 점에 주목할 필요가 있다. 뱀은 아담을 직접 공략하지 않고 하와를 먼저 유혹했다. 사탄의 전략은 맞아떨어졌다. 뱀이 하와를 유혹하는 장면을 유심히 살펴보자.

"뱀이 여자(하와)에게 물어 이르되 하나님이 참으로 너희에게 동산 모든 나무의 열매를 먹지 말라 하시더냐. 여자가 뱀에게 말하되 동산나무의 열매는 하나님의 말씀에 너희는 먹지도 말고 만지지도 말라 너희가 죽을까 하노라 하셨느니라. 뱀이 여자에게 이르되 너희가 결코 죽지 아니하리라. 너희가 그것을 먹는 날에는 너희 눈이 밝아져 하나님 같이 되어 선악을 알줄 하나님이 아시니라. 여자가 그 나무를 본즉 먹음직도 하고 보암직도 하고 지혜롭게 할 만큼 탐스럽기도 한 나무인지라 여자가 그 열매를 따먹고 자기와 함께 있는 남편에게도 주매 그도 먹은지라."(창세기 3:1~6)

말씀을 자세히 살펴보면 이렇다. 하나님께서 아담에게 전한 말과 하와가 뱀에게 대답한 내용이 미묘하게 다르다는 점을 알 수 있다 하나님께서 아담에게 전한 말은 "선악을 알게 하는 나무의 열매는 먹지 말라 네가 먹는 날에는 반드시 죽으리라 하시니라"(창세기 2:17)였는데 여자가 뱀에게 대답한 내용은 "하나님의 말씀에 너희는 먹지도 말고 만지지도 말라 너희가 죽을까 하노라 하셨느니라."(창세기 3:3)

뱀의 간교함은 사람의 순수함이나 어수룩함을 절대 놓치지 않고 공격할 수도 있음을 잊어서는 안 된다. 보다 철저히 말씀을 숙지하고 대처했어야 했다. 하나님께 전해들은 이 절대적인 말씀을 아담이 하와에게 전하는 것을 소홀했거나 아담도 똑같이 안이하게 생각하고 있었는지 모르겠다. 어쨌든 그로 인해 두 사람은 풍요롭고 아름다우며 완전한 땅이었던 낙원으로부터 추방을 당하고 말았다. 인간의 탐심은 지금 우리가 갖고 있는 것조차도 잃게 할 수 있다는 사실을 말해주고 있다.

우리는 지금 혹독한 유혹시대에 살고 있다. 솔직히 말하면 유사 이래 한 번도 유혹에서 자유로운 적은 없었다. 하지만 요즘 우리는 더 많은 유혹에 노출되어 있고 자칫 방심하면 그 덫에 걸려들기 아주 쉬운 환경에 살고 있는 것이 사실이다. 그러면 유혹이란 무엇인가? 게리 주커브는 그의 저서 《영혼의 자리(The Seat of the Soul)》에서 유혹에 대한 자신의 견해를 밝힌 바 있다.

"유혹은 당신에게 해로운 부정적인 인연의 원동력(negative karmic dynamic)이 실제로 어떤 모습을 하고 나타날지를 경험하게 해주는 우주의 자애로운 배려다. 그것은 하나의 에너지다. 그 에너지를 통해 당신의 영혼은 생의 교훈에 대한 예행연습을 할 기회를 갖게 된다. 그것은 당신의 개인적인 세계 안에서만 이루어지면, 제거될 수 있고 치유될 수 있는 삶의 연습이다. 그 연습은 부정적인 인연을 다른 영혼들이 있는 더 큰 에너지의 장(energy field)으로 확대시키지 않고 자기 세계에서만의 작지만 경험을 준다. 그래서 유혹은 당신이 부정적인 인연을 만나기 이전에 치르는 리허설이라고 할 수 있다."*

그는 유혹의 원동력은 인간의 경험에 대한 도전 원동력, 즉 루시퍼(Lucifer: 사탄, 악마)의 원리와 같은 일종의 에너지라고 언급하고 있다. 왜냐하면 유혹은 힘(energy)의 진화를 돕는데 역할을 하기 때문이라고 했다. 루시퍼의 원래 뜻은 '빛의 전달자'로서 그의 에

---

* 게리 주커브 저/이화정 역, 영혼의 자리, p.164, 나라원.

너지는 에덴동산에서 뱀으로 나타나 하와를 유혹했다. 그것은 인간이 아닌 존재도 인간을 유혹할 수 있지만 인간을 지배할 수 없는 존재라는 것을 증명해주는 좋은 예임에 틀림없다. 루시퍼의 힘은 오감에 의존하며 죽음이라는 한계를 안고 사는 인간의 약점을 파고들어 유혹할 수는 있지만 사람의 영혼을 어쩌지는 못한다. 유혹은 탐심이나 이기심, 교만 등이 마음을 지배할 때 우리에게 위협의 요소가 될 뿐이다. 성서의 예수님 말씀은 이 같은 논리를 뒷받침하고 있다.

"몸은 죽여도 영혼은 능히 죽이지 못하는 자들을 두려워하지 말고 오직 몸과 영혼을 능히 지옥에 멸하실 수 있는 이를 두려워하라. 참새 두 마리가 한 앗사리온(Assarion, Penny)*에 팔리지 않느냐 그러나 너희 아버지께서 허락하지 않으시면 그 하나도 땅에 떨어지지 아니하리라 너희에게는 머리털까지 다 세신 바 되었나니 두려워하지 말라 너희는 많은 참새보다 귀하니라."(마태복음 10:28~31)

우리는 끊임없이 낙원에 대한 상상을 그치지 않으면서도 현실에 대한 미련이나 집착도 쉽게 떨쳐버리지 못하고 있다. 그렇다면 사람들이 상상하는 낙원과 실제의 낙원은 어떤 모습일까 궁금하지 않을 수 없다.

트로이 전쟁이 끝난 후 안키세스와 아프로디테 사이에서 태

* 앗사리온은 로마의 화폐단위로 라틴어 아스(as) 고형(古形)인 아사리우스(assarius)에서 온 명칭으로 청동화폐의 일종으로 작은 수량, 매우 하찮은 것을 비유하며 성경에서는 보잘것없는 생명체(참새)조차도 하나님의 주관과 섭리하에 있음을 강조하면서 언급되었다.

어난 아들 아이네이아스를 주인공으로 엮은 베르길리우스(Vergil-ius)의 《아이네이스》를 보면 아이네이아스가 산전수전을 다 겪으며 우여곡절 끝에 이탈리아에 정착하며 그의 13대 후손 로물리스(Romulis)가 로마를 건국하는 과정이 그려져 있다. 아이네이아스는 예언의 무녀 시빌라의 도움으로 인해 저승에 계신 아버지를 만나게 된다. 여기에 묘사된 저승 낙원의 모습이 다음과 같이 묘사되어 있다.

"아이네이아스는 몸에 신선한 물을 뿌린 뒤 문턱에 페르세포네(Persephone)*에게 바칠 황금가지를 꽂았다. 그러자 문이 활짝 열렸고 그들은 축복받은 기쁨의 나라로 들어갔다. 눈부신 빛이 드넓은 들판을 비추고 있었고 수많은 영혼들이 그곳에서 그들이 살아 있을 때 즐기던 놀이와 운동을 하고 있었다. 그들은 조국을 위해 목숨을 잃은 이들과 살아생전 어떤 흠도 없는 깨끗한 사제들의 영혼이었다. 그들 중에는 아폴론을 받든 경건한 예언자들과 다른 사람들에게 봉사를 해서 그들의 기억에 오래 남은 이들의 영혼도 있었다....아이네이아스는 드디어 아버지를 만났고 반가운 마음에 아버지를 껴안으려 했으나 아버지의 환영은 마치 가벼운 바람결처럼, 날개달린 꿈처럼 그의 품에서 빠져나갔다."**

그의 아버지 안키세스는 아들에게 신비로운 우주 순환의 법칙

---

* 페르세포네는 신들의 제왕 제우스와 대지의 신 데메테르 사이에서 난 딸로서 제우스의 동생이자 지하세계의 왕 하데스(Hades)의 아내다. 호메로스의 '데메테르에게 바치는 찬가(Hymn to Demeter)'에는 그녀가 어떻게 니사의 계곡화원에서 꽃을 꺾다가 하데스에게 붙잡혀 지하세계로 가게 되었는지에 대한 이야기가 나와 있다.
** 베르길리우스 저/진형준 역, 아이네이스, pp.91-92, 살림, 2018.

을 자세히 설명해주었다.

"지상의 살아 있는 것들은 본래 하늘과 땅과 바다와 해와 달의 생명력을 받아 탄생한 것이야. 이승의 삶이란 그 생명력을 잠시 빌려 쓰는 임시 거처일 뿐이란다. 그 생명력이 본래 있던 곳, 그곳이 바로 인간정신의 고향이지. 그런데 많은 인간들이 육신의 욕망, 두려움, 슬픔, 기쁨에 젖어 본래 고향의 빛, 하늘의 빛을 잊어버리고 만단다. 이승에서 육신의 욕망에 사로잡혀 있던 인간은 죽어서도 정신이 자유로워지지 못하지. 이승에서 누린 욕망을 그리워하고 아쉬워하는 것이지. 그래서 그 정신은 죽어서도 육신과 헤어져 천상으로 가지 못하고 지상 근처에서 헤매기 마련이란다. 그리고 그 대가로 벌을 받는 거야. 우리는 죽은 후에 저마다 자신의 운명을 받아들이게 되어 있단다. 그중 본래 자신의 고향을 잊지 않고 살았던 소수의 순결한 영혼만이 엘리시움(Elysium)*이라는 기쁨의 들판에서 살 수 있어."**

동양도 예외는 아니다. 그 대표적인 것이 무릉도원이다. 이는 도연명의 도화원기(桃花源記)에서 나오는 가상의 선경(仙境)으로 중국 후난성의 한 어부가 발견하였다는 복숭화 꽃이 만발한 평화스러운 낙원을 의미한다. 이는 동양의 우주관에 크게 영향을 미쳤는데 이 세상과는 전혀 다른 별천지 혹은 이상향(理想鄕)을 비유하

* 엘리시움 또는 엘리온(Elysion)은 고대 그리스인들이 죽은 뒤에 간다고 생각했던 낙원을 일컫는데 기원전 8세기경 호메로스는 엘리시움의 들판이 오케아노스라는 거대한 강으로 둘러싸인 이 세상의 맨 끄트머리에 있다고 보았다. 프랑스 파리의 샹젤리제(Champs-Elysees, 엘리시움 들판)와 대통령 공식 관저 엘리제궁(Palais de Elysees)은 모두 여기에서 따온 이름이다.
** 전게서, pp.93~96.

는 대표적인 곳으로 일컬어지고 있다. 도교사상에 근거한 동천(洞天)* 사상이나, 불교에서 말하는 정토(淨土)** 사상도 모두 낙원(樂園)에 대한 이야기다.

유토피아를 추구하는 일은 동서고금을 막론하고 유사 이래 끊임없이 이어져 왔다. 영국의 정치가이자 문학가인 토마스 모어(1478-1535)의 역작인 《유토피아(Utopia)》는 낙원을 그리는 대표적인 정치적 공상소설이다. 그의 작품 《유토피아》는 처음에 라틴어로 쓰였는데 역설적으로 '어디에도 없는 존재하지 않는 곳'이라는 뜻을 지니고 있다. 말하자면 인간의 희망사항일 뿐 현실적으로는 존재하지 않는다는 것이다. 서양에 있어서 유토피아의 역사는 플라톤의 '국가(Republic)'에 나오는 이상국가로 거슬러 올라간다. 하지만 이를 본격적으로 다루기 시작한 것은 토마스 모어의 '유토피아(1515-16)'를 시작으로 캄파넬라의 '태양의 도시(1623)', 베이컨의 '뉴아틀란티스(1627)', 그리고 18세기 계몽주의 시대의 풍부한 유토피아문학으로 이어지지만 실제로 근대 사회주의는 산업혁명이 야기한 사회와 경제관계, 그리고 전통적인 질서의 붕괴에 반대했던 많은 작가들의 사상 등을 들 수 있다. 대표적으로 생시몽, 푸리에, 오언 등이 있다. 앙리 등 생시몽 백작(1760-1825)은 괴짜천재로

---

* 동천은 도교에서 성스러운 장소의 유형 가운데 하나로 대개 동굴이나 계곡 등 일반사람들이 접근하기 어려운 곳으로 하늘로 이어지는 통로로서 신선이 노닐 만한 곳으로 일컬어진다. 당나라의 사마승정과 두광정이 처음으로 체계화했는데 동천 가운데서도 가장 성스러운 곳을 십대동천과 삼십육동천으로 나눈다. 지금 우리가 살고 있는 동네에 동(洞)을 사용하는 것도 여기에서 유래한 것으로 알려지고 있다.

** 정토(淨土)는 대승불교와 더불어 서북인도에서 발생하여 중국을 거쳐 고대 한국과 일본으로 전해졌는데 청정불국토(淸淨佛國土)의 줄임말이다. 정토는 청정한 국토 또는 완성된 국토를 의미하는데 부처, 요컨대 석가모니불을 원형으로 한 개념에 국토개념이 더해지면서 모든 중생이 영원한 행복을 누리다가 청정한 마음을 얻게 하겠다는 것이다. 미래의 극락왕생뿐 아니라 현재 이상적인 수행환경을 이루고자 한 것이라고 할 수 있다. 중국이나 한국의 사찰이 주변 풍경을 중시한 것도 일본의 사찰이 정원문화와 더불어 발전한 것도 이상적인 환경에 대한 동경을 현실에서 표현한 것이라고 할 수 있다.

알려져 있는데 그의 사회주의 저작은 사회질서와 교권적 위계질서 붕괴에서 비롯된 당시 불건전하고 제멋대로인 개인주의적 사상에 관한 생각을 피력했다. 그는 인간이 선천적으로 똑같은 능력을 부여받지 않았기 때문에 새로운 사회가 평등주의적일 수 없다고 주장했다. 그러면서 새로운 사회에서는 모든 사람이 자신의 재능에 어울리는 사회적 지위에 오를 수 있는 평등한 기회를 보장받음으로써 잠재능력을 최대한 이용할 것이라고 생각했다.

또한 프랑수아 마리 샤를 푸리에(1772-1837)는 과도한 경쟁사회와 낭비적 상업에 대한 혐오감을 들어냈던 반 자본주의자로 알려져 있는데 다가올 재생된 세계는 사회적 변형뿐 아니라 자연적 변혁과 심지어 우주의 변혁에 의해 특징지어질 것이라고 주장했다. 그는 자신의 공동체 모델로서 좋은 미래사회의 기반인 팔랑스테르(phalanstere)를 계획하기도 했는데 이 공동체 안에서 인간은 더이상 마음에 맞지 않은 일을 강제로 하지 않아도 되며 자신의 기호와 기질에 맞는 일을 할 수 있다고 했다. 그는 아침에는 양배추를 재배하고 저녁에는 오페라를 부를 수 있다고 하며 인간의 자발성은 불필요한 규정 밖에서 이루어진다는 반(反) 율법주의적 견해를 가졌었다.

한편, 웨일스의 로버트 오언(1771-1858)은 상대적으로 진지한 견해를 피력했는데 자신에게 부(富)를 안겨준 산업주의의 폐해를 예리하게 지적하면서 경쟁이 없어지고 교육의 나쁜 결과를 합리적인 계몽에 의해 상쇄시킨다면 새로운 생산력은 인류의 이익이 될 수 있다고 생각했다. 그래서 그는 실제로 신생노동조합을 추진하여 교육개혁가, 공장개혁가로 활동하기도 했다. 오언이 주장한 공동체는 인디애나 뉴 하모니를 비롯하여 미국의 여러 곳에 설치되었으나 결국 실패로 돌아갔다. 그럼에도 불구하고 그의 시도는 무위로 끝나지 않았는데 이후 사회주의 운동에 기여한 것으로 알려지고 있다.

이와 같이 인류역사는 끊임없는 탐욕과 유혹, 그리고 발전과 쇠퇴를 거듭하고 또 반성과 새로운 시작 등을 반복하고 있다. 인류학자 토인비는 이를 '도전과 응전'의 역사라고 했다. 그는 문명을 발생, 성장, 쇠퇴, 해체 등의 과정을 거치는 유기체로 파악하고 이러한 문명이 도전에 대한 응전으로 탄생했다고 주장했다. 말하자면 우주가 돌아가는 법칙과 우주의 법칙을 다스리시는 우주 통치자 하나님의 섭리에 대한 인간의 반응이 바로 역사라고 할 수 있다.

이런 낙원에 대한 완결판이라고 할 수 있는 책이 있는데, 이는 바로 존 밀턴이 쓴 대서사시 《실낙원》, 《복낙원》이다. 《실낙원》은 사탄의 유혹에 넘어간 아담과 하와가 낙원(에덴동산)에서 추방당하는 내용이라면, 《복낙원》은 제2의 아담으로 불리는 예수 그리스도가 사탄의 유혹을 이기고 인류에게 상실한 낙원을 회복시켜준다는 것을 주제로 한 작품이다. 밀턴은 호메로스의 오디세이아, 베르길리우스의 아이네이스에서 다루었던 세상의 혼돈원인 등을 명확히 제시하였다. 피조물이라는 인간의 위상을 인식시키고 있으며 하나님의 긍휼과 은혜를 통해서만이 희망의 낙원에 도달할 수 있다는 내용이다. 존 밀턴의 《실낙원》 제1편에서 당시 상황을 애석해하며 다음과 같이 풀어쓰고 있다.

"인간이 태초에 하나님을 거역하고 금단의 나무열매를 맛보아 그 치명적인 맛 때문에 죽음과 온갖 재앙이 세상에 들어와 에덴을 잃었더니, 한층 위대하신 분이 우리를 구원하여 낙원을 회복하게 되었나니 노래하라...말하시라 먼저, 하늘도, 지옥의 깊은 땅도 그대의 눈에 숨기는 것 없으니, 말하시라 먼저, 무슨 까닭에 우리 조상은 동하여 그 행복하고 하늘의 은총 깊은 자리에서 창조주를 버리고 단 한 가지 금제(禁制)한다 해서 신의를 범했는가? 그렇지 않으면 세상의 군주였을 것을"*

우리가 낙원의 문제를 신학적으로 해석하기를 포기한다면 철학적 해결이 가능할까? 물론 철학적으로 해결해보려는 시도는 꾸준히 있어 온 것이 사실이다. 그 가운데 아르투어 쇼펜하우어의 말은 많은 시사점을 제공하고 있다. 그는 경건한 척하는 위선자와는 거리가 멀었던 사람으로 알려져 있는데 그의 저서《의지와 표상으로의 세계》제4권의 '기독교 교리와 윤리'에서 다음과 같이 고백했다.

"사실 원죄설(의지의 긍정)과 구원설(의지의 부정)은 기독교 핵심을 이루는 위대한 진리다. 반면 그 밖의 것은 대개 비유적 표현이거나 외피(外皮), 부속물에 불과하다. 따라서 예수 그리스도는 언제나 일반적으로 삶에 대한 의지의 부정(구원설)의 상징이나 인격화된 화신으로 파악해야 한다."**

성서는 낙원에 대해 무엇이라고 말하는가? 우선 성서에서는 낙원에 대해 천국, 하나님의 나라, 그의 나라, 내 아버지의 나라, 나라 등으로 표현하고 있다. 먼저 예수님께서는 제자들에게 가르치

* 존 밀턴 저/이창배 역, 실낙원, pp.13-15, 범우사, 1996.
** 아르투어 쇼펜하우어 저/홍성광 역, 의지와 표상으로서의 세계, p.537, 을유문화사.

면서 "천국의 비밀을 아는 것이 너희에게는 허락되었으나 그들에게는 아니 되었나니"(마태복음 13:11)라고 말씀하셨다. 하나님의 뜻을 깨닫고 예수님을 따르는 제자들은 천국의 비밀이 더 이상 비밀이 아니라는 것이다. 예수님께서는 믿지 않는 무리들에게 알기 쉽게 비유를 들어가면서 설명해주셨다.

"천국은 좋은 씨를 제 밭에 뿌린 사람과 같으니 사람들이 잘 때에 그 원수가 와서 곡식 가운데 가라지를 덧뿌리고 갔더니 싹이 나고 결실할 때에 가라지도 보이거늘 집주인의 종들이 와서 말하되 주여 밭에 좋은 씨를 뿌리지 아니하였나이까. 그런데 가라지가 어디서 생겼나이까. 주인이 원수가 이렇게 하였구나. 종들이 말하되 그러면 우리가 가서 이것을 뽑기를 원하시나이까. 주인이 이르되 가만두라 가라지를 뽑다가 곡식까지 뽑을까 염려하노라 둘 다 추수 때까지 함께 자라게 두라 추수 때에 내가 추수꾼들에게 말하기를 가라지는 먼저 거두어 불사르게 단으로 묶고 곡식은 모아 내 곳간에 넣으라 하리라."(마태복음 13:24~30)

"예수께서는 또 비유를 들어 이르시되 천국은 마치 사람이 자기 밭에 갖다 심은 겨자씨 한 알 같으니, 이는 모든 씨보다 작은 것이로되 자란 후에는 풀보다 커서 나무가 되매 공중의 새들이 와서 그 가지에 깃들이니라. 또 비유로 말씀하시되 천국은 마치 여자가 가루 서 말 속에 갖다 넣어 전부 부풀게 한 누룩과 같으니라."(마태복음 13:31~33)

이렇게 연달아 천국에 대해 비유를 들어 가르쳐주시면서 "내가 입을 열어 비유로 말하고 창세부터 감추인 것들을 드러내리라함을 이루려하심이라"(마태복음 13:35)고 말씀하셨다. 예수께서는 무리들이 떠나고 난후 제자들이 가라지 비유를 설명해달라고 요청하자 친절하게 설명해주셨다.

"좋은 씨를 뿌리는 자는 인자요, 밭은 세상이요, 좋은 씨는 천국의 아들들이요, 가라지는 악한 자의 아들들이요, 가라지를 뿌린 원수는 마귀요, 추수 때는 세상 끝이요, 추수꾼은 천사들이니 그런즉 가라지를 거두어 불에 사르는 것 같이 세상 끝에도 그러하리라. 인자가 천사들을 보내리니 그들이 그 나라에서 모든 넘어지게 하는 것과 또 불법을 행하는 자들을 거두어 내어 풀무불에 던져 넣으리니 거기서 울며 이를 갈게 되리라. 그때에 의인들은 자기 아버지 나라에서 해와 같이 빛나리라. 귀 있는 자들은 들으라."(마태복음 13:36~43)

이 외에도 예수님께서는 세 가지 더 비유를 통해 천국에 대해 더욱 상세하게 설명해주셨다.

"천국은 마치 밭에 감추인 보화와 같으니 사람이 이를 발견 후 숨겨두고 기뻐하며 돌아가서 자기의 소유를 다 팔아 그 밭을 사느니라. 또 천국은 마치 좋은 진주를 구하는 장사와 같으니 극히 귀한 진주 하나를 발견하매 가서 자기의 소유를 다 팔아 그 진주를 사느니라. 또 천국은 마치 바다에 치고 각종 물고기를 모는 그물과 같으니 그물에 가득하매 물 가로 끌어내어 앉아서 좋은 것은 그릇에 담고 못된 것은 내어 버리느니라."(마태복음 13:44~46)

천국에 관한 비유는 여기서 끝나지 않는다. 바로 포도원의 품꾼들에 대한 비유다.

"천국은 마치 품꾼을 얻어 포도원에 들여보내려고 이른 아침에 나간 집주인과 같으니 그가 한 데나리온씩 품꾼들과 약속하여 포도원에 들여보내고 또 제 삼시에 나가보니 장터에 놀고 서 있는 사람들이 또 있는지라 그들에게 이르되 너희도 포도원에 들어가라 내가 너희에게 상당하게 주리라하니 그들이 가고 제 육시와 제 구시에 또 나가 그와 같이하고 제 십 일시에 나가보니 서 있는 사람들이 또 있는지라 이르되 너희는 어찌하여 종일토록 놀고 여기 서 있느냐 이르되 우리를 품꾼으로 쓰는 이가 없음이니이다. 이르되 너희도 포도원에 들어가라 하니라. 저물매 포도원 주인이 청지기에게 이르되 품꾼들을 불러 나중 온 자로부터 시작하여 먼저 온 자까지 삯을 주라하니 제 십 일시에 온 자들이 와서 한 데나리온씩 받거늘 먼저 온 자들이 더 받을 줄 알았더니 그들도 한 데나리온씩 받은지라 받은 후 집주인을 원망하여 이르되 나중 온 이 사람들은 한 시간밖에 일하지 아니하였거늘 그들을 종일 수고하며 더위를 견딘 우리와 같게 하였나이다. 주인이 그 중에 한 사람에게 대답하여 이르되 친구여 내가 네게 잘못한 것이 없노라 네가 나와 한 데나리온의 약속을 하지 않았느냐. 네 것이나 가지고 가라 나중 온 이 사람에게 너와 같이 주는 것이 내 뜻이니라. 내 것을 가지고 내 뜻대로 할 것이 아니냐. 내가 선하므로 네가 악하게 보느냐. 이와 같이 나중 된 자로서 먼저 되고 먼저 된 자로서 나중되리라."(마태복음 20:1~16)

위의 내용을 보고 언뜻 생각하면 불합리하고 불공정하다고 말할 수도 있을 것 같다. 하지만 이 비유의 말씀이 전하는 메시지는 하나님의 뜻은 인간 생각과는 차원이 다름을 알 수 있고, 하나님은 창조자이시고 사람은 피조물이라는 점이다. 그리고 낮은 자, 어려운 자에 초점을 맞추시고 계시는 것을 알 수 있다. 그렇다고 무턱대고 그들을 편애한다고 생각해서는 안 되는 것이 품꾼들은 기회를 쉽게 얻은 사람, 기회를 늦게 얻은 사람이라는 차이가 있을 뿐, 일 자체를 기피했던 경우가 아니기 때문이다.

어찌 보면 믿음은 지식으로 얻어지는 것이 아니라 하나님의 은혜로 주어지는 선물이라는 점을 제대로 인식한다면 주시는 자에게 받는 자가 할 수 있는 것은 그저 감사하고 기뻐하는 일이 최선이 아닐까.

"너희는 그 은혜에 의하여 믿음으로 말미암아 구원을 받았으니 이것은 너희에게서 난 것이 아니요 하나님의 선물이라."(에베소서 2:8)

하나님의 낙원에서 사느냐 그렇지 못하느냐는 순전히 그 믿음에 달려 있다.

"믿음이 없이는 기쁘시게 못하나니 하나님께 나아가는 자는 반드시 그가 계신 것과 또한 자기를 찾는 자들에게 상 주시는 이심을 믿어야 할지니라."(히브리서 11:6)

하나님을 인정하고 그의 말씀을 통해 그분의 뜻을 깨닫고 순종하는 삶만이 낙원을 향유하는 유일한 길임을 알 수 있다.

"그러므로 믿음은 들음에서 나며 들음은 그리스도의 말씀으로 말미암았느니라."(로마서 10:17)

성서에 등장하는 아브라함, 이삭, 야곱, 요한, 모세 등은 간혹 유혹에 넘어지긴 했지만 일평생 하나님의 말씀에 순종하며 살았던 사람들이었다. 반면, 사도 바울의 경우처럼 사울로 살았던 전반부 인생은 예수님과 유대인들을 핍박했었고 예수님을 만난 후의 인생은 완전히 딴 사람이 되어 하나님 복음전파에 자신의 모든 것을 드렸던 경우도 있다. 그의 고백 속에 그가 어떠한 믿음을 가졌는지 짐작할 수 있다.

"모든 것을 해(害)로 여김은 내 주 그리스도를 아는 지식이 가장 고상하기 때문이라 내가 그를 위하여 모든 것을 잃어버리고 배설물로 여김은 그리스도를 얻고 그 안에서 발견되려 함이니 내가 가진 의는 율법에서 난 것이 아니요 오직 그리스도를 믿음으로 말미암은 것이니 곧 믿음으로 하나님께 난 의라."(빌립보서 3:8~9)

그런데 참으로 드라마틱하게 생의 마지막 장면에서 구원받은 사람도 있었다. 바로 예수님께서 십자가에 못 박히실 때 양 옆에 있었던 두 죄인 가운데 한 사람이다.

"또 다른 두 행악자도 사형을 받게 되어 예수와 함께 끌려가니라."(누가복음 23:32)

"달린 행악자 중 하나는 비방하여 이르되 네가 그리스도가 아니냐. 너와 우리를 구원하라 하되 하나는 그 사람을 꾸짖어 이르되 네가 동일한 정죄를 받고서도 하나님을 두려워하지 아니하느냐. 우리가 행한 일에 상당한 보응을 받는 것이니 이에 당연하거니와 이 사람이 행한 것은 옳지 않는 것이 없느니라 하고 이르되 예수여 당신의 나라에 임하실 때에 나를 기억하소서 하니 예수께서 이르시되 내가 진실로 네게 이르노니 오늘 나와 함께 낙원에 있으리라 하시니라."(누가복음 23:39~43)

낙원을 향한 동경, 그 실현을 위한 다양한 노력들은 여전히 현재 진행형이다. 낙원을 찾고자 하는 수단과 목적은 참으로 다양하다. 시대에 따라 철학, 과학기술, 다양한 종교, 돈, 권력 등을 통해 자신들만의 낙원을 추구하며 살고 있다. 하지만 많은 사람들은 여전히 낙원의 수수께끼를 푸는 데 세상 지식에 의존하며 헛수고하고 있다. 사도 바울도 이에 대한 견해를 분명히 했는데 예수님의 말씀과 다를 바 없다.

"누가 철학과 헛된 속임수로 너희를 사로잡을까 주의하라 이것은 사람의 전통과 세상의 초등학문을 따름이요 그리스도를 따름이 아니니라."(골로새서 2:8)

아울러 사도 바울은 "하나님 나라는 먹는 것과 마시는 것이 아니요 오직 성령 안에 있는 의와 평강과 희락이라"(로마서 14:17)고 했다. 천국은 발견이나 발명 등 세상의 정보나 지식으로 얻을 수 있는 것이 아니고 천국에는 거짓이나 위선, 다툼이나 갈등, 슬픔,

아픔이 없는 곳이라는 것을 알 수 있다.

예수님은 십자가를 통한 인류의 구원 사역을 앞두고 제자들에게 말씀하셨다.

"가서 너희를 위하여 거처를 예비하면 내가 다시 와서 너희를 내게로 영접하여 나 있는 곳에 너희도 있게 하리라 내가 어디로 가는지 그 길을 너희가 아느니라."(요한복음 14:3~4)

하지만 정작 제자들은 예수님의 말씀을 정확히 이해하지 못했던 것 같다. 도마와 빌립 등의 말과 예수님의 대답을 통해서 그 상황을 짐작해볼 수 있다.

"도마가 이르되 주여 주께서는 어디로 가시는지 우리가 알지 못하거늘 그 길을 어찌 알겠삽나이까. 예수께서 이르시되 내가 곧 길이요 진리요 생명이니 나로 말미암지 않고는 아버지께로 올 자가 없느니라. 너희가 나를 알았더라면 내 아버지도 알았으리로다. 이제부터는 너희가 그를 알았고 또 보았느니라."(요한복음 14:3~7)

"빌립이 이르되 주여 아버지를 우리에게 보여 주옵소서 그리하면 족하겠나이다. 예수께서 이르시되 빌립아 내가 이렇게 너희와 함께 있으되 네가 나를 알지 못하느냐 나를 본 자는 아버지를 보았거늘 어찌하여 아버지를 보이라 하느냐 내가 아버지 안에 거하고 아버지는 내 안에 계신 것을 믿지 아니하느냐 너희에게 이르는 말은 스스로 하는 것이 아니라 아버지께서 내 안에 계셔서 그의 일을 하시는 것이라."(요한복음 14:8~10)

"가룟인 아닌 유다가 이르되 주여 어찌하여 자기를 우리에게는 나타내시고 세상에는 아니하려 하시나이까. 예수께서 대답하여 이르시되 사람이 나를 사랑하면 내 말을 지키리니 내 아버지께서 그를 사랑하실 것이요 우리가 그에게 가서 거처(낙원)를 그와 함께 하리라."(요한복음 14:22~23)

예수님께서는 십자가의 죽음과 부활 이후의 일까지 로드맵을 제자들에게 명확히 밝히시면서 두려워하지도 근심하지도 말라고 하셨다.

"내가 아직 너희와 함께 있어서 이 말을 너희에게 하였거니와 보혜사 곧 아버지께서 내 이름으로 보내실 성령 그가 너희에게 모든 것을 가르치고 내가 너희에게 말한 모든 것을 생각나게 하리라 평안을 너희에게 끼치노니 곧 나의 평안을 너희에게 주노라 내가 너희에게 주는 것은 세상이 주는 것과 같지 아니하니라. 너희는 마음에 근심하지도 말고 두려워하지도 말라."(요한복음 14:25~27)

제자들과 함께 하셨던 예수님은 하나님의 독생자이시자 하나님 자신이었던 것이다. 우리를 너무나 사랑하셔서 친히 육신을 입으시고 이 땅에 오셔서 인류 구원의 사역을 완성하시고 또 다른 자신이신 보혜사 성령을 우리에게 보내주시어 우리와 함께 하시고 계신다.

예수님께서는 삼위일체이신 하나님을 설명해 주신 것뿐만 아니라 하나님과 예수님, 그리고 사람들과의 관계도 친절하게 가르쳐주셨다.

"나는 참 포도나무요 내 아버지는 농부라 무릇 내게 붙어 있어 열매를 맺지 아니하는 가지는 아버지께서 제거해 버리시고 무릇 열매를 맺는 가지는 더 열매를 맺게 하려하여 그것을 깨끗하게 하시느니라. 너희는 내가 알려준 말로 이미 깨끗하여졌으니 내 안에 거하라 나도 너희 안에 거하리라 가지가 포도나무에 붙어 있지 아니하면 스스로 열매를 맺을 수 없음 같이 너희도 내 안에 있지 아니하면 그러하리라 나는 포도나무요 너희는 가지라 그가 내 안에 내가 그 안에 거하면 사람이 열매를 많이 맺나니 나를 떠나서는 너희가 아무것도 할 수 없음이라."(요한복음 15:1~5)

성서를 통해 우리가 낙원에 갈 수 있느냐 갈 수 없느냐 혹은 낙원에서 살고 있느냐 아니냐의 문제는 어느 정도 이해할 수 있게 되었다. 그렇다면 우리의 신앙적 자세는 어떠해야 하는가가 문제다. 이 또한 예수님께서는 친절하게 알려주셨다.

"그러므로 너희는 이렇게 기도하라. 하늘에 계신 우리 아버지여 이름이 거룩히 여김을 받으시오며 나라가 임하오시며 뜻이 하늘에서 이루어진 것 같이 땅에서도 이루어지이다."(마태복음 6:9~10)

예수님께서 가르쳐주신 이 주기도문은 현재 거의 모든 교회에서 필수적으로 예배순서에 들어가 있다. 그 외에도 우리에게 기도의 순서까지도 일러주시고 끊임없이 구하고 찾고 두드릴 것을 가르쳐주셨다.

"그런즉 너희는 먼저 그의 나라와 그의 의를 구하라 그리하면 이 모든 것을 너희에게 더하시리라."(마태복음 6:33)

"구하라 그리하면 너희에게 주실 것이요 찾으라 그리하면 찾아낼 것이요 문을 두드리라 그리하면 너희에게 열릴 것이니."(마태복음 7:7)

하나님을 믿는 자들에게는 성령의 도움으로 하나님께서 친히 우리 안에 계시고 우리가 그분 안에 계실 수 있는 특권을 주셨다. 그렇다고 이 세상은 완전한 낙원이 될 수는 없다. 우리는 여전히 사탄의 유혹과 자신의 탐욕에서 자유로울 수가 없다. 그래서 예수님은 주기도문 후반부에서 이같이 기도하라고 하셨다.

"우리를 시험에 들게 하지 마옵시고 다만 악에서 구하시옵소서. 나라와 권세와 영광이 아버지께 영원히 있사옵나이다. 아멘."(마태복음 7:13)

아담과 하와는 사탄의 그럴듯한 유혹에 넘어가 낙원에서 추방당하고 말았지만 예수님께서는 사탄의 온갖 유혹에서도 기꺼이 승리하셔서 우리에게 복낙원의 길을 열어주셨고 그곳으로의 입성을 위한 산 소망을 가지고 살 수 있게 되었다.

"그때에 예수께서 성령에게 이끌리어 마귀에게 시험을 받으러 광야로 가사 사십일을 밤낮으로 금식하신 후에 주리신지라 시험하는 자가 예수께 나아와서 이르되 만일 하나님의 아들이어든 명하여 이 돌들로 떡덩이가 되게 하라 예수께서 대답하여 이르시되 기록되었으되* 사람이 떡으로만 살 것이 아니요 하나님의 입으로부터 나오는 모든 말씀으로 살 것이라 하였느니라. 하시니."(마태복음 4:1~4)

김영민은《자본과 영혼》의 서문에서 "앎이 지혜가 되도록 하는 길은 좁다. 하지만 좁은 문 혹은 좁은 길이 아니면 차라리 걷지 않는 게 나을 정도로 위태롭다"고 했다. 그래서 비평(批評)이 필요하다고 했다. 비평은 어떤 대상에 대하여 미추, 선악, 장단, 시비, 우열 등을 평가하여 논하는 것이다. 사회에서 제공하는 온갖 정보와 지식에 대한 비평도 필요하지만, 자신에 대한 비평도 게을리 해서는 안 될 것이다. 올바른 비평은 절제와 분별력을 갖는 것이 필요한데 그것은 시대나 상황에 따라서 다른 기준이어서는 안 된다. 우리가 살고 있는 현실이나 꿈꾸는 이상에 맞는 기준이나 사실, 게다가 보편적이고 불변한 어떤 것이 필요하다. 그것을 우리는 진리(眞理)라고 부른다.

진리를 장착하지 않으면 우리의 판단은 부정확하고 우리의 미래도 불확실해질 수밖에 없다.

---

* 이 구절에서 "기록되었으되"라고 시작한 것은 예수님도 모세를 통해 백성들에게 전한 구약의 신명기의 하나님의 말씀을 인용하고 있기 때문이다. 예수님도 철저하게 하나님의 말씀에 의지하여 사탄의 유혹을 물리치고 있음을 보여주시고 계신다. 신명기의 내용은 출애굽한 후 이스라엘 백성이 광야에서 40년 동안 지내게 되었을 때 하늘에서 그날그날 '만나'라는 일용할 음식을 내려주셨다. 그런데 그 만나는 애굽에서 먹었던 것과는 비교할 수 없을 정도로 부실했고 이에 백성들은 불만으로 가득했을 것이다. 여기서 하나님은 모세를 통해 만나를 먹이는 이유를 말씀하셨는데 "이는 너를 낮추시며 너를 시험하사 네 마음이 어떠한지 그 명령을 지키는지 지키지 않는지 알려 하심이라 너를 낮추시며 너를 주리게 하시며 또 너도 알지 못하며 네 조상들도 알지 못하던 만나를 네게 먹이신 것은 사람이 떡으로만 사는 것이 아니요 여호와의 입에서 나오는 모든 말씀으로 사는 줄을 네가 알게 하려하심이라"(신명기 8:2~3)라고 말씀하셨던 것이다.

"예수께서 자기를 믿은 유대인들에게 이르시되 너희가 내 말에 거하면 참으로 내 제자가 되고 진리를 알지니 진리가 너희를 자유롭게 하리라."(요한복음 8:31~32)

여기서 눈길이 가는 단어가 진리와 자유다. 많은 사람들은 자유라는 단어에 주목하고 각자만의 이미지를 상상할지 모르겠다. 물질적인 풍요로움으로 인한 경제적 자유, 사회의 규제로부터의 자유, 질병으로부터의 자유, 어떤 막연한 해방감이나 편안한 느낌 등을 생각할 수도 있다. 그것도 물론 중요하다. 그러나 진리라는 단어에 먼저 주목해야 한다. 성경적 진리는 하나님 말씀, 하나님 자신이시다. 우리가 하나님을 굳건하게 믿는 믿음 위에서 말씀을 묵상할 때 성령께서 우리를 진리 가운데로 인도하시고 하나님의 뜻에 따라 우리가 바라는 자유를 얻게 하시는 것이다. 그것은 죄로부터의 자유, 영혼의 자유를 얻어 하나님의 자녀가 된다는 의미이기도 하다.

사형판결을 받은 소크라테스가 죽음의 독배를 마시던 날, 그가 있던 감옥으로 찾아 온 벗들과 마지막 주고 받은 이야기로 엮어진 〈파이돈(Phaedon)〉*은 주로 영혼과 육체, 그리고 내세에 관한 심오한 이야기로 채워지고 있다. 그 일부를 소개하면 다음과 같다.

"벗들이여, 만일 영혼이 실제로 불사(不死)라면 우리는 덧없는

---

* 파이돈은 전쟁 포로로 아테네에 끌려와 노예로 팔리게 되었으나 그 재능을 안 소크라테스가 어떤 사람에게 권하여 몸값을 치러주고 자유의 몸이 되었다고 한다. 그 후 메가라학파에 가까운 사상을 세운 것으로 알려졌는데 소크라테스와의 마지막 대화에 함께 참여한 인물이다.

이 세상의 시간을 위해서만 아니라 영원한 저 세상을 위해서는 영혼을 보살펴야 하지 않겠는가? 이와 같은 견지에서 볼 때, 영혼을 소홀히 여긴다는 것은 그야말로 위험천만한 일이라고 하지 않을 수 없을 걸세. 만일 죽음으로 인생이 모든 종말을 고한다면, 악인들은 죽음으로 말미암아 큰 덕을 본다고도 할 수 있지 않겠나? 왜냐하면 그들은 죽음과 동시에 그 육체와 함께 영혼이며 그의 모든 죄과까지도 모조리 버리고 떠날 수 있을 테니까 말일세. 그렇지만 우리가 보아 온 것처럼 영혼은 불사한 것인즉, 죄과에서 벗어나 구원을 얻으려면 가장 선량하고 가장 지혜롭게 살아야 하는 것이네. 하데스(저승)로 갈 때 우리의 영혼이 지니고 갈 수 있는 것이란 지식과 교양밖에는 없으니 말이네."*

단테의 《신곡》을 소설화한 《단테의 천국여행기》는 원작을 보다 이해하기 쉽도록 기술하고 있다. 원작이 그렇듯 천국, 지옥, 연옥 등에 대한 이야기가 다뤄지고 있다. 여기서 단테는 베아트리아체의 도움으로 천국을 여행하게 되는데 단테의 질문에 베아트리아체가 설명해주는 대답이 인상적이다. 단테가 머뭇머뭇 어렵사리 질문을 했다.

"이제 천국을 순례하려면 천상으로 올라가야만 하는데 저 가벼운 공기와 불꽃 위를 과연 내가 올라갈 수 있겠소? 나는 무게가 있는 살아 있는 육신을 갖고 있으니. ...... 아리스토텔레스는 자신의 학문에서 공기는 무게를 잴 수 없을 만큼 가벼운 것이라 했소. 아

* 플라톤 저/최현 역, 파이돈, p.121, 범우사.

마 불꽃도 마찬가지일거요. 그런데 어떻게 저 위로 올라갈 수 있단 말이요?"

그의 이러한 물음에 베아트리아체는 연민의 한숨을 내쉬었다. 그러고는 사랑하는 자식을 굽어보는 어머니의 인자한 눈빛으로 말했다.

"모든 사물은 하느님께서 정하신 질서에 따라 움직이고 있습니다. 형태야 어떻든 하나님이 빚으신 창조물이기에 그와 마찬가지입니다. 모습도 하나님을 닮았을 뿐 아니라 하나님이 베푸신 이성과 사랑을 지니고 있지요. 사물들 간의 질서, 즉 규범을 통해서 창조주의 전능하심을 알 수 있는 것입니다. 이렇듯 이 우주는 일정한 질서 안에서 멀고 가까움에 관계없이 각각 그 몫의 본성에 따라 그들의 원인인 하나님께로 기울게 됩니다. 성 아퀴나스의 말씀대로 우주의 모든 사물들이 하나님의 의지에서 비롯된 것인 만큼 그것들은 정한 질서에 따라 선(善)을 향해 나아가고 있고 단지 모습만 다를 뿐이지요."*

마치 성경을 패러디하거나 그리스 로마 신화의 영향을 받는 것처럼 보이는 유사한 전개가 많다. 이에 도움이 될 만한 성경말씀이 생각난다.

"하나님이 자기 형상 곧 하나님의 형상대로 사람을 창조하시

---

* 구스타프도레 그림/최승 편저, 단테의 천국여행기, p.20, 정민미디어.

되 남자와 여자를 창조하시고 하나님이 그들에게 복을 주시며 하나님이 그들에게 이르시되 생육하고 번성하여 땅에 충만하라, 땅을 정복하라, 움직이는 모든 생물들을 다스리라 하시니라."(창세기 1:27~28)

"창세로부터 그의 보이지 아니하는 것들 곧 그의 영원하신 만물에 분명히 보여 알려졌으니 그러므로 그들이 핑계치 못할지니라."(로마서 1:20)

우리가 믿음으로 살려고 하지만 하나님 아버지의 완전한 나라가 임하기 전까지는 때로는 충만한 기쁨으로 살기도 하고 때로는 유혹에 넘어져 낙심하기도 하면서 낙원과 세속을 왔다 갔다 하는 다양한 경험을 할 것이다. 따라서 중요한 것은 주야로 말씀을 묵상하고 호흡하는 것처럼 기도하며 나의 길을 온전히 주님께 맡기며 매일매일 순종하는 삶을 사는 것이 영혼의 낙원을 누리는 길이 될 것이다.

〈단풍잎이 가르쳐준 영성〉

사랑하는 이를 생각하다
문득 그가 보고 싶을 적엔
단풍나무 아래로 오세요.

마음 속 가득 찬 말들이
잘 표현되지 않아
안타까울 때도

단풍나무 아래로 오세요.

가만히 서있기만 해도
세상과 사람을 향한 그리움이
저절로 기도가 되는
단풍나무 아래서
하늘을 보면 행복합니다.
별을 닮은 단풍잎들이
황홀한 웃음에 취해
나의 남은 세월 모두가
사랑으로 물드는 기쁨이여.*

* 이해인, 그 사랑 놓치지 마라, p.124, 단풍잎이 가르쳐준 영성, 마음산책.

영원으로 가는 삶

하나님은 인간의 업적이나 그의 재능을 원하지 않으신다.
그의 부드러운 멍에를 가장 잘 견디는 자들,
그들이 가장 잘 섬긴다.
그의 영광은 왕답다.

동서고금을 막론하고 인류 최대의 관심사는 삶과 죽음이 아닐까. 이것은 '인생이란 무엇인가?'라는 질문을 통해 수많은 지성인들이 끊임없이 논의되고 나름대로의 길을 제시하기도 하였다. 이런 주제가 인간에게는 매우 중요한 문제임에도 불구하고 마치 특정 종교나 사이비집단들의 가십거리로 치부해버리는 경향도 없지는 않다.

　인간이 참으로 놀라운 창조물이라는 것에 대해서는 이의를 제기할 사람은 없다. 창조적으로 사고하고 문제를 해결하는 능력을 갖춘 유일한 창조물이다. 과학기술을 발전시켜 편리한 세상을 만들기도 하고 우주탐사나 바다 아주 깊은 곳까지도 속속들이 들여다보고 있다. 그뿐 아니라 더 오래 살고 싶은 욕망은 사람들의 수명을 엄청나게 늘려 놓았다. 그럼에도 불구하고 사람들은 정작 관심을 가져할 것을 미루어둔 채 삶을 지속하고 있다. 인류문명의 발전이라는 그늘에 영혼의 문제를 간과하고 있는 셈이다.

　토마스 키다(Thomas Kida)는 그의 저서 《생각의 오류》*에서 인

---

*　토마스 키다 저/박윤정 역, 생각의 오류, 열음사.

류가 많은 성취에도 불구하고 인간은 여전히 잘못된 사고에 희생되고 있다고 지적한 바 있다. 이 책은 우리가 어떻게 믿음을 형성하는지에 대한 견해를 밝히고 있다. 하지만 그에 못지않게 중요한 것은 우리가 잘못된 믿음과 결정에 대해 많은 유익한 정보를 준다는 점이다. 그는 믿음에 대해 정의를 내리며 믿음이 왜 중요한지도 덧붙이고 있다.

"본질적으로 믿음은 우리가 진실이라고 여기는 견해를 의미한다. 그리고 이 믿음을 형성하는 방식은 다양하다. 최초의 본능적인 반응에 따라 믿음을 갖게 되는 경우도 있고, 많은 시간과 노력을 들여 고민한 끝에 믿음을 형성하기도 한다. 또 부모의 성향이나 형제자매의 영향, 또래친구들의 압박, 교육과 사회문화적 영향도 믿음의 형성에 영향을 미친다. 그러나 어떻게 믿음을 갖게 되었든, 일단 하나의 견해를 진실로 받아들이고 나면 이 믿음은 우리의 결정에 영향을 미친다."*

이에 대한 견해에 전적으로 동의한다. 그는 이어 사람들이 생각의 오류를 범하는 이유에 대해서도 밝힌 바 있다.

"첫째는 누구에게나 잘못된 방식으로 증거를 찾고 판단하는 성향이 있기 때문이다. 그리고 이런 성향을 갖게 된 원인은 진화상의 문제에서부터 사고과정을 단순화하려는 욕구에 이르기까지 매우 다양하다. 둘째는 오류를 범하는 우리의 타고난 성향을 상쇄시켜

---

* 전게서, p.16-17.

줄 비판적인 사고능력과 올바른 결정기술을 학교에서 가르쳐주지 않기 때문이다. 우리의 교육체계에서는 영어나 수학, 과학 등을 가르칠 뿐, 비판적인 사고능력이나 결정기술을 가르치지 않는다."*

저자는 통계의 중요성을 강조하기도 했는데, 이는 우리가 보고 싶은 것만 보고 듣고 싶은 것만 듣는 경향이 있으며 주로 오감에 의존하다보면 오류를 범할 수 있다고 했다. 또한 본질을 단순화하려는 속성이 있다고도 했다. 그러므로 무언가를 믿을 때는 신중을 기해야 한다고 조언하고 있다.

신약성경 히브리서에는 다음과 같이 믿음에 대해 정의를 내리고 있다.

"믿음은 바라는 것들의 실상이요 보이지 않는 것들의 증거니 선진들이 이로써 증거를 얻었느니라. 믿음으로 모든 세계가 하나님의 말씀으로 지어진 줄 우리가 아나니 보이는 것은 나타난 것으로 말미암아 된 것이 아니니라."(히브리서 11:1~3)

성경구절을 통해 보면 아벨이 가인보다 더 나은 제사를 드리는 것은 믿음 때문이었고, 에녹이 죽음을 보지 않고 그를 옮기신 것도 믿음 때문이라고 했으며 노아는 믿음으로 하나님의 경고에 순종하여 방주를 준비했다. 뿐만 아니라 아브라함도 부르심을 받고 믿음으로 순종하여 장래 유업으로 받을 땅을 향해 나아갔다고 했다.

이들이 믿음으로 자신의 생각이나 고향을 벗어나 하나님의 말

* 전게서, p.18.

씀에 순종할 수 있었던 이유는 더 나은 본향을 사모하는 마음이 있었기 때문이었다. 지금 우리가 살고 있는 곳과 원래의 본향은 무엇이 다른가. 지금 우리가 살고 있는 곳은 나그네 신분이며 믿음의 사람들이 꿈꾸는 본향은 영원한 생명의 나라라는 점이다.

영원으로 가는 삶을 보다 현실적으로 생각해보자. 이에 대해 너무나 영감을 주는 책이 있는데 정연희 에세이집 《영혼의 빈 뜰에서》*다. 대학졸업 무렵 읽었던 책인데 먼지 쌓인 책꽂이에서 다시 찾아냈다. 너무나 주옥같은 글이어서 통째로 옮겨 놓고 싶지만, 발췌해서 옮기고자 한다.

"입덧의 뜻을 헤아려 본다. 그것은 한 생명이 새롭게 시작된다는 신호와도 같은 것인데, 어째서 먹는 것을 거부하는 생리현상으로부터 일어나는 것일까? 음식 없이 인간의 육체적 생명은 존재할 수가 없다. 또 먹고 마시는 것 중에 생명이 아닌 것이 없고 매일 매끼마다 내 입에 들어갈 일용할 양식은 모두가 나 아닌 남의 생명인 것이다. 그 남의 생명들이 내 입에 제사 지내어짐으로써 나의 하루하루가 이어지고 있는 것이다. 그런데 한 생명이 빚어질 때엔 그 모체가 음식 받는 것을 싫어한다고 한다. 육체가 시작되며 생명이 눈을 뜨는 때에 그 어머니의 생명을 위협하며 시작되는 이 현상은 무엇을 뜻하는 것일까. 태중의 생명이 그 모체의 음식물 섭취를 방해하다니. 입덧의 괴로움은 생존하고자 하는 본능의 몸부림 위에서 벌어지는 또 한 생명에의 반역과 같은 것이다. 그것은 생리가 세상을 부정하므로 생명의 의지가 빛을 잃게 하는 한

---

* 정연희 에세이집, 영혼의 빈뜰에서, 자유문학사, 1986.

죽음의 예행(豫行) 같은 것이다. 이렇게 태중의 생명은 모체의 생명을 허물어가며 생명이 되는 것이다. 생명이 되기 위해서 요구되는 것은 남의 생명뿐이다."*

생명의 탄생에 있어서 출산의 고통은 단지 어머니에게만 해당되는 일은 아닐 것이다. 어머니 자궁에서 열 달을 웅크리고 지내야 했고 그 비좁고 어두운 곳에서 세상으로 나올 때의 고통도 어머니가 느끼는 고통 못지않을 것이다. 그리고 어머니와 아이 사이 생명의 연결통로였던 탯줄이 끊어지면서 또 독립적인 한 생명이 탄생하게 된다. 그 순간 아이는 울음을 터뜨린다. 안전한 어머니의 뱃속에서 갑자기 눈이 부시도록 환해지는 세상이 두려워서일까? 아니면 답답한 어머니의 뱃속에서 팔과 다리를 펼 수 있는 넓은 세상으로 나왔다는 안도감으로 인한 환희의 울음일까? 알 수 없는 노릇이다. 하지만 한 가지 분명한 것은 아이가 울음을 터뜨리게 될 때 산모의 모든 고통은 눈 녹듯 사라지고 생명의 환희를 맛보게 된다는 점이다.

저자는 또 생명에 대하여 몇 마디 중요한 내용을 덧붙였다.

"생명으로 존재하기 위한 고통이 따르되 그 고통만이 묵은 껍질을 벗겨내는 힘이 되는 것이다. 고통이 죽은 껍질을 벗겨내는 힘이 되는 것이다. 고통이 죽은 껍데기를 깨뜨리고 새 세계를 열어주는 것이다. 그것이 사랑이다. 그것은 죽음을 뛰어 넘는 힘이다. 생명은 죽음 없이 태어날 수 없다. 사랑은 죽음을 생명으로 수용

* 전게서, p.79–80.

362

하는 것이다."*

십자가에서의 예수님 죽음이 떠오른다. 죄와 허물 많은 인류 생명을 구원하기 위해 고통을 자처하셨고 모든 계획을 다 이루었다고 하셨다.

"그가 찔림은 우리의 허물 때문이요 그가 상함은 우리의 죄악 때문이라 그가 징계를 받으므로 우리는 평화를 누리고 그가 채찍에 맞으므로 우리는 나음을 받았도다. 우리는 다 양 같아서 그릇 행하여 각기 제 길로 갔거늘 여호와께서는 우리 모두의 죄악을 그에게 담당시키셨도다."(이사야 53:5~6)

성서에서 예수의 보혈 능력을 가장 잘 보여주는 사건은 유월절 사건이다. 죽음의 천사가 애굽 전역을 다니면서 사람과 짐승의 장자를 모두 죽였다. 이때 피할 길을 주셨으니 어린 양의 피를 문설주와 문지방에 바른 집은 죽음을 면하게 되었다. 이 사건은 어린 양의 피, 요컨대 예수 그리스도의 피의 역할을 상징적으로 보여주는 사건이다. 영원으로 이어지는 삶을 위해서 고통에 대한 반감이 있어서는 안 될 것이다. 참을성 없이 사는 것은 무능한 것이다. 진리를 경청하지 않는 것은 생명을 포기하는 것이다.

"고난당하기 전에는 내가 그릇 행하였더니 이제는 주의 말씀을 지키나이다. 주는 선하사 선을 행하시오니 주의 율례들로 나를 가

* 전게서, p.81.

르치소서. 교만한 자들이 거짓을 지어 나를 치려하였사오나 나는 전심으로 주의 법도들을 지키리이다. 그들의 마음은 살쪄서 기름 덩이 같으나 나는 주의 법을 즐거워하나이다. 고난당한 것이 내 게 유익이라 이로 말미암아 내가 주의 율례를 배우게 되었나이 다."(시편 119:67~71)

생명이 있으므로 고통을 느낄 수 있는 것이다. 고통을 느낄 수 있다는 것은 살아 있다는 증거이다. 육체가 유한한 것은 우리 눈 으로도 이미 확인하고 있다. 다만 믿음이 필요한 부분은 영혼마저 죽음과 함께 소멸되어 버리는 것인가에 대한 문제이다. 그래서 예 수님은 죽은 지 사흘 만에 다시 부활해서 사람들 앞에 나타나셨다. 삶과 죽음이 그분 안에 있음을 보여주신 것이다.

"해의 영광이 다르고 달의 영광이 다르며 별의 영광도 다른데 별과 별의 영광이 다르도다. 죽은 자의 부활도 그와 같으니 썩을 것으로 심고 썩지 아니할 것으로 다시 살아나며 욕된 것으로 심고 영광스러운 것으로 다시 살아나며 약한 것으로 심고 강한 것으로 다시 살아나며 육의 몸으로 심고 신령한 몸으로 다시 살아나나니 육의 몸이 있은즉 또 영의 몸이 있느니라."(고린도전서 15:41~44)

우리에게는 영혼의 본향이 있는 것이다. 선악과를 따먹기 전 에 덴은 영혼과 육신이 영원하게 거할 수 있는 장소였다면, 향후 우 리가 영원히 거할 곳은 영혼의 정원인 것이다. 사도 바울은 하나 님 나라를 어떻게 정의하고 있을까?

"하나님의 나라는 먹는 것과 마시는 것이 아니요 오직 성령 안에 있는 의와 평강과 희락이라."(로마서 14:17)

여기서 하나님 나라는 육체가 사망한 후 가는 곳만을 뜻하는 것은 아니다. 살아 있는 동안에도 성령의 도움으로 의와 평강과 희락을 누릴 수 있음을 의미한다. 따라서 당연히 그리스도인은 하나님을 기쁘시게 하고 자신도 평강과 희락을 누리며 사람에게도 칭찬받는 사람이 되어야 한다. 그래서 우리가 화평의 일과 서로 덕을 세우는 일을 힘써야 하는 이유가 거기에 있다.

우리는 우리 영혼에 대해 보다 깊이 성찰하며 살아야 한다. 왜냐하면 그리스도인은 이제 하나님의 운영하심에 동의하고 그분의 자녀가 되어 순종하고자 하는 사람이기 때문이다.

"무릇 하나님의 영으로 인도함을 받는 사람은 곧 하나님의 아들이라. 너희는 다시 무서워하는 종의 영을 받지 아니하고 양자의 영을 받았으므로 우리가 아빠 아버지라고 부르짖느니라. 성령이 친히 우리의 영과 더불어 우리가 하나님의 자녀인 것을 증언하시나니 자녀이면 또한 상속자요 곧 하나님의 상속자이니 우리가 그와 함께 영광을 받기 위하여 고난도 함께 받아야 할 것이니라."(로마서 8:14~17)

"몸은 죽여도 영혼은 어쩌지 못하는 자들을 두려워하지 말고 오직 몸과 영혼을 능히 지옥에 멸하실 수 있는 이를 두려워하라."(마태복음 10:28)

존 밀턴은 기독교 가정에서 태어났다. 케임브리지 대학을 졸업한 그는 영국국교회의 사제가 되기를 희망했지만 당시 교회의 부패상을 목격하고 다른 길을 모색하게 된다. 1642년 청교도혁명이 일어났을 때 그는 그들의 편에 서서 일했고 그것을 늘 자랑스러워했다고 전한다. 그의 대작 《실낙원》이 바로 성서를 모티프로 하여 이런 좌절과 혼란의 시기에 쓰였다는 점은 새삼 우리를 놀라게 한다.

다음 소개되는 시 역시 성서에 나오는 달란트(talent)의 비유를 모티프로 한 내용인데 그가 이 불행과 위기의 순간을 어떻게 수용하고 극복해 가는가를 보여준다는 점에서 비슷한 상황에 처해 있는 사람들에게 주는 메시지가 적지 않다.

〈어떻게 내 빛이 소진되었는가를 생각할 때〉

이 어둡고 광활한 세상에서 내 반생이 끝나기도 전에
어떻게 내 빛이 소진되었는가를.
그리고 감추는 것이 곧 죽음인 달란트가.
비록 내 영혼은 그것으로 내 창조주를 섬기고 싶어 하고,
그분이 돌아와 꾸짖지 않도록 내 진실한 계산서를 제출하고 싶지만,
쓸모없이 내게 남아 있음을 생각할 때,
'하나님은 빛을 허락하지 않으시고서도 낮일을 요구하실까?'라고
나는 어리석게도 묻는다. 그러나 인내가 그 중얼거림을 미리 막으려 곧 대답한다.

"하나님은 인간의 업적이나 그의 재능을 원하지 않으신다. 그의 부드러운 멍에를 가장 잘 견디는 자들, 그들이 가장 잘 섬긴다. 그의 영광은 왕답다. 수천의 천사들이 그의 명령에 줄달음치고, 육지와 바다를 넘어 쉴 새 없이 서둘러 간다. 단지 서서 기다리는 자들도 마찬가지로 섬기는 것이다."*

영원으로 가는 삶을 살기 위해서는 영원을 소망하는 일이 우선되어야 할 것이다.

* 윤정묵 저, 해설이 있는 영시, pp.214-215, 어떻게 내 빛이 소진되었는가를, 전남대학교출판문화원, 2017.

영혼을 위해
돈을 쓸 것인가,
돈을 위해
영혼을 팔 것인가

돈은 최선의 종이요,
최악의 주인이다.

돈은 제왕이다.
동시에 영혼의 파괴자다.

요즘 서점에 가면 고객들의 눈에 가장 잘 띄는 위치에 진열되어 있는 책들이 있다. 바로 돈과 관련된 책들이다. 예를 들면 부자 되는 법, 주식에 성공하는 법, 부동산 재테크 방법 등의 제목이 붙여진 책들이다. 산업사회 이후 어쩌면 사람들의 주된 관심사는 다름 아닌 돈이었다고 해도 과언이 아니다. 물론 그 이전부터 사람들의 관심사가 돈이 아니었다는 얘기는 아니다. 하지만 지금보다 돈에 대해 집착이 강한 시대가 또 있었을까 싶을 정도다.

산업사회 이후 대량생산체제에 접어들면서 상품의 종류는 급속도로 늘어나기 시작했고 세계화가 진행됨에 따라 새로운 상품을 개발해서 성공만하면 글로벌 부자가 될 수 있게 되었다. 이런 산업화의 진행은 도시화를 부추겼고 도시로 사람들이 몰리면서 도시는 농촌과는 비교할 수 없을 정도로 땅값이 상승하게 되었다. 이런 현상을 눈치 빠른 부자들이 부동산에 관심을 갖게 되고 계속해서 신도시를 개발하면서 부를 축적하는 공식이 성립되었다.

이런 현상은 대도시 근교까지 확대되었고 땅값을 제어할 장치를 상실한 것처럼 보인다. 이런 신생 부동산 재벌들은 정부가 어떠한 부동산정책을 내놓더라도 비웃기라고 하듯 토지를 상품화하는데 성공을 거두고 있다. 서민들은 점점 도시외곽으로 밀려나고 빈부의 격차는 갈수록 심화할 수밖에 없다. 다름 아닌 젠트리피케이션(gentrification) 현상이 발생한 것이다. 젠트리피케이션은 '고급주택지화'라는 뜻의 단어인데, 기존의 슬럼화지역이나 오래된 지역을 현대화한다는 의미를 내포하고 있다. 상류계급 혹은 신사계급이라는 뜻의 'Gentry'라는 단어에서 파생된 용어로 1964년 영국 사회학자 루스 글러스(Ruth Glass, 1912-90)가 영국 런던에서 일어난 현상을 묘사하기 위해 표현한 말이다. 슬럼가에 중산층이 들어와 살기 시작하면 집값, 임대료, 기타 서비스요금 등이 올라가서 서민들은 더 이상 버티지 못하고 밀려나게 된다.*

젠트리피케이션, 요컨대 한국의 둥지 내몰림(gentrification)은 어떠한가? 서구의 경우가 기존 거주자가 좀 더 외곽으로 밀려나는 수준이라면 한국의 경우는 주민들의 생존권과 주거권을 침해받을 뿐 아니라 도시의 과거를 지워버리거나 도시의 정체성마저 흔들어버리며 상업논리만이 기승을 부리는 도시형 재난이라고까지 표현되고 있다. 지금은 대도시뿐만 아니라 지방도시에도 공간만 있으면 여지없이 초고층 아파트들이 들어서고 있다. 그러나 서민들은 살집을 잃거나 젊은 청년들은 집을 살 엄두를 내지 못한 채 좌절하고 있다. 이제 우리의 삶터는 온통 자산을 모으는 투기장으로 변질되어 버렸다. 이런 문제를 단순히 정책을 잘못한 정부 탓으로만 돌려버리기에는 너무 버거운 문제가 되어버렸다. 정부가 돈 가진 부자를 이길 수 없는 지경에까지 이르게 되었다.

* 강준만, 바벨탑공화국, p.88, 인물과 사상사, 2019.

돈의 위력은 이루 말할 수 없을 정도로 커져버렸다. 이제 돈은 신(神)의 자리까지 넘보고 있다. 아니 이미 차지하고 있는지도 모른다. 실제로 '조물주' 위에 '건물주'라는 말이 있지 않은가. 마냥 방관만 하고 있을 문제는 아니다. 돈은 정치, 사회, 문화, 환경 등 거의 모든 영역에 막대한 영향을 미치고 있다. 그래서 돈의 중요성도 알지만 돈이 지니고 있는 위험성에 대해서도 간과해서는 안 될 것이다. 지금 성찰하고 반성하지 않으면 우리는 또 하나의 바벨탑을 쌓게 되고 그것의 결과는 파국이 될 것이 분명하기 때문이다.

20세기 철학자 칼 포퍼(Karl Popper)는 이렇게 표현했다. "인생은 문제해결이다. 그리고 그 문제해결은 우리를 행복하게 한다."* 하지만 현대 광고산업 요컨대 홍보와 마케팅은 이것들을 모두 무시한다. 현대 광고 사업가들은 지킬 수 없는 행복을 약속한 다음 사람들을 현혹하고 기대감을 이용해 먹고 산다. 과장광고를 하거나 과도하게 감성에 호소한다.

또 스토리텔링이랍시고 진실과는 거리가 먼 콘텐츠로 왜곡하기까지 한다. 우리는 거기에 속아서 좇아가보지만 행복에 도달한 사람은 그리 많지 않다. 물론 그것에 속았다고 영원히 불행한 것은 아니니까 다행이라고 생각할 수도 있다. 사람들은 행복을 추구하지만 그들은 돈을 추구한다. 서로 추구하는 것이 다르면 결과가 좋을 리 없다.

성서에는 "돈을 사랑함이 일만의 악의 뿌리"라고 했다. 모든 일의 불행이 따지고 보면 돈을 사랑하는 데서 비롯된다는 뜻이다. 필요 이상의 돈을 추구하는 것은 오히려 해가 될 수 있음을 경고

* 하노 벡(Hanno Beck), 알로이스 프린츠(Aloys Prinz) 공저/배명자 역, 돈보다 중요한 것들, p.21, 다산초당, 2021.

하고 있는 것이다. 그래서 자족(自足)하는 것이 중요하다고 했다. 뿐만 아니라 왜 돈을 사랑하는 것이 악의 뿌리가 되는지 그 이유도 기록되어 있다.

"우리가 세상에 아무 것도 가지고 온 것이 없으매 또한 아무 것도 가지고 가지 못하리니 우리가 먹을 것과 입을 것이 있은 즉 족한 줄로 알 것이니라. 부하려 하는 자들은 시험과 올무와 여러 가지 어리석고 해로운 욕심에 떨어지나니 곧 사람으로 파멸과 멸망에 빠지게 하는 것이니라. 돈을 사랑함이 일만 악의 뿌리가 되나니 이것을 탐내는 자들은 미혹을 받아 믿음에서 떠나 많은 근심으로써 자기를 찔렀도다."(디모데전서 6:7~10)

세상에는 돈에 관한 격언들이 참 많다. F. 베이컨은 "돈은 최선의 종이요, 최악의 주인이다"라고 했다. 또 서양격언에는 "돈은 제왕이다. 동시에 영혼의 파괴자다", "부자는 누가 진짜 친구인지 모른다" 등이 있다.

성서의 또 다른 이야기에는 부자 청년의 비유가 등장한다. 그는 평소 계율도 잘 지키고 비교적 성실한 삶을 살고 있다고 자부하고 있는 청년이다. 그는 영생을 얻어 천국에는 가고 싶어 예수님께 단도직입적으로 질문을 한다. 어떻게 해야 영생을 얻을 수 있습니까? 하지만 예수님으로부터 의외의 답변이 돌아온다. 청년은 당황하여 근심하며 돌아가게 된다.

"그 청년이 이르되 이 모든 것(계율)을 내가 지키었사온데 아직도 무엇이 부족하니이까. 예수께서 이르시되 네가 온전하고자 할

진대 가서 네 소유를 팔아 가난한 자들에게 주라. 그리하면 하늘에서 보화가 네게 있으리라. 그리고 와서 나를 따르라. 그 청년이 재물이 많으므로 이 말씀을 듣고 근심하며 가니라."(마태복음 19:20~22)

부자 청년과의 대화를 마치시고 예수님은 제자들에게 한 말씀 더하셨다.

"예수께서 제자들에게 이르시되 내가 진실로 너희에게 이르노니 부자는 천국에 들어가기가 어려우니라. 다시 너희에게 말하노니 낙타가 바늘귀로 들어가는 것이 부자가 하나님의 나라에 들어가는 것보다 쉬우니라 하시니"(마태복음 19:23~24)

"또 내 이름을 위하여 집이나 형제나 자매나 전토를 버린 자마다 여러 배를 받고 또 영생을 상속하리라."(마태복음 19:29)

반면 여리고에 살고 있던 삭개오라는 사람이 있다. 구약시대에 여리고성이라고 하면 이스라엘 백성들이 하루에 한 번씩 돌고, 칠일째 되는 날은 일곱 번 돌아서 무너진 성으로 유명하다. 삭개오는 직업이 세리장으로서 지금으로 치면 지방 세무소장 정도 되는 꽤 많은 돈을 만지는 요직이다. 그는 요즘 사람들이 바라는 것들의 대부분을 다 가지고 있었다. 그런 그가 예수님이 지나가신다는 소식을 듣고 목 빠지게 기다린 것이다.

그는 키가 작아 군중 속에서는 도저히 예수님을 만날 수 없는 처지여서 인근의 돌무화과나무 위로 올라가게 되었다. 왜 예수님을 그토록 간절하게 만나고 싶었을까? 그는 사회적으로 성공했고 창고는 온갖 보물로 가득 차 있었지만 마음속은 공허함으로 가득 차 있었던 것이다. 간절하면 이루어진다는 말이 있듯이 예수님은 삭개오의 마음을 읽으시고 그를 돌무화과나무로부터 내려오라고 하셨다. 예수님은 다음과 같이 그의 공허한 마음을 치유해주시고 구원을 선물로 주셨다.

"예수께서 여리고로 들어가 지나가시더라. 삭개오라 이름하는 자가 있으니 세리장이요 또한 부자라. 그가 예수께서 어떠한 사람인가 하여 보고자 하되 키가 작고 사람이 많아 할 수 없어 앞으로 달려가서 보기 위하여 돌무화과나무에 올라가니 이는 예수께서 그리로 지나가시게 됨이러라. 예수께서 그곳에 이르사 쳐다보시고 이르시되 삭개오야 속히 내려오라. 내가 오늘 너희 집에 유하여야 하겠다 하시니 급히 내려와 즐거워하며 영접하거늘 뭇 사람이 보고 수군거려 이르되 저가 죄인의 집에 유하러 들어갔도다 하더라. 삭개오가 서서 주께 여짜오되 주여 보시옵소서 내 소유의 절반을 가난한 자들에게 주겠사오며 만일 누구의 것을 속여 빼앗은 일이 있으면 네 갑절이나 갚겠나이다. 예수께서 이르시되 오늘 구원이 이 집에 이르렀으니 이 사람도 아브라함의 자손이로다."(누가복음 19:1~9)

"나를 사랑하는 자는 나의 사랑을 입으며 나를 간절히 찾는 자가 나를 만날 것이다."(잠언 8:17)

돈이 없으면 불행한 것은 어느 정도 맞는 말인 것 같다. 왜냐하면 살 곳, 먹을 것, 병원비, 교육비 등에 있어서 불편한 점이 한두 가지가 아니기 때문이다. 그래서 돈 자체를 악으로 규정하는 것은 옳지 않다. 그렇다면 돈이 많으면 정말 행복할까? 우리 사회는 돈을 가지고 끊임없이 싸운다. 정치는 예산배정을 두고, 부자들은 재산양도를 가지고 노사는 임금을 가지고 다툰다. 사랑하는 사람들도 돈 때문에 다투고 갈라선다. 반면, 돈을 돌같이 보는 사람들도 적지 않다. 평소에 기부를 실천하는 사람들, 혹은 자연인처럼 최소한의 소비를 하며 사는 사람들도 있다. 돈은 신비한 요물처럼 사람에게 든든한 버팀목이 되기도 하지만 그것으로 인해 신세를 망치는 경우도 적지 않다. 재벌 2세, 3세들은 돈을 물 쓰듯 하면서도 행복을 느낄 수 없어 술과 마약과 노름으로 인생을 탕진하는 경우도 있다. 돈은 인간을 이기적이고 교만하게 만든다. 대한항공 일가의 땅콩회항사건, 가정부 폭행사건 등과 같은 부자들의 횡포는 비일비재하다. 부러우면 아빠 잘 만나든지 부자가 되라는 듯이 안하무인(眼下無人)의 사람으로 만들기도 한다.

사실 누구나 현실을 눈으로 보고 있노라면 부자가 되고 싶지 않은 사람이 얼마나 있겠는가? 하지만 끝도 없이 부를 좇다보면 그저 가진 부를 과시하는 일에만 익숙해지는 데 정신이 팔려 인생의 참 의미를 느낄 기회를 놓치고 말 것이다. 그러나 적당히 만족할 줄 알고 그 안에서 자연과 사람들 사이에서 행복을 찾는 것이 현명한 일일 것이다. 돈은 잘 쓰면 선(善)이지만 잘 못 쓰면 악(惡)이 되는 이중성을 지니고 있는 것 같다.

19세기 덴마크 철학자 쇠렌 키르케고르(Søren Kierkegarrd)는 '만족하는 것이 행복'이라고 말했는데 그런 차원에서 질투의 위험성을 강조한 바 있다. 그는 또한 비교하는 것에 대해서도 단호한 태도를 취했다.

"다른 사람과 비교하는 것은 스스로 행복을 단념하는 행위다. 비교는 불만을 낳고 불만은 불행을 낳는다."*

이웃의 자동차가 멋스럽고 좋아 보이는가? 동료의 아파트가 부러워 보이는가? 사람이 불행해지는 데는 단 몇 초면 충분하다. 불행해지고 싶다면 부자, 권력자, 유명인, 이웃들과 비교하면 된다. 어쩌면 이미 우리는 매일 매시간 그렇게 생각하며 살고 있는지 모르겠다. 더 중요한 것은 우리는 그들의 외향적 모습이나 소유를 보고 그들이 나보다 행복할 것이라고 단정지으며 스스로 불행을 자초하는 경향이 있다. 남이 나보다 더 재능이 좋고 더 잘생겼고 성공했다고 상상하면 손쉽게 우리는 불행해질 수 있다. 학자들은 이것을 '지위경쟁' 혹은 '지위불안'이라고 부르기도 한다.

정신분석학자 프로이트는 우리가 우리 자신을 이해하는 것을 돕도록 많은 연구를 했다. 따라서 우리는 우리에게 주어지지 않았거나 알지 못하는 것으로 인하여 불안해하고 불만족스러워하지 않아도 된다고 했다. 또 다른 사람들을 과도하게 의식함으로써 자신을 비참하게 하거나 남을 질투의 시선으로 볼 필요가 더 이상 없다는 것이다. 프로이트는 델포이에 있는 아폴로 신전에 새겨진 "너 자신을 알라"고 하는 충고를 진심으로 존중하였기에 우리에게도 자신을 알도록 하는데 심혈을 기울인 것이다.** 그러나 자신

* 전게서, pp.27-28.
** 부루노 베텔하임(Bruno Bettelheim)저/김종주, 김아영 공역, 프로이드와 인간의 영혼, p.41, 하나의학사.

을 깊이 안다는 것은 여간 어려운 일이 아니다. 어쩌면 자신을 변화시킬 의무, 요컨대 고통스런 삶의 과제를 풀어가는 일과도 연계되어 있다고 할 수 있다.

사람들은 불만이 고조될 때는 자기 자신을 탓하거나 심지어 타자(他者)에게 책임을 전가하는 경향이 있다. 부모님 탓, 선생님 탓, 친구 탓, 나라 탓을 하면서 부정적인 결론을 내리고 남의 탓으로 돌리는 경향이 있다. 프로이트는 사람들의 정신분석을 통해 다음과 같은 말을 남겼다.

"사람들은 천지창조계획에 인간을 행복하게 만들려는 의도가 포함되어 있지 않았다고 말하고 싶어 한다."*

우리의 삶이 의미 있어지려면 영혼을 위해 돈을 쓸 것인지 돈을 위해 영혼을 팔 것인지 분별하고 결단해야 한다.

* 하노 벡, 알로이스 프린츠 공저/배명자 역, 돈보다 중요한 것들, p.40, 다산초당, 2021.

소유냐 존재냐
그것이 문제로다

인생의 사막에서 나는 정처 없이 방황하며
무거운 짐에 눌려 신음한다.
그러나 거의 잊어버렸지만 어딘가에
시원하게 그늘지고 꽃이 만발한 정원이 있음을
나는 안다.

월터 트로비쉬(Walter Trobisch, 1923-79)의 《사랑은 배워야 할 감정입니다》에는 흥미로운 신화이야기가 등장한다.

"인도에는 남자와 여자의 창조에 관해 이런 전설이 내려오고 있습니다. 남자를 다 만들고 난 후 조물주는 자신이 고체로 된 재료를 다 써버렸다는 사실을 깨달았습니다. 여자를 만들 차례가 되었는데 굳고 딱딱한 재료는 하나도 남아 있지 않았습니다. 오랜 고민 끝에 조물주는 다음과 같은 재료를 취했습니다.

둥근 달의 윤곽선
포도나무 덩굴의 유연함과
풀잎의 파르르 떠는 모양,
갈대의 가냘픔과 피어나는 꽃송이,
잎 새의 여림과 햇빛의 눈부심,
조각조각 걸려 있는 구름과 정처 없이 부는 바람,
토끼의 겁 많은 성격과 공작의 허영심,
새의 부드러운 가슴 털과 다이아몬드의 견고함,

꿀 송이의 달콤함과 호랑이의 잔인함,

타오르는 불꽃과 차가운 눈,

까치의 수다스러움과 나이팅게일의 청아한 지저귐,

두루미의 간교함과 어미사자의 신실함.

조물주는 이와 같이 고체가 아닌 모든 요소를 섞어 심혈을 기울여 여자를 만들었습니다. 그리고 그녀를 남자에게 주었습니다. 일주일이 지난 어느 날, 남자는 조물주에게 와서 다음과 같이 말했습니다. 주여, 당신이 제게 주신 피조물 때문에 삶이 괴롭습니다. 그녀는 쉴 새 없이 떠드는데다 참을 수 없을 정도로 저를 귀찮게 하니, 잠시도 편안히 쉴 수 없습니다. 그녀가 요구하는 것은 너무나 힘든 것뿐입니다. 저더러 자기에게만 관심을 가지라고 하며 제 시간을 모두 그녀에게 바치기를 바랍니다. 하찮은 일에도 눈물을 글썽이고 또 한없이 게으른 생활에 빠져 있지 뭡니까? 저는 도저히 그녀와 함께 살 수 없기에 다시 돌려드리러 왔습니다. 조물주는 그래? 좋을 대로 해라. 그러면서 그녀를 도로 데려가 버렸습니다.

일주일이 지난 뒤 남자는 조물주를 다시 찾아왔습니다. 주여, 그 여자를 보낸 후 제 생활이 어떤지 아십니까? 저는 텅 빈 허무함 속에서 늘 그녀만을 생각합니다. 춤추며 노래하던 그녀의 모습, 살짝 곁눈질로 저를 바라보던 눈빛, 그리고 쉴 새 없이 재잘거리며 저에게 가까이 다가오던 몸짓이 눈앞에 잡힐 듯합니다. 그녀를 바라보노라면 아름다움에 취하였고, 만지노라면 부드러움에 감탄했지요. 그녀의 웃음소리가 듣고 싶어 미칠 지경입니다. 그녀를 다시 돌려주십시오. 조물주는 그래? 알았다라고 말하면서 여자를 돌려주었습니다.

그러나 사흘 뒤에 남자는 다시 돌아와 말했습니다. 주여, 저는 뭐가 뭔지 통 모르겠습니다. 제 마음을 설명할 길이 없습니다. 이 피조물과 한동안 지내본 결과 그녀는 제 기쁨보다는 괴로움을 더 한다는 것을 알았습니다. 원이오니 그녀를 제발 다시 거두어주십시오. 그녀와 함께 살 수 없습니다. 조물주는 대답했습니다. 그래, 그런데 너는 그녀 없이는 살 수 없지 않느냐? 그러고는 등을 돌려 하던 일을 계속했습니다.

절망에 빠진 남자의 부르짖음이 메아리쳤습니다. "아, 도대체 어떻게 해야 하는가? 그녀와 함께 살 수도 없고, 그녀 없이도 살 수 없다니!"*

이 이야기의 교훈은 무엇일까요? 남자는 늘 자신의 입장에서 여자를 바라본 것이다. 그래서 자신의 필요 여부에 따라 여자의 존재 가치가 달라진 것이다. 때로는 여자와 함께 있었으면 좋겠고, 때로는 혼자 있고 싶었던 것이다. 저자는 '사랑은 배워야 할 감정'이라고 설파하고 있다. 함께 누려야 할 즐거움이 있으면 함께 감당해야 할 아픔도 있다는 것이다. 사랑은 아름다움인 동시에 멍에**라고도 얘기한다. 또 이 이야기는 소유냐 존재냐를 생각하게 한다. 어떻게 인식하느냐에 따라 전혀 다른 결과를 가져올 수 있다.

에리히 프롬은 《소유냐 존재냐》에서 인간의 생존양식을 재산, 지식, 사회적 지위, 권력 등에 대한 소유양식과 자신의 능력을 적극적으로 발휘하여 삶의 양식으로 구별하여 고찰하였다. 그는 비유를 들어 소유와 존재에 대해 설명하였다. 생존의 소유양식에 몰

* 월터 드로비쉬, 사랑은 배워야할 감정입니다. pp.11-14. IVP.
** 전게서, p.15.

두하고 있는 학생은 강의를 열심히 듣고 그 논리적인 구조와 의미를 열심히 이해하는 한편, 가능한 한 강의 내용을 열심히 기록한다. 그 후에 그것을 암기하여 시험에 좋은 성적을 받는 것을 목표로 한다. 그러나 암기한 내용이 그 학생의 개인적인 사상체계의 한 부분이 되거나 그것을 풍요롭게 확장시키지는 못한다. 결과적으로 학생은 강의의 취지와 무관한 지식의 소유자에 불과한 것이다.

반면, 존재양식으로 학습과정을 연결 짓는 학생에게는 전혀 다른 특성이 있다. 우선 그 학생은 일련의 강의가 첫번째 강의일지라도 백지상태로 출석하지 않는다. 강의에서 제기될 문제를 이미 짐작하기 때문에 머릿속에 나름대로의 문제와 의문이 자리잡고 있다. 그들은 자신의 말과 관념의 수동적인 저장소가 되는 대신 듣는데 매우 열중한다. 가장 중요한 것이 그것이지만 능동적이고 생산적인 방법으로 그들은 반응하고 수용한다. 그들이 귀를 기울이는 것은 분명히 살아 있는 한 과정이다. 그들은 지식을 집으로 가져가기 위해서 저장만을 하지 않는다. 학생 각자가 강의를 통해 영향을 받으며 변모하는 것이다.*

독일의 대문호 괴테의 시는 소유와 존재 가치를 이해하는 데 큰 도움이 될 것이다.

〈발견한 꽃〉

나는 숲속을

* 에리히 프롬, 소유냐 존재냐, pp.43-44, 청목문화사, 1988.

혼자서 거닐었다.
아무런 것도 찾지 않은 채
그냥 걸었다.

그럴 때 나무그늘 밑에
피어 있는
한 송이 꽃을 발견했다.
별처럼 반짝이는
아름다운 눈동자 같은

손이 꺾으려 하자
꽃이 상냥하게 속삭였다.
왜 나를 꺾으려하나요?
그렇게 되면 곧 시들고 말 텐데요.

나는 그것을 뿌리 채 뽑아
집의 아름다운 정원에 심으려고
그것을 가져왔다.

그리고 조용한 곳에
꽃을 다시 심었다.
이제 그것은 자꾸 자라
꽃을 피우고 있다.*

* 전게서, pp.29-30.

괴테는 자연을 너무 사랑했기 때문에 인간의 몰락과 기계화에 대항해서 싸운 사람 가운데 한 명인데 그의 저서를 통해 소유에 대항하는 존재의 가치를 밝히고 있다. 그의 저서 《파우스트》는 존재와 소유 사이의 갈등을 묘사한 것이며 다음의 시는 존재의 특성을 간결하고 명쾌하게 제시하고 있다.

〈재산〉

나는 알고 있노라
내 것이라고는 하나도 없음을.
다만, 내 영혼으로부터
거침없이 흘러나오는
사상만이 있음을.
그리고 사랑에 가득 찬 운명이
마음 속 깊은 곳으로부터
나를 기쁘게 하는
모든 행복한 순간만이 있음을.*

사실 사람들은 존재 가치보다는 소유의 정도에 따라 자신이나 타인을 규정하려는 경향이 있다. 두 남녀가 사랑을 하고 결혼을 해서 지내다보면 자연히 권태를 느끼고 동시에 매력도 점점 사라지고 말 것이다. 서로는 실망하고 당황하게 될 것이다. 하지만 지금의 그들은 과거의 자신들이 아닌가? 그들의 잘못은 어디에 있는 것일까? 대개 누구나 상대에게서 그 원인을 찾으려고 하며 속

* 전게서, p.31.

앗다고 생각하는 듯하다.

사실 사랑할 때의 자신이 아님을 깨닫지 못한다. 사랑을 소유하려는 꿈이 사랑할 수 없는 실수였음을 인지하지 못한다. 이제 그들은 그동안 이루어온 것들, 요컨대 자식, 사회적 지위, 경제적 자산 등에 대한 공동소유에 만족한다. 말하자면 사랑으로 시작한 것이 사이좋은 소유형태로 변해버린다. 그것이 바로 가정, 즉 두 개의 자기중심주의를 하나의 합동자본으로 하는 회사로 변한 것이다.*

성서에는 소유보다는 버리는 것을 학습하도록 가르치고 있다. 이스라엘 역사는 그들 믿음의 조상인 아브람에게 모든 것을 버리도록 하는 계시로부터 시작된다.

"여호와께서 아브람에게 이르시되 너는 너의 고향과 친척과 아버지의 집을 떠나 내가 네게 보여 줄 땅으로 가라."(창세기 12:1)

예수님은 제자들을 선택하시고 그들을 제자로 받아들이는 과정에서도 가장 먼저 가르치신 것은 버리는 일이었다. 고정관념과 편견을 버리고 자기 소유를 버리고 자신의 생각을 버려야만했다. 골프나 야구 등 대부분의 스포츠에서도 가장 먼저 힘을 빼라고 가르친다. 그러나 힘을 주는 일보다 힘을 빼는 일이 훨씬 어렵다는 것을 알 수 있다.시몬 베드로와 그의 동업자인 세베대의 아들 야고보와 요한 등이 예수님의 말씀과 기적을 보고난 후 예수님을 따르게 되었다. 그때 그들도 자신이 가지고 있는 생업과 자신의 삶터

---

* 전게서, p.65.

를 버려야만 했다.

"그들이 배들을 육지에 대고 모든 것을 버려두고 예수를 따르니라."(누가복음 5:11)

사람들은 기존의 상식에서 벗어나기가 쉽지 않고 평소의 습관이나 관습을 버리기 또한 쉽지 않다. 예수님의 제자들마저도 늘 예수님의 뜻을 이해하고 순종했던 것은 아니다.

"길 가실 때에 어떤 사람이 여짜오되 어디로 가든지 나는 따르리이다. 예수께서 이르시되 여우도 굴이 있고 공중의 새도 집이 있으되 인자는 머리 둘 곳이 없도다. 하시고 또 다른 사람에게 나를 따르라 하시니 그가 이르되 나로 먼저 가서 내 아버지를 장사하게 허락하옵소서. 이르시되 죽은 자들로 자기의 죽은 자들을 장사하게 하고 너는 가서 하나님의 나라를 전파하라 하시고 또 다른 사람이 이르되 주여 내가 주를 따르겠나이다마는 나로 먼저 내 가족을 작별하게 허락하소서. 예수께서 이르시되 손에 쟁기를 잡고 뒤를 돌아보는 자는 하나님의 나라에 합당하지 아니하리라 하시니라."(누가복음 57~62)

일반 사람으로서 아버지의 장사, 가족들과의 작별인사, 생계를 위한 일 등이 우선 처리할 중요한 일 가운데 하나라고 생각하는 것이 크게 무리 없어 보인다고 생각할 수 있다. 왜 하나님은 그리도 융통성이 없으신 분일까라고 생각할 수도 있다. 하지만 하나님의 뜻은 차원이 다르다는 것을 깨달아야 한다. 우리 생각과 하나님의 생각은 전혀 다르다는 사실을 인정해야 하며 하나님의 존재는 우리 사고를 초월한 분이라는 것에 대해 묵상하고 사색할 필요가 있다. 그리고 우리가 그분의 말씀에 순종하고 따를 때 우리가 상상할 수 없을 정도의 은혜와 사랑이 기다리고 있음을 알아야 한다.

"이는 내 생각이 너희의 생각과 다르며 내 길은 너희의 길과 다름이니라. 여호와의 말씀이니라."(이사야 55:8)

"그런즉 너희는 먼저 그의 나라와 그의 의를 구하라. 그리하면 이 모든 것을 너희에게 더하시리라."(마태복음 6:33)

우리가 예수님을 순순히 따를 수 없는 이유는 우리가 현실에 대한 집착과 함께 너무나 미래에 대한 염려로 가득 차 있기 때문이 아닌가 생각한다. 하지만 하나님은 우리의 과거와 현재와 미래를 너무나 잘 알고 있고 또 예비하시는 분이라는 것을 전적으로 믿어야 한다.

"그러므로 내일 일을 위하여 염려하지 말라 내일 일은 내일이 염려할 것이요 한 날의 괴로움은 그 날로 족하리라."(마태복음 6:34)

구약시대의 영웅 모세를 통해 출애굽 과정에서 하나님의 기적을 직접 눈으로 체험한 이스라엘 백성들도 하늘에서 내려준 양식 '만나'를 먹으며 하나님의 백성으로서 훈련을 받는 광야생활에서 그리 오래 버티지 못했다. 애굽 땅에서 열 번째 재앙 가운데서도 지켜주시고 출애굽 과정에서 극한 죽음에 처한 상황에서도 홍해를 갈라 구원해주신 하나님을 체험한 당시에는 온통 하나님을 찬양했다. 하지만 그 믿음은 오래가지 못했다. 날이 갈수록 먹는 것, 입는 것, 자는 것 등에 대한 불평불만이 높아져서 하나님을 믿는 대신 우상을 섬기는 지경에까지 이르게 된 것이다.

"이스라엘 자손 온 회중이 그 광야에서 모세와 아론을 원망하여 이스라엘 자손이 그들에게 이르되 우리가 애굽 땅에서 고기 가마 곁에 앉아 있던 때와 떡을 배불리 먹던 때에 여호와의 손에 죽었더라면 좋았을 것을 너희가 이 광야로 우리를 인도해 내어 온 회중이 주려 죽게 하는 도다."(출애굽기 16:2~3)

그럼에도 불구하고 모세의 이스라엘 백성에 대한 사랑은 하나님의 진노를 거두게 하시고 진멸을 피하게 하였다. 한 사람의 훌륭한 지도자는 민족을 구하고 생명을 구하는 것이다.

"여호와께서 모세에게 이르시되 내가 이 백성을 보니 목이 뻣뻣한 백성이로다. 그런즉 내가 하는 대로 두라. 내가 그들을 진노하여 그들을 진멸하고 너를 큰 나라가 되게 하리라. 모세가 그의 하나님 여호와께 구하여 이르되 여호와여 어찌하여 그 큰 권능과 강한 손으로 애굽 땅에서 인도하여 내신 주의 백성에게 진노하시나이까. 어찌하여 애굽사람들이 이르기를 여호와가 자기 백성을 산에서 죽이고 지면에서 진멸하려는 악한 의도로 인도해 내었다 말하게 하시려 하나이까. 주의 맹렬한 노를 그치시고 뜻을 돌이키사 주의 백성에게 화를 내리지 마옵소서. 주의 종 아브라함과 이삭과 이스라엘을 기억하소서, 주께서 그들을 위하여 주를 가리켜 맹세하여 이르시기를 내가 너희의 자손을 하늘의 별처럼 많게 하고 내가 허락한 이 온 땅을 너희의 자손에게 주어 영원한 기업이 되게 하라 하셨나이다. 여호와께서 뜻을 돌이키사 말씀하신 화를 그 백성에게 내리지 아니하시니라."(출애굽기 32:9~14)

구약성서에 나오는 '네 이웃을 사랑하라.'는 말씀보다 더 극단적으로 남에 대한 관심을 가도록 하는 것과 온갖 이기심을 완전히 버릴 것을 강조하는 말은 없다. 신약은 구약을 이어받아 그 원리와 실천을 강조한다. 타인을 심판하는 일조차 금하고 있다.

"비판을 받지 아니하려거든 비판하지 말라. 너희가 비판하는 그 비판으로 너희가 비판을 받을 것이요. 너희가 헤아리는 그 헤아림으로 너희가 헤아림을 받을 것이니라. 어찌하여 형제의 눈 속에 있는 티는 보고 네 눈 속에 있는 들보는 깨닫지 못하느냐. 보라 네 눈 속에 들보가 있는데 어찌하여 형제에게 말하기를 나로 네 눈 속에 있는 티를 빼게 하라 하겠느냐. 외식하는 자여 먼저 네 눈 속에서 들보를 빼어라 그 후에야 밝히 보고 형제의 눈 속에서 티를 빼리라."(마태복음 7:1~5)

"너희가 만일 너희를 사랑하는 자만을 사랑하면 칭찬받을 것이 무엇이냐 죄인들도 사랑하는 자는 사랑하느니라. 너희가 만일 선대하는 자만을 선대하면 칭찬받을 것이 무엇이냐 죄인들도 이렇게 하느니라. 너희가 받기를 바라고 사람들에게 꾸어주면 칭찬받을 것이 무엇이냐 죄인들도 그만큼 받고자 하여 죄인에게 꾸어주느니라. 오직 너희는 원수를 사랑하고 선대하며 아무것도 바라지 말고 꾸어주라. 그리하면 너희 상이 클 것이요. 또 지극히 높으신 이의 아들이 되리니 그는 은혜를 모르는 자와 악한 자에게도 인자하시니라. 너희 아버지의 자비로우심 같이 너희도 자비로운 자가 되라."(누가복음 6:32~36)

신약의 말씀은 구약의 말씀보다 더 자아를 버리고 상대의 유익을 위해 사랑의 원리를 확대하고 있고 더욱 적극적으로 행하라는 의미가 담겨 있다. 하나님께서는 믿음과 사랑을 방해하는 요소로 소유에 대한 욕심으로 보신 것 같다. 돈의 필요와 과욕을 구분하여 적절한 곳에 사용되기를 바라시는 것이다.

"우리가 먹을 것과 입을 것이 있은 즉 족한 줄로 알 것이니라. 부(富)하려 하는 자들은 시험과 올무와 여러 가지 어리석고 해로운 욕심에 떨어지나니 곧 사람으로 파멸과 멸망에 빠지게 하는 것이니라. 돈을 사랑함이 일만 악의 뿌리가 되나니 이것을 탐내는 자들은 미혹을 받아 믿음에서 떠나 많은 근심으로써 자기를 찔렀도다."(디모데전서 6:8~10)

또 물질에 대해서 소유구조에 대해서 근본적으로 생각하게 하고 있다. 그리고 부(富)에 대한 개념도 여지없이 상식을 깨뜨리도록 요구받는다.

"너희를 위하여 보물을 땅에 쌓아두지 말라. 거기는 좀과 동록이 해하며 도둑이 구멍을 뚫고 도둑질 하느니라. 오직 너희를 위하여 보물을 하늘에 쌓아두라. 거기는 좀이나 동록이 해하지 못하며 도둑이 구멍을 뚫지 못하고 도둑질도 못하느니라. 네 보물이 있는 곳에는 네 마음도 있느니라."(마태복음 6:19~21)

예수께서 직접 산 위에서 제자들에게 가르치신 말씀은 더욱 정확하게 부자와 가난에 대한 결과를 제시하셨다. 원천적으로 마음 자체에서 가난을 받아들이지 않고 뭔가로 채우려고 한다면 하나님 나라와는 점점 멀어지는 것이다.

"심령이 가난한 자는 복이 있나니 천국이 그들의 것임이니라."(마태복음 5:3)

초기 기독교는 실제로 가난한 사람과 고통 받는 사람, 그리고 소외된 사람들과 더불어 말씀과 떡을 나누는 사랑 공동체였다. 나눈다는 것은 너무나 중요한 문제이다. 나누기 위해서는 누군가 나눌 수 있는 무엇인가를 내놓아야 한다. 하나님은 무에서 유를 창조하시기 때문에 하늘에서 모세가 이끄는 이스라엘 백성을 위해 '만나'라는 음식을 직접 내리시기도 하셨다. 하지만 하나님의 궁극적인 목적은 사랑에 대해 훈련을 받고 사랑을 직접 몸소 익혀서 실천하시기를 바라셨다. 그래서 예수님이 애초부터 직접 기적을 보일 수 있었던 순간도 사람들에게 예수님의 사랑을 몸소 익히도록 기회를 주신 것이다.

어느 날 예수께서 큰 무리들에게 가르치고 있었는데 날이 저물어갔다. 하지만 그곳은 빈 들이라 먹을 것을 구할 수 있는 곳이 없었다. 제자들은 촌과 마을로 가서 떡을 사다 먹을 것을 제안하였다. 그러자 예수께서는 너희에게 떡 몇 개나 있는지 가서 보라 하시니 제자들이 떡 다섯 개와 물고기 두 마리가 있다고 대답했다. 예수께서는 군중들을 몇 그룹으로 나누어 앉게 하시고 떡 다섯 개와 물고기 두 마리로 나누어 먹게 하셨는데 먹은 사람이 남자 수만 해도 오천 명이나 되는 극적인 장면을 연출하셨다.

"예수께서 떡 다섯 개와 물고기 두 마리를 가지사 하늘을 우러러 축사하시고 떡을 떼어 제자들에게 주어 사람들에게 나누어 주게 하시고 또 물고기 두 마리도 모든 사람에게 나누시매 다 배불리 먹고 남은 떡 조각과 물고기 열두 바구니에 차게 거두었으며 떡을 먹은 남자는 오천 명이었더라."(마가복음 6:41~44)

예수께서는 이미 상황을 다 파악하셨는데 군중 가운데 떡 다섯 개와 물고기 두 마리를 소유하고 있음을 아셨을 것이다. 그것은 한 두 사람의 양식에 불과한 것이다. 하지만 누군가의 믿음과 사랑은 이처럼 놀라운 결과를 가져올 수 있음을 말해주고 있는 것이다. 말씀하시는 예수님, 그리고 그 말씀대로 행하는 제자, 떡과 물고기를 선뜻 내놓은 사람의 믿음과 사랑이 이루어낸 아름다운 합작품이다. 예수님께서 바라시는 것은 결과보다도 이런 과정에 대한 깨달음을 요구하고 계신 것이다. 또 다른 예도 있다.

"여호와의 말씀이 엘리야에게 임하여 이르시되 너는 일어나 시돈에 속한 사르밧으로 가서 거기 머물라 내가 그곳 과부에게 명령하여 네게 음식을 주게 하였느니라. 그가 일어나 사르밧으로 가서 성문에 이를 때에 한 과부가 그곳에서 나뭇가지를 줍는지라 이에 불러 이르되 청하건대 그릇에 물을 조금 가져다가 내가 마시게 하라. 그가 가지러 갈 때에 엘리야가 그를 불러 이르되 청하건대 네 손의 떡 한 조각을 내게로 가져오라. 그가 이르되 당신의 하나님 여호와께서 살아 계심을 두고 맹세하노니 나는 떡이 없고 다만 통에 가루 한 웅큼과 병에 기름이 조금 있을 뿐이라 내가 나뭇가지 둘을 주워다가 나와 내 아들을 위하여 음식을 만들어 먹고 그 후에는 죽으리라. 엘리야가 이르러 두려워 말고 가서 네 말대로 하려니와 먼저 그것으로 나를 위하여 작은 떡 한 개를 만들어 내게 가져오고 그 후에 네 아들을 위하여 만들라. 이스라엘의 하나님 여호와의 말씀이 나 여호와가 비를 지면에 내리는 날까지 그 통의 가루가 떨어지지 아니하고 그 병의 기름이 없어지지 아니하리라 하셨느니라. 그가 가서 엘리야의 말씀대로 하였더니 그와 엘리야와 그의 식구가 여러 날 먹었으나 여호와께서 엘리야를 통하여 하신 말씀 같이 통의 가루가 떨어지지 아니하고 병의 기름이 없어지지 아니하니라."(열왕기상 17:8~16)

여기서 가르치시는 교훈 또한 별반 다르지 않다. 말씀으로 지시하시는 여호와, 그리고 말씀대로 행하는 엘리야, 그리고 엘리야의 요청대로 순종하는 사르밧 과부의 믿음이 이루어낸 감동적인 명장면이다. 하지만 우리가 주목해야 할 것은 여호와께서 사르밧 과부에게 이미 믿음을 불어넣어 주셨다는 점이다. 우리의 믿음과 선행마저도 하나님의 은혜임을 잘 말해주고 있다.

오순절날 성령을 받고 베드로가 열한 사도들과 함께 예수님을 본받아 본격적으로 전도하면서 많은 사람들을 가르쳤다.

"베드로가 이르되 너희가 회개하여 각각 예수 그리스도의 이름으로 세례를 받고 죄사함을 받으라. 그리하면 성령의 선물을 받으리니. 이 약속은 너희와 너희 자녀와 모든 먼데 사람 곧 주 우리 하나님이 얼마든지 부르신 자들에게 하신 것이라 하고 또 여러 말로 확증하며 권하여 이르되 너희가 이 패역한 세대에서 구원을 받으라 하니 그 말을 받은 사람들은 세례를 받으매 이 날에도 신도의 수가 삼천이나 더하더라."(사도행전 2:38~41)

요한의 때에는 물로 세례를 받았지만 예수님이 요한으로부터 세례를 받으신 후 요한의 역할은 끝이 났다. 이제 예수님은 물로 세례를 주는 것이 아니라 성령으로 세례를 주신다. 성령의 역할에 대해서 에베소서에는 다음과 같이 말하고 있다.

"그 안에서 너희도 진리의 말씀 곧 너희의 구원의 복음을 듣고 그 안에서 또한 믿어 약속의 성령으로 인치심을 받았으니 이는 기업의 보증이 되사 그 얻으신 것을 속량하시고 그의 영광을 찬송하게 하려하심이라. 이로 말미암아 주 예수 안에서 너희 믿음과 모든 성도를 향한 사랑을 나도 듣고 내가 기도할 때에 기억하며 너희로 말미암아 감사하기를 그치지 아니하고 우리 주 예수 그리스도의 하나님, 영광의 아버지께서 지혜와 계시의 영을 너희에게 주사 하나님을 알게 하시고 너희 마음의 눈을 밝히사 그의 부르심의 소망이 무엇이며 성도 안에서 그 기업의 영광의 풍성함이 무엇이며 그의 힘의 위력으로 역사하심을 따라 믿는 우리에게 베푸신 능력의 지극히 크심이 어떠한 것을 너희로 알게 하시기를 구하노라."(에베소서 1:13~19)

성령으로 인치심을 받는 다는 것은 한 차례 이벤트 같은 성격이 아니고 하나님이 얼마나 크신 분인지 알게 하시고 마음의 눈을 밝히사 그의 부르심의 소망이 무엇인지 알게 하시며 우리가 받을 영광이 얼마나 대단한 것인지 알게 하신다. 다시 베드로전서로 돌아가서 성령을 받은 사람들이 어떻게 변화하였는지 살펴보자.

"그들이 사도의 가르침을 받아 서로 교제하고 떡을 떼며 오로지 기도하기를 힘쓰니라. 사람마다 두려워하는데 사도들로 말미암아 기사와 표적이 많이 나타나니 믿는 사람이 다 함께 있어 모든 물건을 서로 통용하고 또 재산과 소유를 팔아 각 사람의 필요를 나눠주며 날마다 마음을 같이하여 성전에 모이기를 힘쓰고 집에서 떡을 떼며 기쁨과 순전한 마음으로 음식을 먹고 하나님을 찬미하며 또 온 백성에게 칭송을 받으니 주께서 구원받는 사람을 날마다 더하게 하시리라."(사도행전 2:42~47)

또 야고보서에는 성령을 받은 자의 바람직한 모습에 대해서도 말씀하고 계신다.

"그러므로 모든 더러운 것과 넘치는 악을 내버리고 너희 영혼을 능히 구원할 바 마음에 심어진 말씀을 온유함으로 받으라. 너희는 말씀을 행하는 자가 되고 듣기만 하여 자신을 속이는 자가 되지 말라."(야고보서 1:21~22)

"나더러 주여 주여 하는 자마다 다 천국에 들어갈 것이 아니요 다만 하늘에 계신 내 아버지의 뜻대로 행하는 자라야 들어가리

라."(마태복음 7:21)

그렇다면 하나님의 뜻은 무엇일까? 우리는 그 뜻을 헤아려서 반드시 지키고 따라야 할 것이다.

"하나님의 뜻은 이것이니 너희의 거룩함이라 곧 음란을 버리고 각각 거룩함과 존귀함으로 자기의 아내를 대할 줄 알고 하나님을 모르는 이방인과 같이 색욕을 따르지 말고 이 일에 분수를 넘어서 형제를 해하지 말라. 이는 우리가 너희에게 미리 말하고 증언한 것과 같이 이 모든 일에 주께서 신원하여 주심이라. 하나님이 우리를 부르심은 부정하게 하심이 아니요 거룩하게 하심이니 그러므로 저버리는 자는 사람을 저버리는 것이 아니요 너희에게 그의 성령을 주신 하나님을 저버림이니라."(데살로니가전서 4:3~8)

바울은 이 세대를 어떻게 살아야 하는지 구체적으로 제시해주고 있다.

"그러므로 형제들아 내가 하나님의 모든 자비하심으로 너희를 권하노니 너희 몸을 하나님이 기뻐하시는 거룩한 산 제물로 드리라. 이는 너희가 드릴 영적 예배니라. 너희는 이 세대를 본받지 말고 오직 마음을 새롭게 함으로 변화를 받아 하나님의 선하시고 기뻐하시고 온전하신 뜻이 무엇인지를 구별하도록 하라. 내게 주신 은혜로 말미암아 너희 각 사람에게 말하노니 마땅히 생각할 그 이상의 생각을 품지 말고 오직 하나님께서 각 사람에게 나누어주신 믿음의 분량대로 지혜롭게 생각하라. 우리가 한 몸에 많은 지체를 가졌으나 모든 지체가 같은 기능을 가진 것이 아니니 이와 같이 우리 많은 사람이 그리스도 안에서 한 몸이 되어 서로 지체가 되었느니라. 우리에게 주신 은혜대로 받은 은사가 각각 다르니 혹 예언이면 믿음의 분수대로 혹 섬기는 일이면 섬기는 일로, 혹 가르치는 일이면 가르치는 일로, 혹 위로하는 자면 위로하는 일로, 구제하는 자는 성실함으로, 다스리는 자는 부지런함으로, 긍휼을 베푸는 자는 즐거움으로 할 것이니라. 사랑에는 거짓이 없나니 악을 미워하고 선에 속하라. 형제를 사랑하여 서로 우애하고 존경하기를 서로 먼저하며 부지런하여 게으르지 말고 열심을 품고 주를 섬기라. 소망 중에 즐거워하며 환난 중에 참으며 기도에 항상 힘쓰며 성도들의 쓸 것을 공급하며 손님 대접하기를 힘쓰라. 너희를 박해하는 자를 축복하라 축복하고 저주하지 말라. 즐거워하는 자들과 함께 즐거워하고 우는 자들과 함께 울라. 서로 마음을 같이 하며 높은 데 마음을 두지 말고 도리어 낮은 데에 처하며 스스로 지혜 있는 체 하지 말라. 아무에게도 악을 악으로 갚지 말고 모든 사람 앞에서 선한 일을 도모하라. 할 수 있거든 너희로서는 모든 사람과 더불어 화목하라."(로마서 12:1~18)

이 말씀을 주야로 묵상하고 지켜 행하면 우리가 형통하게 된다.(여호수아 1:8) 이제 두려워할 것이 없다. 인간적인 노력만으로는 불가능한 일이지만 하나님께서 함께 하신다고 약속하셨고 함께 하셨을 때 이 모든 일이 가능하기 때문이다.

"내 안에 거하라 나도 너희 안에 거하리라. 가지가 포도나무에 붙어있지 아니하면 스스로 열매를 맺을 수 없음 같이 너희도 내 안에 있지 아니하면 그러하리라. 나는 포도나무요 너희 가지라 그가 내 안에, 내가 그 안에 거하면 사람이 열매를 많이 맺나니 나를 떠나서는 너희가 아무것도 할 수 없음이라."(요한복음 15:4~5)

"예수께서 그리스도이심을 믿는 자마다 하나님께로부터 난 자니 또한 낳으신 이를 사랑하는 자마다 그에게서 난 자를 사랑하느니라. 우리가 하나님을 사랑하고 그의 계명들을 지킬 때에 이로써 우리가 하나님의 자녀를 사랑하는 줄을 아느니라. 하나님을 사랑하는 것은 이것이니 우리가 그의 계명을 지키는 것이니라. 그의 계명들은 무거운 것이 아니로다. 무릇 하나님께로부터 난 자마다 세상을 이기느니라. 세상을 이기는 승리는 이것이니 우리의 믿음이니라."(요한일서 5:1~4)

사실 계명들을 지키라는 말에 손발 다 들고 포기하고 싶은 생각이 들 수밖에 없을 것이다. 당연히 예수님의 말씀이 곧 계명이긴 하지만 구약시대 발상으로 받아들이고 두려워할 필요는 없다. 하나님은 새 법을 만드셨고 우리의 짐을 가볍게 하셨다. 그리고 예수님은 그에 대한 대책도 다 마련해 놓으셨다. 그런 것들을 이기는 승리는 우리의 믿음이라는 것이다. 그렇게 무거운 것이 아니다.

"수고하고 무거운 짐 진 자들아 다 내게 오라 내가 너희를 쉬게 하리라. 나는 마음이 온유하고 겸손하니 나의 멍에를 메고 내게 배우라 그리하면 너희 마음이 쉼을 얻으리니 이는 내 멍에는 쉽고 내 짐은 가벼움이라 하시니라."(마태복음 11:28~30)

헤르만 헤세(Hermann Hesse, 1877-1962)는 자신의 저서 《밤의 사색》에서 다음과 같은 시를 읊었다. 지친 삶의 여정에 잔잔한 위로를 주는 시다.

인생의 사막에서 나는 정처 없이 방황하며
무거운 짐에 눌려 신음한다.
그러나 거의 잊어버렸지만 어딘가에
시원하게 그늘지고 꽃이 만발한 정원이 있음을
나는 안다.

그러나 아득히 먼 꿈속 어딘가에
영원한 안식처가 기다리고 있음을 나는 안다.
그곳에서 영혼은 다시 고향을 찾고
영원한 잠, 밤과 별이 기다리고 있음을
나는 안다.*

사랑은 예수님께 배우는 것이 진짜이다. 왜냐하면 예수님은 사랑 그 자체이시기 때문이다.

"예수께서 그리스도이심을 믿는 자마다 하나님께로부터 난 자니 또한 낳으신 이를 사랑하는 자마다 그에게서 난 자를 사랑하시느니라."(요한일서 5:1)

일상적인 생활에서 혹은 오랜 경험으로 우리는 사랑에 관한 진

---

* 헤르만 헤세 저/ 배영자 역, 밤의 사색, p.190, 반니, 2020.

리를 터득하게 된다. 함께 피와 땀을 흘려야 전우애가 돋아나고, 눈물 젖은 빵을 함께 나누어 먹으며 우의가 생기며, 어려울 때 한 편이 되어줄 때 우정이나 사랑의 감정이 생긴다. 요즘 세상처럼 사랑에 빠지는 것은 쉽지만 진정으로 사랑하는 것은 결코 쉬운 일이 아니다.

진정한 가치 있는 것들이 대개 그렇듯이 사랑은 돈으로 살 수 있는 것이 아니다. 만약 사랑을 돈으로 살 수 있다고 생각한다면 그것은 순간의 쾌락일 것이다. 사랑은 결코 일시적인 감정의 산물이 아니다.

사도 바울은 사랑의 이치를 깨닫고 "그리스도의 사랑이 우리를 강권하시는도다"(고린도후서 5:14)라고 말했다. 성서에는 우리를 움직이게 하는 동기가 무수히 많은데, 공통점이라면 모든 것의 기초이자 우선순위는 누군가를 향한 사랑이라는 점이다. 바울이 이처럼 강권하는 이유는 간단하다. 성서는 "우리가 사랑함은 그가 먼저 우리를 사랑함이라"(요한일서 4:19)고 말하고 있다. 그래서 예수님은 다음과 같이 가르치셨다.

"예수께서 이르시되 네 마음을 다하고 목숨을 다하고 뜻을 다하여 주 너의 하나님을 사랑하라 하셨으니 이것이 크고 첫째 계명이요. 둘째도 이와 같으니 네 이웃을 네 자신과 같이 사랑하라 하셨으니 이 두 계명이 온 율법과 선지자의 강령이니라."(마태복음 22:37~38)

하나님의 가장 위대한 사랑은 그의 독생자를 우리 죄를 위해 기꺼이 내놓으셔서 우리 죗값을 대신 치르게 하셨다는 점이다. 우리는 예수님 희생을 통해 죄로부터 영원히 자유로워질 수 있게 되었다.

사랑은 우리가 배우고 본 받아야 할 절대적인 진리다.

어린아이와 같은 자가 되어라

스스로를 솔직히 대면한다면,
우리 역시 어린 왕자의 눈에 비친
이상한 어른들과 다를 바가 없다는 걸 발견할지도 모른다.
무엇이 이상할까?
어른들은 중요하지 않은 일에 삶을 허비한다.

성서에는 어린 아이를 비유로 한 얘기들이 종종 등장한다. 하나님이 바라시는 사람의 원형에 가까운 모습이 바로 어린 아이이기 때문이 아닌가 생각된다. 물론 성서의 가르침에 의하면 모든 사람이 원죄(原罪, original sin)를 가지고 태어나지만, 그래도 세속에 물들지 않고 가장 때 묻지 않은 시절로 보는 것이다. 어린 아이들은 부모님에 전적으로 의존하며 살고 부모님을 세상에서 가장 큰 자로 여기며 순종한다. 끝없는 상상력으로 만화 같은 얘기까지도 실현될 수 있다는 꿈을 가진다.

그러나 성장하여 청소년기가 되고 어른이 되어 가는 과정에서 자아가 생겨나고 누군가의 말에 대해 전적으로 신뢰하려고 하지 않게 된다. 게다가 남의 말을 경청하기보다는 자신의 얘기를 더 많이 한다. 또 어른이 되어갈수록 계산을 철저히 하게 되고 현실적으로 타협하며 자기합리화의 귀재가 되어간다. 좋게 얘기하면 개성, 자기다움, 독립성이 형성된 것이라고 얘기할 수 있지만, 다른 관점에서 보면 부모나 어른들의 품 안을 벗어나 자신들의 생각이나 유익에 따른 행동이 생겨나는 것이다. 그래서 옛 어른들은 '품 안의 자식'이라는 말을 하곤 하셨다.

확실히 어린이의 세계와 어른의 세계는 다르다. 지구를 구하자는 지속가능한 발전을 위한 케치프레이즈 중에 유명한 말이 있다. "Think Globally, Act locally(세계적으로 생각하고 지역적으로 행동하라)"다. 이는 사회학자이자 생태학자인 스코틀랜드 출신의 페트릭 게데스(Patrick Geddes)에 의해 최초로 제안된 내용으로 지금은 보편적으로 사용되고 있다. 우리가 기존의 생각, 기존의 행동으로는 지구의 미래를 장담할 수 없다는 것을 강조하고 있다.

그렇다면 생각은 아이처럼, 행동은 어른처럼 하면 어떨까.

생텍쥐페리의 《어린 왕자》*는 어른들과 아이들의 눈이 얼마나 다른지 잘 말해주고 있다. 여섯 살 무렵 원시림 이야기를 다룬 《체험이야기》라는 책에서 놀라운 그림 하나를 본적이 있는데 맹수를 통째로 먹어 삼킨 보아뱀의 그림이었다. 그 책에는 이렇게 쓰여 있었다. "보아뱀은 먹이를 씹지도 않은 채 통째로 삼키고, 그것을 소화하기 위해 여섯 달 동안 꼼짝없이 잠을 잔다."

이야기는 어린 시절 화가를 꿈꾸던 비행사의 등장으로 시작된다. 이 책은 그 어린 소년의 상상력에 커다란 영향을 미쳤고, 드디어 첫 그림을 그렸다. 그것이 그 유명한 모자 닮은 그림이다. 그는 자신이 그린 멋진 그림을 어른들에게 보여주며 너무 무섭지 않느냐고 물었다. 어른들은 되물었다. 모자가 무엇이 무섭다는 거니? 그 소년이 그린 것은 모자가 아니었다. 그것은 코끼리를 통째로 삼키고 나서 소화하는 보아뱀의 모습이었다. 그 소년은 어른들이 알아볼 수 있도록 보아뱀의 뱃속을 그려야 했다. 어른들에게는 자세히 설명해주기 위해서였다. 그 소년은 이렇게 고백한다.

---

* 생텍쥐페리 저/베스트트랜스 역, 어린 왕자, 더클래식.

"어른들은 나에게 속이 보이거나 보이지 않는 보아뱀의 그림 따위는 집어치우고 지리나 역사, 산수와 문법을 공부하는 게 더 나을 거라고 충고했다. 그래서 나는 여섯 살에 멋진 화가가 되겠다는 꿈을 포기하고 말았다. 내 그림이 성공하지 못한 것에 크게 실망했기 때문이다. 어른들은 혼자서 아무것도 이해하지 못한다. 언제나 모든 것에 대해 일일이 설명해주어야 하니 어린 나에게는 여간 벅찬 일이 아니다. 결국 나는 다른 직업을 선택해 비행기 조종사가 되었다."*

세월이 흘러 조종사가 된 그는 어느 날 비행기 고장으로 사막 한가운데 불시착하게 되고, 그곳에서 어린 왕자를 만나게 된다. 어린 왕자는 그에게 양 한 마리만 그려달라고 한다. 그는 어린 시절에 그렸던 모자를 닮은 보아뱀을 그려줬다. 그러자 어린 왕자는 보아뱀이 아니라 양을 그려달라고 부탁한다. 그러자 그는 어린 왕자가 자신의 그림을 이해하고 있다는 생각이 들었다. 그는 대화를 이어갔고 어린 왕자가 다른 별에서 왔다는 것을 알게 되었다.

어린 왕자가 살던 별에는 바오밥나무가 있고 왕자는 매일 그 나무를 치워야 하는데 그 이유는 별이 너무 작아서 치우지 않으면 온통 바오밥나무로 우거져버려 발 디딜 공간도 없어질 것 같아서이다. 그래서 바오밥나무를 먹어치울 수 있는 양을 그려달라고 한 것이었다. 그리고 그 별에는 바오밥나무와 더불어 장미꽃 한 송이가 자라고 있는데 어린 왕자가 씨앗시절부터 소중히 길러낸 것이라고 했다. 그런데 애지중지 키운 장미는 투정이 많아지고 어린 왕

* 전게서, p.12.

자에게 너무 많은 것을 요구한다는 것이다. 결국 화가 난 왕자는 장미의 오만함을 꾸짖기 위해 자신이 별을 떠났다고 했다. 그런데 어린 왕자는 곧바로 사막으로 온 것이 아니었다. 이 사막으로 오기 전에 여섯 개의 별을 거쳐 왔다고 했다. 그 별마다 특색이 있었는데 어느 별도 살고 싶은 별이 없었다고 했다.

첫번째 별에는 왕이 살고 있었는데 신기하게도 왕을 섬기는 신하는 한 명도 없었다. 그는 '명하노라'라는 명령조의 말을 입에 달고 있었다. 어린 왕자가 하품이나 기침을 하기 위해서도 왕의 허락을 받아야 했다. 어린 왕자는 왕의 이상한 행동에 선뜻 이해가 가지 않았지만 자신만의 방식이라고 이해했다. 그리고 어린 왕자는 왕에게 해가 지는 모습을 보고 싶으니 해가 지도록 명령해달라고 부탁한다. 하지만 왕은 자기 나라의 법에 따라 기다려야 한다고 대답한다. 어린 왕자는 왕이 허풍쟁이라고 간파하고 이 별에 더 이상 있을 필요를 느끼지 못하고 다음 여행을 이어나갔다.

두 번째 별에는 이상한 모자를 쓴 허영쟁이가 살고 있었는데 그 이유가 모든 사람들이 자신에게 환호와 박수를 보내면 답례하려고 쓰고 있다고 하였다. 하지만 길을 지나가는 사람은 아무도 없었다. 그는 어린 왕자에게 두 손을 마주쳐보라고 했다. 그러자 허영쟁이가 모자를 벗어들며 젊잖게 인사했다. 어린 왕자는 왕을 만났을 때보다는 재미있다고 생각했다. 허영쟁이는 남의 말을 듣지 않고 자신을 향해 연신 찬양하라고만 하는 것이었다. 어린 왕자는 '어른들은 아무래도 이상해'라고 생각하며 별을 떠났다.

세 번째 별에는 술꾼이 살았다. 술꾼은 한 무더기의 빈병과 술이 가득 찬 병을 앞에 두고 연신 술을 마시고 있었다. 어린 왕자는 왜 그렇게 술을 마시냐고 물었다. 그러자 그는 '잊기 위해서'라고 대답했다. 뭘 잊고 싶으냐고 재차 묻자, '부끄러움을 잊고 싶다'고 했다. 뭐가 부끄럽냐고 묻자, '술을 마시는 게 부끄럽다'고 대답했다. 어린 왕자는 '어른들은 아무리 생각해도 이상해'라고 생각하며 여행을 이어갔다.

네 번째 별에는 장사꾼이 살고 있었다. 장사꾼은 무엇이 그리 바쁜지 고개 한 번 들지 않고 연신 숫자만 세고 있었다. 어린 왕자는 무엇을 그렇게 열심히 세고 있냐고 물었다. 그러자, 별들을 세고 있다고 하였다. 별들을 세어서 무엇하려고 그러느냐고 물었다. 그러자 장사꾼은 별을 소유하려고 세고 있다고 하였다. 어린 왕자는 별들을 어떻게 소유할 수 있죠? 라고 물었다, 그러자 장사꾼은 어린 왕자에게 물었다. 별은 누구의 것이지? 어린 왕자는 누구의 것도 아니라고 대답했다. 그러자 장사꾼은 '그래, 그러니까 내 것이지'라고 대답했다. 별들을 관리하기 위해 세고 또 세고 있는 것이었던 것이다. 어린 왕자는 중요한 일에 대해서 어른들과 매우 다르게 생각했다.

"나에게는 꽃 한 송이가 있어요. 나는 꽃에게 물을 주고 가꿔요. 화산도 세 개나 있어서 일주일에 한 번은 청소를 해요. 불이 꺼진 화산도 청소를 해야 해요. 언제 폭발할지 알 수 없으니까요. 나는 내가 소유하고 있는 꽃이나 화산에게 도움을 주죠. 하지만 아저씨는 별들에게 어떤 도움도 되지 않아요."*

장사꾼은 뭔가 대답을 찾으려고 했지만 마땅한 말을 찾지 못했

---

* 전게서, p.77.

고, 어린 왕자는 '어른들은 너무너무 이상해'라고 생각하며 그 별을 떠났다.

다섯 번째 별은 가장 작은 별이었는데, 가로등 하나와 불을 켜는 사람이 설 자리밖에 없었다. 어린 왕자는 앞에서 만난 사람들과는 다른 유익한 일을 할 사람일 거라는 기대감이 생겼다. 왜냐하면 그나마 하는 일이 있기 때문이다. 어린 왕자는 그 사람에게 다가가 공손히 인사를 하고 왜 가로등을 켜고 끄는지 이유를 물었다. 그러자 그 사람은 시키는 대로 하는 거라고 말했다. 그러면서 켜고 끄는 일을 반복했다. 아저씨의 별은 아주 작아서 세 발짝만 움직이면 언제나 해가 떠 있을 거예요. 쉬고 싶을 때 걷기만 하면 돼요. 아저씨는 별 도움이 안 되는 조언이라고 고개를 저었다. 서로의 대화를 이해하지 못했지만 그래도 지금까지 만난 사람 가운데 가장 친구하고 싶은 생각이 들었다. 어리석어 보일지 몰라도 성실한 사람이니까.

여섯 번째 별은 지금까지의 어느 별보다 큰 별이었다. 그 별에는 어마어마하게 큰 책을 쓰고 있는 노인이 살고 있었다. 어린 왕자는 노인에게 무슨 책을 쓰고 있냐고 물었다. 그러자 노인은 자신을 지리학자라고 소개했다. 지리학자는 바다, 강, 도시, 산 그리고 사막 등이 어디에 있는지 연구하는 사람이라고 덧붙였다. 어린 왕자는 바다, 산, 강, 사막의 위치에 대해 물어보았다. 하지만 노인은 모른다고 했다. 자신은 지리학자이지 탐험가가 아니기 때문이라고 했다. 자신은 너무 바빠서 서재를 한 번도 떠난 적이 없다고 하면서 어린 왕자에게 탐험가가 되어 줄 수 없겠느냐고 했다 .어린 왕자는 제안을 거절했다. 그리고는 어느 별에 가면 좋겠냐고 지리학자에게 물었다. 그러자 노인은 지구를 가보라고 추천해 주었다.

어린 왕자는 여러 별을 거쳐서 지구에 온 것이었다.

어린 왕자를 통해서 저자가 말하려는 것을 단순하게 정리하는 것은 쉽지 않은 것 같다. 이 책은 어린이를 위한 동화책 같으면서도 어른도 이해하기 힘든 복선이 깔려 있음을 알 수 있다.

우리가 어른이 되면서 어떤 것을 잃어버렸고 상품화되어가는 세상에서 무엇이 소중한지를 묻고 있는 것 같다. 저자는 어른들이 어린 왕자의 눈을 통해 어린이의 순수성을 회복하기를 바라고 또 자신의 삶이 얼마나 고달픈지, 현실은 얼마나 냉혹한지, 삶의 우선순위가 무엇인지를 말하고 싶었는지도 모르겠다.

저우바오쑹은 자신의 저서 《어린 왕자의 눈》에서 이같이 말했다.

"사람을 도구로 보는데 익숙해지고 돈으로 모든 걸 사는데 무감각해지면 우정의 문이 점점 닫힌다. 사귈 만한 사람이 없는 게 아니라 우리 삶에 우정이 들어올 틈이 없기 때문이다."*

"스스로를 솔직히 대면한다면, 우리 역시 어린 왕자의 눈에 비친 이상한 어른들과 다를 바가 없다는 걸 발견할지도 모른다. 무엇이 이상할까? 어른들은 중요하지 않은 일에 삶을 허비한다."**

성서에는 어린아이에 대한 예수님의 생각을 알 수 있는 대목이 있다.

---

* 저우바우쑹 저/최지희 역, 어린 왕자의 눈, p.166, 블랙피쉬.
** 전게서, p.184.

410

"그때에 제자들이 예수께 나아와 이르되 천국에서는 누가 크니이까. 예수께서 한 어린이를 불러 그들 한가운데 세우시고 이르시되 진실로 너희에게 이르시되 너희가 돌이켜 어린 아이들과 같이 되지 아니하면 결단코 천국에 들어가지 못하리라. 그러므로 누구든지 이 어린 아이와 같이 자기를 낮추는 사람이 천국에서 큰 자니라.(마태복음 18:1-4)"

어린아이는 혼자서 살아가기는 아직 부족할지는 몰라도 최소한 교만하지는 않다. 그것은 어른들이 배워야 할 소중한 가치다.

순종이 제사보다 낫다

너희는 이 세대를 본받지 말고
오직 마음을 새롭게 함으로 변화를 받아
하나님의 선하시고 기뻐하시고 온전한 뜻이
무엇인지 분별하도록 하라.
(로마서 12:2)

인간에게는 한때 뭐 하나 부족함이 없을 정도로 최고의 특권이 주어진 적이 있었다. 그러나 그 순간은 그리 길지 않았다. 바로 에덴동산에서의 아담과 하와를 두고 하는 말이다. 주어진 특권 이상의 과욕을 부리면서 맡겨진 책무를 소홀히 하게 되었고 결국 그 특권을 모두 잃게 된다. 존 밀턴의 《실낙원》은 에덴동산에서의 장면을 토대로 흥미롭게 써내려간 대서사시이다. 그 책 도입부의 일부 내용을 소개하면 다음과 같다.

　　"처음에 그 악의 배반으로 꾄 것은 누구인가? 지옥의 뱀*이다. 그놈이 교만하여 그의 모든 반역 천사 무리들과 함께 하늘에서 쫓겨났을 때, 질투와 복수심에 불타 인류의 어머니**를 속인 것이다. 그는 그 천사들의 도움으로 반역하기만 하면 동료 이상의 영광을 얻고, 지고하신 분과 동등해지리라. 믿고 야망을 품고 하나님의 보좌와 주권에 대하여 불경스런 전쟁, 교만한 싸움을 하늘에서 헛되

---

*　사탄 혹은 마귀로 뱀의 형상을 하고 하와를 유혹하였다. 창세기 3장, 요한계시록 12장 9절, 20장 2절 참조.
**　이브(하와)를 지칭. "아담이 그의 아내의 이름을 하와라 불렀으니 그는 모든 산자의 어머니가 됨이라."(창세기 3:20)

이 일으켰어라. 그러나 전능하신 하나님은 감히 싸움을 걸어온 그를 불붙여 무거운 타락과 파멸을 가하여 청화천(淸火天)*으로부터 바닥없는 지옥으로 거꾸로 내던지셨다.'**

그럼에도 불구하고 사랑과 긍휼로 충만한 하나님은 독생자라는 신분으로 직접 사람의 몸을 입고 이 땅에 오셔서 우리를 대신하여 죄의 삯을 치르심으로써 우리는 다시 낙원에서의 영원한 삶에 대한 소망을 이어갈 수 있게 되었다. 바로 예수님을 믿고 찬양하고 기뻐하며 감사해야 하는 이유가 여기에 있다. 그런 이유로 이제 그분의 말씀에 순종함이 마땅한 일 아니겠는가. 하지만 여전히 우리에게는 아담과 하와의 유전자가 내재되어 있어 스스로 순종할 수 없는 치명적인 약점을 지니고 있다.

그러나 방법은 있다. 예수님을 의지하는 것이다. 그분은 전지전능하신 분이어서 내가 내 자신을 아는 것보다 나를 더 잘 아시는 분이시기 때문이다. 예수님은 십자가에서 죽은 지 사흘 만에 부활하시어 승천하시기 전 마지막으로 우리에게 주신 말씀이 있는데 하늘에 계신 아버지, 그리고 예수님과 소통하는 방법을 제시하셨는데 다름 아닌 보혜사 성령이다. 여기에서 알 수 있는 것은 삼위일체의 하나님이라는 것을 분명히 하고 있다는 것이다.

"보혜사 곧 아버지께서 내 이름으로 보내실 성령 그가 너희에게 모든 것을 가르치고 내가 너희에게 말한 모든 것을 생각나게 하리

---

* 신들의 고장으로 지구를 에워싼 무거운 공기 중 순수한 정기로 이루어졌다고 상상되는 지역을 일컫는다.

** 존 밀턴 저/이창배 역, 실낙원, p.15, 범우사, 1996.

라."(요한복음 14장 26절)

더욱 기쁨이 되는 메시지도 함께 주셨는데 믿음과 순종이 가져다 줄 하나님의 선물에 관한 부분이다.

"평안을 너희에게 끼치노니 곧 나의 평안을 너희에게 주노라 내가 너희에게 주는 것은 세상이 주는 것과 같지 아니하니라. 너희는 마음에 근심하지도 말고 두려워하지도 말라."(요한복음 14장 27절)

"그날에는 내가 아버지 안에 너희가 내 안에 내가 너희 안에 있는 것을 너희가 알리라."(요한복음14장 20절)

하나님이 내 안에 내가 하나님 안에 있을 수 있다는 것을 상식적으로는 이해가 잘 가지 않는다. 아무래도 우리는 지금껏 눈에 보이는 것과 과학이라는 사실적 근거에 의존하여 왔기 때문에 성서에 나오는 진리들을 쉽게 받아들이지 못할 때가 종종 있다. 그러나 어느 순간부터 그것을 따지기보다는 우리가 해결할 수 없는 문제를 하나님은 하실 수 있고 그분을 믿을 수 있다는 것 자체가 더 중요한 일이고 축복이라는 사실을 알게 되었다.

복효근의 '춘향의 노래'라는 시에는 심금을 울리는 멋진 구절이 등장한다. 이 시는 임을 그리는 사랑노래로서 지리산과 섬진강이라는 자연물을 소재로 한 점이 특이하다. 춘향이와 이몽룡을 '섬진강'과 '지리산'에 비유하여 '나'와 '너'를 바꾸기도 하고 하나로 엮기도 한다. 이 시는 누군가와의 관계에 대해 색다른 진지함을 선사한다.

지리산은
지리산으로 천 년을 지리산이듯
도련님은 그렇게 하늘 높은 지리산입니다.

섬진강은
또 천년을 가도 섬진강이듯
나는 땅 낮은 섬진강입니다.

그러나 또 한껏 이렇지요
지리산이 제 살 속에 낸 길에
섬진강을 안고 흐르듯
나는 도련님 속에 흐르는 강입니다.

섬진강이 깊어진 제 가슴에
지리산을 담아 거울처럼 비춰주듯
도련님은 내 안에 서있는 산입니다.

땅이 땅이면서 하늘인 곳
하늘이 하늘이면서 땅인 자리에
엮어가는 꿈

그것이 사랑이라면

땅 낮은 섬진강 도련님과
하늘 높은 지리산 내가 엮는 꿈
너나들이 우리

사랑은 단 하루도 천년입니다.*

사랑하는 사이에 할 수 있는 최고로 멋진 표현이 아닐 수 없다. 한 때 어떤 드라마 대사에서 사용되어 각종 프로그램에서 단골 패러디 소재로 사용되었던 "내 안에 너 있다"라는 명대사가 떠오른다. 그렇다. 사랑하는 사이에는 단순히 육체적으로 친근하게 지내는 것을 넘어 서로의 머릿속 혹은 가슴속에 깊이 담아두고 싶은 것이다.

흔히 금슬 좋은 부부는 서로 닮아간다고 한다. 그도 그럴 것이 먹는 것, 생각하는 것 등 생활방식이 비슷해지고 또 오래 살다보면 상대편의 언행에 익숙해지면서 자신도 모르게 외모도 마음도 닮아가는 것이 아닌가 생각된다.

그리스도인(Christian)이라는 말은 예수님을 믿고 그분의 말씀에 순종하고 닮아가는 사람들을 의미한다. 누구나 좋아하거나 존경하는 사람이 있다면 당연히 그 사람을 따라해 보고 싶고 또 그 사람이 좋아할 만한 행동을 하고 싶어 할 것이다.

아주 오래 전 우리나라 안방극장을 뜨겁게 달궜던 '초원의 집 (원제:Little House on the Prairie)'이라는 미국 드라마가 방영된 적이 있었다. 1870년에서 1880년대의 미국 서부를 배경으로 소녀 로라 잉걸스(Laura Ingalls Wilder)와 그녀의 가족들을 통해 미국의 근대사를 묘사한 드라마다.

이 드라마는 미국판 '전원일기'라고도 할 수 있는데, 우리나라에서도 1980년에 MBC에서 방영하여 종전의 히트를 기록하였다.

* 복효근, 어느 대나무의 고백, p.50, '춘향의 노래', 문학의 전당, 2006.

개인적으로 어렸을 때 보았던 드라마 중에 가장 인상 깊었던 드라마라고 할 수 있다. 그때는 어렸지만 막연하게 소녀의 아버지 찰스 잉걸스(Charles Phillip Ingalls)의 삶에 대해 로망을 가지고 있었다. 마을의 어려운 문제에 앞장서서 척척 해결하고 가정에서도 자상하고 엄격하게 자녀를 교육하는 등 균형 잡힌 가장의 역할을 수행했던 것으로 기억된다. 게다가 소박한 마을풍경과 넓은 초원이 동화 속의 마을처럼 아름다운 마을로 오랫동안 흠모하게 되었던 것 같다.

누군가를 흠모하고 좋아하면 그 정서가 곧 나의 정서로 변하여 상당기간 동안 나의 성격이나 취향에 영향을 미친다는 것을 알게 되었다. 그 이후로 나는 어디서 살고 싶은가에 대한 질문은 받는다면 주저하지 않고 전원생활을 선택한다고 말해 왔다. 실제로 지금 주말엔 전원에서 시간을 보낸다. 그리고 연구의 주제도 주로 풍경, 정원 등을 연구하고 있다. 신기하지만 어렸을 때 좋은 기억은 한 사람의 생애에 적지 않은 영향을 미칠 수 있음을 알 수 있다.

물론 내게 가장 큰 영향을 미친 일이 무엇이냐고 묻는다면 하나님을 만난 것이라고 단언할 수 있다. 그렇다고 하나님을 직접 만났다거나 음성을 들었다거나 그런 간증을 하려는 것은 아니다. 다만 사고방식이나 지식의 바탕이 바로 성서라는 점이다. 그런 점에서 내 인생의 가장 큰 사건이라고 얘기할 수 있을 것 같다.

나는 초등학교 때부터 마을 한가운데 있었던 작은 예배당을 다니기 시작했고 그 이후로 신앙적으로 부침(浮沈)이 있었지만 그래도 늘 마음 중심에는 그분이 자리잡고 있었다는 것에 감사한다. 하지만 그분을 닮아가고 있다거나 그분의 뜻에 따라 순종하며 살고 있다는 얘기를 자신 있게 할 수 없는 것이 매우 유감이다. 너무 부족하고 부끄러워서 감히 하나님의 자녀라는 말도 선뜻 나오지는 않지만, 그분으로부터 받은 은혜와 사랑을 생각하면 한없이 감사하는 마음뿐이다.

내 삶을 통해 경험한 하나님은 실망스런 인간에 대해서 한없이 참고 기다리시는 분이다. 뿐만 아니라 측정할 수 없는 깊은 자비와 사랑으로 우리에게 은혜 베풀기를 기뻐하시는 분이다. 그렇다면 하나님은 우리에게 무엇을 바라고 계실까? 그분께 순종하려면 그분의 뜻을 아는 것이 먼저일 것이다.

구약성서에 등장하는 호세아에게 여호와의 말씀이 임했는데 그것은 하나님에 대해 무지하고 음란한 생활을 한 이스라엘 백성들을 향한 메시지다. 마치 오늘날 우리들이 사는 세상의 모습과 크게 다르지 않다는 것을 느끼게 한다.

"이 땅에는 진실도 없고 인애도 없고 하나님을 아는 지식도 없고 오직 저주와 속임과 살인과 도둑질과 간음뿐이요 포악하여 피가 피를 뒤이음이라. 그러므로 이 땅이 슬퍼하며 거기 사는 자와 들짐승과 공중에 나는 새가 다 쇠잔할 것이요 바다의 고기도 없어지리라. 그러나 어떤 사람이든지 다투지도 말며 책망하지도 말라. 네 백성들이 제사장과 다투는 자처럼 되었음이니라. 내 백성이 지식이 없으므로 망하는도다. 네가 지식을 버렸으니 나도 너를 버려 내 제사장이 되지 못할 것이요 네가 네 하나님의 율법을 잊었으니 나도 네 자녀들을 잊어버리리라. 그들은 번성할수록 내게 범죄하니 내가 그들의 영화를 변하여 욕이 되게 하리라. 그들이 내 백성의 속죄제물을 먹고 그 마음을 그들의 죄악에 두는도다. 장차는 백성이나 제사장이나 동일함이라. 내가 그들의 행실대로 벌하며 그들의 행위대로 갚으리라. 그들이 먹어도 배부르지 아니하며 음행하여도 수효가 늘지 못하니 이는 여호와를 버리고 따르지 아니하였음이라.”(호세아 4:1~10)

너무나 적나라하게 당시의 세태를 알 수 있는 하나님의 메시지인데 이것이 그저 옛 구약시대의 일로 치부해버리고 지나칠 일일까. 요즘 세상과 너무 닮아 있다. 가짜 뉴스가 난무하고 자신의 생각과 다른 사람이나 진영을 저주하고, 땅과 바다가 통곡할 정도로 환경문제는 심각하다. 교회, 목사, 성도가 늘어갈수록 천국이 되어야 할 세상이 오히려 범죄가 늘어간다.

아브라함에게 약속했던 모래알 같이 백성이 많아질 것이라는 예언도 음행으로 인해 수효가 늘지 못한다. 장차는 백성이나 제사장이나 동일하고 각자의 행실대로 벌하며 그들의 행위대로 갚으리라고 하는 예언은 지금시대에 우리가 어떻게 신앙생활에 적용해야 하는지 정확히 짚어주고 있다.

‘아는 것이 힘이다’라는 격언이 있다. 하지만 바로 아는 것이 더 중요하다. 솔로몬은 하나님을 아는 지식에 대한 고백은 한마디로 압권이다.

“여호와를 경외하는 것이 지식의 근본이거늘 미련한 자는 지혜와 훈계를 멸시하느니라.”(잠언 1:7)

왜 하나님을 경외하는 것이 우리 인생에 있어서 지식의 근본이 될까요? 가령, 우리가 컴퓨터나 휴대폰을 사용하다가 문제가 생기면 그것을 만든 회사의 서비스센터를 찾아가는 것을 당연한 일처럼 여긴다. 마찬가지로 우리를 만드신 하나님이 우리가 우리 자신을 아는 것보다 더 자세히 알고 계시기 때문이다.

인생을 살면서 때로는 스스로 해결하거나 남의 도움을 받아 해결하는 일도 종종 있지요. 하지만 인생의 근본적인 문제는 철학이나 과학, 혹은 남의 도움으로 해결할 수 없다. 왜냐하면 그것은 하나님의 고유영역이기 때문이다. 따라서 하나님의 창조물인 인간이 하나님 외에 다른 어떤 곳에서 세상의 지식이나 경험으로 인생에 직면한 근원적인 문제를 해결할 수 있다고 믿는 것 자체가 어리석은 일에 지나지 않는다.

"십자가의 도가 멸망하는 자들에게는 미련한 것이요. 구원을 받는 우리에게는 하나님이 능력이라. 기록된 바 내가 지혜 있는 자들의 지혜를 멸하고 총명한 자들의 총명을 폐하리라. 하였으니 지혜 있는 자가 어디 있느냐 선비가 어디 있느냐 이 세대에 변론가가 어디 있느냐. 하나님께서 이 세상의 지혜를 미련하게 하신 것이 아니냐. 하나님의 지혜에 있어서는 이 세상이 자기 지혜로 하나님을 알지 못하므로 하나님께서 전도의 미련한 것으로 믿는 자들을 구원하시기를 기뻐하셨도다. 유대인은 표적을 구하고 헬라인은 지혜를 찾으나 우리는 십자가에 못 박힌 그리스도를 전하니 유대인에게는 거리끼는 것이요 이방인에게는 미련한 것이로되, 오직 부르심을 받은 자들에게는 유대인이나 헬라인이나 그리스도는 하나님의 능력이요 하나님의 지혜니라. 하나님의 어리석음이 사람보다 지혜롭고 하나님의 약하심이 사람보다 강하니라."(고린도전서 1:18-25)

세상 지식으로 성경말씀을 이해하자면 어리석은 지식에 불과하다고 생각할 수도 있을 것이다. 당시 유대인은 율법을 줄줄 외울 정도로 율법적인 삶을 사는 사람들인데 관습에 젖어 복음의 진리를 이해하지 못했다. 종교생활은 하고 싶지만 그리스도를 인정하고 싶지 않고 게다가 십자가 도(道)를 깨우치는 일은 더더욱 어려웠을 것이다.

헬라(그리스)는 철학이 발전한 곳이다. 그래서 끊임없는 지적 논쟁이 펼쳐진 대표적인 나라다. 사실 철학이 등장하기 전 그리스인들은 기독교적 사고보다는 신화적 사고로 세상을 이해하려 했던 것 같다. 번개가 치면 제우스(Zeus, 신들의 아버지)가 노해서 그랬다든지, 풍랑이 일면 포세이돈(Poseidon, 바다의 신)이 한 일이라고 여긴다든지 비가 내리지 않으면 가이아(Gaea, 대지의 여신)에 제사를 지내지 않았기 때문이라는 식이다.

흔히 철학의 시초는 밀레토스 출신의 탈레스(Thales of Miletus, BC 624-545)라고 한다. 그는 "만물의 근원은 물이다"라고 주장했다. 그가 후대에 평가받은 것은 그의 주장이 진리이어서가 아니라 '만물은 무엇인가?'라는 질문에 대한 나름대로의 철학적 답변을 제시했기 때문이다. 텔레스는 대단한 연구 성과를 낸 것은 아니었지만 자연을 단순화하여 설명하려 했고 신화 속에 등장하는 신들의 변덕에 진절머리가 났었을 수도 있다. 우리는 사는 동안 인생의 본질에 대해 끊임없이 질문할 필요가 있다. '우리는 누구인가?'라는 질문에 하나님의 대답은 이렇다.

"너희 몸은 너희가 하나님께로부터 받은 바 너희 가운데 계신 성령의 전인 줄 알지 못하느냐 너희는 너희 자신의 것이 아니니

423

라. 값으로 산 것이 되었으니 그런 즉 너희 몸으로 하나님께 영광을 돌리라."(고린도전서 6:19~20)

우리 몸은 예수님 피 값으로 하나님께서 사신 바 되어 이제 우리 자신의 소유가 아니라는 점이다. 내 몸인데 내 마음대로 못한다는 점을 하소연하고 싶어 할 지도 모르겠다. 그러나 오히려 얼마나 다행스런 일인지 모른다. 하나님은 전지전능하시고 영원한 생명의 주인이시다. 나의 얄팍한 지식으로 스스로 선택하는 인생보다 지혜와 사랑이 넘치는 하나님의 뜻에 따라 살다가 그분과 함께 영원히 살 수 있다면 그것은 그 어느 것과도 견줄 수 없는 최고의 선물 아니겠는가. 특히 우리 몸이 성령의 전(殿), 바꿔 말하면 내 몸에 하나님이 들어오신다는 말씀이다. 그런 의미에서 우리의 몸과 마음을 어떻게 관리하고 우리 마음을 어디에 두어야 할 것인가 깊이 성찰해 볼 일이다.

"너희도 성령 안에서 하나님이 거하실 처소가 되기 위하여 그리스도 예수 안에서 함께 지어져 가느니라."(에베소서 2:22)

"사람에게는 버린 바 되었으나 하나님께서는 택하심을 입은 보배로운 산 돌이신 예수께 나아가 너희도 산 돌 같이 신령한 집으로 세워지고 예수 그리스도로 말미암아 하나님이 기쁘게 받으실 신령한 제사를 드릴 거룩한 제사장이 될지니라."(베드로전서 2:4-5)

따라서 우리가 완전한 성전이 되기 위해서는 한 장 한 장 벽돌을 쌓아가듯이 주 안에서 자라가야 함은 두 말할 필요가 없을 것이다. 그것을 가능하게 하는 것이 믿음이고 순종하는 자세이다. 오늘날 일부 교회에서는 이런 믿음과 순종을 성도들에게 강요함으로써 본질을 흐려놓은 뉴스들이 종종 들려온다.

"복음에는 하나님의 의가 나타나서 믿음으로 믿음에 이르게 하나니 기록된 바 오직 의인은 믿음으로 말미암아 살리라 함과 같으니라."(로마서 1:17)

세상은 그럴듯한 정보와 지식으로 범람하고 있다. 그리고 가면 갈수록 불법이 성행하고 있다. 이웃에 대한 배려나 사랑이 식어가고 있다. 무엇을 기준으로 판단하고 분별해야 할 것인가. 그것은 바로 하나님 말씀이다.

"너희는 이 세대를 본받지 말고 오직 마음을 새롭게 함으로 변화를 받아 하나님의 선하시고 기뻐하시고 온전한 뜻이 무엇인지 분별하도록 하라."(로마서 12:2)

그 분별함을 바탕으로 우리는 하나님께 순종해야 하는 사명이 있는 것이다. 어떤 형식적인 제사보다도 하나님의 뜻에 순종하고 그분이 좋아하실 만한 행실로 보답하는 것이 중요하다.

"다만 백성이 그 마땅히 멸할 것 중에서 가장 좋은 것으로 길갈에서 당신의 하나님 여호와께 제사하려고 양과 소를 끌어왔나이다 하는지라. 사무엘이 이르되 여호와께서 번제와 다른 제사를 그의 목소리를 청종하는 것을 좋아하심 같이 순종이 제사보다 낫고

듣는 것이 숫양의 기름보다 나으니"(사무엘상 15:21~22)

데이비드 왓슨은 그의 저서《제자도》에서 진정한 제자가 되는 길의 핵심은 바로 순종이라고 말하고 있다.

"예수님은 이렇게 전적이며 비타협적인 순종의 삶으로 인도하기 위해 우리를 불렀다. 그러나 우리는 현대문화의 관점에서 보다 합리적인 노선을 선택함으로 그리스도의 부름을 제한하고 또 그의 엄격한 요구를 완화시키려는 유혹을 받는 것이다. 우리의 상습적인 말버릇은 예수님 당시와 현대의 상황은 다르다는 것이다."(p.305, 두란노서원)

왓슨은 주님의 제자가 되길 원하는 사람은 언어습관부터 고쳐야 한다고 했다. 성서의 내용을 마치 구시대의 유물처럼 생각하면서 예수님 당시는 그랬고 지금은 시대가 다르잖아 라고 하면서 자신을 합리화시키는 일을 지적하는 내용이다. 순전한 마음으로 순종하기보다는 자신의 이성적 판단과 세상지식으로 하나님 말씀을 판단하여 거기에 부합된 이유나 핑곗거리를 찾도록 유혹하고 있다는 것이다. 그래서 분별이 더 요구되는 시대에 살고 있다. 그래서 우리 몸과 마음을 깨끗하게 하여 참되고 살아있는 제사를 드려야 한다는 것이다.

"아버지께 참되게 예배하는 자들은 영과 진리로 예배할 때가 오나니 곧 이때라. 아버지께서는 자기에게 이렇게 예배하는 자들을 찾으시니라. 하나님은 영이시니 예배하는 자가 영과 진리로 예배

할지니라."(요한복음 4:23~24)

"그러므로 형제들아 내가 하나님의 모든 자비하심으로 너희를 권하노니 너희 몸을 하나님이 기뻐하시는 거룩한 산 제물로 드리라 이는 너희가 드릴 영적 예배니라."(로마서 12:1)

예배의 원형은 구약시대의 제사이다. 예수님께서 십자가에 달려 돌아가신 날이 바로 이집트에서 유월절 양을 잡았던 날이다. 그러나 이제 하나님은 구약시대 같은 제사를 원하시는 것이 아니라 제물 대신 우리 몸의 순종을 드려야 하고 성령에 의지하여 예수님 이름으로 하나님께 드리는 것이다. 말하자면 삼위일체 하나님께 드리는 예배인 것이다. 예배는 산제사를 드리는 것이다.

하나님께서는 이렇게 자기에게 신령과 진정으로 예배드리는 자를 찾고 계신다. 그들을 통해 영광을 받으시고 그들에게 축복과 구원을 베푸시며 하나님께서 귀하게 쓰신다. 회개할 것은 회개하고 용서할 일 있으면 용서하고 겸손한 자세로 매일매일 새 사람이 되어 하나님께 나아가야 할 것이다.

테스 형!
천국은 있던가요?

살아가면서 닥치는 모든 문제는
뭔가 중요한 일을 깨닫기 위해서 발생합니다.
그리고 자신이 해결하지 못할 문제는 절대로 일어나지 않습니다.
자신에게 일어나는 문제는 자신이 해결할 능력이 있고,
그 해결을 통해서 중요한 사실을
배울 수 있기 때문에 생기는 것입니다.

요즘 두 가수의 신곡 발표를 두고 세간의 이목이 집중
되고 있다. 바로 트로트 가수 영원한 라이벌 남진과 나훈아, 나훈
아와 남진이다. 남진은 '오빠 아직 살아 있다'라는 곡을 발표하였
고 나훈아는 '테스형'이라는 곡을 발표하였다. 이 두 사람이 발표
한 신곡 가운데 더 화제가 된 것은 나훈아의 '테스형'이다. 이 곡은
2020년 추석 때 모방속국에서 방영한 '대한민국 어게인'이라는 타
이틀로 기획된 콘서트에서 불렀던 노래 가운데 한곡이다.

　그의 공연 중 몇몇 발언으로 인해 정치색 띠는 발언이었느니
아니었느니 하면서 진영 간의 논쟁으로까지 이어지며 더욱 관심
을 촉발시켰다. 여러 가지 논평들이 나오긴 했지만 그냥 순수하
게 이해하고 그 가사의 뜻을 헤아려보는 것도 나쁘지 않을 것 같
다. 당사자가 자세히 설명해 주지 않는 한 정확한 의도를 알 길
이 없지만, 가사 자체가 그렇게 심오하거나 어려운 가사가 아님
을 알 수 있다.

　아마도 어느 날 오랜만에 아버지 산소를 방문했다가 느낀 소회
를 노래한 것으로 여겨진다. 더 이상 볼 수 없는 아버지, 그리고
자신의 나이도 적지 않음을 직시하고 인생의 덧없음, 내일에 대한

막연한 두려움 등을 느꼈을 것이다. 여기에 천국이라는 단어까지 사용하고 있는 것을 보면 사후세계까지 생각해보는 계기가 되었던 것 같다. 더불어 그동안의 자신의 삶을 돌아보고 내일을 어떻게 살아야 하는지에 대한 물음을 고대 그리스 최고의 철학자 소크라테스를 소환하여 본질적인 질문을 툭 던져보려는 의도가 있었던 것으로 느껴진다.

나훈아의 신곡 '테스형'은 지난 2020년 8월 발매된 신곡인데 철학자 '소크라테스'를 친근하게 부르며 너무 가볍지도 너무 무겁지도 않는 노래가 되기를 바라는 복합적 의도가 깔려있는 것으로 느껴진다. 그러면서도 세상에 전하고자 하는 메시지는 분명 있어 보인다.

따라서 여기에 등장하는 소크라테스는 돌아가신 아버지가 될 수 있고, 세상의 모든 현자들에게 향하는 외침일 수 있다. 어쩌면 자기 자신에게 자문하는 형식의 독백이 될 수 있겠다는 생각도 해보았다. 그리고 궁극적으로 이 노래를 듣는 모든 사람들이 한 번쯤 스스로를 돌아보고 인생이란 무엇인가에 대한 진지한 질문을 던져보라는 의도가 깔려 있는 것이 아닌가 생각된다.

테스형!
어쩌다가 한 바탕 턱 빠지게 웃는다.
그리고는 아픔을 그 웃음에 묻는다.
그저 와준 오늘이 고맙기는 하여도
죽어도 오고 마는 또 내일이 두렵다.

아, 테스형! 세상이 왜 이래

왜 이렇게 힘들어
아, 테스형! 소크라테스형
사랑은 또 왜 이래

너 자신을 알라며 툭 내뱉고 간 말을
내가 어찌 알겠소.
모르겠소. 테스형

울 아버지 산소에 제비꽃이 피었다.
들국화도 수줍어 샛노랗게 웃는다.
그저 피는 꽃이 예쁘기는 하여도
자주 오지 못하는 날 꾸짖는 것만 같다.

아, 테스형! 아프다 세상이
눈물 많은 나에게
아, 테스형! 소크라테스형
세월은 또 왜 이래

먼저가본 저 세상 어떤 가요 테스형
가보니까 천국은 있던 가요 테스형

아, 테스형! 아, 테스형! 아, 테스형! 아, 테스형!
아, 테스형! 아, 테스형! 아, 테스형! 아, 테스형!

다음으로 남진의 신곡 '오빠 아직 살아 있다'에 대해 알아보려
고 한다. 사실 나훈아도 자기관리를 잘 하고 있다고 느껴지지만 남
진의 경우도 자기관리 면에서는 대단한 사람으로 여겨진다. 젊을

때만큼의 성량이나 호흡이 따라주지 않는 것은 사실이다. 하지만 그는 팬들만 허락한다면 죽을 때까지 현역으로 활동하고 싶다고 말한 적이 있다. 팬들과 더불어 노래할 수 있는 시간이 가장 행복하다는 것이다. 그의 노래 가사에도 나오지만 '오빠', '살아 있다', '정열'이라는 단어가 반복되어 나온다. 특히 '오빠'라는 단어는 대한민국 최초의 오빠부대를 이끌고 다닌 주인공으로서 원조 오빠의 자부심을 드러내는 것 같고 '살아 있다'는 것은 노래할 수 있다는 것을 의미하는 것 같다. 그리고 '정열', 노래에 대한 열정만큼은 누구에게도 뒤지지 않는다는 마음이 읽혀진다. 그저 나이는 나이일 뿐 마음먹기 나름이라는 말을 하려는 것 같다.

오빠 아직 살아 있다.
오빠 아직 살아 있다.
나 아직 살아 있어
은빛 정렬의 사나이

오빠 아직 살아 있다.
난 아직 살아 있어
은빛 정렬의 사나이

오빠 아직 살아 있다.
가슴이 불타는
은빛 정렬의 사나이

숨이 차 못 뛰는 게 아니야
여유가 있어 그래

세상에 맞서는 법을 알거든

밤거리 찬란한 불빛이 외면한다 해도
내 인생 내 청춘
이제부터 시작이야 그래

오빠 아직 살아 있다.
난 아직 살아 있어
은빛 정열의 사나이

오빠 아직 살아 있다.
가슴이 불타는
은빛 정열의 사나이(이하 생략)

언젠가 남진의 신앙 간증에 관한 영상을 본 적이 있다. 그는 거기서 자신의 삶과 가수생활 등에 대해 짤막하게 교회 성도들에게 간증하고 찬양하는 모습을 보았다. 평소에는 볼 수 없었던 모습이기에 눈여겨보았다. 살면서 부끄러운 일도 많았고 죽을 고비도 여러 번(해병대 베트남 전쟁 참전, 조폭 피습 등) 넘겼다고 했다. 그는 오늘날 자신은 팬들이 만들어준 것이다. 신앙인으로서는 죄인 중의 죄인이라고 고백했다. 인기가 한창일 때는 제 잘난 맛에 살았는데 지금 생각해보니 모든 것이 하나님의 은혜라고 덧붙였다. 그가 불렀던 곡은 '내 영혼이 은총 입어'라는 찬송가다.

내 영혼이 은총 입어
내 영혼이 은총 입어 중한 죄 짐 벗고 보니

슬픔 많은 이 세상도 천국으로 화하도다.
할렐루야 찬양하세 내 모든 죄 사함받고
주 예수와 동행하니 그 어디나 하늘나라

주의 얼굴 뵙기 전에 멀리 뵈던 하늘나라
내 맘 속에 이뤄지니 날로 날로 가깝도다.
할렐루야 찬양하세 내 모든 죄 사함받고
주 예수와 동행하니 그 어디나 하늘나라

높은 산이 거친 들이 초막이나 궁궐이나
내주 예수 모신 곳이 그 어디나 하늘나라
할렐루야 찬양하세 내 모든 죄 사함받고
주 예수와 동행하니 그 어디나 하늘나라

그는 그의 신앙고백과 찬양이 이어지는 가운데 예배석에서는 눈물을 훔치는 사람들도 더러 있었다. 남진은 참 소탈하고 겸손한 사람이라는 것을 느낄 수 있었다. 그가 왜 낙천적이고 따뜻한 성격인지 알 것 같다. 그가 부른 찬양 가사에 바로 답이 있었다.

나훈아가 신비주의를 고수하며 대형 콘서트로 갈증을 한꺼번에 해소해주는 스타일이라면 남진은 트로트가 대세인 요즘 TV를 틀면 나올 정도로 각종 프로그램, 광고 등에서도 열심히 활동을 이어가고 있다.

이 두 사람의 스타일은 여러모로 달라 보인다. 창법에서도 나훈아는 꺾기의 달인이라고 익히 알려져 있듯이 시원시원한 성량과 카리스마 넘치는 표정으로 압도적인 무대를 만든다. 반면 남진은 중저음의 미성으로 목에서 눌러 밀어내는 창법으로 화려한 퍼포

먼스와 더불어 친근한 오빠의 이미지로 어필하고 있다.

말하자면 나훈아는 팬들이 갈증을 느낄 정도로 모습을 보여주지 않다가 가끔씩 대형 콘서트를 개최하여 화제를 독점하는 스타일이다. 반면 남진은 현역으로 활동하고 있는 최고령 선배로서 여러 후배 가수들, 심지어 손자뻘 되는 후배들과도 잘 어울리며 꾸준하게 방송활동을 이어가고 있다.

누가 옳고 그름의 시각으로 보기보다는 두 불세출의 가수가 가지고 있는 각자의 매력을 오래토록 볼 수 있다면 그것은 노래를 좋아하는 사람, 두 사람을 좋아하는 팬으로서 행복한 일이 아닐까.

어쨌든 트로트 두 거장의 행보에 대해서 흥미로운 이야기들이 난무하고 있다. 하지만 정작 중요한 것은 노래하는 당사자가 행복하고 그 노래를 듣는 팬들이 행복하다면 더 이상 무슨 논란거리가 필요하겠는가? 더 이상 각자의 삶의 방식에 대한 참견은 쓸데없는 오지랖이 될 수 있을 것이다. 두 가수의 노래가 오래토록 울려 퍼지고 국민들에게 위로를 줄 수 있다면 뭘 또 바라겠는가. 나훈아의 철학적 질문이나 남진의 신앙고백이 시사하는 점이 무엇일까? 어쩌면 모든 사람들이 공감할 수 없을지는 몰라도 모든 사람이 질문하고 찾아나서야 할 길이 아닌가 생각해본다.

'시작이 반이다'라는 말이 있다. 그런 의미로 볼 때 우리가 질문하는 것들은 그 질문 속에 절반의 답이 들어 있다고 할 수 있다. 문제는 의외로 사람들은 인생의 본질적인 질문 자체를 회피하려는 경향이 있다는 점이다. 너무 어렵다거나 특별히 정답을 찾기가 쉽지 않기 때문에 지레 겁먹고 아예 포기해버리는 것인지도 모른다.

그러나 누구를 찾고 무엇을 구하느냐에 따라 의외로 간단한 문제가 될 수도 있다.

노구치 요시노리(野口嘉則)의《거울의 법칙》은 실화를 바탕으로 한 가정의 문제를 심리학적으로 치료해가는 과정을 그리고 있는 책이다. 그는 어떤 사람에게 현실적으로 일어나는 일은 하나의 '결과'이고 그 '결과'에는 반드시 '원인'이 있고, 그 '원인'은 그 사람의 마음에 있다고 말하고 있다. 다시 말해 사람의 인생에 나타난 현실은 그 사람의 마음을 비추는 '거울'이라고 생각해도 좋다는 이야기이다. 이것이 일명 '거울의 법칙'이라고 소개하고 있다. 그의 책 말미에는 다음과 같은 내용이 적혀 있다.

"살아가면서 닥치는 모든 문제는 뭔가 중요한 일을 깨닫기 위해서 발생합니다. 그리고 자신이 해결하지 못할 문제는 절대로 일어나지 않습니다. 자신에게 일어나는 문제는 자신이 해결할 능력이 있고, 그 해결을 통해서 중요한 사실을 배울 수 있기 때문에 생기는 것입니다."[*]

위의 조언은 현실생활에서 맞닥뜨리는 많은 문제들을 해결하는 데 도움이 될 수 있을지도 모른다. 그러나 위에서 남진과 나훈아의 사례를 통해서 도출되었던 문제, 즉 영혼의 문제에 대해 고민해 보고자 한다. 그것에 대한 진지한 접근을 위해서는 현세적 문제도 간과할 수 없을 것이다.

소크라테스는 무엇보다 '너 자신을 알라'고 했다. 언뜻 생각해 보면 회피성 대답인 것처럼 느껴지지만, 사실 어떤 대답보다 명료하고 의미심장하다. 그것은 대답이라기보다는 철학의 시작인 '나

---

* 노구치 요시노리 저/한혜숙 역, 거울의 법칙, p.122, 나무한그루.

는 누구인가?'에 대한 또 다른 형식의 질문이 아닐까. 그나저나 테스형! 먼저 가보니까 천국은 있던가요?

너희에게
근심과 슬픔이 임하려니,
그때에 너희가
나를 부르리라

무엇을 보느냐
혹은 누구를 바라보느냐는 매우 중요하다.
사람은 누구나 본 것을 갖고 싶어 하고
본 사람을 닮아가는 경향이 있기 때문이다.

요즘 아침에 눈을 뜨자마자 들려오는 세상 소식은 좋은 뉴스보다는 나쁜 뉴스가 훨씬 많다. 그 내용을 보면 국가 · 종교 · 이념간의 갈등, 살인, 성추행, 홍수, 지진, 환경파괴, 경제악화, 자살, 화재, 교통사고, 난민문제, 불법도박, 마약복용, 악성댓글, 비방 등 이루 헤아릴 수 없을 정도로 많은 뉴스들이 쏟아져 나온다. 이런 뉴스들이 가면 갈수록 세상을 불안하게 하고 미래를 불확실하게 한다. 거기에다 실체를 알 수 없는 가짜뉴스, 해로운 정보, 악성소문 등까지 가세하면서 정신을 더욱 혼란스럽게 만든다.

그뿐만이 아니다. 사람들의 관계는 필요충분조건에서 이루어지는 것이 아니라 일방적인 필요에 따라 선택적 관계에서 이루어지는 경향이 있다. 어른들은 아이들을 경쟁사회에서 이기는 법만을 가르친다. 목숨을 걸고 오로지 신분상승을 위해 공부하도록 선택을 강요받는다. 아이들은 이들 어른들의 의지에 떠밀려 자유를 반납한 채 하루 종일 책에 사로잡혀 청소년기를 지내고 만다. 그들이 어른으로 성장해가는 과정에서 비로소 자신의 취향이나 인생목표를 찾아가고 시행착오를 겪은 아이들은 바로 잡으려고 노력해보지만 많은 아이들이 이를 바로잡지 못하고 더 큰 경쟁사회의 소용

돌이 속에서 살아남기 위한 몸부림을 지속하게 된다. 아이들이 교육을 받고 학교 울타리를 나오게 되면 사회는 스스로 감당하기 힘든 마치 전쟁터와 같다는 현실을 알아차리게 된다.

대한민국은 지금 극도의 분열주의에 빠져 있다. 서울(in seoul)과 비 서울, 우파와 좌파, 부자와 가난한 자, 남자와 여자, 우등한 자와 열등한 자 등으로 구분하는 것에 몰두해 있다. 이것은 산업화 혹은 시장경제시대의 경전이라고 할 수 있는 통계, 요컨대 숫자가 만들어낸 허상 때문일 수 있다.

어느 한쪽이 절대적인 선(善)일 리가 없기 때문이다. 어느 쪽을 선택하든 그 사람의 행복과는 무관하다는 점을 간과해서는 안 된다. 그저 행복을 가져다 줄 가능성이 높다고 신뢰하기 때문일 것이다. 과연 그럴까? 지금 못살겠다고 가장 많이 아우성치는 곳은 서울이다. 서울은 권력과 부를 가진 사람들의 놀이터로 변질되었다. 그 틈새를 파고들어 목표를 달성하는 사람들도 없지는 않지만, 대부분의 서울사람들은 기득권층의 방어능력이 워낙 뛰어나 그들의 병풍역할이거나 소비자에 불과한 처지로 살아갈 뿐이다. 서민들은 수십 채의 빌딩을 가진 사람들의 임대로 들어가 그들의 주머니를 두둑하게 채워준다. 그뿐 아니라 서민들이 자신들처럼 부자가 되는 것을 막으려고 온갖 수단을 동원한다. 소위 그들만의 작전을 통해 부동산 가격을 주물럭거리면서 엄두도 못내게 만들어버린다.

또 그들은 자신들의 기득권을 유지하기 위해 온통 문제를 정부 탓으로 돌리며 비난을 마구 쏟아 놓는다. 법은 자신들의 기득권층을 무너뜨리려고 하는 사람이나 돈 없고 백(back ground) 없는 사람들을 가차없이 단죄한다. 그러면서도 자신들에게 동조하거나 같은 부류 사람들에게는 한없이 관대하다. 마치 조선시대에 양반과 평민을 엄격히 구분하여 기득권을 누렸듯이 최근 현상은 한국사회의 '신 카르텔'이라고 할 수 있다.

기회의 땅으로서 서울을 더 이상 기대하기 쉽지 않은 실정이다. 이런 결과에 대해 한가롭게 사람들은 남의 탓만 하고 있을 때가 아니다. 한 사람 한 사람의 의식 변화가 필요한 시기이다.

사실 통계로만 보면 역사상 어느 때보다 풍부한 경제 여건에서 살고 있고, 도시 기반시설이나 교통여건, 가전제품, 노트북, 휴대폰 등 극도의 편리한 여건에서 살고 있음을 부인할 수 없을 것이다.

유발 하라리(Yuval Noha Harari)는 그의 저서 《21세기를 위한 21가지 제언》에서 미래의 전망을 그다지 밝게 볼 수 없다며 말했다.

"지난 수십 년 동안 전 세계 사람들은 인류가 평등으로 나아가고 있으며 세계화와 신기술이 그 여정을 앞당겨줄 것이라는 이야기를 들어 왔다. 실제로는 21세기에 역사상 가장 불평등한 사회가 생겨날 수 있다. 세계화와 인터넷은 국가 간 격차를 메우지만 계급 간 균열은 키울 조짐을 보인다. 인류가 세계 통일을 달성하려는 것처럼 보이는 바로 지금 종 자체가 다양한 생물학적 계층으로 나뉠 수 있다."*

"따라서 우리는 변호사와 정치인, 철학자, 심지어 시인으로 하여금 이런 난제에 관심을 갖도록 하는 것이 나을 수 있다. 데이터

---

* 유발 하라리 저, 21세기를 위한 21가지 제언, p.123, 김영사.

소유를 어떻게 규제할 것인가? 이것이야말로 우리 시대의 가장 중요한 정치적 질문일 수 있다. 이 질문에 조만간 답하지 못하면 우리의 사회정치적 시스템은 붕괴될 수도 있다."*

그의 예측처럼 불평등은 더욱 심화할 우려가 크고 인공지능(AI), 빅 데이터 등이 미래를 좌우한다고 보면 데이터를 가진 자가 미래를 차지할 가능성이 크다. 지금까지는 자신의 지위를 돈으로 살 수 있었지만 앞으로는 생명 자체를 돈으로 사려할 것이다. 우리가 누렸던 가장 소중한 것 가운데 하나가 '자유'이다. 그 자유를 마음껏 누리는 데는 어느 정도 성공했는지 모르지만 인류 공동체에 대한 책임을 다해왔는지는 곰곰이 생각해볼 일이다. 우리는 희망의 미래로 가고 있는지 확신하기 힘들고 살얼음판을 걷고 있는 것처럼 느껴질 정도로 불안한 시대, 불확실성시대를 살아가고 있다.

중요한 것은 많은 문학가, 과학자, 미래학자들도 예리하게 문제 제기는 하고 있지만 실질적인 해답을 내놓지 못하고 있다는 점이다. 불안하다면 잠언에 귀를 기울여 볼 필요가 있다.

"도리어 나의 모든 교훈을 멸시하며 나의 책망을 받지 아니하였은즉 너희가 재앙을 만날 때에 내가 웃을 것이며 너희에게 두려움이 임할 때에 내가 비웃으리라. 너희의 두려움이 광풍 같이 임하겠고 너희의 재앙이 폭풍같이 이르겠고 너희에게 근심과 슬픔이 임하리니 그때에 너희가 나를 부르리라. 그래도 내가 대답하지 아니하겠고 부지런히 나를 찾으리라. 그래도 나를 만나지 못하리

* 전게서, p.134.

니 대저 너희가 지식을 미워하며 여호와 경외하기를 즐거워하지 아니하며 나의 교훈을 받지 아니하고 나의 모든 책망을 업신여겼음이니라. 어리석은 자의 안일은 자기를 멸망시키려니와 오직 내 말을 듣는 자는 평안히 살며 재앙의 두려움 없이 안전하리라."(잠언 1:25~33)"

예수님 당시의 제자들도 늘 기쁨이 충만하고 아무런 불안감 없이 행복해했던 것은 아니었다. 그러면 그 제자들이 어떤 경우에 평안을 느꼈고 어떤 경우에 불안감을 가졌는지 생각해 볼 필요가 있다. 베드로는 예수님의 수제자라고 일컬어질 정도로 예수님 옆에서 가르침을 받았고 또 예수님 말씀의 위력을 직접 눈으로 확인한 사람이다. 그럼에도 불구하고 예수님을 세 번이나 부인하며 불안해했던 일이 있다.

예수께서는 제자들에게 자신이 십자가에 못 박히기 위하여 팔릴 것이라는 것을 미리 알려주셨다.(마태복음 2:2) 그리고는 그때에 너희가 다 나를 버리리라(마태복음 2:31). 그러자 베드로가 대답하여 이르되 "모두 주를 버릴지라도 나는 결코 버리지 않겠나이다"라며 맹세했다. 그러자 예수께서 이르시되 내가 진실로 네게 이르노니 오늘밤 닭이 울기 전에 세 번 나를 부인하리라.(마태복음 2:33~34)

예수를 잡은 자들이 그를 끌고 대제사장 가야바에게로 가니 거기 서기관과 장로들이 모여 있더라. 하지만 베드로는 겁이 나서 멀찍이 예수를 따라 대제사장의 집 뜰에까지 가서 그 결말을 보려고 안에 들어가 하인들과 함께 앉아 있었다.((마태복음 2:57~58) 선뜻 나서서 예수님 편이 되어 변호할 생각은커녕 마치 자기와는 아무런 관계도 없다는 듯이 군중 속에 숨어 지켜보고 있었던 것이다. 베드로의 세 번 부인할 것이라는 예수님의 예언의 말씀은 그대로 이루어졌다.

"베드로가 바깥뜰에 앉았더니 한 여종이 나아와 이르되 너도 갈릴리 사람 예수와 함께 있었도다. 하거늘 베드로가 모든 사람 앞에서 부인하여 이르되 나는 네가 무슨 말을 하는지 알지 못하겠노라 하며 앞문까지 나아가니 다른 여종이 그를 보고 거기 있는 사람들에게 말하되 이 사람은 나사렛 예수와 함께 있었도다. 하매 베드로가 맹세하고 또 부인하여 이르되 나는 그 사람을 알지 못하노라 하더라. 조금 후에 곁에 섰던 사람들이 나아와 베드로에게 이르되 너도 진실로 그 도당이라 네 말소리가 너를 표명한다 하거늘 그가 저주하며 맹세하여 이르되 나는 그 사람을 알지 못하노라 하니 닭이 울더라. 이에 베드로가 예수의 말씀에 닭 울기 전에 네가 세 번 나를 부인하리라 하심이 생각나서 밖에 나가서 심히 통곡하더라."(마태복음 2:69~75)

또 예수님의 제자들이 배 안에서 폭풍을 만나 배가 흔들리자 불안에 휩싸인 적이 있었다.

"그들이 무리를 떠나 예수를 배에 계신 그대로 모시고 가매 다른 배들도 함께 하더니 큰 광풍이 일어나며 물결이 배에 부딪혀 들어와 배에 가득하게 되었더라. 예수께서는 고물(배 뒤편)에서 베개를 베고 주무시더니 제자들이 깨우며 이르되 선생님이여 우리가 죽게 된 것을 돌보지 아니 하시나이까 하니 예수께서 깨어 바람을 꾸짖으시며 바다더러 이르시되 잠잠하라. 고요하라. 하시니 바람이 그치고 아주 잔잔하여지더라. 이에 제자들에게 이르시되 어찌하여 이렇게 무서워하느냐 너희가 어찌 믿음이 없느냐 하시니 그들이 심히 두려워하여 서로 말하되 그가 누구이기에 바람과 바다도 순종하는가 하였더라."(마가복음 4:37~41)

예수님은 두려움의 원인이 믿음의 유무에 있음을 지적했다. 어떤 사람이 예수 앞에 꿇고 엎드려 자신의 아들이 앓고 있는 간질병을 고쳐줄 것을 호소하며 주의 제자들에게 데려가 보았으나 고치지 못했다고 하였다. 그리고는 예수께서 그의 아들의 몸에서 귀신을 쫓아내어 낫게 하였다. 이때 제자들이 예수님께 나와서 하는 말이 왜 우리는 쫓아내지 못한 것인지 질문했다. 그러나 예수님께서는 이렇게 대답했다.

"이르시되 너희 믿음이 작은 까닭이니라. 진실로 너희에게 이르노니 만일 너희에게 겨자씨 한 알 만큼만 있어도 이 산을 명하여 여기서 저기로 옮겨지라 하면 옮겨질 것이요 또 너희가 못할 것이 없으리라."(마태복음 17:20)

하지만 예수님은 우리의 작은 믿음도 귀하게 여기심을 알 수 있다.

"믿음이 연약한 자를 너희가 받되 그의 의견을 비판하지 말라. 어떤 사람은 모든 것을 먹을 만한 믿음이 있고 믿음이 연약한 자는 채소만 먹느니라. 먹는 자는 먹지 않는 자를 업신여기지 말고 먹지 않는 자는 먹는 자를 비판하지 말라. 이는 하나님이 그를 받

으셨음이라."(로마서 14:1~3)

　우리가 인생을 살면서 누릴 수 있는 권리가 있다면 동시에 지켜야 할 의무도 있다는 것을 잘 알고 있다. 이처럼 사는 동안 우리는 많은 혜택들을 누리지만 그것은 당연히 받을 것을 받은 것처럼 여기며 특별한 권리라고 생각하지 않을 때가 많다.

　바꿔 말하면 그런 생각에는 감사나 감동이 없다는 뜻이다. 하지만 조금만 어렵고 힘들면 왜 나에게 이런 일이 있어야 하는지 모르겠다는 듯이 불만을 쏟아내며 짜증내는 경향이 있다. 하지만 평생 좋은 일만 누리고 살 수는 없다. 실제로 그런 사람은 없다. 누구나 때로는 무거운 짐도 지고 고통도 겪고 마음고생을 하며 살아간다. 오랫동안 인내하고 경주해야만 하는 것이 인생이다.

　인생이라는 긴 여정에서 다양한 일을 경험하는 것 자체에만 주목하지 말고 그런 일들을 어떻게 생각하고 수용하느냐가 훨씬 중요해 보인다. 인생은 흔히 긴 여행을 하는 나그네 신세와 같다고 한다. 그렇다면 여행을 하는 동안 이국적인 풍경을 접하고 한 번도 먹어보지 못한 음식들도 먹어보고 친절한 사람과 조우하기도 하는 등 좋은 추억들을 만들 것이다.

　하지만 언어, 여행경비, 불친절한 사람과의 만남, 입에 맞지 않은 음식, 까다로운 교통수단 등 수많은 불편하고 두려운 상황들을 만나기도 할 것이다. 그 뿐인가 나라마다 이질적인 문화나 에티켓, 사회적 법규 등이 달라서 당황한 일도 한두 번이 아닐 것이다. 이때마다 여행을 그만둬버리고 싶다는 생각이 간절해질 때가 종종 있을 것이다. 여행을 그만 두는 것이 옳은지, 아니면 생각을 바꿔서 여행은 의례 불편하고 생소한 일과 조우할 수 있다고 긍정적으로 생각할 것이냐는 여행자의 자세에 달려 있다고 할 수 있다.

예수님을 믿고 독실한 신앙인이 된다고 해서 전혀 불행한 일은 생기지 않고 만사형통하는 사람이 있을까? 그런 사람은 실제로 없다는 것을 우리는 잘 안다. 그것은 집에서, 직장에서, 타지에서 자신을 대하는 사람들의 자세가 한결같지 않듯이 세상에는 모두 나에게 우호적인 사람들만 있거나 친절한 사람들로 가득 차 있지만은 않다는 점을 인식할 필요가 있다. 요컨대 세상은 불완전하고 불확실한 것들이 우리 삶 언저리에 늘 맴돌고 있다는 뜻이다. 왜 그런 것일까? 다음의 성서말씀이 이해를 도울 것이다.

"그러므로 한 사람으로 말미암아 죄가 세상에 들어오고 죄로 말미암아 사망이 들어왔으니 이와 같이 모든 사람이 죄를 지었으므로 사망이 모든 사람에게 이르렀느니라. 죄가 율법 있기 전에도 세상에 있었으나 율법이 없을 때에는 죄를 죄로 여기지 아니하였느니라. 그러나 아담으로부터 모세까지 아담의 범죄와 같은 죄를 짓지 아니한 자들까지도 사망이 왕 노릇하였나니 아담은 오실 자의 모형이라. 그러나 이 은사는 그 범죄와 같지 아니하니 곧 한 사람의 범죄를 인하여 많은 사람이 죽었은즉 더욱 하나님의 은혜와 또한 한 사람 예수 그리스도의 은혜로 말미암은 선물은 많은 사람에게 넘쳤느니라."(로마서 5:12~15)

"한 사람이 순종하지 아니함으로 많은 사람이 죄인이 된 것 같이 한 사람이 순종하심으로 많은 사람이 의인이 되리라."(로마서 5:19)

아담과 하와의 선악과 사건으로 죄가 세상에 들어와 있다는 점과 동시에 예수님의 십자가 보혈의 희생으로 죄로부터 구원받을 수 있는 완전한 장치가 되어 있다는 점에 주목할 필요가 있다. 세상이 천국 같으면서도 지옥 같고, 지옥 같으면서도 천국 같은 이유가 여기에 있다. 어떤 이에게는 잠시 천국 같은 경험을 할 수 있으나 결국 지옥이 될 수 있고 어떤 이에게는 잠시 지옥 같은 경험을 할 수 있으나 천국이 될 수 있다는 점이다.

우리는 어떤 선택을 할 것인가? 인간의 자기중심적인 생각과 이기적인 행동, 그리고 하나님 말씀이 아닌 헛된 지식은 끊임없이 예수님에 대한 믿음과 순종을 방해할 뿐이다.

"그러므로 너희가 그리스도 예수를 주로 받았으니 그 안에서 행하되 그 안에 뿌리를 박으며 세움을 받아 교훈을 받은 대로 믿음에 굳게 서서 감사함을 넘치게 하라. 누가 철학과 헛된 속임수로 너희를 사로잡을까 주의하라. 이것은 사람의 전통과 세상의 초등학문을 따름이요 그리스도를 따름이 아니니라. 그 안에는 신성의 모든 충만이 육체로 거하시고 너희도 그 안에서 충만하여졌으니 그는 모든 통치자와 권세의 머리시라."(골로새서 2:6~10)

그렇다면 어떻게 해야 불안하고 불확실한 삶에서 벗어날 수 있을까? 그것은 예수님에 대한 참 신앙을 회복하는 것이다. 우리가 그런 것들을 능히 이길 수 있는 방법은 예수님에 대한 믿음 위에 굳게 서서 그분을 바라보는 것이다.

"믿음의 주요 또 온전하게 하시는 이인 예수를 바라보자 그는 그 앞에 있는 기쁨을 위하여 십자가를 참으사 부끄러움을 개의치 아니하시더니 하나님 보좌 우편에 앉으셨느니라. 너희가 피곤하여 낙심하지 않기 위하여 죄인들이 이같이 자기에게 거역한 일을 참으신 이를 생각하라."(히브리서 12:2~3)

무엇을 보느냐 혹은 누구를 바라보느냐는 매우 중요하다. 사람은 누구나 본 것을 갖고 싶어 하고 본 사람을 닮아가는 경향이 있기 때문이다.

인생은 궁극적으로
천로역정이다

수고하고 무거운 짐 진 자들아
다 내게로 오라
내가 너희를 쉬게 하리라.
나는 마음이 온유하고 겸손하니
나의 멍에를 메고 내게 배우라
그리하면 너희 마음이 쉼을 얻으리니
이는 내 멍에는 쉽고
내 짐은 가벼움이라 하시니라.
(마태복음 11:27~29)

천국을 향해 가는 순례자의 여정을 담은 《천로역정(天路歷程, Pilgrim's Progress)》은 17세기 영문학을 대표하는 작가이자 설교자인 존 버니언(John Bunyan, 1628-88)이 저술한 책이다. 그는 가정 형편상 교육도 제대로 받지 못하고 아버지에게 배운 땜장이 일을 하면서 지냈다. 그는 열여섯 살에 청교도주의를 주도한 올리버 크롬웰(Oliver Cromwell, 1599-1658)이 이끄는 의회파 군대에 입대해 청교도의 영향을 받았다.

군대가 해산하자 고향에서 땜장이 일을 하던 그는 혼수로 단 두 권의 책을 들고 온 여인과 결혼했다. 아내의 소중한 지참물이었던 두 권의 신앙서적*을 읽으면서 예수를 처음 알았고 1653년 베드포드(Bedford) 교회 존 기퍼드 목사에게 큰 감화를 받았고 이어 세례까지 받았다.

이 책 《천로역정》을 간단히 소개하면 세상이라는 광야에서 천국을 향해 여행하는 나그네의 삶을 통해 인생과 참 신앙을 깊이 생

---

* 한 권의 책은 아더 덴트(Arthur Dent)의 《평범한 사람이 하늘에 이르는 좁은 길(The Plain Man's Pathway to Heaven)》이었고, 다른 한 권의 책은 루이스 베일리(Lewis Bayly)의 《경건의 훈련(The Practice of Piety)》이었다.

각하게 하는 이야기를 담고 있다. 이 책은 샛길과 갈림길이 끝없이 이어지는 시대의 미로를 지나면서 심령이 그리스도의 인도하심에 갈급할 때마다 거듭 영혼을 소생시켜주는 고전이다. 책이 발간된 이래 무려 300년 동안 성서의 뒤를 이을 만큼 초대형 베스트셀러의 자리를 유지해왔다.

《천로역정》을 저술한 존 버니언은 이 책이 어떤 역할을 하길 바랐을까? 그의 서문의 일부에서 잘 알 수 있다.

"이 책은 여러분을 불러내서 나그네를 만든다.

여기에 실린 조언에 따르면 곧바로 거룩한 땅을 향하게 될 것이다.

어디로 가든지 방향을 제대로 가늠한다면,

게으른 이는 부지런해지고, 눈 먼 이들도 즐거운 일들을 보게 될 것이다.

진귀하고 유익한 걸 원하는가?

우화 속에서 진리를 보고 싶은가?

건망증이 심한 편인가?

그런데 정월 초하루부터 섣달그믐까지 절대 잊지 않을 이야기가 필요한가?

그렇다면 이 기발한 이야기를 읽어보라.

마치 도꼬마리*처럼 단단히 달라붙어 의지가 없는 이들에게 위

---

* 도꼬마리는 국화과에 속하는 식물로 학명이 Xanthium strumarium으로 생약명으로는 창이자(蒼耳子)라고도 부르는 한해살이 풀이다. 8-9월에 노란색으로 꽃이 피고 9-10월에 대추씨와 비슷한 수과가 달려 익는데 2㎜ 정도의 넓은 타원형을 하고 있다.

안이 될 것이다.

......

우울한 감정에서 벗어나 기분을 전환하고 싶은가?

유치하지 않으면서 유쾌하고 싶은가?

수수께끼를 읽으면서 그 해답을 찾아보고 싶은가?

아니면, 깊은 묵상에 빠져보고 싶은가?

......

잠들지 않은 채 꿈을 꾸고 싶은가?

환하게 웃으면서 동시에 눈물 흘리며 동시에 울고 싶은가?

넋을 잃었다가 악한 것에 사로잡히지 않고 무사히 돌아오고 싶은가?

책을 읽어나가는 동안, 한 장 한 장 그 뜻을 다 헤아리지 못할지라도 자신을 살피며 과연 축복을 받은 백성인지 알아보고 싶지 않은가?"*라고 이 책으로의 초대 이유를 밝히고 있다.

이 책은 이렇게 한 나그네의 꿈으로 시작되고 꿈에서 깨며 끝나게 된다. 성서 말씀을 신뢰하고 그 뜻대로 살려고 하는 몸짓이 처절하게 느껴질 정도로 절실해 보인다. 여기에 등장하는 사람이나 장소, 그리고 전개 내용이 전부 성서를 근거로 풀어나가고 있다. 그래서 성서의 다이제스트 판을 읽은 느낌이 들 정도다.

"세상의 광야를 헤매다가 동굴이 있는 곳에 이르렀다. 거기서 하룻밤을 지내기로 하고 짐을 풀었다. 그러곤 깜빡 잠이 들었는데

---

* 존 버니언 저/C. J. 로빅 편집/마이크 윔머 그림/최종훈 역, 천로역정, 서문. 포이에마.

꿈을 꾸었다. 지저분한 옷을 입은 남자가 자기 집을 외면한 채 서 있었다. 손에는 책 한 권을 들고 등에는 무거운 짐을 짊어졌다. 사나이는 책을 펴서 읽기 시작했다. 가만히 보니 눈물을 쏟으며 몸을 덜덜 떨고 있었다. 나중에는 도저히 참을 수 없다는 듯 큰소리쳤다. 도대체 어떻게 해야 한단 말인가!"*

그는 집으로 돌아가서 자신이 왜 이토록 힘겨워하는지 식구들에게 허심탄회하게 털어 놓았다.

"여보, 그리고 애들아! 날 괴롭히는 이 짐 보따리가 점점 더 커지고 무거워지는 바람에 정말 견딜 수가 없어! 소문엔 하늘나라에서 불덩이가 쏟아져서 우리가 사는 이 도시를 잿더미로 만들거라는데, 그렇게 되면 우린 너나없이 죽은 목숨이 될 거야. 도망갈 길을 찾지 못하면 우린 죽은 목숨이나 다름없어.'"**

이 말을 들은 가족들은 시큰둥하게 여기며 오히려 남편 혹은 아버지가 이상해졌다고 생각했다. 한숨 푹 자고 일어나면 괜찮을까 싶어서 빨리 잠자리로 떠밀어 넣었다. 하지만 남자에게는 밤이나 낮이나 괴롭기는 매한가지였다. 잠을 이루기는커녕 하얗게 밤을 지새웠다. 그 정도는 갈수록 심해졌다. 그는 오랫동안 벌판을 헤매거나 책을 읽거나 기도를 하면서 참담한 마음을 달래줄 무언가를 찾아다니며 시간을 보냈다.
그런 일을 얼마나 반복했는지 모른다. 그러던 어느 날 들판을

* 전계서, p.25.
** 전계서, p.26.

걷고 있었다. 똑 같은 일정으로 소일하고 있었는데 너무 괴로움이 깊어졌다. 그래서 자신도 모르게 마음 깊은 곳에서 터져 나오는 소리로 울부짖었다.

"어떻게 해야 구원을 얻을 수 있단 말인가?"

그때 누군가 가까이 오고 있었다. 바로 전도자(Evangelist)라는 인물이었다. 그가 질문했다.

"왜 이렇게 울고 있습니까?"

남자는 대답했다.

"지금 들고 있는 이 책을 읽으면서 난 저주받아 죽을 수밖에 없으며 그 뒤에는 심판을 받게 된다는 사실을 깨달았습니다. 그렇게 죽기를 바라지는 않습니다. 심판을 받고 싶지도 않고요."

전도자는 재차 물었다.

"세상이 온통 죄악뿐인데, 그토록 죽고 싶어 하지 않는 까닭이 뭐죠?"

남자가 다시 대꾸했다.

"등에 짊어진 이 짐 보따리 탓에 무덤보다 더 깊은 데로 빠져 들어가서 결국 지옥에 떨어지게 될까 두렵기 때문입니다. 이뿐만이 아닙니다. 죽을 준비가 돼 있지 않다는 건 곧 심판 자리에 나설 채비를 갖추지 못했다는 뜻인데, 그럼 남은 건 처형뿐이니까요. 생각만 해도 오금이 저립니다."

전도자가 말했다.

"사태가 그렇게 심각하다면 어째서 이렇게 마냥 손 놓고 있는 겁니까?"

남자가 기다렸다는 듯이 대답했다.

"하지만 어디로 가야 할지 도무지 모르겠어요."

전도자는 양피지 두루마리를 펼쳐서 건네며 읽어보라고 했다. 거기엔 "닥쳐올 진노를 피하라"고 적혀 있었다.
글귀를 읽고 난 남자는 사뭇 조심스러운 눈길로 전도자를 바라보며 물었다.

"그럼 어디로 달아나야 할까요?"

그러자 전도자는 넓디넓은 들판의 한쪽을 손가락으로 가리키며 말했다.

"저 멀리 좁은 문이 서 있는 게 보입니까?"

"아니오."

"그럼 저만치 보이는 환한 빛은 보입니까?"

"얼추 보이는 것 같습니다만."

전도자는 말했다.

"빛에서 눈을 떼지 말고 그쪽을 향해 똑바로 걸어가십시오. 머잖아 좁은 문이 보일 것입니다. 문간에 다다르거든 노크를 하십시오. 안에서 누군가가 어찌해야 할지 일러줄 겁니다."

남자는 달리기 시작했다. 채 몇 걸음을 떼어놓기도 전에 아내와 아이들이 상황을 눈치 채고 어서 돌아오라고 소리쳐 부르는 소리가 들려왔다. 하지만 남자는 두 손으로 귀를 꼭 막고 내처 달렸다. 입으로는 연신 중얼거렸다. "생명! 생명! 영원한 생명!" 그렇게 해서 끝까지 뒤를 돌아보지 않고 계곡 안쪽으로 달아났다.

이렇게 이 남자의 순례 여정이 시작된다. 이 남자의 이름은 '크리스천'이다. 그가 가는 길은 시작부터 끝까지 순탄치가 않았다. 길을 찾는 일, 갈라진 길에서 길을 선택하는 일, 배고프고 목마르고 지친 역경의 연속이었다. 그는 순례의 여정에서 다양한 사람들을 만났는데 지혜를 가진 '전도자', 믿음 좋은 '신실(Faithful)'이라는 친구를 비롯하여 '헬프(Help)', '천사(Angel)', '선의(Goodwill)', '해석자(Interpreter)', '분별(Prudence)', '경건(Piety)', '자선(Charity)', '소망(Hopeful)', '지식(Knowledge)', '경계(Watchful)', '성실(Sincere)' 등을 만났다. 반면에, '사탄'이나, 세상 지식에 의존하는 위선자인 '세속현자(Worldly-Wiseman)', 명철을 가장한 사기꾼 '율법(Legality)', '정욕(Passion)', '인내(Patience)', '우매(Foolish)', '나태(Sloth)', '방자(Presumption)', '허울(Formalist)', '위선(Hypocrisy)', '허영(Vain-Glory)', '소심(Timorous)', '불신(Mistrust)', '음탕(Wanton)', '육신의 정욕(Lust of the Flesh)', '안목의 정욕(Lust of Eyes)', '이생의 자랑(Pride of Life)', '불만(Discontent)', '교만(Pride)', '오만(Arrogance)', '자만(Self-Conceit)', '세상영광(Worldly-Glory)', '수치심(Shame)', '허달변(Say-well)', '혐선대감(Lord Hare-Good), '시기심(Envy)', '미신(Superstition)', '아첨(Flattery)', '옛사람대감(The Lord Old Man)', '음란대감(The Lord Camal Dlight)', '사치대감(The Lord Luxurious)', '허영대감(The Lord Desire of Vain-Glrory)', '오색대감(The Lord Lechery)', '탐욕대감(Sir Greed)', '맹목(Mr. Blindman)', '무용(Mr. No-Good)', '악의(Mr. Malice)', '호색(Mr. Love-lust)', '허송(Mr. Live-loose)', '성급(Mr. Hothead)', '증오(Mr. Enmity)', '거짓말쟁이(Mr. Liar)', '잔인(Mr. cruelty)', '흑암(Mr. Hate-light)', '완고(Mr. Implacable)', '기회주의 대감(Lord Time-Sever)', '미사여구 대감(Lord Fair-Speech)', '기름기 씨(Mr. Smooth-man)', '양다리 선생(Mr. Facing-both-ways)', '무관심 어른(Mr. Anything)', '두말(Two-tongues)', '세상집착(Mr. Hold-the-World)', '돈사랑(Mr. Money-love)', '노랭이(Mr. Save-all)', '헛자신감(Vain-Confidence)', '의혹(Distrust)' 등의 무수한 사람들을 만나기도 하고 그들이 이 여정에 등장한다.

주인공은 상상도 할 수 없었던 온갖 난관을 헤쳐나가는데, 오로지 성경말씀 하나에 의지하여 당초에 예정했던 좁은 문을 통과하여 천국에 도달하겠다는 확고한 믿음으로 여행을 이어나간다. 그 과정에서 늪에 빠지기도 하고, 길을 잘못 들어서기도 하고, 복음의 시험을 받기도 하며 사망의 골짜기를 지나면서 괴물 모습을 한 사탄 아폴리온(Apollyon)과 맞서 싸우기도 하였다. 게다가 이방신인 바알세불을 믿는 '허망'이라는 도시에서는 이단자라는 죄목으로 감옥에 갇히기도 하였다. 심지어 여행 동반자였던 '신실'은 여기서 사형을 당하는 일까지 겪었다. 죽음을 넘나드는 온갖 시련을 겪은 크리스천은 마침내 천국을 상징하는 새 예루살렘 시온성에 입성함으로써 대단원의 여정을 끝내게 된다.

천로역정을 읽는 내내 마치 성서를 각색하여 한 사람의 인생 여정에 멋지게 적용해 보는 체험을 하게 된 것 같은 느낌이었다. 완전히 벌거벗은 내 자신을 들여다보는 느낌도 들었다.

무엇보다 여행자의 모습은 등에는 무거운 짐을 짊어진 채 손에는 성경책 한 권이 들려 있어 헛된 욕망과 진리라는 상징적인 설정도 꽤 의미심장하게 다가왔다. 쓸모없는 잡동사니 같은 많은 짐들을 짊어진 채 그대로 살아갈 것이냐, 아니면 가벼운 책 한 권이지만 진리의 말씀에 의지하여 하나님의 은혜 가운데 살 것이냐에 대한 질문 같다는 생각도 들었다.

험난한 여정을 무사히 잘 마무리한 크리스천의 천국 입성을 보면서 나도 모르게 엄청난 희열을 느끼며 대리 만족을 하게 되었다. 그가 여행 중에 여러 난관을 만났지만 그 순간마다 말씀에 중심을 두고 믿음을 지킨 덕분에 무거운 짐을 내려놓을 수 있었다. 이처럼 우리 인생은 어느 순간부터 짐을 모으는 것이 아니라 짐을 비우는 일이 훨씬 중요하다는 것을 알 수 있다.

더 중요한 것은 우리 스스로 내려놓을 수 없는 짐을 우리가 지고 있다는 사실이다. 요컨대 그 무서운 원죄(原罪, Original Sin)에서 벗어나는 일은 우리의 능력이나 지혜로는 도저히 해결할 수 없다.

오직 예수 그리스도의 십자가 보혈의 공로로 인하여 비로소 구원을 얻어 무거운 짐을 내려놓을 수 있다는 것이다.

예수께서는 직접 자신이 하나님 아들이자 특수한 관계임을 밝히시면서 무거운 짐 진 자들에게 팔을 활짝 펼치며 자신에게 오라고 손짓하고 계신다는 것을 알 수 있다. 그리고 참 쉼은 오로지 예수님 안에서만이 가능하다는 것을 말씀하고 계신다. 모르면 배우면 된다. 예수님은 온유하고 겸손하게 가르쳐주신다고 약속하셨기 때문이다.

"내 아버지께서 모든 것을 내게 주셨으니 아버지 외에는 아들을 아는 자가 없고 아들과 또 아들의 소원대로 계시를 받는 자 외에는 아버지를 아는 자가 없느니라. 수고하고 무거운 짐 진 자들아 다 내게로 오라 내가 너희를 쉬게 하리라. 나는 마음이 온유하고 겸손하니 나의 멍에를 메고 내게 배우라 그리하면 너희 마음이 쉼을 얻으리니 이는 내 멍에는 쉽고 내 짐은 가벼움이라하시니라."(마태복음 11:27~29)

사도 바울이 고린도교회에 전하는 메시지를 통해 십자가의 의미를 되새겨보는 것도 의미 있는 일이 아닐까.

"십자가의 도가 멸망하는 자들에게는 미련한 것이요. 구원을 받은 우리에게는 하나님의 능력이라. 기록된 바 내가 지혜 있는 자들의 지혜를 멸하고 총명한 자들의 총명을 폐하리라 하였으니. 지혜 있는 자가 어디 있느냐 이 세대에 변론가가 어디 있느냐 하나님께서 이 세상의 지혜를 미련하게 한 것이 아니냐. 하나님의 지혜에

있어서는 이 세상이 자기 지혜로 하나님을 알지 못하므로 하나님
께서 전도의 미련한 것으로 믿는 자들을 구원하시기를 기뻐하셨
도다."(고린도전서 1:18~21)

세상에 현자도 많고 지혜자도 많다. 그리고 발명가도 많고 발견
자도 많다. 이런 지혜는 세상을 살아가는 데는 유익할지는 몰라도
하나님 나라를 들어가는 데는 도무지 쓸모가 없다. 오히려 자만
이나 교만을 불러들여 하나님 말씀에 귀 기울이지 않는 이유가 될
수도 있다. 바울은 미사여구를 사용하지 않고 담백하게 오직 예수
그리스도의 십자가의 도를 깨닫고 믿음으로 말미암아 비로소 그
의 나라 백성이 되는 것이라고 전하고 있다.

시편에서 다윗은 노래를 통해 구원자이신 하나님께 영광 돌리
고 찬양하였다.

"나의 힘이신 여호와여 내가 주를 사랑하나이다. 여호와는 나의
반석이시요 나의 요새시요 나를 건지시는 이요 내가 그 안에 피할
나의 바위시요 나의 방패시요 나의 구원의 뿔이시요 나의 산성이
시로다. 내가 찬송 받으실 여호와께 아뢰니 내 원수들에게서 구원
을 얻으리로다."(시편 18:1~3)

우리 마음은 그의 노래에 공감하는가, 아멘 소리가 마음에서 거
부감 없이 나오고 있는가, 아니면 어색하고 생소하게 느껴지는가,
말씀을 보면서 감동이 없으면 감사도 찬양도 나올 수 없을 것이다.
감동이 없다는 것은 성령께서 관여하지 않고 있다는 의미일 것이

다. 성령의 간섭하심을 간구해야 할 것이다. 그래서 오로지 그분께만 집중해야 할 것이다.

사도 바울이 갈라디아 여러 교회에 전한 메시지는 우리가 십자가에 대해 어떤 마음가짐과 믿음으로 묵상해야 하는지 잘 가르쳐 주고 있다.

"할례를 받은 그들이라도 스스로 율법은 지키지 아니하고 너희에게 할례를 받게 하려 하는 것은 그들이 너희의 육체로 자랑하려 함이라. 그러나 내게는 우리 주 예수 그리스도의 십자가 외에는 결코 자랑할 것이 없으니 그리스도로 말미암아 세상이 나를 대하여 십자가에 못 박히고 내가 또한 세상을 대하여 그러하니라."(갈라디아서 6:13~14)

천로역정에서 순례자 크리스천과 소망이라는 길동무가 마지막 거룩한 땅을 목전에 두고 천사들이 그들의 입성을 도와주기 위해 나와 주었다. 두 사람은 너무 가슴이 벅차올랐고 너무 기대감으로 고조되었다. 그래서 거룩한 땅에 그들은 물었다.

"거룩한 땅에 들어가면 무얼 해야 합니까?"

그러자 빛나는 옷을 입은 이들이 말했다.

"그동안 수고한 데 대해 위로를 받고 슬픔 대신 기쁨을 누립니다. 임금님의 나라까지 오면서 뿌린 씨앗, 그러니까 기도와 눈물,

고통의 열매를 거두게 될 것입니다. 황금 면류관을 쓰고 거룩하신 분을 언제나 뵙고 꿈꾸는 즐거움을 만끽합니다. 그분을 참 모습대로 뵐 것이기 때문입니다. 세상에 머물 때는 주님을 제대로 섬기고 싶어도 육신이 약해서 찬양하고, 외치고, 감사하면서 마음껏 섬기지 못했지만 거기서는 얼마든지 그럴 수 있습니다. 전능하신 모습을 보고 기뻐하며 그분의 상쾌한 음성을 듣고 감격할 것입니다. 두 분보다 앞서 간 친구들을 다시 만나는 한편, 뒤따라 거룩한 땅에 도착하는 이들을 영접하게 됩니다."*

두 사람은 그들의 설명을 들으면서 설레는 마음으로 성문을 향해 걸어갔고 마침내 거룩한 땅의 성문 앞에 이르자 거기에는 금으로 아로새긴 글귀가 선명하게 보였다. 요한계시록 22:14절 말씀이 인용되어 있었다.

"생명나무에 이르는 권리를 차지하려고, 그리고 성문으로 해서 도성에 들어가려고 계명을 지키는 자들은 복이 있다."**

이것이 영생을 바라는 믿음의 사람들의 공동된 목표가 아닐까, 우리의 삶이 때로는 곤고하고 힘들지라도 그 분이 함께 하신다는 것을 믿고 마지막 목표점까지 완주하여 승리의 기쁨을 만끽할 수 있으면 좋겠다.

* 　존 버니언, 천로역정, p.307, 포이에마, 2009.
** 전게서P309

완전성과 불완전성에 대한 논쟁

믿음은 바라는 것들의 실상이요
보이지 않는 것들의 증거니 선진들이
이로써 증거를 얻었느니라.
믿음으로 모든 세계가 하나님의 말씀으로
지어진 줄을 우리가 아나니
보이는 것은 나타난 것으로 말미암아 된 것이 아니니라.
(히브리서 11:1~3)

무신론자로 유명한 버트런드 러셀(Bertrand Rusell, 1872-
1970)은 어느 날 할아버지의 서재에서 유클리드의 《기하학》이라
는 책을 발견하였다. 그것이 계기가 되어 수학의 특성인 논리적
증명에 대해 흥미를 갖게 되었다. 반면 수학에 비해 종교, 요컨대
신에 대한 믿음은 비논리적이고 비이성적이며 증명이 불가능하다
고 여겨 신을 믿지 않았다.

　　그는 케임브리지 대학에서 졸업논문으로 〈기하학의 기초에 관
한 에세이〉를 제출하였는데 여기서 그는 신을 믿기 위해서는 신
이 존재한다는 논리적이고 과학적인 증거가 필요하다는 증거주
의 무신론(evidentialistic atheism)을 주장하였다. 하지만 당시 수학
자들은 수학의 확실성에 회의와 불안을 느끼고 있었는데 그 이유
는 무엇일까? 예컨대 누구나 1+1=2가 참으로 알고 있다. 수학은
이처럼 자명한 진리로 여겨지는 명제들을 근본적인 전제, 요컨대
공리(axiom)*로 삼고 그것을 근거로 일련의 명제(theorem)를 증명
해 낸다.

---

* 　공리(公理)는 수학 혹은 철학용어로서 주어진 이론 체계 안에서 증명 없이 참(truth)인 것으로
　받아들이는 명제를 가리키는 용어.

하지만 인간의 직관은 언제나 옳은 것일까? 과연 우리가 대전제로 삼고 있는 공리가 전혀 의심의 여지없는 진리일까? 바로 이런 점들에 대해 당시 수학자들은 확신할 수 없었던 것이다. 특히 유클리드의 기하학*과는 다른 새로운 기하학의 체계가 확립되기 시작되면서 더욱 그런 마음이 들었다. 예컨대 유클리드 기하학에서 임의의 두 점을 지나는 직선은 반드시 하나다는 명제가 있다. 하지만 지구 표면의 남극과 북극을 지나는 직선은 오직 하나인가? 아니다. 무수히 많다. 이렇듯 새로운 기하학의 발견은 기존에 진리로 여겨졌던 모든 것을 근본적으로 회의적인 시선으로 보게 되었고 직관의 한계를 인식하게 되는 계기가 되었다.**

이후 비트겐슈타인은 일찌감치 논리주의 한계를 파악하고 그의 명저인 《논리철학논고》를 집필했는데 여기서 진리는 지식을 파악하는 인간의 능력과는 무관하게 선천적인 기준에 의해 결정되는 실재론과 관련이 있다고 주장했다. 실재론에 의하면 현실세계뿐만 아니라 가능세계에 있어서 진리를 가늠할 수 있는 선천적 형식들이 있다. 여기서 언어의 논리적 형식을 규명하는 것이 중요한 데 언어의 본질은 논리적 공간의 세계를 그리는 것이다 요컨대 '명제는 실재의 그림이다'라고 했다.***

---

* 유클리드 기하학은 고대 수학자 유클리드(Euclid 또는 Euclid of Alexandria)가 구축한 수학체계로 거리, 넓이, 각을 제외한 나머지에 의하여 변하지 않는 성질을 연구하는 이론으로서 세계 최초의 기하학에 관한 논의로 알려져 있다. 수학계는 기원전 323년부터 무려 2000년 이상을 여기에 의존해 왔기 때문에 유클리드 기학학이 아닌 다른 기하학을 생각할 수조차 없었다. 그러나 19세기 초부터 비유클리드 기하학(Non-Euclidean geometry)이 대두되기 시작하면서 새로운 기하학이 발전하게 되었다. 여기에는 타원기하학(elliptic geometry)과 쌍곡기하학(hyperbolic geometry) 등이 있다.
** 오지흔, 희생되는 진리, pp.21-22.
*** 박만엽, 비트겐슈타인의 수학철학, p.26, 철학과 현실사, 2008.

여기서 떠올리는 성서말씀이 있다. 다름 아닌 바울이 전하는 믿음에 대한 정의이다.

"믿음은 바라는 것들의 실상이요 보이지 않는 것들의 증거니 선진들이 이로써 증거를 얻었느니라. 믿음으로 모든 세계가 하나님의 말씀으로 지어진 줄을 우리가 아나니 보이는 것은 나타난 것으로 말미암아 된 것이 아니니라."(히브리서 11:1~3)

여기서 믿음은 보이지 않는 것들의 증거(1절)라고 시작하고 있는데 요컨대 눈에 보이는 것에 기반하지 않는다는 의미이다. 그렇다면 무엇에 근거한다는 말일까? 3절에는 그것은 하나님의 말씀이라고 말하고 있다. 우리는 시각적인 것이나 논리적인 것에 익숙해 있어 이 말씀이 무슨 억지냐고 질문할 수도 있을 것이다.

따지고 보면 우리의 사고나 행동에 영향을 미치는 것은 바로 자신의 이성으로 인한 판단일 때가 적지 않다. 우리가 불안한 이유는 눈에 보이거나 나쁜 뉴스를 접하고, 자신에게 호의적이지 않는 사람을 만나거나 살아가는 것이 녹록치 않을 때 그러하다. 행복, 돈, 환경, 자녀 등 미래에 관하여 끊임없이 불안하게 하는 요인들을 접하게 된다.

그로 인해 우리는 불안하고 우울하고 깊은 슬픔에 직면하게 되고 삶이 허무해지기까지 이른다. 창세기의 천지창조 과정을 보면 말씀으로 세상을 창조했다. 그 말씀의 위력은 우리가 상상할 수 없을 정도로 정확하고 에너지가 있고 생명력이 있다.

"하나님의 말씀은 살아 있고 활력이 있어 좌우에 날선 어떤 검보다도 예리하여 혼과 영과 관절과 골수를 찔러 쪼개기까지 하며 또 마음의 생각을 판단하나니 지으신 것이 하나도 그 앞에 나타나지 않음이 없고 우리의 결산을 받으실 이의 눈앞에 만물이 벌거벗은 것 같이 드러나니라."(히브리서 4:12~13)

그래서 논리실증주의를 개척한 비트겐슈타인(Luwig Witgenstein, 1889-1951)은 언어의 본질에 대해 주목한 것이 아닐까. 그는 문제가 사람이 생각하는 바에 있는 것이 아니라 생각하는 바를 표현하는 것에 있다고 주장한 철학자이다.* 요컨대 철학자들은 생각의 차원에서 언어의 차원으로 돌려야 한다는 것이다. 다음의 비트겐슈타인의 말에 주목할 필요가 있다.

"어떤 하나의 문장을 이해한다는 것은 어떤 하나의 언어를 이해한다는 것을 뜻하며, 어떤 하나의 언어를 이해한다는 것은 그 언어에 대한 사용기술을 습득한 것이 되었음을 뜻한다."**

위에서 인용한 비트겐슈타인의 말처럼 이해는 어떤 것을 할 수 있는 기술의 숙달과 마찬가지로 그런 이해에 대한 올바름에 대한 기준을 그 사람의 실천하는 행위에서 찾는 것이 바람직하다는 것이다. 사람이 생각으로만 어떤 사실을 믿는다면 그것은 사적 믿음에 머물고 마는 것이고 그것을 언어로 시인하고 행위로 나타났을 때 비로소 믿음의 증거가 되는 것과 마찬가지일 것이다.

---

* 박병철, 비트겐슈타인 철학으로의 초대, p.81, 필로소픽, 2020.
** 전게서, p.112.

"사람이 마음으로 믿어 의에 이르고 입으로 시인하여 구원에 이르느니라."(로마서 10:10)

"영혼이 없는 몸이 죽은 것 같이 행함이 없는 믿음은 죽은 것이니라."(야고보서 2:26)

러셀의 제자로 시작한 비트겐슈타인은 러셀이 1913년 하버드 저널에 실은 〈종교의 본질〉이라는 에세이를 싣자 그에 대해 혹평을 쏟아냈다. 러셀의 생각은 철학이 결국 논리적인 문제라고 여겼었는데 그것에 대해 조목조목 반박당한 것이다. 당시 러셀이 얼마나 처참한 심경이었는지 당시 정부(情婦)였던 오톨라인 모렐에게 보낸 편지에 잘 드러나 있다.

"나는 그가 옳았음을, 따라서 내가 철학에서 근본적인 연구를 깊게 하기를 바라는 것은 무리라는 것을 알았습니다. 나의 충동은 방파제에 부딪혀 부서지는 파도처럼 조각났습니다. 나는 완전히 절망에 빠졌습니다."*

비트겐슈타인의 비판으로 러셀은 자신의 능력이 '인식론'과 같은 근본적인 문제를 감당할 수 없다는 것을 알았고 철학분야에도 기여할 수 없다는 것을 깨달았다. 이런 생각들 때문에 가끔 자살 충동을 느낄 정도로 우울증에 빠지기도 한 것으로 전해진다. 그후 자신감을 잃고 철학계를 떠났지만 그후 교양서적을 쓰기 시작

* 전게서, p.26.

470

했고 진보적인 평화운동으로 강연을 하면서 명성을 얻었고 결국 노벨상 수상자, 베스트셀러 작가 등으로 유명세를 떨치며 영예를 누렸다.

하지만 전체적으로 볼 때 그의 삶은 순탄치 않았는데 가정적으로나 사회적으로 크게 존경받지는 못한 것으로 알려지고 있다. 결혼과 이혼을 반복하면서 자식들은 상처를 받게 되었는데 그럼에도 불구하고 그의 딸 캐서린 테이트(Katherine Tait)는 훗날 기독교를 믿게 되었고 아버지 러셀을 전도하기 위해 애써보았지만 소용없었다. 그런데 그가 기독교를 어떻게 보았는지 캐서린의 증언을 통해 알 수 있다.

"나는 아버지가 찾아다녔던 것, 아버지가 평생 갈망했던 '이루 말할 수 없는 그것'을 발견했다고 말하고 싶었다. 신에 대한 모색은 헛되게 끝낼 필요가 없다고 설득하고 싶었다. 그러나 가망 없는 일이었다. 아버지는 삶의 기쁨을 앗아가고 반대자를 박해하는 맹목적 기독교인들, 냉혹한 도덕주의자들을 너무 많이 보았다. 아버지는 그들이 가리고 있는 진리를 볼 수 없었을 것이다."*

러셀은 수학적 논리를 추구했지만 결코 논리로 증명할 수 없었다. 그런 이유로 상실감을 느낀 탓이었을까 아니면 교회나 신앙인들에 대한 반항심 때문이었을까. 그는 자신도 그다지 행복한 삶을 누리지 못했고 주위 사람들에게도 불편을 끼치고 말았다. 러셀이 신이 없다고 주장한 이유, 요컨대 과학적 근거가 없다는 점, 하나

* 전게서, p.31.

님이 제1 원인이면 하나님은 누가 만들었는가 라는 점, 신이 없어도 윤리적일 수 있다는 점, 사람들이 두려워서 종교를 만들었다는 점 등이었다. 자신이 증거를 찾지 못했다고 혹은 신앙인들이 비도덕적이거나 맹신주의자처럼 보인 점 때문에 무신론자가 되었다는 것은 왠지 성숙한 성찰은 아닌 것으로 생각된다.

그의 기독교에 대한 왜곡된 인식은 그의 저서 《나는 왜 기독교인이 아닌가?》에서도 찾아볼 수 있는데 그는 서문에서 "세계의 모든 위대한 종교들–불교, 힌두교, 기독교, 회교, 공산주의까지–에 대해, 진실이 아닐 뿐 아니라 해로운 것들이라고 생각한다"*고 주장했다.

그는 종교의 해악에 대해서도 언급했는데 첫번째는 종교에 반드시 주어져야 한다고 여겨지는 믿음의 성질에 좌우되는 것이고, 또 두 번째는 믿어지고 있는 특정 신조들에 좌우되는 것이라고 했다. 그는 자신의 논리를 증명하기 위해 구체적으로 설명을 덧붙였는데 신앙을 갖는다는 것, 다시 말해 반대의 증거가 있더라도 흔들리지 않는 확신을 가지는 것이 도덕적으로 여겨지게 한다는 것이다. 아니 반대 증거로 인해 의심이 생기면 그 증거들을 억압한다고 여기는 것이라고 했다.

이러한 근거를 바탕으로 러시아와 미국의 예를 들었는데 러시아의 경우 자본주의를 옹호하는 주장을 못 듣도록, 미국의 경우 공산주의를 옹호하는 주장을 못 듣도록 젊은이들의 귀를 막고 있다는 것이다. 그 결과 양측의 신념이 원상 그대로 보존되면서 사생결단식의 전쟁만 준비될 뿐이라고 주장했다.

* 버틀런드 러셀 저/송은경 역, 나는 왜 기독교인이 아닌가, p.11, 사회평론, 2019.

그는 예수가 말하고 있는 것은 이미 5, 600년 전에《도덕경》의 저자 노자나 불교의 석가모니 등에게서도 발견할 수 있는 사상으로 별로 색다를 게 없다는 점을 강조했다. 당시 철학자나 신학자들도 그 점에 대해서는 이미 인식을 하고 있었지만 러셀처럼 극단적으로 단정 짓지는 않았다.

그럼에도 불구하고 러셀은 한 발 더 나아가 복음주의의 약점을 파고들면서 비판했는데 인간적인 면에서 볼 때 차라리 예수보다 다른 성현들이 더 성인에 가깝다고 주장한 것이다. 사실 종교를 심층 연구했던 사람이 아니었다고는 하지만 그의 깊이 없는 성찰과 자료의 빈약함 등을 근거로 한 그의 비판은 사람들로부터 크게 지지를 받지는 못했다.

그는 또 자연법칙론에 근거해서도 하나님의 존재를 인정할 수 없다고 했다. 말하자면 인간의 법칙은 우리에게 어떤 식으로든 행동하는 명령으로서 우리는 그대로 행동할 수도 있고 따르지 않을 수도 있다. 그러나 자연법칙은 사물들이 실제로 어떻게 움직이는가를 기술하는 것으로서 사물의 실제 움직임을 기술하는 데 지나지 않으므로 사물에 대해 이러저러하게 움직이도록 명령하는 자가 반드시 있다고 말할 수 없다고 주장했다. 아울러 결국 법칙은 신성한 칙령 외부에 그리고 그 이전에 존재한다는 얘기가 되므로 하나님을 끌어들여 봤자 별 소용이 없게 된다고 덧붙였다.[*]

뿐만 아니라 러셀은 종교의 일차적이고도 주요한 기반은 '두려움'이라고 했다. 그는 두려움이나 온갖 곤경이 내 편이 되어 도움을 줄 대상을 갈망하게 만든다는 것이다. 이 세계를 사는 우리는

---

[*] 전게서, p.25.

과학의 도움으로 이제야 사물을 좀 이해했고 또한 모든 낡은 교훈에 맞서 한 걸음 한 걸음씩 어렵사리 전진해 온 덕분이라고도 했다. 인류는 그 오랜 세월 동안 비굴한 두려움 속에 살아왔으나 과학은 우리가 그러한 두려움을 극복하도록 도와줄 수 있고 우리를 가르칠 수 있다고도 했다. 그는 이제 더 이상 가상의 후원을 찾아 두리번거리지 말고 하늘에 있는 후원자를 만들어내지 말고 자신의 힘으로 오랫동안 교회들이 하지 못한 것을 우리가 살기 적합한 곳으로 만들자*고 사람들들 향해 이성의 힘을 발휘할 것을 호소하기도 하였다.

그밖에도 그는 신성을 위한 도덕론에 대해서도 언급했는데 옳고 그름은 오직 하나님에 의해서만 생겨난 것이 아니라 그 본질에 있어 논리적으로 하나님에 앞서 존재한다고 말할 수 있어야 한다고 했다. 물론 각자의 기호에 따라 보다 우월한 신이 있어 이 세계를 만든 하나님에게 명령한 것이라고 해도 좋고, 우리가 알고 있는 이 세계는 사실 보지 않는 틈을 타 악마가 만들어낸 것이라고 보는 일부 그노시스(gnosis)** 주의자들의 노선을 택할 수도 있다고 했다.***

여기서 하나님보다 우월한 신이나 악마를 끌어들이는 방식이라면 굳이 하나님의 능력에 대해 회의적인 생각을 하는 것은 논리적으로도 설득력을 얻기 어려운 것이 아닌가 생각된다.

성서는 끝내 진리의 지식에 이를 수 없다는 사람들에게 다음과 같이 말하고 있다.

* 전게서, p.40.
** 그노시스는 고대그리스 말기에 나타난 신에 대한 인식으로 초감각적인 신과의 융합을 체험하게 하는 신비적인 직관이나 종교적 인식을 일컫는 말
*** 전게서, p.29.

"경건의 모양은 있으나 경건의 능력은 부인하니 이 같은 자들에게서 돌아서라. 그들 중에 남의 집에 가만히 들어가 어리석은 여자를 유인하는 자들이 있으니 그 여자는 죄를 중히 지고 여러 가지 욕심에 끌린 바 되어 항상 배우나 끝내 진리의 지식에 이를 수 없느니라."(디모데후서 3:5~7)

사람은 누구나 현재를 넘어 미래를 예측하거나 자신의 경험이나 지식 이상의 것을 상상하거나 전적으로 신뢰하기란 쉬운 일은 아니다. 과학기술이 발전하고 그 혜택을 누리며 살고 있을 때는 당연히 그것들에 의존하며 더욱 그것들을 추구할 수밖에 없다.

또 경제적 환경에서 자유로울 사람은 그리 많지 않다. 그런 것들을 초월해서 산다고 한 사람들도 종종 위선자임이 밝혀지는 경우가 허다하다. 그래서 그런 물질적인 힘에서 벗어나 정신, 영혼 등의 문제에 관심을 가져보는 것이 그 만큼 어렵다는 얘기이다.

또 지식이나 정보도 마찬가지이다. 지금처럼 지식과 정보를 손 안에 넣기 쉬운 시대도 없었다. 문제는 그것들이 많고 접근하기 쉽다는 얘기는 그런 것들이 다 유용하다고 장담할 수 없다는 것을 말해주기도 한다.

사람들은 자신이 배우거나 가진 지식 때문에 편견에 사로잡히거나 자신이 만든 프레임 속에 갇혀버리고 마는 경우가 적지 않다. 좌파나 우파를 따지는 진영논리나 비정상적인 교주를 섬기는 사이비종교 등에서도 그런 경향을 발견할 수 있는데 그들을 선동하거나 유혹하는 진짜보다 더 진짜 같은 훌륭한 그들 나름대로의 경전을 가지고 있거나 특정 인물을 숭배하기도 한다.

그러나 성서는 하나님의 진리 이외의 것은 모두 우상이라는 것을 강조하고 있다. 그리고 그 진리가 모든 가짜들로부터 자유롭게 할 것이라고 선포하고 있다. 아울러 오직 하나님 한 분만이 선한 분이고 모든 가짜들 속에는 죄가 도사리고 있거나 우상이 될 가능성이 있음을 경고하고 있는 것이다.

예를 들어 돈이 나를 자유롭고 행복하게 해 줄 수 있다고 생각하고 있다면 그것은 유혹이고 잘못된 지식이라는 것이다. 건강이 모든 것에 우선한다고 생각하는 사람이 있어 온통 건강에만 신경을 쓴다면 그것 역시 세월을 거스를 수 없을 뿐 아니라 언젠가 그 육체는 썩어져 흙이 될 것을 우리는 잘 알고 있지 않은가.

진리라는 것은 생명을 구하는 문제이자 하나님의 자녀 자격을 얻어 그분의 나라에 들어가는 방법을 말하는 것이다. 따라서 하나님의 말씀을 통해 그 해답을 찾고 진정한 죄와 죽음 등으로부터 해방되어 진정한 자유를 얻는 것을 말한다.

"진리를 알지니 진리가 너희를 자유롭게 하리라."(요한복음 8:32)

"예수께서 길에 나가실 새 한 사람이 달려와서 꿇어앉아 묻자오되 선한 선생님이여 내가 무엇을 하여야 영생을 얻으리이까. 예수께서 이르시되 네가 어찌하여 나를 선하다 일컫느냐 하나님 한 분 외에는 선한 이가 없느니라."(마가복음 10:17~18)

사람이 살면서 중요하게 생각하는 것들이 더러 있다. 어떤 사람에게는 건강이 될 수도 있다. 그런 사람은 운동을 열심히 하고 좋은 것을 찾아 먹는데 열심을 다할 것이다. 또 어떤 이에게는 명예나 권력이 중요할 것이다. 그런 사람은 부지런히 자신의 능력과 지식을 세상에 알리는 데 전념을 할 것이다.

또 뭐니 뭐니 해도 돈이 최고라고 생각한 사람도 있을 것이다. 그런 사람은 주식이든 부동산이든 장사를 해서든 할 수 있는 한 돈을 많이 버는 것이 목표가 될 것이다. 그러나 우리가 몇 천 년 을 살 것처럼 이런 육체적인 호위호식과 쾌락에 의존한다면 세월 이 흘러 죽음 앞에 섰을 때 과연 얼마나 허무할 것인가. 누구나 상상할 수 있는 일이다. 이것이 영혼을 함부로 방치해서는 안 되 는 이유다.

"사람이 만일 온 천하를 얻고도 제 목숨을 잃으면 무엇이 유익 하리요 사람이 무엇을 주고 제 목숨과 바꾸겠느냐. 인자가 아버지 의 영광으로 그 천사들과 함께 오리니 그 각 사람이 행한 대로 갚 으리라."(마태복음 16:26~27)

앞으로 미래 사회는 인공지능(AI)사회가 지배할 것이라고 예측 하며 기대 반 우려 반의 시선으로 바라보고 있다. 그것이 가져다 줄 편리함이나 유용성에도 불구하고 어쩌면 인간의 존재 가치나 공동체 문화에 심각한 위기를 초래할지도 모른다.

인간보다 더 빠르고 정확한 면이 있어서 인간의 대체 지능으로 생각할지 모르지만 결코 인간의 감성이나 영혼을 담을 수 없기 때 문에 기계의 알고리즘에 놀아날지도 모른다. 불완전한 것과 완전 한 것은 본질적으로 엄청난 차이가 있다.

우리는 불완전한 것에 대한 자세가 달라져야 한다는 것이다. 아 울러 완전한 분에 대한 자세도 분명히 달라져야 한다. 과학기술도, 철학도, 인공지능의 알고리즘도 그 어떤 것도 전지전능한 하나님의 섭리 아래에 있음을 깨달았으면 좋겠다.

"여호와를 경외하는 것이 지식의 근본이거늘 미련한 자는 지혜
와 훈계를 멸시하느니라."(잠언 1:7)

제 2 의
인생 갈림길에 서다

오랜 시간이 지난 후에 어디선가
나는 한숨을 쉬며 이야기할 것입니다.
숲 속에 두 갈래 길이 나 있었고, 나는-
나는 사람이 적게 간 길을 택하였고
그리고 그 때문에 모든 것이 달라졌다고

정신없이 살다 보니 어느덧 나이 육십을 목전에 두고 있다. 마음은 지금의 나이를 인정하고 싶지 않지만 몸은 인정하라고 여러 방법으로 신호를 보내오고 있다. 직업에 따라 정년 연령이 다소 다르겠지만 연구원에 근무하고 있는 나는 만 육십에 정년을 한다.

흔히 말하는 제2 인생의 갈림길에 서 있다. 그래서인지 요즘 종종 그동안 살아온 길을 돌아보고 또 살아갈 날들을 상상하는 일이 잦다. 넘치는 열정으로 적지 않은 성취감을 느끼며 살기도 했지만 정작 하고 싶었던 일을 이루지 못한 것에 대한 아쉬움도 남는다.

생각해보면 감사한 일들이 너무 많다. 직장은 나에게 일을 통한 성취감을 느끼게 해주었고 또 경제적인 안정에 도움도 주었다. 직장 동료라는 사회적 가족도 만날 수 있었다. 그들과 서로 도움을 주고받으면서 지금까지 무난히 일할 수 있었던 것에 감사할 따름이다. 하지만 작은 생각의 차이로 사소한 논쟁도 종종 있었다. 되돌아보면 더 이해하고 더 다정하게 지내지 못한 것들에 대한 아쉬움은 남는다.

지금까지 살아온 과정에서 나는 과연 무엇을 얻었고 무엇을 잃었는지 좀 더 구체적으로 생각해보기로 하자. 요컨대 일종의 '인생 중간정산'이라고 할 수 있다. 뭐니 뭐니 해도 내가 얻은 것 가운데 제일은 사람이다. 사회적으로 정말 좋은 친구들을 많이 얻은 것은 아무리 자랑해도 지나치지 않을 만큼 우선 순위로 꼽는다.

또 가족의 중요성은 두말할 필요가 없다. 아버지는 생존에 계시지 않지만 91세가 되신 어머니가 여전히 건강하시고 9남매(4남5녀)와 그 자녀들이 그럭저럭 무탈하게 지내고 있고 평범한 가정이지만 우애를 이어나가고 있다. 여기에는 솔직히 딸들의 헌신이 밑바탕에 깔려 있다는 점에 늘 감사하고 있다. 그밖에도 일 외에 보람을 느끼는 취미생활을 할 수 있는 여유를 가질 수 있게 되었다는 점도 과분하게 주어진 것들이다.

반면 잃어버린 것들을 생각해보자. 지금 건강을 조금 잃어서 몇 달째 집에서 요양하고 있다. 그러나 중병은 아니어서 쉬면서 생각할 수 있는 시간이 주어졌다는 점에서 얻은 것이 많다. 그래서 잃어버린 항목에 넣어야 할지 애매하다. 그리고 본인은 최선을 다하여 살아왔다고 하지만 그 과정에는 자기주장과 자기애(ego)를 드러내면서 부지중에 타인에게 적잖은 상처를 주었을 것이라는 생각을 하게 되었다.

분주한 일상에서는 미처 생각하지 못했던 일들을 이제야 역지사지(易地思之)의 심정으로 헤아려 보게 되었다. 분명히 아쉬운 일이 아닐 수 없다. 젊은 혈기와 얕은 지식으로 목에 핏대를 세우며 강하게 자기주장을 하며 아전인수(我田引水)격으로 남에게 어필하려했던 일들이 주마등처럼 스쳐간다.

사실 육십을 살아보니 세상에는 딱 이것만이 정답이다!!라고 단언할 만한 것들이 그리 많지 않다는 것을 알게 되었다. 그런데 갈

등이 생기고 다툼이 일어나는 이유는 나만의 관점, 자신의 시각에서 인식하고 있는 편협한 지식이나 고정관념에서 쉽사리 벗어나지 못하는 데에서 기인한다는 것을 알 수 있다. 말하자면 다름(異)과 틀림(誤)의 차이를 종종 착각하며 살 때가 있기 때문이다.

그리고 개인적으로 최선을 다하지 못해서 잃어버린 항목에 넣고 회개하는 부분이 있다. 바로 신앙에 관한 부분이다. 하나님을 믿고 의지한다고 생각하면서도 관념적인 신앙에 사로잡혀 행동이 뒷받침되지 못하는 것에 대한 반성을 많이 하게 된다. 그 가운데 성령 안에서 기도하기, 모든 삶의 지침이 되는 말씀 묵상하기, 하나님의 뜻에 따라 세상을 향해 빛과 소금의 역할하기 등 신앙 전반에 관해 생각해보고 앞으로의 바람직한 신앙생활에 대해 깊이 성찰해 보게 된다. 이글을 쓰고 있는 것도 그것의 일환으로서 나 자신에게 들려주는 이야기라고 할 수 있다.

이제 지나온 젊은 시절을 지나치게 아쉬워하거나 나이 드는 것에 억울해 하거나 두려워하지 않으려고 한다. 그 나이 때마다 그에 걸맞은 색다른 즐거움이 기다리고 있기 때문이다. 다만 매일 성찰을 통해 좀 더 너그러워지고 부드러워지고 사려 깊은 사람이 되어야겠다는 결심이 중요할 것 같다. 그래서인지 요즘은 관용, 포용, 용서, 사랑, 연민, 베풂, 나눔 등과 같은 단어들에 자주 시선이 간다.

〈가지 않는 길〉

노란 숲 속에 두 갈래 길이 나 있었습니다.
두 길 다 가보지 못하는 게 안타까워,

난 한참을 서서 덤불 속으로 구부러진 한쪽 길을
바라볼 수 있는 데까지 멀리 바라보았습니다.

그리고 다른 길을 택했습니다. 똑같이 아름다웠지만,
그 길에 풀이 많고 사람들이 걸어간 자취가 적어,
아마 더 걸어야 할 길이라고 생각했었던 것 같습니다.
내가 그 길을 걸으면 그 역시 거의 비슷할 테지만,

그날 아침 두 길은 똑같이 놓여 있었고
낙엽을 밟고 지나간 자취는 없었습니다.
아, 훗날을 위해 한쪽 길은 남겨두었습니다!
길은 다른 길로 또 계속 이어진다는 걸 알기에.
내가 다시 돌아올 수 있을까 의심하면서도.

오랜 시간이 지난 후에 어디선가
나는 한숨을 쉬며 이야기할 것입니다.
숲 속에 두 갈래 길이 나 있었고, 나는-
나는 사람이 적게 간 길을 택하였고
그리고 그 때문에 모든 것이 달라졌다고.*

* 노진이, 지금은 영시를 읽어야 할 때, 가지 않는길(로버트 포로스트), pp.128-129, 알투스, 2011.

세계화, 상품화 시대를 생각한다

밤은 사랑을 위해 있고
아침이 너무 빨리 돌아오지만,
달빛 아래 방황을
우리 이제 그만하자.

과연, 산업혁명은 우리에게 축복을 가져다주었는가? 증기기관차의 발명을 신호탄으로 세계는 대량생산, 대량소비의 대중화 시대를 이끌어왔다. 그런 결과가 초대형도시의 탄생으로 이어졌으며 사람보다는 산업의 효율성을 위한 도시 면모를 갖추는 데 집중하게 되었다.

　산업혁명은 사람들의 삶을 풍요롭게 해 준 반면, 환경파괴, 물질만능주의, 빈부격차, 공동체붕괴 등의 수많은 문제를 야기해왔다. 과도한 경쟁구도는 방향보다는 속도를 중시하게 되었고 그로 인해 행복의 바로메타라고 할 수 있는 삶의 질은 간과하게 되었다. 사람들은 돈을 통해 행복을 찾으려 했고 눈에 보이는 물질을 통해 남에게 과시하는 문화가 자리잡게 되었으며 공동체보다는 개인을 우선시하는 풍조마저 만연한 세상이 되어버렸다.

　지금 그 산업혁명은 2차(전기기술의 상용화와 자본주의 정착), 3차(인터넷과 컴퓨터의 보편화)를 거쳐 제4차로 이어지며 소위 인공지능(AI)과 사물 인터넷이 지배하는 시대를 예고하고 있다.

　우리 미래는 어떤 모습일까? 여러 가지 예측들을 내놓고 있지만, 누구도 정확하게 제시하지 못하고 있다. 요컨대 미래는 불확실성의 시대라고도 말할 수 있다는 근거다.

유발 하라리는 자신의 저서 《21세기를 위한 21가지 제언》에서 다음과 같은 말로 서문을 열었다.

"하찮은 정보들이 범람하는 세상에서는 명료성이 힘이다. 이론 적으로 누구나 인류의 미래에 관한 논쟁에 참여할 수 있지만 명료한 전망을 유지하기란 대단히 어렵다. 심지어 그런 논쟁이 진행되고 있는지, 핵심질문은 무엇인지 알아차리지도 못할 때가 많다. 우리 같은 수십억의 사람들은 그런 것을 일일이 조사해 볼 여유가 거의 없다. 그보다 다급하게 처리해야 할 일이 많기 때문이다. 출근을 해야 하고 아이를 돌봐야 하고 나이든 부모도 보살펴야 한다. 불행히도, 역사에는 에누리가 없다. 당신이 아이를 먹이고 입히느라 너무 바빠서 잠시 자리를 비운 사이에 인류의 미래가 결정된다 해도, 당신과 아이들이 그 결과에서 면제되지 않는다. 이건 아주 부당하다. 하지만 누가 역사는 공정하다고 했던가?"*

저자는 우리 사회에 무엇이 일어나고 있고 우리가 직면한 최대의 도전과 선택은 무엇이며 우리가 지금 무엇에 관심을 가져야 하는지 질문을 던지고 나름대로 대안을 제시하고 있다. 예를 들면 최첨단 기술혁명은 조만간 수십억 인간을 고용시장에서 몰아내고, 막대한 규모의 새로운 무용(無用)계급을 만들어낼지도 모른다고 우려하였다. 게다가 우리가 훨씬 더 걱정해야 할 일은 인간의 권위가 알고리즘으로 옮겨가는 것이라고도 했다. 말하자면 알고

---

* 유발 하라리 저/전병근 역, 21세기를 위한 21가지 제언, p.8, 김영사.

리즘은 자유주의에 대한 우리의 믿음을 파괴하고 디지털 독재의 부상으로 이어지지는 일이 실제로 벌어질 수 있다는 것이다. 그가 우려하는 것은 빅 데이터 알고리즘이 우리 자유를 없앨 수 있는 것과 같이 최고의 불평등사회를 초래하게 할 수도 있다는 것이다.

그래서 데이터 소유를 어떻게 하고 어떻게 활용할 것인지가 우리 시대의 가장 큰 과제 중의 하나가 될 것이라고 예견하고 있다. 이렇게 되면 우리는 최첨단문명사회에 지배를 받게 되고 그 지루함은 말로 형언할 수 없는 지경에 이를지도 모른다. 그래서 요즘 젊은 사람들이 듣기 싫어한다는 옛 시절 얘기를 훨씬 더 많이 하고 그때를 그리워하는 사람들이 더욱 늘어날 것이 분명하다.

유발 하라리는 이 책의 '종교'편에서 다음과 같은 질문을 조심스럽게 꺼내고 있다.

"지금까지는 근대 이데올로기, 과학전문가와 민족국가 단위의 정부들도 인류의 미래를 위한 실행 가능한 청사진을 창안하지 못했다. 그렇다면 인간의 종교적 전통이라는 깊은 우물에서 그런 청사진을 길어 올릴 수는 있을까? 어쩌면 그에 대한 해답이 성경과 쿠란, 베다의 책갈피 속에서 줄곧 우리를 기다리고 있었는지도 모른다. 종교를 믿지 않는 사람들은 이런 생각에 코웃음치거나 우려를 나타낼 것이다."*

저자는 오래 전 기독교 농업을 근거로 이야기를 전개하고 있다.

---

* 전게서, p.196.

"전 근대시대 종교는 농사 같은 세속적 영역에서 폭넓게 기술 문제를 해결하는 역할을 맡았다. 신이 내린 달력이 파종과 추수의 시기를 결정하면, 신전에서 드리는 의례로 강우를 보장받고 해충을 막았다. 가뭄이나 메뚜기 떼의 습격으로 농사의 위기가 닥칠 조짐이 보이면 농부들은 사제를 찾아가 신의 선처를 구했다. 의료 역시 종교의 영역에 속했다. 거의 모든 예언자와 구루(힌두교 지도자), 주술사가 치료사 역할까지 했다. 그래서 예수도 상당 시간을 아픈 사람을 낫게 하고, 눈먼 자를 보게 하고, 벙어리를 말하게 하고, 미치광이를 정상으로 돌려놓는 데 썼다. 최근에 와서야 생물학자들과 외과의사들이 사제와 기적의 수행자 역할을 떠맡았다."*

지금은 더 이상 농사나 의료를 종교에 의존하지 않는다. 어찌 보면 과학의 승리로 보일 수도 있다. 유발 하라리는 전통종교가 그토록 많은 영역을 빼앗긴 것은 애당초 농사나 의료에 뛰어나지 않았기 때문이라고 지적하고 있다. 예를 들어 병을 고치지 못하거나 기우제로 비를 내리지 못했을 때 신이 기도를 들어주지 않은 이유를 찾아 해석하는 일이 그들의 특기가 되었다는 것이다.

뿐만 아니라 종교지도자가 과학자의 경쟁에서 밀린 것은 바로 그 해석의 천재성 때문이라고 분석하고 있다. 과학의 특징은 과오를 인정하고 다른 방법을 찾아내기 위해 시도한다는 점이다. 수세기 동안 종교지도자들은 의식(儀式)에 치중하고 변화를 주도하지 못해 왔던 점도 지적하고 있다. 그는 도덕의 중요성도 강조한다. 그는 도덕의 의미를 '고통을 줄이는 것'이라고 정의했다. 어떤 행

* 전게서, p.198.

동이 어떻게 해서 자신이나 남에게 불필요한 고통을 낳는지 진정으로 이해하는 것이 중요하다고 했다.

저자는 우리가 탈 진실의 시대, 혼미의 시대에 살고 있다고 했다. 하지만 이것을 대처할 탁월한 처방을 내린 것은 아니다. 다만, 옛 이야기를 대신할 새로운 이야기의 등장이 요구된다고 하였다. 그러면서 내면의 실체를 관찰할 필요가 있다고 했다. 의사는 뇌를 관찰하는 것이지 남의 정신을 들여다 볼 수는 없다는 것이다. 풍조나 가상현실, 또 있다가 없어지는 것들,

요컨대 국가나 민족, 특정종교, 기업, 이데올로기 등을 '이야기'라는 단어로 묶어 표현하고 있다. 그런 실체 없는 이야기들과는 달리 사람은 실체가 있다는 것이다. 위에 열거된 내용들이 사라져도 고통을 느끼지 못하지만 사람은 다르다는 것이다. 그래서 자신의 정신을 보다 세심하게 관찰할 필요가 있다고 했다. 그가 제시한 얘기들이 모두 수긍이 간다고 할 수는 없다. 또 모순되는 면이 없지는 않지만 이 불확실한 시대를 타개해 보려는 한 지식인 고민에 귀 기울여 볼 필요는 있다고 생각된다.

그렇다. 누구든 남의 이야기에 정신이 팔려 정작 자신의 이야기를 놓치고 사는 것이 아닌가 생각해본다. 나는 누구인가? 또 어디서 왔다가 어디로 갈 것인가? 또 어떻게 살아야 할 것인가? 등의 질문은 케케묵은 철학적 논쟁거리로 치부해버릴 것이 아니라 내가 살아 있는 한 고민하고 관찰할 만한 가치가 있다.

오래 전부터 사람들은 이야기에 길들여져 있다. 역사(History) 자체가 하나의 거대한 이야기다. 그런데 이야기는 눈에 보이거나 찾아가 확인할 수 있는 것보다는 옛날 옛적의 일이나 당장 확인할 수 없는 아주 먼 곳의 이야기일수록 흥미를 끌게 마련이다.

그래서 동양은 서양을 동경하고 서양은 동양을 신비스러워하며 궁금해 한다. 그래서 서로는 서로를 탐내며 닮아가고 있다. 어떤 경우는 자신이 가지고 있는 소중한 것의 가치를 알지 못한 채 상대방을 흉내 내려고 하는 경우도 없지는 않다.

산업의 고도화, 과학기술의 초고도화는 우리 문명을 획일화로 몰아붙이고 있다. 몇몇 나라의 경제가 나빠지면 전 세계가 영향을 받는다. 코로나 바이러스를 통해 알 수 있듯이 질병도 전 세계가 함께 겪고 있다. 환경문제는 전 지구를 위협하고 있다. 자신의 영토를 지키는 것만으로 이제 더 이상 국가나 개인의 행복을 담보할 수 없는 시대이다.

따지고 보면, 세계화의 이면에는 상품화라는 무서운 인류의 적이 숨어 있음을 간과해서는 안 될 것이다. 산업혁명 이후 물건뿐 아니라 자연의 가치, 사람의 가치마저도 가격을 매겨왔다. 돈은 신(神)의 자리를 대신하여 차지할 정도로 사람들의 정신을 송두리째 휘저어놓고 말았다.

성서에는 돈에 관한 말씀이 여러 곳에 등장한다. 그것은 그만큼 신앙생활에서도 중요한 이슈가 된다는 것을 의미할 것이다.

"돈을 사랑함이 일만 악의 뿌리가 되나니 이것을 탐내는 자들은 미혹을 받아 믿음에서 떠나 많은 근심으로써 자기를 찔렀도다."(디모데전서 6:10)

오늘날 돈을 사랑하는 것이 모든 악의 뿌리요 그 일로 많은 사람이 파멸과 멸망에 이르고 있지만 말씀을 가르친다는 일부 목사들이 동일한 죄를 범하고 있어 그들이 하나님의 종이 아님을 드러내고 있다.

이 세상에 태어나 경제활동을 하는 사람들 중에 고의적으로 돈을 싫어하는 사람은 극히 드물 것이다. 오히려 다다익선이라는 생각이 앞서 수단과 방법을 가리지 않고 돈을 모으는 사람들이 있는 가운데 목사라는 신분을 이용해 교회놀이를 하면서 치부하는 거짓 목사들도 적지 않다. 그 결과 어느 날 그의 실체가 드러나면 수치와 부끄러움을 당하며 돈을 사랑하는 결과가 어떤 것인지를 절실하게 깨닫게 되는 것을 본다. 성서가 돈을 사랑하지 말라고 말씀하시는 데에는 분명한 이유가 있다.

그런 자들 중에서 특히 유명한 목사라는 사람들이 그런 수치스러운 일에 연루가 되면 그 소식은 온 세상에 퍼져나가 그리스도인들을 부끄럽게 만들고 세상에서 비난받을 빌미를 제공함으로써 자신과 교회를 곤경에 몰아넣곤 한다.

인간은 그 누구라도 태어날 때부터 타락한 아담의 성품을 지니고 불완전하게 태어나므로 그 안에 죄악과 탐욕이 가득해 어느 때에라도 기회가 주어지면 죄의 미끼를 덥석 물어 버려서 죄의 종이될 수밖에 없다. 그러므로 성서는 돈에 대해 그처럼 경고하고 있는 것이다. 그 결과 그 말씀에 순종하며 하나님의 선하시고, 기뻐하시고, 온전하신 뜻을 입증하며 살기 위해 애를 썼던 사도 바울은 교회 연보에 대해서 매우 신중하게 행했었다.

"우리가 그와 함께 형제를 보내었으니 그는 모든 교회에서 복음으로 칭찬을 받는 자니라. 그뿐만 아니라 그는 또한 우리와 함께 이 은혜를 가지고 여행하도록 여러 교회에서 선정된 사람이니 우리가 맡아 일하는 이 은혜는 동일하신 주의 영광을 드러내고 너희의 준비된 마음을 나타내는 것이라. 이 일에 조심하는 것은 우리가 맡은 이 거액의 연보에 대하여 아무도 우리를 비난하지 못하게 하려 함이니 주 앞에서 뿐만 아니라 사람들 앞에서도 정직한 일들을 하려 함이니라."(고후 8:18~21)

그 결과 사도 바울은 돈에 관해 그 어떠한 비난도 받지 않았다. 성서는 분명히 먹을 것과 입을 것이 있으면 만족하라고 말씀하신다.

"그러나 만족할 줄 아는 경건은 큰 이익이 되느니라. 우리가 세상에 아무것도 가지고 온 것이 없으며 아무것도 가지고 갈 수 없는 것이 분명하니 우리에게 먹을 것과 입을 것이 있으면 이것들로 만족할 것이니라. 그러나 부유하게 되고자 하는 자들은 유혹과 올무와 여러 가지 어리석고 해로운 정욕에 빠지리니, 이는 사람들로 파멸과 멸망에 빠지게 하는 것이라."(디모데전서 6:6~9)

성서에서 말씀하시는 '먹을 것과 입을 것'은 인간이 살아가는 데 있어서 기본적인 필수품이다. 오늘날 모든 것이 풍족한 시대에 살고 있는 사람들 가운데에는 비웃는 사람들이 있을지 모르지만 그리스도인이라면 이것들로 만족해야 함을 말해준다.

우리는 욕심을 내면 낼수록 만족함이나 행복에서 멀어진다는 사실을 알아야 한다. 그리고 이 세상에서 영원히 살 것처럼 과도하게 창고에 쌓아두는 일도 부질없는 짓이 될 것이 자명한 일이다.

"내가 내 어미의 태에서 맨몸으로 나왔으니 내가 맨몸으로 그리 돌아가리이다. 주신 분도 주시요, 빼앗아 가신 분도 주시니 주의

이름을 송축하나이다."(욥기 1:21)

우리는 세계화로 인하여 그 비교 대상이 훨씬 넓어졌다. 이는 욕심도 그만큼 늘어났다는 뜻이다. 내가 돈이나 권력, 명예 등 상품가치에서 어느 정도의 위상을 가지고 있는가? 그런 비교를 하면 할수록 불행은 그리 멀지 않은 곳에 있음을 알아야 한다. 지금 나는 어디에 있고 또 어디로 가고 있는가? 곰곰이 생각해 볼일이다.

〈이제 더 이상 방황하지 말자〉

이제, 더 이상
이렇게 밤 깊도록 방황하지 말자.
마음 아직 사랑에 불타고,
달빛 아직 환하지만.

칼이 칼집을 닳게 하듯,
영혼은 가슴을 닳게 하니까,
마음도 숨 돌리려 잠시 멈춰야 하고,
사랑에도 휴식이 필요하니까.

밤은 사랑을 위해 있고
아침이 너무 빨리 돌아오지만,
달빛 아래 방황을
우리 이제 그만하자.*

---

* 노진이, 지금은 영시를 읽어야 할 때, 더 이상 방황하지 말자(조지 고든 바이런), pp.128–129, 알투스, 2011.

낙원으로 통하는 좁은 문

제아무리 좁은 문이라도 희망이 있다.
그 희망의 열쇠는 바로 믿음이다.
들어가는 문이 좁은 것이지
일단 문으로 들어서면 그 안은 결코 좁지 않다.

우리는 살고 싶은 곳, 가고 싶은 곳의 가장 이상적인 곳을 흔히 '낙원(樂園)'이라고 일컫는다. 낙원은 행복의 상징이요. 희락의 장소를 의미하기도 한다. 요컨대 영혼이 누릴 수 있는 최상의 기쁜 상태를 말한다. 이 낙원은 역사 속에서 다양하게 추구해왔지만 결국 정원문화로 귀결된다. 서양의 경우 파라다이스(Paradise), 유토피아(Utopia) 사상 등으로 발전하며 도시에 혹은 공간에 적용되어 왔다.

이것은 상업적 전략과 연계되면서 소수들만이 누릴 수 있는 초호화 장소라는 이미지를 형성하게 되었다. 원래 정원(庭園, Garden)은 성서의 에덴동산에서 유래되었다. 히브리어 Gan+Eden이 'Garden'이 되었다. 말하자면 에덴동산(낙원)을 울타리로 에워싸서 만든 것이 바로 정원이 된 것이다. 한자의 '庭園'도 그 의미가 다르지 않다. 담장으로 둘러쳐진 아주 특별한 공간을 말한다.

그 특별한 정원에는 꽃과 나무 등 각종 식물과 나비들이 날고, 새들이 지저귀며, 분수와 연못 등이 생명력을 느끼게 하며 형형색색 자연의 아름다움을 맛볼 수 있는 곳이다. 심지어 땀을 흘리며 노동하면서도 힘들다는 느낌보다는 즐거움을 만끽할 수 있는 공간이다.

그래서 사람들은 정원 가꾸는 일을 좋아하고 정원이 딸린 집에서 사는 것을 꿈꾸기도 한다. 확실히 사람들은 삶에서 지치거나 공허함을 느낄 때 자연을 찾고 잘 가꾸어진 정원에서 위로받고 싶어 하는 경향이 있다. 이것만 보아도 우리 몸속에는 에덴동산의 기억이 남아 있어 자신의 의지와는 관계없이 그 특별한 장소를 동경하고 찾고 만들고 싶어 한다는 것을 알 수 있다.

오래전부터 실제로 수도원정원, 궁정, 귀족별장, 사찰정원(정토사상) 등을 통해 이상향을 현실세계에 실현하려는 노력들이 있어 왔다. 인간의 가장 기본적 공동체인 가정(家庭)에도 정원은 필수였고, 학교라는 용어 대신 사용했던 교정(校庭)도 정원을 필수였다. 법을 다루는 법정(法廷)도 한때 법정(法庭)을 동시에 사용한 적이 있었다. 말하자면 정원은 우리 삶에서 떼려야 뗄 수 없는 필수불가분의 관계였음을 알 수 있다. 오래 전 우리 생활터전인 들판(Field)은 나중에 캠프(Camp)라는 단어의 용례로 변화되어 사용되었는데, 그 사례를 보면 Campaign(필드작전), Campus(교정), Campsite(야영지), Champion(들판의 투사) 등이 있다.

스티브잡스의 유작으로 일컬어지는 애플의 신사옥인 캠퍼스2(Campus II)가 미국 캘리포니아주 쿠퍼티노(Cupertino)에 세워졌다. 이곳은 원형의 링(Ring) 형태로 디자인되었는데 원 안쪽으로는 숲과 정원이 조성되었다.

하늘 위에서 보면 마치 거대한 우주선과 닮았다고 해서 더 스페이스십(the Spaceship)이라고도 부른다. 가장 인상적인 것은 건물이 원형으로 지어져 순환 동선으로 되어 있어 어디서든 중심의 숲과 정원을 이용할 수 있다는 점이다. 그래서 모든 직원들의 소통을 최대한 고려했다는 점은 주목할 만하다.

정원이 울타리 쳐진 소수만이 누릴 수 있는 공간이 아니고 누구에게나 평등하게 부여하고자 했던 의도가 매우 인상적이다. 그 의도가 캠퍼스2(Campus II)라는 이름 속에 고스란히 녹아 있다.

앙드레 지드(Andre Gide)의《좁은 문》*은 종교적 신념으로 가득 찬 '알리사'라는 여주인공과 평범한 삶의 의식을 가지고 있는 청년 '제롬'이라는 두 남녀의 비극적인 사랑이야기이다. 이 책의 줄거리는 사촌간인 두 사람의 사랑에 초점이 맞추어져 있다. 하지만 이 소설 속에서 다루고자 한 내용은 단순한 남녀 간의 사랑만을 다루지 않는다.

앞에서 비극적인 사랑이야기라고 소개한 것은 두 사람의 사랑이 이루어지지 못했다는 것을 암시하기도 한다. 그런데 그 이유가 물질적 조건이나 성격 차이, 운명의 장난 등의 통속적인 이유가 아니라는 것에 주목하게 한다. 두 사람의 사랑이 결실을 맺지 못한 것은 각자의 내면에 충실한 것 때문이라고 할 수 있는데 그것은 바로 인간적 윤리와 영적 신앙심이라는 흔하지 않은 화두이다.

이 문제는 밖으로 내놓고 갈등하거나 충돌하는 것이 아니라 각자의 내면에서 이루어지기 때문에 결국 실마리를 찾지 못하고 파국을 맞이하게 된다. 독자로서는 이루어질 듯 말 듯한 전개를 지켜보며 애를 태우기도 하고 안타까운 마음이 든다. 도대체 무엇이 이들 사랑의 장애물이란 말인가? 이 책을 다 읽고 나면 알 수 있다. 하지만 정확히 이것이다라고 결론내기는 쉽지 않다. 다만 사랑에 대해, 신앙에 대해, 삶에 대해 생각하게 한다. 그래서 판단은

* 앙드레 지드 저/조정훈 역, 좁은 문, 더클래식.

독자에게 떠넘기고 있다.

　이 소설이 많은 논란이 있을 것을 예상이라도 했다는 듯이 저자는 다음과 같은 말을 남겼다. "이 책을 통해 나 개인의 의견을 찾으려 했다면 길을 잃었을 것이다. 그리고 내가 어떤 의도를 가지고 있다 하더라도, 그것을 말할 입장이 아니다. 내 역할은 독자로 하여금 성찰하게 하는 것이다." 하지만 이 책의 제목과 책의 첫 문장에서 발견되는 '좁은 문'이라는 단어에 비밀의 열쇠가 숨겨져 있다는 생각이 들었다.

　"좁은 문으로 들어가기를 힘쓰라."(누가복음 13:24)

　그리고 이 성경 구절은 교회에서 목사의 설교를 통해 좀 더 구체적으로 제시된다. 이 시기는 남자 주인공 제롬에게는 엄청난 사건이 있었다. 어느 날 외삼촌 집에 놀러간 어린 제롬은 사촌누나 알리사를 만나게 된다. 외숙모가 바람나서 집을 나가버리자 제롬은 자신만이 알리사를 지켜줄 수 있다고 생각하고 그녀에 대한 사랑에만 집중하게 된다. 그런 마음은 더욱 진전하여 자기가 존재하는 것은 마음속에 담아두고 흠모하는 사촌누나 알리사가 있기 때문이라고 생각할 정도였다.

　그러던 어느 날 그는 교회에서 사촌들을 볼 수 있다는 생각으로 가득 차 교회에 가게 되었고, 마침내 성경 구절 낭독과 더불어 목사님의 설교가 시작되었다.

　"좁은 문으로 들어가기를 힘쓰라. 크고 넓은 길은 멸망으로 인도하나니 그리로 가는 자가 많지 않음이라. 하지만 생명으로 인

도하는 문과 길은 좁으니 그것을 찾는 자가 적음이라."(마태복음 7:13~14)

　그는 목사님의 설교를 들으면서 자신은 화려하게 치장한 무리의 사람들이 웃고 떠들며 익살스럽게 행렬을 지어 앞으로 나가는 모습을 상상하며 그런 행렬에 끼어서는 안 된다고 생각했다. 왜냐하면 그것은 알리사와 점점 멀어지는 것이 두려웠기 때문이다. 그는 설교를 들으면서 점점 몽상 속으로 빠져들었고 그 좁은 문은 일종의 압축기처럼 여겨졌다. 그리고 다음과 같이 느낌을 말한다.

　"나는 엄청난 고통을 감수하면서 그곳으로 들어가기 위해 힘썼는데, 그 고통은 천국의 지복을 미리 맛보게 해주는 것 같았다. 어느덧 그 문은 알리사의 방문으로 바뀌어 있었다. 그 문으로 들어가기 위해 나는 자신을 숙이고 안에 남아 있던 모든 이기심을 비워버렸다."*

　그의 좁은 문은 알리사의 마음에 드는 사람이 되는 것이고 궁극적으로 그녀의 방으로 들어가는 것이었다. 순식간에 찾아온 알리사에 대한 사랑은 온통 그의 삶의 목적을 그녀에게로 향하게 만들어버렸다. 그의 고백 속에서도 그런 진지함을 엿볼 수 있다.

　"알리사는 복음서에서 말하는 값진 진주와 같았고, 나는 그 진주를 얻기 위해 자신의 것을 파는 그런 사람과 같았다."**

* 　전게서, p.26.
** 　전게서, p.30.

"천국은 마치 밭에 감추인 보화와 같으니 사람이 이를 발견한 후 숨겨두고 기뻐하며 돌아가서 자기의 소유를 팔아 그 밭을 사느니라."(마태복음 13:44)

반면 알리사는 어떤 생각을 하고 있을까. 알아볼 필요가 있다. 다음은 제롬과 알리사의 대화내용이다.

"내가 나중에 어떤 사람이 되어 있든 그건 다 너를 위해서야. 그러고 싶어. 하지만, 제롬. 나도 언젠가는 너를 떠날 수 있어. 나는 내 진심을 담아 대답했다. 난 어떤 일이 있어도 너를 떠나지 않아. 그녀가 가볍게 어깨를 으쓱했다. 너는 혼자서 걸어갈 만큼 강하지 못한 거니? 우리 모두는 각자 혼자서 하나님께 나아가야 하는 거야. 하지만 내게 그 길을 가르쳐준 건 너야. 왜 너는 그리스도가 아닌 다른 인도자를 찾으려 하는 거지? 우리가 서로를 잊고 하나님께 기도드릴 때 가장 가까이 서로에게 다가간다고 생각하지 않니? 그래, 우리 둘이 결합하게 해 달라고 매일 아침저녁으로 기도드리고 있어. 내가 그녀의 말을 가로막으며 말했다. 너는 하나님 안에서 결합한다는 게 뭔지 이해는 하고 있는 거야? 진심으로 이해하고 있지. 함께 섬기는 것 가운데서 서로를 찾아내는 거야. 네가 숭배하는 것을 나도 함께 숭배하는 것은 분명 너를 찾기 위해서일 거야. 너의 섬김은 전혀 순수하지 않아. 내게 너무 과한 것을 바라지 마. 만약 너를 다시 만날 수 없다면 그곳이 천국이라도 내게는 의미 없어. 알리사는 짐짓 엄숙하게 손가락을 입술에 대며 말했다. 먼저 하나님의 나라와 그 의를 구하라."*

제롬은 알리사가 좁은 문이고 알리사는 제롬에 앞서 하나님이 좁은 문이었음을 알 수 있다. 이 차이는 끝내 좁혀지지 않은 채 파국을 맞이한다. 저자는 일반 소설처럼 지고지순한 사랑을 통한 해피엔딩 등에는 애초부터 관심이 없다. 두 사람의 신앙에 관한 관점과 우선순위 등에 대해 이야기하고 있다. 그리고 종교적 금욕주의의 이중성에 대한 비판도 담겨 있음을 알 수 있다.

　이 소설에는 좁은 문이라는 상징적 문 외에도 정원의 문, 대문, 아리사의 방문 등이 나온다. 특히 정원은 세상에서 가장 아름답고 평온한 장소의 상징이자 하나님을 아름다운 창조물을 집중하여 느낄 수 있는 곳이다. 문 혹은 울타리는 서로 다른 영역을 구분짓는 요소이기도 하다.

　이 책에서 눈길을 끈 것은 문장 속에 보석 같은 단어가 숨겨져 있다는 것이다. 그것은 다름 아닌 '정원'이다. 무려 30여 차례 가깝게 등장한다. 이 소설의 시작부분에 외삼촌댁이자 알리사의 집에 대해 묘사하는 장면이 나온다.

　"노르망디의 여느 정원들과 별 다를 것 없는, 그리 크지도 아름답지도 않은 정원이 딸린 외삼촌댁 저택은 하얀색 3층 건물로, 18세기에 지어진 흔한 시골별장이었다. 동쪽으로 정원을 바라보며 스무 개 남짓의 커다란 창이 나 있고, 건물 뒤편으로도 그 정도 크기의 창문들이 있었지만 양측에는 창이 없었다.……직사각형 정원은 사방이 담으로 둘러쳐져 있었다. 저택 앞 정원은 꽤나 넓게 푸른 잔디가 펼쳐져 있었고 그 둘레로 모래와 자갈을 깐 길이 나

*　전게서, pp.35-36.

있었다. 그 옆 담장은 길게 늘어선 너도밤나무 가로수 길을 경계로 이웃하고 있는 주변 농가의 앞마당이 훤히 보일 만치 낮았다."

'직사각형 정원은 사방이 담으로 둘러쳐져 있었다'라는 표현에서 우리는 본래의 낙원에 울타리를 쳐서 자신만의 소유로 하려는 인간의 탐욕의 장소를 말하고 싶은 것이 아닐까. 에덴동산의 의미를 생각하면서 여기서 해답을 찾으려고 노력해야 함을 암시해주고 있는 듯하다.

사실, 제롬을 사랑하는 사람은 알리사뿐이 아니었다. 그녀의 동생 쥘리에트도 그를 마음에 두고 있었다. 그래서 자매는 서로를 배려하며 동생이 결혼하기 전까지는 자신도 결혼하지 않을 것임을 밝혔다. 그런 상황에서 쥘리에트 역시 엄청난 내홍을 겪었을 것이다. 제롬과 쥘리에트가 만난 곳도 정원이었다. 정원은 참 비밀스러운 장소이기도 하다.

"정원으로 향하는 커다란 유리문 앞을 지나려고 하는데, 누군가 내 팔을 끌어당기는 듯했다. 쥘리에트가 커튼에 반쯤 몸을 숨기고 문턱에 서 있었다. 온실로 가 그녀가 다급하게 말했다. 오빠에게 해야 할 말이 있어. 먼저 가. 곧 뒤따라갈게. 이렇게 말하고 그녀는 문을 반쯤 열더니 정원 속으로 사라졌다.……그녀의 얼굴은 빨갛게 달아올라 있었다.……알리사 언니가 말했어? 그녀가 다짜고짜 물었다. 겨우 두 마디 했을 뿐이야. 내가 늦게 와서. 언니가 자기보다 먼저 결혼시키려 한다는 건 알고 있어? 응. 그녀는 나를 뚫어지게 바라보았다. 그럼 언니가 누구랑 결혼하기를 바라는지도 알고 있어? 나는 아무 대답도 하지 않았다. 오빠야. 그녀가 소리쳤다. 그런 말도 안 되는 소리를! 그렇지? 그녀의 목소리에는 절망과 함께 승리감이 배어 있었다. 그녀는 벌떡 일어섰다. 아니, 그보다 는 뒤로 펄쩍 물러났다고 하는 게 맞을 것이다. 이제 내가 해야 할 일이 뭔지 알겠어. 정원 문을 열며 이렇게 알 수 없는 말을 덧붙이 고는 거칠게 문을 닫고 나가버렸다."[*]

    동생 쥘리에트가 제롬을 좋아한다는 것을 알고는 동생에게 제롬을 양보하려고 했던 것이다. 그래서 쥘리에트는 언니에게 희생을 감수하게 할 수 없어서 그에게 청혼한 테시에르라는 남자와 마음에도 없는 결혼을 하게 된다. 그것으로 일단락되는 줄 알았는데 끝까지 알리사와 제롬이 이루어지지 않은 것으로 보아 알리사는 동생의 희생을 마음에 두고 있었는지도 모르겠다. 이것이 자신이 찾아가는 좁은 문이라고 생각했을지 모르겠다. 쥘리에트는 현실에 충실하고 남편과 더불어 행복한 삶을 영위한다. 아이를 다섯 낳을 정도로.
    다음은 알리사가 제롬에게 쓴 편지의 내용 가운데 일부다.

    "정원은 온통 향기로 가득하고 공기는 포근해. 우리가 어렸을 때 뭔가 아름다운 것을 보거나 들었을 때 '하나님 감사합니다. 이런 것을 창조해 주셔서'라고 말했던 거 기억나니? 오늘밤 나는 진심을 다해 이런 생각을 했어. '하나님 감사합니다.' 이토록 아름다운 밤을 허락해 주셔서! 라고. 갑자기 네가 여기에 있으면 얼마나 좋을까 하는 생각이 들었어. 그러니까 마치 여기에 있는 것 같이

[*] 전게서, pp.82-84.

느껴지는 거야. 바로 내 곁에 말이야. 내가 이토록 간절히 바랐으니 너도 분명 그렇게 느낄 거야."*

알리사는 이 편지를 통해 오직 하나님께 순종하는 세계로 제롬을 초대하고 있는 것처럼 느껴진다. 그리고 간절히 그렇게 기도하고 있음을 느낄 수 있다.

이 소설 7편의 첫 소절이 인상 깊다.

"알리사가 정원에서 너를 기다리고 있다."**

알리사가 제롬에 보낸 또 하나의 편지내용의 일부다.

"기억나니? 정원 깊숙한 곳에 국화꽃이 잔뜩 피어오르던 낮은 담장이 있었던 거. 그 담장 위에서 우리는 위험한 놀이를 즐기곤 했지. 쥘리에트와 너는 단숨에 천국에 다다르려는 무슬림처럼 용감하게 그 위를 걷곤 했지. 현기증이 나서 한 발도 내딛기 힘들어하는 나를 향해 너는 밑에서 이렇게 소리쳤잖아. 발 밑을 보지 마!……앞만 봐! 목표물을 바라보고 계속 걸어. 그리고 나서 너는 반대편 담장 끝에 올라와서 나를 기다려 주었지. 그래. 소리치는 것보다 그게 더 나았어. 나는 더 이상 떨리지 않았어. 현기증도 나지 않았고. 오직 너만 보며 팔 벌린 너를 향해 뛰어갔지. 제롬. 너에 대한 믿음이 없다면 나는 어떻게 될까? 나는 네가 강하다고 느껴야 해. 그리고 네게 기대야만 해. 그러니 약해지면 안 돼."

* 전게서, p.106.
** 전게서, p.134.

이 편지 내용은 이 소설의 핵심 줄거리이고 알리사를 통해 가장 하고 싶은 이야기일 거라는 생각이 들 정도로 메시지가 매우 강하다. 세속과 천국의 경계를 상징하는 담장에서 위험한 놀이를 하는 우리들에게 믿음을 통해 승리할 수 있다는 메시지가 전해지는 듯하다. 그리고 누군가 강한 자가 나를 위험에서 구해줄 수 있다는 믿음은 우리에게 더 이상 떨리지도 않고 현기증도 느끼지 않을 수 있다는 확신을 가져다준다는 것을.

그녀와 만나지 않은 지도 3년이나 흐른 뒤 그녀의 집을 향해 산책을 하게 된 제롬은 그녀의 인기척이 나자 자신도 모르게 몸을 숨겼다. 알리사는 금방 그를 알아차렸고 그를 따뜻하게 맞아 주었다. 그러자 자신도 모르게 북받쳐 오르는 감정을 어쩌지 못하고 그녀 앞에 무릎을 꿇었다. 그녀는 말했다. "그래 반드시 한번은 너를 보게 될 거라 믿었어." 그리고 제롬에게 '더 좋은 것'을 생각하라는 말로 이별의 말을 대신했다.

"이 사람들은 다 믿음으로 말미암아 증거를 받았으나 약속된 것을 받지 못하였으니 이는 더 좋은 것을 예비하셨은즉 우리가 아니면 그들로 온전함을 이루지 못하게 하려 하심이라."(히브리서 11:39~40)

이 소설의 마지막 소절이자 클라이맥스라고도 할 수 있는 내용이다.

"문이 닫히고 빗장을 잠그는 소리가 들리자마자 나는 문 앞에 기대어 극심한 절망감에 휩싸여 어둠 속에서 한참을 흐느껴 울었다."

담장은 사람과 사람 사이의 소통을 단절시키는 역할을 한다. 하지만 문은 아무리 좁은 문이라 할지라도 희망을 갖게 한다. 문이 좁은 것이지 그 안의 낙원 자체가 좁은 것은 아니기 때문에 들어갈 수 있는 사람이 소수라는 것을 의미하지는 않는다.

사르트르는 '실존이 본질에 우선한다'고 했다. 하지만 본질에 부합한 실존은 없는 것일까? 그것은 아마도 우리는 본질에 가까운 삶은 실존에서는 불가능하거나 융합하지 못한다는 전제일 때 그 말은 옳다.

그러나 인간은 애초부터 실존이 본질에 의존하고 있다는 것도 간과해서는 안 된다. 우리가 세상에 올 때 우리 스스로 존재할 수 없듯이 우리는 누군가에 의해 태어나고 살고 죽어갈 수밖에 없다. 스스로 존재하는 그 누군가에게.

"하나님이 모세에게 이르시되 나는 스스로 있는 자이니라. 또 이르시되 스스로 있는 자가 나를 너희에게 보내셨다 하라."(출애굽기 3:14)

"수고하고 무거운 짐 진 자들아 다 내게로 오라. 내가 너희를 쉬게 하리라."(마태복음 11:28)

체코의 극작가이자 정치가인 바츨라프 하벨(Vaclav Havel, 1936-2011)이 희망에 관해 이렇게 말했다.

"희망이야말로 마음과 영혼의 근원이다.
그것은 모든 일이 반드시
잘 될 것이라는 믿음이라기보다는
무슨 일이 닥치더라도
그 상황을 받아들일 수 있으리라는 믿음이다."*

제아무리 좁은 문이라도 희망이 있다. 그 희망의 열쇠는 바로
믿음이다.

* 스테니슬라우스 케네디 저/이해인 역, 영혼의 정원, p.93, 열림원, 2020.

아 주 특 별 한 선 물

어제는 지나간 역사이고
내일은 미지의 수수께끼이지만,
오늘이야말로 선물이다!

오늘은 크리스마스 이틀 전이다. 마트 선물 상점에는 아이들에게 선물할 것을 강요라도 하듯 화려하게 크리스마스 상품들을 진열해 놓고 고객들을 유혹하고 있다. 크리스마스에 선물을 받느냐 받지 못하느냐의 문제는 마치 착한 아이냐 아니냐의 기준이 될 만큼 아이들에게는 절실한 날이 되어버렸다.

　그도 그럴 것이 옳고 그름을 분별할 수 없을 만큼 아주 어린 나이 때부터 어른들이 아이들을 세뇌시켜 왔기 때문이다. 나도 주위의 선물할 만한 아이들을 떠올리며 몇 개의 선물을 샀다. 선물을 받은 아이들은 비록 그 기쁨이 오래가지 않을지라도 그 순간만큼은 무척 좋아한다. 그 반응 때문에 선물 주는 사람도 덩달아 기분이 좋아진다. 이것이 선물의 힘이다.

　크리스마스 전날 아침 나를 무척이나 아껴주는 형애 누나로부터 전화가 왔다. 비록 피를 나눈 형제는 아니지만 나도 그분을 무척이나 존경한다. 선물하면 이 누나가 생각날 정도로 주변 사람들에게 선물하는 것을 무척이나 좋아한다. 마치 선물의 위력을 알고 있는 것처럼 지속적으로 이렇게 한결같을 수가 없다.

　이번에도 어김없이 선물 보따리를 내게 건네주셨다. 그것은 누나가 손수 만든 세계에서 하나밖에 없는 수제품 크리스마스 트리였다. 유리로 케이스까지 정성스럽게 디자인된 것으로 한 번 쓰고 버리는 그런 것이 아니었다. 건전지를 넣으면 은은하게 불이 들어오는 조명도 장식되어 있었다. 생각지 못한 선물인데다 깊은 온정이 느껴져서 마치 어린아이처럼 너무나 행복한 크리스마스였다.

과연 선물은 우리 인생에 어떤 의미가 있을까, 또 어떤 선물이 나를 가장 기쁘게 하는가를 생각해보게 되었다. 나는 이런 선물이 다른 사람에게는 어떻게 기억될지 궁금해서 선물에 관한 책을 몇 권 샀다. 그중에 인상 깊었던 책과 내용을 소개하고자 한다.

먼저 소개할 책은 애나 메리 로버트슨 모지스(Anna Mary Robertson Moses)*가 지은 《모지스 할머니의 크리스마스 선물》**이다. 사실 이 책은 그녀가 직접 그린 그림에 몇 마디 적혀있을 뿐이었다. 차라리 그림책이라고 말하는 것이 옳을지 모르겠다. 그러나 그 그림은 예사 그림이 아니었다. 이제는 사라져서 볼 수 없는 오래 전 풍속화를 보는 느낌을 주었다. 그림만 보고 있어도 자연스럽게 얼굴에 미소가 지어지고 그 시절로 돌아간 듯 잠시 행복해질 수 있었다. 그녀는 무척 겨울이 좋았나보다. 아마도 크리스마스가 있었기 때문일 것이다. 크리스마스 선물에 관한 기억 때문이 아니었을까. 맨 앞장에 몇 줄의 글이 이 책이 무엇을 말하고 싶은지 짐작하게 해준다.

---

* 애나 메리 로버트슨 모지스는 일명 '모지스 할머니'로 불리며 미국인에게 가장 사랑받는 예술가 중의 한 사람이다. 1860년에 태어난 그녀는 12세부터 15년 정도 가정부 일을 하다가 남편을 만난 후 버지니아에서 농장생활을 시작했다. 그녀는 나이 76세에 한 번도 배워 본 적이 없는 그림을 자신의 만의 감성으로 그리기 시작했다. 그 후 어느 수집가의 눈에 띄어 세상에 알려지게 되었다. 88세에 '올해의 젊은 여성'으로 선정되었고 93세에는 〈타임〉지의 표지를 장식하기도 했다. 그녀의 100번째 생일은 모지스의 날로 지정되기도 했다. 이후 존 F. 케네디는 그녀를 미국인의 삶에서 가장 사랑받는 인물이라고 했다.
** 애나 메리 로버트슨 모지스 저, 모지스 할머니의 선물, 수오서재, 2020.

"크리스마스 전날 밤이면 사람들이 집집마다 찾아가 찬송가를 불렀습니다. 여러 명이 함께 이 노래, 저 노래를 부르면 무척이나 듣기 좋았지요. 그럴 땐 밖에 나가서 뭐라도 챙겨주었습니다. 사탕이나 케이크처럼 아주 달콤한 것들을요. 크리스마스잖아요!"

꽃사슴이 끄는 썰매 그림 옆에는 다음과 같은 글이 있어요.

"썰매를 타고 눈을 맞으며 숲을 누비는 기분은 정말 최고였어요. 참 행복한 시절이었지요."

크리스마스트리를 연상케 하는 나무들이 그려져 있는 그림 옆에는 또 이런 글이 적혀있어요.

"크리스마스트리를 꾸밀 상상을 하며 언덕을 미끄러져 내려올 때면 또 얼마나 설레었는지요."

트리가 세워져 있는 벽난로에 불이 지펴진 가정의 풍경은 행복 그 자체가 아닐까요?

"종소리를 들으며 썰매를 타고 신나게 달렸고, 집에 돌아와 보니 불을 지펴두어서 따뜻하고 포근했어요."

이런 크리스마스 전야는 그녀를 행복하게 했을 것이다. 잠자리에 들면서 감사라는 단어를 떠올린다.

"그러니 감사한 마음을 갖는 게 당연하겠지요. 정말로 감사한 마음이 들었습니다."

크리스마스 아침이 밝았다. 드디어 선물을 받는 날이다.

"점심을 먹으러 남자들이 돌아왔을 때 일꾼 아저씨가 내게 말했습니다. 솔가지 뒤에 숨어 창 밖으로 자기를 쳐다보는 숙녀를 보았다고요. 아니나 다를까, 거기에 애나 메리 로버트슨을 위한 빨간 모자가 있었어요! 빨간 모자가 나를 보러 오다니, 정말이지 뿌듯하고 행복했어요. 입고 있는 코트는 또 얼마나 예뻤게요. 크리스마스 이야기를 하려면 한참은 더 할 수 있는데, 시간이 모자라네요."

이렇게 크리스마스 선물이야기는 끝을 맺는다.

선물 이야기하면 빼놓을 수 없는 작품이 또 하나 있다. 《누가 내 치즈를 옮겼을까?》의 작가로 널리 알려진 스펜서 존슨(Spencer Johnson)의 《선물(The Present)》이다. 이 책은 소년과 노인이 오랜 세월에 걸쳐 나누는 이야기인데 지혜로운 노인이 들려주는 '세상에서 가장 소중한 선물'에 대해 배우게 된다. 어느 날 노인이 소년에게 이야기를 들려주는 형식으로 이야기가 시작된다.

"내가 해주는 이야기 제목이 '세상에서 가장 소중한 선물'인데 그 까닭은 이보다 더 소중한 게 없기 때문이란다. 그게 왜 소중한데요? 이 선물을 받고 나면, 네가 행복해지고 원하는 건 무엇이든지 훨씬 더 잘할 수 있게 될 테니까 그렇지. 정말요? 소년은 놀라서 되물었지만, 할아버지의 말뜻을 이해하지는 못했다. 언젠가 꼭 그런 선물을 받았으면 좋겠어요. 내 생일 날 받으면 정말 좋을 텐데……."*

---

* 스펜서 존슨 저/형선호 역, 선물, pp.9-10, RHK.

이렇게 시작되는 소년과 노인의 이야기는 계속되는데, 소년이 성인이 될 때까지 궁금하거나 어려움을 겪을 때마다 노인을 찾는다. 그때마다 노인은 부드럽게 대답하면서도 그 해답을 스스로 찾도록 도움말을 주곤 하였다.

소년의 궁금증은 더해만 갔다. 그래서 노인을 찾았고 또 질문을 퍼부었다.

"그 선물이라는 것이 저를 부자로 만들어주는 그런 거예요? 그래, 그럴 수도 있지, 그게 너를 얼마든지 부자로 만들 수 있어. 하지만 그 가치는 돈으로 따질 수 없단다. 노인의 말에 소년은 더욱 혼란스러워졌다. 그 선물을 받으면 더 행복해질 거라고 하셨잖아요. 물론이지. 그뿐만 아니라 네가 무엇을 하건 훨씬 더 잘할 수 있을 거야. 더 멋진 성공이 무슨 뜻이죠? 성공이란 그게 무엇이든 네가 중요하게 여기는 것을 향해 나아가는 거란다. 너에게 지금 중요한 것은 어쩌면 학교에서 좋은 점수를 받고, 운동경기에서 실력을 발휘하고, 부모님과 잘 지내는 그런 것일 수도 있겠지. 용돈을 더 많이 버는 것일 수도 있을 거고, 아니면 그냥 인생을 즐겁게 살면서 네가 가진 것에 대해 감사하는 마음일 수도 있을 거야. 그 말씀은 멋진 성공이란 게 결국 제가 결정해야 한다는 뜻인 거예요?"*

그는 끊임없는 질문과 노인의 지혜 있는 가르침으로 어느 날, '세상에서 가장 소중한 선물'의 의미를 깨닫게 된다.

* 전게서, pp.24-25.

"세상에서 가장 소중한 선물은 과거도 아니고 미래도 아니다. 세상에서 가장 소중한 선물은 바로 현재*의 순간이다. 세상에서 가장 소중한 선물은 바로 지금이다."**

그렇다. 과거에 사로잡혀 살거나 지나치게 미래를 위해 사는 이에게는 현재가 없는 것이다. 오늘 좋은 일에 몰두하고 보다 나은 미래를 가져다 줄 것이기 때문이다. 현재는 이미 받아 손에 쥐고 있는 선물이기도, 언제든 원하기만 하면 받을 수도 있는 것이다.

'쿵푸팬더(Kung Fu Panda, 2008)'의 명대사로 알려진 짤막한 메시지도 같은 맥락에서 이해할 수 있을 것이다. 수많은 명사들의 강의에서도 많이 인용된 문장이다.

"Yesterday is history. Tomorrow is a mystery, but Today is a gift! That's why we call it the Present."

요컨대, 어제는 지나간 역사이고 내일은 미지의 수수께끼이지만, 오늘이야말로 선물이다! 그래서 오늘을 the Present(선물 혹은 현재)라고 하는 것이라는 의미다.
얼마나 멋진 표현인가!
또 하나 기존에 생각하는 선물 개념과는 전혀 다른 관점의 선물에 관한 우화가 있다.

---

* 이 책의 제목인 선물(present)은 '선물'이란 뜻도 있지만 동시에 '현재(現在)'라는 뜻도 가지고 있다.
** 전게서, p.45.

"옛날 한 왕이 있었다. 왕은 궁전 창 밖으로 그의 어린 자녀가 멀리 들판에서 꽃을 꺾고 있는 것을 발견했다. 왕은 자녀가 꽃을 꺾어서 바구니에 담고 화려한 리본으로 묶는 것을 보고 미소를 지었다. 그 리본은 왕실용으로 꺾고 있는 꽃이 자기에게 바칠 선물임을 의미했기 때문이다. 그런데 왕이 보니 어린 자녀는 꽃만 꺾는 것이 아니었다. 이따금씩 들판의 잡초도 담고, 숲 가장자리에 자라는 담쟁이와 웅덩이 옆에 있는 엉겅퀴도 꺾어 담고 있었다. 애쓰는 자녀가 안타까웠던 왕은 자녀를 돕고 싶었다. 왕은 자기 오른편에 앉아 있던 맏아들에게 한 가지 임무를 주었다. 내 정원으로 가서 거기 자라는 꽃들을 꺾어 오렴. 그리고 네 동생이 왕궁으로 돌아오거든 아이의 꽃바구니에서 내 궁전에 적합하지 않은 것은 빼내거라. 대신 내가 기른 꽃들을 채워 꽃바구니가 제대로 꾸며지게 하려무나. 맏아들은 아버지가 지시한 대로 했다. 어린 동생이 왕궁으로 돌아왔을 때 형은 잡초와 담쟁이, 엉겅퀴를 제거하고 왕의 정원에서 가져온 꽃들로 대신 채웠다. 그런 다음 왕실용 리본으로 꽃바구니를 다시 묶어서 동생이 들어가 선물을 드리며 말했다. 아버지, 여기 제가 아버지를 위해 준비한 아름다운 꽃바구니를 드립니다."*

언젠가 이 아이는 그 선물이 아버지의 은혜로운 준비로 받을 만한 선물이 되었다는 걸 알았을 것이고 그 아이는 어떤 기분이 들었을까? 생각만 해도 가슴이 뭉클해진다.

우리 삶은 잡초가 섞인 꽃바구니처럼 늘 어설프다. 그럼에도

---

* 브라이언 채플, 은혜가 이끄는 삶, pp.15-16, 생명의 말씀사, 2017.

우리 삶이 늘 은혜로운 것은 누군가의 선물이 있기 때문이다. 사실 왕이 선물을 받은 것은 사실이지만 어린 자녀도 소중한 선물을 받은 것이다. 그 선물로 인해 칭찬받았을 것이고 대단히 뿌듯했을 것이다. 무엇보다 사랑하는 아버지의 마음을 알았기 때문이다.

어쨌든 선물은 주는 이도 받는 이도 기분 좋게 해주는 아주 의미 있는 것임에 틀림이 없다.

크리스마스 선물 중에 가장 우리 뇌리 속에 있는 유명한 이야기는 오 헨리의 단편 《크리스마스 선물》이 아닐까. 이 소설에는 부부 짐과 델라가 등장한다. 비록 가진 것은 없지만 서로를 아끼는 마음은 남부럽지 않았다. 크리스마스를 맞이하여 이 부부는 서로를 떠올리며 자신이 가장 아끼는 물건을 몰래 팔아 상대가 좋아할 만한 선물을 기쁨으로 준비한다.

아내 델라는 자신의 긴 머리카락을 잘라서 마련한 돈으로 남편 짐이 아끼는 시계에 달아줄 시곗줄을 사고, 남편 짐은 대대로 물려받은 시계를 팔아 아내의 아름다운 머리카락을 위해 예쁜 빗을 선물로 사게 되었다. 선물을 풀어 본 부부는 서로에게 가장 좋은 선물이라고 생각하고 마련한 선물이 모두 소용없어진 것을 알게 되었다. 하지만 세상 어떤 선물보다도 소중한 서로의 마음을 선물받았다는 것에 행복한 미소를 지을 수 있었다.

언젠가부터 우리는 선물을 자주 하지 않는다. 그 자리를 현금이 차지하고 있는 경우가 허다하다. 아이들도 어정쩡한 선물보다는 현금을 좋아하고 부모님들도 마찬가지이다. 그래서 우스갯소리로 효도하려면 '삼금'을 잘 실천하라고 한다. 바로 현금, 지금, 입금이라고 한다. '뭐니 뭐니 해도 머니(Money)가 최고'라는 것이다. 웃자고 하는 얘기이지만 왠지 씁쓸한 생각이 드는 것은 어쩔 수 없다.

세상에는 그저 상대방이 좋아할 것을 생각하며 주는 선물보다는 무언가 대가를 바라는 뇌물이 더 주목을 받고 있다. 그래서 그런 '부정청탁성 및 금품수수 등의 금지에 관한 법률'이 제정되었다. 하지만 제안자의 이름을 따서 일명 '김영란법'이라고 부르고 있다. 이 법은 2011년에 제안하여 2012년 8월에 발의되었는데 한참 표류하다가 2015년 3월 3일 국회를 통과한 후 2016년 5월 9일에 시행령을 내놓게 되었다. 그 후 이 법이 효력을 발휘되고 있지만 과연 뇌물문화가 없어졌는지는 의문이다. 오히려 건전한 선물문화마저 위축시키는 측면은 없는지 생각해 볼 일이다.

성서에는 다음과 같이 선물과 뇌물에 관하여 언급되어 있다.

"사람의 선물은 그의 길을 넓게 하며 또 존귀자 앞으로 그를 인도하느니라."(잠언 18:16)

"너그러운 사람에게는 은혜를 구하는 자가 많고 선물 주기를 좋아하는 자에게는 사람마다 친구가 되느니라."(잠언 19:6)

"은밀한 선물은 노를 쉬게 하고 품 안의 뇌물은 맹렬한 분을 그치게 하느니라."(잠언 21:14)

"너는 뇌물을 받지 말라. 뇌물은 밝은 자의 눈을 어둡게 하고 의로운 자의 말을 굽게 하느니라."(출애굽기 23:8)

"악인은 사람의 품에서 뇌물을 받고 재판을 굽게 하느니라."(잠언 17:23)

선물은 사람을 순수하게 기쁨을 주지만 뇌물은 대가를 바라고 상대방의 마음을 훔치는 행위이다. 우리는 말할 수 없는 은혜로운 선물을 받고 살아가고 있다. 그래서 하나님을 향해서건, 사람을 향해서건 순수한 마음으로 선물하는 습관이 중요할 것 같다.

성서에도 선물이라는 단어가 더러 등장한다.

가장 최고의 선물은 예수님이다.

"아담으로부터 모세까지 아담의 범죄와 같은 죄를 짓지 아니한 자들까지도 사망이 왕 노릇하였나니 아담은 오실 자의 모형이라. 그러나 이 은사는 그 범죄와 같지 아니하니 곧 한 사람의 범죄를 인하여 많은 사람들이 죽었은즉 더욱 하나님의 은혜와 또한 한 사람 예수 그리스도의 은혜로 말미암은 선물은 많은 사람에게 넘쳤느니라. 이 선물은 범죄한 한 사람으로 말미암은 것과 같지 아니하니 심판은 한 사람으로 말미암아 정죄에 이르렀으나 은사는 많은 범죄로 말미암아 의롭다하심에 이름이니라. 한 사람의 범죄로 말미암아 사망이 그 한 사람을 통하여 왕 노릇하였은즉 더욱 은혜와 의의 선물을 넘치게 받는 자들은 한 분 예수 그리스도를 통하여 생명 안에서 왕 노릇하리로다."(로마서 5:14~17)

사마리아에 있는 수가라 하는 동네, 요컨대 야곱의 우물이 있는 곳을 지나다가 예수께서 길 가시다가 피곤하여 우물가에서 사마리아 여자 한 사람을 만나서 대화하는 장면이 나온다.

"사마리아 여자가 이르되 당신은 유대인으로서 어찌하여 사마리아 여자인 나에게 물을 달라 하나이까 하니 이는 유대인이 사마리아인과 상종하지 아니함이러라. 예수께서 이르시되 네가 만일 하나님의 선물과 또 네게 물을 좀 달라 하는 이가 누구인 줄 알았더라면 네가 그에게 구하였을 것이요 그가 생수를 네게 주었으리

라."(요한복음 4:9~10)

　당시 유대인들은 사마리아 사람들을 이방인 취급하며 상종하지 않았는데 예수님은 사마리아 사람이라고 해서 차별하지 않으셨다. 그리고 사마리아인들에게 구원의 생명수를 선물하셨다.

　사마리아인에 대한 유대인의 멸시는 B.C.722년 북이스라엘이 앗수르에 망한 후 사마리아에 이방인들이 대거 유입되면서 혼혈인이 많아졌다. 이때부터 유대인들은 사마리아인들을 개 취급하며 상종하지 않게 되었다. 바벨론 포로 이후 예루살렘 성전 재건 때 사마리아인들이 협조하려 했지만 거절당했다. 이에 그림신산에 독자적 성전을 건축하면서 서로 반목이 깊어졌고 유대인에게 경멸의 대상이 되었다. 그것은 유대인의 그릇된 선민의식으로 인해 비롯된 것으로 예수님은 우물가에서 만난 사마리아 여인에게 구원의 선물을 주시면서 그 편견을 깨도록 깨우쳐주셨다.

　예수님은 우리에게 주어진 아주 특별한 선물이다. 예수님은 몸소 이 땅에 오셨다. 예수님 자체가 최고의 선물인 것이다. 예수님은 인류의 죄를 대신해 죽으러 오신 것이다. 영생을 애타게 바라는 사람들에게는 반가운 희소식이 아닐 수 없다. 그래서 예수님의 오심은 좋은 소식(good news), 요컨대 복음(福音)이라고 한다.

내 영혼이
따뜻했던 날들

너를 생각함
가슴에 따뜻한 온기가 돌고
떠나지 않은 미소가
그 사소함일지 모르나
너를 그리워하는 일이야말로
사는 이유일 거다.

우리는 살면서 삶의 질을 말할 때 흔히 '행복'이라는 단어를 사용하곤 한다. 그런데 순간순간 느끼는 만족감이 과연 우리가 바라는 행복의 실체일까? 아니면 그 이상의 무엇인가를 추구해야 하는 것일까?

　　이에 관한 논쟁은 수없이 다루어져 왔지만 진정으로 행복한 삶이란 어쩌면 개인적이거나 주관적인 문제로 치부될 수 있을지도 모른다. 예를 들면 맛있는 음식을 먹고 있을 때, 좋은 꿈을 꾸며 꿀잠을 자고 났을 때, 오랫동안 꿈꾸던 좋은 집을 마련했을 때, 마음에 드는 옷을 입었을 때, 샤워를 끝내고 소파에 누워 편안한 자세로 쉬고 있을 때, 햇살 좋은 정원에서 아름다운 꽃구경을 할 때 등 이루 헤아릴 수 없이 많은 경우가 있을 것이다.

　　하지만 가끔 몸의 오감으로 느끼는 쾌감이나 혹은 만면에 미소 짓게 하는 마음 뿌듯함이 아닌 그야말로 저 깊은 영혼 속에서 자신의 존재감에 대해 감사와 찬양이 나오고 경외감마저 느낄 때가 있다. 그것은 누군가를 진심으로 사랑할 때, 내가 베푼 행동에 어떤 보람을 느꼈을 때, 내가 욕심을 버리고 이타적인 행위를 할 때, 신비롭고 경이로운 풍경을 감상할 때 종종 그런 기분을 느낀다.

그리고 눈으로 보이는 것 말고 눈에는 보이지 않지만 나에게 우호적이고 세상을 긍정적으로 이끌어가는 존재에 대한 믿음이 강해질 때이다. 하지만 이런 기분을 어떻게 표현해야 옳을지 적당한 단어를 찾지 못했었다. 그런데 포리스 카터의 《내 영혼이 따뜻했던 날들》*이라는 책을 접하고 '영혼이 따뜻하다'는 말에 무척 공감할 수 있었다. 이것은 행복, 만족, 기쁨 등의 말보다 더 와닿았다.

이 소설의 원제목이 'The Education of Little Tree'라는 점을 감안하면 번역자의 탁월한 작명이라고 생각한다. 《내 영혼이 따뜻했던 날들》에는 직접적으로 영혼의 구원을 얘기하지는 않는다. 그러나 인간의 영혼 문제까지도 깊숙이 얘기하고 있는 것처럼 느껴진다. 그 이유는 무엇일까? 아무래도 사람의 선과 악, 바꿔 말하면 순수한 영혼과 속세에 때 묻은 영혼의 양면을 보여주는 양식의 전개 때문이 아닌가 생각해 본다.

이 소설은 한 소년의 눈으로 보는 세상이다. 순수한 영혼으로 가족과 세상에 반응하는 아주 따뜻한 시선과 안타까운 현실을 동시에 접하게 된다. 세대를 이어 구전으로 전해 내려오는 체로키 인디언들 삶의 교훈들을 접할 수 있다.

'작은 나무(Little Tree)'라는 이름을 가진 소년은 부모를 여의고 할아버지와 할머니 손에서 자라게 된다. 모든 친척들이 떠맡기를 거부했지만 할아버지와 할머니는 작은 나무를 데리고 숲으로 들어가 키우게 된다. 자연 속에서 자연의 이치를 배우게 하며 그 안에서 사는 방법을 읽히게 된다.

어느 날 '탈콘'이라는 매가 메추라기를 잽싸게 낚아채 산허리

---

* 포리스 카터 저/조경숙 역, 내 영혼이 따뜻했던 날들, 아름드리미디어, 2020.

쪽 하늘로 사라져버린 장면을 보고 어린 나무는 놀라지 않을 수 없었다. 울지는 않았지만 슬픈 얼굴을 하고 있자 할아버지는 이렇게 말씀하셨다.

"슬퍼하지 마라. 작은 나무야. 이게 자연의 이치라는 거다. 탈콘은 느린 놈을 잡아갔어. 그러면 느린 놈들이 자기를 닮은 새끼를 낳지 못하거든. 또 느린 놈 알이든 빠른 놈 알이든 가리지 않고 모조리 먹어치우는 들쥐들을 잡아먹은 것도 탈콘들이란다. 말하자면 매는 자연의 이치대로 사는 거야. 메추라기를 도와주면서 말이야."*

할아버지와 작은 나무가 산길을 걸을 때면 종종 할아버지는 콧노래를 흥얼거리곤 하셨는데, 그 노랫말 속에서도 그들의 가치관을 엿볼 수 있다.

지는 겨울햇살 받으며 산길을 걷다보면
길 위에 난 발자국 따라 걷다보면
오두막집으로 이어지지. 야생칠면조 다니는 길로
이게 바로 체로키의 천국이라네.

산꼭대기로 눈 들어 아침의 탄생을 지켜보렴.
나뭇가지 사이로 지나는 바람의 노래 들어 보렴.
대지인 모노라에서 생명이 속는 걸 느껴보렴.
그럼 체로키의 이치를 알게 될 거야.

* 전게서, p.27.

새벽이 올 때마다 삶 속에 죽음 있고
죽음 속에 생명 있음을 알게 되리니
노모라의 지혜를 배우면,
세상의 이치를 알게 될 거야.
체로키의 영혼을 느낄 수 있을 거야.*

할아버지와 할머니의 대화 속에서도 따뜻한 인간애를 느낄 수 있다. 할머니의 이름은 보니 비(Bonnie Bee)로 '예쁜 벌'이란 뜻이다. 어느 늦은 밤 할아버지가 'I kin ye, Bonni Bee'라고 말하는 걸 듣고 어린 나무는 할아버지가 'I Love ye(당신을 사랑해)'라는 뜻으로 말하는 것을 알았다. 'I kin ye'는 '이해한다'는 뜻이다. 할아버지와 할머니에게는 '사랑한다'와 '이해한다'는 같은 것이었다. 할아버지와 할머니는 서로 이해하고 계셨다. 그래서 두 분은 사랑하고 계신 것이다. 할아버지의 설명에 의하면 할아버지가 태어나기도 전 옛날에 '친척(kinfolks)'이라는 말이 이해하는 사람, 사랑하는 사람(loved folks)이란 뜻으로 사용되었다고 한다. 그런데 세상이 이기적으로 변하는 바람에 이 말도 단지 혈연관계가 있는 친척 정도로 사용하게 되었다고 한다.

할머니가 들려주신 두 개의 마음에 관한 이야기도 우리가 교훈 삼을 만한 훌륭한 내용을 담고 있다.

"사람들은 누구나 두 개의 마음을 갖고 있다고 하셨다. 하나의 마음은 몸이 살아가는데 필요한 것들을 꾸려가는 마음이다. 몸을

* 전게서, p.31.

위해서 잠자리나 먹을 것 따위를 마련할 때는 이 마음을 써야 한다. 그리고 짝짓기를 하고 아이를 가지려할 때도 이 마음을 써야 한다. 자기 몸이 살아가려면 누구나 이 마음을 가져야 한다. 그런데 우리에게는 이런 것들과 전혀 관계없는 또 다른 마음이 있다. 할머니는 이 마음을 영혼의 마음이라고 부르셨다.(중략) 몸이 죽으면 몸을 꾸려가는 마음도 함께 죽는다. 하지만 다른 모든 것이 다 없어져도 영혼의 마음만은 그대로 남아 있다. 그래서 평생 욕심부리며 살아온 사람은 죽고 나면 밤톨만한 영혼밖에 남아 있지 않게 된다.(중략) 영혼의 마음은 근육과 비슷해서 쓰면 쓸수록 더 커지고 강해진다. 마음을 더 튼튼하게 가꿀 수 있는 비결은 오직 한 가지, 상대를 이해하는데 마음을 쓰는 것뿐이다. 게다가 몸을 꾸려가는 마음이 욕심부리는 걸 그만두지 않으면 영혼의 마음으로 가는 문은 절대 열리지 않는다. 욕심을 부리지 않아야 비로소 이해라는 것을 할 수 있기 때문이다.'*

위의 내용은 저자가 이 책을 통해 하고 싶은 말을 집약해 놓았다고 해도 과언이 아니다. 우리의 영혼이 따뜻해지는 것, 요컨대 행복해지는 것은 우리의 영혼이 상처받지 않도록 욕심으로 부리지 않고 사람들을 이해(사랑)하는 길뿐이라는 따뜻한 교훈을 전한다.

우리 감정이나 영혼도 온도에 민감하다는 것을 알 수 있다. 냉정(冷靜)과 열정(熱情)의 온도 차는 우리를 기쁘게도 우울하게도 한다. 그리고 따뜻한 분위기를 말할 때 온기(溫氣)라는 표현을 사용하는 것처럼 우리는 주변의 온도에 민감하다. 뿐만 아니라 몹시

* 전게서, pp.114–115.

사모하는 것을 두고 오죽하면 열병(熱病)이라고 했을 정도로 인간은 늘 따뜻함을 그리워하고 있다. 아니 좀 더 정확히 말하면 영혼의 따뜻함을 그리워하고 있는 것이다.

윤영초의 시집 《내 영혼이 아름다운 날들》에 나오는 '너는 내 가슴에 깊다'*는 사랑의 온도를 잘 표현해주고 있다.

너를 생각함
가슴에 따뜻한 온기가 돌고
떠나지 않은 미소가
그 사소함일지 모르나
너를 그리워하는 일이야말로
사는 이유일 거다

그리워하면
늘 웃던 네가
네게로 올 수 있다고 믿었는데
너무 멀다

네가 오는 길이
아득히 멀어서
너를 그리워하는 시간도
어쩔 수 없이
어긋난 가슴일 때가 있다
네가 보고 싶은데

* 윤영초 시집, 내 영혼이 아름다운 날들, p.12, 청어, 2020.

열병처럼

너는 내 가슴에 깊다

그렇다면 내 영혼이 따뜻했던 날들은 언제였던가? 곰곰이 생각해보면 사람다운 사람을 만나고, 자연다운 자연을 만났을 때다. 그리고 바람다운 바람이 상큼하게 살결을 간질거리며 스쳐지나갈 때, 기분 좋은 온도의 햇볕이 온몸에 내리쬘 때다.

또 새가 숲 속에서 정겹게 노래하는 소리를 들으며 숲길을 걸을 때, 향기로운 꽃 주위를 맴도는 나비나 벌들이 좋아서 어찌할 바를 모르는 풍경을 볼 때도 그렇다. 편안한 의자에 앉아 내가 좋아하는 음악을 듣고 있으면 영혼이 행복해지는 것을 느낀다.

또 가슴이 먹먹할 정도로 사람을 감동시키는 좋은 뉴스를 접할 때도 그렇고 생각지도 못한 소중한 선물을 받을 때도 그렇다. 그리고 허점투성이인 나의 장점을 발견하여 아낌없는 칭찬을 해줄 때 나는 복에 겨워 어쩔 줄 몰라 한다. 하지만 무엇보다도 몸이 아프거나 영혼이 궁핍하여 누군가의 손길이 필요할 때 강퍅한 몸과 마음을 녹여주는 하나님의 말씀과 더불어 그분의 임재를 느낄 때 어떤 캐시미론 이불보다 더 내 영혼의 포근함을 느낀다.

성서에는 영혼이 잘되는 것이 행복의 출발점이라는 것을 일러주고 있다. 그리고 영혼이 잘 되는 것이 범사가 잘 되고 건강한 것보다도 우선하여야 한다는 것이다. 사도 요한이 가이오라는 사람에게 보내는 편지에서 다음과 같이 영혼의 잘됨 같이 범사가 잘 되기를 기도해주고 있다.

"사랑하는 자여 네 영혼이 잘됨 같이 네가 범사가 잘되고 강건

하기를 내가 간구하노라."(요한삼서 1:2)

성서에 나오는 가이오는 어떤 사람이었는가?

사도 요한은 자기가 들은 그에 대한 좋은 평판을 말하고 있다. 가이오에 대한 형제들의 증거는 그가 진리 안에서 행하고 사랑으로 이것을 증명한다는 것이다. 믿음은 사랑으로 나타나야 한다. 그의 믿음은 남에게 본이 되고 칭찬할 만한 것이었다. 가이오는 믿음으로 오는 기쁨으로 영혼이 따뜻했고 그것이 이타적이고 선한 행위를 한 원동력이 되었던 것이다.

"형제들이 와서 네게 있는 진리를 증언하되 진리 안에서 행한다 하니 내가 심히 기뻐하노라. 내가 내 자녀들이 진리 안에서 행한다 함을 듣는 것보다 더 기쁜 일이 없도다. 사랑하는 자여 네가 무엇을 행하는 것은 신실한 일이니 그들이 교회 앞에서 너의 사랑을 증언하였느니라. 네가 하나님께 합당하게 그들을 전송하면 좋으리라. 이는 그들이 주의 이름을 위하여 나가서 이방인에게 아무것도 받지 아니함이라. 그러므로 우리가 이 같은 자들을 영접하는 것이 마땅하니 이는 우리로 진리를 위하여 함께 일하는 자가 되게 하여 함이라."(요한삼서 1:2~8)

W. P. Comell 작사, W. G. Cooper 작곡의 번역곡인 '내 영혼의 그윽이 깊은데서'라는 찬양은 영혼의 깊은 곳까지 들여다볼 것을 권하는 듯하다.

내 영혼의 그윽이 깊은 데서 맑은 가락이 울려나네.

하늘 곡조가 언제나 흘러나와 내 영혼을 고이 싸네.
평화 평화로다. 하늘 위에서 내려오네.
그 사랑의 물결이 영원토록 내 영혼을 덮으소서.

내 맘 속에 솟아난 이 평화는 깊이 묻히인 보배로다.
나의 보화를 캐내어 가져갈 자 그 아무도 없으리라.
평화 평화로다. 하늘 위에서 내려오네.
그 사랑의 물결이 영원토록 내 영혼을 덮으소서.

내 영혼의 평화가 넘쳐 남은 주의 축복을 받음이라.
내가 주야로 주님과 함께 있어 내 영혼이 함께 쉬네.
평화 평화로다. 하늘 위에서 내려오네.
그 사랑의 물결이 영원토록 내 영혼을 덮으소서.

이 땅 위에 험한 길 가는 동안 참된 평화가 어디 있나
우리 모두 예수님을 친구삼아 참 평화를 누리겠네.
평화 평화로다. 하늘 위에서 내려오네.
그 사랑의 물결이 영원토록 내 영혼을 덮으소서.

우리는 자신의 영혼을 너무 외롭게 하고 있지는 않은가. 그리고 고상하고 품격 있는 실체로 영혼을 사용하고 있는가. 영혼을 좀 배려하면 어떨까. 영혼을 더 자라게 할 순 없을까. 영혼을 믿음과 사랑 안에서 잘 사용할 순 없을까. 영혼을 따뜻하게 할 순 없을까.

하나님을 만나는
방향표지판

모든 성경은 하나님의 감동으로 된 것으로
교훈과 책망과 바르게 함과 의로 교육하기에 유익하니
이는 하나님의 사람으로 온전하게 하며
모든 선할 일을 행할 능력을 갖추게 하려함이라.
(디모데후서 3:16~17)

책을 통해 만나다

세상에는 하나님께로 이끈 책이 셀 수 없이 많다. 시, 에세이, 철학서적, 자서전 등을 들 수 있다. 하지만 이 세상에서 하나님 만나기를 소망하는 마음을 가진 사람들에게는 신앙서적 역시 큰 도움이 된다. 순종의 저자 존비비어(John Bevere), 선에 갇힌 인간의 저자인 스캇 솔즈(Scott Sauls), 살며 사랑하며 배우며의 저자 레오 버스카글리아(Leo Buscaglia), 제자도의 저자 존 스토트(John R. W. Stott), 지혜의 저자 찰스 스윈돌(Charles R. Swindoll) 무수히 많아 여기에 다 열거할 수 없다.

그 가운데 헨리 나우엔(Henri. J. M. Nouwen)의 《분별력》*이라는 책은 나로 하여금 관념적 신앙에서 벗어나는데 크게 도움이 되었다. 그는 자신에게 큰 영향을 미친 토머스 머튼을 소개하면서 그를 이끌어준 스콜라 철학을 언급했다. 거기에 등장하는 개념 가운데 하나인 아세이타스(aseitas, 자존성)다. 아세이타스는 '하나님은 자신의 존재를 위하여 자신 이외의 다른 어떤 것도 의존하지 않으시고

---

* 헨리 나우엔 저/이은진 역, 분별력, 포이에마, 2016.

독립되어 존재하시는' 전지전능한 분임을 설명하는 개념이다.

영적인 독서는 자신의 지식 영역을 훨씬 넓혀주며 금욕과 절제가 어떻게 영적인 도움을 주는지 이해하게 할 뿐 아니라, 가족, 이웃과 더불어 지내면서 사랑이 왜 그토록 필요한지도 알게 하며 궁극적으로 하나님이 생명의 근원임을 깨닫게 해준다. 홍수처럼 많은 정보와 지식에 휘둘리지 않는 양서를 만나는 일은 매우 중요한 일이다. 나우엔은 속도를 늦추고 더 많은 것을 알아내기 위해서가 아니라 하나님께서 나를 속속들이 알도록 책을 읽는다고 하였다.

자연을 통해서 만나다

헨리 나우엔은 또 다른 저서 《제네시 일기(The Genesee Diary)》에서 다음과 같이 이야기했다. "하나님이 감춰진 것이 사실이지만, 우리는 자연으로 하여금 어디에나 계시는 하나님에 관하여 이야기하게 해야 한다." 그렇다. 공간과 시간을 초월한 하나님을 이야기하는 것은 우리의 교회와 예배문제는 물론이고 신앙의 본질을 이해하는데도 반드시 필요한 부분이라고 할 수 있다.

자연(自然)은 하나님 속성을 때와 장소를 불문하고 잘 드러내고 있다. 그래서 우리가 조금만 주의를 기울이면 하나님 존재를 금방 느낄 수 있다. 실제 성경 속에서도 하늘, 구름, 비, 사막, 광야, 가뭄, 지진, 바람, 빛, 언덕, 골짜기, 마을, 우물가, 나무와 꽃, 가시덤불에 이르기까지 셀 수 없이 많은 자연의 섭리에 하나님께서 관여하고 계심을 알 수 있다. 하나님께서는 당신을 "나는 스스로 있는 자니라"(출애굽기 3장 14절)고 선포하셨다. 하나님을 이해하지 못한 시대에는 자연을 '스스로 있는 것'으로 이해하고 자연(自:스스로

자 然:그럴 연)이라는 이름을 붙이고 자연 자체를 숭배했던 것이다.

우리는 낮과 밤, 계절의 변화, 파종과 수확, 삶과 죽음 등을 자연을 통해 배우고 알게 되었다. 그러나 영적인 눈으로 자연을 보면 그 안에 수많은 하나님의 메시지가 숨어 있다는 것을 알 수 있다. 그것은 생명과 부활, 기다림과 누림, 은혜와 축복, 시작과 끝, 알곡과 가라지, 좋은 것과 나쁜 것, 진리와 거짓 등이다.

사람을 통해서 만나다

우리는 태어나서 죽을 때까지 긴 인생길에서 수많은 사람들을 만난다. 거기에는 직접 대면하면서 알아가는 경우도 있고 다양한 매체나 소식을 통해 비대면으로 지구상에 사는 수많은 사람들을 알게 되는 경우도 있다. 우리는 성장하면서 책이나 자연(환경)의 영향도 많이 받지만 사람에게 받는 영향력도 결코 적다고 할 수 없다.

우리가 어렸을 적엔 자라서 어떤 사람이 되고 싶으냐, 누구를 가장 존경하느냐는 질문을 받아 보지 않은 사람은 거의 없을 것이다. 그리고 가장 많이 읽기를 권유받았던 책이 다름 아닌 훌륭한 삶을 살다간 위인의 일대기를 기록한 전기물인 위인전(偉人傳)이었다. 어렸을 때의 꿈이 반드시 이루어지지는 않지만 한 사람의 성장과정에서 가치관 형성이나 삶의 방향에 적잖이 영향을 미치는 것이 사실이다.

온갖 고난 속에서도 오뚝이처럼 쓰러졌다 일어서곤 하셨던 인동초 김대중 전 대통령은 크고 작은 역경을 겪을 때마다 하나님의 은혜라고 고백한 바 있다. 서슬 퍼런 군사정부시대에 죽음을 두려워하지 않고 민주화를 위해 헌신하며 절대 포기하지 않고 오직 목표를 향해 걸어가신 점에 많은 감명을 받았다. 다큐멘터리 영화 '울지마 톤즈'를 통해 알게 된 이태석 신부는 한국의 슈바이처라고 불릴 정도로 헌신적으로 아프리카에서 봉사하신 분이다. 자신의 몸을 돌보지 않고 일하시다 병을 얻어 안타깝게도 젊은 나이에 생을 마감하셨다. 하지만 그의 삶이 남기고 간 여운은 아직도 가시지 않는다.

여행 중 하와이에서 만난 평신도 정선화(Sunny Jung) 누나, 현지에서는 일명 '써니'로 불리는 이분은 모범적인 신앙인의 참모습을 보여주신 분이다. 단순한 하와이 여행객일 뿐인 일면식도 없던 나에게 열거할 수 없을 만큼 많은 친절을 베풀어주셨다. 오히려 불순한 의도가 있는 것이 아닐까 의심할 정도였다. 나중에 안 사실이지만 나 이외에도 한국에서 온 관광객에게 무료로 자신의 자동차로 관광을 시켜주며 하나님의 사랑을 전하고 있었다. 나 자신을 돌아보게 되는 계기가 되었다. 어디 이분들뿐이랴. 우리 주변의 많은 사람들에게서 하나님을 닮은 모습을 발견할 때가 적지 않다.

기도를 통해서 만나다

기도는 흔히 내가 원하는 것을 하나님께 일방적으로 말하는 것으로 오해하기 쉽다. 하지만 대화가 그렇듯이 기도는 쌍방으로 교제하는 시간이다. 또 하나님을 찬양하고 감사하는 시간이다. 아무래도 불완전한 사람이 어린 아이의 입장이 되고 전지전능하신 하나님이 부모 같은 역할이 될 수밖에 없는 것은 사실이다. 그래서 자신도 모르게 자꾸 달라고 하는데 익숙해져 있고 투정부리는 습관이 생겨버린 것이다. 성서에 보면 기도는 호흡과 같음을 말해주고 있다. 호흡은 쉬지 않고 해야 함을 말하기도 하지만 들이마시고 내뱉는 과정의 연속이다. 건강한 육체를 유지하기 위해서는 제대로 된 호흡이 이루어져야 하듯이 강건한 영혼을 위해서도 바른 기도생활이 충분히 있어야 함은 두말할 필요가 없다. 알면서도 생각만큼 잘 안 되는 것이 기도이다.

"호흡이 있는 자마다 여호와를 찬양하라."(시편 150:4)

"항상 기뻐하라.

쉬지 말고 기도하라.

범사에 감사하라.

이것이 그리스도 예수 안에서 너희를 향하신 하나님의 뜻이니라."(데살로니가전서 5:16~18)

그러나 기도에도 일종의 바람직한 자세가 있는 것 같다. 믿음의 선진들 기도는 자기의 유익을 위하여 기도하지 않았다. 또 자신의 임의대로 준비한 말을 토해내는 것이 아니라 성령의 힘에 의지하여 하나님께 아뢰며 하나님의 뜻을 헤아리는 시간이라는 것도 알 수 있다. 바울은 올바른 기도의 자세에 관하여 다음과 같이 권유하고 있다.

"모든 기도와 간구를 하되 항상 성령 안에서 기도하고 이를 위하여 깨어 구하기를 항상 힘쓰며 여러 성도를 위하여 구하라."(에베소서 6:18)

무엇보다 기도는 하나님을 만나는 시간이다. 얼마나 큰 영광의 시간인가. 사랑하는 사람, 평소 뵐 수 없는 분을 특별히 독대하는 것이 허락되었다고 생각해보자. 참으로 은혜의 시간이 아닐 수 없다. 세상은 나에게 스트레스와 걱정거리를 잔뜩 가져다주지만, 잠시 세상에서 눈을 떼고 하나님께로 시선을 돌리면 기쁨과 위로와 생명을 얻을 수 있다는 것을 성경은 분명히 하고 있다.

"대저 나를 얻는 자는 생명을 얻고 여호와께 은총을 입을 것이라. 그러나 나를 잃는 자는 사망을 사랑하느니라."(잠언 35~36)

우리가 기도해야 하는 이유는 분명하다. 우리의 기도를 들어주실 수 있는 분은 오직 한분이시기 때문이다.

"주에게는 할 수 없는 일이 없으시니이다."(에레미야 32장 1절)

그리고 믿음의 기도로 응답받은 사례들이 성서에는 셀 수 없이 많다.

"베드로가 사람을 다 내보내고 무릎을 꿇고 기도하고 돌이켜 시체를 향하여 이르되 다비다야 일어나라 하니 그가 눈을 떠 베드로를 보고 일어나 앉은지라"(사도행전 9:40)

"사가랴여 무서워하지 말라 너의 간구함이 들린지라 네 아내 엘리사벳이 네게 아들을 낳아주리니 그 이름을 요한이라 하라."(눅 1:13)

"믿음의 기도는 병든 자를 구원하리니 주께서 저를 일으키시리라 혹시 죄를 범하였을지라도 사하심을 얻으리라. 이러므로 너희 죄를 서로 고하며 병 낫기를 위하여 서로 기도하라 의인의 간구는 역사하는 힘이 많으니라. 엘리야는 우리와 성정이 같은 사람이로되 저가 비 오지 않기를 간절히 기도한즉 삼 년 육 개월 동안 땅에 비가 아니 오고 다시 기도한즉 하늘이 비를 주고 땅이 열매를 내었느니라."(야고보서5:15~18)

어느 누구의 방해도 받지 않고 특별히 정해진 시간이 아니더라도 하나님을 만날 수 있는 기도의 방법이 있다는 것은 얼마나 기쁘고 감사한 일인가. 기도시간은 영혼이 행복해지는 시간이다.

성서를 통해서 만나다

성서는 하나님의 감동으로 이루어진 하나님의 말씀이다. 구약 39권과 신약 27권으로 총66권으로 이루어진 경전으로 우리의 영적 양식으로서 주어진 능력의 말씀이자 은혜의 선물이다.

"모든 성경은 하나님의 감동으로 된 것으로 교훈과 책망과 바르게 함과 의로 교육하기에 유익하니 이는 하나님의 사람으로 온전하게 하며 모든 선할 일을 행할 능력을 갖추게 하려함이라."(디모데후서 3:16~17)

성서는 하나님이 누구신지를 가르쳐 준다. 단순히 말씀으로 뿐 아니라 직접 사람의 육체를 입고 오셔서 자신의 모습을 보여주셨다. 그분이 예수님이시다. 그리고 하나님은 이 세상을 창조하신 분이다. 그리고 이 세상의 운영과 끝도 당신의 주관 아래 있음을 분명히 하고 있다.

"태초에 하나님이 천지를 창조하시니라. 땅이 혼돈하고 공허하며 흑암이 깊음 위에 있고 하나님의 영은 수면 위에 운영하시니라. 하나님이 이르시되 빛이 있으라 하시니 빛이 있었고 빛이 하나님이 보시기에 좋았더라."(창세기 1:1~4)

"모세가 하나님께 아뢰되 내가 이스라엘 자손에게 가서 이르기를 너희 조상의 하나님이 나를 너희에게 보내셨다하면 그들이 내게 묻기를 그의 이름이 무엇이냐 하리니 내가 무엇이라고 그들에게 말하리이까. 하나님이 모세에게 이르시되 나는 스스로 있는 자니라. 또 이르시되 너는 이스라엘 자손에게 이 같이 이르기를 스스로 있는 자가 나를 너희에게 보내셨다 하라."(출애굽기 3:13~14)

"보좌에 앉으신 이가 이르시되 보라 내가 만물을 새롭게 하노라 하시고 또 이르시되 이 말은 신실하고 참되니 기록하라 하시고 또 말씀하시되 이루었도다. 나는 알파와 오메가요 처음과 마지막이라 내가 생명수 샘물을 목마른 자에게 값 없이 주리니 이기는 자는 이것들을 상속받으리라. 나는 그의 하나님이 되고 그는 내 아들이 되리라."(요한계시록 21:5~7)

"내가 산을 향하여 눈을 들리라 나의 도움이 어디서 올까. 나의 도움은 천지를 지으신 여호와에게서로다. 여호와께서 너를 실족

하지 아니하시게 하시며 너를 지키시는 이가 졸지도 아니하시리로다."(시편 121:1~3)

"사랑하는 자들아 우리가 서로 사랑하자 사랑은 하나님께 속한 것이니 사랑하는 자마다 하나님으로부터 나서 하나님을 알고 사랑하지 아니한 자는 하나님을 알지 못하나니 하나님은 사랑이심이라."(요한일서 4:7~8)

성경은 또 우리가 누구인가를 가르쳐주신다. 인류가 어떻게 시작되었는지 그리고 우리가 어떻게 살아야 하는지를 상세하게 인도해주는 길라잡이 역할을 해준다.

"여호와 하나님이 땅의 흙으로 사람을 지으시니 사람이 생령이 되니라. 여호와 하나님이 동방의 에덴에 동산을 창설하시고 그 지으신 사람을 거기 두시니라."(창세기 2:8)

"여호와 하나님이 아담에게서 취하신 그 갈빗대로 여자를 만드시고 그를 아담에게로 이끌어 오시니 아담이 이르되 이는 내 뼈 중의 뼈요 살 중의 살이라. 이것을 남자에게 취하였은 즉 여자라 부르리라 하니라."(창세기 2:21~22)

"그런즉 너희는 먼저 그의 나라와 그의 의를 구하라. 그리하면 이 모든 것을 너희에게 더하시리라."(마태복음 6:33)

"사랑하는 자마다 영을 다 믿지 말고 오직 영들이 하나님께 속하였나 분별하라. 많은 거짓 선지자가 세상에 나왔음이라. 이로써 너희가 하나님의 영을 알지니 곧 예수 그리스도께서 육체로 오신 것을 시인하는 영마다 하나님께 속한 것이요 예수를 시인하지 아니하는 영마다 하나님께 속한 것이 아니니 이것이 곧 적그리스도의 영이니라. 오리라 한말을 너희가 들었거니와 지금 벌써 세상에 있느니라."(요한일서 4:1~3)

우리의 일상에서 책과 자연, 사람과 기도 그리고 하나님 말씀을 대하는 태도가 어떠해야 하는 지 곰곰이 묵상해 볼 가치가 있다. 다만, 중요한 것은 분별의 능력을 가질 수 있도록 하나님의 은혜를 구해야 한다는 점이다.

교만하면 많은 것을 얻어도 아무런 교훈을 얻지 못하지만, 겸손하면 모든 것에서 교훈을 얻을 수 있다.

위의 것을 찾으라,
위의 것을 생각하라

귀로 듣고
몸으로 듣고
마음으로 듣고
전인적인 들음만이
사랑입니다.

현대인들은 일하고, 놀고, 사람 만나는 일 등으로 늘 바쁘다. 오죽하면 바빠 죽겠다는 말을 입버릇처럼 달고 다닐까. 그래서 제대로 하늘 한번 쳐다보지 못하고 하루 혹은 일주일을 땅만보고 지내는 일이 허다하다. 유사 이래 이처럼 풍요로운 시대가 없었을 정도로 부족한 것이 없을 것 같은 시대이지만, 현실을 보면부족한 것이 한두 가지가 아니고 불평불만이 이만저만이 아니다.

　여기에는 부익부 빈익빈, 견고한 기득권층의 대물림 그리고 남들과의 비교문화, 계층 간, 세대 간의 갈등도 갈수록 심화하고 있다. 그리고 도대체 얼마를 소유해야 또 어느 정도까지 출세해야 만족할 수 있는 것인지 도무지 만족이라는 것을 모르고 사는 것 같다. 그렇다면 돈과 명예와 권력을 손에 넣으면 만족할 수 있을까? 대답은 그럴 것 같지 않다는 것이다.

　사람들의 행복관은 모르긴 몰라도 좋은 대학을 나와 좋은 직장을 얻고, 아름다운 배우자를 만나 멋진 결혼을 하는 것이 아닐까. 적어도 외형적으로는 그럴듯하게 보인다. 그리고 성공했다고 할수 있고 어쩌면 그렇지 못한 사람보다 행복할 거라고 생각하는 것같다. 하지만 가진 자가 더 욕심을 내는 것을 보면 그런 것들이 행복의 조건은 아닌 것이 분명하다. 남들을 앞서기 위해, 남들보다 출세하기 위해 또 부자가 되기 위해 적지 않은 경우가 반칙을 하고 부정을 저지르는 일이 비일비재하다. 그러니 인생의 많은 시간을 땅의 것을 찾고 땅의 것을 생각하는 것에 소비하는 것은 몹시 위험천만한 일이 아닐 수 없다.

세상의 모든 일들을 인간의 힘으로 해결할 수 있다는 생각도 교만이다. 교만이야말로 패망의 선봉이다. "삼가 말씀에 주의하는 자는 좋은 것을 얻나니 여호와를 의지하는 자는 복이 있느니라"(잠언 16:18)고 잠언은 기록하고 있다. 그래서 여호수아는 "이 율법 책을 네 입에서 떠나지 말게 하며 주야로 그것을 묵상하여 그 안에 기록된 대로 다 지켜 행하라. 그리하면 네 길이 평탄하게 될 것이며 네가 형통하리라"(여호수아 1:8)고 말씀하고 있다.

"그러므로 너희가 그리스도와 함께 다시 살리심을 받았으면 위의 것을 찾으라. 거기는 그리스도께서 하나님 우편에 앉아 계시느니라. 위의 것을 생각하고 땅의 것을 생각하지 말라. 이는 너희가 죽었고 너희 생명이 그리스도와 함께 하나님 안에 감추어졌음이라. 우리 생명이신 그리스도께서 나타나실 그때에 너희도 그와 함께 영광 중에 나타나리라. 그러므로 땅에 있는 지체를 죽이라 곧 음란과 부정과 사욕과 악한 정욕과 탐심이니 탐심은 우상숭배니라. 이것들로 말미암아 하나님의 진노가 임하느니라"(골로새서 3장 1~6) 또 바울은 "믿음은 들음에서 나며 들음은 그리스도의 말씀으로 말미암았느니라"(로마서 10:17)고 전하고 있다.

이해인 수녀의 기도는 들음의 중요성을 제삼 되새기게 해준다.

〈귀를 기울이며〉

귀로 듣고
몸으로 듣고
마음으로 듣고
전인적인 들음만이
사랑입니다.

모든 불행은
듣지 않음에서 시작됨을
모르지 않으면서
잘 듣지 않고
말만 많이 하는
비극의 주인공이
바로 나였네요.

아침에 일어나면
나에게 외칩니다.

들어라
들어라
들어라

하루의 문을 닫는
한밤중에
나에게 외칩니다.

들었니?

들었니?
들었니?*

위의 것은 무엇이고 땅의 것은 무엇인가? 위의 것은 하나님 나라 요컨대 영원한 생명의 나라와 그에 걸맞은 진리의 가치들이고, 땅의 것은 한정된 시간을 사는 여행지인 현재의 삶터와 세상의 교훈이나 사상 등을 추구하는 것을 의미한다. 따라서 하나님을 믿는 사람들은 그 나라의 백성에 걸맞은 것을 찾고 생각하라는 뜻이고, 땅의 것은 불의와 정욕과 탐심으로 가득 찬 것들이어서 땅의 것들에 집착하지 말라는 것이다.

죄인 신분으로서의 우리는 죽었고 우리 생명이 그리스도와 함께 하나님 안에 감추어졌다는 사실이다. 그리스도를 믿는 사람 즉, 성도라는 신분은 이미 그분 나라의 백성이라는 의미로 그리스도와 더불어 다시 살아나는 특권을 가진 자들로서 그분 나라의 백성답게, 그분의 자녀답게 살라는 뜻이다. 그렇지 않고 세상의 것들에 미련을 버리지 못하고 불의와 탐심을 버리지 못한다면 그 자체가 우상 숭배로 간주되어 하나님의 진노가 임할 것을 전하고 있다.

과연 우리는 하나님의 자녀로서의 삶을 살고 있는가? 우리는 끊임없이 돌아보고 살피고 회개하고 진리의 십자가에 초점을 맞추고 주만 바라보며 살아야 할 것이다. 그분을 바라본다는 것은 하늘을 쳐다본다는 의미가 아니다. 하나님 자신이 사람의 모습(예수님)으로 이 땅에 오셔서 친히 가르쳐 주신 진리의 말씀을 주야로 묵상하고 부활하시면서 보내주시기로 약속하신 성령의 도우심에 세심

* 이해인, 그 사랑 놓치지 마라, pp.67-68, 마음산책, 2020.

하게 귀 기울여야 하며 항상 기뻐하고 쉬지 말고 기도하고 범사에 감사하며(데살로니가전서 5:16~18) 살라는 뜻일 것이다.

온전한 사람이 되라

보혜사 곧 아버지께서 내 이름으로 보내실 성령
그가 너희에게 모든 것을 가르치고
내가 너희에게 말한 모든 것을 생각나게 하리라.
(요한복음 14:26)

온전한 사람이 되라. 이게 과연 가능한 일일까요? 의문을 품는 것이 어쩌면 당연한 수순일 것이다. 하지만 성서에는 우리에게 온전한 사람이 되라고 말씀하고 있다. "하늘에 계신 너희 아버지의 온전하심과 같이 너희도 온전하라."(마태복음 5:48) 그렇다면 하나님은 인간이 도저히 감당할 수 없는 일을 무리하게 요구하시는 것인지, 아니면 그 질문 뒤에 어떤 비밀이 숨겨져 있는 것인지 자못 궁금해진다.

　　사실 에덴에서 아담과 하와의 선악과 사건이 있은 후 모든 사람이 죄인이 되었는데 무슨 재주로 온전해질 수 있단 말인가? 그럼에도 불구하고 하나님은 우리에게 온전한 사람이 되길 바라신다. 물론 하나님께서 개입하시지 않는 한 세상에 온전한 사람이 하나도 없다는 것은 틀림없는 사실이다. 하지만 성서는 우리가 온전해질 수 있는 길이 있음을 제시하고 있다. 바로 예수님을 알고 믿는 것이 우리가 온전해 지는 첫 걸음이라고 말씀하신다.

　　"예수께서 가라사대 내가 곧 길이요 진리요 생명이니 나로 말미암지 않고 아버지께로 올 자가 없느니라."(요한복음 14:5~6)

예수님은 우리의 생명이시다. 왜냐하면 예수를 통하지 않고는 새 생명을 얻을 수 없기 때문이다. 예수님이 제시한 길은 우리가 걸어가야 할 유일한 길이다. 왜냐하면 그 길이 아니고서는 구원이 없이 때문이다. 예수님은 우리가 추구해야 할 온전한 진리임을 알아야 한다. 왜냐하면 예수님만이 진리라고 믿지 않고서는 하나님께 나아갈 방법이 없기 때문이다. 사실 성서에는 온전한 사람이 되기 위해서는 어떻게 해야 하는 지에 대해 제시된 말씀이 여러 곳에 나와 있다.

"우리가 다 실수가 많으니 만일 말에 실수가 없는 자라면 곧 온전한 사람이라 능히 온 몸도 굴레를 씌우리라."(야고보서 3:2)
"그 입에 거짓말이 없고 흠이 없는 자들이더라."(계시록 14:5)

또 온전한 사람이라고 칭찬한 예도 있다. 창세기에는 가인과 아벨이 제사 드리는 내용이 나온다. 그런데 여기서 가인의 제사는 받지 않고 아벨의 제사만 받았다. 왜 하나님은 두 사람의 제사를 구별하였을까? 그 대답은 히브리서에서 찾을 수 있다.

"믿음으로 아벨은 가인보다 더 나은 제사를 하나님께 드림으로 의로운 자 하시는 증거를 얻었으니 하나님이 그 예물에 대하여 증거하심이라 그가 죽었으나 그 믿음으로써 지금도 말하느니라."(하브리서 11:4)

성경 욥기에는 사탄이 욥을 시험하는 장면이 나온다. 사탄은 하나님 앞에 나타나 이와 같이 욥을 시험해 볼 것을 요청한다.

"욥이 까닭 없이 하나님을 경외하리이까. 주께서 그와 그의 집과 그의 모든 소유물을 울타리로 두르심 때문이 아니니이까. 주께서 그의 손으로 하는 바를 복되게 하사 그의 소유를 이 땅에 넘치게 하셨음니이다"(욥기 1:9~10)라고 따졌다. 그러면서 "이제 주의 손을 펴서 그의 모든 소유물을 치소서 그리하시면 틀림없이 주를 향하여 욕하지 않겠나이까."(욥기 1:11)

하나님은 사탄의 시험을 허락하셨다. 다만 그의 몸에는 절대 손대지 말라고 엄명을 내리셨다. 사탄의 시험대로 욥은 모든 소유와 모든 가족을 잃었다. 그럼에도 불구하고 욥은 이와 같이 신앙 고백을 한다.

"내가 모태에서 알몸으로 나왔은즉 또한 알몸이 그리로 돌아갈지라. 주신 이도 여호와시요 거두신 이도 여호와시오니 여호와의 이름이 찬송을 받으실지니이다."(욥기 1:21)

하나님은 이런 욥의 믿음을 알고 계셨다. 그리고 성령으로 도우셨다. 그리고 이와 같이 칭찬하셨다.

"그 사람은 온전하고 정직하여 하나님을 경외하며 악에서 떠난 자더라."(욥기 1:1)

우리가 온전해지기 위해서는 무엇보다 우리를 도우시는 삼위일체 하나님을 이해하고 믿어야 한다. 하나님은 삼위로 계시면서도 한 하나님이시다. 세상 지식으로는 도저히 납득하기 어려운 명제일 수 있다. 예수님 당시 사람들은 아버지도 주님도 누구인지 제대로 알지 못했던 것 같다.

"너희가 나를 알았더라면 내 아버지도 알았으리라. 이제부터는 너희가 그를 알았고 또 보았느니라."(요한복음 14:7)

예수님의 제자인 빌립도 마찬가지였다.

"빌립이 이르되 주여 아버지를 우리에게 보여 주옵소서 그리하면 족하겠나이다."(요한복음 14:8)

그렇다면 그동안 예수님이 가르쳐주신 말씀에 대해 빌립이 제대로 이해하지 못했다는 이야기가 된다. 곧바로 예수님은 빌립에게 친절하게 대답해주신다.

"예수께서 이르시되 빌립아 내가 이렇게 오래 너희와 함께 있으되 네가 나를 알지 못하느냐 나를 본 자는 아버지를 보았거늘 어찌하여 아버지를 보이라 하느냐."(요한복음 14:9)

한편 요한은 복음서에서 예수님을 소개하면서 다음과 같이 전했다.

"본래 하나님을 본 사람이 없으되 아버지 품속에 있는 독생하신 하나님이 나타내셨느니라."(요한복음1:18)

또한 바울도 아멘하며 믿음으로 화답하고 이를 분명히 전하고 있다.

"오직 그에게만 죽지 아니함이 있고 가까이가지 못할 빛에 거하시고 어떤 사람도 보지 못하였고 또 볼 수 없는 이시니 그에게 존귀와 영원한 권능을 돌릴지어다."(디모데전서6:16)

그뿐 아니라 구약성서에서도 이를 뒷받침하는 말씀을 찾아볼 수 있다. 여호와께서 모세와 대면한 장면이 나온다. 모세도 하나님을 한 번 만나볼 수 있기를 간절히 원했던 것으로 보인다.

"모세가 이르되 원하건대 주의 영광을 내게 보이소서. 여호와께서 이르시되 내가 내 모든 선한 것을 네 앞으로 지나가게 하고 여호와의 이름을 네 앞에 선포하리라. 나는 은혜 베풀 자에게 은혜를 베풀고 긍휼히 여길 자에게 긍휼을 베푸느니라. 또 이르시되 네가 내 얼굴을 보지 못하리니 나를 보고 살 자가 없느니라."(출애굽기33:18~20)

하나님은 빛이시다. 사람이 하나님을 본다면 그 빛으로 소멸되고 말 것이다. 바울이 다메섹 가는 길에서 하나님의 빛을 체험한 적이 있었다.

"사울(바울의 개명 전 이름)이 길을 가다가 다메섹에 가까이 이르더니 홀연히 하늘로부터 빛이 그를 둘러 비추는지라"(사도행전 8:3).

그로 인하여 사울은 어떻게 되었을까?

"사울이 땅에서 일어나 눈을 떴으나 아무것도 보지 못하고 사람의 손에 끌려 다메섹으로 들어가서 사흘 동안 보지 못하고 먹지도 마시지도 못하였더라."(사도행전 8:8~9)

사울은 원래 유대인으로 예수님을 혹독하게 박해했던 사람이다. 하지만 이 체험 후 극적으로 회심하여 하나님의 최고 일꾼이 되었다. 성서에는 하나님의 빛이 특별한 사람에게 특별한 장소에서 계시되는 사례가 더러 있지만 하나님을 직접 보여 달라고 조르는 것은 어리석은 일이라는 것을 알 수 있다. 또 그럴 이유도 없다. 왜냐하면 하나님이 예수님이고 또 성령님이시기 때문이다. 구약시대에는 하나님 음성을 선지자들이 들을 수 있었다. 예수님 당시에는 제자들을 비롯한 수많은 사람들이 하나님의 독생자로 오신 예수님을 직접 볼 수도 있었다.

하지만 지금은 다르다. 예수님이 우리의 죄를 대속하시기 위해 십자가에 매달려 죽으시고 사흘 만에 부활하신 후 우리에게 엄청난 선물을 약속하셨다.

"내가 아버지께 구하겠으니 그가 또 다른 보혜사를 너희에게 주사 영원토록 너희와 함께 있게 하리니 그는 진리의 영이라 세상은 능히 그를 받지 못하나니 이는 그를 보지도 못하고 듣지도 못함이라. 그러나 너희는 그를 아나니 그는 너희와 함께 거하심이요 또 너희 속에 계시겠음이라, 내가 너희를 고아와 같이 버려두지 아니하고 너희에게로 오리라."(요한복음 14:16~18)

사실 보혜사 성령께서 우리에게 오신다는 얘기는 예수님이 오시는 일이고 하나님께서 함께 하신다는 의미이다. 더 이상 특정 장소, 특정 시간에만 주님을 만날 수 있는 것이 아니라 우리 각자의 몸으로 들어오셔서 우리가 그분을 받아들이기만 한다면 늘 함께 하신다는 점이다. 보혜사(保惠師)는 헬라어로 '파라클레토스'인데 '어떤 사람 옆에 서도록 부름 받은 자'란 뜻이다. 영어성경 NIV에서는 보혜사를 'the Counselor'로, KJV에서는 'the Comforter'로 표기하고 있다. 말하자면 누군가의 곁에서 위로하고 권고하고 도와주는 역할을 하는 분으로서 성령(聖靈, Holly Spirit)의 또 다른 이름이라는 것을 알 수 있다.

이제 우리가 그분께 집중하고 그분과 교제 나누기를 원한다면 언제든지 만날 수 있다는 이야기다. 또 위로도 받고 도움도 받을 수 있다는 뜻이다. 이 얼마나 놀라운 은총인가? 우리가 온전해진다는 의미는 인간적으로나 도덕적으로 완전해진다는 것을 의미하는 것이 아니다. 그분을 순전하게 믿고 우리 마음속으로 온전히 그분을 받아들이고 주님이 뜻하시고 기뻐하시는 삶을 믿음으로 살아가는 것이다. 그래도 걱정이 앞서고 의심이 쉽사리 가시지 않을 수도 있다. 하지만 보혜사는 연약한 우리를 도와주실 것이다.

"보혜사 곧 아버지께서 내 이름으로 보내실 성령 그가 너희에게 모든 것을 가르치고 내가 너희에게 말한 모든 것을 생각나게 하리라."(요한복음 14:26)

전능하신 창조주이신 하나님이 단지 피조물에 불과한 우리 한 사람 한 사람을 긍휼히 여기셔서 각자에게 오시겠다는 말씀은 참으로 기쁜 소식(good news)이 아닐 수 없다. 이 복음(福音)의 말씀을 주야로 묵상하면서 세상의 현혹을 능히 믿음으로 극복해야 할 것이다.

"성경은 능히 너로 하여금 그리스도 예수 안에 있는 믿음으로 말미암아 구원에 이르는 지혜가 있느니라. 모든 성경은 하나님의 감동으로 된 것으로 교훈과 책망과 바르게 함과 이로 교육하기에 유익하니 이는 하나님의 사람으로 온전하게 하며 모든 선한 일을 행할 능력을 갖추게 하려함이라."(디모데후서 3:15~17)

하루를 시작하고 마감할 때마다 느끼는 감정은 하루하루가 늘 기적이라고 느끼는 마음뿐이다. 그래서 그저 감사하다는 기도밖에 드릴 것이 없네요.

〈한밤의 묵상(黙想)〉

한 낮의 강한 눈부심
역겨운 소란스러움
일상의 분주함이

당신의 섭리 앞에서
도리 없이
잰걸음으로
어디론가 발길을 돌리고

짙은 어둠으로 조여드는 지금

당신의 실루엣만이
포근하게 느껴집니다.

밀려오는 적막감은
알 수 없는 두려움이 되어
막연히 당신을 향하게 합니다.

주여,
당신 앞에서
한없이 약한 저는
더욱 담대해지기를 바라나이다.

약한 자 앞에서나
자신의 유익을 위해서가 아닌
진정, 당신이 길이요 진리요 생명임을 믿고 행함에 있어서…….

모든 일 앞에서
옳고 그름을 판단할 수 있는 능력을 주시고
어떤 일이든 옳다고 생각될 때
중도에서 멈추거나 좌절하거나 나태하지 않게 하소서

주여,
당신에게 구속될지언정
모든 것으로부터 자유롭게 하소서

땅에서 매이면 하늘에서도 매인다고 하셨으니
남을 매이게 하거나 자신을 속박하는
어리석은 일은 하지 않게 하소서

혹여 그런 일이 있거든
그 매듭을 풀어 가는
지혜를 허락하소서

타인을 이해하기에 힘쓰고
타인과 화합하도록 하시며
어쩌다 세상을 거부해야 할 일이 생길지라도
행여 당신을 저버리는 언행은 삼가게 하소서

언젠가 드러날 가식을
그것이 아니라고 애써 부인하며
자신을 속이는 어리석음을 보이지 않게 하소서

세인들에게 칭찬받기 위해 힘쓰기보다는
당신의 큰사랑을 소망하게 하소서

순간을 모면하기 위해 자신을 부인하지 않게 하소서
나를 나라고 인정할 수 없을 만큼
부끄러운 삶을 살지 않게 하소서

당신이 바라는 만큼은 아닐지라도
이웃에 대한 저의 사랑이 인색하지 않게 하소서
베푼 만큼 되돌아오기를 바라기보다는
그저 주는 것으로 만족하는 사랑을 하게 하소서

사소한 일로 질투하거나 시기하지 않게 하소서
나를 남과 비교하여
지나치게 자신을 격상시키거나 격하시키지 않게 하소서

주여.

가능한 한 모든 것들을 사랑하게 하시고

보다 더 큰사랑을 위해서라면

어떤 고뇌와 방황일지라도 마다하거나 두려워하지 않게 하소서

오늘도 순간순간 곁길로 가려는 저를 간섭하시고 다스리시므로

실족하지 않게 하심을 감사드립니다.

이 밤도 당신을 향하게 하심으로

어느 샌가 저의 마음속에는 평강이 찾아와 자리잡은 듯합니다.

당신을 사모하는 마음이 나날이 더해가게 하소서

이제 더욱 새로운 내일을 소망하면서 오늘을 접게 됨을 감사드

립니다.

아무 공로 없이 순전한 믿음을 지키면서 온전한 크리스천으로

산다는 것은 사실 금수저인 셈이다. '특혜 중의 특혜'이자 '은혜 중

의 은혜'다. 요즘 유행어를 패러디하여 말하자면 최고의 실권자이

신 '예수님 찬스'를 쓰며 사는 것이다. 감사할 따름이다.

세상 문제를
해결하는 열쇠는
우리에게 주어져 있다

인생을 살아가는 데는 두 가지 방법이 있다.
하나는 기적은 없다고 생각하며 사는 것이고,
다른 하나는 모든 것이 기적이라고 생각하며 사는 것이다.

"진실로 너희에게 이르노니 무엇이든지 땅에서 매면 하늘에서도 매일 것이요 무엇이든지 땅에서 풀면 하늘에서도 풀리리라."(마태복음 18:18)

이 말씀에 따르면 세상에 있는 많은 문제들을 해결하는 열쇠는 땅에 살고 있는 우리들에게 주어져 있음을 알 수 있다. 말하자면 기근, 지구온난화, 환경훼손, 공동체붕괴, 질병문제 등 많은 문제들이 사실 우리들의 손에 달려 있고 하나님은 우리의 믿음과 태도에 따라 매이게도 하시고 풀어주시기도 하신다는 말씀이다. 다만 우리의 유익을 앞세워서는 안 되고 눈에 보이는 것에만 의존해서도 안 된다. 요컨대 우리의 지혜로 풀려고 해서는 안 된다는 말이다. 하나님의 지혜와 몸소 보여주신 사랑으로 실마리를 찾아야 한다. 하나님은 우리에게 긍휼을 베푸시는 것을 기뻐하시기 때문이다.

"너희 중에 누구든지 지혜가 부족하거든 모든 사람에게 후히 주시고 꾸짖지 아니하시는 하나님께 구하라 그리하면 주시리라. 오직 믿음으로 구하고 조금도 의심하지 말라 의심하는 자는 마치 바람에 밀려 요동하는 바다물결 같으니 이런 사람은 무엇이든지 얻기를 생각하지 말라. 두마음을 품어 모든 일에 정함이 없는 자로다."(야고보서 1:5~8)

성서에는 위의 말씀에 합당한 좋은 사례가 아주 많다. 그 가운데 아이의 손에 들려 있던 떡 다섯 개와 물고기 두 마리로 오천 명을 먹이셨던 오병이어(五餅二魚)의 기적, 가나의 혼인잔치에서 예수님께서 물로 최고의 포도주로 만드신 기적, 선지자 엘리야와 사르밧 과부를 통해 하나님이 이루신 밀가루와 기름의 기적 등을 들 수 있다.

"제자 중 하나 곧 시몬 베드로의 형제 안드레가 예수께 여짜오되 여기 한 아이가 있어 보리떡 다섯 개와 물고기 두 마리를 가지고 있나이다. 그러나 그것이 이 많은 사람들에게 얼마나 되겠사옵나이까. 예수께서 이르시되 이 사람들로 앉게 하라 그곳에 잔디가 많은지라 사람들이 앉으니 오천 명쯤 되더라. 예수께서 떡을 가져 축사하신 후에 앉아있는 자들에게 나누어주시고 물고기도 그렇게 그들의 원대로 주시니라."(요한복음 6:8~11)

"예수와 그 제자들도 혼례에 청함을 받았더니 포도주가 떨어진지라 예수의 어머니가 예수에게 이르되 저들에게 포두주가 없다하니 예수께서 이르시되 여자여 나와 무슨 상관이 있나이까 때가 아직 이르지 아니하였나이다. 그의 어머니가 하인들에게 이르되 너희에게 무슨 말씀을 하시든지 그대로 하라 하니라. 거기에 유대인의 정결예식을 따라 두세 통 드는 돌 항아리 여섯이 놓였는지라. 예수께서 그들에게 이르시되 항아리에 물을 채우라 하신 즉 아귀까지 채우니 이제는 떠서 연회장에 갖다 주라 하시매 갖다 주었더니 연회장은 물로 된 포도주를 맛보고도 어디서 났는지 알지 못하되 물 떠온 하인들은 알더라 언회장이 신랑을 불러 말하되 사람마다 먼저 좋은 포도주를 내고 취한 후에는 낮은 것을 내거늘 그대는 지금까지 좋은 포도주를 두었도다 하니라."(요한복음 2:2~10)

"여호와의 말씀이 엘리야에게 임하여 이르시되 너는 일어나 시돈에 속한 사르밧으로 가서 거기 머물라 내가 그곳 과부에게 명령하여 네게 음식을 주게 하였느니라. 그가 일어나 사르밧으로 가서 성문에 이를 때에 한 과부가 그곳에서 나뭇가지를 줍는지라 이에 불러 이르되 청하건대 그릇에 물을 조금 가져다가 내게 마시게 하라. 그가 가지러 갈 때에 엘리야가 그를 불러 이르되 청하건대 네 손의 떡 한 조각을 내게로 가져오라. 그가 이르되 당신의 하나님 여호와께서 살아계심을 두고 맹세하노니 나는 떡이 없고 다만 통에 가루 한 움큼과 병에 기름 조금 뿐이라 내가 나뭇가지 둘을 주어다가 나와 내 아들을 위하여 음식을 만들어 먹고 그 후에는 죽으리라. 엘리야가 그에게 이르되 두려워하지 말고 가서 내 말대로 하려니와 먼저 그것으로 나를 위하여 작은 떡 한 개를 만들어 내게로 가져오고 그 후에 너와 네 아들을 위하여 만들라. 이스라엘의 하나님 여호와의 말씀이 나 여호와가 비를 지면에 내리는 날까지 가루가 떨어지지 아니하고 그 병의 기름이 없어지지 아니하리라 하셨느니라. 그가 가서 엘리야의 말대로 하였더니 그의 엘리야의 식구가 여러 날 먹었으나 여호와께서 엘리야를 통하여 하신 말

564

씀같이 통의 가루가 떨어지지 아니하고 병의 기름이 없어지지 아니하니라."(열왕기상 17:8~16)

오병이어의 기적은 한 아이가 보리떡 다섯 개와 물고기 두 마리를 내놓았기 때문에 많은 사람들이 먹을 수 있었고, 가나 혼인잔치의 포도주 기적은 예수님 어머니의 믿음과 그 집의 하인들의 순종이 있었기에 가능했다. 그리고 엘리야가 찾은 사르밧 과부는 한 움큼의 가루와 병에 조금 남은 기름을 순종의 마음으로 내놓았기 때문에 엄청난 기적을 낳게 하였음을 알 수 있다.

하나님의 참뜻은 이 아름다운 우주만물을 우리에게 주셔서 누리게 하는데 있지 않겠는가. 온 우주만물을 누리되 우리는 단지 피조물임을 인식하고 만유의 주이신 예수 그리스도를 찬미하고 영광을 돌리는 삶을 살아야 한다는 점을 명심해야 할 것 같다. 하나님은 우리가 그럴듯한 세상의 유혹이나 쾌락에 속아 넘어지지 말고 예수님 안에서의 진정한 자유와 기쁨을 누리기 원하시는 것을 알 수 있다. 우리에게 주어진 일은 그저 예수님을 믿고 순종하고 사람들과 더불어 나누는 일이 아닌가 생각된다. 한 사람의 믿음이 어려운 환경을 벗어나게도 하고 가족을 구하기도 하며 나라를 구하기도 한다는 사실을 결코 잊어서는 안 될 것 같다. 문득 예수님을 닮아가는 삶에 대해 생각해본다.

〈나도 그대처럼〉

여름 한낮 눈부시게 내리쬐는 따가운 햇살

565

장마철 그칠 줄 모르고 쏟아지는 장대비
겨우내 매섭게 몰아치는 북풍한설
이 모든 계절의 고초를
군소리 없이 다 받아들이며
봄이 오면 고운 새싹 틔우고
가을되면 어그러짐 없이 결실로 일궈 내는
저 너른 대지
나도 그대처럼
너그러울 순 없을까

비록 돋보이는 머릿돌이 못되어도
자신을 남 앞에 드러내는 것을 썩 달가워하지 않으며
맡겨진 일을 그저 담담하게 수행할 뿐
쓰러질 것처럼 보이는 고가(古家) 모퉁이에
없는 듯 있는 듯 살짝 고개 내민 주춧돌 하나
나도 그대처럼
겸손할 순 없을까

쉽 없이 밀려드는 파도를 결코 피하는 법이 없고
부서지는 아픔을 온몸으로 끌어안은 채
수평선 저 너머 해넘이를 지켜보며
고독과 이별을 마치 숙명처럼 여기고
바람소리 파도소리 반주 삼아 한 서린 노래 읊조리는
서해안 갯바위
나도 그대처럼
순수할 순 없을까

마을 한편에 오래 전부터

늘 그 자리에 듬직하게 서있어

거기에 사는 사람이건 그저 지나가는 길손이건

그늘이 되어주고 비바람 피할 수 있는 쉼터로 내어주며

소박한 미소로 반가이 맞아주는

마을 어귀 당산나무 한 그루

나도 그대처럼

다정다감할 순 없을까

알베르트 아인슈타인은 다음과 같은 명언을 남겼다.

"인생을 살아가는 데는 두 가지 방법이 있다. 하나는 기적은 없다고 생각하며 사는 것이고, 다른 하나는 모든 것이 기적이라고 생각하며 사는 것이다."

하나님은 큰 계획을 가지고 계신다

난리와 소요의 소문을 들을 때에 두려워하지 말라.
이 일이 먼저 있어야 하되 끝은 곧 되지 아니하리라.
또 이르시되 민족이 민족을,
나라가 나라를 대적하여 일어나겠고,
곳곳에 큰 지진과 기근과 전염병이 있겠고
무서운 일과 하늘로부터 큰 징조들이 있으리라.

(누가복음 21:9~11)

요즘처럼 세상 말세라는 말을 많이 하는 시대가 또 있었을까 싶을 정도 교회 안팎으로 화제가 되고 있다. 아마도 코로나라는 전염병이 생각보다 전파력이 강하고 세계 어느 나라를 막론하고 널리 퍼지고 있고 쉽게 가라앉을 기미가 보이지 않기 때문으로 추측된다.

　게다가 사회공동체 간의 사랑은 점점 식어지고 상호 협력하는 연대의식도 이전보다 훨씬 약해지고 있는 점 등도 우려하고 있는 듯하다. 그것 말고도 끊이지 않는 사건사고들을 보면서 세상의 흐름이 심상치 않다는 것에 동의하는 분위기이다. 근래에 발생한 폭염과 홍수, 산불, 태풍, 메뚜기 떼 출현, 플라스틱 쓰레기문제 등 헤아릴 수 없는 많은 일들이 지구를 위협하고 있다.

　실제 일상생활이나 경제활동에 심각한 문제를 야기하고 있어 그 어느 때보다도 사람들이 피부로 절실히 느끼고 있을 것이다. 그래서 소설이나 영화 속에서 접했거나 내 문제가 아니고 남의 일이라고 여겨졌던 많은 사회문제, 질병문제, 환경문제, 경제문제 등이 점점 더 사람들을 불안으로 몰아가고 있는 것이 아닌가 싶다. 실제 성서에도 이를 뒷받침할만한 근거들을 많이 찾아볼 수 있다.

그렇다고 무턱대고 걱정부터 할 일은 아니다.

"난리와 소요의 소문을 들을 때에 두려워하지 말라. 이 일이 먼저 있어야 하되 끝은 곧 되지 아니하리라. 또 이르시되 민족이 민족을, 나라가 나라를 대적하여 일어나겠고, 곳곳에 큰 지진과 기근과 전염병이 있겠고 무서운 일과 하늘로부터 큰 징조들이 있으리라."(누가복음 21:9~11).

중요한 것은 이런 말씀을 경홀히 여겨서는 안 된다는 점이다. 이럴 때 일수록 어떤 생각을 하고 어떻게 행동해야 하는지 하나님께서는 친절하게 일러주셨다.

"이 일이 도리어 너희에게 증거가 되리라. 그러므로 너희는 변명할 것을 미리 궁리하지 않도록 명심하라."(누가복음 21:13~14)

오래전 구약시대의 일을 통해 고찰해보면 하나님께서는 얼마나 섬세하게 세상을 운영하시는지 또 세상 전역에 하나님을 알게 하시고 한 사람이도 더 구원하시려는 큰 계획을 가지고 계신지를 알 수 있다.

요셉의 삶을 통해 하나님은 그의 가족은 물론이고 이스라엘에 대한 큰 구원계획을 가지고 계셨음을 알 수 있다. 요셉의 파란만장한 인생 여정은 그가 꾼 꿈으로부터 시작된다. 그렇지 않아도 범상치 않았던 요셉은 야곱이 노년에 얻은 아들로서 아버지의 사랑을 독차지하게 되었는데 그것이 오히려 형들의 미움을 사게 된 요인이 되었다. 그런 상황에서 요셉의 꿈 이야기는 거기에 기름을 부은 격이 되었다.

"요셉이 그들(형제들)에게 이르되 청하건대 내가 꾼 꿈을 들으시오. 우리가 밭에서 곡식 단을 묶더니 일어서고 당신들의 단은 내 단을 둘러서서 절하더이다. 그의 형들이 그에게 이르되 네가 참으로 우리의 왕이 되겠느냐 참으로 우리를 다스리게 되겠느냐 하고 그의 꿈과 그의 말로 말미암아 더욱 미워하더니. 요셉이 다시 꿈을 꾸고 그의 형제들에게 말하여 이르되 내가 또 꿈을 꾼즉 해와 달과 열 한 별이 내게 절하더이다 하니라. 그가 그의 꿈을 아버지와 형들에게 말하매 아버지가 그를 꾸짖고 그에게 이르되 네가 꾼 꿈이 무엇이냐. 나와 네 어머니와 네 형들이 참으로 가서 땅에 엎드려 네게 절하겠느냐. 그의 형들은 시기하되 그의 아버지는 그 말을 간직해두었더라."(창세기 37:6~11)

형제들은 기회를 보아 요셉을 죽이려 꾸미고 있었는데 때마침 기회가 왔다. 어느 날 네 형들과 양 떼들이 있는 세겜(Shechem)*으로 가서 잘 있는지 보고 오라는 아버지의 심부름으로 형제들이 양 치고 있는 곳으로 가게 되었는데, 요셉을 먼저 발견한 형제들은 서로 이르되 '꿈꾸는 자가 오는도다'라고 하며 그를 내심 반겼다.

---

* 세겜은 지금은 나블러스(Nablus)인데 이름의 뜻은 헬라어로 Neo Polis, 즉 '새로운 도시'다. 이스라엘의 정치, 종교 중심지는 예루살렘인데 그것은 다윗 시절부터였고 그 이전에는 세겜이 그 역할을 했었다. 이스라엘 민족이 가나안 정복을 시작하면서 모세가 여호수아에게 명령했던 대로 전 백성이 세겜(그리심산, 에발산)에 모여 거룩한 언약식을 갖게 되었다. 이스라엘 백성들은 하나님의 선택을 받은 민족으로서 가나안 땅에서 하나님께 헌신을 새롭게 다짐한 언약의 도시가 바로 세겜이다. 그리고 아브라함이 가나안 땅에 도착해서 처음으로 제단을 쌓은 곳, 야곱이 밧단 아람에서 돌아와 정착한 곳, 요셉의 뼈가 묻힌 곳이다.

"자, 그를 죽여 한 구덩이에 던지고 우리가 말하기를 악한 짐승이 그를 잡아먹었다 하자 그의 꿈이 어떻게 되었는지를 우리를 볼 것이라 하는지라."(창세기 37:20)

하지만 그 형제들 중 르우벤이 듣고 요셉을 구원하고자 생명은 해치지 말자고 제안했다. 그냥 그를 광야 구덩이에 던지고 피를 흘리지는 말자고 말했다. 그는 나중에 요셉을 구하여 아버지께 돌려보내려고 했던 것이다.

"그를 잡아 구덩이에 던지니 그 구덩이는 빈 것이라 물이 없었더라."(창세기 37:24)

그들이 앉아 음식을 나누고 있을 때 한 무리의 이스마엘 사람들이 낙타에 향품과 유향과 몰약을 싣고 애굽으로 가는지라. 유다가 형제에게 제안했다. 우리가 우리 동생을 죽이고 그의 피를 덮어둔들 무엇이 유익할까라고 하면서 요셉을 이스마엘 사람들에게 팔자고 했다. 그래서 결국 은 이십에 그를 이스마엘 사람들에게 팔아넘기게 되었고 그들은 요셉을 애굽으로 데리고 갔다. 이 사실을 뒤늦게 안 르우벤은 요셉이 없어진 것을 알고 옷을 찢으며 통곡했다.

"그들이 요셉의 옷을 가져다가 숫염소를 죽여 그 옷을 피에 적시고 그의 채색 옷을 보내어 그의 아버지에게로 가지고 가서 이르기를 우리가 이것을 발견하였으니 아버지 아들의 옷인가 보소서 하매 아버지가 그것을 알아보고 이르되 내 아들의 옷이라 악한 짐승이 그를 잡아먹었도다. 요셉이 분명히 찢겼도다. 하고 자기 옷을 찢고 굵은 베로 허리를 묶고 오래도록 그의 아들을 위하여 애통하니 그의 모든 자녀가 위로하되 그가 위로를 받지 아니하여 이르되 내가 슬퍼하며 스올(Sheol)*로 내려가 아들에게로 가리라 하고 그를 위하여 울었더라."(창세기 37:31~35)

요셉은 애굽으로 팔려나간 후 바로의 신하 친위대장인 보디발이 그를 이스마엘 사람의 손에서 요셉을 사게 되었다. 요셉이 있는 곳에 하나님께서 함께 하시어 더불어 보디발의 집에도 축복이 내렸다.

"그(보디발)가 요셉에게 자기의 집과 그의 모든 소유물을 주관하게 한 때부터 여호와께서 요셉을 위하여 그 애굽 사람의 집에 복을 내리시므로 여화와의 복이 그의 집과 밭에 있는 모든 소유에 미친지라."(창세기 39:5)

그러나 또 시련이 시작된다. 요셉은 용모가 빼어나고 아름다웠는데 보디발의 아내가 그에게 동침하기를 청하자 요셉이 거절했다. 하지만 그녀는 날마다 청하였으니 요셉의 입장에서는 심히 곤혹스런 일이 아닐 수 없었다.

하루는 집에 다른 사람들이 아무도 없을 때 그의 옷자락을 잡고 사정하며 동침하자고 청하였다. 그러나 요셉은 자기 옷을 그 여인의 손에 버려두고 밖으로 나가매 그것이 빌미가 되어 누명을 쓰고

---

* 스올은 죽은 사람이 가는 처소. 혹은 무덤. 형벌과 고난의 장소를 상징한다(욘2:2). 하지만 죽음, 지옥, 무덤, 무저갱, 음부(마11:23; 눅8:31; 16:23) 등으로도 번역되기도 한다.

감옥에 갇히게 되었다.

하지만 하나님의 은혜로 간수장의 마음을 주장하시어 요셉에게 옥중 죄수를 관리하는 역할을 맡긴다. 그 감옥에는 때마침 애굽왕에게 범죄한 술 맡은 자와 떡 굽는 자라는 두 관원장이 갇혀 있었다. 그들이 각기 다른 꿈을 꾸었는데 그 꿈의 해석을 요셉이 하나님 지혜를 의지하여 해석해 주었다.

내용은 술 맡은 관원장은 복직하고 떡 맡은 관원장은 나무에 목이 걸린다는 내용이었다. 사흘 후는 바로의 생일이었는데 요셉의 꿈 해석대로 되었다. 요셉은 술 맡은 관원장에게 당신이 잘되시거든 나를 생각하고 내게 은혜를 베풀어 내 사정을 바로에게 아뢰어 이 집에서 나를 건져달라고 부탁했다. 하지만 술 맡은 관원장이 요셉을 기억하지 못하고 그를 잊어버리고 말았다.

그 후 만 이 년이 흐른 후 바로가 꿈을 꾸었는데 애굽의 점술가와 현인들을 모두 불러 그들에게 꿈을 말하였으나 해석하는 자가 없었다. 이때 술 맡은 관원장이 친위대장의 감옥에서 자신의 꿈을 해석해준 요셉을 떠올리며 바로에게 추천하였다.

"바로가 요셉에게 이르되 내가 한 꿈을 꾸었으나 그것을 해석하는 자가 없더니 들은 즉 너는 꿈을 들으면 능히 푼다 하더라. 요셉이 바로에게 대답하여 이르되 내가 아니라 하나님께서 바로에게 편안한 대답을 하시리이다."(창세기 41:15~16)

요셉은 바로의 꿈을 해석했는데 일곱 해는 풍년이 들고 일곱 해는 흉년이 들 것이며 풍년의 때에 곡식을 저장해둘 것을 권했다. 바로는 그의 말대로 하였는데 풍년의 때에 오분의 일을 거두도록 하였다. 바로와 신하들은 그의 꿈 해석을 좋게 여기었다.

"바로와 그의 모든 신하가 이 일을 좋게 여긴지라. 바로가 그 신하들에게 이르되 이와 같이 하나님의 영에 감동된 사람을 어찌 찾을 수 있으리요. 하고 요셉에게 이르되 하나님이 이 모든 것을 네게 보이셨으니 너와 같이 명철하고 지혜 있는 자가 없도다. 너는 내 집을 다스리라 내 백성이 다 네 명령에 복종하리니 내가 너보다 높은 것은 내 왕좌뿐이니라."(창세기 41:37~40)

요셉은 이렇게 하여 애굽의 총리가 되었고 결혼도 하였으며 두 아들을 얻었다.

"흉년이 들기 전에 요셉에게 두 아들이 나되 곧 온의 제사장 보디베라의 딸 아스낫이 그에게서 낳은지라. 요셉이 그의 장남의 이름을 므낫세라고 하였으니 하나님이 내게 내 모든 고난과 내 아버지의 온 집일을 잊어버리게 하셨다함이요. 차남의 이름을 에브라임이라 하였으니 하나님이 나를 내가 수고한 땅에서 번성하게 하셨다함이었더라."(창세기 41:50~52)

한편 애굽뿐만 아니라 온 세상에 기근이 들어 각국 백성들이 양식을 사려고 애굽으로 몰려들어 왔다. 그때에 야곱도 애굽에 곡식이 있는 것을 보고 아들들에게 그리로 가서 우리를 위하여 사오라고 했다. 요셉의 형 열 사람이 애굽에서 곡식을 사려고 내려갔고 요셉을 만났다. 요셉은 그 형들을 알아보았으나 그들은 요셉을 알아보지 못했다. 요셉은 형들을 떠보려고 너희는 정탐꾼들이라. 이

나라의 틈을 엿보려고 온 것이 아니냐고 했다. 그러자 그들은 정탐꾼이 아니라고 하면서 한 사람의 아들들로서 확실한 자들이라고 대답했다. 요셉은 자신이 오래전 꾸었던 꿈을 떠올리면서 그들에게 말을 계속 이어갔다.

"요셉이 이르되 아니라 너희가 이 나라의 틈을 엿보러 왔느니라. 그들이 이르되 당신의 종 우리들은 열두 형제로서 가나안 땅한사람 아들이라. 막내아들은 오늘 아버지와 함께 있고 또 하나는 없어졌나이다. 요셉이 그들에게 이르되 내가 너희에게 이르기를 너희는 정탐꾼들이라 한 말이 이것이니라. 너희는 이같이 하여 너희 진실함을 증명할 것이라. 바로의 생명으로 맹세하노니 너희 막내아우가 여기 오지 아니하면 너희가 여기서 나가지 못하리라. 너희 중에 하나를 보내어 너의 아우를 데려오게 하고 너희는 갇히어 있으라. 내가 너희의 말을 시험하여 너희 중에 진실이 있는지 보리라. 바로의 생명으로 맹세하노니 그리하지 아니하면 너희는 과연 정탐꾼이라 하고 그들을 함께 삼일을 가두었더라. 사흘 만에 요셉이 그들에게 이르되 나는 하나님을 경외하노니 너희는 이같이 하여 생명을 보전하라. 너희가 확실한 자들이면 너희 형제 중 한 사람만 그 옥에 갇히게 하고 너희는 곡식을 가지고 가서 너희 집안의 굶주림을 구하고 너희 막내아우를 내게 데리고 오라.그러면 너희 말이 진실함이 되고 너희가 죽지 아니하리라 하니 그들이 그대로 하니라."(창세기 42:12~20)

그런데 형제들끼리 주고받은 이야기에서 예상치 못한 요셉을 감동시키는 장면이 나온다. 그들은 이집트 총리이고 통역까지 세

왔으므로 자신들의 이야기를 알아듣지 못할 것이라고 생각했을 것이다.

"그들이 서로 말하되 우리가 아우의 일로 말미암아 범죄하였도다. 그가 우리에게 애걸할 때에 그 마음의 괴로움을 보고도 듣지 아니하였으므로 이 괴로움이 우리에게 임하는도다. 르우벤이 그들에게 대답하여 이르되 내가 너희에게 그 아이에 대하여 죄를 짓지 말라고 하지 아니하였더냐. 그래도 너희가 듣지 아니하였더니라. 그러므로 그의 핏 값을 치르게 되었도다 하니."(창세기 42:21~22)

하나님께서 그들에게 지난 날 요셉에게 했던 일을 후회하고 회개하는 마음을 주신 것이다. 요셉은 그들이 없는 곳에서 울었다. 그리고 다시 돌아와서 명하였다. 곡물을 그릇에 채우게 하고 각 사람의 돈은 그 자루에 도로 넣게 하고 또 길양식을 그들에게 주게 하였다. 그들이 집으로 돌아와 각기 자루를 쏟고 본즉 각 사람의 돈 뭉치가 그대로 있는지라 그들과 그의 아버지는 두려워하였다. 그들의 아버지는 너희가 나에게 내 자식들을 잃게 하는구나. 요셉도 없어졌고 시므온도 없어졌거늘 베냐민을 또 빼앗아 가고자 하니 이는 다 나를 해롭게 하는 일이라고 했다. 여기서 르우벤은 하나님이 성령에 힘입어 자신의 효심과 강한 믿음을 드러낸다.

"르우벤이 그의 아버지에게 말하여 이르되 내가 그를 아버지께로 데려오지 아니하거든 내 두 아들을 죽이소서. 그를 내 손에 맡기소서. 내가 그를 아버지께로 데리고 돌아오리이다."(창세

기 42:37)

그 후 형제들은 예물을 마련하고 갑절의 돈을 자기의 손에 가지고 베냐민을 데리고 내려가서 요셉 앞에 서게 되었다. 요셉은 베냐민을 발견하고는 청지기에게 명하여 집으로 안내하였다. 그리고 짐승을 잡고 점심식사를 준비하도록 했다. 하지만 형제들은 자루에 들어 있던 돈 때문에 혹시 나쁜 일이 생기지 않을까 두려움으로 가득 차 있었다. 그런 마음을 청지기에게 미리 고백하면서 그 돈을 다시 가져왔다고 했다. 그러자 청지기는 다음과 같이 말했다.

"그가 이르되 너희는 안심하라 두려워하지 말라. 너희 아버지 하나님이 재물을 너희 자루에 넣어 너희에게 주신 것이니라. 너희 돈은 이미 받았느니라 하고 시므온을 그들에게로 이끌어내고 그들을 요셉의 집으로 인도하고 물을 주어 발을 씻게 하며 그들의 나귀에 먹이를 주더라."(창세기 43:23~24)

요셉은 동생 베냐민을 보고 아우를 사랑하는 마음이 복받쳐 급히 울 곳을 찾아 안방으로 들어가서 울고 얼굴을 씻고 나와서 그 정을 억제하며 음식을 함께 나누었는데 베냐민에게는 다른 형제들보다 다섯 배나 더 주었고 그들이 마시며 요셉과 더불어 즐거워했다.

이렇게 해피엔딩으로 끝내도 무방할 것 같은데 요셉을 통한 하나님의 계획은 여기서 끝나지 않았다. 요셉이 그의 집 청지기에 명하여 양식을 각자의 자루에 운반할 수 있을 만큼 가득 채우고 각자의 돈을 그 자루에 넣고 또 요셉의 잔 곧 은잔을 청년의 자루 아귀에 넣도록 하였다. 아침이 밝아 형제들과 나귀들은 출발했다. 그러나 또 다른 요셉의 계획이 있음을 알 수 있다.

"그들이 성읍에서 나가 멀리가기 전에 요셉이 청지기에게 이르되 일어나 그 사람들에게 이르기를 너희가 어찌하여 선을 악으로 갚느냐. 이것은 내 주인이 가지고 마시며 늘 점치는 데에 쓰는 것이 아니냐. 너희가 이같이 악하도다 하라."(창세기 44:4~5)

그 형제들은 황당할 수밖에 없었을 것이다. 그래서 그들은 청지기에게 항변했다.

"우리 자루에 있던 돈도 우리가 가나안 땅에서부터 당신에게로 가져왔거늘 우리가 어찌 당신 주인의 집에서 은금을 도둑질하리이까."(창세기 44:8)

하지만 예견된 대로 베냐민의 자루에서 그 잔이 발견되었다. 요셉은 장차 알려질 더 큰 계획을 위해 베냐민을 인질로 잡아두기 위해서였다.

"요셉이 이르되 내가 결코 그리하지 아니하리라. 잔이 그 손에서 발견된 자만 내 종이 되고 너희는 평안히 아버지께로 도로 올라갈 것이니라. 유다가 그에게 가까이 가서 이르되 내 주여 원하건대 당신의 종에게 내 주의 귀에 한 말씀을 아뢰게 하소서 주의 종에게 노하지 마시고 주는 바로와 같으심이니이다."(창세기 44:17~18)

하지만 형제들도 예전의 형제들이 아니었다. 아버지를 사랑하고 형제를 사랑하는 관계를 회복하고 있음을 알 수 있다.

"주의 종이 내 아버지에게 아이를 담보하기를 내가 이를 아버지께로 데리고 돌아오지 아니하면 영영히 아버지께 죄 짐을 지리이다 하였사오니 이제 주의 종으로 그 아이를 대신하여 머물러 있어 내 주의 종이 되게 하시고 그 아이는 형제들과 함께 올려보내소서. 그 아이가 나와 함께 가지 아니하면 내가 어찌 내 아버지에게로 올라갈 수 있으리이까. 두렵건대 재해가 내 아버지에게 미침을 보리이다."(창세기 44:32~34)

요셉도 형제들의 변화된 모습을 보고 심히 감동하였고 그 정을 억제하지 못할 정도였다. 그래서 모든 사람을 자기 앞에서 물러가게 하고 형제들에게 자신을 알리고 크게 울기 시작했는데 궁중 사람들은 물론 애굽 사람들이 들을 정도였다.

"요셉이 형들에게 이르되 내게로 가까이 오소서 그들이 가까이 가니 이르되 나는 당신들의 아우 요셉이니 당신들이 애굽에 판 자라. 당신들이 나를 이곳에 팔았다고 해서 근심하지 마소서 한탄하지 마소서 하나님이 생명을 구원하시려고 나를 당신들보다 먼저 보내셨나이다. 이 땅에 이년동안은 흉년이 들었으나 아직 오년은 밭갈이도 못하고 추수도 못할지라. 하나님이 큰 구원으로 당신들의 생명을 보존하고 당신들의 후손을 세상에 두시려고 나를 당신들보다 먼저 보내셨나니. 그런즉 나를 이리로 보낸 이는 당신들이 아니요 하나님이시라. 하나님이 나를 바로에게 아버지로 삼으시고 그 온 집의 주로 삼으시며 애굽 온 땅의 통치자로 삼으셨나이다. 당신들은 속히 아버지께로 올라가서 아뢰기를 아버지의 아들 요셉의 말에 하나님이 나를 애굽 전국의 주로 세우셨으니 지체 말고 내게로 내려오사 아버지의 아들들과 아버지의 손자들과 아버지의 양과 소와 모든 소유가 고센 땅에 머물며 나와 가깝게 하소서."(창세기 45:4~10)

애굽 가족은 모든 소유를 이끌고 떠나 브엘세바(Beersheba)*에 이르러 그의 아버지 이삭의 하나님께 희생 제사를 드리게 되었는데 그 밤에 이상 중에 하나님을 만나게 되어 하나님의 큰 구원의 계획을 직접 듣게 되었다.

"그 밤에 하나님이 이상(환상) 중에 이스라엘에게 나타나 이르시되 야곱아 야곱아 하시는지라 야곱이 이르되 내가 여기 있나이다 하매, 하나님이 이르시되 나는 하나님이라 네 아버지의 하나님이니 애굽으로 내려가기를 두려워 말라 내가 거기서 너로 큰 민족을 이루게 하리라. 내가 너와 함께 애굽으로 내려가겠고 반드시 너를 인도하여 다시 올라올 것이며 요셉이 그의 손으로 네 눈을 감기리라 하셨더라."(창세기 46:1~4)

우리 개인이나 가족을 구원하시는 일을 작은 구원이라고 한다

---

* 브엘세바는 '일곱 우물', '맹세의 우물'이란 뜻으로 가나안 땅의 최남단지역, 곧 이스라엘 백성에게 있어서 약속의 땅 가나안의 남쪽 경계를 가리키는 곳으로 헤브론 남서쪽 40km 지점에 위치한 국경도시이다. 성경에서 관용적으로 쓰이는 '단에서 브엘세바'까지라는 표현은 약속의 땅 이스라엘의 전 영토를 뜻하고, '게바에서 브엘세바'까지라는 표현은 남왕국 유다의 영토를 말한다.

면 민족과 인류를 구원하시는 일은 큰 구원이라고 할 수 있다. 야곱의 가정은 선택받은 가정이다. 그 중에 요셉은 하나님의 종으로 크게 쓰임받은 사람이다. 온갖 어려움이 있었지만 그것을 탓하지 않고 하나님이 주신 은사와 순종으로 하나님의 큰 계획 조력자로서 역할을 훌륭히 해냈다.

우리가 흔히 살면서 나무만 보지 말고 숲을 보라는 얘기를 하곤 한다. 인생을 살면서 작은 것에는 섬세하게 대응해야겠지만 하나님의 큰 뜻을 감당할 때는 담대하고 인내력이 있어야 할 것이다. 무엇보다 하나님의 뜻을 헤아릴 수 있도록 분별력과 믿음을 구해야 할 것이다.

요즘 세상이 너무 어지럽다. 당시처럼 흉년의 문제가 아니라 너무 넘치는 풍요 속에 진리를 찾지 않는다는 것이 더 큰 문제가 아닌가 싶다. 이런 때 일수록 두려움과 떨리는 마음으로 하나님의 지혜를 구하는 자세가 필요할 것이다.

그리고 지금 우리가 어떤 시대에 살고 있고 어떤 미래가 도래할 것인지, 그리고 우리는 어떤 믿음으로 살아야 하는지에 대해 하나님 말씀을 통해 깊이 묵상할 필요가 있을 것이다. 우리의 이성으로 확인할 수 없다고 해서 무시하거나 감당할 수 없는 일이라고 해서 무작정 두려워할 필요는 없을 것 같다. 다만 우리는 인생을 어렴풋이 토막으로 이해하며 살아가지만 하나님은 훨씬 구체적이고 큰 계획을 가지고 계심을 인식할 필요가 있을 것이다.